《小说月报》编辑部/编

小說月報

FICTION MONTHLY

2017年精品集

天津出版传媒集团
百花文艺出版社

图书在版编目（CIP）数据

小说月报2017年精品集 /《小说月报》编辑部编
. -- 天津：百花文艺出版社, 2018.1（2019.1重印）
ISBN 978-7-5306-7464-2

Ⅰ. ①小… Ⅱ. ①小… Ⅲ. ①中篇小说-小说集-中国-当代②短篇小说-小说集-中国-当代 Ⅳ. ①I247.7

中国版本图书馆CIP数据核字(2017)第317757号

小说月报2017年精品集
XIAOSHUOYUEBAO2017NIANJINGPINJI
《小说月报》编辑部编

编辑统筹：徐晨亮　刘　洁　**整体设计：**郭亚红
责任编辑：高　为　齐红霞　赵　芳
出版发行：百花文艺出版社
地址：天津市和平区西康路35号　**邮编：**300051
电话传真：+86-22-23332651（发行部）
+86-22-23332656（总编室）
+86-22-23332478（邮购部）
主页：http://www.baihuawenyi.com
印刷：北京博艺印刷包装有限公司
开本：787×1092毫米　1/16
字数：545千字　**插页：**2页
印张：30.5
版次：2018年1月第1版
印次：2019年1月第3次印刷
定价：58.00元

如有印装质量问题,请与北京博艺印刷包装有限公司联系调换
地址:北京市通州区马驹桥镇房辛店村288号
电话:(010)61284508　邮编:101102

〈农家书屋〉

目 录

【中篇小说】

【短篇小说】

坠落

◎ 周李立

一

星期三早晨，刘玉勇如常去上班，如常坐在黑色捷达车后排左侧座位上，也如常被堵在县城中心广场的十字路口。阳光刚好穿过剥落的车窗贴膜，漏进车内，在他的黑毛衣上砍下一把光刀。

他发现司机小范这天很烦躁，尽管一年多来，刘玉勇都认为小范不算那种坏脾气的司机。堵车半小时后，小范也按捺不住，先按了几轮喇叭，又下车去打探，回来告诉他，几辆对驶的车互不相让，后面的车又贴上去。车头对车头，打了个死结。

刘玉勇摇下一半车窗，望出去，路面本有余地供车辆腾挪的，只是那点儿不多的地方，已被几家新开张的名鞋超市占用了。鞋店都不叫鞋店了，全叫超市。货架溢出店堂，涌向人行道、自行车道和绿化带。几家名鞋超市看上去也没什么区别，只是各家高音喇叭传出的曲子不一样，但都是欢快喜庆、适合节庆的昂扬调子。刘玉勇上下班总要经过这里，遇上堵车，就常欣赏《步步高》《恭喜发财》和《欢乐中国年》。

他说，不急。

刘玉勇是县城建局长，局长迟到一会儿，当然没关系。县城里的班，不严格，人们九十点才陆续到单位。而且他上午没什么重要的事，倒是下午要去列席县委常委会，决定中心广场的改造方案。

中心广场从他小时候起就是这样子了，几十年都没改动过结构——杂乱的结构，内里却蓬勃，且经年累月越发蓬勃，自然生长、野蛮蔓延，终于撑不住，要炸开般。这里每寸地面，都像反复使用的旧抹布，可看出每次使用的痕迹，旧的痕迹还在，新的印痕又添上，层层叠叠、修修补补。路面挖开又补上、补上又挖开，如积累数年的沉积岩——他的专业是地质。

中心广场的改造项目半年前由县委书记动议，县长极为关心，财政拨款充足。小半年来，刘玉勇一直紧锣密鼓地安排招标。他倾向将广场中心环岛改建成城市花园供居民休闲的方案。周边小店铺拆除、回迁，入驻高层商场。商场旁设计停车楼、影剧院。这是正常的方案，没有亮点特色，却实用、适用，是县城该有的中心广场的样子。

小范说："本来就堵，那几家卖鞋的又占了半条道，现在还修路，早该把这地方全拆了。"

小范做他的司机满一年了，当初是县长夫人介绍来的。小范和县长夫人是远亲，抑或只是浙江某地同乡，他们没明确说，这类事不好明确说。城建局是好单位，司机不是好工作——介绍这样的工作便很得体、讲分寸——好与不好相结合、能互补。刘玉勇不关心小范和县长夫人的关系，只确保没有程序错误即可。司机不占编制，属于外聘工人，所以刘玉勇也算不得徇私。

初见小范时，刘玉勇觉得他乡野气息重了些，简单说是粗野又善良的那种气息。开车技术还可，只是不适应城里的道路，有时会急躁，左奔右突，极不稳妥。刘玉勇说过他几次，小范也不介意，只是道歉，然后保证一定改。倏忽一年，小范身上的野气渐退，开车也不再超速。只是那种淳朴善良，似乎也消失了，大概跟局里的同事们也学来些心机。

让小范当司机是否是个错误？他想，县长是在监控自己吗？其实，他当初也这样怀疑过，只是他堂堂正正一个人，怕什么呢？这样一想，也很容易释然。

但小范一周前为什么要说那些话呢？——那些人说，他们知道你做过什么，如果那什么，他们会捅出来。

当时，刘玉勇是不在意的。不过是泛泛的威胁，他清楚，那些人手段高明，只是用错了对象。他理直气壮地告诉小范："随他们去。"然后下车，依稀听小范在车内嘟囔着什么。他没细听，因为不需要——难道小范也以为他真有把柄吗？

那些人，是中心广场改建项目的一家竞标商。他看过他们的竞标书，改造方向竟是华北鞋城——他们要把这里做成华北地区鞋品集散中心。那几家新开张的名鞋超市，让他隐约窥见其间关联。但琢磨不透，线索还未全面浮出。这里并不产鞋，连做皮鞋的牛皮羊皮都没有。唯一有关联的是县里生产绳子——可以做鞋带吗？华北鞋城的想法古怪又突兀，他也就从没考虑那些人的方案。

那些人，倒是老早就找过小范，要往捷达后备箱放两箱东西。小范没敢要，不过小范猜那应该是两箱茅台酒。小范清楚刘玉勇从不要那些东西。以前也发生过这样的事,刘玉勇总是让小范给人家送回去。刘玉勇也担心小范会委屈,毕竟别的局长司机如何他可以想见——局长看不上眼的东西,都是司机的。小范偏生遇上他,没好处可拿。于是他常给小范塞一包妻子做的面点,不值钱,只多少算种安慰。

小范说,那些人,有东南沿海口音。

他猜应是福建或浙江,有南方人的坚韧。浙江不是生产皮鞋吗?

先送礼,再威胁,那些人肯定成功过,所以在他身上复制经验。谁没点儿不能见光的秘密呢?

二

很多年来，刘玉勇都不常想起青海的事，直到一周前小范重复说了那些话:“那些人说,他们知道你做过什么,如果那什么,他们会捅出来。”

星期三这天,小范又说了一遍。说完后,小范扭头看他,两人却同时一趔趄,捷达熄火了。

“哎哟。”小范叫了声。

刘玉勇说:“这老车,熄火才正常呢。”

没想到小范问:“听说您父亲是老司机,您也会开车?”

他否认,只说小时候当好玩学的,并不真会,何况多年没握方向盘,技术怕早丢了。

小范又问,多少年?没准还能捡回来。开车跟游泳一样,学会了一辈子也不会忘的。

刘玉勇很多年都没开过车了。在县城,几乎没人知道他其实是会开车的。有些老人当然会记得,他父亲曾是县供销社开大货车的司机,他小时候也跟父亲学过几天。个头长得快,十二岁,一米六五,腿长,能踩死大货的刹车。只是转方向盘要下死力。为此他练过一段时间双杠,主要练臂力。那时正发育,吃得多又好,每天早晚各一枚鸡蛋,无氧运动和高蛋白结合,作用出与年龄不相称的肱二、肱三头肌。再去转大货车的方向盘,轻而易举。但他没去考驾照,那时人们对这事并没上心。后来上大学,便忘了这回事,以为总有一天会去考的,就拖延着,直到大学毕业也没落实,和很多事一样悬置、无后话了。少年好奇,再多技能也学得来;日后则觉烦心,一心只念“多一事不如少一事”。

当局长前,刘玉勇骑自行车上下班;当局长后,就坐局长专车——捷达。县长专车是丰田越野,像县长一样高撅鼻子。刘玉勇认为,越野车虽然那么贵,真坐上去,其实跟皮卡也没区别。

皮卡是刘玉勇最后一次开过的车,那还是当年他在青海的时候了。

他突然意识到,小范的问话是种暗示。那些人的威胁跟青海有关吗?又突然记起,小范也是浙江人——他跟县长夫人是同村,而县长夫人是浙江人。他们和那些浙江商人,是否本就是同一伙人?

小范直接说到青海去了:"我没去过青海,但在青海开车,肯定很危险。以后有机会,我要开车去西藏青海转一圈,当然得先有辆自己的车……"

刘玉勇打断他:"那些人还找过你吗?"

他的打断太突兀,小范没明白,停顿片刻才回答说:"没有了,只是上次,我告诉过你了。"

他没说话,寻思刚才的问话是否不自然,泄露了心虚。

小范悄声说:"我听说那些人很厉害的,他们的项目在全国扩张,怕是每座城市都有他们的'特务'。"说完又笑起来,大约认为"特务"用在这里,值得一笑。他却听小范每个字都是暗示,笑不出来。

捷达车还停在原地,小范又下车去观望,回来说,交警马上就来了。"这样子,必须得警察来才行。"

刘玉勇突然希望能一直堵在这地方,设身处地,就更容易想明白问题。而答案取决于那些人是否真知道他做过什么,又是否真有证据。

队尾的车辆在缓慢移动,先倒车,让出空间,再往前,是"欲先进、必先退"的方式,也是暗示。车窗两边,自行车迅速超过汽车的长龙。

有一瞬间,他发现世界安静极了,没有《步步高》的音乐,也没有自行车铃和汽车喇叭的声响。路对面,修路的工人、运载水泥的巨大机器,只剩下默剧般的机械动作。也是那瞬间,他感到一种宁静的幸福,真是难得。他曾以为再也不会幸福了。

这其实是重要的一天,对他而言,一点儿都不平常。

三

刘玉勇出生、成长都在县城。除去四年大学在北京和在青海支教的一年外,他几乎没出过远门,这和他县城里的朋友很不一样。那些人总是挖空心思制造出远门的机会,招商引资、开会、学习、考察或交流之类,每年都能有那么几次。他从来不找,有现成的机会也不去。他偶尔去趟石家庄或北京,也是因推不开的工作需要。省城和京城分别位于县城南北,其实都不远,所以他认为那算不得出远门。他还谦让过两次出国考察的机会,一次去澳大利亚,一次去日本，都是市里组织，各县都有人参加。有人说他太刻意，猜测他是否有更大的野心。他只好更低调，毕竟没人理解他的苦衷。好在人们后来都习惯了他的做派，也没人跟他计较了。在城建局长的正科职位待满八年后，就更没人跟他计较了。

他和妻子是幼儿园同学、小学同学、中学同学。高中毕业后，他去北京上大学，学地质。她没考上大学，家里在邮局给她找了份工作。他孤身回来，分配在县政府规划办做小科员，故人重逢，不是相见欢，只是觉得久处也不厌。在县城，久处不厌的人就可以结婚了。妻子在邮局的工作不需太多技术，只是烦琐。后来邮局系统更新换代，她无论如何也学不会电脑的复杂操作，便被调去卖邮票。这地方集邮的人不多，邮票柜台兼卖电话卡和杂志，总是积压、卖不动。渐渐连寄信的人都少了，电话卡也退出历史舞台。邮票柜台被遗忘，邮局干脆关闭了邮政大厅角落的小柜台。那年正逢他初任城建局长，势头看上去总在上升中，她也就申请了病退，回家相夫教子。她认为自己辛勤工作十几年，最后结局十分悲哀，而其中原委，是这世界一直在变，而她并不想变。她追呀追，也追不上这世界，只好不追了。作为北方女人，妻子生得高大，少些灵活。性格和体型相匹配，她的人也是又冷又硬地决绝着。这样有些事就无法希望她能理解，他也就从没向她解释过，他自有的那套秘而不宣的辩证法。

在县城政界，他也不是没有再上升的可能。县里领导各方面条件放到一起，显而易见也不如他。他多年前从京城名牌大学毕业，去青海支教后分回县城。他没抱怨，因为分配这回事有太多人为因素，况且回县城的结果，其实也合他心意。京城的车水马龙，在他看来与己无关。青海倒好，终究太偏僻。县城离北京很近，一百多公里，高速直达。也许将来会是京城的七环八环呢。这里的生活，和北京迥异，像隔开了三十年时间。他喜欢这种距离感。

刚工作时，人们背地里都说他，人年轻，其他都好，就是太内向，有时候想不开。看他的眼神也像看叛徒。“不适合机关工作”，年底述职会，他得到这样的评判，“学究气，毕竟是大学生，缺少历练，应该去基层锻炼几年”。然后，他才被调到城建局，油水很厚的单位。大概人们认为这对他来说正合适——他不是宣称吃素吗，那就去油锅里历练和见识吧。

县城的城建，工作不多。只是近年，小城突然打足精神成长，道路拥堵变得严重，城周边有新建楼盘，市政设施看上去也都该更新换代……他的工作才开始繁重。不过他还能应付，况且当局长后，再没同事宣称他“不合群”了。小范告诉他，他在局里的口碑，其实一直很不错。他没去分辨小范是不是在讨好自己。因为他对自己的口碑如何，好像也不太在乎。

四

刘玉勇二十多年前大学毕业的时候，知道学校有个支教项目，可以去青海一年。当时他以为那意味着诗和远方。后来他不这么看了。他明白自己报名其实是因为恐惧。怎么能不恐惧呢？清贫又稳固的工作即将开始了，想来人生就再没变动的可能了。如此就要开始一生了啊？总还是不甘心的。那么趁着年轻再干点儿什么吧，就像给自己争取一年的"缓期执行"——这话是冯媛媛讲的，"你会工作一辈子的，不着急，但是支教的机会，以后再也不会遇到了"。

刘玉勇很快就报了名，因为人生还长，他还可以做些事，比如去遥远的青海，人少地广。他查了地图，找到他们将去的地方，细小的县名孤零零标注在一个偏远的位置。还有条细线标记的道路，通往县城北边的无人区。

那年九月，他们五男四女就到了青海。其中八个是同校一届的毕业生。领头的冯媛媛，是另外八个人的辅导员，比其他人高三届。冯媛媛毕业后留在校团委做学生工作，长得很漂亮，两条黑辫子在头顶处绕两圈，像藏族人那样，身量也像，因为丰满。腿很长，不过也因为腿太长，所以没有腰。

高原的天空低，随时都会压下来一般。他们去的小学，只有两排平房。前排是教室、办公室，门上挂小学的门牌。后排是宿舍、食堂。宿舍很多，食堂只小小一间。一共五个班，百余名学生，都是走读的。校长老梁，此前一直一个人上课。老梁也住学校，没有家人。他那间宿舍，是最好的，因为门前有棵斜着长的树。树是这里稀罕的东西。树上挂口钟，老梁还管敲钟。老梁的衣服和抹布洗了就挂树枝上。高原干燥，衣服转眼就干透。老梁还在树底下练嗓子。秋天，老梁一嗓子喊出来，树叶就扑扑往下掉。

县政府在学校旁边，也是两排平房，中间没有围墙，只有道砂石垒的矮墙，膝盖高。学校还有根旗杆，上面总有国旗在飘。高原风大，留不住云。有点儿云，瞬间就散了。风也终日刮得褪色的国旗呼呼作响。

县政府前有块长方形水泥地。后来小学生开始做课间操，就去水泥地上列队。在政府上班的人，都从窗户探出半个身子，看学生做操。县政府时常派人来慰问，有新鲜蔬菜也给他们送来。两棵白菜冻得硬邦邦的，小秘书一手一棵提来。

刘玉勇喜欢运动，大学时就是学校标枪队主力，虽然标枪队一共只有三个人。青海这地方什么都缺，就是不缺空地，很适合练标枪。但这里没有标枪，这儿的小学连体育课都没有。刘玉勇就扔石头，他说，臂力不练会退化的。其实，他只是闲不住。石头从小学飞到县政府，他又跑过去扔回来。两次后，面色黑红的小秘书就制止他，"小刘，知道的说你在练标枪，不知道的以为你对政府有意见，朝我们扔石头呢。”他就再不扔石头了。

学校开了体育课，刘玉勇负责。他带学生跑步，跑了一百米，停下来，解释说自己不擅长下半身运动。这话在男生中传开，一度成为笑谈。

后来就竖起了两个双杠，县长个人捐款买的。刘玉勇发挥自己上半身力量，整日在双杠上翻筋斗，简直是赌气般，要证明自己擅长运动。冯媛媛她们四个女生喜欢在双杠上晾衣裳。刘玉勇说：“两个双杠，能不能留一个给我？”而后女生的衣服就挤着晾在一个双杠上。

十月一到，雪很着急地把一切都盖住了：老梁的树，树上的钟。双杠上白茫茫一茬茬雪，连旗杆也顶着白色的小帽子。有雪又有风的日子，来上课的学生都少了。

白天还好，夜晚却难打发。不是冷，是无聊。刘玉勇再不能在双杠上翻筋斗了，除非他想手掌冻掉一层皮。县政府送来面粉，白菜越来越罕见。好在都是年轻大学生，身远地偏，心思却仍是大的。这些心思从书本和音乐里来。书多是自己带的，衣服可以少带，书一定多带。专业书看来看去就索然无味，诗歌和小说开始流传。县邮局有《人民文学》，他们订阅的，总是晚到几个月，那也无妨。冯媛媛有时去县政府借《人民日报》，也是一星期前的报纸了。

那些晚上，他们都在老梁的宿舍，听音乐、聊天。冯媛媛说她睡觉晚，但她又总是起床最早的人。刘玉勇怀疑她是否一晚上都不用睡觉。一本杂志，她一晚就看完，第二天一早便拿给其他人看。她说时间不够，只能抓紧些。刘玉勇觉得奇怪，因为他的时间却是多得没法打发。

那一阵，崔健已经唱过了《一无所有》，“我曾经问个不休，你何时跟我走？”有时他们见面，先吼一声“你何时跟我走？”天低云淡，歌声响亮流传。有一次，县政府那边不知谁拉开嗓子回了句：“可你却总是笑我一无所有……”这边的人就大笑起来。

刘玉勇当时正跟冯媛媛聊天，靠着老梁宿舍的窗户，木窗台上黑乎乎的都是积年累月的沙土。他们说到王蒙的小说《蝴蝶》。他依稀听见冯媛媛低声说：“才不是一无所有……”但她的声音沉淀下去，难以察觉。待他问她的时候，她只是否认。

如何说起去无人区考察的？应该跟《人民文学》上一篇讲青藏高原无人区的小说有关。有段时间，他们总是谈论这事，其实也没其他事可谈。冯媛媛最热心，老早就说：“县政府的皮卡可以借给我们用。”

一个女生迟疑着问：“我们去做什么？”

“去考察、探险，我们学这么多年科学，不就是为了探索未知吗？”冯媛媛一甩辫子，像《红灯记》里的李铁梅。

她和苏文的专业都是生物。她说，无人区的生物考察项目，多好的想法。他们的大学从没人做过，何况他们已经在无人区边上了，再走五十公里，翻过一座冰山——海拔也不高，不过四千米——就能去无人区。

“四千米？我会有高原反应的。”那女生说。他们都有过高原反应，缺氧，像喝醉般在平地上也只能走曲线。每人适应高原反应的过程不一样，那女生适应得慢。

“你可以不去。”冯媛媛别过脸。女生不再讲话，只怔怔把两手十个指头拧成一团，像朵复杂的花苞。

老梁在吸烟，一尺余长的烟袋，端在右手心，这时他突然咳了一声。他们都看他。他眯着眼睛叭完一口，才睁眼，慢吞吞问："咋了？"除了早上练嗓子的时候，他多数时间只是个沉默的老人。有次刘玉勇问他为什么练嗓子，他说："不练练，嗓子就没用了。"这地方人少，没人说话，他担心嗓子功能退化。

刘玉勇说："去看看呗，来一趟不去无人区，也可惜。"他不再练双杠后，就精力过剩，每天在指甲盖大的县城逛。后来就逛出城去了，不过城外什么都没有。也不对，还有荒原。刘玉勇和陈空竹都是地质系的，于是他们说起那种黑色的石头。

“因为含有矿物吗？”陈空竹问。

刘玉勇以为，不是矿物，而是“黑皮玉的原石”。这种玉石存量极少，且都产自高原。他已经捡了不少回来，还解释说："现在捡石头，不扔县政府了，得留着研究，而且，说不定运气好，会在无人区发现矿藏。"他想就算没有矿，弄些黑皮玉在手里，也是不错的。

冯媛媛说："反正，我们做点儿什么都比什么不做好。"

“如果真的发现稀有矿藏，怎么证明是我们发现的？”陈空竹问。大家都认为这问题确实难办。“我想，一定要先给大学知会一声，这样万一，万一呢……是不是？”

“我给校团委打报告。”冯媛媛立刻保证。

“我可以开车，我不会走路就会开车了。”刘玉勇也拍着胸脯。

“不过，我觉得发现矿藏这种事，不是我们的目的，我们毕竟是有立场和想法的年轻人。”冯媛媛说。

“立场？什么立场？”

“对，立场和想法，我给你们听首歌，今天刚收到的磁带。”冯媛媛答非所问，雀跃着站起身去放磁带。磁带是她的好友从北京寄来的。老梁房里有台双卡录音机，是公物，在堆满杂物的写字桌上占了大半个桌面，显得很神圣。

“无垠的旷野之中，一片干裂大地。在夜的世界里，袭来的是阵阵的热风，黎明泛红的天空中，燃烧着九个太阳……”

冯媛媛说，唱歌的人是齐秦，一个台湾人。“为什么偏偏是九个太阳？”她说，“我们九个人，不是九个太阳吗？”

磁带是翻录的，不知翻过几版，效果不好，从头到尾只有一首歌。

刘玉勇后来很怀念那晚的时光。因为他们有了一个目的，用冯媛媛的话说，有了“立场”和“想法”。目的这东西，有时就像操场上那根旗杆，看似没什么实际用处，不能晾衣服，也不能当双杠玩，但它立在那里，你就觉得不一样，因为它就是中心，你就得仰视它。

几天后，刘玉勇午睡醒来，准备出去寄信。阳光猛烈，朔风呼啸，操场上空无一人。他远远看见，旗杆下多出一丛绿色灌木，走近才发现是冯媛媛，她晕倒了，绿色棉衣十分抢眼。刘玉勇叫她也不醒，他没多想，背上她就往县医院跑。

为去无人区，她把自己累倒了。她确实忙碌了几天。没有经费，她要想办法筹措。县政府也无力支持，不过答应把皮卡借给他们用，还专门请人对车辆做了改造。皮卡后车厢原是敞开的，只是拉货用，现在要坐人，就得搭棚子，用编织布挡起来。车厢里安上木板，固定结实，当椅子。座位有限，无法再带上一名司机，好在刘玉勇会开车。这些事情想来容易，一件件做下来，也千头万绪。

县医院比小学校还小，缺医少药，白布棉门帘是发黄的，上面的红十字不太明显。医院的人不知是医生还是护士，给冯媛媛灌了白糖水，他们的诊断是她低血糖，说需要补充糖分，然后休息。喝了糖水后，她醒来，张口就问这是哪里。

刘玉勇说是医院。

她突然激动了，手舞足蹈地说要回去，“我怕医院，我不在这里。”就像撒娇的孩子。

他想了想，觉得“低血糖”确实没有待在医院的必要，就同意了，他背她回宿舍。她趴在他背上，软软的，像没有骨头。

走出医院，天色已黄昏，她突然凑近他耳朵说：“你知道吗？校团委派我来支教是有原因的，领导认为我不适合重要岗位的工作了，就是边缘化了。”

他想，她是不能被边缘化的，所以她还在争取，就说：“支教只是一年，很快就回去了。”他记得，当初她劝他来支教的时候，可不是这样讲的。

她说：“有些事，你不明白。我可能没有一年时间了。”

刘玉勇那时已经知道冯媛媛的一些情况。工人家庭的孩子，她是老大，家里有两个妹妹，一个上大学，一个上高中。她身上有与生俱来的狠劲，大约从小就是一路拼搏过来，凡事总要争先，都得靠自己，坚忍无畏，不会迂回，也不能迂回。她是这些人里从不抱怨高原反应的一个人，但她似乎又不是总能如意的，世界上没有人可以永远如意，刘玉勇认为她并不懂这道理。

他以为她指的是提拔的时间没有一年了，就笑着说："这种事，总是很难说的。"

晚上，所有人都去看望冯媛媛。跟她一个宿舍的女生说，冯媛媛昨天就晕过一次了，她往洗脸架上挂毛巾，一仰头就倒了。

陈空竹是最后一个来的，他一进来，刘玉勇就发现陈空竹在跟所有人使眼色，暗示他们出去说话。人们陆续离开，叮嘱她放心休息。刘玉勇等冯媛媛睡着了，才走出来，看见一堆人都聚在旗杆底下，就也走过去，听陈空竹说什么。

"冯媛媛不是劳累，是癌症。当然，晕倒可能是因为劳累，但她确实得了癌症，而且是最麻烦的血癌，就是白血病，预计活下去的时间不会超过一年了。"陈空竹说。

"真的吗？"刘玉勇不信。

陈空竹补充说，他在校团委认识一些人，那些人将本该保密的消息告诉他了。陈空竹总是有各种灵通的消息的。冯媛媛在校团委办公室的人缘，显而易见并不好。那些人对她也就少了善意，尽管她是绝症患者，尽管她叮嘱他们要为她保密，但她的同事还是出卖了她，将秘密以一传十，她来支教后，她得白血病的事在大学已经无人不知了。

"你们可以去问！"陈空竹言之凿凿，又说，"大学里的那些人对冯媛媛的病也唏嘘啊，她毕竟年轻，但想起她争强好胜的劲儿……"他没继续说下去。"她来支教不是校领导的本意，校领导是想她回内蒙古休养，好好治疗，就把她手中的学生工作给了其他人。她怎么甘心？直接敲门去找校长，说学校把她的一切都剥夺了，然后主动要来支教。"

"为什么？"

"这还不明白吗？她一方面是赌气，另一方面，她根本就没想治病。"

"也是，白血病得花很多钱的。"

"她为什么不告诉我们？"

"难怪她那么想去无人区呢？"

"我不想跟她去送死。"

陈空竹说："不只白血病。还有呢，我听老梁讲，有时在无人区里会碰见牧民，游牧的人更可怕，那些人会抢走你所有的东西，连内衣都抢光，然后杀人、抛尸，反正也没人去管他们。这种事，这地儿出了好几回了。"

"是啊，生死面前，都是小事啊。"

"好在还没出发，还来得及。"

突然一阵大风，国旗在他们头顶呼啦啦地打了一个卷儿，随即又展开，在灰黑色的半空中，精神抖擞地招展着。

五

刘玉勇死了。

这些年他们这些人联系不多，彼此都换过几次住址和电话，早些时候换了号码的人还发短信相互通知，但也只是通知而已，苏文存下来，然后再不联系，仿佛躺在手机通讯录里的，不过是一个个死人。在苏文的世界里，很多人都是这样死去的。人还在，你也知道人家还在，但因为再也想不起来，其实就跟死了一样。苏文也愿意自己死在别人手机里。多清净！

刘玉勇这次可是真死了。苏文想，对一个人来说，另一个人大概是可以死两次的。一次是你心里认为他已经死了，对你没有意义了，一点儿都不重要了；另一次才是他真死了，这就是生理意义上的判决了。不过，也有一些人，生理意义上讲是已经死了的，但他对你依然重要，这就不免难办一些，因为会痛苦。

这些年虽然都没什么联系，可他们互相还是有邮件地址的，是早年留下的。大概五年前吧，陈空竹说聚一次，陈空竹似乎是这些人里最喜欢活动的人，所有的群体里，都会有这样一个耳报神。

五年前那次聚会在北京，簋街上一个热火朝天的川菜馆。人来得不齐，只四个，另四个没来。有的推说在国外旅行，有的说家里出了事儿，理由都是不容置疑的。十人的大圆桌没坐满，每人之间都隔着一张空椅子，空荡又阔绰，他们在包间入座，避开大堂里的火热。席面上的转盘慢悠悠转，一碟碟的凉菜就像当时的场面一样冰冻着。他们硬着头皮交谈，因为彼此的境遇都相差很大。刘玉勇和陈空竹算是混得好的，一个从政、一个经商。从政的刘玉勇话很少，为官的人都这样，轻易不说话，说话不轻易。陈空竹说得很多，主要关于他新开盘的项目，令他头疼，环保局一直在给他找麻烦。苏文和小郑的日子过得不如他们，但小郑也乐于描述自己的小家庭。他拿出自己一家人的合影，妻子和他一样长着圆滚滚的娃娃脸，儿子自然也是娃娃脸，一家三个娃娃。

苏文呢，他一直在一个研究院的实验室当器材保管员。他喜欢这工作，因为不必接触太多人。他接触的都是器材，比如烧杯和试管。在那个研究院，他的办公室很隐蔽，要穿过曲折的走廊，上两层楼梯，再下一层楼梯，才能隐约看见油漆脱落的木门上的字——器材室。开门有一小间，一张桌子上方，日夜都悬两根亮着的日光灯。灯下面坐着的，就是苏文了。苏文身后，是另一扇门，常年锁着，门钥匙在桌子的抽屉里。门后是研究院的器材。

苏文这样告诉他们，这看门人的工作，其实很不错的，像是隐姓埋名了，但隐姓埋名的，一般都是高人啊。他不负责做实验，上班期间只是在日光灯下看小说，主要是看武侠，认为最好的是古龙。如此时间越过越快，转眼，他就看了二十几年小说。

他们在席间又留了一遍电话和地址，竟像是预备以后要频繁联系的样子。陈空竹找服务员要一张纸，服务员不耐烦地给了他们一张饭店新菜品的宣传彩页，他们把各自的信息都写在这张新菜单的背面，算是自我交代了。

临走的时候，陈空竹把那张菜单带走了。他说整理好后发给大家。苏文后来就收到了这份四个人的通讯录，仅此而已。陈空竹在邮件标题上写着：太阳小组通讯录，保存备忘。他们那时自称为太阳小组。学校还有另一支支教小组，去了安徽大别山地区，是月亮小组。那次聚会，刘玉勇是专程从县城赶来北京参加的，足够真诚。现在想来，那该是最后一次见他了。苏文不觉得遗憾。

根本不必备忘，人的记忆其实是很奇妙的，想忘记的东西，千方百计也忘不掉；想记住的东西倒也能记住。记忆的海绵永远不会饱和，倒是会变形，而且很多年以后你才会发现，它变形得有多厉害，真不可思议。比如陈空竹说刘玉勇这人，当年那么瘦。苏文却觉得不是，他记得刘玉勇是他们中最壮实的一个。五年前那次见面的时候，刘玉勇倒是显胖。白脸颊垂下两团粉团状的肉，很松动。他的胖也是松动的，轻轻一戳就会破掉的气泡一般。

现如今，通知刘玉勇去世的邮件，又是陈空竹发来的。点开邮件前，苏文迟疑了一下，他的邮件很少，毕竟，他是一个被遗忘的人，而且凡是通过邮件传递的消息，大概也没那么紧要。但陈空竹邮件里的消息却让苏文意外——刘玉勇因公坠楼身亡，追悼会和遗体告别仪式在后天，星期六上午，A 县殡仪馆，请务必参加。

坠楼？苏文想，坠楼的事如今媒体上倒是常见，似乎官员特别容易脚底打滑。刘玉勇因公坠楼。“因公”这两字稀奇，不知道是不是陈空竹自己加上去的？

邮件还说，去吧，好多年没见了。

苏文想了很久，主要考虑交通方式。追悼会在后天，星期六，A 县离北京不远，开车一个多小时，但苏文没车。火车只有慢车，时间反花得多。

星期五的时候，陈空竹又打电话来，说他会开车去，让苏文搭车。苏文猜想，陈空竹只是怕他不去才这么说的。

星期六早上六点半，苏文坐上了陈空竹的奔驰车，去参加刘玉勇的追悼会。出北京城的高速公路十分空旷，少有人在这样的清晨踏上行程，除非是像他们这般，赶着去和另一个生命告别。

告别，也是了结，苏文想。如果真的可以是了结的话，那也不错，他这样说服自己走一趟。

尽管有预期，但苏文还是没料到，小组成员里来参加葬礼的只有他和陈空竹两个。这一次，那些人连个不容置疑的借口都没给出来。

陈空竹很不满。苏文说："来干吗呀，又不认识谁。"刘玉勇是县城里他们唯一认识的人，但现在他死了。

陈空竹说："好歹一起支过教，爬过山嘛！"

苏文说："那算什么，得一起扛过枪才算什么。你笑什么？"

陈空竹笑道："这话不全，得一起扛过枪、嫖过娼，才算兄弟。"

"他们为什么不来？难道都恨他吗？"苏文问，他记得他们当年对刘玉勇都有些怨恨的。

"不知道。你呢？"陈空竹说。

"我？我不恨。"苏文如实相告，他确实没必要去恨一个死人。

县城里的丧事，追悼会的阵势不小，因公坠楼，规模就更大了，想来是重要的部门都要出面的。乌泱泱站一地的人，他们谁都不认识。鞭炮的碎纸片铺成一大片，奔丧的人们踩上去，都软绵绵地粘在鞋底。

他们径直往里走，没人跟他们打招呼，似乎他们本来就应该出现在这里。陈空竹去看殡仪馆院落四周的花圈，都挂着长长的白色挽联，盖住一部分色彩艳丽的纸花。县委、县政府的两只花圈最大，一左一右像两扇白色大门，把进入灵堂的门挡掉大半，如此，灵堂里便光线昏暗。他们走进灵堂的时候，里面并没有人，只有刘玉勇的遗体躺在正中棺材里。棺材不是透明的那种，全盖住了，什么也看不见，大概跳楼，不，坠楼死的人，死相是很骇人的。棺材四周是颜色饱和的塑料花，棺材上方是刘玉勇的遗照。苏文不敢往前走了，便拉陈空竹出来。

"冯媛媛那时可真好看，胸下面直接长屁股。"对着灵堂中央横幅上白地的七个黑字，陈空竹没来由地说起冯媛媛。

苏文没接话，也看那字，"刘玉勇同志千古"。

从灵堂出来，在殡仪馆门口找到签到处。苏文觉得其实没有签到的必要，他可不想刘玉勇的亲属对自己的名字产生兴趣，然后追索出那些往事。

他问陈空竹："你说刘玉勇会知道我们来了吗？"

陈空竹说："所以我们得签个到，这样他才知道啊。"

苏文不答，他觉得这是个玩笑。死去的人都有在天之灵的，既然有在天之灵，也许是会知道人间的事情的。

陈空竹兴冲冲跑去签到处，那里只有几个粗笨的小姑娘，自称是"刘玉勇同志治丧委员会"的工作人员。陈空竹再问，她们紧张地交代说，她们都是城建局的职工。今天算加班，是有加班费的——一个不太有心计的小姑娘坦言。陈空竹笑着告诉她们,“那过会儿我们再来,是十点开始吗?”她们就一起拼命点头,像是巴不得这个说普通话的陌生男人尽快离开。

看时间,追悼会还要过半个小时才开始。院内的人越聚越多,他们都生活在这里,也许彼此间还有好几层亲属关系,可以无碍地说家常话。这都是苏文和陈空竹无法参与的。他们只好先走出殡仪馆,在县城的马路上逛。

陈空竹说他想喝咖啡了,还说自己这辈子只对咖啡上瘾,现在他发达了。“上瘾是发达的人身上才会发生的事。”苏文取笑他。陈空竹原来是他们中间最穷的人。

“喝个咖啡你那么多话,这破地方什么都没有。”陈空竹点了一支烟,骂道。

苏文不抽烟,也不喝酒、不喝茶、不喝咖啡。的确,他就是活得这样无趣。“你活得真没劲。”陈空竹总这样说他。苏文不在意,反正别人都活得挺有劲的。这世界上从来都不缺有劲的人。苏文的劲,在二十多年前就被放空了,像针扎了的皮球,这些年里,他一直在哧哧漏气。

殡仪馆的位置大概很偏僻,上午九点多,路上什么也没有。间或有些小楼,都蒙上黑乎乎一层炭灰,仿佛烟熏火燎了一百年。偶尔有条狗,悠哉地横穿过马路,绕道踱步去往路边的早点摊。早点摊上坐着几个同样常年被烟熏火燎的人,都端着硕大的碗,声音响亮地喝东西。也许是豆浆或小米粥,肯定不是咖啡。

陈空竹锲而不舍要去找咖啡。他说,六点就起床,开了两个小时车,才到这个破县城,现在什么也比不上一杯咖啡更带劲了。“我觉得我撑不到追悼会了,困到只想找个地方躺一会儿。”

他们走到早点摊,陈空竹竟真开口问人家有没有咖啡。

正在专心炸油条的女老板,漫不经心地看了一眼他们,又把脸一扭。

陈空竹穿一套笔挺的黑西装,装模作样打了条黑领带,是标准的中介着装。苏文想,陈空竹这个房产老板总有本事把自己弄成房产中介的样子。

女老板撂下夹油条的夹子,抬起右手指着一个模糊的方向,说:“直走左拐,有个小卖部。”

“你饿不饿?”陈空竹问苏文。苏文摇头,但陈空竹还是买了一屉小包子,边走边吃。“刘玉勇就是从这儿出去的,大学毕业又分回来,这么无聊。”陈空竹左顾右盼。

苏文问:“他怎么死的?什么是因公坠楼?”

“哦,他是去工地死的,检查工作吧?好像是。那是个什么纪念馆,然后他一脚踩空了,从楼上掉下来,直接就死了。哎,这种死法。”

“跟冯媛媛一样。”苏文小声说。

陈空竹说："你知道从一楼跳下和从十楼跳下，有什么区别吗？"

"什么？"

"我告诉你，从一楼跳下，声音是，啪——啊啊啊；从十楼跳下，是，啊啊啊——啪。"陈空竹分别学着两种叫声，自己笑起来。

苏文也笑，虽然他们刚从殡仪馆出来，其实不该大笑的。冯媛媛当年从山上坠落，没发出一点儿声音。

"她不会叫的。冯媛媛跌落的高度，相当于十层楼？不止，我猜有三十层楼吧，她连'啊啊啊——啪'都没有。"陈空竹说，像是还在回味自己刚讲的笑话，又不全是，因为他这次没笑。

"是的，她怎么会喊呢，她已经不能喊了。"苏文说。

陈空竹吃掉最后一个小包子，随手扔了塑料袋，说："这事儿是不是挺神的，当年冯媛媛这么死的，现在刘玉勇也是，这两人是不是很奇怪？"

他们已经走过了拐弯的路口，左拐，果然看见一家小卖部。

苏文想去把塑料袋捡回来，他总是做这样的事情，虽然又觉得其实没用。捡回来又怎么样，扔进垃圾箱？塑料一样被掩埋，一百年都不分解；或者被焚烧，那更可怕，塑料化成有毒的气体，破坏地球的臭氧，融化南极的冰川，让海平面上升。所以，那只塑料袋是不是被扔进垃圾箱，对那些必然发生的事完全没有影响。

小卖部卖速溶的纸杯咖啡，可以帮忙冲泡。陈空竹边泡咖啡边跟小卖部刚睡醒的老板娘打趣。

苏文问："你为什么不带个杯子？不要用纸杯？"

陈空竹奇怪地看他，说："什么？你在说什么？我不明白。"

他不会明白。他这些年做了多少这样的事，用掉无数的纸杯，扔了大把的塑料袋。他还盖房子，铲掉地上的树木和庄稼，建成空旷得毫无必要的别墅区。

苏文简短地解释："纸杯不环保。"

"啊？我有没有听错吧？你是环保主义者？哦，对了，我忘了你那个研究院就是研究这个的。环保嘛。不过，我没带杯子，我总想不起来带杯子，再说，空气这么差、环境那么差，又不是我一个人用纸杯给闹出来的。"陈空竹大概被咖啡烫了嘴，吐着舌头呼气。

"不是的，我不为环保。"苏文从没告诉过别人，他为什么拒绝使用这些东西。

"不为环保？那为什么？省钱啊？我告诉你别省钱，你光棍儿一个，就别成天想拯救地球了。"陈空竹很不满。

"不，不是，我不拯救地球，我是怕环境越来越差，冰川会融化，你知道冰川融化是什么后果吗？你不害怕吗？”苏文说。

陈空竹嘟囔着：“还说不是拯救地球……”然后愣了一下，小心翼翼地问：“是跟冯媛媛有关吗？”

“是的，她会被发现的，如果冰川融化，她会被什么人发现的。那地方那么冷，她掉下去会立刻被冻住，就像速冻食品一样，她不会腐败，她会一直是那个样子，哦，我不敢往下想，你肯定知道。”

“是的，她会被发现，她头上的伤也会被人发现……”

“我查过的，说在那样的地方，她会一直保持死亡时的样子，速冻啊，太可怕了。如果有一天，我是说如果冯媛媛被发现，她还会是当年的样子，没有老，没有皱纹和白头发，但我们……”

咖啡杯里升腾出袅娜的水汽，但他们已经喝不下咖啡了。

“刘玉勇死了。”陈空竹仿佛想了很久，才想出来该说点儿什么。

“他死了。”苏文也毫无必要地重复。

他们握着发烫的杯子，往殡仪馆的方向走，似乎都有意放慢脚步。殡仪馆里挂着刘玉勇的大幅遗像，也许是仓促间找来的，反正死者的形象不是太端庄，眯着眼睛，似乎在盘算什么，但也足够提醒所有人这样的事实——现在，他死了。

“天哪，我们在这里干什么？”陈空竹突然喊起来。

“不是你非要拉我来这里的吗？”苏文说，“我们这些年又没什么联系，你为什么非要来？”

“人都死了，来看一下，为什么不来啊？你以为不来，那些事情就会忘掉吗？”

苏文说：“来了又怎么样呢？你不觉得很奇怪吗？这些人我们都不认识，我们只认识那个死人，刘玉勇那个死人。”

“我想，我们需要平静一下了。”陈空竹说，“其实，我一直觉得，是他救了我们。不是吗？我们应该来，不管怎样。”

“我总觉得，他死得很……怎么说呢？你相信吗？坠楼？”苏文说。

陈空竹说：“天哪，我们都经历了什么，坠楼或跳楼，有什么区别吗？他真有可能跳楼，别人不知道，可是你知道，我也知道，他是有可能跳楼的。”

他们回到车上，打开暖风，天其实并不冷，比当年的青海暖和太多了。苏文说：“我只是觉得多活一天，都是赚来的。”

“那你还过得这么没劲。”

“你过得有劲！”

“是啊，我有劲啊，因为我多活一天就是白得的，我得更有劲一些，要不这些年，我怎么这么拼？我现在更拼了，因为每过一天，我的时间就少一天。”

“他，我是说刘玉勇，这些年到底怎么样？”

“不是太清楚，就这样吧，在这地方待着，我看跟死了也差不多。”

“你是不是看我的日子，也跟死了差不多？”

“你？对，你也跟死了差不多。”

“都得跟你一样赚大钱才行吗？”

“你不理解我，别人不理解就罢了，你也不理解，我从冰山上捡了条命回来，就是要拼命活，拼命享受的。难道要我去跳楼吗？我可不像你，我说，你每天没事儿，都在琢磨什么？”

苏文的确每天都没事儿，只是他什么也不想琢磨。大部分时间他都在看武侠小说。

苏文问陈空竹，“你知道马月云吗？”

“谁？”

“马月云，你不知道，是古龙小说里的人，一个女的。”

“哦，我不看古龙，她怎么了？”

马月云的名字在古龙小说里只出现过三次，苏文说，她是古龙写过的最悲伤的人物。因为她一生都很平淡，有两个孩子，丈夫和蔼、木讷，小户人家的温存日子罢了，你以为她就是这样一个农妇。但有一天，她家里的地道出现了一位老者，她从来不知道自己家有个地道，后来她才明白，原来丈夫一生都只为一个使命——在地道的出口等待营救老者。丈夫也不知道这任务会出现在哪天，也许立刻，也许永远都不会。丈夫一生的沉稳和低调，不过都是伪装。

“那又怎么样呢？”陈空竹问。

“丈夫完成了使命，在地道口接应了老者。为灭口，他杀了妻子马月云和他们的两个孩子。”

“啊，然后呢？”陈空竹迟疑着。

“没有然后，这就是农妇马月云的一生。”苏文说。

“你他妈的给我讲这个故事，是几个意思啊？”陈空竹嚷起来。

苏文没回答，他想陈空竹完全明白了马月云的一生——用一辈子的时间等待一件事情的发生、一个时刻的到来。所有人生都可以简化为这样的模式。这样一想，一生就变得平常了。不是吗，无论如何用力经营，不过是在某刻走向终结。马月云的丈夫如此，马月云也如此，冯媛媛如此，刘玉勇也如此，这世界上的每个人，莫不如此。他们也许二十几年前就都会死掉，像冯媛媛一样，一起葬身冰川，成为一锅的九个速冻饺子，永远也不被发现。他们现在的命都是白得的。这样一来，很多事就都不重要了，至少对苏文来说是这样。他在研究院从未调动过岗位，升迁的事也永远跟他无关，他不思进取、得过且过，人们都这样看他。他无所谓，反正命都是捡来的，他已经赚了。

陈空竹又问苏文，“你知道前阵子《九个太阳》又火了一把吗？”

“什么？”

“你不看电视吗?”

“不看。”

“有个选秀节目，比赛唱歌那种，周晓鸥，就是那个光头，又唱了一遍《九个太阳》，那场他拿了冠军。”陈空竹说。

“哦。”苏文点头，若有所思，其实，他只是不想再谈论那首老歌了。

陈空竹说：“也就这样了吧，那歌好多年没听了，乍一听，还是挺好听的。”

“那又怎么样啊？我们都逃不掉。”苏文一直这样想。

“我看我们该进去了，既然都来了，是吧？”陈空竹说。

六

那年十二月，青海的天气罕见地晴转过来。已经连续一星期没下雪了，艳阳高照。冯媛媛的体力明显恢复，面色也红润起来，她甚至每天都在操场上跑两个来回。只是脾气变得暴躁，她对自己的病，也不再隐瞒，反而还感到骄傲一般，因为“我都得绝症了，你们还不依着我吗？”——她的表情无时无刻不透露这样的信息。他们待她倒是很好，处处照顾她，她的开水瓶总是满的，饭盒也不等她自己洗就有人抢过去洗干净。没人再提去无人区的事情了。

快到年末，老梁准备烙饼，他们都到食堂帮忙。食堂有个水泥台子，但他们平时都很少在上面吃饭，总是打了饭回宿舍吃。

刘玉勇和苏文、陈空竹说，能不能提前放寒假，提前回老家过春节？

“你们想做逃兵？”冯媛媛说。

“我们不是逃，只是商量。”

“没商量。”冯媛媛正拿菜刀切面。刘玉勇连忙上前去，不让她动刀。白血病无法凝血。她轻轻放下菜刀，挪了两步，拿把小油刷，往捏好的面上抹油。她是个被嫌弃又嫌弃自己的小孩，抹了两下就扔了小刷子，又去缸里舀水，舀了满满一盆，不知做什么用。她大概只是不想什么事也不做。

“我们要去无人区。”她突然对一盆清水说道。水面动荡起来。

“还去？”他们异口同声地问。

“当然，校团委都知道了，怎么能不去呢？”她迅速从无所适从里恢复，从口袋里拿出一封信，“这是校团委的回信，需要我念给你们听吗？”

一张轻薄的红头公文纸，手写的回信，盖校团委的印章：对所报之事原则上给予支持，但因未提前报批，无法提供专项经费。考虑事项重大，会纳入我校科研课题计划。祝有所收获，并提醒服从安排，注意安全。

“看，我们身不由己了。如果不去，就是欺骗学校，是要记过的。”她念完了信，小心翼翼地装回信封。

他们没法分辨自己是否会被记过，有人说：“不至于吧？学校不会让我们去送死的。因为没去就要记过？”

冯媛媛冷笑：“怎么是送死呢？太悲观了。”

刘玉勇想起冯媛媛说自己没有一年时间了，突然明白她的急迫。他们对死的恐惧，她一直在经历。他们只是担心去无人区一件事，但她无时无刻不活在更巨大、实在的恐惧里。

“你的身体，还是不要去了。”刘玉勇说。

她瞪了他一眼，他手一抖，菜刀差点儿落在手上。

“你们不要拿我当病人好不好？我就想忘掉这件事。学校是不会因为我们不去就给我们记过，不过你们的支教鉴定由我打分，当时学校交代过，这份鉴定虽然不进档案，但以后你们的单位会看见。也不是说去无人区就一定会死的，只是有风险。不过什么事情没有风险呢？有风险才有收获。”

没人说话，沉默就是默许。刘玉勇说：“去一下，就回来，也没事，对吧？”所有人面面相觑，如同一起在默默思考是否真的会“没事”。

“我们没事，她能行吗？”

“不行就回来。”

计划在复杂的情绪中重启。每个人都不安，但表面上反倒是沉寂下去了，仿佛巨大的光球在眼前，但因为太庞大，他们反而选择视而不见。他们都没有预知后事的能力，所有的希望只寄托于侥幸，这也是年轻人惯常会有的心理，或莫若说成是懒惰。他们就带着这样的侥幸，再次决定开始在青海探险。

陈空竹近来上火，嘴上一圈都是光亮的红泡，说话的时候，嘴就像蠕动的红色肉虫。他的父母在安徽，家境窘迫，支教所得的微薄补助刚好够他每月贴补家用，他便不再有闲钱可拿出来作为考察费用。冯媛媛的意思是要他们每个人都拿出当月的补助，攒起来作为这次考察经费。

他说：“既然我没出钱，就不好再去了，而且还上着火。”

冯媛媛低头沉思，还是看着那盆水，然后突然伸手握住了他的手。他想把手缩回，却不能，知道她暗中加了力气。“我这么个病人都去，你怕什么？我们不要你出钱。你别缩手，我又没得传染病。”

刘玉勇猜想，如果有一个病假的话，就会很快出现第二个、第三个。何况最有理由请病假的人，不是冯媛媛吗？

有些事开了口，就收不住。这样的时候，等于大军已压境。她不能松动。千里之堤，毁于蚁穴，她一个人严防死守。

陈空竹终于缩回手，叫着："就是不去，爱怎么办就怎么办。"他不在乎。

这是要起义的意思了，三个女生看见希望，也叽叽喳喳附和，起义的队伍还有扩张的可能。她们说："冯媛媛和陈空竹吵起来了！""为什么？""因为陈空竹上火。"

"除非我死了我们才不去。"冯媛媛气势汹汹。

陈空竹坐在凳子上，突然笑起来。

他一笑，她就哭了。"反正我也活不长了。"她声音又弱下去了。

有人连忙回宿舍，取了毛巾，又打热水略微浸湿，给冯媛媛送去。她不客气地接过，没有擦眼泪，却猝不及防，把湿毛巾远远扔向陈空竹，甩出的两滴水珠，在干燥的空气里瞬间蒸发，毛巾落在地上。

陈空竹从凳子上弹起来，很像是被冯媛媛扔出的那半旧的湿毛巾砸得弹起来了。在她们都还没有意识的时候，冯媛媛已经被陈空竹反拧了双手。起义军首领，生擒了女王。几只过冬的麻雀接连贴地面掠过，擦起的粉尘飞舞起来，将他们都环绕在一片迷蒙里。

她突然放松了，让自己就像那一团毛巾般，柔软地落在地上，蜷成一团。陈空竹的力量似乎因失去回应只好松弛下来。她就这样抱着两腿在地上蹲了很久，只流泪，一句话不讲。

"你干什么？"刘玉勇拉陈空竹，用眼神暗示陈空竹道歉。对男人而言，动手的行为毕竟不体面。可是陈空竹没有道歉，他甩开两臂，气呼呼去了厕所。他嘴上的火泡已经连续破掉了，还有溃烂的迹象。陈空竹留下的话是："你行！"

一次起义就这样被平息了，起义者终被招安。陈空竹后来对此的解释是："她挺可怜的，不如就随她，好男不跟女斗。"

三个女生失去支援，无法形成气候，也开始默默筹备，将最厚的衣服打包，交换各自私藏的维生素片，并很务实地开始讨论如何洗脸等现实问题。既然局面无法扭转，不如多做准备。只是她们对冯媛媛开始敬而远之，哪怕她有白血病，她们也不再对她有同情。女生们擅长冷战。她又开始自己洗饭盒。

冯媛媛看上去并不在乎自己被女生们冷落，她大体心情愉悦，对他们示以无微不至的关怀，叮嘱每人应带的物品，发放印有地形图的油印纸——她通过县政府的油印室弄出了这些浑黄的纸页。她不再表现自己是个病人，也不让人提起和白血病有关的任何话题。她说："对病人，最好的就是忘掉得了病。"她还说："什么考察，其实都不用当真，我们就当去玩一趟，不需要理由。"她不应该是想去“玩一趟”的人。但她的这些话，却放松了连日来的紧张气氛。想着要去玩一趟，虽是不那么稳妥的目的地，却也有稳妥的乐趣。都是年轻人，他们很容易想开。

七

欲速则不达——小范第一次听这话，是刘玉勇说的。他当时觉得这意思真好，刘玉勇说话很少，偶尔讲的，都是这种让人想半天的东西。小范开快车的时候，想想“欲速则不达”，不知怎么就下意识松开油门儿。当然，如果在城里开车，想快些也实在很难。每条路都被挖开，时时处处都堵车。小范本是急性子，堵车多了，急躁就变味儿，像放久的馒头，窝在肚子里，散发不出，只好一咽再咽，然后满肚子都是恶气。体会到这种感觉后，小范才明白刘玉勇也像总有些什么事在肚子里翻滚。小范一开始理解为，他工作多，要考虑的事情自然比自己多，虽然小范认为自己要考虑的事情也很多。后来小范又觉得不是，工作只是烦琐，思考起来会皱眉头，却不会像刘玉勇这般，看上去既没想事情，而脑子又像塞满了东西。

初见刘玉勇时，小范还有点儿怕他。怎么说呢，这人太严肃，话少，简单吐几个字，也让人摸不着头脑。但一段时间之后，小范发现他人其实并不厉害，“不怒自威”——这话小范也是听刘玉勇讲的，他在车上接电话，小范恍惚听见，过后就问刘玉勇是什么意思，小范还是个好学的人。刘玉勇解释了。小范听明白之后就说：“局长，你就是不怒自威啊。”

刘玉勇说：“我不怒也不威吧？”

“真的，局里的人对您评价都很好的。”

刘玉勇却没回答，他们在车上的时候，小范说的话经常没着没落地被搁起来了。总是刘玉勇不接话，小范也不好再讲。

刘玉勇死后，几个“又怒又威”的人找小范做笔录。小范其实已经不打算在城建局干了，他又不是本地人，在这里的一年他觉得把一生该经历的都经历过了，又遇上这样死人的事情，昨天，再开那辆捷达的时候，他总觉得后排座位上的人还在，他知道自己没法再干司机的活儿了，也没人需要他再干下去了。只是要去哪里，他还没想好。何况总得等追悼会后，他才能离开吧。

小范以为那几个人是公安，看上去又不太像，倒像是刘玉勇那种干部，一板一眼地问话，要小范说一下星期三那天的情景。

其实没什么特别的地方。小范说，那是普通的一天，堵车，刘玉勇在中心广场的十字路口下车，说走过去更快。

而小范自己，一直堵在那个路口，把车上那盘 CD 从头听到了第七首歌，肯定是第七首，因为他最喜欢那首歌，“我应该在车里，不应该在车底，看见你们有多甜蜜……”

——别唱了，继续说。

“有救护车过，但过不去，好在最前面那几辆杵一块儿的车已经腾出地方来了，我们就都能过去了，救护车要紧啊，别的车都让道，我也让道了。这时，街上有人跑着传话，说前面有人跳楼了。我还不知道是他，只想着不管谁跳楼，都是造孽啊。”

小范没能提供更多的信息给那些人。他坐公交车回住处，经过纺织纪念馆，那里的工程好像停止了。回到租住的房内，发现内裤已经全湿了，是紧张的。他想该去洗澡了，又感到全身无力，趴在床上愣神儿，想起老家，想起小玉儿的模样，圆脸上红扑扑的两团，喜庆得像是带露水的果子。他可能再也见不到她了。

如果不是为小玉儿，小范不会出来打工。村里外出打工的人虽然多，但村里的日子并不难过。是小玉儿要出来的。她既然要走，他就想，她出去打工，别把心思打大了，打大了的女人心，可就留不住了。他也就跟着出来了。他们本想去北京的，如果当初真去了北京，现在该是不一样的日子了。

可是也怪自己，一开始就不应该答应那女人。他知道她是县长的妻子，古时候该叫县太爷夫人吧。她头发很长，卷着，几乎盖到屁股了，人也丰满，眼睛斜着往眼角上长去，看上去有些凶悍。

她问他会不会开车。他说会，早就学过，他们村里已经不种地了，都种果树，来钱快，有钱的人家就买车，为运果子方便，年轻人就都去学车，想着将来总会用上的。没想到，真用上了。

她说介绍他去当司机，工资之外，每个月再多给一百块钱。

他没听明白。为什么要多给钱？

“我私人给你的，就当帮我忙。”她说，神情却是一副“你还有别的选择吗”的意思。

“帮什么忙？”他问，其实他的确没有别的选择了，如果他还想再见到小玉儿的话。

“你给一个局长开车，看看他有没有事儿？”

“什么事儿？”他觉得跟她说话很费劲，虽然她也是南方人。

“就是犯错误的事儿，行贿受贿、搞女人什么的，当然还有别的，比如跟什么人来往。”

“为什么？”

“你不看电视吗？”

“看啊。”

“那你不知道现在电视上都在说反腐吗？”

“跟我有什么关系？”

“你还想不想找到小玉儿了？”

“想啊，太想了，只是，我不懂。”

“你不需要懂，只要听我的就行了。”

“你会帮我找小玉儿吗？”

“小玉儿的事儿，都不是事儿，她就是跟别人跑了，我肯定帮你找到。”

“她不会跟别人跑的。”

“行了，还是个情种。我跟城里城外所有美容院老板都熟得很，连附近几个县都是，她还能做什么啊？肯定还是给人做美容啊，她只有这门手艺是不是？我可以帮你找到。”

小范也想不出别的办法，小玉儿本来在美容院打工，打着打着，竟然失踪了，小范怎么也找不到她了。美容院老板说她跟人走了，“白教她手艺了，翅膀硬了就飞了。”

小范始终不相信小玉儿会跟别人走，她在这里不认识什么人，当初他们来县城打工，只是因为在火车上遇到一个人，那人说能给他们两人都介绍好工作，他开出的工资价格实在诱人，只是到车站后他们才发现这里根本就不是北京，离北京还有一百多公里。他们都后悔了，那人却说，先学手艺，再去北京，你们这样去北京，什么都不会干，只能去工地搬砖，怕都没地方要的。

他们觉得这话有道理，就决定先干一阵儿再说。

小玉儿就在一家美容院学手艺，三个月后，人就没了。美容院的客人又都是女人，她能跟谁走呢？县长妻子是小玉儿的顾客，小玉儿似乎很喜欢她，那时总是告诉小范县长妻子多么照顾她，每次来美容都只点名要她做。小范那时当保安，看不惯小玉儿这样得意，“那你也只是给她服务。”

小玉儿失踪以后，小范每天就去美容院闹着要人，有一天就碰上了县长妻子。美容院老板急着赶小范出去，被她瞧见了。她挥手示意小范跟她走，小范就盯着她的长卷发，也不知道往哪个方向走，走着走着就到了一家兰州拉面馆。

她坐下来，点了一碗面，开口就让小范别再去闹事了，“当心人家打110，把你抓起来。”

“我打110报警找人，人家也不管啊。”

“她又不是失踪，只是不要你了，我知道，她跟我说过要去北京的。”

小范就觉得小玉儿没说错，县长夫人是好心人。可是小范不去美容院，又去哪里找小玉儿的消息呢？他已经不做保安一个月了，县城马路的每块地砖，他都恨不得挖起来，好像小玉儿会藏在里面一样。他想去北京找，又没钱。想来就哭了，拉面还没吃完呢。

县长妻子——现在她让小范叫她郑姐——就说："没事儿，我帮忙。"

他当场就给郑姐跪下了，她倒是吓得不轻，让他赶快起来，"成什么样子？"她说。

可是，他该怎么感谢她呢？他掏空口袋，刚好够付自己没吃完的这碗面钱。她不要他付钱。

郑姐要的东西却更多。

八

十二月二十四日这天，是出发的日子，也是西方的平安夜。冯媛媛认为是好兆头。按计划，元旦后他们就回来。天气预报这段时间也是晴好为主，无大风雪。十天的考察时间，是冯媛媛仔细考虑和计算得出的，依据食物和水在皮卡车厢所占据的空间。

老梁送他们出发，叮嘱说："有什么不对就回来，我包饺子等你们。"又给男生们每人发了一支烟。老梁自己平时只抽烟袋，香烟是他的珍藏品。

出县城，道路先是笔直的砂石路，两条车道宽，两侧均可望见略呈弧形的地平线。天地交界处如此看来，似乎并不远，但这只是视觉假象，因为地球是球形，人的视线便有了终点。一望无际是一个虚假的词。

沿路几乎没有车辆。路面上，砂石潦草铺就，没经过轮胎的重复碾压与梳理。皮卡车不时重重颠簸，有个女生差点儿掉出车厢。他们换了位置。车厢里的六个人都坐到里侧，物品和帐篷挪在外侧，再用绳索固定，防止跌落。冯媛媛和陈空竹因为都是病人，得到坐进驾驶室的待遇。他们曾经针锋相对，此时，至少表面上看已无芥蒂，也不知是否刻意地对彼此热情，以便弥补曾经的莽撞失礼。

天空越来越低，也可能是他们开始走向海拔更高处。天气晴朗，寒冷只是一种虚弱的存在，还不足以侵蚀内心的热情。

汽车摩擦砂石的声音，像滚滚涛声，那涛声升起来，又散逸成风声，风声灌进车厢和耳朵，变成流动的浓稠液体般的东西，让他们再难分辨彼此的话语，只能看着别人干裂的嘴皮，或唇上暗黑的水泡遗迹——干燥让每个人都不断地经历着上火的痛苦。

出发时的兴奋过去，心跳复归平静，各人似乎都陷入沉思的心事中，安静被彼此赋予。道路却随之曲折，雪山出现，先是低矮的，随后道路开始错乱。翻过这座山，就进入无人区。这山，也是一道门，世界与非世界的门。门这边是常识，门那边是非常识。也是时间的门，进入这门后，时间就停止了，此后多年的时光，只是重复旋转的陀螺，任尔东西南北、气象万千，也不过终回到这时间之门。

一只黑色大鸟从车前飞快掠过，刘玉勇紧急刹车，结冰路面，汽车侧滑，车辆看似将冲出道路，眼前只见一尺高的冰层。但倏忽，峰回路转，皮卡回到路中央。又是一段直路，只可见远处弯道积攒到一个点，像菊花花瓣散开，再拧回一处——那就是山顶，位居高处的目标。

惊魂未定的众人很快察觉，黑鸟出现后，耳边那黏稠液体般的轰鸣逐渐沉淀甚而消退了。另一种寂静开始主导，他们进入冰山。

车速减缓，车厢里六人的身体不时向同一侧倾倒，这就是在过弯道。砂石隐退在白雪下，雪下应是冰层，也不一定。那看上去是雪的，再看一眼，又觉得其实已经凝结为冰。这一眼与下一眼之间，实实在在离开几米远的距离。冰层终年不化，因为这里不存在时间。

车厢唯一敞开的这方，是摄影机镜头、电影银幕，他们借此方形天窗，窥视世界，移步换景。只是这镜头边缘并不固定，总在有节奏地鼓动。风是鼓槌，敲打得编织布的边缘起伏波动，如裙摆上的荷叶花边。

刘玉勇的车技似并不如他形容的那般熟稔。对他而言，夸耀自己开车是“童子功”也非夸张，只是性格使然——那种总也不以为然的性格，觉得凡事皆算不得严重。日后，他以此为罪孽，因为“妄言”之罪，如出家人说不打“诳语”。

那只掠过车前窗的黑色大鸟，似乎并没远离。待皮卡爬行上山，曲折来回后，黑鸟的踪迹竟又近在眼前，只是比上一次更贴近，也更显庞大。

黑鸟俯冲而来，似从天而降的陨石，又比陨石更具破坏力，因它还有伸直展开的双翼。冯媛媛呼叫着：“鹰！”

学动物学的小郑坐在车厢最靠近驾驶室的座位，他两手推了推眼镜腿，从容地说：“应该不是鹰，是鹫。”

那个“鹫”字还未完全吐出，这边的黑鸟已贴近车厢编织布临时搭建的顶篷。车内几名女生立刻发出尖叫，那不知是鹫还是鹰的诡怪动物，反被这齐声叫喊惊扰，翅膀猛地一扇，转换方向。眼见得一道黑色闪电灌进车厢。

女生们不约而同挥手，试图驱赶这诡怪，当然无用，车辆与鸟均在运动中，绝对运动，却是相对静止，除非某一方改变既定路线。

后车厢的骚乱，干扰到驾驶室内的平静。刘玉勇听见黑鸟扇动翅膀钻进后车厢的声音，像极了标枪扔出手之后，那长杆与风相刮擦，漫长的一声嗖，减弱，随即又是漫长的一声嗖——是穿刺空气的声音，也是速度的声音。速度终将繁衍出漫长的距离，距离代表投掷的胜利。

这一次，距离却不是胜利，而是一个突如其来的急弯。黑鸟撞击在车厢一侧，鸟爪在编织布上留下三个破洞，犀利的光线如亮剑刺入车厢。

有人反应过来，喊："停车！"

指令的发出，已落后于事实本身，皮卡撞上冰山内侧，这是被动的停止。

众人惊心动魄，好在车辆没有转向另一侧的山崖。

这瞬间，那黑鸟反而得到解脱，它总算冲出了编织布的牢笼，直飞上天，只在他们的视线里留下一线黑色，犹如白纸撕开一道裂痕，隐约可见其下的暗色疮口。

劫后余生的叹息。他们心绪未定，又很快发现，车厢外侧的几包物品，还不知是几包，在刚刚的撞击中被甩出了车厢。

"幸好被甩出的不是人。"出发时本坐在车厢最外侧的女生满眼含泪，为自己庆幸。

刘玉勇从驾驶座下车，转到驾驶室另一边。这边的车门紧靠山崖，已经无法打开。陈空竹、冯嫒嫒随后也从驾驶座一方下车，后车厢众人只忙着查看损失。

总共三大包的物品失落。捆绑本经过细心检查，应当牢固，然而途中更换座位，将物品移至车厢外侧时十分匆忙，只简单系个活结。那系活结的绳索，眼下还留在车上，一头系在车厢的钢板上，另一头的结已散开。以为绳索越粗就越牢固，却忽略了越粗的绳子打成的结就越容易散开。有人推测，是那只鸟，是那鸟的爪子钩开了绳子，活结嘛，一拉就开。

那几包是什么？冯嫒嫒问。众人摇头，打包行李的事情由冯嫒嫒操办，这里没有人比她更清楚那几包东西是什么。

"不管了，先找找，没准儿就在附近。"刘玉勇说。

说话的同时，他们已经发现，那几包东西滚在雪地上的轨迹。望过去，轨迹横穿过路面，断掉了，又在另一侧的雪地里重新出现，再看，线索彻底断掉——它们滚落到山崖下。

刘玉勇走过去，崖边探身一看，倒吸一口凉气。

凭借掷标枪的对距离的直觉，刘玉勇判断那三个红蓝格子编织布的大包，应在山崖下几百米外。它们还连在一起，大约将它们维系在一起的那个结，还是个牢固的死结。

坡地在此处突然陡峭。积雪里留下它们滚落的痕迹。先是几个大坑，像巨兽的脚印，随即脚印渐密，终连成一线。不，不只是线，比线更粗，是一条沟渠。

沟渠顺直而下，未遇任何障碍。这沟渠的终点，就是那几包东西，看上去只一丁点儿大，如雪地里开出一朵红蓝色的三瓣花。

“都是吃的。”冯媛媛说。“红蓝格子的包里，都是吃的。”她自言自语地重复。

刘玉勇飞快地回到车厢前，把剩余的几个包轮番拎起来，“所有的吗？我们所有的吃的？”

冯媛媛说：“是的，我记得很清楚，所有的吃的，都在红蓝格子的包里。”

“你把所有吃的都放在一个地方？”刘玉勇回身问。他在车厢里翻找时发现帐篷还在，各人的行李堆在车厢内一处，一些杂物，一把铁锹绑在座位底下，还有塑料水桶、煤油灯、煤油瓶……都不能吃。

“不是，我分在三个包里了。”冯媛媛为自己申辩。

“刚好那三个包都丢了？”刘玉勇突兀地举起右手手臂，又不明白为何，大概只是他投掷标枪的习惯动作，于是又放下。这动作透露出了沮丧。先前他还有愤怒，但愤怒无用，对冯媛媛发泄愤怒更是毫无道理。他应该愤怒的是那只鸟，鹰或鹫，而不是站在这里不知如何是好的同伴。有人指责捆绑行李的人办事马虎，却没人记得是谁打了那个活结。

有女生率先讲出要回去的话，“去不成了。”“是啊，现在还来得及，天黑前还能赶回去。”像是恳求，语气却迫不及待，因为这话合情合理。

冯媛媛只轻声叹口气：“啊。”

“回去吧，没吃的，去了也得马上回。”

“今天运气不好，遇上这事儿。”

“就是，我看是天意，那鸟儿，不是天意吗？”

“就是啊，走吧，走吧。”打道回府，失落自然也有一些，却不严重。去无人区的事情一波三折，眼下似乎终该有个了结。

女生们已率先坐上了后车厢，又被陈空竹叫下来，说：“不行，你们先下来，我们还得先把车弄出来。”

皮卡车头右侧已冲进雪堆里，陈空竹去车厢里拿铁锹，那绑铁锹的绳子却系得死死的，他无法解开。“该绑的东西没绑，不该绑的东西弄这么紧。”他蹲在后车厢，抱怨着。

冯媛媛突然想起什么，说：“不，我们没必要回去。”

“你疯了？”刘玉勇说。

她说：“不是，真的不用，我听老梁讲过，翻过雪山，还有一个村，过了那个村，才是真正的无人区，我们可以在村里找到吃的。”

未等她说完，有人嚷起来：“我不信，雪山那边怎么可能有村子，不信，不信。”

“如果没有村，为什么要修这条路？”冯嫒嫒反问。

“有路就一定有村子吗？你编个瞎话骗我们去送死？”

“是啊，那是个什么村子，里面是那些杀人抛尸的人怎么办？”

“没吃的怎么去啊？要打猎吗？我可干不过牦牛。”

冯嫒嫒说：“我们说好要去的，怎么是瞎话呢？我真的听老梁说过的。”

“天哪，你不能这样，这不是玩笑，这是送命的事。”女生们带着哭腔。“是啊，那地方有杀人抛尸的事情，也是老梁说的，你为什么不提？”

冯嫒嫒没哭，神情却是胜利在握的傲慢，像被偷袭的动物准备绝地反击。她两眼放光，光里闪耀着生死之外的凶残。她不求生，她只是想做一件事。对其他人来说，都有无数方向解脱。她不能，她只有一个出口。

“要去你自己去，我们不去。”刘玉勇甩出一句话。

陈空竹拿到铁锹，准备着手清理埋住车头的积雪。

是的，无论前进还是后退，他们都需要这辆车。分裂的集体再融合，纷纷着手清理车辆。只有刘玉勇手里抓着一块石头，刚才半路停车捡来的。书本大小的石头被他两手轮番抛起。石头跃起，只几厘米，又落入另一只手心。这让他看上去像是在思考，又好像只是焦灼。他刚刚讲的话，是要将冯嫒嫒驱逐的意思，但他们都清楚，没有人能在这里驱逐另一个人。

苏文看准一个无人留神的时刻，悄声问冯嫒嫒：“为什么非要去？先回去，以后再来，还有机会。”时间有限，周围都是同伴，他只得长话短说。

她蹲在车前，红手套插进白雪里，触目惊心的艳丽。她掏出一捧雪，扬手甩出去。雪花扑簌簌，迅速落满他们的肩。

“现在的情况是，我本来可以去，却不能去。而原来的情况是，我本来就不能去。”她说，“当然是我本来可以去却不能去的情况更糟糕。”

“可是你以后可以去啊。”

“我只有这一个愿望了。”

“以后，过几天，一样的。”

“我没有以后，我最多只能活一个月了……”她说。

“但是，我们都有以后！”刘玉勇喊道，他不知何时出现在苏文和冯嫒嫒身后的，也许他终于想通，也准备帮忙挖雪，无意间听见了他们的对话。

“你不想活了，不要带着我们去死。”

“我怎么带你们去死了，我做这些，不都是为了你们吗？我又不是为我自己，我都要死的人了，我还计较什么？你还说什么我要去自己去？我还就自己去了，我计较什么？”她说。

"你计较太多了！"

"刘玉勇，还有你们，我告诉你们，必须走，不能回去，你们要走你们走，除非我死在这里，我才跟你们回去！"

苏文劝："别说死了死了的。"

刘玉勇又无意识举起右手，还是投掷标枪的习惯动作，冯嫒嫒抢先一步上前，拉住他肌肉发达的胳臂："还要打人哪，来啊！"

刘玉勇手里还握着那块石头，是黑色的，被他认为有可能是黑皮玉原石的石头，书本大小。被冯嫒嫒拉扯住手臂，他才感到这石头的分量，无比沉重，这意味着里面可能真的是一块黑皮玉，只是在原石被切开之前，没有人能确认。"放手，你这婆娘疯了。"冯嫒嫒看上去正让自己整个吊在刘玉勇的手臂上。他本来可以把手臂放下来的，但她抓住他，两种力量相平衡之后，他本能觉得她要去抢那块石头。她看起来真是疯了，举着两只手，去抓那石头，她当然是够不到的。他的意识里，也就直觉不能放下手臂让她拿到石头。

他们急忙上前去拉开他俩，却让局势更混乱。她用了死力要攥住他，就像之前抓住陈空竹的手一样。

石头从刘玉勇右手飞出，他感到一阵轻飘飘的风灌进他一直用力握紧的手心。石头砸在她后脑处，又扑地陷进雪地，它可能确实是一块价值不菲的黑皮玉。

她突然松手，刘玉勇的胳臂失去她的力量制衡，反倒又往上冲了冲。她却向后倒下。几缕红色的血从发际线缓缓蔓延而出，落在雪地里，化作乌红的点点。血融化了周边一小圈一小圈的雪，雪水再混进血里去，那乌红就转淡了，竟又凝结起来，像雪地里埋下一个个粉红色果冻。

九

二十多年后，刘玉勇试图回忆冯嫒嫒的样貌，但能想到，只是一枚枚果冻状血块围绕的人形雪坑。红色液体逐渐填进，像钢水注进模具，再定型。这些年间刻意忽略的记忆，如不断冲泡的茶水，终于淡薄至透明。

刘玉勇从车窗看出去，所见却是与记忆完全相反的拥塞景象。拥塞中不时有密集的文字凸显出来，如活字印刷术中的字模：春华超市、扬州修脚、金泰福家常菜、德威治大药房、配钥匙配门卡、汽修五金专营、饮料电话卡、自行车补胎充气……不用再看过去，他也知道，往前，会出现五种颜色的金星幼儿园，蓝色字是电信营业厅，深红和金色的是周大福珠宝，大红镂空的是红星运动鞋，白地黑字的纺织纪念馆……他在县城里几十年的生活，分摊于一个个店面招牌上，像中药铺的小抽屉，打开一个，就出现一味药，就有一种滋味。一味药解决一个问题。他此刻需要的药，在哪个抽屉？

捷达仍未通过中心广场十字路口。穿荧光背心的交警在车海中来回奔走，却收效有限。排头的车辆也想退让，只是退无可退，因为后面也有车，车后还有车。这是环环相扣的机关，如贪吃蛇游戏，牵一发而动全身。每辆车都想更快些，想尽办法再往前一些，终于没有余地，再不能回头。不能回头的时候，还来得及吗？刘玉勇感到悲观。

他曾以为天无绝人之路，凡事都不以为然，因为总可以化解，最次也还有时间，时间总可以化解任何事。这世上死去的人比活着的多，所以活着的人都是有余地的人。有余地就总有机会抽身退步的。可是想退步的时候，身后真的还有余地吗？

车窗外的景象，简直密集如盘杂烩的剩菜——陈旧的菜色和纠缠的形态。他眼前出现了星星般的光点，像汤里的油，一团团，漂浮、晃动着。太阳很刺目，时间是上午十点。冬日斜阳的角度，刚好拦截人的视线。眼花缭乱，他想，是不是就是自己现在的感觉呢？“缭”这个字，又是什么字体和颜色呢？

他不再看窗外，低头翻检手机，下意识打开通讯录。手机通讯录也是一个个小抽屉。联系人的姓名分列整齐，是数码时代的排版，自动对齐、按姓氏首字母排序，几个大姓，陈、李、王、张……各自列下长队，仿佛等待点名的士兵。那些名字，有同事、亲属，各单位认识的、不认识的、似乎认识又似乎不认识的人，还有见过一面交换电话后再没联系过的人，物业、水管疏通工、儿子的班主任、洗衣店……

光斑仍在他眼前，像电视剧特效画面——白娘子双手合十、酝酿发功，手指上闪烁光团。光团变形、拉长，又长出两只脚，化身人形，是多年前青海无人区那个人形雪坑。

他下意识抬手，想要驱赶什么。小范见他挥手，以为车内有异味，就按下车窗控制钮。车窗徐徐落下，吵闹声迅速涌入。他的耳膜也膨胀了，似乎光团钻进耳朵，又宛如黑色大鸟在耳朵里扇动翅膀。

他开车门，下车。

小范在前车窗疑惑地看他。他简单解释说：“我不等了，走过去更快。”小范无奈地瘪嘴。

刘玉勇沿上班的路，在汽车之间的夹缝里穿行，遇到后视镜，必要侧身，但仍时常被后视镜绊住，引来车主责骂。他毕竟心不在焉。

他觉得自己也随那光斑飘起来了。正左右侧身、费力穿越汽车迷宫的不过是另一个肉身。真正的他，在半空中，上不着天，下不着地，四周都软绵绵的，是雪吗？真舒服啊。

她攥住他的胳臂，用了死力，却不是往下，而是往上，这一次，她带他飘起来，她说："还要打人吗？来啊！"又说："还要杀人吗？"

他张口，却听不见自己的声音，都是她的声音，一声声叠加，最后只剩下两个字：杀人。

杀人——白地红色字，黑体，加粗。

他感到自己又突然落回地面了，低头看见穿了三年的黑色人造革的鞋子正踩在人民东路的街沿上，鞋面上蒙层薄灰、横向蔓延有几道裂痕。

他杀过人。

她死了。然后呢？是一片死寂，利风变得轻柔，温柔地抚弄凶手。

"快止血。"苏文最先叫出来。他脱了外套，盖在她头上。"没用的，她是白血病。"有女生说。"她会死吗？"

她的眼皮似乎还跳动了两下，睫毛上落有白雪，也像泪。泪被血液冲开，她很快成了京剧丑角的样子。苏文摇晃她，她也跟着晃，血一直在涌，整件外套都变了色。

陈空竹去探她的鼻息，又去探脉搏。

"她死了吗？"他们互相询问，谁也不知道答案。女生们开始尖叫，也不知该做什么，纷纷用手盖住张大的嘴，又去蒙眼睛，最后，她们干脆把脸也蒙住了。

风突然大起来，刮起一层雪花，好像要将所有的痕迹覆盖。这是一种提醒。在瞬息万变又永恒不变的时间之门内发生的任何事，都不过沧海一粟，终将被更磅礴的力量淹没。

"怎么办？怎么可以止血？"不知谁在问，也没人回答。

"死了，我想。"陈空竹站起来，说道。

刘玉勇觉得自己快冻成冰雕了。苏文还把外套压在她头上，却不敢去看她的脸。他抬头，轮番去看每个人，好像希望得到什么答案。

"她踩上去了，那不是冰，只是一层雪，她掉下去了。"他们反复背诵这句话，预备讲给见到的每个人听。他们一字不差地复述，从未有过差错。

"她踩上去了，那不是冰，只是一层雪，她掉下去了。"刘玉勇喃喃自语，却忽然听见一个女人的声音："别以为我不知道，我都门儿清。"

他一惊，循声音看去。"春娟美容美发沙龙"几个字下，卷发女人正叉腰打电话，声音很大，像吵架："我都说过了，我们这儿签了三年合同，现在突然要拆，一分钱都不退……是啊，改造归改造，我听说还要改造成什么鞋城，我不管你改什么，但你收了房租总该退的啊……按合同办事，他们猫儿腻多着呢，以为别人都傻，可以瞒着……是啊，我坚决不走，我肯定是最后的钉子户，他们瞒得了一时，还瞒得过一世去，真瞒得过一世去，我就服他，奶奶的……”

他不想瞒一世，没想过。他从来想的是，重新再来，凡事不都有余地吗？他还可以弥补。回县城工作后，他资助了两名青海的学生，一开始是老梁介绍的，后来老梁也病死了，他就自己找需要资助的学生的线索，再后来，也不只是青海的学生了，只要有捐助的信息，他都捐，也不留名。他一开始还把单位每年发的年货寄给冯媛媛老家内蒙古的家人，他不敢在发件人处写真名。有一年包裹被邮局退回，说查无此人。包裹退到单位，收发室写了招领通知，他看见了，不敢去认领。他想冯媛媛的家人去了哪里，也死了吗？他希望他们好好地活着。

车流在他身旁缓慢挪动，好像濒死的大型动物迈不动沉重的腿。那次之后，他再没开过车。当局长后，他摸过一次方向盘。司机中途去加油，他坐上驾驶座，感觉就像触电，又立即退出来。他的妻子提前病退回家，他没像别人建议的那样，用城建局长的身份，为她在地产公司谋一份只领薪水不上班的工作。妻子有很多埋怨，不是因为他的做法，而是因为他从不解释。就是这样，所有好事他都不配了。他无法解释。

也有那种特别想说话的时候，他就去县城边的古庙。可后来他发现，那里的僧人都是职业化的，白天去寺庙上班，晚上开宝马车回家。他无法得到他想要的东西。他看电视，很羡慕国外那种偏远的小教堂，那些人可以把一辈子的话都说给上帝听。葛优在哪部电影里，就跟小教堂的牧师把一辈子的话都说完了。

刘玉勇不再开车，苏文开车带他们从雪山下来。那是怎样的山啊，是山，好像又不是山。苏文刚学会开车，不熟练，只穿件毛衣，两眼死死盯着风挡玻璃，红得像狼。刘玉勇坐在冯媛媛曾坐过的座位，觉得两只脚都不存在了。真冷啊，明明是正午，一天中气温最高的时刻。他哆嗦着，将那块书本大的石头抛出车窗。那肯定是块黑皮玉。石头抛出去后竟悄无声息的，仿佛它从没落地一样。

刚刚，他们把她抛下山崖的时候，她的坠落也静悄悄的，仿佛从来没有落地。那地方，难道是无底洞？两山抵牾形成的狭窄缝隙，是一道撕裂大地的黑色伤口，任何东西投进去，都迅速被吸纳，消失得无影无踪。他回忆自己在专业课上学过的东西，试图判断她的去向，却什么也想不起来，大脑与那世界同样苍白。之后，是清理雪地上的血、车上的血、每个人身上的血。一个人身上，为什么会流出那么多血？

“一条命和九条命，所以，只能这样。”陈空竹拍他的肩，他回头，看见的全是人影，密密麻麻、重重叠叠。再望，都是死人。所有的事都有余地，只有死人的事，没有余地。

“她会害死我们的，她本来就是白血病。”陈空竹说，伴以无可奈何的叹气。

他想陈空竹只是为安慰他。他刚刚也差点儿从山崖上跳下去，他们拖住他，把他按在雪地里。“想想，想想”，很多声音重复着。

处理尸体和统一说法，是他们共同的决定。冯媛媛不再能开口说话的时候，决定做得极为容易，没人有异议，异议者已不能发言。

“她踩上去了，那不是冰，只是一层雪，她掉下去了。”苏文说，并让每个人都重复一次，一字不差。

“必须镇定了，真的，你这样，我们都会完蛋的。”陈空竹也说。

二十几年后，刘玉勇依然能把这句话一字不差地复述。可是，其他七人呢？这是虚假的供词，宛如“一望无际”一样不可信任。可他们依赖着这句话，抚慰彼此。誓言成立了，他们一直背负它，无论它会不会越来越沉重。他想起五年前，那次在北京簋街的聚会，八个人只来了四个。他当然去了，他必须确认其他人是否还在坚持，但有四个人没来。为什么没来？理由可以很多，最大的可能，也许是他们不再坚持，然后终将放弃。

冯媛媛牺牲了，大学举行了隆重的追悼会，这所院校从没有过为科学考察牺牲的先例，冯媛媛是第一个。她被追认了很多荣誉，全校师生都去听冯媛媛先进事迹报告会。只是那些报告会与她无关——她在冰山下，冰冻、结晶，连同她的白血病一起。

刘玉勇已经走到纺织纪念馆门前，死盯着看牌匾上五个白地黑色的大字。县城纺织厂解体后，办公地址改建成纪念馆。工程从去年夏天开始，现在已一年半。十层的楼馆，只剩下外立面没有完工。楼上几层的绿色防护网被拆除了，露出半截灰玻璃墙面。下面七层，以后会是县城自主创业基地。纺织纪念馆其实只占上面三层。纪念，是为那些消亡的东西，新兴的生活，却被消亡的东西覆盖——这是要一直被死去的东西压住啊，他想。

他掏出手机，看小范的信息。“那些人又来电话，说今天下午最后一次常委会。我还堵车，怕耽误您，所以先发短信。”

是宋体，小五号，手机上显示成四行。他反复读。这个上午他突然陷入文字和语义的困惑里。什么意思呢？最后的通牒？怕耽误您，耽误什么呢？其实那些人不需要这样的，他想。他能决定什么呢？眼前玻璃幕墙的楼，像个古怪的玻璃瓶子高耸在四周所有建筑上方，不就是他无关紧要的证明吗？当初他确实为纺织纪念馆争取过更好的方案，可他不过是执行者，其实连执行都算不上。他只是棋子，在宏大的棋局里，连自己的落脚点都无法得知。

他并不知道那些人是否真有线索，可以寻踪到青海的事情。他很累，就像一直抠着悬崖边缘的人，用尽了所有力气，会抓住面前出现的任何一根绳子，或者干脆松手。而这些天，他其实已经得到那根绳子了。于是他才会不断告诉自己,他们就是知道。

他转进纺织纪念馆已经建好的大门,是两个并立的纺锤形状。上方有模仿纺线的设计,将两根纺锤连在一起。千丝万缕啊,他想。

手机还在他手心,几分钟后,它将和主人一起,从十层楼顶坠落,摔成一把无用的金属碎片。

坠落的感觉,其实很美妙。天空灰白,一道光斑,拉长了,直指太阳最刺目的核心。阳光铺成的路,白光闪烁,向斜上方延展,通往朦胧不可见的地方。他迈步往前,想看得更真切。松软、温暖的光芒就托起了他。他看见很多个太阳在四面八方升起。哦,是九个太阳。

他回头,只见身后道路曲折蜿蜒。其实也看不大清楚,因为很快又开始飘雪,朦胧了这天地间的真相。

十

刘玉勇死了,郑姐不认识小范了,小玉儿走了,这地方和小范再没关系了。

刘玉勇死后,小范接到过郑姐的电话,说:"不管谁问,我们都不认识。别的事儿你就不用管了。"他还想问关于小玉儿的事儿,但郑姐已经挂电话了。

郑姐到底是帮他找到小玉儿了,在北京房山的一家美容院。只是小玉儿不要他了,还打来电话说:"我们分手吧,不要联系了。"他想她的心思还是变大了。他说:"我去找你。"小玉儿那边说:"你来我还是会走的。"

他一年多前来这里,留下的全是倒霉的记忆。此时想来,给刘玉勇开车的一年,竟是最好的时候。刘玉勇生活简单,只是上下班,或者下乡,外出也只是白天,跑不出县城。小范也不用像县里其他司机一样,等领导吃饭要等到半夜,他们司机之间会交流这些事,就在局长们在什么地方一起开会的时候。

小范感到难过。他趴在床上,拼命想,也想不出星期三那天刘玉勇有什么跳楼的迹象。他一周前给刘玉勇讲了那些话,之后他好像并没有反常的举动,他以为那些话没用,但可能真是那些话逼得他跳楼呢?

"那我是杀人凶手吗?"小范觉得自己快要被这问题折磨得也去跳楼了。他的确做了不好的事,可是他并不想害死刘玉勇的。刘玉勇是好人,也是个好官。小范比谁都清楚。他之前就是这样告诉郑姐的,可是郑姐不信,她让他继续观察。这一年,郑姐也没怎么找他,就一次,还是小范主动打电话给她,他先说:"他没事儿,什么事儿都没有,后备箱的礼品,他还让我送回去。"然后他问郑姐,能不能帮自己劝劝小玉儿,让她回心转意。他觉得小玉儿是肯听郑姐的话的。可是郑姐说:"不管用,我又不是她妈,不过,如果你发现了什么,我会考虑的。”她挂了电话，都没听他有没有答应。他想，是啊，郑姐根本不需要知道他有没有答应，因为他只能答应、必须答应。她给了他一份好工作，收入比之前当保安每个月多了一千块钱，她还帮他找到了小玉儿，而他还没有任何回报给她，他怎么还要求她更多呢？何况，虽说他有任务在身，却并不急迫，她又没有每天问他有没有发现。他有时会想，其实，忘掉这些，再忘掉小玉儿，好生做个司机，不是很好的生活吗？只是他忘不掉，尤其小玉儿。

直到两星期前，郑姐才在他当司机之后第一次主动联系他。他本来已经快忘掉郑姐安排的任务了，但电话一来，他就知道，有什么东西哗啦碎掉了。

郑姐说了个期限，他说，真没事儿怎么办？他想，反腐为什么要有期限呢？郑姐在那边就笑，“他没事儿，你不会套他的话吗？”

他又问：“套话也没事儿怎么办？”

郑姐说：“你是猪脑子啊，这么简单的事情，你自己想。”

挂了电话，他开始想，还是想不出来。要换了其他局长，他可能早就完成任务了，小范现在已经知道别的局长后备箱里有什么东西，但偏是刘玉勇，他毫无破绽。他先是不可能受贿，因为刘玉勇身上穿的衣服，连小范都有些看不上，而小范还去过他家，也是四壁白墙，电视机是二十一英寸的。他儿子的床，居然是个衣柜改的。他老婆的穿戴，跟郑姐也是没法比的。他更不可能有女人了，刘玉勇看见漂亮女人，几乎都不会讲话的，就这么一个人。

正想着，就看见郑姐的短信，郑姐发来了刘玉勇的简历。小范是聪明人，突然明白郑姐的用意了。她让他套话，得先知道他的经历才成啊。可是，这经历也很简单，上学、工作，父母、家人，一目了然，只有青海支教一项，让这简历显得精彩些了。

小范编了些话：“那些人知道你做过什么，会捅出来。”

那些人是谁呢？他想，如果刘玉勇问，小范就说自己也不认识。那些人，这就对了，会让刘玉勇琢磨半天的。可是刘玉勇看上去并没琢磨。小范想，这就得从他的简历开始了，于是说到了青海。刘玉勇似乎有点儿反应，但小范不确定，而且事情到现在，小范认为自己的好奇心已经被鼓舞起来了，倒不像是郑姐安排的任务，而像是小范自己的事情了，就像打游戏，越打不过的时候，偏越想打。

郑姐却催促得紧，见小范毫无进展，郑姐就说了中心广场的项目，星期三下午最后一次常委会之前，这是小范的最后期限。小范不太明白常委会是什么级别的会。

郑姐说，你再试试这个，跟他说中心广场的项目。

小范想，这样也行吗？每个人都有秘密的，他想，那种打地鼠的游戏，其实每个洞都多打几次,总会打到老鼠的。他从这任务里感觉到了乐趣的成分。刘玉勇多严肃的人,如果知道他更多的事,不也不错吗?

小范就给刘玉勇讲了他们村子里的事。有人十年前为五十块钱杀了妻子,因为妻子拿五十块钱买衣服了,他觉得妻子大手大脚,不理解他赚钱辛苦,一怒之下就杀了她,然后逃了十年,再没回过村里。他以为没事儿了,年前回家给父母上坟,十年没上过坟了,没想,在坟头前,被抓了。

小范讲的这件事,是电视上看来的,法制频道总播这样的案子。他还从法制频道看到过心理暗示的方法,公安在审讯时总用,看似无关紧要的话,却能引起嫌疑人的不同反应,然后泄露线索。

小范又讲了些案子,都是这样的风格。刘玉勇似乎也没听进去,反正他总是在后排座位不言不语。小范那时以为,讲讲这些奇怪的事,也没什么害处,但会不会真的是这些事逼死了刘玉勇呢?

可是,如果刘玉勇一点儿事情没有,又怎么会被逼死呢?

小范头痛极了,他觉得自己确实没做错什么,但又好像哪里真的做错了。他想起床,却怎么也起不来,就像被什么梦魇住了一般。他们村里,都管这叫"鬼压身",会不会是刘玉勇的鬼魂压住自己了啊。他费力抬手,摸自己的脑门儿,发烫得像煮过一样。

昏睡中,他突然产生一个念头:郑姐的目的,根本不是看刘玉勇有没有腐败,而是要威胁。

小范被这念头惊醒了,威胁?那自己也是帮凶了。

可是,郑姐为什么要威胁刘玉勇呢?县长比局长官大,不应该管着刘玉勇吗?就像乡长管着村长一样啊。

小范忍不住还是给郑姐打了电话,第一次没接,第二次响了十声,郑姐才接起来,没好气地说:"谁啊?"

是我,小范紧张地答,又不知那些乱麻样的思路该怎么说,看时间,是晚上十一点了。

"我不认识你。"郑姐说。小范就知道,她已经听出他的声音了。

"郑姐,我,我,我们是在威胁吗?"小范想。电话里太明确的东西是不能讲的,他知道公安会监控电话,法制频道也演过。他突然后悔打电话了。

"什么?现在,现在,都没事儿了,都没事儿了,人死不能复生,你不要多想,再把脑子想坏了。"郑姐挂了电话。

小范却一直想啊想,没人可以帮他想。他眼睁睁看着天色发白。他租住的一间房子,也地动山摇般在眼前晃起来。简易的布衣柜上,黑白格子的花纹,像扑克牌一般翻来覆去。

为什么郑姐说没事儿了呢？人死不能复生，他以为这话里有好多含义，法制频道那些节目又让他不得不产生更多联想。他当初看法制频道，还是在小玉儿失踪的时候，他关心那些拐卖妇女的案子，以为可以看出些门道来，却没想真把自己看坏了。

人死不能复生，这是灭口的意思吗？刘玉勇知道什么呢？如果郑姐说没事儿了，难道是刘玉勇被灭口了？不，不可能，郑姐不会做这样的事，如果做，也不会绕这么大弯子让他去套话了。

又是一念之间，意识倏忽一闪——不是郑姐威胁刘玉勇，而是刘玉勇知道县长的把柄。是的，要不县长为什么不能直接去管刘玉勇呢？所以郑姐才需要刘玉勇的把柄。她不是要威胁刘玉勇，也不是为什么中心广场的项目，只是因为刘玉勇威胁到县长了。不过，那为什么还有个最后期限呢？

小范昏沉沉睡去的时候，总算疲倦地想明白一件事。无论他们谁威胁谁，都是自己害死人了。他为什么要给刘玉勇讲那些法制频道的事啊？现在，他再也不敢看法制频道了，因为他也会害怕了。他不知道这种害怕会持续多久。他想起那个十年后被抓获的杀人犯，又觉得这种害怕永远也不会结束，除非那最后的时刻，突然到来。

可是，即使到那时，他怕也还是不会知道，这世界的真相。

【作者简介】周李立，女，1984年生于四川。毕业于中国人民大学新闻学院。著有小说集《欢喜腾》《八道门》《透视》等。作品多次被各种选刊转载。曾获第四届汉语文学女评委奖等奖项。2017年获第十七届百花文学奖小说新人奖。现居北京。

花满月

◎ 方方

一

到处兵荒马乱。

花满月还在牌桌上。

她的脸通红,亢奋中她心无旁骛。出牌的啪啪和洗牌的哗啦啦像是火上的柴,一直在燃烧她。似乎几次有人叫她,她都只是袖子一摆,说,一边去!然后继续她的牌局。最后一次,是家里的车夫王四。王四嗫嚅着说,老爷太太等不及,都走了,叫我过来接你。直接到码头会合,今天有船去上海。

花满月隐约听到王四的说话,却没回头,只是大声道,不是说好了打满一百圈吗?现在才一半哩。王四急得跺脚,甚至伸手拉了一下她的衣服。花满月怒了,反手一掌拍在王四脸上,依然没有回头。花满月厉声道,你好大胆,居然敢拉我的衣服?王四捂着脸说,老爷发了脾气,说是接不到小姐,就永远不让我进花家屋。现在家里人都走好远了,我怕误船。花满月说,你进不了花家屋,关我屁事。他们要走,走就是了,反正我不走。王四无奈,又是叹气又是跺脚,见花满月依然全身心扑在牌桌上,便只好蹲在一边的墙角等候。

牌桌上响起一片夸赞花满月的声音。说花满月有豪气,这份豪气才是牌场最紧要的。又说难怪花满月总是赢家。花满月很开心。家里早不许她打麻将,关了她好多天,她吵闹发誓,以自杀威胁,终是靠了弟弟花满天的帮忙,才被放出。爹妈给的条件是:再打五十圈,从此永不摸牌。花满月觉得用五十圈买她一辈子的快乐,太不划算,不肯,依然闹。花满天帮她加到一百圈。爹妈倒也同意了,却又加了更严酷的条件:如果一百圈打满还不收手,就采用家法,或砍手或逐出家门,二者选一。花满月为求自己能马上出门,只好配合发了毒誓:如果打满一百圈,再要想打,不用砍手或赶出家门,直接罚死好了。

一想到这次出了牌场就再不能进去,花满月便心怀悲愤。她想,不把这一百圈打足,我怎么对得起我自己?

花满月完全不知昼夜,不清楚时间过了多久,也不清楚其间是否有人找过她。正打得昏天黑地,门里门外突然有大喧哗。她不禁拍桌子发起了脾气。起身叫骂间,这才发现,情况有些不对头。

冲进来的人都端着枪,他们叫解放军。花满月一时发了蒙,牌友们都吓得冷不丁站起,不敢吭气。对面的一个,竟然还钻了桌子底。花满月突然意识到了什么,她叫了一声,我还没打完哩!

是的,她还有二十八圈没有打完。

两个端枪的解放军走过来,板着面孔说,解放了,还打什么麻将?都回家去!

整个牌馆的客人便都一哄而散。花满月想回一句嘴,可是看到他们手中的枪,也不敢吭气了。她悻悻然出门,四下找王四的车,却见不到王四人在哪里。她吼叫着,王四!王四!

叫出好多声,才见王四跌跌撞撞迎面跑来。花满月骂道,不找时,像个苍蝇在眼边晃;找你时,你倒是躲到井底下了?王四说,满街都是大兵哩。花满月说,回家!车呢?王四胆怯道,被大兵征去拉伤员了,我追去要,他们没给。花满月怒道,你倒是大方。我家的车,要你做主?没了你赔得起吗?老爷这个小气鬼,不扒你一层皮?我大哥心狠手辣,他饶得过你?王四嗫嚅道,可是当兵的手里端了枪,不给不行呀。花满月见他回嘴,更生气了,说,崩了你才叫是个好!

没有车,花满月只好步行。当初她好容易争得机会出门,只恨不得早一分钟去牌馆,也无心打扮,一件旧花褂子随意地套在身上。鞋虽然是双半高跟的,可也旧到没有了看相。街上的石板路,一格一格,又错着排列。花满月走了几步,鞋跟便被卡掉一只。她低头看了一下,也懒得捡,由着自己高一脚低一脚地朝家里走。

王四跟在她的身后,想搀扶一把,又觉得不合适,便只是佝着背,跟在后头。见她鞋跟脱落,忙替她捡起。心想都怪自己没能看好车,害她如此。他不停地说,那个解放军很客气,只说借用一下,让我晚上去医院拿哩。

花满月懒得理他。

街上果然有川流不息的大兵来来去去。虽有满脸征尘,倒也满面带笑。花满月初始有些紧张,遇上几拨后,见他们喜欢斜眼瞟她,全无恶意,便放松了身心,也朝他们微笑。

离花家屋的大门还有十几米，王四突然发现门口有岗哨。便在花满月身后说，怎么有大兵在花家屋站岗呢？花满月便得意了，说，我爸是什么人？花天霸呀！我大哥是什么人？花无敌呀！新官来县上任，首先得来我花家屋拜门子。出了我花家屋，才敢去衙门，这就是规矩！

这些王四当然知道。城里几乎所有的达官贵客，他都在花家屋见过。老爷花道安被称花天霸，大少爷花满江被称花无敌，这都不是空说的。全城一条街，花家的店铺占了半条，街名都叫了花半街。

但是，花家的小姐花满月这次却被大兵的枪挡在了外面。大兵一脸严正，说，什么人？不准进。花满月吃了一惊，说，你是什么人？你杵在我家门口，倒问我是谁？我是这花家屋的小姐，我要回家。大兵说，新社会，不再有少爷小姐。这家人全家逃跑掉了，留下的空房被我们征用。现在是县城临时保卫部，请你们赶紧离开。

花满月叫了起来，说，那我住哪儿？你们凭什么霸占我家的房子？大兵面孔板了下来，说，你胡说吧！你有什么证据证明这房子是你的？花满月说，王四做证，他是我家车夫。

说话间，屋里出来一个人。花满月一看，是她家的厨子阿贵。她忙叫着，阿贵，你来得正好。兵大哥，你看，他是我家厨子，他可以证明。阿贵，你跟他说，这里是我家。

大兵有些疑惑地望着阿贵。阿贵乍见花满月，先是惊愕，脸上似有害怕神情。但见大兵和花满月都望着他，犹豫片刻，仿佛做了个恶狠狠的决定。他走了过来，看都没看花满月，脸朝着大兵说，全城人都晓得，花家逃得一个不剩，哪里还有什么小姐？这个男将倒是王四，不过……这女人像是他的相好。他们谋算好久了，就想趁花家没人，好占他们家的房子。

花满月一听便炸了，她大声一呸，一口痰朝着阿贵啧去。阿贵避让不及，痰落在裤腿上。他对着大兵叫道，你、你、你，你看她像花家小姐吗？人家花家小姐哪里会这样……泼？

王四早已吓得腿软，但也大大地怔着了。他想不到这个做饭的阿贵会说出如此一番话，顿时张口结舌。花满月跳起来大骂，甚至想要扑过去击打阿贵。阿贵躲闪在大兵背后。大门里又出来一个人，个子很高，样子颇有威严。他对守卫的大兵厉声道，吵闹什么！正在开会，还不把这些闲人轰走！

守卫的大兵便端起了枪，大声道，赶紧走开！阿贵似乎特别怕见那高个子，他吓得直哆嗦，对着花满月和王四说，你、你、你，你们还不快点走！快走呀！快走呀！他冲着王四又是挤眼又是努嘴，王四仿佛看出有点名堂，不顾花满月还想继续辩解，一把抓着她的胳膊，把她拖离了花家屋对面的街角。

花满月咬牙切齿说，这个王八蛋阿贵，我连自己的家也不能回吗？我家人都去哪儿了？难道家里没人了？王四哭丧着脸说，小姐打牌的时候，老爷太太大小少爷都一起走了，用人带的带走，不带的回家，老爷发话让我直接送你到江边哩。花满月说，那你怎么不早说？王四说，我说了，可你正在牌桌上，不肯听哩。王四说着，摸了一下自己的脸。

花满月想了起来，自己还给过王四一个巴掌。这时候，她有一点小小后悔。

这天晚上，花满月被王四带到了他的家里。

王四住在城墙根下一条小巷里。小巷很窄，却有一个雅名，叫西月巷。王四说，这名字是花老爷起的。好多年前花老爷在此给家里的下人盖了几间板壁屋。盖好过来看时，天还没黑，但西边有淡淡一点月亮出来。花老爷说，迟早要成巷子，就叫它西月巷吧。后来这里果然成了巷子。

王四的板壁屋很小，只一个房间，房里有一个低矮的阁楼。王四平常与老娘一起住。正房老娘住着，王四则住在阁楼里。王四带了花满月回家，老娘听说是花家小姐，高兴得下巴都要脱落下来。巴结着笑了半天，又特意为她炒了一个鸡蛋。王四穷，家里真没什么可吃的。

天黑时，阿贵悄然而来，带了一碟烧肉。花满月怒目相视，待他走近，伸手便是一巴掌。阿贵没有挡，挨了巴掌后，递上肉，方哭丧着脸说，小姐你要听我讲呀。

阿贵说他被老爷留下看家。天没亮，有一伙人冲了进来，一个领头的说，他弟弟是被花老大打死的，他要报仇。结果家里人都走空了，他们什么人也没找到，就只是砸了一些东西。天大亮后，又来一拨人，就是那个高个子领的头，大家都叫他政委。他是个大官，见花家没了人，便说征用房子。知道阿贵是厨子，又说厨子是穷人，还留他当伙夫。阿贵并不知小姐留在城里。他听到高个子接电话，像是有人跟他说，花家有个小姐还没走，如果发现，就扣住，把她送到省城去。他听了很害怕，想出去看看有没有人可以带个信给小姐，叫她千万别回来。结果一出门，恰恰见到小姐和王四正在门口，吓得他魂都碎了。

花满月惊道，扣我做什么？阿贵说，找你家报仇的人应该不少吧？老爷和大少爷的仇人也很多哩。先来的那个要报仇的就是顾湾的，顾木根，王四你记得不？王四说，记得记得，是被大少爷一枪崩的那小子。阿贵说，来的是他三哥，是个游击队长。

花满月不作声了。她知道她的大哥做过不少荒唐事，包括打死这个叫顾木根的勤务兵。其实就是装饭时，不小心摔碎了碗。大哥那天心情不好，一撒气，拔枪便扣扳机，刚好打中要害，当场人就没了气。靠了她父亲上下打点，她大哥猫到省城避了几个月，之后回来像什么事都没有发生过。

阿贵说，所以我不能说小姐是花家的人，小姐你明白了吧？花满月点了点头，心里对阿贵有几分感激。王四说，那……往后怎么办？花满月说，我明天就坐船去省城。王四说，到省城你去哪里呢？老爷说他们当天就会去上海。花满月说，我到了省城也去上海。阿贵说，你怎么走？你走去哪里？你身上有多少钱？外面到处都还在打着哩。

花满月怔住了。外面打仗她倒是不怕。关键是，她去哪里，能找到谁，以及她哪有钱出门。

阿贵说，我看不如先住下，等老爷他们回来。不要叫原先的名字，免得被抓走。好在西月巷这边只几个花家店铺里的伙计，也没什么人见过小姐。王四说，是呀是呀，这样安妥一点。不然老爷回来，我也没办法交代哩。阿贵说，有王四照看，老爷一家都会放心。回头老爷一定会重赏王四，给王四一间新屋都说不定。阿贵说时环顾了一下四周。

王四的老娘脸上笑开了花，忙不迭地说，小姐尽管放心住在我家。我们阿四虽然笨，挣个饭钱还是可以的。

花满月没有说话。她想了想，觉得这其实就是她唯一的路。吃点苦就吃点苦吧，好在，花满月想，她的牌还没有打完，等她爸妈回来时，她不光可以打完，或许还可以力争多打几次，毕竟他们要为她吃的苦做些补偿。

花满月想完，痛快地说，行了，别啰唆了，就这样吧。我现在先叫岳满花好了。我爸回来，我一定叫他重赏你们两个。

这天夜晚，花满月就跟王四的老娘睡一张床。她也累了，甚至感觉不到时间。一觉睡到天亮，醒来时，远近都有小孩的歌声，激昂欢快。恍然间，她意识到，世界真的变了。

二

现在，花满月这个人已经没有了。县里挨家逐户登记时，花满月亲自报出了岳满花这个名字。

王四和他的老娘不知怎么称呼她为好。叫小姐不能，叫名字不敢。倒是岳满花自己满不在乎，说，你们叫我满花就好，反正又不是我自己。

这样，王四和他老娘都叫她满花。阿贵偶尔来小坐一下，也跟着这么叫。开始有些别扭，但叫着叫着，也就顺了口。

岳满花和花满月的生活自是不能相比。花满月的日子，每一天都是喷香扑面，而岳满花的日子，则每一天都臭气烘烘。岳满花最初不明白家里这臭气从何而来，并且每到晚上就愈发显臭。后来发现它们竟来自王四老娘的脚。王四老娘是裹了脚的，一个月难得洗一次。那些捆扎变形的皱褶里，塞满了不知什么年代的污垢，就算是洗，也洗不到那些深褶中去。岳满花为此发了一次脾气。王四辩解说，我老娘八岁裹脚，算起来裹了一个甲子，就算是拼了命去掰，也掰不开呀。

这次的脾气，让王四的老娘不高兴了。当然，不高兴的主要原因还不是她的脚臭不臭，而是大家似乎有些明白，花家屋的老少主人回来的可能性已经很小很小了。他们所认识的有钱人死的死抓的抓逃的逃，差不多一夜之间，全不见人影。而今是新社会，穷人当家做主。就算王四一个拉车的，也再没有人敢欺负他。花家屋的正房已成粮食局，其他偏屋，全都改作了粮库。后面的花园，划给了隔壁小学当了操场。老少爷们儿如回来，自己都没地方住。更何况，连目不识丁的王四老娘都知道，新社会，没有了地主，没有了富人，他们即便回来，也得跟王四一样，出门干活，赚钱养家。如此这般，王四想要的重赏怎么可能会有？这一切都没有了，他们白白养着一个小姐在家做什么？居然她还嫌臭！

这么想着，王四老娘的脸色便慢慢摆了出来。她开始对岳满花挑三拣四。说岳满花懒得抽筋呀，又说岳满花不劳动吃白食呀，最可恶的是，还说岳满花吃得太多。岳满花当惯了小姐，一向是人家看她的脸色，她何曾看过别人脸色？她想，我都已经忍了你的臭，难道还要我忍你的脸色？于是，她的脸色摆得更加难看，一旦听王四老娘唠叨，便以刻薄话来还击。王四老实，从未遇到过如此复杂局面，一头是老娘，一头是小姐，他夹在中间，不晓得如何应对。

王四便去找阿贵讨主意。阿贵也觉得此事复杂。他说，我老婆跟我老娘闹别扭，我揍她一顿，她就老实了，晚上还得服侍我。这满花小姐不侍候你，还不能揍，确实难办。王四说，所以求你帮我想想法子。阿贵转了下眼珠，突然说，要不你把她变成你老婆？王四吓了一大跳，说，这、这、这，这哪里行？老爷回来，我的人头就得落地呀。阿贵说，你是他女儿的恩人。生米煮成熟饭，就算老爷万一回来了，你就是他花家女婿，他要杀你，小姐会让他杀？杀了你她当寡妇？再说了，看新社会这火红，老爷回得来吗？老爷不回来，你赚个老婆不也蛮好？王四说，这个、这个，我不敢。阿贵说，你反正没老婆，小姐虽然又懒又馋，但她到底也是金枝玉叶对不对？王四说，我老娘肯定不会准我找这样的媳妇。阿贵说，那你就光棍儿一辈子吧，然后还要养一辈子这个老小姐。

王四说，哪能呢。过阵子，让小姐走，我妈就会给我说一个。阿贵说，城里哪个不晓得她是你王四的人？满花小姐不是在你家登记的吗？登记时她是你的老婆，你不娶她，她嫁得出去？而且你又怎么娶得回人？你想犯法？

王四吓了一跳，想想也是。政府登记名册时，恐怕花满月身份暴露，就以他老婆名义写了岳满花，以为就是临时的事，哪里想过老爷回不来？一想到因为有岳满花，他就不可能娶老婆，而不娶别人，娶她岳满花，他又何曾敢有这个念头。这样想来想去，他便很有些郁闷。

转眼就是春节了。岳满花在王四家也住了小半年。除夕这天，岳满花跟王四老娘又吵了起来。原因是嫌王四买回来的肉太少，鱼太小，根本不够三个人好好吃一顿。王四老娘大为生气，觉得儿子靠拉车挣点钱不容易，就算过年，有点鱼味肉香就可以了，哪能跟有钱人家一样大鱼大肉地吃？岳满花说，又不是要你做满汉全席，到底是过年，吃好点总应该吧？两人就这样吵来吵去。王四老娘动了心要赶走岳满花。可是赶她出门，她又往哪儿去呢？王四不忍。王四老娘又来骂儿子没用。而岳满花则责骂王四为什么不按她爸爸的要求把她及时送到码头。王四哪头都不是，被吵得心烦意乱后，便逃出家门。

王四不知道两个女人怎么过的这个除夕夜，他自己则猫在城南寡妇的小店里喝闷酒，一直喝到半夜，寡妇要关门了，死活把他撵了出去。王四醉醺醺地回到家里，上了阁楼倒头就睡。睡到半夜醒来，才发现床上还有岳满花。岳满花身体散发出来的气味，让王四心比身醉，这是他从未闻过的味道。他想起了阿贵的话，觉得阿贵说得很在理。便觉得眼前这女人，命中注定就是他的。他情不自禁地把岳满花抱在怀里。岳满花孤单已久，又日日受气，迷糊之间被人拥抱，备觉温暖。半蒙眬半清醒地意识到，其实这个男人就是她眼前唯一的依靠。因此，无论王四做什么和怎么做，她都心甘情愿了。

早上醒来，岳满花流了眼泪，说，想不到我一个大小姐，现在竟成了你的人。王四有点慌，忙说，这是没办法的事。不然你嫁不出，我也娶不了。我保证对你好就是了。如果你爸妈回来，不满意，你要走，我也是没话说的。现在我们算是搭个伴好不？

岳满花想想，人一生，不就这样吗？她潦倒如此，有个伴或许还是幸运哩。

说起来也简单，花满月，不，岳满花就这样成了王四的老婆。

外人早已认定他们是夫妻，所以酒席都是不方便摆的。只由王四的老娘点头认可，两人跪下对她磕了头，就算是正式夫妻。王四的老娘之所以答应这桩婚事，是她心知，如果王四不娶岳满花，这辈子也不能迎娶其他女人。王四老娘想抱孙子，再不情愿，也得同意。这样，王四老娘、王四以及岳满花都觉得这个婚结得真是恓惶，但他们全都没奈何。

岳满花的肚子还真争气，第二年就给王四生了个儿子。王四老娘乐得嘴歪，岳满花坐月子那些天，她也着实对岳满花好了一阵。孩子出世后，阿贵来家看孩子，紧张地说，乡下开始土改了，万万不可以暴露身份，弄不好会被枪毙的。

这话不光吓着了岳满花，连王四母子也都吓得不轻。于是岳满花缩在家里带孩子,根本不敢出大门。其实生了孩子的岳满花是没有人认识的,她因完全没有活动的缘故,身材肥胖得很快。原先的衣服一件也穿不下,便把王四的破衣服随意地套在身上。那种破陋,谁都不会想到这就是当年花家的千金小姐。直到有一天,花家当年的女佣来找王四借钱,岳满花正想跟她打招呼,结果她却指着岳满花对王四说,这就是你乡下带来的婆娘?王四怔了一下,说,是呀。她连正眼都没看一看岳满花,跟王四说了一通话就走了。岳满花这时候才知道,那个叫花满月的人,是真正地消失了。

孩子开始长大。靠王四的拉车钱,明显不够用。尤其社会主义要求人人自食其力,自然也主张人人自己走路,坐车的客人便越来越少。终于有一天,王四加入了一个运输站,将拉人的行当变成了拉货。只是,这一变更,人越发辛苦,而钱越发少了。

让王四松口气的事是:迫于无奈,岳满花得出门上班了。"大跃进",消灭闲人,居民会动员女人参加工作,出门劳动。岳满花未满三十,正是做事的年华,就算她再不想出去干活,可上门动员的人隔三岔五就有一拨,硬犟下去,也是问题。岳满花知道自己必须面对现实,于是去找阿贵。阿贵问岳满花想做什么。岳满花说,最想到牌馆去,当杂役也行。阿贵说,现在哪里还有牌馆,早卸了招牌,改成土产店了。岳满花便说,我还可以去教书。阿贵更是吓一大跳,忙不迭叮嘱她,一千万一万万都不可以暴露自己识字,不然一查就能查出她的身份。阿贵心里明白,一旦查出,第一个吃不消的就是他自己。因为第一个隐瞒花满月的人,就是他。其实阿贵对当初保护花满月一事颇为后悔。花家再不可能回来这事,也是他当年万万没有想到的。现如果有人发现花家小姐一直在县城里被人藏匿,阿贵想,他恐怕得死上几回了。阿贵每年都会找王四,再三再四叮咛别说出来,因为现在不是花小姐一个人的事,而是牵扯上好几个人的命。王四自然知道,好在花小姐成为岳满花后,就已经没有人认得出她来。

阿贵最后介绍岳满花去了腌菜厂。说这活儿省心,简单好做。岳满花想,自己本来就是找个出路,临时干干,免得被人动员来动员去的,等她爸妈回来,她照样回家养着。如此这般,干什么岂不都是一样?于是就按阿贵所说,她去腌菜厂腌萝卜去了。

岳满花自小不会做事,粗活细活一律不会。在厂里,摔了人家两个坛子,切了自己三次手指,被组长骂了几个月,之后,才慢慢熟练起来。毕竟这就是个简单活儿。

儿子王富华就交给了王四的老娘。岳满花下班回家,吃完晚饭,就躺到阁楼自己的床上。她觉得累,不想动。儿子开始还找找她,见她不理,也就随着奶奶过了。奶奶亲孙子,白天晚上都在一起。没有一天不在孙子面前骂他的娘。岳满花也无所谓,她只要回家有饭吃,被骂几下算什么呢?她现在连回嘴的心情都没有了。

日子也就这么过了下去。过得岳满花自己都忘记了自己叫花满月。

三

王富华上小学那年,王四得了浮肿病。看了很多医生,说的都是一样话,就是没吃好,营养不够。王四急了,说,大家都这么吃,怎么就我一个人得病?医生也说不清。

王四没力气拉货了,领导想让他回家休息,他不肯。他上有老下有小,老婆岳满花虽然上班,但一直是厂里能力最差的人,顶不上事。他如歇下来,一家人会糊不上嘴。领导想,王四以前在富人家做下人,后来做苦力,一辈子不容易,就让他在单位看大门。钱虽然少,但至少能活命。

王四人老实,但心里什么都明白。他知道自己活不久,私底下便跟岳满花说,我恐怕管不了你多久了。我死后,我妈会回乡下,但她得带上我儿子。我王家就这根独苗,他得续我王家的香火。你就顾你自己吧。当年我饿倒在街上,是老爷收留了我,让我有口饭吃。我做梦都没想到会成他老人家的女婿。我也等不到他们回来了。有机会你告诉他,我这辈子都谢谢他。

岳满花说,你谢他做什么?你谢我差不多。我不去打牌,哪有你的事?王四笑了,说,那也是,多亏你打牌。岳满花第一回看到王四在她面前笑,便也笑,说,我的牌局还没完哩。你也别急着死,等我赚一把,拿钱给你治病。王四又笑,说,这得等到哪一年呀!

王四说这话的第二年就死了。死的那天出了点小事。那阵子,家里天天喝粥,王四饿得慌,下班时找到阿贵,说一家人没吃的,光喝粥也不行。阿贵在粮站当伙夫,便暗中偷了个杂粮馒头给王四。王四如获至宝,一口也没舍得吃,带回家给了老娘。王四老娘也舍不得吃,掰成两半,跟王四说,一半给孙子吃,另半个,要王四明早上班时吃掉。说完便出门找孙子回家吃馒头。结果岳满花下班回家了,见到馒头,饿狼一样,三两口就吃了一半,吃完觉得还不过瘾,又把另半个也给吃了。岳满花一边喝水一边感叹自己好久没这么舒服的时候,王四老娘牵着孙子回来,突然发现不见了馒头,便问岳满花。岳满花说,我吃了呀。王四老娘气得发抖,然后便冲岳满花开骂,说是谁吃也不该是岳满花吃。孙子长身体要吃,男人有病要吃。就算他们吃撑了,也是归她这个老太婆吃。岳满花这个富人家小姐就该吃屎。岳满花被骂怒了,说,当年没我家,你现在还不知道在哪里吃屎哩。两人吵得天翻地覆。王四躺在阁楼的床上,他早想下来劝架,可是身体软，下床吃力。而楼下的吵架愈发厉害，王四的老娘已经拉开门叫骂了。王四担心老娘会把岳满花的身份暴露出去。如果这样，他一家人恐怕都会很惨。为此，他挣扎着下床，走到楼梯口，喊着，不要吵……一句话没喊完，便从楼梯上滚了下来。王四老娘和岳满花都跑过去扶王四。这时的王四气若游丝，翻着白眼对他老娘说，不要、不要……眼睛却望着儿子。王四老娘总算明白了王四的意思。忙点头，说，晓得了晓得了，你别着急。岳满花却不明白，只是说，啰唆个什么，赶紧送医院呀。可惜，他们还没出门，王四就断了气。

王四的老娘对岳满花充满怨恨，却也无法用更严厉的词语来骂她。丧事一完，她便带着孙子回了老家。走前说，从此以后，我孙子是我王家人，你跟我们王家再没半点关系。

岳满花也斜着眼，看着他们祖孙出门。儿子对她并不留恋，跟在奶奶身后，头也没回。她坐在床边，动也没动。心说，没有才好，你以为我稀罕！

四

此时的岳满花便开始了一个人的生活。她有房子有工作，早出晚归，倒也不觉得时间缓慢。工资虽然低，一个人糊口也足够了。寂寞的时候，找阿贵聊聊天，讲讲往事。阿贵的老婆并不知她是以前的花小姐，很不明白，为什么他家的阿贵对这个女人十分谦恭。问阿贵，阿贵含含混混地从不说明白。阿贵的老婆便很生气，以为男人跟这个女人不干不净。在街上偶然遇见岳满花，便骂她是破鞋，专门勾引男人。岳满花自然不是善类，突然被骂，也是一定要回嘴的。于是有几次，在街上跟阿贵的老婆厮打起来。阿贵后来晓得了，气得要命，把老婆着实地打了一顿。阿贵的老婆之后再不敢骂街，但岳满花却也不方便再找阿贵说话。于是，她越发独来独往。

“文革”开始了。王四的儿子王富华已经上了中学。中学就在县城里，但他却从不去看他的母亲岳满花。他是一个优秀的中学生，因为奶奶教导的缘故，他自小仇恨母亲。这份仇恨的存在还因为，他已知道母亲是什么人。他不想跟母亲这个家族有任何关联。他是穷人的孩子，他根正苗红。所以，他很积极地要求进步。他参加了红卫兵，还成为学生红卫兵的领袖。

他想有更惊人的表现，这样可以显示他无私无畏的精神。他要揭露自己的母亲，然后与她彻底划清界限。这消息怎么被阿贵知道的，没有人清楚。阿贵连夜赶到学校找到这孩子。

阿贵说，你以为你说出来你就更革命？你是她的亲儿子！你跟她肉连着肉，血通着血。把她斗完了，你会有好下场？花家一家都是反革命。你外公花老爷是本县一霸，你学校门口这条街，以前就叫花半街，他说东，谁也不敢西。你大舅花大少爷是国民党军官，他手上的人命好几条。你是他们嫡亲的外孙和外甥，你以为你能落得什么好？你从此就是反革命亲属！你奶奶你爸都是窝藏犯！你爸运气好，死得早。你奶奶就得挨斗，完了说不定还要坐牢。而你呢？半点前途都没有了。这就是你要的结果？你以为你妈怕你揭发？你妈反正死猪不怕开水烫。她一个千金小姐都已经下嫁给你爸这个拉车的，你以为她会在乎挨不挨斗？她挨不挨斗都没啥前途，但是你呢？你算术好，自己算算账，看哪个更不合算。

阿贵说完就走了。他觉得王四人好讲感情，但生的这个儿子真不是东西，对自家老娘都想下狠手。就算她有天大的罪，也是亲娘呀！阿贵知道跟这种人讲天伦讲感情，没一点用。只有跟他算账，算算谁更倒霉，才会有效果。

阿贵不知道自己的话管不管用。一连几天，他没事都晃到西月巷，看看岳满花那里有没有动静。阿贵忐忑不安，甚至有些恐惧。他很明白，他这个蚂蚱是跟岳满花绑在一起的。一旦岳满花被人揪出来，那么他的劫难就不远了。

但是，王富华显然算清楚了。他没有再表现自己，甚至慢慢淡出了红卫兵组织。一直到他成为回乡青年，阿贵拎着的心才放平稳。

这个过程，岳满花完全不知，她甚至不太高兴阿贵经常到她家门口晃悠。寡妇门前是非多，何况阿贵老婆还骂过她的街。而且最重要的是，岳满花已经根本不想跟阿贵闲聊些什么了。她有自己的事，她正忙碌着。没有人知道，在人人自危的年代，岳满花却有着自给自足的精神生活。她沉浸在自己的世界里，独自享受。

那是一个多月前，她下班回家。走在路上，见一群红卫兵在抄家。她认识这家的男主人，知道他长年在街口摆小书摊。岳满花对抄家并无兴趣，但她走过围观人群时，突然一阵哗啦声，仿佛大珠小珠落玉盘，瞬间将她的每一根神经都击打得弹跳起来。多么熟悉的声音！几乎同时，她内心深处最美好最愉快的回忆一起喷涌而出。她不禁驻足，隔着人缝，向里张望。在一堆散乱的图书中，她看到了散落在地上的麻将牌，它们的旁边还有一个木盒。

岳满花浑身的肌肉都绷得紧紧的。那份突如其来的激动，使得她无论如何都挪不开自己的脚。一个念头突然就冒了出来：她要把这些东西弄到手。

这时她看到了西月巷的两个小孩。她叫他们过来，低声跟他们说，你们晓得我吧？一个小孩子说，晓得哩，是腌菜厂的岳妈妈。岳满花说，对了，正是的。你们能帮我一个忙吗？帮我把那些小石头弄过来给我，我给你们两块钱。她说着，指着那些散落在地的麻将。

对于那些小孩子，两元钱是一笔巨款。而对于岳满花，差不多也是她好几天的饭钱。但小孩子还是问了，说，这个东西有什么用？岳满花说，别人是没得用，可是岳妈妈是腌菜的对不对？这种小石头放在坛子里压菜，压出的咸菜会很好吃哩。小孩子说，是这样呀，好吧。岳满花说，尽量全都捡来，越多越好。知道我家吗？送到我家来，我给你们钱。

两个孩子满口答应了。

这是岳满花人生最漫长的等待，她从未有过如此难熬的感觉。其实，这个时间段，只有半个小时。而对于岳满花，差不多像是一千年。

小孩子不光送来了麻将牌，连盒子也偷来了。理由是，麻将牌没地方装。岳满花当然求之不得，当即兑现承诺，给了他们两块钱。小孩们走前，岳满花突然脑子转了一下，又加了五分钱，约定不对外人说，因为这是她腌菜的秘方。小孩子也都答应了。其中一个孩子说，你也不能跟我妈说，因为我偷东西了。岳满花笑道，我保证。

幸福仿佛从天而降。岳满花用毛巾把这些麻将牌一个一个擦拭干净，按着万、条、筒、风类别分开，一一清理。一百三十六张麻将牌，这里只有一百一十三张，还缺少二十三张。岳满花没有沮丧，她想，这有什么关系，她可以找点替代品。

第二天，她在厂里的废料堆，找到一根木棍。回到家里，用菜刀把它削成细条，然后，又砍成一块一块，一共砍了二十三块。之后，再慢慢用小刀削，一直削到麻将牌的大小。削完还觉得不够细腻，又去杂货铺买了几张砂纸，慢慢打磨。磨到她自己觉得可以用的时候，便用小刀在最光滑的一面刻上图案。筒最不好刻，她便将火钩烧红，在木块上一个一个地点。她做这些几乎花了一个月时间，但总算把整副麻将牌凑齐了。

岳满花做梦都没有想到，她自己会拥有一副麻将牌。她记起自己最后一次离家外出打牌的情景。那时候，她以为自己打完那次，再没有机会了，心里的悲愤是那样地深刻。而现在，她居然有了自己的牌，并且没有任何人可以管束她，她想怎么玩就怎么玩。因为这个，她觉得自己这些年在生活上吃的苦头，与这份快乐相比，真不算什么。

就这样，她开始自己一个人的娱乐。

她的麻将桌就是吃饭的小桌子。她把它搬上了阁楼。阁楼上原本有张小床，结婚时，王四挨着床边加了块窄床板。王四死后，王四老娘也带着儿子走了，岳满花就一直住在下面。现在，她上了阁楼，拆掉窄板，还原成小床。多出的一块空当，刚好可以放下一张小桌。借助床沿成为一处座位，然后围着桌子，她又摆上三只小板凳。其实家里只有两只凳子，她到外面捡回来几块砖，摞在一起，一条旧裤子叠了三层垫在上面，权当一凳。为了不让哗啦哗啦声传到外面，她还在桌上铺了一张旧床单,又用几件汗衫,把窗子封得个严实。

一切都按牌馆的规矩,只是她一人充当四个角色。坐床沿的角色是她自己,她严格要求自己公正,不对自己偏心。对每一手牌都要按最好的方式出牌,并且要忘记其他人的牌是什么。她试了三局,觉得自己完全可以一抵四。

最可惜的是没有钱。没有赌注的牌局,如同没有放盐的菜,满嘴寡淡。嘴寡淡可忍,而心寡淡则不可忍。但岳满花实在没有钱当本金。她只好狠狠心,三个月不吃肉,一天吃两顿饭,省下了几块钱,当作赌资。而这些钱,她规定自己,是永远不可以挪用的。至于拿工资的那天,她的快乐便无边了。她把钱分成了四份,加进赌资里,而自己的那份是最少的。她的目的就是努力把那三份赢过来。她每赢一笔钱,就权当几天的伙食费。这样,她就得力保自己必赢,好在,所有的牌都是她自己出,在最不得已的时候,她坐在另外三家位置时,只好配合自己出牌。不然又怎么办呢?到底她也不能被饿死呀,她想。这样想过,她的愉悦感倒还增加了几分。

每一天每一天都在赌。于是,所有的时间都变得不够用。岳满花沉浸在自己的牌馆里,假想着与另外的三个牌友一起打牌。打得天翻地覆,风生水起。这个小阁楼,就是她的全部世界。打完牌,撒泡尿,就势躺在床上睡觉。一觉睡到大天光,匆忙上班,有一搭没一搭地把活儿干完,买点小菜回家,草草吃饭,然后就钻进阁楼。输赢都是自己。岳满花想,这里就是她的天堂。比起她在花家屋华丽喷香的闺房,这个逼仄的阁楼,更让她觉得人生活成这样,才叫值得。

五

时间疾走,竟是让人浑然不觉。时局也早已变化得翻天覆地。但在岳满花这里,却静如止水。她不关心这世上任何事情,也不在意这世上任何他人,甚至她也不关心自己。家里的人,她早就忘得一干二净。她想,既然他们不回来找她,显然他们业已将她抛弃。那么,她的想念又有什么意义?所以,她在时光中,把那些人,一个一个都从心里清除掉了。包括死掉的王四和少年时代就被带走的儿子。这世上她只有自己。对于她来说,也没有什么不好。就算有儿孙满堂,其实自己也还是独自活命,靠了别人断不会多活一辈子。岳满花想得很透彻。何况她有那一堆麻将牌。这一百三十六张麻将牌比一百多个亲人要亲切得多,也可靠得多。

确实也没有人留意,岳满花的白头发已经长出了很多,腰也开始弯曲,就好像她把每一天每一天的日子背在背上,哪怕一天只是一张轻薄的纸,摞起来,也足可压弯她的腰杆。

这时候，改革开放了，腌菜厂终于关了门。岳满花从此不需上班。但政府念及她一个孤老，没有劳动能力，便每月给她一点生活费。只是这些生活费也不够她岳满花吃好，比方她想吃点肉，就还是有困难。好在岳满花想得通，她在腌菜厂做了这么多年，总算学到一点手艺。所以，她开始做腌菜。力气和能量有限，她只能做一点点。其实她也只想做一点点，卖出的这一点点钱，隔些日子能够买点肉和鸡蛋，她就很心满意足。她对自己的生活要求不高，何况，她觉得自己哪有时间呢，阁楼上的小桌子时时刻刻都在等她，她的三个“牌友”也都对她望眼欲穿。

有一天岳满花突然发现城关的街上冒出一个福来棋牌室，说白了就是牌馆。她不由得惊喜万分。想起她尚未打完的牌局，就是这一百圈牌局，使得她被家人抛弃，几十年音信全无，甚至把花满月这个人都弄没了，成了一个落拓的岳满花。她想，这就是我的一辈子。我如不把它们打完，又怎么对得起自己？

于是她就去了。万没料到的是，门口冒出一个年轻汉子，竟然不准她进。那人吼着，老太婆，你来做什么？这里不准要饭！岳满花说，我不是来要饭的，是来打牌的。那人冷笑道，你打牌？你有多少钱？岳满花怔了怔，慢慢摸出口袋里全部的零票。她低头看了一下，加起来不到五块，每一张都皱皱巴巴。年轻汉子便鄙夷地说，就这？就这你还好意思来？

里面哗哗啦啦的声音传了出来，听得岳满花浑身颤抖。当年的豪气一下子像山洪暴发河水涨漫了堤一样。她大声说，是的，就这点钱！但我能把他们的都赢下来！年轻汉子懒得听她说，只是轻蔑地斥了一句：走远点，回家叫你孙子来！你他妈年轻五十岁还差不多。

这是岳满花人生最沮丧的日子。这份沮丧，比得知一家人都忽然不见的消息来得更沉重。为一百圈牌局，她丢失家，丢失了所有亲人，然而很可能一直到她死，她都不可能真正打完它们。一想到这个，从来都不痛苦的岳满花产生了莫大的痛苦。整个晚上，她都打不起精神，坐在床沿的她，心里堵，完全打不过三个虚拟的牌友，于是一夜输牌。

转机来得非常突然。突然得让岳满花大受惊吓。

西月巷在一个清早接到通知，满街的房子都要平掉。这里要修建一个新的居民小区。岳满花破旧的板壁屋自然也在拆毁之列。岳满花想到没有了她的阁楼，她该怎么活呢？拆了她的屋子，她将住在哪里？岳满花自己对自己说，莫不是老天想让我去死？

一时间，街上来来往往的人很多。每家每户都有人来说服动员，然后造表登记，丈量尺寸。来岳满花家的同志，非常和蔼，说，房子盖好，可以根据你的面积再分给你一套。当然,你也可以要钱不要房。

岳满花立即问,多少钱?工作组同志说,还得算,不过,按你们这面积和位置,十万块以上应该有的。

岳满花立即目瞪口呆。她一个月只有几十块的救助金,十万元对她来说,就是个天文数字。她开始盘算,如果拿到这钱,一月花五十块钱租一间屋,一年才要六百块。放宽点算,十年也就六千块钱。如果她还能活二十年,她留下一万两千块钱租房子就够了。另外还剩八万八千块钱。为了防备房租涨价,她可存上两万块。其余八万,她岂不是可以想做什么就做什么?她想,用这钱完全可以把这个人生亏欠她的牌局打完呀。然后,余下的日子,她还可以经常吃吃肉吃吃鱼,甚至过年过节,买点小酒也是没问题的。死前再买一套上好的衣服,留给自己上路的时候穿。这辈子岂不完结了?如此,她何必要那间新屋?守间新屋过清苦日子和租间旧房过舒服日子,哪样划算,一目了然呀。

岳满花高兴起来,她决定要拆迁款而不要新屋。

但拆屋这事消息传得快,岳满花还没来得及签合同,她久未谋面的儿子王富华出现了。王富华的初中高中都是在县城里上的,他留在县里的同学也蛮多。西月巷要拆迁的消息传到他那里,一点也不奇怪。当他出现在岳满花面前时,岳满花完全认不出这是个什么人,也没有任何亲近之感。

王富华说,这房子原本是他父亲的,他也是这房子的继承人,所以,拆迁费有他的一半。王富华回乡当了知青,又从乡下考上了大学。大学毕业就留在城里当了老师,现在已经是个教授了。自他奶奶死后,他再也没有回过老家。现在,他回来了,目的就是要跟他的母亲争一笔遗产。

负责安置的同志都有些愤愤不平,说,你妈这么老了,平常你也不养她,现在就这么一间屋,你还争个什么?王富华很平静,说,我并不是争,我只是按法律得我应得的那份。这也是对我父亲的纪念。

所有人都说不过王富华。岳满花没办法,跑去找阿贵帮忙。阿贵也老了,腿脚走不了路。他坐在椅子上破口大骂王富华,说这房子本来就是花家盖了给下人住的,要说遗产,也是花家的,跟王四屁点关系都没有。岳满花说,说这个有什么用?我现在又不是花家的人。我能说我是花家人吗?阿贵说,他王富华分明知道你是花家的呀。岳满花说,但他也知道我不能对外说出口是不是?阿贵也无奈,想了半天,方对岳满花说,反正不要分钱给这兔崽子,一分钱都不给。他自己过着人上人的日子,还要来抢老娘嘴里唯一的一口粮。死都不能给!岳满花说,死?死了就都是他的了,我才不死哩。

还是工作组同志有主意,说,您可以不要钱,要房子。反正就一间,您住着。您是第一继承人,他没有权利不让您住这房子。您可以说,他要来住,就给他支张床。可他会来吗?

岳满花好无奈,想想觉得也只能如此。王富华从未孝敬过她一天,几十年来,也未搭理过她这个娘,就算发迹了,他娘这样可怜,他也没有过任何关照。有这样的儿子,比没有还让人堵心。岳满花想,她宁可不要钱,也不能便宜了王富华。

于是,她签下了要一间房子的合同。王富华气得跳脚,却也没办法。他走的时候,愤然说,你简直是我家的克星,你怎么还不死!岳满花说,想我死,哪有这么容易?说完心想,我的事还没办完,我怎么会死?

倒是阿贵先死了。阿贵死的那天,岳满花刚好搬新屋。听到消息,岳满花心里还是有些怆然。她想,这下再没人知道花满月了。

六

又有一些年过去了。

这是个秋天,忽有传说,花家屋的后人回来了。据说花家屋一大家人,当初带着金银细软,从县城坐船到了省城,又坐江轮跑到上海,再由上海搭上海船,折腾了个把月, 方逃到台湾。现在大少爷花满江和小少爷花满天都是家财万贯,比花老爷当年更加有钱。

县里忙不迭地接待花家,承诺占据花家屋的粮站一定会搬出来。花家庭院将被重新修缮。如果花家没有人回来,这里将改造为特色民居供大家参观。如果花家人回来投资,需要长住,这里仍然还给花家人居住。

一连几天,人们都在议论着花家。六十年都过去了,本来早已被人忽略的花家屋,居然又成为满城人的话题中心。

只有孤单的岳满花不知道。这一年,她已经满了八十。她依然拿着县里的救济金生活,依然做一点咸菜请街口的小店代卖,依然每晚上自己一个人打牌,依然用有二十三块木头做替代的麻将牌。她把无数不同的日子过成完全相同的一天。

花家屋回来的是小少爷花满天的一儿一女。一个西装革履,一个花枝招展,虽然也都中年了,但看上去比县里的同龄人要年少十岁。他们说这次回来是为了却爷爷奶奶以及父亲的心愿,专程寻找姑姑,其他也没什么事。他们都在台湾出生,对这个山水风景全无特色的小县城完全没有感觉。

县里人顿时傻了眼,从来都不曾听说花家还有人留在这里。于是到派出所查户口,查了几个花姓人家,却无一人对得上。又满城寻找老人家,看看有谁是否知道一点线索。

正在失望之际，县台办突然接到来自省城的一个电话。打电话的是个男人，说，花家的女儿一直都生活在县城里，她改了名字，叫岳满花。对方不愿说自己是谁，只说你们去查吧，这个毫无疑问。

花家屋的两个儿女一听“岳满花”三个字，便惊叫，说好像是了。因为姑姑的名字叫花满月。倒过来，岂不就是岳满花？

这样岳满花被人找了来。

她的两个侄辈简直不敢相认。这个蓬头垢面，神情猥琐，衣裤鞋袜几乎全都破烂不堪的老太太，居然是他们的姑姑？这副苍老的面容，这样佝偻的体态，这种漠然的神情，与他们花家人，几乎完全没有一点相像之处。因为嫌脏，怕有传染病，他们没敢靠得太近，甚至有点表情厌恶地望着她。

当岳满花听介绍说，这两个衣着光鲜的客人是花家屋花满天的儿女时，她的神情立即变了。一脸的惊愕，眼睛也明亮了起来。她惊道，你们？你们是天花宝的小孩子？天花宝怎么会有这么大的小孩？他现在多大了？

两人不知道她说的是谁，立即打电话到台湾，向父亲复述。那边的父亲一听，声音都变了，立即叫道，就是她！就是她！只有她一个人会叫我天花宝。因为她就是个顽劣的姐姐，她偏要这样叫！我爸妈不知道骂过她多少次。

他们把电话递给岳满花，说，父亲想亲自跟你说话。岳满花接过电话，那边只说了一句，真的是你吗，姐姐？

岳满花立即想起弟弟花满天的声音，不由得也激动起来。那是她阔别了六十年的声音呀。岳满花说，当然是我。你小时候屁股是青的，家里人笑你，你就怪说是我打青的。是你先叫我满月酒，我才叫你天花宝的。说到这些，她不禁老泪纵横。往事历历，全在眼前。

对方一听，更是哽咽得快要说不出话来，半天才说，姐呀，我真的找到你了吗？那一年，我们一大家人在码头等不到你，船要开了，没办法。妈妈一直哭，爸爸到处托人找你。大哥还托了解放军里他的熟人，都没有找到你。你不就在牌馆吗？怎么会接不到你呢？岳满花说，是我没走。不是说好了打完一百圈的吗？我才打了七十二圈，所以我不能走。电话里的对方便越发哭得厉害，说，我们从上海到了台湾。爸妈一想到剩你一个人在老家怎么过时，每次都难过得哭。他们临死前都叮嘱我和大哥，一定要把你找回来。大哥活着时，给政府写过几次信，都说查无此人。岳满花惊道，爸爸妈妈都死了吗？哥哥也死了？对方说，我都七十六了，姐姐你八十都过了吧，他们怎么可能还活着？大哥是前几年生病死的。死前交代，说一定要把姐姐你找回来，不然爸妈九泉之下心会不安。姐姐呀，我总算找到你了。我要接你到台湾来，你要亲自到爸妈坟前去磕个头。

父母的样子，瞬间在岳满花脑子里浮了出来。她原以为自己早已经把他们忘干净了，而此刻却发现自己仍然清晰记得。对方又问，姐姐你家里还有什么人？岳满花说，我嫁给了王四。对方惊叫道，王四？你说的是拉车的王四？你怎么能嫁给他呢？岳满花说，我没有家了。厨子阿贵听说有人要抓我到省城，让我改了名字，以王四老婆的名义，藏在王家。对方又哽咽着，说，那就是大哥托的人呀，让他派人把你抓起来，送到省城，跟我们会合哩。

岳满花想起当年在家门口的事，想起阿贵见她时惊恐的神情。就是他的一句话，改变了她整个的人生轨迹，也使她与所有的亲人从此隔绝。想到这个，她一直感激不尽的阿贵突然有如仇敌。

两人哭着说着，足足打了一个小时电话。旁边听的人也都唏嘘不已。

对方又问她有没有儿女，如果有，一起带到台湾来。岳满花想起王富华的那张面孔，断然说，王四死得早，我们没有孩子。对方惊叫道，那你一个人孤苦伶仃怎么活过这几十年的呢？然后又哽咽得说不出话来。

岳满花亦是满心满肠的悲伤。千真万确她听到了弟弟的声音。她原本以为自己在这世上已经没有了任何亲人，现在冒出来的这个，却是她最亲最亲的一个。

侄儿侄女带她去了酒店，让她好好洗一个热水澡。侄女在街上立马买了两套衣服，给姑姑换上。晚上又请她吃了餐馆，岳满花几乎没有在餐馆吃饭的印象，而满桌的菜肴，喷香得令她兴奋。她边吃边不停地夸她的弟弟有本事，养了这么好的儿女。侄儿侄女并不跟她多谈，只是告诉她，父亲要求他们带她去台湾。岳满花想，怎么也该到爸妈坟前磕个头，便爽快答应了。

就在当日，花家屋后人、来自台湾的侄辈，寻找到亲姑姑的新闻便登上了县里的报纸。岳满花与两个侄辈相见的照片，全上了头版。

腌菜的老太婆岳满花就是花家屋大小姐花满月的消息，在整个县城传炸了。几乎每一个人都有惊吓之感，那种错愕神情比岳满花突见自己亲人时所显露的更加强烈。一想到花家大小姐潜伏在县里几十年，居然无一人知，人们甚至打了寒战。一个老干部说，他娘的，得亏她不是特务，不然，我们县里还不惨了？老干部手下的年轻人说，就你这穷破县，要机密没机密，要情报没情报，要工业没工业，几条烂街，你有什么东西可以惨？

说得也满是个道理，老干部一时词穷。惊吓的人们便缓过神来嘲笑了一番老干部。

次日，两个侄辈遵照父嘱，专程去县里找领导协商，表示他们的姑姑已是孤老，父亲要求立即接她去台湾生活，一则让他们姐弟团圆，二则侄辈可为她养老送终。这也是他们爷爷奶奶大伯和父亲共同的心愿。

对于岳满花这样的八十孤老，有人领走，县里半点可惜也没有，乐意得恨不能立马放鞭炮送瘟神。领导们心里甚至还有侥幸：得亏以为岳满花是苦出身，政府对她一直都不错。那岳满花如是个知恩图报者，或许会让花家人回来投投资也不是没有可能。放她过去，将来以探望名义，组个团去台湾，联系起来也相对便利。

县里立即表了态，岳满花作为孤老，政府将全力照顾，增补生活费，定期派医护人员上门，户口和房产改回原名，这些都可即刻办理，但把岳满花带走，一时不太可能，毕竟得办不少手续。光是办入台证，就算政府使出全力，怎么也得有些日子。涉及出大陆进台湾，程序不老少。但县里保证，一定会全力给予帮助，以让她老人家尽快回到亲人身边。话说得通情达理，俩侄辈电话给父亲，海峡那边的父亲倒也明事理，叫他们跟领导讲，一旦手续办完，立即通知他们，他本人将亲自回来接姐姐，并且要把花家屋的房产权和以往留在大陆的所有财产，一切都赠送给政府。

其实，他不知道，除了花家屋的房子之外，他们哪里还有什么财产？乡下的土地早就分得看不见了地，而城里的店铺合营拆并得连户体都没有了。政府一官员支支吾吾对付着回应了几句，而花家的小辈根本对这里的一切都没兴趣，只想着完成父亲交代的事情，就准备离开。他们参加了一个旅游团，说是要去九寨沟。

走之前，两人又带着姑姑去酒店吃了一顿大餐。侄儿留给她三万元钱，说是这一阵吃点好的，不要再做腌菜了，最好请个保姆照顾照顾。万一手续办得慢，这钱不够花，他们再给寄来。

岳满花拿着一包钱，全身都散发出光芒。浮出在她脑中的第一个画面，便是那家开张几年的棋牌室。她似乎能听到哗哗啦啦的声音，像山里的风啸，像河里的流水，像她家门口来来去去的马车轧路，瞬间都复活在她脑子里。侄儿再三叮咛，一定要存进银行，慢慢花，别弄丢了。为保安全，两个侄辈专程把岳满花送到家里。又说姑姑再忍最后一阵子，他们很快就会来接她去台湾享福。

此刻的岳满花，满怀的心思已经跟台湾没什么关系了，甚至跟她的侄辈、跟她的弟弟也都没有了关系。她脑子里只有一个念头，就是必须把她剩下的牌打完。不打完这个，她绝对不回家。因为一回家，她就再也没有机会出门打牌了。现在她心里的家，不是花家屋，也不是她住着的小房间，而是电话线另一头的弟弟那里。那里是她生活过的花家。

七

岳满花在侄儿侄女走的第二天，便去发廊做了头发。她以前常常路过这里，连正眼都没有看过一次。现在，她知道，这个地方她必须去。

发廊妹们已经议了好几天关于凤凰变乌鸦和乌鸦变凤凰的事，自然知道这个看上去几近龌龊的老太婆就是花家屋的大小姐。见岳满花进来，先是惊愕，之后便鸟儿一样飞扑过去。一个个嘴巴甜得如抹了几两蜜，让岳满花非常受用。已经多少年了？五十年或六十年，从没有人用这样的好语气跟她讲话，于是她很高兴。她们让她染发，她就染；让她烫头，她就烫。一下子花了三百块，相当于她以前几个月的生活费。但岳满花是什么人？她只要有钱，就根本不会把钱放在眼里。

第二天，岳满花便穿着侄女为她买的旗袍，外面套一件灰色花纹的开衫毛衣，手上拎着个布包，出了门，布包里装的是她所有的钱。她已经完全改变了形象。曾经驼下的背，似乎也自己伸直起来。走到街上，满街人对着她指点，当然，满街人也对她微笑。这是花家屋的大小姐呀！隐姓埋名、忍气吞声几十年，现在终于熬出头了！翻身了！而且要到台湾去了！人们脸上的表情都很复杂，有羡慕有嫉妒更有敌视，为她高兴的人却并不太多。岳满花对此全无所谓。

岳满花在街上招停了一辆出租车。司机也知道她，忙不迭地停在她的身边，并且亲自下车为她开门，扶她入座，又为她关好门。岳满花虽然第一次坐出租车，但也神情自自然然，好像已经这么享受过几十年了。岳满花说，我要去城关福来棋牌室。司机说，好咧。婆婆现在有钱了，是要享受一下生活。岳满花说，当然。

最后一次坐车，还是坐着王四的黄包车去牌馆。从那以后，岳满花几乎再也没有坐车的印象。四轮小汽车到底不一样，只几分钟，就到了地方。而岳满花印象中的棋牌室，非常非常远。下车岳满花问多少钱。司机说，婆婆，今天不收您的钱。我爷爷以前在花家屋的店铺当过伙计，说花家人对他不错，不然，饥荒年他就饿死了。我爷爷要是饿死了，今天就没了我是不是？你们花家是我家的恩人，我不能收恩人的钱。一番话说得岳满花笑了起来，她是真高兴听到这些。

棋牌室门口换了人。但仍然是个年轻人在看门，见岳满花，有点惊讶，说，这婆婆不是花家屋的大小姐吗？岳满花说，我就是。年轻人笑道，您也要过来玩玩？岳满花说，怎么，我玩不起？年轻人引着她进去，说，您一个人怎么玩？岳满花说，你帮我找几个牌玩得好的人过来。年轻人说，玩得好的哪里会跟老婆婆玩呢？婆婆再年轻六十岁，他们都会争着上牌桌哩。

岳满花冷笑道，嫌我老？六十年前我玩牌的时候，你们还不知道在哪里当小鬼。说话间把布包里的钱亮了一下，又说，不跟老婆婆玩，但是不会不跟钱玩对不对？那年轻人眼睛立即亮了，忙安顿岳满花到一间屋子里坐下，说，您坐一会儿，我去给您找管事的。

房间不大，中间摆着一张桌子。桌面铺有绿色的软绒，一堆麻将散放在上面，两色相间，上面是绿色，下面是米黄的。每一张麻将牌，都像玉一样圆润光亮。岳满花拿起一张，是一饼。图案清晰漂亮得几近完美，她想起自己用火烫的那个一饼，不觉笑了起来。放下一饼，岳满花又伸手抓了一下，桌上的哗哗声，立即响起，她心跳如鼓，这是她心里的音乐。它们在桌上滑动所发出的声音，是这世上最美好的音乐。

岳满花坐下来，她的内心冷静异常。她清晰地知道，现在，她是花满月了。从此以后，那个颠倒过来的岳满花与她的人生再无关系。她回到她堂堂正正叫花满月的日子，尽管她已经老了，但她当年的强悍，随着名字的返还，又都渐渐回到她的身体里。

花满月的牌瘾是与生俱来的。她睁开眼睛能看明白的第一件事，就是牌桌。花满月的母亲好打牌。在花满月父亲忙生意而顾不上她的时候，她几乎是泡在牌场上。家里有钱，孩子都交给奶妈带。只有女儿花满月娇气，不愿离开母亲，于是花满月的母亲打牌时便带着保姆，让她抱着花满月坐在身边。花满月听熟了牌场上的哗哗声，只有这声音才能让她安心。所以，花满月的成长，就是在牌场上。当花满月七八岁时，她的母亲生了场病，身体明显虚弱，一场牌打下来，经常气力不支。有一天，竟在牌场上头晕得不能自已。恰那一刻，对手又摸得一手好牌，不肯散场。于是花满月说，妈妈你休息，我来。花满月三下两下，竟将对方打得落花流水。只这半圈牌，花满月母亲的牌友们都对花满月刮目相看。此后，母亲便经常让花满月上场。这一打，竟是十年。当花满月的母亲身体虚弱到不再去牌场时，花满月却收不回来了。花满月除了打牌，什么都不会；除了去牌场，到哪儿都没兴趣；除了牌友，她什么人都不想认识。而那时的花满月已经满了二十岁。

二十岁的花满月已然有自己的主意。她想，这辈子我能做什么？不就是嫁人吗？出嫁前在娘家打牌，出嫁后，难道婆家不能打了？我想打，谁能挡得住？我妈在生我之后不也照样打吗？打到身体不行时，歇下来养命就是。如果有孩子也喜欢上牌桌，当然也照样让他上，这有什么不好？这样的日子不就是前世规定好了的？她想，打麻将就是她命中注定的人生。而且，这样子过一生，也没有什么不好的。如此想过，花满月便十分坦然。家里让她读书也好，做女红也好，她都没兴趣。在爹妈的强迫下，她用对付的法子，混着识了几个字，也缝了几行衣衫。但只要得空，谁也拦不住她的脚，几乎不用去想，她的脚自己就会奔去牌场。那个有着哗哗牌响的地方，才是她的世界。

现在，花满月又回到她的世界里。她对这样的结局十分满意，尽管她为此已然吃了几十年的苦头。但那又有什么关系？如果没有这个社会变局，或许她把爸妈规定的一百圈打完后，就再也没有摸牌的机会。那该是多么凄惨的人生啊！但是世道变了，爸妈一去不返。她的日子纵是水深火热，可她却一直怀着念想。一个人心里倘有念想，就不会觉得日子难过。

由此，花满月完全不像是一个饱经沧桑的老人。她的心充满温暖，脸上露着天真的笑容。好容易等来五六个年轻人，他们相互调笑，你推我搡，面对这个打扮得奇异的老太婆，似乎还有点看热闹的意思。倒也是，他们中有几个正是来看热闹的。

花满月满不在乎，一见来了人，便冷下面孔说，你们谁是管事的？一个穿黑衫的男人被两个青年一掌推到前面，他挠了下头，说，我是的。花满月便更是冷笑满脸，说，你的牌场怎么一点讲究都没有？看这屋子，北面居然放个书架。哪家牌场摆书架的？你要装雅也不用在牌场装嘛。就算只摆几本画册子，但画册也是书。书即输，谁肯坐北？南边有窗，后背空荡不实，坐南的人岂不是盘盘抓空？西面是门，门的对门居然是厕所，你想让坐西的人手手臭牌？最要命的是东头，背后虽然是实墙，可坐在位置上，从南窗望出去，外面那房子的屋角正冲着东座。角杀呀，风水大忌。坐那儿，你死都不晓得自己怎么死的。东南西北，没一个好座，这牌怎么打？牌运不好，谁还来你家？

她这番话说出口轻飘飘的，几个年轻人却听得如同雷炸。他们似乎从没想过这些问题，彼此相互望望，又纷纷打量房间，果然觉得四面都有花满月所说的忌讳。年轻人纵是火气旺盛，不介意风水，但有人明确说了出来，便也觉得是个事了。

几个人一时间哑口。花满月似笑非笑道，不换房间？就算不怕输，至少也想赢吧？说着她把布袋晃了晃，隔着布，能看得出一扎扎钱的形状。

穿黑衫的管事人突然大声说，婆婆好眼力。这屋子本来就是人多时外加的。既然婆婆说得这么内行，那就换到楼上贵宾室去。年轻人高兴了，哇哇的几声叫唤，一起奔往楼上。

花满月到底腿脚不利落，她扶着楼梯扶手一步一步地随他们上楼。待她走进屋时，五六个人坐的坐，站的站，架势都已经摆开了。

到底是贵宾室，面积颇大，四面皆高窗实墙，有门的一面，也靠角落。花满月说，嗯，这个还不错，跟我以前打牌的场子差不多。一个穿黄衫的年轻人问，婆婆，你说的以前是哪一年？花满月说，一九三五年到一九四九年。穿黄衫的年轻人便惊叫了一声，我的妈吔！花满月说，你的妈还没出生是不是？黄衫年轻人便笑了，说，是是是，连爹都没有。

麻将桌是全自动的，稀里哗啦，自动在桌下洗好码齐，又自动排列推升到各人面前。这一回轮着花满月目瞪口呆了。她上上下下看了看桌子，惊异道，这是怎么回事？穿黑衫的管事人说，花婆婆头一回见全自动麻将桌？这个东西要两副牌交替玩，上面打完了，底下已经洗完砌好的，就会升上来。花满月没看出名堂来，长叹道，好虽是好，快也是快，但没有云手洗、十指摆的过程，就跟我小时候出门看风景，闷坐在轿子里，直接到了目的地，路上风光连一眼都没看到。

黄衫年轻人说，婆婆你这就外行了，机器洗牌本身就是风景。你只需听它的声音心里就会踏实。花满月笑了起来，说，你倒是个懂牌的。

大家也都笑。黑衫管事人说，这鬼东西就是台湾人做的。我们天天搞革命的时候，他们就去琢磨麻将桌。婆婆你以后不是要去台湾吗？台湾的牌场肯定有更高级的，婆婆留个意。

说到台湾，花满月脑海中浮出爸妈的面容。她叹道，我一点都不想去台湾。我爸妈管得紧，死活不让我打牌。黄衫年轻人笑道，婆婆您都八十好几了，你爸妈哪里还活得起？你只管打你的，让他们在阴曹地府干着急。这一说，大家又都笑了起来，花满月也嘎嘎大笑着。这正是她特别想听的话。

这场牌，便是在如此轻松友善的交谈中开始。花满月出手夹牌的一瞬，便找到了往日的感觉。虽然，这牌不如她以前喜欢的象牙麻将触感好，但是，她想，这又有什么关系呢？手上有牌，周边有人，耳边有声，口袋有钱，这一切，不也算是人间天堂？

打麻将的规矩也有了一些变化。黑衫管事人简略地跟花满月讲了一下。这种事，花满月听几句便明白。麻将桌上，她一向就无师自通，尽管新规矩她觉得没多大意思，但入乡随俗，进哪家的场子奉哪家的神。这一点，她倒是明白。

上了牌桌就没时间感，花满月更是如此。牌一开打，她的年龄感也消失了，完全不知自己年事已高，亦不去想是否有体力连续打下去。她什么念头都没有，全身心都在牌局上。这六十年，她仿佛是在闭关修炼，积攒功力。现在，她出关了。虽垂垂老矣，但功力深厚。纵有千钧棒劈头打来，她何尝不能四两拨千斤？

与她较量的三个年轻牌友，显然低估了她的实力。他们原本上牌桌，就只是想来赢钱的，根本没想过怎么把牌打好。应了牌场的老话，越想赢就偏会输。打了几圈下来，倒是花满月和得多。几个人便有些躁乱，相互不让地争执。花满月起先不作声，听多了便讥笑道，输也要输得有看相。输牌就争吵，一个个这样娘娘腔，怎么好意思成天从牌场出入？这世道难道不养强人了？当年我们的牌场上从来不会这样。

似乎被老太婆打击了，几个年轻人不再作声。黑衫管事人跟其中一个低语了几句，他们彼此使了眼色，牌场忽然变得沉闷起来。花满月感觉到了，但她不介意。他们闹也好，闷也好，只要陪她打牌，她就觉得很是满足。

屋里拉着厚厚的窗帘，外面是夜是昼，花满月完全不知。她全副心思都在牌桌上，甚至尿憋得厉害，她也不想离桌。仿佛担心这只是一场梦，而她一旦离开，人就苏醒，梦就结束。她完全没有输赢感，只知道一圈一圈地打下去，就是她最美妙的人生。

天早就黑下了。其间曾有人送来几碗面条。几个年轻人呼啦啦地扒完，又回到桌上。花满月同样如此。四周很静，只有桌上的牌响。慢慢地，她的布袋薄了下去，她不停地从中摸钱。几个年轻人似乎找到了状态，越打越疯狂。他们交替着和牌。一有人和，就有人叫。花满月喜欢这样的气氛，哪怕输钱的是她，她也喜欢。她想，麻将桌上，谈什么输赢？上了牌场就是个赌。既然赌了，输赢都正常。赢要赢得精彩，输要输得漂亮。比起坐在牌场打牌的感觉，钱又算得了什么？有钱没钱，人都只有一辈子。她的父母兄弟一夜之间离她而去，她身无分文，连衣服都只有身上穿的一套，这一辈子她不也过来了？而且，到老来，还能重新回到牌场，把当年欠她的事情做完。她这一生，又还在乎什么？

几个年轻人，无论看的还是打的，都开始连连地打哈欠，只有她一点累感都没有。黄衫年轻人说，花婆婆，你好像一个精怪。也不累？花满月说，高手坐牌场，不光不记时间，而且永远不缺精神。如果打牌都嫌累，那还是什么高手？黄衫年轻人说，赢钱就是高手。花满月说，不懂牌的人才会这么说。

花满月心想，你们懂个屁。一个人光是赢钱，有什么乐趣？打麻将要的就是一个赌。跟别人赌，也跟自己赌。要的就是把自己放进运气里。没有人能控制你，你也不能控制别人，甚至你自己也控制不了自己，一切定夺皆由天意。天意把你交给牌运，牌运让你或输或赢。人活在这里头，才是有真正的自由和快活。

花满月觉得这世上没有谁能像她那样，把打麻将这件事理解得那么精准又那么深情。但她所不知道的是，牌运并非天意所定，它是可以操作在人手上的。天又明亮了起来，几个年轻人一面打哈欠，一面暗笑。花满月一直在输，输的原因她并没有想。她也懒得想，输对于她来说，是件没有关系的事。

突然，花满月把布袋掏空，将里面的钱全部摸出，其实也只剩了几张。她说，这回我要下个注。全部的，摆这儿。年轻人不解，问她何故如此。她也不说，只是笑。

这一圈她打得非常认真，但年轻人更认真。桌上有钱，是真钞票，这是他们全身心都想要的。肯舍出时间，陪一个糟老太婆打麻将，不就是为了这个？

自然，最后输的人仍是花满月。她把钱推向和牌的年轻人，然后扔掉布袋，站起来，用一种胜利者的声音大声叫道，我终于打完了！

年轻人都吓了一跳，说，什么意思？花满月继续大声道，我终于打满一百圈了！

还是没有人明白。黄衫年轻人说,我经常打满一百圈呀!花满月说,当年我爹妈不准我打牌,规定我这辈子只准再打一百圈。可是打到七十二圈时,解放军进城了,解散了牌场,从此我就再也没有机会上牌桌。今天,我到底把我六十多年前剩下的牌都打完了。一百圈,很圆满!

几个年轻人大眼瞪小眼,说,居然有这等事?黑衫管事人说,婆婆,那你还接着打不?花满月说,哪里还有钱?下次再来。黑衫管事人说,可以实物抵押。花满月说,我哪有实物?我就一间空房子。黑衫管事人说,房子抵押更好。你的房子在哪条街?花满月说,西月巷。黑衫管事人说,哦,我知道。西月小区,一间房十几万块哩。抵不?算你十五万。黄衫年轻人一边帮腔,他说,婆婆马上就到台湾住豪宅,还要这房子做什么?再说了,没准你等下连本带利都扳回去也说不定哦。花满月一想,对呀,反正要去台湾,留着那房子也没什么用。难道让王富华那混账小子继承吗?便立即回应道,抵!黑衫管事人大喜,赶紧让人拿纸笔。

在他们取纸笔之际,花满月站起了身,伸了个懒腰。伸了一半,她突然顿住了,大声说,我听到我妈叫我!说完,她停了停,似乎在侧耳听,然后又说,我爸爸也在叫。她继续侧耳,又听到另一个尖锐的说话声:如果打满一百圈,再要想打,不用砍手或赶出家门,直接罚死好了。她不由得怔了一下,她想了起来,那是她自己的声音。

几个年轻人见状哈哈大笑着。花满月坐了下来,一泡尿撒在裤子上,她顿时觉得全身轻松,轻松得仿佛要飞了起来。不知道在对谁说话,她说,我说到做到,我说话算话。说完低下了头,两手扶着桌沿,额头抵在牌桌的绒布上,似乎在休息。

纸笔都拿来了,黑衫管事人说,婆婆,你说怎么写……说到一半,没有回音。他顺手推了一下花满月。花满月身体歪过去,椅子哐当一下,同她一起倒在地上。

摔在地上的花满月已经死了,她的脸上挂着笑,那是一种心满意足的笑容。

八

消息传得很快。一连几天,街头人都在议论这件事。县里的婆婆们去附近庙里烧香,也嘟嘟囔囔地说与和尚听。大和尚叹了口气,说,亏她有这么长的执念,拿在手里这么久都不放下。

婆婆们把这话带了回来。街上的年轻人不屑道,和尚放屁!她要是放下了还不早死了？靠这个多活了六十来年哩。然后都赞麻将果然是个好东西。

丧事是民政部门帮忙办的。其实也就是拖到火葬场把尸体烧了，没有人过去悼念，倒是麻将馆的黑衫管事人和黄衫年轻人去送了个花圈，帮着烧了几炷香。他们有点担心自己赢钱赢得不地道，怕婆婆这个精怪，哪天逃出阴曹地府过来找他们麻烦。

花满月很快变成一只白瓷坛里的灰。民政部门的人说，先别埋，她家台湾亲戚会过来拿的。她一家人都在那边，她活着没去团聚，死了过去也应该。团聚不在乎是死是活。

没有人知道花满月其实有个儿子。

花满月的房子暂时搁在那里，没有继承人，她的东西也被捡破烂的人收罗一空。只是那堆麻将牌，捡破烂的老汉拨了拨，发现不全，好多是木片代替，就没要。空了的房间充公使用，小区物业把它改成棋牌室，供大家休闲。初始没买麻将，花满月的那副就被拿出来临时凑数。反正小区的爹爹婆婆们图的只是混点磨时间，并不介意输赢，所以，里面的木头片也影响不到他们的快乐。大家反而还会笑说，这是花家屋大小姐玩过的！笑声中有调侃，也有几丝自豪。

王富华大概是在花满月死后一个月到县里来的。他开着车，先到县台办去打听花家屋的花婆婆是否去了台湾。结果一问方知，花满月已经死了。于是，他立即赶到小区，要求收回房子。他说自己是花满月的儿子，也是她唯一的继承人。

小区物业的人很奇怪，说，从没听讲过花婆婆有儿子呀？而且也从没看见儿子上门来过。王富华说，我就是，这是事实。物业的人说，花婆婆自己都说她没儿子，是个孤老。有个中年妇女说，花婆婆见她台湾来的侄儿侄女时，特意说她没有生养，是孤身一人，我亲耳听到的。

王富华没奈何，就去找派出所，要求证明他是花满月的儿子。派出所的人说，叫我们怎么证明？花婆婆的户口上就只有她一个人。王富华说，王四是我父亲，花满月是王四的老婆，我就是他们俩的儿子。派出所的人说，花婆婆从没说过她有儿子。你拿证据来，再找证明人，如果能证明你的确是花婆婆的儿子，我们可以开证明。

可是王富华到哪里去找证据和证明人呢？他去找阿贵，阿贵死了；他去找小学老师，老师说根本不记得。他的初中高中同学很多，他没去找。因为他从来没有向他们泄露过自己的母亲是什么人。他只好去找小学同学，他想他们中应该有人记得。他搞了个聚餐会，饭间提出请他们证明他的母亲就是岳满花。这帮人尽管吃了喝了王富华的，但提到这事，都说时间太久，记不得了，不敢瞎证明。气得王富华结完账，招呼都没打，径直驱车而去。他一走，小学同学们便说，不养自己的妈且不说，平时连看都没来看过一眼，还好意思说自己是她儿子？就算记得，也不帮他证明。

王富华满心怆然地回到省城，他觉得这个世道的人心都太坏。分明都知道他是花满月的亲儿子，却为了不让他得到遗产，个个装傻。这种纯粹损人不利己的事，他们却偏都喜欢干。王富华越想越愤怒，他觉得现今社会真是没有道义可言。

他甚至没有过问花满月葬在何处或是骨灰在哪儿。

花满月安葬时，她的弟弟花满天并没有来。六十年来，他只跟姐姐通了一次电话，然后却因他要儿子给姐姐留下一笔钱的缘故，导致了她的猝死。他心头沉重，完全无力长途奔丧。她的侄辈也没有来，他们给政府留下的联系方式是父亲的电话。直到从九寨沟回家之后，才听说姑姑已死，而这时花满月已经火化好几天了。花满月赌光那笔钱就死在麻将桌上的消息，令两个侄辈大惊失色，惊完了方说，姑姑这辈子真是活该倒霉。

但花满月的弟弟花满天却说，这就是她的人生理想。这样的死法，大概也是她自己最想要的。

他们闲谈着，叹息着，但最终也没有来人把花满月的骨灰带回她的父母身边。那个装着花满月骨灰的白瓷坛，就一直搁在火葬场的骨灰堂里，从未有人去看它一眼。时光在人们心里流逝，却以落灰的方式呈现在花满月的白瓷坛上。很快，角落里这个有着厚厚灰尘的白瓷坛，也被人忘了个干净。花家屋大小姐花满月的故事不久也淡出人世，不再被人提及，尽管她觉得自己的这一生很是辉煌。

而实际上，这辉煌只要她自己觉得被照耀了，就已足够。

【作者简介】方方，女，本名汪芳，原籍江西，1955年生于南京。曾当过四年装卸工人。毕业于武汉大学中文系。著有长篇小说《乌泥湖年谱》《水在时间之下》《武昌城》及小说集、散文集数十种。中篇小说《风景》获全国优秀中篇小说奖，《琴断口》获第五届鲁迅文学奖。作品有英、法、日、意、葡、韩等多种文字译本。小说《十八岁进行曲》《桃花灿烂》《纸婚年》《埋伏》《过程》《在我的开始是我的结束》《奔跑的火光》《有爱无爱都铭心刻骨》《万箭穿心》《琴断口》《声音低回》分获《小说月报》第二、五、七、八、九、十、十一、十三、十四、十五届百花奖，《涂自强的个人悲伤》获第十六届百花文学奖中篇小说奖。现为湖北省作家协会主席，中国作家协会全委会委员。

飞行家

◎ 双雪涛

一

一九七九年，李明奇第一次来高家时，高立宽十分光火，并不是因为李明奇当时穿了一条喇叭裤，系着一条花皮带。当然这样的仪表也许是个起因，最主要的是，高立宽从李明奇出生就认识他，还有他的两个弟弟李明耀和李明敏，还有他的六个妹妹，名字无法列举，但是确有这么一大家子人，就住在高家后面那一趟房。再后面就是一九六七年修的红旗广场。广场原是日本人修的，铺的大理石砖，据说是从阜新开山运来的大石。建好后日本人在广场放了一群鸽子，中国人第一天都给逮走，回家吃了。第二天广场上又放了一群鸽子，还有几个日本兵，端着枪看鸽子，中国人才知道鸽子是喂的，不是吃的。广场的四周是日本人的银行和办公楼，后来日本人走了，这些东西就都留给中国人。一九六七年在大理石广场上立了一座毛主席像，施工时鸽子就都飞走了，再没回来，就此称为红旗广场，因为主席像的底下有一排士兵，为首的一个戴着袖箍儿打着一面迎风招展的红旗。李明奇一家就比邻广场，与高家的后窗户隔了一条马路。房子大概三十几平方米，也是日本人留下的，举架很高，墙窗足斤足两，跟高家一样，是印刷厂分配的住房。不同的是李明奇的父亲李正道自己做了一个隔板，搭在半空，也就是说，凭空盖了一层吊铺，墙上嵌进五个台阶，一家十一口人，女的住在底下，男的住在上面，安排得蛮好。

高立宽看不上李明奇除了他的仪表，还有重要的一条是李明奇的父亲李正道过去是高立宽的徒弟。高立宽是市印刷厂的高级技师，拿手的本事是古版印刷，一通百通，所有关于印刷的活计都难不倒他，在厂里很受尊敬，厂长见面也要给点根烟再开口说话。受尊敬不光是手艺，高立宽是个老党员，一九三六年就入了党，那时说叫共产党，更通用的名字叫地下党。高立宽因为是个苦出身，让人一说，心一横，就入了地下党，偷着印传单，他印的传单比别人的都好，色泽鲜艳，历久弥新。高立宽虽然小时候没读过书，不过在印刷厂里认了字，字认得多了，还能措个辞，上级派下来的口号，他有时候给改改，鼓动性更强，上级后来给他写了一封信，说真是行行出状元，没想到有人还是天生印传单的料。那时他不是高师傅，还是小高，小高就印了两年传单，期间蹲了一次国民党的大狱，蹲了一次日本人的大狱，都挨了打，日本人那次打得略狠，一只眼睛瞎了，出来之后便被唤作独眼小高。中华人民共和国成立之后，独眼小高高兴了一阵，不过也没觉得如何，新世界新气象，他还是在印刷厂印东西。没过几天，他才品出这个新世界不一般，那个给他写信的上级当了副市长，一天把他想了起来，给他厂里打了电话问还有没有他这个人，是不是牺牲了。回答说，人在，还是搞印刷，只是眼睛瞎了一只，过去调色是瞪着两眼，现在是一只眼，调得依然没问题。市长就派人把他接去，还提醒他把信带着。聊了一会儿，把信拿回，拍板让他去干部学习班，学习几个月就当副厂长。高立宽当即说，我只有一只眼，不好看，另外也不是当官的料，嘴笨不说，一看人多就哆嗦，当年参加革命不为当官，现在有了新中国，自己已然高兴，还是继续当工人为好。市长说，你这一只眼是为革命丢的，欠你一只眼，该还，你又有点文化出身又牢靠，这样的好机遇不可浪费，不干也得干，明天就去学习班报到。

高立宽从市政府大院回来，心里不舒服，把徒弟李正道找到家里来喝酒。李正道第一次去师傅家喝酒，拎了半只熟鸡一瓶白干，两人把鸡掰碎，边吃边喝，高立宽说，正道，你这鸡不错，哪儿买的？李正道说，师傅，买不着，我自己烤的。高立宽说，你当工人白瞎，开个店能发财。李正道说，我烤一只得烤半天，开店准赔死，给师傅吃正合适，下次给您烤只兔子。高立宽心里高兴，觉得这徒弟不但会烤鸡，每次说话都让人舒服，就喝了一大口酒，给他讲了些印刷的门道，李正道歪头听着，时不时把鸡的好位置递给高立宽。高立宽喝得有点快，想起要倾诉的事情，说，今天去了趟市政府，心里不舒服。李正道说，师傅你这话怎么说的，今天您被大轿子接走，厂里都炸了锅，您是老革命，过去您也不说。高立宽说，这玩意儿说个屁，有人脑袋大，旁人一眼就看见，有人屁股圆，总不至于天天脱裤子给人看。李正道说，您说的是。高立宽说，市政府那个院子，过去是日本人的地方，我这只眼就是在里头打瞎的。墙上还有日本字儿，没刷干净。这个干部班我是不想去，可是不去不行，市长得罪不起，不过别看我就一只眼，可是看得清楚，我啊，去也白去，河里游的扔马路上—— 一步也走不了。这天喝到半夜，李正道就睡在高立宽家，两人脚对脚，高立宽鼾声如雷，李正道一宿没合眼，第二天天一亮，就爬起来给高立宽沏了一大缸子茶，去上班了。

高立宽的看法没有错，人贵有自知之明。学习班上除他之外，都不怎么识字，有几个比他说话还笨，说的一口方言，除了自己谁都听不懂。还有一位有鸦片瘾，中途犯了瘾，倒在地上乱滚，让人送回家了。高立宽虽然相貌有些缺陷，可是仪表堂堂，宽肩阔背，一张方脸，说话虽然不比授课的老师，可是硬要说两句，也是能说出两三点，就这分出两三点，不是一锅粥，就压死了人。可是他的问题就出在喝酒上。去了半个月，大醉十天，打伤了两个同学，把一个巡查的老师也打破了脑袋。不单是醉人彪悍，是高立宽从小跟北市场的老师傅学过点把式，要不然也不能两次大狱都活着出来。打伤同学是小事情，打伤的那位老师去过延安，是比高立宽资格更老的老革命，不但是老革命，要命的是还是一位女同志，愣让高立宽揪着头发走了半个走廊，最后拽下一大块头皮来。这位女同志包着脑袋，连夜给组织写了一封信，从太平天国说到十月革命，从十月革命说到义和团，从义和团说到延安整风，总之，是用血的教训确信无产阶级的队伍里也藏着流氓，需要彻底地改造。高立宽卷着铺盖揣着休学的证明回了印刷厂，这回没有大轿车，自己坐公交车回来的，李正道把铺盖卷接过，什么也没问。实话说，师傅好酒，李正道早知道，师傅喝酒之后喜欢动手，他也知道，他就挨过几次打，有一次在饭馆喝到一半，师傅喝得兴起，把他连人带椅子顺着窗户扔到了大街上。这还是自由自在的时候，到了学习班关起来，心里憋闷，半夜跑出去喝酒，醉酒闹事，都在情理之中。李正道是山东人，家里吃不上饭，父母饿得走不动，他一人揣着一包种子跑到东北来种地，一九四〇年河坝决了堤，把地冲了，他就跑到市里来，先是在旧书店给人打工，夜里睡在门板上，白天卖书码书，也认了几个字，后来几经辗转，到了印刷厂。要说无产者，他比高立宽更合格，只是没蹲过大狱，没跟市长通过信，但是他酒量大，不闹事，心灵手巧，也知道时局变了，就像发大水，虽然啥都没了，一地的泥巴，可也是新的机会。

到了傍晚，高立宽终于说话，正道啊，明天给师傅烤只兔子。正道说，好，明晚拎您家去。高立宽说，我手欠，把人打了，这学习班念不下去，市长把我保下来，让我反省反省，下周再去，实在是要把人折磨死。正道一边把裁纸刀擦好，搁在工具箱里，一边说，要不我替您去？高立宽噌地站起来说，你情愿？正道说，看您这么遭罪，我心里难受。高立宽说，得去一个月，见天儿关在屋子里讲马克思列宁，晚上大门都上锁，你行？正道说，我试试，不行的话您来接我。高立宽往地上吐了口唾沫说，行咧，算我欠你一回，明天我去趟市委，把这事儿办了，你家是山东哪儿来的？正道说，山东蓬莱曲南县李家村，我爸我妈都让日本人杀害了。这句和事实有点出入，李正道的爹妈是饿死的，不过如果日本人不来，不打仗，不征兵纳粮，也饿不死，所以从根上说，也不算撒谎。高立宽捉住李正道的手握了握，说，徒弟，以后就算我结了婚，有了孩子，家里也算你一口。明天最后一遭，市委的门儿我再也不进了。李正道有点感动，也有点内疚，决心明天把兔子烤得好一些。

握手是个新事物，高立宽在学习班学的。

所以一九七九年李明奇来家，就算高雅风不说，他也知道这是李正道的儿子，两人长得一模一样，瘦高，挺长的脖子，眼窝深陷，像个德国鬼子。打过招呼李明奇掏出个手绢，把椅子擦了擦，坐下，白色的喇叭裤贴在木椅子上，只坐了一个边儿。高立宽心想，德行，看你憋的什么坏。高雅风二十三岁，在变压器厂工作，长得不太好看，眼珠子有点突出，牙也有点往外凸，顶着嘴唇。但她是高家姐弟三人里最能说的，虽然年纪不大，一旦让她说起来，便跷起腿，一只手拽着脚腕子，眉飞色舞说几个小时也行。就靠这张嘴，说动了老师，给她弄了一个假病历，于是没有下乡，初中毕业早早就进了变压器厂，每个月领二十多块工资，工龄比同龄人都长。可是一九七九年秋天的这天下午，高雅风老老实实坐在李明奇旁边，没有说话，她怕她爸，就像是八哥看见猫，再怎么抖机灵也是没用的。她看着大姐高雅春前后忙活着给李明奇倒茶，心里一边觉得果然是亲姐，平常怎么闹还是给她些面子，一边嘴痒痒想说点李明奇的好处，可是看见高立宽浓浓的挤在一起的眼眉，又都咽了回去。

李正道去了学习班，真个一个月没回来，高立宽依旧耍着光棍儿，白天上班，晚上喝酒，这点工资都捐了饭店。高立宽喜欢请客，因为工龄长，段级又高，工资比别人多，主要是喜欢那个热热闹闹的气氛，喝完酒去澡堂子一泡，泡完倚着澡堂的大长皮椅子聊天，修脚，喝半夜的浓茶。过了十天，差不离把李正道这个人忘了。一个月之后，李正道回来，他看见李正道理了个新发型，头发长了，梳得很齐整，先前有点连鬓胡子，都剃光了，穿着一身蓝色的的确良中山装，一头扎进了厂长的办公室。高立宽心想，你个什么东西？我的手艺你才学了点假把式，去了趟学习班就自己换了身皮，回来不先见师傅，跑到厂长那里露脸，等你换上工作服，我再拾掇你。他没想到，往后将近二十年，李正道再没穿过工作服，先是在高立宽的车间做副主任，主抓生产线改造，伺候几个俄国人，然后又做了全厂的工会主席，抓思想改造的工作，三反五反都是他领头，揪右派的时候他第一个写了材料，把厂里几个搞古版印刷的老师傅点了名。“文革”前，他已经是副厂长，市里的“毛选”都是他主持印的，还去周边的地级市传授过先进经验。高立宽看在眼里，没觉得多么不舒服，一个人是哪块料，活着活着就会显露，这个李正道就算没有这个机会，迟早也得跳出来，成个人物，单说每次讲话不拿讲稿，说得头头是道，主席的语录张嘴就来，高立宽就觉得比自己强了不止两条街。况且李正道每次见到他，都叫师傅，搞几次运动，也没刮着他。高立宽有时候叫他李厂长，他不让，说，叫我正道，没您没我。还算吃过了炒菜，没忘了大马勺，高立宽心想。不过这二十年过去，直到“文革”来临，把李正道打下马，牛棚没蹲，厕所也没让他扫，只是抄了几次家，游了几次街，坐了几次喷气式飞机，剃了阴阳头，不再让他印“毛选”，工作呢，回到车间，换上工作服当工人。这二十年间，高立宽对李正道还是有几点不满意，第一，没完没了地生孩子，前前后后生了九个，管生不管养，一心都在工作上，这九个孩子见天儿在街上乱跑，穿鞋没有脚后跟，大的带小的，毫无规矩，不成体统。第二，自打学习班回来，再没给他烤过兔子，那天晚上李正道说改天给他烤兔子，一直没有兑现，高立宽的直觉告诉他，兔子比鸡好吃，可是一直没吃着，干等了二十年。第三，李正道自己爬上吊铺，把自己吊死之前，没有找他商量。一个人要死，是个大事，大事应该和人商量，李正道没和谁说，在外面挨了一顿打，回家给九个孩子挨个儿洗了遍澡，就自己爬到吊铺把自己吊死了。当这么多年干部，到最后死得这么草率，死前也没把他当朋友，高立宽意见很大。

高立宽喝了一口茶，看着他的老婆赵素英，终于说了话，掌柜的，给下锅面条。赵素英比高立宽大，大四岁，相貌一般，个子矮，裹过脚，还结过一次婚，也在印刷厂工作，这些都不是问题，因为高立宽的眼睛算个残疾，所以算是般配，何况赵素英前面那一轱辘婚姻，没有孩子，丈夫暴死，来了高家之后，三年一个，生了两个女孩儿一个男孩儿，高立宽感到满意。唯一的问题是，赵素英性格慢，高立宽性格急，结婚之前不知道，结婚之后才发现，实在太慢，两根电线杆子能走半个小时，你这边火上房了，她那边歪在炕头睡着了。做饭好吃，但是从买菜到做熟，得几个小时，高立宽饿得跳脚，喝多了酒打她，没用，你打完她，正在气头上，她把摔碎的碗筷收拾好，坐在板凳上开始听匣子了，《穆桂英挂帅》。高立宽后来想起过去的资本家，觉得自己在新中国虽然已经翻身做主人，可是又落到这个慢性子手里，于是给她起了个外号，叫掌柜的。掌柜的赵素英从板凳上站起来，到厨房拿了一个大面板，搭在炕沿上，又从厨房拿了一个大铝盆，上面用屉布罩着。几个人都能闻到铝盆里的碱酸味儿。今天包饺子吧，赵素英说。高立宽心头一惊，家里的钱给赵素英管，掌柜的管钱，天经地义，赵素英节俭，存折在哪儿他都不知道，只知道赵有个小手绢，里面包着零钱，他要买酒，赵就打开手绢，拿出一张零票子给他。今天竟然吃饺子，而且看来早有准备，高立宽心里有点矛盾，一方面他觉得赵不应该对李明奇这么重视，不给他好脸，他要是识相自己走掉就是；另一方面，饺子就酒，越喝越有，他一边琢磨着，一边从炕里头把小方桌拉了过来，摆在了炕中央。

二

大姑打电话把我叫醒的时候，我刚刚睡熟。挨到凌晨三点，还是不困，就下楼买了一箱啤酒，喝到第三瓶，终于有点困意，赶忙到床上趴着，也没有马上睡着，啤酒胀肚，五点钟起来撒了一大泼尿，才睡下。北京的冬天不比家里，每天雾气昭昭，冻人不冻水，到了夜里从窗户缝里渗进一股阴冷，这啤酒喝得有点作妖，直打哆嗦，只好把自己深深地裹在被子里。第二天是周六，约好了陪领导踢室内足球，我在大学时是个足球健将，司职右边锋，能甩牛尾巴，现在胖了三十斤，换好运动服就出一身汗，不过也没关系，踢球不是重点，重点是踢完球喝酒，喝酒也不是重点，重点是听领导讲他在大学时是个足球健将，左右脚七十米长传，点对点。问题就出在，因为睡得比较晚，以为得混到天亮，手机没有静音，清早七点半，大姑的电话打进来，我其实刚刚进入深睡眠，忘了自己身处东四环附近的一家出租屋里，腮帮子发紧，以为自己睡在家里那张硬邦邦的单人床上，后来单人床不见了，梦见自己在高考的考场，政治题怎么想也想不出，伸脖子想看别人的，别人都离我很远，且用胳膊把卷子蒙住，急得我想把自己脑袋揪下来。就在这时电话响了，我一激灵坐了起来。哎，是小峰吗？我一听就知道是大姑，虽然已经两年没联系过，但是她的锦州口音辨识度太高，尾音永远是挑上去，像唱歌一样，而且不说喂，说哎，好像对方接听让她觉得很突然。我说，大姑啊。大姑说，你个死孩子，过年也不说给大姑打个电话，你奶天天念叨你。我说，大姑，我还没睡醒，一会儿给你打回过去吧。大姑说，别撂，大姑不是让你还钱，有正事儿找你。我就怕她说这个，大学的学费是大姑给我拿的，毕业五年了，钱我一直没还，其实一共三万，想还也还了，不过她给我拿钱的时候说是给，没说是借，我就认为是一种捐献，欠的是情，不是钱。我大姑是我爸姐弟几个条件最好的，也愿意当家主事。后来她有时候和我联系，让我去看我奶，从北京到锦州倒是不远，只不过锦州确实没什么好玩的，我奶八十岁之后就有点糊涂，见了也跟没见差不多，从没去过。大姑就在电话里说，我也不让你还钱，就让你来看看你奶，就你这么一个大孙子，你也就这么一个奶，哪天她死了，我跟你说，这么大岁数的人，放个屁都可能过去，到时你想见就得看照片了。她这么一说，我觉得难过，马上答应去，放下电话又觉得太麻烦，终归还是没去。可一回味，这个不让还钱有点微妙，似乎还是借给我，只是不着急要，本质和过去有了区别。我说，大姑，你给我卡号，我一会儿把钱给你打过去，这么多年算上通货膨胀，我给你打四万吧。大姑说，你这孩子听话就能听半句，我没说钱的事儿，我说有正事找你。我说，您说。她说，你二姑夫李明奇丢了。还有你哥，李刚，也丢了。我口渴,没有水,只好喝了一口昨夜剩的啤酒,说,啥?啥叫丢了?大姑说,就是找不见了,两人上周五早晨一起出去吃豆腐脑,然后就再没回来。我说,报警了吗?大姑说,你哥是个啥人你不知道?去年刚放出来,你二姑说了,李明奇跑之前跟邻居借了钱,现在邻居天天敲他们家门,所以是处心积虑,咱们别报警,自家人找自家人,先找找,实在不行再经官。我说,那您坐火车去沈阳吧,我在北京给您打打下手。大姑说,狗东西,你大姑腰脱五年,还不是你爸死的时候护理你爸累的,你赶紧给我回沈阳找去,找不见我把你奶送回去。这句话有分量,主要包含两个往事。第一是我爸得癌的时候,我妈六神无主,我刚刚考上大学,我大姑从锦州过来主持局面。一天晚上抬我爸去做介入检查,把腰闪了,再没好。第二是,我爸去世之后,我大姑看我家这个情况,就把我奶接走了,给我和我妈减轻了巨大的负担。我说,姑,我不是推脱,我是学法律的,现在在银行当法务,不是搞刑侦的,专业不对口,另外我奶在您那儿住惯了,您也说了她老人家身子骨脆,经不起折腾,咱们不要意气用事。大姑说,你是翅膀硬了,还教你大姑怎么做人了?我跟你说,公检法不分家,你马上回去把你二姑夫和你哥找着,要不然我给你奶买张火车票,去你单位静坐,别看她糊涂了,腿脚比我好使得多,你自己掂量。说完就把电话挂了。

我给领导打了个电话,说下午的球去不了,一咬牙,顺便请了一周的年假。本来这个年假答应我妈,带她去香港玩一圈,她天天在家看 TVB 的剧,想去香港吃吃便当。实话说,我也想去,想去迪士尼,坐坐半空中翻滚的那几个器械。有些人恐高,我家人从来不恐高,而且有个特点,喜欢上高,我爸活着的时候,一跟我妈生气就自己上房顶坐着。我妈说,你是猴子变的?我爸也不言语,坐到天黑,下来,气就全消了。领导听说我要请年假,有点不乐意,我手里压着六七份合同,还没改完。但是工作了三年,我一次年假也没请过,他带着老婆孩子全世界的景点玩了一半,有时在国外遥控我加班,所以我第一次张嘴,他也没提出大的异议,让我注意安全,心别玩散了。

到沈阳的时候,已经是晚上七点。家里没人,电饭锅还热,刷好的碗搁在水池边上,还有水珠。十二月的沈阳正式进入冬天,我家是个老小区,暖气没有分户,大家谁也不交钱,但是如果一点暖气不给,又怕冻死几个,闹成新闻,于是就给一点,手凉的时候能摸出一点温度。我妈那双深红色的羊毛拖鞋摆在地上,已经瓢得不成样子,好像两只烤地瓜。这还是我上班第一年春节时在无印良品给她买的,我妈说送鞋不好,好像是暗示她应该改嫁。我说全没这个意思,是现实主义的考虑。我妈脚干,一到冬天脚后跟就开裂,袜子的毛屑渗进裂纹里,看着很不舒服。这两年事情多,没有注意她的脚怎么样,是不是穿上羊毛拖鞋之后有所改善。我走进自己的屋子,一张单人床、一个木书柜、一把能旋转的塑料椅、一盏旧台灯。椅子背后是衣柜，曾经比我高，现在到我下巴，衣柜顶上摆着我的储蓄罐，一只微笑的小猪。我在椅子上坐了一会儿，一晃半年多没回来，我拉开抽屉，里面摆着钢笔和钢笔水，还有我初中时买的打口带，一个老外吹的萨克斯。每次回来都很匆忙，这个抽屉已经好久没有拉开过，里面还有我小时候的作业本，还有从小学到高中的同学送给我的贺卡。我一点点翻看，在紧底下，没有记错，我收藏了一张便笺，上面写着："小玲，我今天临时出差，你给小峰做饭，馒头在冰箱里。旭光。"我爸生病之前，职业生涯的后期，经常被派到各个村庄去修理拖拉机，这个便签就是那时候留下的。家里我爸做饭，这点可能跟一般家庭不同。

窗户冲东，窗外是一个大酒店，挡住一天中大部分时间的光，只有到傍晚时分，夕照的日光经酒店的窗子反射，才能照进屋内一点。这时酒店的窗户亮了三分之一，大多拉着帘子，有一扇没拉，一个保洁工人在里面铺床，双手抻着被单，用力一甩，罩在一张洁白的双人床上。

门响，我妈回来了。我推上抽屉从房间走出来，我妈正在脱鞋，她弯着腰抬头看我，说，你怎么回来了？我说，遛弯去了？她的头发又白了一片，眼袋也比上次见她大了一圈，体型倒没怎么变，还是微胖界人士，穿着褪了色的红羽绒服像一只棕熊。跟楼上的二嫂去广场了，她说。她每天活动的区域不会超出周围两公里。我说，妈，你知道二姑夫和我哥丢了吗？我妈说，知道，你二姑前天给我打了电话，你吃饭没？我说，在车站吃了，俩大活人咋说丢就丢了呢？我妈说，我问你，这十年，你跟你二姑夫你哥说过几句话？我回想了一会儿说，我爷去世的时候说了几句，我爸去世的时候说了两句，其他的想不起来了。我妈说，我再问你，你爸有病的时候，他们来过几趟？我说，想不起来了。她说，来过一趟，你爸住院一个月了，说不出来话了，他们来了，坐了二十分钟，买了两斤苹果一盘香蕉，扔了两百块钱，就这么一次。我说，啊，我都忘了。我妈指了指自己的脑袋，我从小记性不好，丢三落四，但是这种事我记得清，一样一样都码在光底下。我说，光底下？她说，就像光照着，那么清楚。我说，陈芝麻烂谷子的事儿就别说了，明天我去看看我二姑，你去不去？我妈瞪着我说，你就为这儿回来的？我说，啊，我大姑早上给我打的电话。我妈说，请了假？我说，请了年假。我妈说，香港还去不去？我有点愧疚，走过去拍了拍她的胳膊说，妈，明年。我妈说，行，要不是你爸死了，我指着你？说完走进自己的房间，把门锁上了。

我妈过去是个十分温和的人，听我爸说，我妈年轻时是个开心果，虽然有点任性，但是十分招人喜欢，梳着一条黝黑的大辫子，一打扑克就偷牌，见谁都笑。工厂倒闭之后，两人自谋生路，我妈变得阴郁了一点，老房子被拆迁，住到郊外的棚户区去，我妈又阴郁了点。回迁之后，房子没有阳光，楼道无人清扫，楼上住着一些以打架斗殴为生的少年租客，直到父亲去世，这一重击，使我妈彻底变成了一个阴郁的中年女人。不过她也没有完全放弃，想要去香港，便是一种努力，可惜我让她失望，想来想去，我在心里恨起大姑的馊主意来。

第二天一早，我妈的房门没开，我站在房门口听了一会儿，她应该是起来了，不过没有电视机的声音，也许就是在坐着。我找东西吃，饭已经做好了，一盘西红柿炒鸡蛋，一小碗鸡蛋糕，都温在电饭锅里。一个棕色的电话簿，放在饭桌上。我翻开，是我爸的字迹，记着很多地址和电话号码，我找到二姑的地址和电话，不知换是没换，看字迹至少是十年前写的。铁百东，第一个胡同右拐，看见一个卖布鞋的门脸再右拐，二单元三楼，黑色盼盼防盗门。铁百就是铁西百货商店，位于铁西区的中心，我小时候去过，每到周日人山人海，对面是一家新华书店，有两个开放式的书架，其余的书都在售货员的背后，想看或者想买，需让售货员扔过来。小本的其中几页写着好多数字，轴承六个，螺丝八盒，折叶七盒，汽油三桶，底下写着一个字：欠。看样子是当年做工人时记的账。我敲了敲房门说，妈，本我拿上了。没有回答。传来一声窗帘的滑动声，不知是拉开还是拉上。我穿上羽绒服走出门去，把电话簿揣在怀里。

几乎没怎么变，还是一个十字街。除了新华书店消失了，变成了一家必胜客。铁西百货没有了，变成了一家小超市。我在里面买了两箱牛奶。那家做布鞋的店还在，也做寿衣。几个老人穿得圆滚滚，戴着帽子手套坐在院子里聊天。二楼三单元，确有一扇黑色盼盼防盗门。上面贴满了小广告，像一张波普艺术的画。门旁边有一个三元牛奶的木箱，上面写着：高雅风。我敲了敲门，没人答应。又敲了敲，一个声音说，谁？我说，二姑？那个声音说，谁？我说，小峰，高小峰，你侄儿。那个声音说，我侄儿？然后听见拖鞋蹭到门口的声音，那个声音说，劳驾你把猫眼的广告撕了。我撕下，听见里面说，真是我侄儿。门开了。

二姑变得很小，像一只猴子。不过确实是我二姑，我意识到即使她变成一只老鼠，我也能认出她来。她的头发掉了一半，不是整个的一半，是间或的一半，挨着另一根头发的头发掉了，不过还是努力朝一边梳着，看着更显稀愣愣的。两腮塌进去，脸上都是老年斑，牙也掉了许多，笑起来牙床隔着嘴唇嚅动，走路时脚在地上拖着，抬不起来。房子的格局跟我记忆中一样，中间是厅，两侧是南北双卧。她引我进南屋，北屋是我哥的房间，我小时候去玩过，还睡过他的床。不过现在门关着。南屋的床上有两个包子，一个吃了一半，露出酸菜和鸡蛋，另一个僵硬了，像一团水泥。电视开着，一个女人在唱歌。我过去知道二姑得了风湿病，难以下楼，现在回想，知道这件事已经是很久之前，于我却好像是昨天的消息。她的手变形了，像鸡爪，用三根手指钳着一杯水递到我面前来。

二姑说，来就来，还买啥东西？你妈挺好的？我说，挺好。二姑说，你爱听歌，还是爱看电影,电影频道有电影。我说,都没关系。二姑,大姑给我打了个电话。二姑说,上次见你,是你爸出殡,五年前?我说,五年前。二姑说,也是冬天吧,我哭得太厉害,好多年不出门,一出门就是这种事,你多担待。我说,二姑,你这说的啥话,不哭才有问题。二姑的房间很小,收拾得很干净,地上的红色地板已经不红,但是没有灰尘,她身上穿着一件黑色棉袄,有点大,但是袖口没有一点污渍,脚上穿着红袜子,看上去是崭新的。二姑回头指着窗外说,小峰,你瞧见那里有个烟囱没?我伸脖子看,说,瞧见了。确实有一个烟囱,暗红色,在一百米开外,没有冒烟,侧面镶着一排铁梯子。二姑说,就是这个东西,把你二姑妨了。我说,二姑,我没太懂。二姑说,就是这个烟囱,妨了你二姑的命,病老不好。我没有言语。二姑说,你现在出息了,在北京做头脸人,去找人说说,把这烟囱扒了吧。我说,二姑,我虽在北京,就是个银行职员,管不了烟囱。我看这烟囱不冒烟,梯子也锈了,你不碰它,自会有人扒它。二姑说,我也这么想的,可是十五年了,它还在那妨我。前两天给你妈打电话,你妈说你现在不得了,一个烟囱治不了?二姑沉吟了一会儿说,不该跳舞。我说,啥?二姑说,这辈子就让跳舞毁了。我说,不是烟囱?她拿起包子看了看,又放下说,烟囱是烟囱,跳舞是跳舞。年轻时跳舞,遇见你二姑夫,这是第一毁。上班后跳舞,跳了一宿,出了一身汗,直接去上班,让风扫了,钻进骨头缝,得了风湿病,这是第二毁。教会了你二姑夫,我跳不了,他一直跳,终于人跳没了,这是第三毁。这辈子就毁在跳舞上,小峰,你饿不,去冰箱里拿点东西吃。她这么一说,我还真有点饿了,站起来走到厅里,拉开冰箱门,发现里面满满当当装的都是包子。我把门关上,回头看她,她眼睛盯着电视机唱歌的女人,用脚尖轻轻打着拍子。

三

掌柜的赵素英手握菜刀开始剁馅,高雅春知道她妈话少,刀架脖子上说饶命都得合计半天,怕怠慢了李明奇,就开始找话说。高雅春念的卫校,是个护士,这么说来是一家子人里学历最高的,所以平时主事儿,当半个妈使,也有信心敢说话。她知道妹妹高雅风是个肤浅的人,过去谈朋友,介绍人说半天没用,家里金山银山没用,看了照片才决定见不见。说白了,就奔个模样。这让高雅春很是担心,所以前几次相亲她都跟着去,一看对方是绣花枕头,当场就给搅和黄了。高雅春本人要结婚了,未婚夫是隔壁医专的男同学,分配到锦州当大夫。模样一般,人很本分,家里都见了,很相中,秋天就去锦州办事。这个夏天其实高雅春心情挺复杂,一是要离家远去,锦州也在省内,但是火车要六个小时,平时想是回不来了,担心家里头。二是到了锦州人生地不熟,一切都得适应,过去就听说过个笔架山，退潮时露出条小路，可以直接行到海中的山上去，涨潮时小路被淹没，若是没回来就得困在山中。想到去那里落地生根，心里有点忐忑。三是临走前，想给家人一人织一件毛衣，时间越来越紧，还没有织完。高雅春从包里拿出一罐茶叶，这是托朋友在铁西百货买的铁观音，到外屋拿开水沏上，给高立宽倒了一杯，给李明奇倒了一杯。李明奇欠了欠屁股说，姐别麻烦。这回离近了看得真切，这个李明奇确实长得可以，不但浓眉大眼，鹰钩鼻，两只眼睛的睫毛足有一寸长，忽扇忽扇的，好像眉底落了两只蝴蝶。

高雅春说，听说明奇在军工厂上班？李明奇说，是。高雅春说，好单位，是不是还得保个密？李明奇说，也没啥，具体的工作不让说，但是总之就是造降落伞的。高雅春说，降落伞？李明奇说，好多个车间，都和飞机有关，我的车间造降落伞。高雅春突然觉得此人高雅了一点，不知是为啥，她说，听说去年还是先进？李明奇说，也没啥，我搞了一个发明，改动了降落伞的一个小部件。高雅春觉得此人又高雅了一点，竟还是个爱迪生。高雅风此时插嘴说，他还没说完。这句话起了作用，高立宽也斜着一只眼朝这边看，高旭光本来在看书，这个高旭光是个书虫，“文革”时看大字报，下乡时看字典，回城后分配到拖拉机厂，下班就钻图书馆，性格随了他妈，平时没声，书看了也说不出来，自己咂摸。高立宽却极爱这个小儿子，常说两句话，第一句说，掌柜的，要不是你生了小旭子，我打你更多。第二句是，掌柜的，我们这印刷厂就指着小旭子这样的人活，爱看字儿。高旭光这时也抬起头来，听李明奇的下文。李明奇喝了一口茶水说，我弄的降落伞虽说只是改了一个小部件，但是作用不算小，主要是开伞比过去更快，整体也降了分量，虽说比美国人的沉一点，不过已经接近。没人敢试。我就自己试了一次。高旭光问，你怎么试的？李明奇说，飞机上，五千米。落下出了点小故障，锁扣卡住了，弄了半天，比预计开伞的时间晚了十来秒，也偏了靶点，落在了树上。第二次就好了，实验比较成功，所以得了个先进。高立宽心想，这小子跟他爸一样，爱往上走，迟早摔得惨。高雅春听得心惊胆战，她是护士，有点医学常识，五千米落下，稍有闪失准成肉泥，落在树上，运气不好也是骨断筋折。高雅春说，发明是发明，实验是实验，咱以后专搞发明，不搞实验，这次命大，下次命小，都保不齐。高雅风笑说，这家伙不是命大，是骨头轻。我和他跳舞，他跳女的，我跳男的，拿手一带，他就转起来。高雅春瞪了她一眼，高雅风马上把嘴闭上。李明奇说，我确实比一般人轻一些，不是分量，我有一百四十斤，但是不知为啥，感觉比别人轻，小时候跟我爸放风筝，有一次我爸做了一个大蜈蚣，那天风很大，我被风筝带起来，脚离地飞了一百米，撞到个邮筒才停下来，后来我爸再也不带我放风筝了。高立宽知道有这么一个风筝，用的特种纸，还是他给弄的。想起李正道，高立宽心里又是一紧，这个徒弟心灵手巧，可惜死了，留下一大窝孩子，这个李明奇是老大，帮着他妈拉扯剩下八个孩子，经过这么多困难的时期，一个没死，他还进了军工厂造了降落伞，也算是有出息。高立宽又想到，因为这么多年生李正道的气，从来也没伸手帮过什么忙，一勺豆油都没借过，想到自己五大三粗，心眼儿比针鼻还小，就眨了眨那只独眼，叹了口气。

高雅风听见高立宽叹气，心里发慌，想是刚才说跳舞的事情惹恼了他，便拿眼睛戳李明奇，引他往放在炕头的军包里看。李明奇站起来，从军包拿出两瓶西凤酒，放在方桌上。高立宽看见酒，骗腿上了炕，指了指李明奇说，上来坐。高雅春并不知道高立宽的心里活动还有内疚一环，只觉得这个爸虽是一家之主，其实内心简单，两枚糖衣炮弹就击穿了心扉，又想到自己就要远嫁，更加担心起这个家来。李明奇站起来，试了一试，发现裤子太紧，上炕盘不下，就说，叔，我在炕沿陪你，这两瓶西凤酒是我爸留下的，当年舍不得喝，埋在院子里，抄家没给抄走，今天能喝多少喝多少，剩下的给您留下。高立宽说，你能喝多少？李明奇说，我看状态，吃饱了的话，能喝半斤。高立宽说，够使，今天这酒剩不下。掌柜的，先别剁了，炸盘花生米，也让我们消停会儿。赵素英放下刀，在围裙上蹭了蹭手，去外屋生炉子。高旭光站起来往外走，李明奇说，旭光不喝点？高旭光回头说，最烦这个。说完拎着书走出房门去。这时候正是中午，夏日的阳光正照在房顶上，胡同里头卖冰糕的老郝太太推着冰糕车走过高家门口，旭光拦住她，掏出五分钱买了一根冰糕，顺着梯子上了房顶，在斜沿一躺，又把书看起来。高旭光从十几岁起，就下了两条决心，一是不喝酒，滴酒不沾。二是不打老婆，无论老婆怎么惹人厌，不行就离，绝不打她。要说大部分的儿子，无论怎么努力，内心里总有个核心的部分，和父亲相连。就像影子，无论怎么歪歪斜斜，总是离不了本人的脚后跟。这个高旭光是个另类，从十几岁起，就在灵魂深处闹革命，把高立宽的所有东西都扫地出门，终于长成了一个和高立宽完全不同的男人，这个不同的程度怎么说呢，就像X和Y的不同。

花生米端上来，杯子摆好，高立宽说，再拿一个。于是三个杯子摆在两人面前，高立宽都给斟满，说，正道，世事无常，没想到这么多年没吃上你烤的兔子，却和你儿子喝起你留下的酒。还是有缘。你走得早，我也迟早得走，先走为大，我先干了这杯。高雅风无所事事，坐在板凳上抱着双腿看两人喝酒，这一中午她憋了一肚子话，憋话比憋尿还难受，尿憋住实在不行可以尿裤兜子里，话憋不住也不能站起来喊出来。高立宽喝酒从来不让女人上桌，要不你可以吃他剩的，要不你就抱个碗坐凳子上吃。赵素英一般都在灶台吃饭，站着就吃好了，因为人又矮又瘦，食量小，钳两口就饱了。此时正在煮饺子。高旭光可以上桌，可是他不愿意对着他爸吃饭，于是高立宽如果晚饭在家吃，都是一个人吃，一个人喝，喝几个钟头，往炕头一倒就睡了。礼拜天如果没人引他出去，他就从中午开始喝，也是喝到半夜，一倒睡了。所以高雅风看着高立宽和李明奇喝酒，心里火急火燎，这要是喝到半夜，她这肚子话就得憋到半夜，想到这里她下意识地晃动双腿，直想挠墙。高雅春有事干，她从炕柜里拿出针线，开始打毛衣。高旭光有个旧毛衣，穿得都是窟窿，她给打散，掺上新线，重新织一件。高雅风看见，马上把两手伸出去，让她姐把线绕上。想了半天，高雅风终于找出一句话，她把头挨过去小声说，姐，咱爸今儿要大。高雅春说，大就大，满意就行。高雅风点头，觉得她姐还是她姐，生在头里，多吃了几年盐酱，能沉得住气。

李明奇这点随了他爸，能喝一斤半，就说能喝半斤。饺子上来时，两人无话，已经各喝了三两酒，李明奇面不改色，花生米一夹一个准儿。高立宽有点喜欢，家人没人陪他喝酒，这小子懂事儿，每次碰杯都矮半截，热饺子往他面前挪，凉的放自己跟前儿。高立宽说，掌柜的，饺子不错。赵素英并没有听见，她端着一缸子凉白开，爬上梯子，递给高旭光，等着他喝干。高旭光问，妈，那个李明奇能喝酒？赵素英说，能喝，你挪挪，这边晒。高旭光说，妈，我也想吃饺子。赵素英说，我专给你包了带虾仁儿的，一会儿给你端过来。高旭光说，三滴答酱油，四滴答醋。赵素英点点头，顺着梯子爬了下来。

高立宽又喝了二两，醉意醺醺。这是他为人最好的状态，一只独眼看谁都很顺眼。高立宽说，小李，你爸管我叫师傅，你管我叫啥？李明奇说，我叫叔。高立宽摆摆手说，不能这么论，你应该管我叫师爷。高雅风在地上听着有点别扭，这辈儿论得没头没脑。李明奇说，我爸跟您学印刷。我在军工厂，您的本事我用不上。高立宽又摆摆手说，今天我教你点功夫，咱们这辈儿就对上了。说着伸手把赵素英落在炕沿的菜刀拿起来，高家门后挂着一张画像，红光满面，笑容可掬，脸庞像一只熟透了的大苹果。高立宽说，看他左眼。说完把菜刀一掷，正中左眼。李明奇看那画像上刀痕累累，想来平时没少表演。李明奇说，这我学不了，我没劲儿。高立宽说，什么叫没劲儿，手伸出来。李明奇伸手，白白嫩嫩，像个大姑娘的手。高立宽抓住手往旁边一带，其实想把他拽个趔趄，也想试试他到底有没有力气，没想到李明奇腾空而起，面袋一样摔在窗户跟底下。高雅风把毛衣一扔，站起来说，爸，你怎么闹没好闹。李明奇坐起来，爬回原来的位置说，没事儿没事儿，就是忽悠一下，没摔着。高立宽很纳闷，甩了甩手，说，你怎么这么轻？李明奇说，跟您说了，我就是骨头轻。高立宽捏了捏他的肩膀说，有骨头啊。李明奇说，骨头有，但是像是空心的，也许跟我生在吊铺上有关。高雅春有医学常识，知道骨头都是空心的，跟生在哪里更八竿子打不着，但是也没纠正他，知道他是打个比方。高立宽说，怪不得五千米都没摔死你，原来是个鼓上蚤。一会儿教你轻功。李明奇说，轻功好，这我用得上。高雅风看李明奇没事儿，坐下继续织毛衣，两人都倒满酒，这算是个拜师，又干了一杯。

李明奇的酒量有个限度，就是九两酒。九两酒之前，谦虚谨慎，戒骄戒躁，九两酒到一斤半，逐步露出真心，想啥说啥。一斤半之后，一头栽倒，人事不省。这点高雅风并不知道，因为两人舞厅认识，混熟之后偶尔也喝点小酒，但是从没喝到这个程度，高雅风也就喝点啤酒，主要是助兴，要是多喝，回家让高立宽闻出酒味儿，准得拿皮带抽她。所以李明奇喝到九两之后，眼神流变，她并没注意。这时太阳已经落山，旭光在屋顶吃过了饺子，书本盖在脸上，睡着了。这个下午高立宽和李明奇已经聊了不少话，从蒋介石聊到杜月笙，从“四人帮”聊到叶剑英，从身处的日本房竟有上下水聊到中日建交时的首相田中角荣，这么一聊不要紧，高立宽一生桀骜不驯，在这个下午被李明奇在话上拿住了。凡事高立宽知道个大概，李明奇知道个细节，高立宽知道报纸上写的一二三，李明奇知道报纸背后的四五六，高立宽的见识有一里地，李明奇的见识出了胡同，还能拐弯，一直看到山海关。高立宽从来没佩服过谁，这个下午佩服了李明奇，有志不在年高，怪不得能穿喇叭裤，这里头学问也不小。李明奇指着自己的喇叭裤说，叔，人之身体受之于父母，五脏六腑俩胳膊俩腿不能更换，这衣服却可装卸，所以穿衣服要注意，衣服就是话，穿在身上就是跟人说的一句话。高立宽说，你这行头说的是什么话？李明奇说，说的是，我和你们有些不同。高立宽点头说，是这么个意思，我穿了一辈子衣服，没说过一句话。最后说到李正道，李明奇说，我爸上吊铺吊死前，给我们这九个孩子都洗了澡，最后给我洗，洗的时间最长，说了几句话。高立宽说，说了啥？李明奇说，我爸说，长兄为大，你做得不错，知道疼弟妹，但是还差点意思。差就差在自己还要更加立事做个榜样。人总有一死，有的死在床上，有的死在马上，能死在马上，不要死在床上，做人要做拿破仑，就算卖西瓜，也要做卖西瓜里的拿破仑。高立宽心里更加服了，自己是永远做不成拿破仑，可是家里有个拿破仑，也让人高看一眼。高立宽说，若是你和雅风结了婚，住哪儿？这一句话让李明奇从拿破仑又变回了李明奇。李明奇低头说，叔，没地儿住，老二结了婚搬出去了，可家里还有九口人。高立宽说，你住我这儿。雅春过两天要去锦州，住得下。

高雅风听得直发愣，今天本来就是见个面，李明奇除了有个模样，有个单位，要啥没啥，要不是自己已经跟他亲热过，已然贬值，今天说啥也不能把他领到家里，摸老虎的屁股，就像是买衣服，今天本来就是试试大小，没想到不但买了，还送了一件羊毛大衣。这样的速度让她也有点发慌，赶忙在心里掂量两人是否合适。李明奇这人好处是聪明，坏处是胆子有点大，就像打麻将从来不会屁和，总想飘和杠开闷三家。但是也不是要命的坏处，保不齐让他和上一把，就可以站起来不再玩了。还有一个坏处是抠。有点钱都给自己弟弟妹妹花，若不是二弟李明耀已经成亲，三弟李明敏天生小儿麻痹，没法成亲，他还不能考虑自己成家。这么一想，也不是什么坏处，两人结婚就成了一家人，抠是对外人，抠出来的钱还得回到家里，也就是她的手上。想来想去，高雅风感到这辈子都在眼前明晰起来，她活了二十几年都没把他爸拿下，高雅春是长女，说话自有三分威力，高旭光是老儿子，啥也不干也得万千宠爱，她夹在当中，可有可无，没想到今天她领来的李明奇一个下午就把他爸彻底攻陷，以后姐姐去锦州，弟弟万事不管，厂子也有宿舍，她和李明奇住在家里，似乎可以当政，想到这里高雅风的心情很舒畅。

四

我坐在二姑的床头，听她讲二姑夫和我哥的故事，想起了昨晚我妈提到的两次葬礼。较近的一次是我爸的葬礼，参加人数大概三十人，告别仪式时放的是《二泉映月》，喇叭不太好，发出嗞嗞的杂音，我妈委顿在家，我站在大姑的旁边与每个人一一握手。我爸叫高旭光，是个拖拉机厂工人，去世时五十岁，患的是胰腺癌，发现时已吃不下饭，两个月后就没了。除了最后一周，这两个月其余的时间我爸非常清醒，也知道天命难违，气数已尽，他不爱旅游，所以谈不上去周游世界，一辈子只谈过一次恋爱，就是我妈，所以也谈不上和旧情人叙旧。唯一的爱好就是读书，家里地上床上都是他的书，一个工人爱看书，略有点奇怪，一个工人临死前还在看书，就更加有些奇怪了。我爸在病床上，指挥我去买了几本他一直舍不得买的精装书，其中一套书非常奇怪，是精装本的《十万个为什么》，此书已经绝版，我是在网上买的旧书。我爸说他从小就喜欢这套书，一直攒不出钱来买，现在终于买了，可是翻了几页，就困了。他的朋友很少，生病后几乎没什么人来看他，所以非常清静，醒的时候就拿本书看，困了就睡。我妈对我爸的行径深不以为然，她以为我爸应该有一肚子话跟她说，给她提供一些久未解答的秘密和一些可供回忆的资源。可是并没有，似乎我爸没有什么秘密，一辈子上班就在一个工位，出差只有一个路线，下班就回家做饭，吃完饭就抱本书看，出差时每晚六点往家打个电话，然后在农民家的炕头抱本书看，下岗之后就在广场卖茶叶蛋，也是一个工位，收摊之后回家做饭，吃完饭抱本书看。我爸感觉到自己不行前，把我妈单独叫进病房谈了一会儿，据我妈回忆，也没谈什么，就说他死后，要把奶奶照顾好，奶奶已经糊涂，所以他死了这件事情可以不说，也许也不会发觉，说出差即可。然后叮嘱我妈改嫁，不要有心理负担，他们俩这辈子和睦共处，已经知足。最后一个事情是葬礼时要放阿炳的《二泉映月》，那是他最喜欢的曲子，骨灰埋在爷爷的骨灰旁边。然后把我叫了进去，主要说了三件事情，第一件是好好读书，本科念完念硕士，硕士念完念博士，最好一直念下去，这是他的夙愿。学费可以跟大姑借，工作后再还她，他已经打过招呼。第二件是，我的二姑夫李明奇，如果有一天向我张嘴请我帮忙，我最好帮一下，这人不是一般人，只是命不好，没起来，但是他总觉得李明奇的一辈子不止于此。第三件事不是事，是一句感慨，那时他已经说了不少话，非常疲倦，于是说，小峰，我曾经在书上看过一句话，今天才深有体会。我说，爸，什么话？他说，度过一生并非漫步穿过田野，忘了这话是谁说的，现在突然想起，觉得很有道理，很想念躺在房檐上看书的时候，有机会你也可以试试。说完就闭上眼睛睡着了，再没醒过来。

从我记事起，李明奇很少到家来，我爸和他应该也没什么交集，逢年过节在一起吃饭，都是李明奇说我爸听，也没见有什么深层的交流。所以那时提到李明奇或多或少有些怪异。

我爷死在上世纪九十年代，印象已经模糊，那时我十几岁，只记得一天上课，被我妈从教室里叫出去，说我爷没了，去哭一哭。进病房前我有点紧张，怕哭不出来，我妈说哭好了给我买手枪，我就有了点底气。进屋发现我爷已经被蒙上了白被单，我吓了一跳马上哭了。我奶坐在病床旁边，数落我爷的不是，我从没见过她说那么多话。我爷去世前，已经病了十年，酗酒引发的脑出血，一直卧床，开始能说话，我小学和人打架打不过，我爷歪在病床上从窗户看见，大声指挥我怎么还击，他的招法非常管用，几下我就把对方打倒在地。后来爷爷家的日本房动迁，他搬到了二姑家，住上了后来二姑分配的楼房，就说不出话了，只能哼哼。他是个急脾气，有时哼哼别人听不懂，能急得从床上滚下来。我爷爷最好的朋友是我二姑夫李明奇，每天都是我二姑夫给他擦身翻身，我爷爷的哼哼他也听得懂，晚上都是他和我爷爷睡在一个屋，这么多年没有得褥疮。后来二姑夫生意失败，听我妈讲，竟在家里准备放煤气自杀，放到一半，听见我爷爷哼哼要撒尿，就去给他接尿，泄了那股气，抱着我爷爷哭了一场，就继续活下去。我爷临死前，把儿女们招到一起，他一生没有积蓄，都换了酒喝，只有一笔动迁款，那天是决定这笔钱的分配，开会时他用眼睛紧紧盯着二姑夫，大家明白没什么分的必要，他的意思是都给李明奇一个人。为这件事，我妈和我二姑还吵了一架，半年没说话。

我爷去世后，我奶不愿意跟二姑夫住，因为二姑和二姑夫两人老吵架，她听得烦心，就搬来我家。我家倒是清静，我奶话少，我爸也话少，只是我奶开始忘事，出去买菜经常不锁门，大勺烧漏了好几个，逐渐成了我们的负担。我爸去世时的遗嘱，其中一项是不要跟我奶说，可是我大姑执意要说，认为这是我奶的权利，这是我大姑的特点，非常仗义，敢拿主意，不过有时候坏事。结果我奶听见这个消息，当晚就聋了，一直聋到现在。想起我爸另一个愿望，是让我念书念到头，我也没做到，念完本科说啥念不下去，厌倦极了，就变成了银行职员，心里有点愧疚。我妈一直单身，丝毫没有改嫁的打算，有老同学联络她，她就给人家一顿臭骂，然后把电话线拔了。李明奇也一直没请过我帮忙，终于到了今天，我来找他，可能也算变相完成我爸的一个愿望，这一层在我大姑给我打电话时没想起来，昨晚我妈闹情绪时我也没想起来，现在想起来，觉得回来得有点意义。

二姑这时正在翻相册，她指着其中一张照片说，你七岁。她家的照片竟然有我，我有点意外，仔细一看，确实是我。穿着我奶做的棉袄，坐在一条大鲤鱼上，鲤鱼底下露出半个不知是谁的屁股。我说，二姑，这屁股是谁的？二姑说，是你哥的，李刚从小就喜欢你，当时怕你掉下来，钻进鱼肚子扶着你。我回想了一下，想不起我哥喜欢我这件事，只记得小时候两人打架，每次都是我挨揍，他揍完我，我爷就揍他，下次他还揍我，所谓条件反射的学说在他身上不起作用。我还记得有时候我放假来二姑家住，就和我哥住在他的小床上，我哥喜欢玩牌，先教会我，再和我玩，他每次都作弊，然后弹我的脑瓜崩，把我弹得一脑门儿青包。二姑说，你哥羡慕你，你是老儿子大孙子，又考上了大学，他学习不行，我和你二姑夫老打架，我打不过你二姑夫，回头就打你哥，你哥就出去打别人。所以从根上说，都是你二姑夫害的。我想想似乎是这么回事儿，长大之后我很少见过我哥，在我的印象里我哥有个特长，除了揍我，就是打台球。我哥的台球打得非常之好，一度靠之度日，参加各种比赛，后来终于没成为丁俊晖，只是在台球厅里赌钱。我见过他打球，先装成个笨蛋，姿势怪异，歪歪地翘着屁股，有人来跟他玩，他就巧合一样每次赢对方一个球，于是赌上钱，就一直赢到半夜。他拉着我的手，扛着台球杆，哼着歌，走过一排排路灯，有时候他用一只手将我抱起，说，真想把你卖了。我说，卖给谁家？他说，没想好，肯定是山区，吃不上馒头，不通路不通电，把你拴在绳子上推磨。旁的倒没什么，不通电就看不上动画片，我就紧紧搂着他的脖子，防止买家把我夺走。

后来他台球不打了，只身去了广东，走私摩托车。隔行如隔山，还没摸到庙门，先摸到了电门，被地头蛇扔到了海里，没淹死爬上来，又回了沈阳。二姑说，你哥最近在干什么不太清楚，好像在帮人讨债。我说，我哥比我还瘦，还能帮人讨债？我姑一笑说，这玩意儿拼的不是体格，主要是个阵势，你哥现在胳膊上文了两条龙，算是个投资。我跟你说，别看你哥学习不如你，脑子很活，原先被人追债，后来一看，莫不如帮人讨债，甲方乙方一换，形势就大不相同。我说，那他到底丢没丢？二姑说，丢了，电话打不通，已经一个星期没回来，上次回来给我买了一堆包子就再没露面。我跟你说，你二姑夫找不找无所谓，他退休金的卡在我这里，是死是活随他去，欠邻居的钱我迟早能还上。你李刚哥你得帮我找回来，他得了抑郁症。我说，我哥咋还得了这么个富贵病？二姑说，谁知道？讨债也有压力，上面有领导，欠钱的人比兔子还贼，前两天帮人搞拆迁，腿差点让钉子户打折。你哥最近想买房，估计是让这房子压的。我说，为啥要买房？二姑说，你这孩子念书念傻了，你哥八○年生人，现在三十六了，不结婚等着啥？我说，有女朋友？二姑说，我没见过，许是有，要不为啥要买房，这叫推理。我说，您是福尔摩斯，但是我到哪儿去找他？有没有啥思路？二姑说，下楼穿过新华街，路口有个八哥台球厅，他老去玩，你去那儿问问，要不是我下不了楼，早把这个兔崽子逮回来，他一撅屁股我就知道他要拉几个粪蛋。我说，我哥还玩台球？二姑说，过去是事业，现在是爱好。事业挣钱，爱好花钱，懂吧。我说，好，您的电话保持畅通，有事儿我跟您联系。二姑把我送到门口，说，我听说抑郁症好跳楼，你看见你哥，告诉他，要跳等我死了再跳，现在要是跳，没人给他发送，让他在冰柜里冻着。我说，记住了。她关好门，拖鞋蹭地的声音一点点远了。

八哥台球厅不大，有十几个案子，不过灯光柔和，温暖如春。没几个人，灯光底下，码好的台球呈三角形，好像是博物馆橱窗里展览的宝贵文物。老板坐在一台洁白的苹果一体机前，正在打麻将。他见我进来，四处撒么，就站起来说，哥们儿，找人？我说，李刚。我找李刚。他说，刚子？我说，两条胳膊有文身，三十多岁，挺瘦。他说，是刚子，最近没来。你找他打球？他现在不挂了。有时过来教教球。我说，不是打球，他是我哥，我找他商量点事儿。他一指沙发上坐着的一个姑娘，说，你问问美丽子。美丽子，你陪这兄弟玩会儿。说完就坐下了。我心想，了不得，还有日本人。美丽子是个二十岁出头的女孩儿，穿着裙子和丝袜，手里拿着一个镶着水钻的手机。她把手机搁在案沿儿上，从柜子里拿出一支球杆，说，你带杆儿没？我一听是沈阳口音，比我还纯。我说，我不打球，我找个人，叫李刚。她说，你去那边拿个杆。一杆八十，先打三杆。我只好去拿了一个台球杆，她让我开球，我一下打呲了，她说，你握后面，别使劲攥，杆捏碎了球也不快。用胳膊带动，肩膀做轴。我又打了一下，把球打散了。我说，你不是日本人？她说，你才是日本人。艺名。我说，李刚是我哥，一周没回家了，我从北京专程回来找他，把他找着我还得赶紧回去工作。她说，北京牛×啊？你哥亲还是工作亲？你打进一个长台，我就告诉你。我累得满头大汗，就是打不进，她又教了我几次，主要是看点，原来一个白球，看着是一块白，其实有好多个点。我的眼镜老从鼻子上滑下来，她把我眼镜拿走，放在吧台上，说，再打。我终于打进了，球在洞眼上逛了逛，掉进去了。她说，行，交钱吧。我把钱给她，她塞进大腿根的丝袜里，说，你哥生病了，你这二百四十块钱就当买药了。百忧解。我说，人我得见见，在哪儿？她说，别见了，他不回去了。你呢，赶紧回你的北京上班去，又不是亲哥，你就说没找着，或者说找着了他过两天就回去，谁也不会怪你。我把眼镜戴上说，上班不着急，你刚才问我，工作亲还是我哥亲，我想了一下还是我哥亲，人我必须得见。回不回去再说。她说，你是小峰吧。我说，是。她说，你哥说你们家就你出息了，你摘了眼镜就瞎，出息到哪儿去了？我说，是，我虽然念了大学，但是真的也是一塌糊涂，你知道有时候都是虚名，一个家里需要一个虚构的人。她看了看我，把杆拧开，放回柜子。披上大衣，从大腿根里掏出一百块钱给老板说，今儿份子钱，八哥，我下午请个假，看看晚点能不能过来。老板说，真是刚子他弟？美丽子说，真是。那个大学生。老板说，行，忙去吧。明儿再来。

美丽子的出租屋离我姑家很近，直线距离也就一千米。是一个狭小的两室一厅，我们进去时，我哥正在和另一个女孩儿坐在沙发上看电视。我哥还是那么瘦，脖子上缠了一圈白纱布。美丽子说，这是菜菜子。沙发上的女孩儿吐出一叶瓜子皮，冲我笑了笑。我哥看见我，说，小峰？我说，哥，你赶紧给我二姑打个电话，我不管你是抑郁了还是躲债呢，赶紧给我姑打个电话。我哥说，你不是在北京吗？我说，这不是让我大姑遣回来，找你和二姑夫吗？我哥说，你就专程为这个回来的？我说，就为这个回来的。我哥说，你过来。我走过去，他说，坐吧。我坐在他身边。

五

两人喝干了最后一滴酒，高立宽从炕上爬下来。此时已经夜里一点，高雅春和高雅风人困马乏，头挨着头偎在炕尾睡了。高雅春的毛衣织了三分之二，连同双针放在炕柜上。高雅风一肚子话到底没说出来，不停地做梦，在梦里跟一个比李明奇还要精神的年轻人跳舞，仔细一看是扮演杨子荣的童祥苓，就跟童祥苓说个不停。赵素英后背靠着已经凉了的锅台，听着匣子坐着板凳睡着了。临睡之前，爬上房顶给高旭光盖了一条薄毛毯。高立宽双脚一着地，差点摔了个狗啃泥。高立宽说，来，教你轻功。李明奇已经醉了十分之九，不过因为说得畅快，一点不困。他跟着高立宽来到院子里，高立宽指着梯子说，你上去，我随后就来。先教你一招，落地无声。李明奇顺着梯子爬到一半，回头说，师爷，刚才说到一半，我有个志向。高立宽仰头看他说，什么志向？李明奇说，降落伞只是个起点，我想造飞行器。高立宽说，啥？李明奇说，飞行器，跟衣服一样穿在身上，飞到房顶这么高，比如你去我家串门，就穿着它飞过一条街，落在我家院子里，然后就进屋喝酒。高立宽说，烧啥？李明奇说，目前我想烧柴油，柴油有劲儿，但是太沉，这得再研究，也许可以烧电池。高立宽说，那得几号电池？李明奇说，电池得特制，最好能充电，充一次能飞几公里。高立宽点头说，是个玩意儿。

李明奇说，这玩意儿要是一下飞出了国，不好管理，凡事先迈小碎步，前一阵我听广播，说美国几乎每个家庭都有小汽车，咱国家将来也能，国家搞了这么多年运动，最后还是得搞经济，要不然江山没了。经济搞上去，就成了美国，美国现在有的城市堵车，我们将来也堵车，我这个飞行器不走马路，从人脑袋顶上过，不走美国的弯路，直接超英赶美。高立宽说，不简单，你这脑袋看着不大，其实大，比我沉两斤。李明奇说，发明创造得有本钱，领导不让干，说我脑子里有虫子，您支持支持我，回头我还您，出钱都是老板，以后不但是我丈人，还是我老板。高立宽摆手说，我不当老板，只当你丈人。钱我借你，要不也换了酒喝，走了尿道。你就放手干，自己承包自己，回头弄好了，咱家一人一个，先飞给街坊看看。李明奇有点感动说，师傅，等您老了没人管您我管您，但是您不能因为喝酒了回头不认账。高立宽说，咱们初次见面相互还不了解，我高立宽就是喝酒的时候说的话算，别的时候都不算。你先上去，我撒泡尿。

高立宽撒完尿，忘了李明奇已经上了房，等着跟他学轻功，径直回到屋里，把腿伸到方桌底下，独眼一闭，打起了呼噜。李明奇在房顶坐了一会儿，高立宽没过来，他就琢磨起自己的事儿来。他有点愧疚。这个高雅风，他并不特别喜欢，也不能说是讨厌，但是不是特别喜欢。高雅风有点平凡，严重点说，有点庸俗，想的事情和马路上随便拽来一个女人想的事情没什么大分别。倒是不懒，爱干净，但是话太多，今天他清静了一天，等结了婚，估计就很难清静，想到这里他嗓子眼儿发紧，有点想吐。用手指捅了捅，没吐出来。和高雅风搞对象，主要看中了她的条件。没有下乡，工龄长，工种好，是个钳工，所谓车钳洗没得比，工资是他的两倍，家里姊妹少，三个，父母是双职工，都是老工人，根红苗正，收入不错，甭管是搞政治运动还是到铁西百货买苹果，都有了靠山。这个高立宽是个混不吝，他来之前有点忐忑，不过今天聊完，心里踏实不少，怪不得他爸老说，高师傅千不好，万不好，有一点好，没有坏心。他想起他爸临死前的话，他爸临死前不光说了拿破仑，还说了高立宽，说你要是有一天吃不上饭，不用远走，带着弟弟妹妹到高立宽家门口，他能给口吃的。爸还是看人准，他心里想，我能看到一里地，他能看到山海关，可惜没看清再挺几年运动就过去了，不该置一时之气，也不该这么自私，甩手一走，扔下这么多人，给他造成这么大的负担。想到这里，他想起他爸的样子，想起他爸给他做的风筝，想起他爸的一双小手，干啥像啥，想起他爸在家穿着白汗衫，拿着钢笔在桌前写交代材料，写得那么认真，错了一个字，都撕掉，重新誊一遍，最后想到他爸挂在吊铺的梁上，像一只死鸡，死沉，他怎么弄也弄不下来。想到这里，他抬手揉了揉腮帮子，然后在衣服上蹭了蹭。

瓦片的声响弄醒了高旭光。他用余光看见，坐在他身边的是李明奇，心里有点奇怪。这房顶全家只有他一个人爱上,李明奇爬上来是干什么呢?他往前看去,视野的上部是茫茫的一片黑暗,这晚没有星星,也看不见月亮,只有一团无止无终的黑暗悬在上空。夜晚比白天凉快得多,偶尔有风吹过,掀起他身上薄毯的一角,像是这团黑暗在向他吹气,或者这团黑暗在与他交谈,只是他不懂它的话语。视野的下部,是几个房顶和几棵榆树。所有房子的灯都灭了,只有一盏路灯,在远处不知谁家的门口亮着。这是高旭光熟悉的景象,或者说是他在等待的景象。有时他很纳闷,家里这一团人,每天在忙着什么,或者到底为什么有这么多的事情值得讨论、争吵、坚持、妥协,为之喜悦、哭泣,为之生气,又再谅解。他也闹不清为什么上帝把高立宽、赵素英、高雅春、高雅风、他,现在还有这个李明奇在这个时代这个地方放到一块儿来思考。为什么他每天需要面对的,处处影响到他生活的是这几个人,而不是几个美国人、苏联人、爱斯基摩人,或者是外星人。他的心意不能完全和他们相通,也不能完全投入他们在乎的事情上去,大部分时候只觉得他们吵闹。他喜欢读书,但是不想考大学。这是全家人的疑惑,除了高立宽觉得考不考没大所谓,其他家庭成员都跟他急了几回。一个读书人,应该变成一个大学生,就像是一匹马应该上鞍钉掌一样。可是高旭光不这么想,他有几点考虑,只是从来不说。第一,考大学,有风险,不是考不上丢人的问题,是考上了可能会被分到外地的问题。而大姐已经要走,二姐他并不放心,大姐性格太强,造成二姐有点幼稚。高立宽最为忌惮大姐,第二是他,他是沉默的反抗,最不拿二姐当回事儿,如果大姐走了,他又去了外地,赵素英恐怕一天好日子没有。他曾想过,"文革"时他没杀过人,武斗从没上过街,但是兴许有一天他会杀了他爸,为了避免这个风险,他不应该把他妈留给他爸和他二姐。第二点是,成为一个大学生,变成了一个专家或者专业的知识分子又有什么用呢?刚刚过去的十年,再往前推二十年,这些人有什么好果子吃?他看见他的一个同学用刀挑豁了老师的鼻子,如果他愿意,他可以把刀接过来,去在她脸颊上划一刀。今天说一,明天说二,高考恢复了,谁担保二又变成一,不是另一次引蛇出洞呢?念来念去变成一个臭老九?臭老九这个词不知是谁发明的,虽然高旭光喜欢知识,也还是这么认为:臭老九天然散发着臭味儿。第三点是,与他一个生产班组的一个女工,今年和他走得很近,那个姑娘非常阳光单纯,接受他的沉默寡言和忧伤的气质,他也觉得,如果非得和一个人度过一生,这个女孩是他接受的一种方案。他觉得婚姻生活是这么一种东西,当然孤独是很好的,不过发疯是不好的,婚姻也许也会使人发疯,不过是一种社会意义的疯癫,类似于一种沮丧和失望,而不是灵魂本质的分崩离析。况且赵素英企盼着这件事,或者说,是唯一的企盼,期盼家里出现第三代人,尤其是出现一个孙子。还有一点,高旭光自己并未觉察,那便是一种麻木,是脑中的一片区域在过去的十几年时间里，被纷乱的现实像强光一样持续地照耀，以至于不再有太多的感觉，于是也不愿意做太多的变动，令自己的人生道路冒险地向一个有希望的所在延伸过去。

李明奇擦干了眼泪，在房顶上站了起来。高旭光一惊。高旭光没有听见屋里的谈话，以为李明奇是遇了滑铁卢，今儿一气之下要把自己扔这儿。其实李明奇只是被肚子里的西凤酒和热梦催动，想发表一篇演说。但他并不知道自己要说什么，他挥舞了一下手臂，然后用手腕做了一个类似盛饭的动作，好像要把肚子的话盛出来。关键是电池，他终于说。电池要轻，要有劲儿，原理是流体力学，这个倒不难，我们周围布满了大气，就靠这个上天。他打了一个嗝，接着说，不要飞太高，脚趾尖能过脑瓜顶就行。到时候咱们的街全变成立体的，您问了，啥叫立体的？让您问着了，立体的就是二楼的窗户都成了门，一抬腿就进去，百货商店，二楼可以直接敞着窗户做买卖，买二斤冻秋梨，得，钱一递，梨胳膊上一挎，飞走了。您再想一下，人要是能离地三五米，甭说扫房，就说消灭个麻雀，是不是就不用那么费事了，直接给它们连锅端。两人谈恋爱，也不用再往小树林里钻，直接房顶树上，轧马路也不用腿了，走得脚丫子疼，拉着手飞着，边飞边聊，不叫轧马路，叫轧空气，只是女孩儿别穿裙子。说到这儿，得解决一个问题，想飞，肯定是得有反作用力，就是一股气喷地上，把人顶起来。要是飞得高好说，到了平流层，不用使劲也飞了，但是如果飞三米，没有劲从下往上顶着，准掉下来。如果电池成功了，动力不成问题，但是这气老是往地上喷，打人头顶过，就像有个人老在你天灵盖上放屁，也不是事儿。

高旭光听到这儿差点乐了。李明奇不单说，还带演的，得，钱一递，二斤冻秋梨您拿着，都有动作。一会儿演惊慌的麻雀，一会儿演捂着裙子的女孩儿，最后演头上有人放屁的无辜行人。高旭光心里起了一圈波澜，这个李明奇跟他认识的人都不一样，他认识的人在马路走都担心要摔跤，这位还想着在天上飞。有点意思。高旭光想了一下李明奇想象的场景。如果飞行器能成功，首先解决了他上房看书老得爬梯子的问题。其次，他想给赵素英备一个，高立宽要打她，她噌一下就飞走了。然后他又想，不对，赵素英能买着，高立宽也能买着。不过赵素英瘦小，高立宽又宽又沉，还是赵素英飞得快，就算飞得一样快，也得高立宽的先没电掉下来。高旭光随后想到了空想社会主义，想到了欧文、圣西门、傅立叶，欧文也就罢了，圣西门和傅立叶这俩名字多么美丽又空洞，和空想社会主义是天生的搭子。这个搞飞行器的李明奇虽然名字不比人家，可是琢磨的事儿类似。他并没有因此认定李明奇会失败，相反，马克思主义正是从空想社会主义来的，毛泽东思想又是从马克思主义来的，两个凡是又是从毛泽东思想来的，所以凡事都有个来源，有的时候来源很简陋，起点很低，但是不耽误结果很伟大。陈景润就研究个一加一为什么等于二,从这么一个简单的问题抻出一个大道理,这才不是一般人。我们天天拿一加一算账,从没想过为啥就非得这么算,我们天天拿脚走路,从没想过能双脚离地,从房顶飞过去,即使想过,也没认真觉得可行。高旭光顺着这个思路想下去,越发觉得世间伟大的事情,好像都是从李明奇目前这种手舞足蹈的醉态里开始的。高旭光不喝酒,也从没有体会过这种野心的迷药,但是李明奇的状态让他剐蹭到一种幸福感,这种幸福感具体的意思是:就算李明奇最后失败了,也没什么大不了,人生在世,折腾到死,也算知足。这一瞬间的领悟非常短暂,换句话说,高旭光大脑中麻木的区域闪烁了一下,旋即熄灭如同他眼前的黑夜一样,他很快又睡着了,夜风吹动着他的头发和他的确良上衣的领子。但是这一领悟也在他身上留下了痕迹,就是毕其一生,无论李明奇活得如何,他从没改变过他对他的看法,这个李明奇不是一般人。

李明奇丝毫没有觉察他有一个观众。他说累了,坐下来,在脑子盘算着飞行器的应用还是存在着诸多问题。比如人都上了天,是不是也应该有交通规则?屁股上挂着尾灯?要不然一不注意必然追尾。红绿灯怎么搁?难道得造无数几十米的大信号杆子?空中几排车道?横排加竖排岂不乱套?这就不是追尾的问题,还容易追到脚后跟。喝多人的最怕风吹,风一吹,肚子的一斤酒变成了一斤半。李明奇刚才觉得凉快,现在觉得恶心,他顺着梯子慢慢爬下来,进了屋。看见赵素英脑袋搭在灶台上,肚子围着围裙,睡得很香。他轻轻叫了一声,姨?赵素英没反应,仔细一听还有点小呼噜。他关了匣子,伸手把赵素英的腋下一架,把她抱上了炕,放在高立宽旁边,赵素英翻了个身,没醒,高立宽鼾声如雷,如同拖拉机。赵素英在他旁边蜷着身子,像条狗。高雅春和高雅风紧贴着睡在炕尾。李明奇站着看了一会儿高雅风,他过去没见过高雅风睡觉,这是第一次。高雅风睡熟了爱抽鼻子,不打呼噜不磨牙,面目是笑嘻嘻的,额头上有层细汗。李明奇发现睡着的高雅风比醒着的高雅风可爱,看着小,安静。他看了一会儿,然后发现炕柜上放着织了三分之二的毛衣,他不知道是织给谁的,但是他一点也不困,他就拿在手里开始织。高家的人不知道,李明奇的一个强项是织毛衣,他八个弟弟妹妹的毛衣都是他织的,李明奇不想让他们知道这件事儿,一个大老爷们儿能织毛衣,总有点不太地道。但是此时他身上还有热血,手痒难耐,不织不行。他松了松喇叭裤的裤腰带,坐在板凳上,飞快地织了起来,天亮的时候他把毛衣织完了,不但织完了,还在袖子上变换了花纹,他把织好的毛衣放回炕柜,站起身来走出去。

太阳还看不见,月亮还没有完全退去,只有淡蓝色的熹微。他感到有些疲倦,这个胡同他第一次来,现在变得非常陌生,但是他应该能找到出口。他跨上自行车，一只脚搁在脚镫子上，另一脚在地上一踩，像往常一样去上班了。

六

美丽子和菜菜子都不是我哥的女朋友。我哥的女朋友在中兴大厦卖化妆品。美丽子和菜菜子二人是我哥的朋友，我哥发病之后，就把我哥接来，怕他死，一个白天看着他，一个夜里看着他。这样倒班其实非常合理，因为美丽子的主业是陪人打台球，副业是晚上去 KTV 陪人唱歌，菜菜子的主业是晚上去 KTV 陪人唱歌，副业是白天陪人打台球。所以这两人这段时间都取缔了副业，只做主业，将我哥盯死。要说我哥为什么发病？是因为化妆品女孩儿要他买房子，非常人道，给了半年的期限。说你做哪行无所谓，只要有一百平以上市区里的房子，我父母看你的文身都觉得美丽。可是我哥只有文身没有房子，于是只好去借，物以类聚，我哥的朋友们都知道我哥和自己一样没有偿债的能力，过去一起玩得很好，听说他最近要借钱，都忽然忙得厉害。我哥就想到了高利贷，他本人就是做这行的，所以贷点钱并不难，难的是需有抵押。他就将我姑的房产证偷出来，押给了对方。偷房产证十分不易，我姑将房产证藏了起来，本不是防他，而是防我二姑夫，我二姑夫这几十年都没有偷成，叫我哥给偷成了。我哥六岁时有个小棉裤，背带裤，肚子上有个布兜。那时二姑和二姑夫打架，主要是为钱，二姑夫管二姑要钱不给，两人要动刀子。我哥就躲在墙角看，二姑夫手里拿着菜刀，二姑手里拿着水果刀，菜刀需要劈砍，二姑夫其实并没想劈死二姑，劈死她要偿命，她是高立宽的女儿，看在高立宽的面子上也不能劈死她，况且钱也还不知道放在哪儿，二姑却是真要捅死他，女人的情绪没有中间值，爱恋和杀心只在一线间。二姑夫常年跳舞，比较灵活，所以终究没有被捅到，钱当然也没拿着。其实存折和现金就放在我哥肚子上的布兜里，用针线缝着。所以到了他要用钱的时候，趁二姑睡觉翻箱倒柜，发现了他小时候棉裤竟然还没扔，只是看上去小了许多，像个布娃娃。一摸肚兜，硬邦邦，便知道里面有货。挑开一看，果然房产证和存折在里头，存折不知道密码，他单把房产证拿走，放了几页房地产商的宣传单在里头，重又缝上。房产证到手，顺利提了钱，交了首付，可惜晚了几天，化妆品女孩儿非常守时，在这点上像德国人一样精确，过了期限，马上跟一个卖马自达车的初中同学好了，可见备胎已经备了不知多久，也许早已随身携带，买房云云只是借口。我哥拎着砍刀去闹了一气，对方早有防备，几个社会人士在等他，把他打了一顿。我哥拖刀往家走，越想越憋气，就给了自己脖子一刀，人走背字儿势不可当，死也没有死成。

美丽子和菜菜子东一句西一句把故事讲完，我哥只是微笑着听着，没有插嘴，也没有反驳。我确信他得了抑郁症，不是作死，是真的生了病。他的笑容是典型的抑郁症患者的笑容，无所谓的忧伤的笑容。美丽子跟我哥说，你弟来了，你跟他好好聊聊，天天看电视，脑子都看傻了。菜菜子说，我们俩最近看着你，跟哨兵一样站岗，好久没逛街了。美丽子说，对，现在我们去逛街，你家人在这儿，你要死要活都行，这样比较合理，我们算什么东西？两人研究一下到底去哪儿，稍微打扮了一下就出发了。

房间里忽然非常安静，只有电视上传来的枪响，啪啪啪啪，我哥向我靠了靠说，我说话声音小，你离我近点。因为脖子受伤，他的声音十分沙哑，好像信号不好的收音机。他问了问我最近的工作生活，我简单介绍一下，在银行工作，没有女朋友，每天坐地铁上班，六点起来，坐两个钟头到公司，晚上下班，坐两个钟头回家，到家已经困了，就上床翻翻书睡了。我哥又问了问我在银行做什么，我概括地讲了一下，他具体地又问了问，我发现他很熟悉银行的运作模式，只是对一些术语不太清楚，我马上明白他供职的讨债公司也是以同样的原理运作的。又随便聊了聊，我哥说，你最近去看你奶了吗？我说，没有。他说，这事儿过了，你去看看你奶吧。我说，嗯。他说，你嗯什么嗯，你奶特别想你，你知道吗？我说，哥，我奶都糊涂了。我哥说，你奶老给我打电话，现在的事儿糊涂，过去的事儿记得清楚着呢。我说，啥，给你打电话？他说，对，打我手机，几乎每个月都要打一次。跟你说，你爷你奶住在我家时，你二姑二姑夫每天没有消停的时候，你二姑夫有时候不回家，你爷瘫在床上，所以我和你奶成了好朋友。我说，不对，我奶聋了，怎么能给你打电话？他说，你奶没聋，比我耳朵尖，要不是装聋，这几年能消停下来？你爸死了，她就不爱说话了，也不爱听别人说话。我心想，我奶原来是个老戏骨。我说，她给你打电话说啥？他说，啥都说，聊过去的事儿，聊你爷，聊你爷的徒弟，聊你大姑二姑，聊你爸，聊你二姑夫，聊你。我说，聊我什么？她说，你小时候，她从小手绢里拿钱给你买糖吃，你老嫌她抠，每次只拿一点点钱给你，现在她还用那个小手绢，想多给你买点糖，你已经不想要了。她说她要是死在你爸前面就好了，那时候儿子能给她送终，你还小，也能多哭两声。

我沉默了一会儿，说，我奶怎么不给我打电话？他说，你奶知道你有出息了，忙，时间宝贵，怕耽误你时间。还有一个原因。我说，什么原因？他说，你奶最喜欢你，但是她跟我是朋友，心里话还是得跟朋友说。我说，你跟我奶都聊什么？他说，我就说我现在很好啊，要结婚了，请她老人家来喝喜酒，过两年让她当太奶。我又沉默，过了一会儿我说，哥，你知道我二姑夫在哪儿吧。他说，知道。我说，你能让他回家吗？我哥说，他不回去了。我哥站起来，去了里屋，回来时手里拿了一本房产证，说，我那个新房子，托人帮我卖了，把钱还了，房产证赎回来,你给我妈。我接过说,你也不回去了?他说,我也不回去了。一部电影结束了,现在是广告,一个体育品牌的广告,非洲欧洲南美洲难民贵族残疾人都在使用这个牌子,他盯着看了一会儿说,你知道你二姑夫造过飞行器吧?我说,飞行器?他说,是飞行器,能上天那种,像个背包,他后来起名叫便携式飞行器。我说,不知道。他说,很快失败了,×,怎么可能成功?飞行器?那世界不是乱了?我说,嗯。他说,你爸还帮他弄过零件。我说,我爸?他说,是,你爸,我舅,帮他偷过工厂的零件。我说,我爸还有这胆子?他说,你大姑,也借过他钱,让他弄飞行器。不知道为啥,全家人都相信他能搞出来。失败之后他又做过好多买卖。倒腾过煤,开过饭店,去云南贩过烟,还给蚁力神养过蚂蚁。我说,养蚂蚁?他说,那阵子我那屋子被他占了,全是小盒子,里头是蚂蚁,我睡在地上,有时候蚂蚁跑出来,爬到我脸上咬我。后来还办过舞蹈班,卖过安利纽崔莱,反正干过不少事情,我爸这点我是佩服的,从来都相信迟早能成功,他跟我说,知识就是力量,这句话还有下半句。我说,下半句是啥?他说,劳动创造自由。国外有老太太七十岁还在念大学,八十岁开始创业,他觉得永远不晚。我点点头,说,哥,我不知道到底咋是对的,但是我觉得是不是应该让我和二姑夫见一面,他回不回去,我也算是见到了真佛,回去能有个交代。他说,你能见着,今晚我们就见,说实话,要不咋说是一家人,缘分就是比旁人深,本来今天我很被动,这俩姑娘看着我,我出不去,你来了,救了我,咱们晚上出门。

之后的几个小时,他一言不发,电视上又开始播放另一部电影,是一部喜剧,他看得很认真,也不笑,我没办法,只好也看下去,里面的主人公变成了上帝,从水中走过去,惊喜地看着自己的双脚,纳闷为什么没有沉入水中。

天黑了下来,东北的冬天,晚上六点已经看不清东西。寒气像冷酷的话语,从窗户缝里渗进来。我哥没有开灯,电影终于演完了,字幕浮动,音乐响起。我哥站起来穿上衣服说,走吧。他从抽屉拿出一只金灿灿的手表,戴在手上。我们下楼,走到八哥台球厅。老板说,来了?我哥说,来了,杆儿还在吗?老板从吧台里头,拿出一支球杆。杆身淡黄色,尾部深褐色,像一束光。我哥拿在手里说,哥,陪我玩会儿?老板从吧台里走出来,走到后面的杂物间,拿出一支球杆,两人便开始打台球。有几人围着观看,啧啧赞叹,后来人们渐渐散去,台球厅只剩我们三个人,两人还在打。一直打到深夜十一点,我哥停下说,哥,一起玩了二十年。老板说,是啊。我哥说,我走了。老板说,杆也拿走吗?我哥说,也拿走。老板从吧台拿出一个黑色的杆盒,我哥把球杆拆开,放在杆盒里,夹在腋下,领着我走了。

走到我姑的楼下,院子里一片漆黑。我哥仰头看了一会儿,几乎所有窗户都黑了。他指着其中一扇窗户说,那是我的屋子。我抬头看,没有看清他指的是哪个。他说，小时候我老从窗户向外望，最远就能看到这个院子。那时候老琢磨跑出去，现在一想，还是在那张小床上睡得最踏实。我说，我这次回来发现，我就在家里的床上睡觉不做梦，在外面老做梦。我哥点点头，朝窗户喊了一声，姨，李刚在吗？没人回答他。声音迅速让夜色吸走了，跟没说过一样。他转身领着我走出院子，打了一辆出租车，他对师傅说，走南五马路，到红旗广场。我说，二姑夫在红旗广场？他说，对，在红旗广场。我说，这么晚了他跑广场干吗去？他想了想，没有回答。

在我的印象里，红旗广场是有灯的，但是今天没有。不知我的记忆有误，还是这个钟点我没来过。四周的老式八角灯都黑着。上面的大理石砖非常平整，比我记忆里的还要光滑。毛主席像立在正中，底下是一圈黑影。我抬头看了看主席像高举的右手，在黑暗中那手显得特别和蔼、平易近人。我哥说，据说广场过去有鸽子。我说，是吗？他说，据说有，后来不知为什么没了，可能是冷。从正面转过去，我看见在主席像的背面，有几个人，正在忙一个什么东西。我又走近前几步，看见了我二姑夫。他手里拿着一个应急灯，正在指挥。他几乎没怎么变，还是那么俊朗，五官层次分明，眼窝深陷，像个洋鬼子，眼睫毛还是那么长。只是脸和脖子干瘪了，头上戴的明显是假发，露出光秃的鬓角。我听见有气泵的声音。气泵？气泵是干什么用的？二姑夫看见了我，走了过来。他比我高一头，身上穿着宽大的羽绒服，底下穿着白裤子，一尘不染，脚上一双单层皮鞋。他说，小峰？我说，二姑夫，好久不见了。他说，你也要去？我说，去哪儿？二姑夫，你一直没回家，家里人让我来找你。二姑夫笑了，说，没人找我吧，你现在怎么样？听说你出息了。我说，没出息，一个银行职员。他说，北京地铁多少条线了？我想了想说，十几条吧，记不准。他说，听说北京打个车就得五十几块钱？我说，主要是堵车，不动弹，干跳表。他说，你妈怎么样？我说，挺好，就是不爱出门。他说，你跟你妈说，我李明奇没忘了她，就是最近忙，没去看她，一个人过不好受，赶紧找人搭伙。我说，你最好还是亲自跟她说，我说没用。他说，还是你替我转达吧，你现在是户主。这时气泵的声音更响了，我看见一只气球，在主席像的旁边鼓起来，越来越大，终于稳稳当当地飘在半空中，底下是一个大篮子。

二姑夫说，小峰，天快亮了，不能再耽搁，我跟你不多聊。记住二姑夫一句话，做人要做拿破仑，就算最后让人关在岛上，这辈子也算有可说的东西。做不了拿破仑，也要做哥伦布，要一直往前走。做人要逆流而上，顺流而下只能找到垃圾堆。我说，这气球是干吗的？他说，是我设计的。一般情况下，这东西飞不了太久，但是我这款能飞一个月，关键是，除了顺着风向，还能一直往上飞。我算了一下，一个月之后，我们应该能到南美洲。我说，南美洲？我的脑中浮现出大片的种植园，几个女人背着篮子摘香蕉。他说，对，南美洲。这时我哥在我背后拍了一下我，说，弟，我先走，你多保重，房产证别忘了给你二姑。说完他走过去，把杆盒放在大篮子里，然后从大篮子里拿出一个背包背上。我说，等一下，二姑夫，你说这气球能一直往上飞，那不是迟早要爆炸？二姑夫说，对了，所以每人有个降落伞，这个降落伞是我三十年前设计的，后来又有了更先进的，我这款库房里堆了不少。有人坐在轮椅上，张手招呼二姑夫。二姑夫说，虽然就聊了这么几句，我能听明白，你小子将来有出息，知道气球能爆炸。我跟你说，人出生，就像从前世跳伞，我们这些人准备再跳一次，重新开始，你呢，回去就说见着我们了，我们准备去南方做生意，你要是你爷的孙子，你爸的儿子，就成全我们一下。这时一辆大卡车从环岛飞驰而过，嗡的一声。二姑夫说，行了，我们出发了。你保重，把你妈照顾好，父母在，不远游，在北京混好了，把你妈接过去。说完他走过去，从轮椅上把那人抱起，放在篮子里，然后把轮椅折叠，也放进去。我想起听我妈说过，我二姑夫有个小儿麻痹的弟弟，估计是他。大篮子里站了大概五个人，四个男的，一个女的，四个人年纪和我二姑夫相仿，我哥年纪最小。我没再往前走，不知该说什么，只是远远地看着。二姑夫拉了一下一个灯绳一样的东西，一团火在篮子上方闪动起来。气球升起来了，飞过打着红旗的红卫兵，飞过主席像的头顶，一直往高飞，开始是笔直的，后来开始向着斜上方飞去，终于消失在夜空里，什么也看不见了。

我站在原地等了一会儿，感到困意袭来。我非常想赶紧回家去睡觉，就站在环岛边上，伸手打车。过了不知道多久，一辆车也没有，环岛像沉默的河流。我想我也许要睡着了，就这么站在广场的边上，在冬天的午夜，坠入梦乡。

【作者简介】双雪涛，男，1983年生于沈阳。工人子弟，曾是银行职员。已出版长篇小说《翅鬼》《聋哑时代》、小说集《平原上的摩西》《飞行家》。曾获首届华文世界电影小说奖首奖、“紫金·人民文学之星”短篇小说佳作奖、西湖·中国新锐文学奖等。《平原上的摩西》获第十七届百花文学奖中篇小说奖。现就读于中国人民大学文学院创造性写作专业。

光辉岁月

◎ 孙频

一

冬至这天大雪初停。

不知谁家店铺又在踏雪开张，鲜红的鞭炮屑溅在白雪之中，血滴般真挚。一只大喜鹊乘着一道黑白的弧度冲下来，在雪地里小心翼翼寻找着食物，留下两排白骨般嶙峋的脚印。鸟爪，炮屑，白雪，在这个冬日的黄昏里一起烈烈燃烧。天尽头是大块大块铁灰色的云朵，如一座浩大的堡垒耸立天边，预示着另一场雪将在午夜到来。

梁姗姗手搭凉棚看了看天边巍峨的云堡，这铁灰色的堡垒正镇压着人间的这座小城，使这小城看起来颓败羸弱，好像已经在这里被流放了一千年。小城里错落着新拔起的酱红色楼房，灰色的低矮平房，还有大片早已被废弃的工厂，二十年前这里曾是人声机声鼎沸的繁华之地，后来在一夜之间，这些工厂吐出了所有的工人，此后渐渐沦为无人的沙漠。只剩下杀气腾腾的野草和诡异的蝙蝠，静静吞噬着钢铁的机器。小城中央有一座没有来得及拆掉的牌坊，朱漆斑驳，垂花荼蘼，斗拱间住着几代燕子，不知是哪个朝代留下来的。破旧的牌坊后面，便是这座新建起来的超市。

超市老板是外地人，刚把超市建在交城县的时候，便把当地的很多小商店挤去了生意，店主们一度每天跑到县委门口告状，想把超市赶走，但因为超市价格相对便宜，终究还是挡不住每天拥进超市的人们。超市老板每天变着花样推出几样特价商品，人们便排着长队去哄抢那些特价的东西。再到后来，为了能抢到特价商品，离超市开门还有两个小时，老头老太太们就已经在门外排起了长队，只等门一开就往进冲。

没有早自习的时候，梁姗姗也挤到超市买菜。她几乎每次买菜都会在超市里遇到一个老头带着一个脏兮兮的小孩子，他们会在卖零食的地方停下，假意挑拣一会儿，老头会让小孩尝点果脯杏仁什么的，尝完了老头大声说，不好吃吧，我就说不好吃，快走吧。便拉着小孩走了，过了一会儿，他们会像两辆轨道上的火车一样再次徐徐靠站，又一次停在零食前面，小孩会假装刚看到果脯，两眼放光，趁人不备，再往嘴里塞一把。他们会整整一上午就这样盘桓在超市的每道褶皱里，吐都吐不出去。梁姗姗还见过一个肥胖的戴帽子的中年女人买了一袋苹果，付钱的时候，掏出的全是一毛钱的零钱，皱巴巴的灰色零钱像蚂蚁一样爬满收银台。女人挥汗如雨地数那堆零钱数了很久很久，以至于等在后面的梁姗姗都快睡着的时候，她终于数完了最后一毛钱，把那袋苹果甩到了自己肩上准备离去。在她转身的那一个瞬间里，梁姗姗忽然注意到她低低的帽子下面只有一只眼睛，另一只眼睛是个皱巴巴的黑洞。独眼里的目光警惕而锋利，这使她看起来周身有一种绝望卖力的东西。

有时候需要买大袋面粉的时候，双美丽便选个黄昏时分和她一起去超市。自从梁帅帅进了监狱之后，买面粉这类事便落在她们身上了。现在他已经在监狱里待了一年，等到来年三月，就可以出狱了。梁姗姗和双美丽抬着面粉袋子刚站到牌坊下面，便有七八辆红色的三轮车像群苍蝇一样从雪地里簇拥过来，车夫们坐在里面眼巴巴地瞅着她们，都希望她们能上自己的车。双美丽站在雪地里开始砍价，去却波街几块？

三块。

她把头一昂，两块。

两块去不了啊。

她把脸扭向另一个三轮车夫，两块，走不走？梁姗姗过来拖着她，想强行把她拖进其中的一辆三轮车里。然而她力大无穷地甩掉梁姗姗的胳膊，抱着面粉袋，岿然站在原地比画着两个冻僵的红指头，就两块，走不走？

梁姗姗气急败坏地一个人试图把面粉袋拖走，脚下一滑，差点摔倒在雪地上。她羞愧地向那些车夫们解释着，去却波街什么时候两块就能走了？你倒试试看。然而这时候，双美丽已经成功砍好了价，一个车夫答应了两块的出价。两个人合力把那包肥白的面粉先扔上车，面粉袋泰然占去了一个人的位置，母女俩只好挤成一团。车窗玻璃外面挂着厚厚的霜花，车里倒不冷，没想到三轮车里居然还生着一只袖珍型的蜂窝煤炉，还有一支细细的烟囱从车顶上捅出去冒着烟。

双美丽使劲搓着两只红得剔透的手，在车里还生个炉子啊？你这发明都能申请专利了。

不生怎么办，这又不是人家小汽车有空调，一天到晚坐在里面，手脚都要冻掉了。

一个月能挣多少？

也就几百块钱吧，现在的钱不好挣啊。可是多的挣不了，少的也要挣啊，不然全家人喝西北风去？

这几年的钱真是不好挣，原来的那些工厂企业早都倒闭了，这两年听说连洗煤厂和焦煤厂的效益都不行了，估计山里的煤挖得也差不多了。

我原来就是煤矿上的工人，挖了二三十年了，我们那煤矿已经枯了，工人们只能各回各家。你们是不知道那些矿上的头头啊，他们是最早知道煤矿快要挖枯的人，就在煤矿被挖枯之前，他们还在煤矿上又建了两座办公楼，为的就是能通过工程最后捞一笔钱。结果，等新楼盖好了，煤矿也挖枯了，这不，整个煤矿集体放假，那两座新楼一天都没用过就成了鬼楼。我们这些工人也只能去做点小本买卖，可是现在做什么的都是铺天盖地的。卖菜挣不了两个钱，开饭店的开不了两天就都倒闭了。跑出租车的为了省油，一天到晚就在车站边蹲着守着。小老百姓的日子就这样。

双美丽使劲拍拍那袋面粉，好像那里默默蛰伏着一个人的体重，啧啧，你看看超市里的物价涨得哟，你拿一百块钱进去，还什么都没买呢，一百块就没了。也就能买一袋面。

可不是，这超市把周围的小商店都挤垮了，自己再涨价，你能把它怎么样，总不能不买面不买米了把嘴吊起来。

如今的钱真不好挣哟。

可不是……到却波街了。

下车的时候，梁姗姗还是把三块钱塞给了车夫。一看外面果然又飘起了雪花，便又悄悄多塞给车夫两块钱。车夫刚准备说谢，她连忙冲着他悄悄摆手。三轮车头顶上的烟囱冒着烟，像截火车头一样在雪中蹦蹦跳跳地走远了。两个女人就着邻居家喜洋洋的红灯笼，弓着腰把那袋痴肥的面粉往回拖。

却波街上有十几户人家，多是些卖粮油的、开货车的、开理发店的、开小杂货店的、开五金店的、下岗工人、退休小学老师。刚到冬至，对门邻居家就迫不及待地挑起了两盏红灯笼，一副打算提前过年的样子。灯光泼在雪地上猩红如血，有大片的雪花不时葬身进去。邻居家住着个老鳏夫，一年前死了老伴儿，一双儿女都已成家，怕老头寂寞，便从附近村里为他搜罗来一个精明能干的寡妇，模样周正，腿脚利索。名义上是请来的保姆，实际上是来给老头续弦的。一双儿女又怕老头的财产被寡妇劫走，虽说老头年过六十，但枕边风的威力还是不能不防。便像一双家长一样替他们立了规矩，只许同居，不许老头和寡妇领结婚证，每月发给寡妇八百元的服侍费，寡妇如果想给自己添置点什么行头，必须打书面报告提出申请。谁让她是乡下人进城呢，如今村子里的人十个倒有八个挤进了城里找工作，租在城里人的屋檐下，情愿在城里摆地摊都不愿回村里种地。因为种地分明是在赔钱。前几年是没人愿意种小麦，现在连玉米都没人愿意种了。

看来是那双儿女不在，老鳏夫又实在按捺不住庆祝自己续弦的喜悦，退休前好歹还是个小学老师，毕竟心里埋着一两寸情怀，便趁着雪夜挂出两盏红灯笼直抒胸臆。

两人费力地把面粉安置进院子里，双美丽站在雪地里的枣树下掸落一身的雪花。院子里有一棵枣树一棵葡萄树，冬天的葡萄树早入了葡萄窖冬眠，此刻的葡萄窖被埋在大雪之下，看起来像座安详的坟墓。枣树早已落光了一身的叶子，在冬夜里铁画银钩，带着冰凉的侠气。双美丽一边掸着肩上的雪花一边开始低声嘀咕，你花钱可真是越来越大手大脚了，两块钱能到怎么就非得出三块钱？你自己一个月工资能有几个钱，还不说省着点花……

不知从什么时候开始她就变成了这样，连数落她的时候都是轻声嘀咕着，倒更像是躲在一个角落里偷偷自言自语，生怕被梁姗姗听见了似的。梁姗姗抓起扫帚茫然地在雪地里扫了几下，说，下雪天滑得很，他们还得开三轮车也不容易，怪可怜的。

双美丽依旧站在那棵枣树下不肯进屋。直刺向夜空的枣树看起来像肃穆的教堂尖顶，喑哑，笃定，阴森。看样子她今晚一定要说点什么，这些话可能已经被她发酵了不短时间。果然又听她轻声说，你看着别人都可怜，那谁可怜你了。也不知道你怎么想的，上了那么多年的学把博士都读完了，三十多岁的人了再回县里当个中学老师。不知就里的人还以为你是哪里出问题了。

我自己乐意。

你看看整个县里就你一个博士回来了，别人读完博士就留大城市了，你倒好。这不说，在县里带的班级还每次考试都是倒数第一，你也不怕被人家开除，还要每天没事干买了火腿肠偷偷喂房前屋后的几只流浪猫，买东西人家要四块你非要给五块……哪一样都是你自己乐意的。

双美丽像一件迟钝笨拙的武器久久立在枣树下，梁姗姗感到今晚的她身上有一种崭新的陌生的东西正在徐徐发射。她想，她今晚可能会发怒，甚至，她可能会流泪，会哭泣。知道自己终于要与一样睽违已久的东西对视了，梁姗姗忽然有些紧张，握着扫帚的手在微微发抖，刚被扫出来的红砖又落了一层毛茸茸的雪花。她已经两年没有见双美丽落过一滴泪了。失去了眼泪的人会变成另一种生物，坚硬，干涸，周身长出厚厚的锌质盔甲，任是什么物质都戳不进去。

两年前，双美丽的失眠症越来越严重，已经到了彻夜不眠的地步，她没日没夜地醒着，自我吞噬着睡眠，这样硬醒了快一个月的时候，她表面上还是原来那个人，内部的机理却悄悄地进行了一轮新的排列组合，她变得越来越焦躁不安，终日在喋喋不休地自言自语，或者没有来由地号啕大哭。医生开出了大剂量的镇静药，说必须通过镇静神经才能控制失眠，而且要长年累月地服药。

长期服药的结果是，笨重而机械的人造睡眠被整整齐齐地切割打包，再整块整块镶嵌进她的夜晚。每晚服药半个小时之后，巨大而浓黑的睡眠便如一架宇宙飞船准时降落下来，她打着呼噜独自轰然闯入睡眠，窗外打雷也听不到分毫，好像她已经独自沉到了很深很深的海底，任是谁也别想把她打捞出来。随着睡眠的稳固、夯实和牢不可破，她的情绪也开始变得单调得可怕，她不再激动，不再发火，不再焦虑，不再恐惧，甚至不再流泪。她脸上终日只剩下了一种平静到寸草不生的表情，如一只没有装饰的家具静静立在墙角。

一个失去睡眠的人是可怕的，但一个失去眼泪的人的可怕程度并不亚于前者。就是说，她们看上去都不大像人类，更像是由人类繁衍变异出的另一种近亲。

自从双美丽不会流泪之后，梁姗姗便总是怀念起从前的双美丽，从前的双美丽虽说性格急躁冲动，但毕竟有血有肉，说哭就哭，说笑就笑，真实可触，她又心性要强，处处怕输给别人。梁姗姗初三那年父亲就病故了，此后就靠双美丽一个人上班供她和梁帅帅上学。梁姗姗的中学时代永远是中午一回家便看到饭菜已经做好扣在碗里，母亲却已经上班走了。从小到大她不止一次地见过双美丽哭，她见过她大哭，见过她躲着抽泣，见过她哭得最愚蠢的时候鼻涕一直挂到下巴上，还见过她有一次听着广播里的《二泉映月》在搪瓷脸盆里洗头发，长发像水草一样茂盛地长满脸盆，等头发洗完了，才发现她满脸都是泪水。泪水的咸湿与青苹果味的洗发香波咬在一起，使整个屋子里弥漫着一种时光随河流退尽的荒凉与清冽，一切的一切都在刹那纤毫毕现，平静到狰狞的地步。在那一瞬间，她急忙转过身去，泪也下来了。

到后来，睡眠痊愈之后的双美丽忽然就不会流泪了，她像一个被流放到人间的奇怪罪犯，刑法是阉割了她的眼泪，让她沦为一个无泪之人。她几年前已经退休，和从前一样，在家里仍然会终日找活干，忙着做饭洗衣打扫屋子，可是梁姗姗就是觉得她身上的什么地方不对了。她终日面无表情地在她身边走来走去，她的脚步变得很轻，几乎没有分量，简直像在身体里住了一只猫。她即使在表现自己愤怒的时候，语气也像棉花一样平坦蓬松，随时会化掉。她整个人看起来都失去了重心，那就是，她没有了痛苦的能力。没有了一种尖利疼痛的东西撕扯着她整个人往深处坠。这种轻盈和平坦让梁姗姗在开始的时候很是恐惧，她感觉眼前和她朝夕相处的女人只是披了一件酷似母亲的皮囊，里面住着的却是一个陌生的魂魄。

她一度想各种办法激怒她，故意和她吵架，故意说些难听的话。好让她受伤，好让她难过得流下泪来。可是双美丽面对她的挑衅一声不吭，最多只是叹口气，她仍然没有一滴泪。原来的双美丽好像已经被药物侵蚀得片甲不留了，现在矗立在她面前的只是一座双美丽曾经住过的废墟，砖瓦依旧，却只有风声过耳。最让她感到毛骨悚然的是，就在得知梁帅帅被公安局抓走的那天，她居然都没有流下一滴泪来。她只是像一件锈迹斑斑的家具一样窝在那把躺椅上，不说话，也不流泪，只是全身走风漏气地叹气。

那晚有青白的月光之脚鬼魅地行走在窗前，梁姗姗站在窗前想起了幼时的自己和那时的母亲，如果她哪里碰着磕着了，先流下泪来的不是她而是母亲。那时不管发生什么，都知道有母亲在，都知道这世界上有个母亲正保护着自己，就什么都不用怕了。她站在窗前怅然想起了母亲的怀抱和怀抱里自己那婴儿的微笑，她忽然就变得无比愤怒，她转身冲到那把破旧的躺椅前，对着躺椅里窝成一团的人影歇斯底里地大叫起来，你为什么不哭，你现在为什么连哭都不会哭了，你为什么都不哭一声都不流一滴泪?

然而，躺椅里的老妇人只是温驯地沉默地保持着缩成一团的状态，她甚至看到，老妇人在月光下对她抱歉地羞愧地笑了一下，没有反抗，仍然没有一滴眼泪。最后那个号啕大哭的人却是她，等到她终于哭完了哭累了，再抬起头的时候发现，在午夜青白色的月光下，躺椅上的老妇人正一直昂着头看着她哭，她的头高高地干枯地锈迹斑斑地昂起，如神话中昂首吐舌的神龟。它看上去古老，干渴，壳背上生满了青苔，她甚至感觉到了它壳下深不见底的悲伤，可是，它那一抹眼神里仍然没有一丝泪影。没有。

此后，她时不时就会故意挑起一些事端去挑衅她，试图激怒她，逼她流泪，逼她现出原形。可是，她只是一味地驯顺。驯顺。驯顺。在这个大雪之夜，梁姗姗预感到双美丽终于要愤怒了，也许，也许，她今晚终于要流泪了，她即将看起来像原来那个母亲了。她为自己的这一预感感到紧张和恐惧，还有些更锋利更无耻的喜悦，她一边扫雪，一边等待着，等待着。但是，枣树下的那个人影只是呆呆站了一会儿，便平平静静地，无声无息地回到了屋子里。屋里的灯光啪地亮了，窗户挂着霜花，看起来像一种磨砂容器，容器里装着一个已经不再像母亲的老妇人。

梁姗姗不想进去，便不停地扫雪，雪不停落下来，她扫了一遍又一遍，然后，把所有的积雪都堆在了枣树下面，她把它们顺着枣树砌了起来。最后，干枯的枣树看上去仿佛是插在了一只冰雕玉砌的瓶子里，它忽然变得稚拙可爱，似乎在这个雪夜里都可以被插在瓶子里，捧在手心里，可以被注视，被带走，被遗忘。

她在雪夜里久久站着，像个巫师一样仰观天象，预测这场雪的终点。直到双美丽一声悠长的呼唤，姗姗，该睡觉了。

二

她应声回屋，这才发现双脚已经冻麻，笨拙得不像是自己的脚。炉子被焐上了，屋子里游荡着一层稀薄的余温。双美丽已经坐在床边准备吃药，她捧着一把药片，像一个站在断崖边的人回过头慢慢对梁姗姗说，你明天记得再去买条烟吧……这个月给帅帅送烟的时间到了……被关在里面的人要是再没点烟抽可怎么活呀，听说犯人们烟瘾犯了就捡地上的烟屁股抽，一直抽到烧了手指，可怜啊……再给大宝也买条烟，老是问人家打听监狱里的情况，总得孝敬人家……你听他说，那些犯人们不管老的小的，一大早起来就得到车间里做衣服。一个连针都没拿过的大男人家在里面学会了一针一线做衣服……你说好笑不好笑。

说到这里她竟真的短促地迟钝地笑了一下，好像梁帅帅正坐在她对面埋头缝纫衣服，她甚至看到了他笨拙缝纫的样子。笑完之后是两个人之间突如其来的坚硬沉默，两个人都没有说话。然后，双美丽开始往下吞咽那把镇静药。药片咽下之后她让自己仰面躺在床上并盖上了被子，现在，她躲进了自己的基地里，准备迎接那即将降落的庞大如恐龙的睡眠。

半个小时后，机械的鼾声如期响起，梁姗姗孤零零地站在窗前，从窗花里挖出一个小洞看着外面。雪还在下，院子里扫出的红砖再次被白雪覆盖，在玻璃的窗花里她看到了自己模糊的影子也如一只晦暗的容器。

她隔雪眺望着一九九五年的大学，白云苍狗之间，有旷风吹过，青绿乔其纱下吹起一截桃红衫。当年的宿舍，四张上下铺铁架子床。床前拉着五颜六色的布帘子。中央一张斑驳破旧的木桌，八个人在上面泡方便面，打牌，抠脚丫。八只还没有长出轮子的行李箱像群残疾人一样被垛在一个角落里。生锈的铁丝上夹的袜子。贴在水房墙上的手帕。五元一只的口红，拿棉签蘸了细细涂在唇上。用摩丝固定卷起的刘海。宿舍楼下的公用电话，宿管阿姨以雷钧之声在楼下高呼，某某某，你的电话。接着是楼道里拖鞋的狂奔。黄色的塑料饭票上写着一元、一元五角。图书馆里写满往昔名字的借书卡，“一九九二年五月七日，王贵彩”。录像厅。回力鞋。健美操。窄腿萝卜裤，偶尔还能见到黑色健美裤，短暂流行的上下一色马甲配长裤，让女生们生平第一次尝到了中性的帅气。

到一九九八年，那时候梁姗姗正在读大四，毕业后工作是要分配的，铁定各回各地，已经几乎没有人去上课。她躺在上铺吃着山楂片读《静静的顿河》《战争与和平》。她的下铺坐在窗前给外地的男友织围巾，用的是灰色马海毛，马海毛毛茸茸蓬一堆，娇嗔地蜷在她怀里，她不时疼爱地打理它们一番，目测一下它们还能长多长。下铺和男友每月通一封信，手写的稿纸蓝色的墨水密密麻麻几大页。有时候她还会在信里夹上风干的银杏叶、玫瑰花瓣、菊花、槐花、蒲公英、一只蝴蝶的翅膀，或是一段白桦树的树皮。

周末的晚上，她随着女生们打扮起来去参加学校的舞会。舞厅就是白天的学生食堂，晚上把桌椅摞起来，把灯管包上彩纸就成了舞厅。女生们在散发着饭菜味的油腻椅子上端坐着，等着有男生过来请自己跳舞，穿着黑西裤白球鞋的男生组团走过来，伸出一只发抖的手邀请各自心仪的女生。男生搂着女生，女生抱着男生，在昏暗的灯光里下饺子一样走着笨拙的三步，四步。互相不敢直视一眼，却是男生手心出汗，女生面若桃花。有时候跳着跳着，众人便会忽然噤声让路，就肯定是那个女王蜂一样的女生携带着她的舞伴杀进舞场了。女王蜂身量高挑，长发长裙，无论春夏秋冬，脖子里系一条红色丝巾作为标志。女王蜂从来只跳探戈，跳的时候目光专注犀利，仿佛爱极了此刻的自己，探戈舞步华丽彪悍，在她们这些小妖面前她分明已是修炼千年的白骨夫人。她的男舞伴恪尽职守，居然搜寻来一件不合身的西服穿着，目光警惕深情，真像极了佩戴匕首随时准备刺杀情敌的情人。女王蜂舞步所到之处，众小妖纷纷让步膜拜。

舞会是属于女王蜂的，但梁姗姗们自有她们的快乐。夏天的时候她和宿舍的女生们拿着靠三顿吃馒头省下的钱，一起去布料市场扯布料。各种花色各种质地，纯棉布、冰棉布、人造丝、雪纺纱、色丁缎、乔其纱、奥丽纱、福乐纱、顺纡绉，桃红、翡翠绿、麝香黄、石榴红、湖蓝、玫瑰红、卡其、乳白、嫣紫、姹蓝、妃红、墨绿、橘黄。自己做衣服终究要比买的便宜不说，样子还可以自己设计，倒能别致几分。做衣服余下的布头还可以做个同色系的发带绑在头发上。梁姗姗自己设计了一条葱绿色的百褶裙，校园里罕见的大 V 领，两条清爽的锁骨浮出水面，从收紧的腰身处忽然礼花一般泻下无数条褶子，羞涩中带一点小女儿的傲娇，着实让她在校园里风光徜徉了几日。

不时有男生会喜欢她。隔三岔五便有人派信使（多半是室友）给她送来情书。她虽不回，却也一封一封收藏起来，没事的时候一一都打开摆在面前当几个未完的连续剧来看。看来看去只觉得还是一个叫潘小兵的男生字迹风流潇洒，行文之间也最见华彩。等真的见了人，又觉得他太高太瘦，简直是风一吹就会从中间齐齐折断。又嫌他见她几次都是穿同一件衬衫，可见实在是没有别的衣服来换。但一件洗白的旧衬衣倒让他身上始终带着一种落拓之气，像个百无聊赖的废人。倒也算一种异域的吸引。在某一个晚上，她答应他的邀请，晚饭后一起到校外散步。

她记得那个晚上是满月，他们沿着学校后面的小路一直往前走，走着走着，周围越来越荒凉，野草越来越高，乱石嶙峋，两个人忽然都不敢高声说话了，话越来越少，只是没有目的地，默默地往前走。就在这时候，他们的前面，从天尽头忽然升起了一轮巨大的月亮，月亮焦黄中略带血色，因为夜空过于澄净，竟连月亮上暗色的斑纹都能看得明晰如画。它那么辉煌那么澄净地挡在他们面前，以至于让他们觉得，自己每走一步，都是朝着那月亮里走去，沿着这条路再往前走，他们就一步跨进这月亮里去了。就是天上人间，就是最狂野与最旖旎之所在。

她奔着那轮月亮只顾往前走，好像里面有一种巨大的离心力正吸着她，要吞了她。不觉已是一脸泪水。走在旁边的潘小兵也眼眶潮湿，走着走着忽然便抓住了她的一只手。她没有拒绝。继续往前走，两个人脚步都开始踉跄，潘小兵忽然伸出手来把她抱在怀里。

他们开始恋爱，中午一起去食堂打饭，下了晚自习一起在校园里散步，一见到黑暗的角落就钻进去接吻，直到要把对方的舌头咬折吮掉。或者是拥抱，几个钟头几个钟头什么都不做地抱在一起，最了不起的就是他把手伸进衣服里寻找她的乳房，劣质的胸罩下，小小的乳房摸上去寒凉而惊惧，像是上面布满了心脏，手到之处都是心跳声。总之，都是一些免费的事情，谈一年恋爱下来都花不了几块钱。

等到大学毕业的时候，她被分配到一家大型国有钢厂的宣传科做干事，潘小兵则被分回安徽原籍的一所中学。经过一番挣扎她决定放弃潘小兵，她说服自己，一个公家的稳定工作远比一次恋爱重要。有一份这样的安稳工作，一辈子的生活就基本有保障了。不然在这个世界上什么是可靠的？她想起父亲临终前生病的那一年，经常靠两块豆干下酒，直到把自己喝醉。他喝醉会耍赖，把椅子掀翻，自己倚着墙坐在地上大声痛哭，像个小孩子一样把衬衫的前襟哭湿一大块。她听见他经常一边哭一边重复着一句话，被骗了，我们都被骗了，我们这些人就是被骗了……我十四岁就被叫去参加大串联了，什么都不懂，学也不让上了，就从我们村一路走到省城，扛着红旗，就带着一卷褥子一把炒黄豆，最后走得两只脚板下面都是血……呵呵呵呵呵，呵呵，就是被骗了啊。

离校那天，潘小兵到火车站送她，火车站到处是毕业痛哭的学生。两个人隔着绿皮火车的车窗洒泪道别，她嘴里说，写信啊，一定要写信啊。心里却明白，这一别就再不会见面了。

大学四年里给她写信的还有一个人，就是梁帅帅。梁帅帅比她早出生三年。一九九二年高考落榜，顶替死去的父亲名额进了木器厂。一九九五年木器厂宣布破产倒闭，梁帅帅二十二岁的时候随其他职工一起下岗失业。

她大一寒假回到家里，他已经赋闲在家，不出门，很少说话，终日窝在沙发上看那台破黑白电视机。他脸上带着死去父亲的轮廓，鼻子，嘴唇，让她觉得他离父亲是那么近，以至于她想走近，想靠近他，就像靠着父亲的遗骸，靠着他拿命偿还给人世间的乌有。可是，他窝在那里变得日益痴肥，裤子只能拉到胯骨处，上身穿着一件早已变窄变瘦的毛衣，一截肚子露出来悬挂在中间，像装满食物的袋子一样左右摇晃。她站在窗前，一缕冬日的阳光越过罐头瓶里的白菜花，迟疑地落在沙发上，她有些厌恶地看着他努力想躲藏的肚子，她还看出他有些害怕。是怕她。就像害怕一种比自己更庞大的生物。

她终于把脸别向玻璃外面的冬日，不是抗拒，而是不忍。

四月，桃花尽处飞纸鸢的时候，他给她来了一封信，告诉她他要与人合开一个小饭店，他说小县城里还没有这样好玩的饭店，饭店里会卖五颜六色的炒米饭，还会卖很多好看的饮料，等她暑假回来了就来吃炒米饭喝饮料。六月，石榴花开透帘明的时候，他又来信说饭店开不下去关门了，他们几个合伙人的钱都赔进去了。在信的最后他说，能不能先借给他一百块钱。他实在不好意思问母亲张口要钱。还求她一定不要告诉母亲。

她没给他回信，一个字都不回，却当天就通过邮局给他汇过去一百块钱。

当天晚上她又梦见了父亲，她不知道自己在哪里站在什么地方，却知道视野里的一定是父亲。她远远看着他的正面他的侧面他的背影，看着他生他老他病他死，看着他的消失与消失。却始终无法靠近他一步。

半年后，他又来信，说他要开个小装饰店，说他学会了用塑料花、泡沫塑料、小彩灯和零碎的水银玻璃做一种好看的摆件，已经有好几个人问他要了。他信里说他要创业，他一定要用废品材料做出县城里最流行的装饰品。最后，在信的末尾，她看到他匆忙地简短地问了她一句，能不能先借给他两百块钱，他要开店的钱还不够。她知道他之所以说得那么简短急促，是因为他害怕，因为他是使劲屏着呼吸，就像一个潜在水里的人提着一口气写完这句话的。

到过年之前，装饰店就因门可罗雀而很快关闭。当时学校正放寒假，她去店里帮他搬东西。巴掌大的门面店里没有生炉子，塞着一团固体的寒冷，地上、桌子上到处是零碎的五颜六色的塑料花，盛开在这个冬天。还有满地大小不一的碎玻璃片，从每一块玻璃里都能看到一双她自己的眼睛。像一个奇异的荒诞的春天的现场。她听到他在她身后轻声嗫嚅着，钱以后我会慢慢还你的，等我做出一点事情来，你别告诉咱妈啊。

大学四年里，她最恐惧的事情就是收到他的来信，一看到又是他寄来的牛皮纸信封，她便一阵不寒而栗。信扔在窗台上一天，两天，三天，仿佛这样它就会自行渴、饿，自行消散，自行死去。晚上她梦见了他，他们抱头痛哭，像在悼念一场共同的死亡，却看不到彼此的脸。第二天一早她便把窗台上的信拆开了，被拆开的信像一只被剥了皮的兽，瑟瑟地血淋淋地蜷缩在她面前。与那只兽对视良久，她的泪还是下来了。

三

炉子里红色的炭火更黯淡了些，那点红在漆黑的午夜正向一种深不见底的幽暗处落去。双美丽机械整齐的鼾声如坦克碾过整个房间，熟睡的她不知道此刻炭火将熄，也不知道窗外正下着漫天大雪。她知道现在双美丽一天中最盼望的时刻其实就是躲进这样的人造睡眠里，那把药就是一个启动按钮，所以双美丽每次吃药的时候，她都能从她脸上窥视到一种小心翼翼掩饰起来的充满羞耻的喜悦，因为她即将登上自己的飞船，与白天的一切，与这熙闹荒凉的人世间，与古怪的女儿，与监狱里的儿子都暂时作别。她为此充满了喜悦。所以，每次双美丽沉入睡眠的时候，梁姗姗都会觉得她这充满荒诞性与神圣性的睡眠可能会兀自越长越大，越长越硬，直至从肉身上长出一座永不再消失的坚固城池。

每到双美丽不顾一切沉身睡眠的时候，梁姗姗便开始怀念童年时的母亲。一个让她什么都不怕的母亲，无论发生了什么，只要想到还有母亲，便不怕了。她把脸贴在长满了雪白窗花的玻璃上，窗花邪寒，冰凉入骨，她贴着它却有一种近于自虐的快活，就像最初和陈天东在一起时的那种感觉一样，一种自虐的快活。

她知道双美丽再不可能像从前一样，半夜还要起床去她的房间看看她睡着了没有，台灯关了没有，盖好被子没有。她知道，再不可能了，一切在时光之液的侵蚀中再也回不到原形了。双美丽现在只剩下要迫不及待地沉入自己饕餮一般的睡眠。她怕老，怕死，怕这干旱的人世间，怕自己的女儿，也怕自己的儿子。

她听见双美丽在梦中又发出了低低的抽泣声，她在梦魇，不知她是不是又梦到了自己已经去世二十多年的父亲。她经常在早晨给梁姗姗描述同一个梦境，梦中的父亲还是那么的年轻，穿着他临死前的那件灰色衬衣，没有一根白发。而她在他面前却已经是一个臃肿不堪头发半白的老妇人，怎么也变不成当年那个梳着一条麻花辫低头含笑的姑娘了。他在梦中从来没有和她说过一句话，似乎，他从来就不认识她。

趁第二天下午没课，梁姗姗出去买了两条烟，又带了些换洗的内衣找到了钟大宝。钟大宝在监狱工作，每月收她一条烟，就会给她讲点梁帅帅在监狱里的情况。

每天就是做衣服，从早做到晚两头黑，一到晚上就按时睡觉，监狱里晚上也不关灯的，就开着灯睡。那能怎么办？防止犯人逃跑啊自杀啊。只要进去了就只能那样睡。习惯了也就睡着了。

是不是又瘦了？

是瘦了不少，但也没办法。只能慢慢习惯。逢年过节的还会给他们吃顿饺子改善一下生活。

里面还有饺子吃啊。只是……他真的就不该进去，他其实什么错都没有犯就稀里糊涂进去了。

谁让他收容别人吸毒了，就是他自己不碰那东西，那也已经是犯法了啊。怪他太糊涂。

麻烦你把烟给他带进去，告诉他要省着点抽，不要一天到晚就想着怎么讨好别人，恨不得自己有点什么都要分给别人。

他老把东西分给人就是怕别人不喜欢他。

……连你都看出来了。

这样的犯人我以前也见过，就是生怕别人不喜欢他们。其实坏人也不是那么好做的。

…………

从钟大宝家出来才不过五点，已经在天边看到了苍青的暮色，空中又飘起了大片的雪花，凌空飘荡，鸟羽一般。准备卖夜市的人们已经推着四轮小车陆陆续续地走在了雪地里，猪头肉、千层烧饼、炒灌肠，都被一盏盏昏暗的风灯装在了玻璃匣子里。出来摆夜市的多半是县城里那些没有稳定收入的人，或是下岗的工人们，所以就是下再大的雪，也得出来摆摊。风雪中的摊主都把自己裹得严严实实，穿着旧军大衣，厚棉靴，围着围巾，只露出两只眼睛。

风雪越来越大，一眼看过去，觉得整个小城都像是装在了圣诞老人的玻璃瓶里，分明是可以捧在手心里看的。她在雪中踌躇着走了几步，竟不知道该去往哪里。红色的雪地靴踩在松软的雪上，发出了嘎吱嘎吱裂帛的声音，六角的雪花在灯光下闪着琉璃的光泽。她站住了，决定给陈天东打个电话，忽然发现有好几天没见他，也没和他通过电话了。

他们一般都在陈天东买的翠山苑里的那套房子里见面。陈天东的老婆女儿和他住在另一个小区里，这套房子平日里就一直空着，成了他和梁姗姗幽会的固定场所。这套房子在三十层的高楼上,有一个阔大的落地阳台,他们两人时常在黄昏的时候站在阳台前观看天象。一日当中的时光,最美最浓缩的就是黄昏时分了,天边的颜色会一直变化一直变化,像一场盛大奢华的魔术表演。橘红,玫瑰红,绯红,粉红,金黄,浅草黄,黛绿,宝石蓝,湖蓝,深蓝,墨青。血色的夕阳似乎要将整个小城焚尽,烧得片甲不留。

她和陈天东的认识是因为梁帅帅。梁帅帅被警察抓走之后的那个晚上,母女俩都没有吃饭,双美丽没有眼泪,只是垂着眼睛一声接一声地叹气,叹了许久,她忽然坐在椅子上呆呆地说了一句,兴许明天就放出来了,他又没有杀人放火又没做什么坏事。见梁姗姗不搭话,她便慢慢站起来,蹒跚着去找自己的药,倒比平时早服了一个小时。梁姗姗知道她是想提前躲进睡眠里去了,那种古怪的绑架式的睡眠。她像一个深入骨髓的斯德哥尔摩症候患者,心甘情愿被这睡眠劫持而去。

第二天第三天,一连几天过去了,都不见有放人的迹象。家里本属于梁帅帅的那个肥大的空间忽然被腾出来了,使这房间骤然之间好像膨胀了好几倍,有一种空荡荡的生硬的孤寂。梁姗姗上完课回来的时候,恍惚间会觉得只要一推开门,梁帅帅一定还坐在那只旧沙发上,衣服中间挂着一截啤酒肚,像枚土豆一样正在看那些乱七八糟的电视剧。他有时候还会一边看一边跟着剧情哭得稀里哗啦,在身边扔下一堆拭过鼻涕的卫生纸。有时候一进门听到他正和双美丽在聊天,他告诉双美丽,今天有个熟人给他介绍来一个客户,他得给人家一条烟吧,好让他以后多带人来。双美丽说,那就买便宜一点的烟吧,你看你,原来不抽烟,现在也跟着学会了抽烟。他说,现在二手电脑生意也不好做了,怕房租都出不来,还得靠人托人,人家抽烟我不抽,显得我不够热情。有时候又听他在讲,那个乞丐今天又去我店里乞讨了,要给我拉段二胡,我说不用了,还给他买了一碗羊肉面,他吃得一口都不剩,原来是个真乞丐啊。末了,她听见他这么说。他的声音痴肥,天真,像个长在他身上的婴儿。

还有一次是夏天,她走到院门口正要推门进去,忽然听见梁帅帅正和人在院子里说话,估计是又和那几个称兄道弟的男人们在葡萄架下喝啤酒。他只要身上有点钱,就要请那些不知道从哪里搜罗来的一堆闲杂人吃饭。来家里吃完饭不说,还要让人家看着什么好就随便拿去,想拿什么拿什么。其实就是平日里他也极喜欢送人东西,这已经成了他身上一种最牢固的嗜好,似乎除了自己的底裤,其余的都可以随时扒下来送人。只要人家往什么东西上扫一眼,他就立刻豪气冲天地一挥手,拿去,快拿去,喜欢就拿去。人家要是不要,他还觉得委屈,倒好像成了对他的侮辱,一定要追着送给人家。

这种特殊的嗜好沉甸甸地坠在他身上,有时候像件奇特可怖的配饰一样令人望而生畏。她听见双美丽说他好几次，帅帅你怎么这么喜欢把自己家的东西送人，我看你快把整个家产都送出去了。她又听见他说，不送人东西不请人吃饭怎么能处得下朋友？人家平白无故为什么要和我交朋友啊？朋友多了好办事，没朋友要被人小看的。

只听他在院子里亢奋地说，我妹妹可是在北京读的博士，你们想想啊，她把博士都读完了，把能上的学都上完了，光是上学就上到三十多岁了……她回来那是她自己愿意，她要想在外面找工作什么工作找不到，她真想去哪儿还去不了？她本来可以去大学当教授的……别看我们是亲兄妹，她和我可不一样，厉害着呢。

她站在门外竟然久久不敢推门进去，只好在门口无所事事地游荡了很久，直到夜色阑珊，路边小摊上风灯明灭的时候，才听到院子里的喧哗声渐小，估计是要散了。她这才假装刚刚下班回来走到门口。

现在她每次推开家门进去的时候都会有一种错觉，觉得梁帅帅还坐在院子里屋子里的某一个角落里，沙发上，葡萄架下，无论他坐在哪里，她都能感觉到他落在她身上的目光，谦卑的，讨好的，仰视的，畏惧的目光。像另一层皮肤一样冰凉地黏在她的身上、脸上。她会在那一个瞬间又想起他们小时候，他拉着她的手一起上小学的情形，他比她高一截子，嫌她走得慢，就把她的书包也背在自己肩上。他还经常会花两毛钱给他们一人买一袋蜜桃粉，每次的惊喜是，会从里面吃出一把不知什么形状的塑料小勺子。她把那些小勺子一把一把都攒在了一个火柴盒里，连同她那些塑料珠子的项链、红色的发卡，还有一个装满一分硬币的铁皮盒子一齐锁在了柜子最深处的角落里。

可是，没有。她走进空荡荡的屋子里，再没有那样的目光偷偷从某一道缝隙里挤出来蹒跚来到她面前。梁帅帅真的从这家里消失了。

没有判刑之前是不允许家属去探视的，梁帅帅不知怎么在里面认识了钟大宝，托他给家里送个口信，钟大宝捎来的口信是，一定要把话带给他妹妹，让他妹妹给他想办法，把他救出去。

那个晚上，钟大宝已经走了很久了，梁姗姗还一直呆坐在沙发上。她用眼角的余光看到双美丽一直就活动在她身边的半径风暴之内，她佯装有事，一会儿取东西一会儿又把东西放回去，不停在她身边晃来晃去，却始终不敢过去和她说话。梁姗姗虽不敢去看她，却还是无时无刻不感觉到双美丽拖着她那个肥大松弛的臀部，正像一颗卫星一样一刻不停地环绕着她。她知道，她正窥视着她的表情，刺探着她现在正在想什么。

僵持许久之后，梁姗姗听到了拧药瓶的声音，哗啦哗啦，大得惊人。双美丽在以此宣告，她马上就要进入睡眠状态了，那是另一个星球，现在她就要回那个星球去了,她让她放心。想到双美丽马上要入睡了,梁姗姗埋在那里偷偷松了一口气,仿佛终于是把这一天打发过去了。再一抬头却忽然发现,双美丽已经擎着药瓶从天而降地出现在了她面前,她像拿着一件自卫的武器一样紧紧挟持着那只药瓶,不等梁姗姗开口就抢先一步说话了。

姗姗,你想想办法吧,现在只能靠你了……我知道我老了,跟不上这个社会了,我没用了……他虽然无能,没什么出息,可是还是个好人啊,你知道他只是想拉拢别人,想多交几个朋友,多带给他点生意,他只是想让别人喜欢他,他就是生怕别人不喜欢他。你知道的,他什么坏心眼儿都没有的一个人。你一定要想办法救他出来啊。

她的声音里竟然有了一点哭腔,她在告诉她,她真的很想哭,她很想流泪。但她眼睛里却仍然是干旱的,一滴泪影都没有。这干旱使她的声音听起来像是一种布满裂纹的哀鸣,她像一只奇怪的鸟类一样昂着脖子,对着梁姗姗干巴巴地哀鸣着。

梁姗姗只是盯着她那只药瓶看,似乎那是一只炸药,却始终不敢看她的脸,几分钟之后,她忽然沙哑着嗓子说,法院和警察局又不是我开的,谁让他自己不动脑子。

他在里面不知道会受多少苦,吃不好睡不好,还要挨打受欺负,烟瘾犯了就捡烟头抽。可是他没有做过什么坏事啊。

梁姗姗的脸已经痛苦地扭成了一团,她的声音开始暴躁开始卷曲,我不过就是个中学老师,我能有什么办法。

可是你把博士都读完了,你是这个家里读书最多的人啊。

梁姗姗亲眼看着双美丽在她面前愈加干旱,萎缩,不停变小变矮,她正伸长脖子崇拜地、畏惧地仰头看着她,乞求她。梁姗姗不寒而栗,忽然就从沙发上跳了起来。

却又听见双美丽在地上说,我明天就把我的一张存折给你,你拿去买烟买酒,给人送礼,实在不行就去求他们吧。我这一辈子都这样,凡事都得求人,这就是小老百姓的活法,想办成任何事情都得求人,那些大大小小的官都得求,都得送礼。他们就等着要呢,他们是有权的人啊,小老百姓们最怕的就是他们手中的权力,要不怎么人人打破头想当官呢。

梁姗姗疾步回到自己房间,伏在窗前泪如雨下。没有月亮,一点淡青色的星光透过葡萄枝洒在窗前,空气里弥漫着青葡萄的寒香,还有不知名的飞虫在嗡嗡呻吟。梁姗姗在黑暗中坐了很久,一直试图捕捉外面的动静,不知过了多久,大约是后半夜了,她忽然再次听到了双美丽机械的鼾声。梁姗姗先是松了口气,然后又是一阵莫名的厌恶。

梁姗姗直到第三次才见到了陈天东。陈天东是她托了好几个人才打听到的,说这个文化局局长和法院的院长关系最好,可让他帮着到院长那里求情。他的特点是喜欢抽烟,还有点好色。她第一次找到陈天东的办公室的时候,陈天东出去办事不在。第二次去的时候陈天东偏偏又下乡去了。第三次去的时候已经快到黄昏,楼道里静悄悄的没有一个人。她在陈天东办公室门口敲了许久,里面都没有人开门,还没到下班时间,看样子是人已经提前走了。她屏息站在门缝前,仔细听着里面的动静。里面虽然很安静,但还是隐隐约约能听见敲击键盘的声音。她冷笑一声,心想,有本事你今天就不要出来。

她不再敲门,只是抱起双肩,静静地不怀好意地蛰伏在这扇门前。外面的夜色正轰隆隆地降落下来,楼道里的光阴在她脚下一寸寸变瘦变枯,直至于消遁,死亡。只有走廊尽头的感应灯随着一点点骤然的响动而惊悚亮起,呆呆亮一会儿,见没有什么更大的动静,便又寂然黯淡下去。楼道重归黑暗。黑暗中的时间不再有真身,也不再有体积。

然而,有前两次扑空的耻辱炙烤着她,倒也不觉得这等待的枯燥与冗长。大约七点半的时候,估计这楼上的人几乎都已经走空的时候,那扇门忽然吱嘎一声,在寂静的黑暗中裂开了一道口子,里面的灯光哗地倾泻出来,追加在门缝里的那个人身上。

口子开始裂大,然后整扇门都开了,一个人的影子出现在门口的地上。那个人一抬头猛然看到黑暗的楼道里还站着一个人,顿时吓了一跳。

陈天东终于是把梁姗姗让进了他的办公室。梁姗姗环顾四周,果然见没有关掉的电脑屏幕上正下着一盘象棋,已是残局。眼前的男人介于四十到五十岁之间,或者五十岁到六十岁之间,不过很多男人到了这个年龄都界限模糊,而且心甘情愿忘记自己的年龄。她教学的中学有个退休老教师,单身了一辈子,六十多岁了还在孜孜不倦地相亲,并且因为不小心忘记了自己的年龄,导致在六十多岁的时候还发誓要找二十多岁的小姑娘做老婆。曾有好事者想把梁姗姗介绍给老教师,说反正你们俩都是单身嘛,搭个伙过日子嘛。老教师咂咂嘴,三十多岁……有点老了吧。梁姗姗则冷笑一声,你让他想想晚上自己脱光衣服后像袋鼠一样露出一身松弛的褶子,光皮肤的褶子都能给小姑娘当睡袋用了。

梁姗姗把思维从老教师身上收回,打量着眼前的男人。头发还是正统的六四分,看起来略显油腻,眼镜片不薄,大约是高度近视眼。两片暗红色的嘴唇很薄,一边的嘴角略带讥诮。陈天东把刚披到肩上的外套又脱了,点起一根烟,才像个伟人一样眯起眼睛对梁姗姗说,说吧,找我什么事……听说你是不是已经来找过我了?

来找您两次都不在。

我就是事情太多了,就怕有人来找我办事。

他的神情越发像一个缩略版的伟人。梁姗姗再次打量房间,百叶窗是拉下来的,房门已经关上,整个房间严丝合缝,只有暖气管里的热水在暗哑地打着呼噜。她心一横,不再犹豫,从自己包里迅速取出一条中华烟,烟在包里装了多日,四角已经磨糙。她把烟摆到陈天东面前的时候忽然觉得自己此刻不过就是另一个版本的双美丽,心里不由得一惊,继而是一种深不见底的悲凉。不管你走多远,上多少学,还是要回到一个双美丽的起点。但此番来之前她就已经知道了,只能如此。那条中华烟镇压着她的心情,她倒算平静地说明了自己的来意。

陈天东听完她的来意,又朝那条中华烟轻轻瞟了一眼,极轻的几乎可以被忽略的一眼,这一眼刺痛了梁姗姗。此刻她很想从包里再掏出更庞大更锋利的兵器来砸到陈天东面前,可她知道包里只剩下了两本上课用的教科书。她忽然想起了今天在课堂上她又跑题了,她本来正在讲试卷上的一道古文题,却忽然就对着学生们讲起了魏晋风度。

“现在再没有人效穷途之哭。再没有人抬棺狂饮,散发山阿。再没有人白眼向权贵,折齿为美人。再没有人为杯酒放弃身后名,再没有人闻美人殁而往吊之。我多么希望你们能在心里对他们有一点向往,因为就是这一点向往也会让你们在漫长的后半生有一点风骨,有一点可爱。”

讲到最后两眼湿润的永远是她,而不是那些学生。

她与这条烟怔怔对视了十秒钟。他显然是嫌一条烟的分量太轻了,只听他说,这个事啊,这种事我实在办不了,这是法律上的事啊,说判多久就判多久,没有办法的。快把你的烟拿回去吧。

前两次的扑空与这一次的羞辱搅拌在一起产生了剧烈的化学反应,双美丽的眼睛远远窥视着她,前世今生如舟行水上,烟云浩渺。梁姗姗忽然听到自己轻轻叹了口气。她一惊,她听到自己极轻极轻地叹了口气。

她站起身来脱掉了身上那件厚厚的外套,取掉围巾,又脱掉身上的毛衣。然后她直盯着那男人的眼睛半是邪恶半是无辜地一笑,陈局长,你要分清楚,就只是性的欢愉。可不是贿赂。

她从他办公室出来,在雪地里走了很久了才发现,那条中华居然又回到她包里了。她隐约记起穿好衣服之后他说的最后一句话,这烟你还是拿回去,给你父亲抽吧,我这儿有。

父亲生前也是抽烟的,不过一直抽最便宜的那种。

她坐在路边的石阶上把那条烟拆开了,问行人借了个火,就在漫天的雪花里给自己点了一根。

是的。这个世界上再没有人效穷途之哭。再没有人抬棺狂饮，散发山阿。再没有人白眼向权贵，折齿为美人。

她久久坐在风雪中，身上已经落了一层厚厚的白雪。她一根接一根地抽下去，红色的烟头落在雪地里烧出了一个又一个黑色的小洞，如同往事的某一种肌理。她想起了遥远的二〇〇一年。

四

二〇〇〇年。梁姗姗分配进钢厂的第三年，正要把她作为团支部书记的待考察对象，钢厂忽然之间宣布破产，工人们分流下岗。失业后的梁姗姗决定考研，从小到大她都是不惮于考试的人。复习半年之后，她便在二〇〇一年重返校园。

二〇〇一年的大学校园。如今她细细抚摸它，觉得它就像一枚戴在小拇指上的戒指，戒指上是那粗糙简陋骇人的铜兽造型，不觉经年，戒指早已经长进肉里去了。她垂首之间仍能见到那铜兽在皮肉之下窃窃私笑，或招摇而泣。

拖着两只轮子的行李箱走进宿舍。四张铁架床，床下面是桌子，桌子上是笨重的方块电脑。书架上垛着书、镜子、胭脂香粉、电热杯、速溶咖啡、苏打饼干、烧卖、吃了一半的凉馒头、永远的方便面，挤在一起危如累卵。宿舍墙上挂着 IP 电话。偶尔有学生拿着诺基亚黑白屏手机边走边发短信，会一路享受到被行注目礼的殊荣。蓝色的校园一卡通狗牌一样挂在脖子上出入于食堂。网络。网络。网络。周末舞会基本隐遁，取而代之的是上网、聊 QQ、找网友、泡网吧。麻辣烫配椰蓉面包。熟胡萝卜补充维生素。五种蔬菜熬烂不加盐制成巫婆汤用来减肥。尖头皮鞋出现，鞋尖越来越尖几成钉子状。窄腿萝卜裤摇身变成宽脚喇叭裤。阿依莲。真维斯。美特斯邦威。离子烫拉直的僵硬长发风靡校园。《八月未央》杂花生树般的阴郁、颓败、灰暗。《上海宝贝》里亨利·米勒式的纵欲、酗酒、狂欢。《第二性》告诉女生们女人不是天生的，是被造就的。

二〇〇一年的梁姗姗穿着尖头高跟皮鞋，阿依莲粉色连衣裙，离子烫烫过的直发垂肩，靠每周出去带两次家教来养活自己。仍然不时会有男生喜欢她，古老的情书基本绝迹，取而代之的是忽然袭来的陌生电话和短信。潇洒风流的钢笔字已成为压在故纸中的明日黄花，永不再见天日。但因为比周围的同学大出几岁，又因为经历过下岗潮，梁姗姗对这些没钱又充满荷尔蒙气味的毛躁男生已经实在没有了兴趣。她知道若是她赴约，他们必定用省下的生活费带她去学校门口廉价的小餐馆吃一顿，在一天里还得一直打着这油腻的饱嗝。她把自己压制成一枚冷香的刀片对付着一群只知打篮球流臭汗的小男生。

她时常想起父亲醉酒后反复说的那句话，被骗了啊，就是被骗了啊。她又想起自己工作的第三年就被遣散回家待业。人生虚妄，万物膨胀，大学四年就为最后能分配一份稳定的工作，没想到最后连这份安稳也是假的，一戳就破。她站在宿舍阳台上看着夕阳即将落山的天际线告诉自己，一切都还来得及，二十五岁，她还足够年轻。阳台上洗过的衣服已经被晒透，她一直用洗衣粉洗衣，为的是衣服晒透之后的坚质挺括，盔甲似的扣在身上，这种粗粝和洁净提醒着她本身身体的存在。

她从阳台上取下一件干净衣服换上，心下为今晚的家教暗暗喜悦。家教对象只是个顽劣有多动症的小男孩，让她喜悦的不是他，是他的父亲，一个年近四十岁的男人。姓刘。她暗暗叫他老刘，似乎只有如此才能把她和他的年龄划清界限。

每次辅导完功课，老刘都要请她吃饭。她说不用不用，他已经付她工资了。老刘说，你还是学生嘛，要多补充点营养才好。餐厅的桌面是青绿色的冰裂纹玻璃，玻璃瓶里插着一束茉莉，花叶之间散发出一缕绝细的幽香。五彩的贝壳灯慵懒地罩在他们头顶斜上方，月光一样的音乐从脚下淙淙流过。梁姗姗小心翼翼地笨拙地使用着刀叉，眼角余光里效仿着对面漫不经心的男人。男人衬衣领口和袖口熨得笔挺，身材已经开始微微发福。他正在讲述自己二十年前的大学时光，她只听见他说自己那时候很瘦，是极瘦的，一顿能吃三个馒头，可还是瘦。

吃完饭他执意开车送她回学校，一直把她送到学校门口再像个父亲一样目送她进去。她踩着尖头皮鞋假装仪态万方，头也不回地袅娜走完那段进校门的路，进了校门差点连路都不会走了。那一刻她想与什么人无声地相视大笑，以庆祝这种轻触到声色犬马之后的荣光与罪恶，这点罪恶感像大麻一样加倍刺激了她，让她的内里空间忽然间比平日里膨胀了好几圈，简直可以在里面呼啦啦站一大群人。走在校园里她心里只渴盼着世界上所有的人都注意到此刻的她，都能看到她那点卑微与骄傲，看到她如烟花般绽放水上的跋扈和寂寥。

周末的家教刚一结束，老刘便说带她出去兜风。老刘戴着墨镜，迎着夕阳开车，她坐在他身边看不到他的眼睛，只能闻到他脸上有刮胡水留下的清香。她是如此渴望能见到他又怕见到他，每次见到他她就会想起梁帅帅看到她时近于恐惧的笑容，和那截挂在衣服之间饭袋一样的小腹。他们漫无目的地绕城一圈，出城后干脆把车窗大开，晚风烈烈，铁骑野马，头发都被吹得落拓不羁。似两个不要命的骑士，纯为了追逐那马上要落山的血色夕阳。夕阳终究落山，此时车到旷野，银河垂顶，宇宙澄澈，月华如练。梁姗姗忽然觉得不复在人间。《上海宝贝》和《第二性》告诉她，这已经是一个不同于以往的时代。怕什么。今晚的一切景象都是她的城池。她年轻,且美丽。她与老刘在车上接吻。他在逼狭的空间里教她做爱。

彼时的梁姗姗并不知晓什么是肉的欢娱，也无从知道这是一个肉欲时代的开端。她并不知道,在那个时代的开端,每天都有难以计数的寂寞的或不寂寞的人通过网络寻找一夜情,寻找精神或肉的欢娱。那是一种猛然拔开瓶塞后被放出来的猝不及防的肉的欢娱,力大无穷,所有的人不知道肉身还可以这样挥霍,不知道性爱竟可以如此廉价,甚至不必付出一分钱的情况下就可以与一个陌生人见面,交欢。人们不必再去舞厅灯光下捏腰搂臂,甚至都无须再去嫖娼。网友成为那个时代里一个最新的多功能复合型词组,像蠕动在城市骨骼上的一群蛆虫,性感、浪漫、邪恶而绞杀不尽,死而复生。每一个道貌岸然的人的电脑里可能正寄生着十几个网友,全部等着在夜色阑珊中斑斓复活。

一个网友的时代。又过了多年梁姗姗才慢慢想明白所谓一个人跟上一个时代的感觉,就是,你把整个头埋在水下溺着水行走,然而你却并不知道自己其实正在水中。

与老刘的关系保持了半年，在这半年的时间里她曾想过老刘可能会因她而离婚,因为她的年轻她的容貌她的学历皆在他那个老婆之上。不过,他若不是跪着向她求婚，她都必须得犹豫一下。她几乎已经可以断定老刘是更爱她的。但这点想象破灭起来却没有费任何力气。她过生日的时候老刘送她一支包装精美的钢笔,说这可是为她大费脑筋精挑细选的。她对这钢笔很是珍爱。这日她在老刘家做家教的时候,老刘不在家,倒是老刘的老婆在。她忽然看到了梁姗姗手中用的钢笔,惊讶地“咦”了一声,说你这钢笔怎么和我们单位前不久发的那支一模一样,你这是从哪儿买的?我正奇怪我家那只放在抽屉里怎么忽然就不见了。

梁姗姗面色如土,握笔的手开始发抖。恰好在这段时间里,老刘的一个多年好友老赵,一个生意人,正暗地里使劲向她献殷勤。既是密友,便可放心带着情人去向密友做番展览,也不失为一种可炫耀的战绩。一来二去,三人的小型聚会倒颇有几次,老赵再三表达了对老刘的羡慕之情。几次见面之后老赵竟开始在暗地里频频向梁姗姗示好,直说自己是多么欣赏她这样的女子。她开始只装作不懂他在说什么,心下还愤愤地想,这种朋友交他做什么,哪天恼了揭发了他。不料忽然之间情转急下至此,为了报复老刘,她公然投到老赵名下,自己做主把自己转让给了老赵,而且还一定要让老刘知道。随之结束的还有她在刘家的家教。

所有的记忆都是被剪辑过的，以至于所有的事实看上去并不像事实,或者,即使明知道是事实,也无论如何都觉得是被谁杜撰出来再着上了颜色,怎么看都不是真的。再或者，这些事实在后来都集体穿上了隐身衣，根本无从辨认，如雪泥鸿爪，也根本无迹可寻。

和老赵的关系也只保持了半年左右。老赵是一个四十度灰的中年男人，不爱穿衬衣，一身打扮是经营过的不经心和随便，即使松松垮垮随意搭一个双肩包，也和校园里中规中矩背着双肩包的男生自是两样风情。吃饭的时候，有些菜动一筷子便再不动第二筷子，显然是因为味道做得不够地道。高脚杯里的红酒喝一小口，便能准确说出它的酿造年份。只要逢节日，不管大小节日，他都会给她准备一份小礼物。她生日到来的时候，他送她一条水晶项链，一看便知价位和档次都是拿捏好的。她开玩笑地说，不会是把自己老婆的项链转送给她吧。老赵连忙发誓，怎么可能，绝无可能。你要是不喜欢这一款我送你一款别的。现在就去商场，随你挑。

梁姗姗自然是不会去的，但她喜欢他在她面前这点半真半假的惶恐，仿佛唯恐失去她。她想，就先维持着这种关系，不能逼他离婚，等他离不开她了自然会去离婚。逼不得。她再次有了信心。

老赵开车接送她回学校不止一次被同学看到，渐渐没有男生再追求她，他们明白她已经与他们阴阳两隔。而她在四十度灰的中年男人这里养刁了口味，越发看不上他们的一举一动。他们和她看着彼此的世界就像中间隔了一道玻璃，透明的，却知道走不过去。

读研期间仍然一直在收到梁帅帅的来信，他不打电话不发短信，只是固执地使用着白纸黑字的方式，似乎只要换种方式，两个人便面目全非，若是打电话，只怕那声音所到之处更是异国他乡了。他在信封上大大写着梁姗姗，这也让她觉得恐惧，好像她在他这里已经死过一回，然后提前超生，重新变回了人形却已不似旧颜，但她的前世仍旧蜷曲在他手里。某天他忽然给她寄来了一只巨大的洋娃娃，还夹着一封信。在信中他兴奋地告诉她，县里刚开张了一家大型娱乐城，他在里面找了份领班的工作，他说他现在的工资在县里都算高的，不出两年他就是个体面的白领了，现在他一切都要好起来了，他会让母亲和妹妹的生活都跟着好起来。他又说他记得她小时候连个像样的洋娃娃都没玩过，现在给她补一个大的。

她和那娃娃黑色的琉璃眼珠一连对视了好几日，一半是高兴，一半是阴森。总觉得那黑色眼珠背后似乎还有更大的阴谋。她翻出他这么多年里给她写的信，一封一封叠在一起，那些许久不碰的信像是已经生出了潮湿的青苔，一层一层，年轮似的长在那里。

果然，不到两个月她忽然接到了他的电话。这是多年里他第一次给她打电话，电话还未接起，她就知道要发生什么了。他是在拘留所里打来的电话，他所在的那家娱乐城涉嫌卖淫活动被查封了，他作为工作人员也被拘留了起来，需要交三千块钱的保释金。他在电话里反复哀求着她，妹妹，这件事千万不要和妈讲，不要让她知道了。妹妹，你就帮我这一次吧，求你了，你就帮帮我吧，只有你能帮我啊。

这时候的梁姗姗虽然还做着兼职，但也只够勉强养活自己，仍然几乎没有积蓄。最后她决定向老赵借这三千块钱。在此之前她其实从未向老赵要过一分钱，老赵也从未给过她一分钱，她宁可做着三份兼职。她要让他明白，她选择他其实不是选择了别的，她只是选择了一种勇敢的姿态。单单就是一种姿态。就像一面插在地上的旗帜，于风向之下自会生出风情。她深信老赵懂得这份勇敢和风情。当她终于开口向老赵提这三千块钱的时候，她还是无可回避地清楚看到了老赵在那一瞬间里的目光，老赵犹疑了片刻之后还是勉强答应了。答应之后又硬生生地续了一句，说什么还不还的话呢。

然后，在接着马上就到来的中秋节里，他没有再送她任何小礼物。她独自冷笑很久，觉得自己如同一个住在四角深宫里的小宫女，反正一年到头的饷银就那么多，要提前透支也行，只是后面就没有了。她忽然又想起了那一年夏天父亲已经重病在床，不能再喝酒，也没机会再去大醉大哭。正逢暑假她便终日守着他，那日只有他们两人在家，下午他忽然有了些精神，只说屋里太闷热，让她把他扶到葡萄架下的竹椅上躺着。架上的葡萄正在着色，紫色红色黑色的，玉器一样参差在绿叶间。一旁的枣树蓊蓊郁郁，不时有青枣扑通一声落在红砖地上，像梦里深处发出的叹息。指甲花、月季花和雏菊开得正好，微风过处，花瓣簌簌落地，如胭脂满地。

父亲躺在那里只剩下了一点点，竹椅驮着他，嘎吱嘎吱地轻轻摇动着，他已经几天不吃东西，瘦，仿佛竹椅上只剩了骨头和一张皮肤，皮肤是黯淡浑浊的黄色，下面没有一寸血液。那个下午她一直坐在竹椅旁，她不敢看他一眼，因为知道他正看着她。他们没有说一句话。他伸出一只枯槁的手握住了她的。她知道他还不甘心，可也只能不甘心。她从没有觉得和父亲这样近过，她紧紧抓着他的那只手，觉得这样他就不会离开了。就在他死的那一瞬间里，她忽然觉得他们已经靠近得不能不感觉到陌生，就在他们靠得很近很近几乎相依为命的瞬间，他离她而去。

她又辛苦做了一份翻译医用材料的兼职，省吃省喝，一个多月之后便还清了老赵的三千块钱，不出她预料，他略略推辞一番还是收下了。见完这面之后，她沐着下午的阳光大步往学校走，边走边拔出手机卡，随手扔进了路边的下水沟里。从此以后永远地消失在了他的世界里。

那个黄昏她站在宿舍阳台独自观望天际，像抱肩站在楼顶眺望层云的星象师，已经看到了云堡尽处。云堡拆散的尽头是青黛色的夜晚，她从玻璃窗里久久观赏着自己浮游在夜色中的影子，忽然一声冷笑。

为了惩罚自己，她通过上网筛找了一个欲找情人的中年男人。她发誓一定要把这个男人与老刘老赵区分开来，见过一次之后她直接向他提出费用，那男人竟答应得毫不犹豫，似乎尽在情理之中，在校学生，年轻美丽，好像她若不提钱，反倒可疑。但和这个男人只见过两次之后她便再次换掉了手机卡。于她而言，和他的第一次交往是纵容自己去感受到一种自由或堕落的过程中必然伴随着的刺骨快乐，第二次则是允许自己收费之后来临的无边无际的恐惧与羞耻。

五

早晨，下了一夜的大雪终于停了。

梁姗姗要七点前赶去上早自习，双美丽要一直睡到八点起床。不过即使睡到八点了，在药物的余威震慑下，她还是得把自己转移到沙发上再瘫半个钟头才能勉强清醒过来。梁姗姗匆忙吃了一点昨晚的剩饭就出门了。满院灼目的积雪，枣树已是火树银花，她想，这样的大雪中，就是要在墙上树上贴点红底黑字的春联，挂些红色的爆竹，才叫好看。

她裹了件羽绒服，步行着去学校。路上积雪厚，很多人都是小心翼翼地步行走路，又因为裹得严实，一个个看起来摇摇晃晃得像大大小小的不倒翁似的。走在路上趁人不注意的时候，她双脚并在一起，试图从一片冰面上滑过去，一回头，发现一个戴着帽子和手套的小学生正津津有味地观看着她滑冰。她顿时面红耳赤，好像刚从小学生那里偷了什么东西。继续往前走，路边那只风化的石狮子也顶着一头积雪，这石狮子不知是被哪个朝代遗弃的，就蹲在那路边一蹲上千年，这条街上的人都生生灭灭死了十几茬了，它还在那里蹲着，春天一席风，冬天一头雪，后来又有人在它脖子里系了一条红色的纱巾。石狮子旁边是油条摊，即使是雪天，那对炸油条的夫妇还是半夜三点就在雪地里生起了血红色的炉火，清晨，金黄的油条被捞出来，一条一条整齐地被码在架子上。

再往前走，路边有个小广场，八个中年女人不分春夏秋冬，每个早晨和晚上都在这里跳广场舞。下雪的时候她们集体换了红色的毛衣跳。下雨的时候则更为跋扈，她们集体穿着雨衣雨鞋跳。她几乎每天经过这里，但从来记不住她们单个的脸，却觉得只要她们八个在一起时便能成为一种奇特的建筑，而她能记住的只是这座建筑本身。这建筑造型圆满而奇异，因了每个晨夕的风雨无阻，看起来已经有了近于不朽的宗教气质。

她一度撺掇双美丽加入她们的广场舞，就当锻炼身体了。双美丽听了她的话，也在旁边默默旁观了几次，音乐响起的时候，她嘴里跟着音箱轻轻为她们打着拍子，脚在原地跃跃欲试，一边偷看着周围有没有路人在欣赏她的舞步。据她自己回忆，她年轻时曾是厂里的文艺骨干，也是跳过忠字舞的。但观摩了几次她还是退下阵来，终究没有勇气走过去和她们一起跳。她自卑地说，你看人家几个的腰身，穿上什么都好看，我吃药吃成这个样子，一身的肉也下不去，穿什么都不好看，还是算了。梁姗姗说，那又不是戏台，你又不是跳给别人看的，管别人做什么。但双美丽最多只翘起脖子眯着眼睛观望一会儿，就此作罢。

梁姗姗继续往前走，前面是一处古旧的皮坊和一座破败的四合院，院门的雕花飞檐上也落了一层积雪，福字的影壁下堆着蜂窝煤和大白菜，都用旧棉被小心盖好了。院子里合住着几户人家，都是些无业游民，白天躲在家里看电视，一到晚上就出动在这街边摆夜市。像隐居在这个小城里的夜行生物。

有时候梁姗姗觉得自己和这些小贩们其实没有区别，都是些隐居在尘世里的生物。若是没有课的时候，她便很少出门，终日和双美丽蛰伏在屋里两个不同的角落里，各做各的事情，有时候一天都说不了一句话。很多时候她把自己安置在一个固定角落里看书，更多的时候她什么都不干，单单只是坐在那里发呆。双美丽卡着精确的时间做一日三餐，一分钟不多一分钟不少，两人一到点就吃饭，吃饭的时候一起看会儿无聊的电视剧，吃完饭两人又重新缩回各自蚌壳一样的寂静里。

梁姗姗有时候忍不住会满意于自己选择的生活方式，在她看来，她现在所选择的生活方式与古人隐居于竹林隐居于山谷溪涧没有什么本质区别。她是在北京读完博士，在城市里生活了将近二十年的时候忽然做出这个决定，回县城。回县城之后她在县城中学找到了一份语文老师的工作，然后开始这种隐逸生活。开始的时候她难免觉得生疏，觉得与县城的人们格格不入，但她知道那是因为他们是这里的土著，而她却离开太久成了一个外来的入侵者，一个面目可憎的外星人。

有时候深夜躺在床上睡不着的时候，她还会想起城市里的那些只光片影，在这样的深夜里，那些碎片带着自身幽暗的磷光，如河流一般无声地缓慢地从她身下流过。

二〇〇四年硕士毕业她去报社做记者，二〇〇五年她辞职去做前卫的服装杂志，二〇〇六年她入职某外企做文案，二〇〇七年她跳槽到一家银行内部金融刊物，二〇〇八年她改行做银行信托业务。

那时她深信这已经是一个物的时代，一切依物而生，比如衣服，比如名牌，以及由名牌构筑而成的格调。物与物砌成了一座繁复驳杂绚烂的蚌壳，里面裹着人们日渐透明和脆弱的神经与血管。

蕾丝镂空压烫出贝壳纹，复古的低胸紧身大蓬裙，灰色系亚麻中渗出的磨砂寒香，垂坠感百褶裙代替A字性感裹臀，不规则乔其纱与浆洗布搭出新的参差，巴洛克风的垫肩与大领，妩媚纱缎与粗犷牛仔的微妙结合，酒红一字领配破洞乞丐装，波西米亚长风衣下的豹纹热裤。

CHANEL、DIOR、VERSACE、KENZO、GUCCI、CERRUTI、BURBERRY、GIVENCHY、ARMANI。

不喝木桐和蓝山便会死的女人们以及不用古驰和乔治·阿玛尼就会死的男人们。

物的本质就是迟早要腐烂的。物质的泛滥正好契合一路失去的人类气质。果然，如今它们就像一些瓷器的碎片，其光泽或如刀锋或如玉石，都已沉身河底深处。而她坐在岸边，在这个深夜里正慈眉善目地注视着它们的前世今生。

再往前是魁星楼，过了魁星楼就是学校的大门了。

到了学校她进教室巡视早自习。小城里的学生们早早知道了不考大学别无出路，都早早到了挤在教室里搓着手背书。巡视一圈之后她把他们喝停了，她说，我和你们说过多少次了，不要总是背这些课文，有什么用呢。不如多背背《诗经》背背《宋词》，像这样的雪天，你们就应该背背舒亶的那首《虞美人·寄公度》。"芙蓉落尽天涵水，日暮沧波起。背飞双燕贴云寒，独向小楼东畔倚阑看。浮生只合樽前老，雪满长安道。故人早晚上高台，赠我江南春色一枝梅。"你们不觉得很美吗？它们可能对你们眼下的考试没有直接的用处，但是会让你们有一个诗意的内心，你们总有一天会知道，这个世界是怎样的孤独。

学生们茫然地看着她，有几个学习不错的学生不耐烦地皱起眉头，两只手捣着耳朵，嘴里继续悄悄背课文。教室最后面几个学习差的学生则一边听她说话，一边兴奋地窃窃私语，好像她刚刚讲了一个不高明的笑话。她有些受伤，站在那里有些绝望地看着他们。她嘴里喃喃自语，你们真的不知道我在说什么吗。就在这时，学生们齐刷刷把脸扭向了教室门口，她随之扭脸一看，是校长正阴沉着脸站在门口。

校长又把她请到办公室进行了一次训话，校长披着外套给自己续了一杯茶水，并不给她倒。他先是怒气冲冲地盯着那杯茶水看，就好像她正被浸泡在那只茶杯里。盯了半天他觉得可以开口了，梁老师，我这已经不是第一次说你了，就算你是老师们当中唯一有博士学历的，你也不能总是鼓动学生学些歪门邪道与考试无关的东西，学生们离高考还有多少时间？这样下去怎么能行呢？我们这只是一个县城中学，没有那么高的教学质量，就是应试教育，学生要想考上大学尤其是好大学就必须得做题做题做题，必须适应考试，你以为让他们背两首诗词就能考上大学？就能改变他们的人生？考不上大学他们去做什么？这么年轻就出去打工去工地上做建筑小工？梁老师你带的班级的语文考试已经连续两次是年级倒数第一了，你是不是也应该反省一下自己的教学水平？

灰头土脸地返回教室，好不容易上完最后两节课，上到最后简直是饥肠辘辘，等学生走得差不多了，梁姗姗才蹒跚着往出走。走到校门口她忽然想起一年前的现在，也是在这里，她刚走到校门口忽然听见背后有人喊她，一回头，却是陈天东站在那里叫她，他背后还停着一辆黑色的大众。这是第二次见陈天东，她心里竟一紧张，略微安抚了自己几秒钟，然后便一只嘴角扬起，似笑非笑地向他打招呼，是陈局长啊。假装是故人意外在雪天重逢。陈天东略微低了一下头，像是并不好意思看她，他这点拘谨倒让她觉出了几分可爱。他东张西望不看她，只说，记得你说你是县中的老师，刚才问你们门卫，门卫说你上午有课，过会儿就出来了，所以就在这里等你。要不中午一起去吃饭吧，反正已经是中午了。

两个人坐在一家小饭馆布帘后面的小包间里要了一只铜火锅，一斤玫瑰汾。铜火锅下面木炭正烧得鲜艳，锅里炖着白菜豆腐粉条丸子烧肉，丸子一个个被煮得圆肥可爱，在雪白的热汽里活泼泼地蹦来蹦去。陈天东先是自顾自地喝下去两杯酒，脸色开始转红，他往上理理头发才忽然开口说话，语气也是不同于上次的，就像是一个新鲜的他忽然从那具喝了酒的皮囊里蹦了出来。他借着那具皮囊的掩护，重新上上下下打量了她一番才说，刚才等你下课的时候和你们门卫聊天才知道，你是县中唯一一个有博士学历的老师。你博士毕业？

她大义凛然地淡淡一笑，不置可否，好像如果回答了这个问题，倒显得她不够档次。她用身上的毛孔感觉到他有点微微的紧张。

看她埋头吃菜，他便又悄悄把她仔细打量一番，好像在参观一座早已听说过的建筑。

果然，她听见他说，早就听说县里回来一个博士，还以为是人们开玩笑，原来是真的。没想到居然是你。

她又夹了块土豆塞进嘴里，以表示她是一个真实存在的活物。

不等她开口，又听他继续提问，可你为什么要回来呢，是不是外面的工作实在不好找？现在的工作是不好找，我女儿大学毕业我想把她塞进个事业单位什么的都不容易。现在的工作真是一年比一年难找，现在人们活着的目标好像就是在哄抢各种资源，抢工作抢房子抢男人抢女人，现在的小孩一到二十岁就开始忙着结婚，唯恐资源被抢光了，你看，这时代的流行趋势又从晚婚变回早婚了。可是工作再难找，一个博士毕业总还是能在城市里找到工作的吧，教大学多好啊，教一个县城里的中学有什么意思？

其实在哪儿不都一样？想明白了就知道，在哪儿都一样。与其披挂着一身名牌一定要让别人知道自己是谁，不如在离亲人近一点的地方，在离埋葬亲人的坟墓近一点的地方，自在地生活，就是蓬头垢面披个麻袋出去也没人管。

……你还真有趣。刚才还听门卫说你经常被校长批评，因为老是教学生一些乱七八糟和考试没关系的东西。

说着他哈哈大笑起来，像成功地拆穿了一个关于她的恶作剧。笑得略有些夸张，正好掩饰了刚才的那点紧张。

她也喝下去一杯酒，酒精的刚硬中夹杂着一缕玫瑰花香的妖媚，身上暖和了一些。她看着他说，你知道吗，我只是害怕，有一天这些学生们忽然发现其实他们是被骗了很多年，我就总想让他们早一点明白……人就是一直在被自己活着的那个时代骗，但是所有的时代终究都会过去，在很久以后回头再去看自己的那个时代总会觉得像场骗局，你说是不是？

我回头看看我自己的青年时代，也觉得不像自己的。

你说人在这个时代里最缺的是什么？

安全感。

好像所有的人都没有安全感。

其实活在哪个时代里的人都这样。

我想我这几年可能真的开始变老了，不怕你笑话，我现在看谁都觉得可怜。你看看在路边卖菜的那些农民们，辛辛苦苦种的菜一斤卖几毛钱。你看那些开三轮车跑出租的，跑一趟赚三块钱还要被砍价。你看那些超市里的营业员，整整站一天，再在下班时买点超市的特价商品回家。我见到过七十多岁的老人坐着轮椅还要在街边卖鸡蛋，我去医院看病的时候，看着周围来来往往的人，看到每一个人都被各种疾病折磨着，千奇百怪的疾病，千奇百怪的痛苦，而每一个人都想尽一切办法要活下去。那些失去亲人的人则比死去的人还要悲伤。无论是你还是我……都可怜。真是万物刍狗啊。

他的眼睛盯着那口咕嘟咕嘟的铜锅，她便也看着那口锅。好像他们正共同面对着一个秘密，而这秘密把他们两个人已经连缀在了一起。看着火锅咕嘟了半天，他终于又开口，那天你托我的事我已经帮你问过了，法院的院长说这种事已经是犯法了，不可能不判刑，他唯一能帮忙的只是量刑多长的问题，原本应该判两年的，他说他最多能帮着减到一年半。

……你信吗，他真的是个好人。

信。不过你不要着急，现在不是还没判下来吗？我再帮你周旋，尽量判最少的时间就出来。

……不管怎样都谢谢你。

真不要谢我，我都没帮上什么忙。上次的事，我一直觉得不妥……你看这样好不好，现在我带你去我家，上次在办公室紧张，没有发挥好。就算我们是一对狗男女的关系，你也得真的享受到快乐才能算扯平，我怕你把自己置于一个被睡的位置……那是会很难过的。上一次算我睡你，这一次你睡我，我们就算扯平了。不要把我想得多么猥琐，好像就知道占女人便宜。其实，我虽算不上什么好人，但也绝对不是什么坏人。怎么样？

她先是一愣，接着便哈哈大笑起来，本已经笑完了却不知道该怎么停下来，直到笑累了才忽然幽幽说了一句，都一样，我算不上什么好人，但也绝对不是坏人。

他坐在她对面，涨红着一张一本正经的脸，以至于她总觉得还没有真正看到他的脸，她觉得他此时正藏在这张面孔下面窥视着她。只听他又说，真的，我愿意把一些不堪尽量修补成别的东西，起码不是交易，那就是日后想起来也不至于厌恶，也不至于会让你看不起我，也看不起你自己……你明白我的意思，你可不是有求于我，你应该这么想，老娘就算读完了博士也是正常女人，有权利让自己快乐，凭什么不能睡男人。在这世上，越是受苦的人越是有权利让自己快乐。

六

陈天东说自己翠山苑的这套房子一直就空着，他偶尔带朋友过来喝茶。辽阔的客厅里几乎没有家具，灰色地毯上只有一张矮茶几和四处扔着的坐垫。坐垫五光十色，有一个上面是蜡染的椰林，有两个是繁复的土耳其花纹，一个宝石蓝，一个金橘红，还有一个是用绿色的细毛线一针一线勾出来的南瓜坐垫，也肥胖地歪在地上。阳台上的青玉花瓶里插着一大束干花，风干的玫瑰和莲蓬散发着一种隔世的冷硬香味。茶几上放着几只丑陋狰狞的粗陶杯，还有几只艳光四射的天目杯。有一只巨大的彩绘玻璃盘子摆在地毯上做烟灰缸。到处是横七竖八扔着的书。书旁边是一张巨大的床垫。

她随手翻起一本书笑道，看不出你还是读过几本书的人，我真以为你们这些局长们都是不学无术只知道收钱的。

他看着窗外说，我要是现在还像我二十多岁时一样就成笑话了。就像人们指着一个六七十岁满面皱纹的老太太说，瞧，那老太太还在等待她的爱情。听着是不是很心酸？

窗户没有拉窗帘，反正是悬在半空中的三十层，不怕对面有人看。只有一轮硕大冰凉的明月挂在窗外，屋里的灯关上了，月光从窗户里进来像落了一层薄薄的霜，干花的香味在深夜里像固体一样砌满了整个房间。他从身后抱住她的一瞬间，她的泪忽然落下来了。

两个人赤脚站在这青白的霜地里，可以从玻璃里看到自己的影子，这影子依稀与月亮与树影消融在一起，构成了夜空中一种晦涩斑驳的纹路。她从玻璃里看到了身后他半透明的面孔。

他们情知这窗前明月下的性事是一场绚烂的烟花，都是留给自己看的，更是留给自己以后的记忆，好覆盖掉前一次的丑陋，所以都分外卖力。梁姗姗这时候才发现，原来只是肉体的欢娱都可以这样盛大肥熟这样富丽堂皇这样理直气壮，看来自己真的是开始老了，没有爱都可以做爱了。她死死抵着那扇玻璃，玻璃外面就是悬崖，悬崖外是亘古的明月。在那一瞬间她忽然又想起了梁帅帅，想起了他在信中说，监狱里喝不到热水，不能洗澡，不让关灯，被褥潮湿身上长满红斑。又想起了已经沉身于人造睡眠中的双美丽，又想起了现在正在与一个男人交媾的自己。悲伤、恐惧与羞耻以断崖式的力量带给她双倍的情欲，一种情欲之中包裹的情欲，几乎与悲伤同等重量，都追加在她的身上，以至于她的肉身马上就要飞起，燃烧，片甲不留。她趴在玻璃上几乎是号啕大哭，却同时用淫邪的口吻命令着身后的男人，不要停，不要停下，让我死掉，我是个该死的人，我就是个该死的人。

黑暗中干花的香味更加邪恶了，他紧紧抱着她，她只依稀记得他在她耳边说了一句话，不要怕，我会尽力的。

这次见面本是做好了所有诀别的准备，如在悬崖上的纵身一跳，想着下面本该是尸骨无存，不料却成了另一个开端。此后两人的见面地点多数都在这翠山苑三十层的高楼里。他每次一见面就先安慰她，说梁帅帅的事他还在想办法，这不是还没判下来嘛，没判下来就有希望。然而她觉得在做爱之前他对她做这样的抚慰，那就还是交易的意思。她说，一码归一码，帮忙是帮忙，性爱是性爱。既然已经划分清楚了就不要再搅到一起了，可别让她时时有在卖的感觉。陈天东笑，我就喜欢你这点性格。有的女人啊，你一旦和她有点什么关系，她就要挟着你为她办这办那。

她说，你们这些手里有一丁点小权力的人就这样，心里总防着别人，生怕别人觊觎你们手里的那点权力。你倒给我讲讲，你怎么就落下了一个好色的名声。

他又笑，那只是传说而已，其实这几年里我有时候对女人简直是避之不及。说实话，如果说我现在喜欢一点享受，那也是因为年轻时候过得苦。我大学毕业后就开始在这机关里熬日子，我又是外地人，老婆在外地，我们一个月才能见一次面。很多年里我都是白天在办公室上班，晚上住在办公室。回家的时候要坐五六个小时的客车，就是那种恨不得连车顶上都绑上人的小客车，见人就停，走不走？而且那时候还是土路，坑坑洼洼漫天灰尘。等到下车的时候整个人都快被土埋了。那时候年轻又是夫妻两地，每次见到老婆连女儿在一边哭都顾不上我俩就开始了，一边做我一边还要对旁边哭闹的婴儿说，女儿啊，千万不要怪你爸啊，你爸也不容易。就这样一年年熬着，从科员熬副科，再等着从副科熬正科。在一个县城里熬个正科就到顶了。别的就不用想了。

那你老婆现在呢？

我当了局长以后才把她调过来，调过来没几年又内退了。现在每天就干两件事，打麻将和做美容。据说这是县城官太太们的标准生活模式。我看她也是觉得自己年轻时候亏大了，一心想补偿自己，把脸上的皮拉得和有机玻璃似的，都不会笑了。我看这个国家的人啊都是这样，觉得自己亏下的地方就一定要给自己补回来，那些老头们喜欢小姑娘是为什么，就是觉得自己年轻时候亏了，没有享受过，一心要补回来。说来说去就是因为我们什么都不信，就信这一辈子，我们信自己死了就是一把灰尘，没有惩罚也没有来世，内心根本无所畏惧，不怕神不怕鬼，不信耶稣不信佛陀，所以才会不顾一切地享受着今生今世。

我也常想，就是怕点什么都比什么都不信的好。

这不，老婆的电话已经打过来了……该回家了。

他们在楼下道别，反向而去。知道他有妻女，她则回去又要对双美丽进行一次新的抚慰。她得不停地给她希望，这不是还没判刑吗，今天刚问了，那局长正在活动，还没判就是有希望的，说不定就把他放出来了，还能在家过个年。回到家中，双美丽刚切好一碟腌萝卜，她给她盛好小米粥，摆好腌萝卜丝，然后疑惑地看着梁姗姗，想从她脸上找到确切的证据，她小心翼翼地试探着，你说的那局长，能耐到底有多大？

梁姗姗忽然有些被戳穿的气急败坏，把小米粥推到一边，说，我又不是法官，我怎么能知道。说完又有些后悔，也不敢看双美丽，只是无声地回到自己房间。她躺在床上都能想见，此刻双美丽一定正不安地窥视着她的门，却不敢走进去。她想如果现在能听到她的哭声，她一定不顾一切冲出去抱住她。可是，她只听到双美丽正迟钝而犹豫地在外面活动着，喝粥，走动，刷碗，吃药。安静片刻之后她便听到了她的鼾声准时响起。她再一次不顾一切地睡着了。

又过了一个月，马上就要过年了，这天陈天东又约她见面的时候终于对她说，审判已经下来了，梁帅帅被判了一年零两个月的有期徒刑。他有些歉意地对她说，他真的尽力了，没有办法，法律再不健全也终究还是法律。以他的能力也只能如此了。

她站在三十层的窗前久久看着远处苍灰色的天际线，好半天才对他说了一句，不管怎样还是要谢谢你。他在她身后讪讪地为自己辩解着，你也知道，我就是县城里的一个小局长，虽说越是小地方人脉越重，但我的能力确实是有限的。她忽然打断他，侧过头对他翘起一只嘴角笑着，说，不要说这个了，现在和我做爱吧。他连忙低下头不敢看她，别……我知道你难过。她使劲摇头，真的，真的，难道无求于你就不能和你做爱了吗？

就在他抱住她的一瞬间，她忽然又落下泪来，哀求一般死死抱住他，对他乞求着，你让我死，让我死了吧，真的，我是该死的，我是个该死的人。

他们在地毯上一直躺到天完全黑下来。没有月亮，巨大的猎户座正清冽庄严地悬在他们上空，寒夜里的星光分外璀璨。她说，你看我其实是一个多么无用的人，可是我的母亲我的哥哥都把我当作是他们的天，他们仰视我，相信我，甚至害怕我，他们觉得我见多识广无所不知，觉得我是博士毕业便高人一等，他们情愿在我面前卑微下去，等着我去救他们。我知道我哥他在监狱里每天唯一的指望就是我。我的母亲每天靠镇静剂度日，过量的镇静剂甚至让一个人都无法再流泪。可是事实上，我只是这个时代里的一个最卑微的小人物，一个县城里的怪物。我痛恨法律被权力压制，可是你看我又拼命参与其中要加剧这种不健全。我就在离亲人最近的地方却什么都帮不了他们。

其实谁都是可怜的小人物。你看看大街上的众生，有哪个不是。别看我表面上人模狗样，实则也不过是蝇营狗苟，为了升官发财不得不绞尽脑汁去巴结我的领导，背过身去都觉得自己可怜。而领导们则需要去巴结更大的领导。都一样的。一样。

所以我现在看谁都觉得可怜，我买东西都不忍心和小贩杀价，还恨不得能多给他们两块钱。那种感觉，就好像是我欠了他们很多，都还不清楚。

有时候我觉得自己在一个县城里也算个人物了，有人巴结有人送礼有女人投怀送抱。有时候又觉得自己其实就是一粒沙子，什么都不是。所以当我知道你学历竟然那么高的时候，心里真生出了对你的几分向往。

忽然发现自己睡了个女博士？

我不是立刻补救了嘛。睡与被睡其实都是一样的。

知道吗……有时候做这种被人不齿被人唾弃的事情我反倒觉得痛快。

知道，我也是。

第二天晚上吃过晚饭很久了，梁姗姗还在犹豫，最后看看时间已经快到双美丽的睡觉时间了，她才一咬牙把这个消息告诉了双美丽。双美丽正坐在沙发上看电视，听了梁姗姗的话，她坐在那里一动都没动，眼睛还是不错眼珠地盯着电视屏幕，好像她压根就没听见她在说什么。她坐着，梁姗姗站着，两个人都静悄悄地盯着电视，屋里有一种阴森的寂静。屏幕上有两个古装的女人在边走边说话,梁姗姗只看到她们的嘴唇在一开一合。忽然,她听见双美丽犹犹豫豫地打了一个饱嗝,缓慢地迟疑地呆滞地,然后她又连续打了两个,这不合时宜的声音听起来像一种古怪的悲伤的哭泣,从人身体里一个深不见底的地方挣扎着跑出来跑到了她面前。然而她竟然还是要偷看双美丽的眼睛,她的眼睛里还是万里干旱,上面布满了红色的血丝,像皲裂的土地,被深埋在地下的火炙烤着。

双美丽忽然看上去干枯而苍老,她犹豫着,然后还是慢慢把手伸向了桌上那只放着镇静剂的药瓶。她抓起药瓶的时候都不敢看梁姗姗一眼,好像有点羞愧,有点不好意思。她把白色的药片一片一片细细数好,握在手心里,然后慢慢站起来去厨房倒水,始终没有和梁姗姗说一句话。梁姗姗一个人久久站在原地,用力盯着电视屏幕里那几个来回走动的人影,好像要一直把他们盯出屏幕为止。

除夕夜到了。却波街上家家户户都挂起了红灯笼,血红色的灯光一团一团地落在了雪地里。陆陆续续地放鞭炮放烟花的人家多了起来,五颜六色的烟花带着翅膀和尾巴飞到了空中,然后像流星一样碰撞,炸裂,彩色的羽毛纷纷扬扬飘向大地,整个小城忽然像童话一样晶莹剔透。梁姗姗和双美丽在屋里包饺子,包着包着,双美丽说,你们小的时候,每年过年我都是早早就给你们做好新衣服,早早给你们买好瓜子花生和奶糖,你哥哥总是让着你,大白兔奶糖都让你先挑完,你哪有他的脾气好啊,他仁义啊,对谁都好。

两人沉默了一会儿,双美丽忽然又说了一句,不知道里面是怎么过除夕的,明天给他送点饺子去吧。梁姗姗应道,监狱里过节也给犯人们吃饺子的。双美丽包饺子的手忽然停住,高声对她叫起来,不要说监狱两个字,好像他真的犯了什么杀人放火的大罪,好像他真的犯了什么法,我还不知道他吗,他不就是怕人家不喜欢他吗?他不就是想多交几个朋友不就是老想讨好别人吗?他就是生怕人家看不起他。

说着她的两只手开始剧烈发抖,她用手撑住肚子,把半个身体都伏了下去,好像这样就可以减少某种疼痛。她伏在那里又自言自语着,我现在白天都不敢去街上,就怕别人问我,听说你儿子进监狱了?当犯人了?你们小的时候我一心只盼着你们什么时候就长大了,连做梦都是梦见你们长大了,可是等你们长大了却是这样……

还有我陪着你呢。

你读了那么多年书,却一定要回到这小县城,你说你能有什么出息。

小县城就真的不好吗?

马上就午夜时分了,窗外的鞭炮声越发密集,红色的鞭炮屑在夜空中盛开得到处都是，又有雪花陆陆续续落下来，如红梅踏雪。忽然有一只巨大的金色礼花飞上了夜空，在半空中轰然开放，顿时整个雪中的小城都亮如白昼。

梁姗姗在窗前看着渐渐熄灭下去的礼花，想起了二〇一〇年的校园。

二〇〇五年到二〇〇九年的梁姗姗一直在城市里频繁跳槽，到二〇〇九年的时候，金融市场大萧条，对物的迷恋行到末期，便自虐到近乎求死，空气里弥漫着物欲炸裂之后丝丝缕缕的神经末梢，带着诡谲的异香，湿漉漉地搭在人的脸上、身上。梁姗姗做投资的同居男友因公司破产，连招呼都没和她打一声便一夜之间从人间蒸发。贷款未还，房子被银行收走，而车在男友消失之前已被用去抵债。

梁姗姗就是在这个时候决定考博的。于是，二〇一〇年的秋天梁姗姗第三次回到校园。

她推着四个轮子的硕大行李箱再次走进校园，又是秋天，北国的白杨开始泛黄，开始横七竖八地零落，飘在空中如无数种哑语的手势。博士宿舍里有两张单人床，两只摆满书的书架，一瓶插在水中的绿萝，一面钉在墙上的穿衣镜。薯片、巧克力、奥利奥、盒装方便面。笔记本电脑。智能手机。微博的刷屏声。梨花头、香菇头、外翘荷叶头。短裤开始在校园泛滥成灾，梁姗姗从没有见过这么大规模的光腿，各种款式的光腿，长的、短的、胖的、瘦的、直的、罗圈的。长裤的裤脚再次收紧，由喇叭裤摇身变为哈伦裤、铅笔裤。尖头皮鞋再次变回圆头。紫橙粉黑搭配的妖魔拼贴色成为当年最前沿的流行色。娃娃装与露背装平分秋色。热风、优衣库、卡玛。论文，论文，论文。写论文写到半夜，绝望地抱着电脑看《甄嬛传》《越狱》。舞会彻底绝迹，上网不再算作娱乐，恋人们周末抱一桶爆米花去影院看《阿凡达》《长江七号》《盗梦空间》《杜拉拉升职记》。

七

彼时的梁姗姗已经三十二岁，在博士生里几乎是年龄最长的。她身上有一种继性神话、物质神话相继陨落之后的萧索与幽旷。她背着电脑每天早出晚归地泡在图书馆，身上偶尔突兀地跳出一件 GUCCI 或 ARMANI，也都是过去的遗物，再出现在身上反倒不伦不类。物质性的幻灭已让她疲惫和麻木，仿佛紫绸掀开是麝香黄，暗示着她身上曾生生灭灭过的另一个帝国，像一切文明一样，繁盛到尽头便是必死无疑。这时候的梁姗姗一心要留在京城的某所高校做大学老师，至此开始心灵餍足的后半生，所以读书颇为卖力。作为一个老女博士，校园里追求她的男生已经基本绝迹，而此时的她对那种四十度灰的中年男人早已经失去兴趣，她开始厌恶他们身上那种荤腥而摇摇欲坠的肉感。梁帅帅还在给她写信,他像以往一样向她汇报他的近况,说他自学了电脑维修的一些技术,现在电脑市场正火,他租了一间小门面,打算做电脑维修和翻新二手电脑的生意。她觉得他似乎终于找到了些正规的事情可做,暗暗替他高兴了好几天。他这次虽然没有开口要钱,但她还是去邮局给他汇了一千块钱。

开始博士生涯的梁姗姗在每日早出晚归的读书写论文中,坚信自己可以把过去五年的光阴一分不少地抓回来。她几乎惜时如金,看书经常看到头痛欲裂,开始大把掉头发。每天早晨五点起床雷打不动地学习一个小时的英语,为的是能更顺利地看英文原著。表面上的梁姗姗似乎真的再次与五年前的学生时光天衣无缝地对接起来了,好像中间这五年是根本没有存在过的,她凌波微步般地从时间的表面上自由穿行,一点痕迹都不留。时光于她来说好像是无效的。可是只有梁姗姗自己感觉到了内里的变化。

那是一种表面看不出的内在肌理的变化,就是说那是一种最深最幽暗处的结构上的变化。表面上她像个学生一样穿梭于图书馆和宿舍,而事实上她是游离于整个校园之外的,校园里正在发生的一切与她根本就无关。同宿舍的女博士比她小六七岁,见了面像对待长辈一样客客气气和她打招呼,却始终是远隔千里的疏离。错位的痛苦像多年前的一场核辐射埋下的隐患,终于开始显山露水,她拿着书本坐在图书馆里的时候,会忽然觉得很荒诞,很滑稽,觉得自己在这里像一个披着袈裟的异教徒。越是虔诚反倒越是让人生疑。

因为与学生的疏离,她便更多地与老师们交往。她发现这些大学老师们有的四十岁的年龄还在租房住,有的一年有上百万元的科研经费得想法子花出去,有的除了给学生上课在社会上还有多重身份多种兼职,有的老师开着保时捷来上课,有的老师坐地铁来上课。然而这些老师们在一起扎堆的时候最喜欢的事情除了诉说头上的科研压力,接下来便是评论自己的同行。

那人不行,博士六年才毕业,学术搞成那样还总以为自己在这里屈才了。

我听见那谁谁对别人夸口说,论文包在我身上,我找个学生帮你写,最后加上个学生名字就是。

你看看那谁谁谁上课穿的衣服,再听听他上课的那些言论,真是把自己搞得像风流名士一般。

论文谁有他发得多?根本就不是人,就是个学术机器。你没见他头发都掉光了,你说他晚上回去摘了假发哪个女人不害怕?怪不得一直都不结婚。

那谁谁怎么都买第三套房了?还是复式的大房子,就靠工资?他是不是自己开公司了?

…………

读博期间关系和她最近的是一个同门师兄,说是师兄,其实比她还要小三岁，也属于高龄博士，两人多少有些惺惺相惜。一次两人一起在校外的小饭馆里吃饭，都喝了不少酒，她趁着酒意忽然便问道，师兄你怎么看这些大学里的老师？师兄长叹一声，我也一直在想这个问题。传统的士大夫精神虽然也注重现世的安稳，但文化核心价值却是超越现实功利的，对精神追求还是有自信的。就是说他们终究是有底气的。但现在的知识分子的内心价值已经没有根基了，资本时代替他们提供了价值和目标，其实他们已经没有了可以保持自己价值系统的条件，也就只能随波逐流了。相反，那些执意要保持自己内心价值稳定的知识分子，就会越来越痛苦和孤独，而且会越来越被社会边缘化。

即使是一个知识分子，在这个社会上如果到四十岁还没房没车也是没有尊严的，对吧？

从前知识分子们的精神启蒙根本抵挡不了一个资本时代的普世价值。

那该怎么办？

要么随波逐流，要么在内心偏安一隅。

她对着他举起了手中的杯子，两人隔着一只酒杯遥遥相望。那一瞬间她忽然想起了无数年少的时光，也是在校园里，她和一个少年手拉手走在泡桐树下。现在她很想很想问一句眼前的人，是不是愿意在校园里拉着她的手走一段回宿舍的路，就像他们曾经那些年少的时光。话始终未说出口，眼睛却湿润了。师兄先开口了，来，再喝了这杯吧。说完便先一饮而尽。在小饭馆的灯光下她忽然发现他此时也是泪光闪闪。他们却一句话都没有再说。又过了一会儿，有夜风夹着紫藤的花香从饭馆的窗口吹进，夜色已深，梁姗姗顿时觉得酒意全醒，她摸摸自己的脸颊说，走吧。他还是默默看着她的脸，像是要说什么，但最后也不过说了两个字，走吧。

他们走出小饭馆，走进校门，并肩走在那条回宿舍的路上。路两边长着高大的白杨，夜风温柔如水，他们静静地拖着各自长长的影子往前走，一直往前走。走到她宿舍楼下的时候，她站在楼前那棵巨大的白杨树下礼貌地对他说，谢谢你送我，我进去了。他说，去吧，我看着你进去。她转身进去，绝不回头，却满脸是泪。

转眼就是来年三月，博士论文初稿已定，找工作的事情提上日程。梁姗姗这时候发现因为自己的年龄，在北京已经很难找到愿意要她的高校。也就是在这个时候，她听说那个师兄最近有女友了，可能毕业以后就结婚。对方是本地人，家里有房子。

梁姗姗就是在那一个瞬间决定的，回故乡。回到离亲人和亲人的坟墓最近的地方。

“昔我往矣，杨柳依依。今我来思，雨雪霏霏。行道迟迟，载渴载饥。我心伤悲,莫知我哀。"梁姗姗后来在课堂上对学生们讲起这首诗的时候不禁怆然涕下。

凌晨时分,鞭炮声渐渐小下去了,烟花像开过一季的植物,在除夕的夜空中渐渐凋零。窗外的雪花越来越大,简直是在迎风飞扬,炉子发出轻微而迟钝的鼻息,双美丽的鼾声响起,她已睡熟。梁姗姗也回到自己房间,挨着枕头躺下,一伸手,却摸到枕头下塞了什么东西。拿出来一看,一个两百块钱的红包。是双美丽给她塞的压岁钱。据说除夕夜悄悄把压岁钱塞在小孩子的枕头下,可以保佑小孩一年到头无病无灾。梁姗姗无声地笑了,然后眼泪一滴一滴落在了那个红包上。

二月二龙抬头这天下了一场小雨,算是春天就来了。却波街上倒是终年热闹得很,梁姗姗家对门续弦的老太太新近刚烫了个头,据说是被老头特批的并给她发了烫头钱。老太太顶着一头新烫的头发在门口频繁出出进进,唯恐邻居看不到。房前邻居的儿子给县里的某个领导开车,据说最近刚开着领导的车撞死了一个人,邻居们都传说他得去偿命了,没想到几天之后人家又被放回来了,安然无恙,继续开车。斜对门邻居的儿子刚留在美国,给他寄回一堆在奥特莱斯买的打折衣服,他便每天穿一件在却波街上炫耀一圈,喏,是美国货。房后的邻居是大货车司机,出去拉煤一走就是十天半月。老婆留在家里专职打麻将,货车司机早起了疑心,这天半夜回家直接翻墙进去,一推门,发现老婆和一个五十多岁的麻友正光光地睡在一起。这跑掉的麻友还是有公职的人,货车司机便拎着一条木棍,日夜蛰伏在其单位门口,终于有一天等到了奸夫出现,便二话不说上前把奸夫一条腿打断。又据说那奸夫家住六楼,那一日不知是怎么拖着一条断腿爬到六楼的。

却波街属于交城县的贫民区,富人区便是城北以翠山苑为首的那几处高档小区。却波街上盛传,那些高档小区里停满好车,到周末的时候,那些住在小区里的人们都不用出小区的大门,和情人直接就在小区里车震,省时省力省钱还省空间。

梁姗姗一次问陈天东是不是真的,陈天东哈哈大笑,说,这个你也信?不过小老百姓们不容易,他们愿意怎么说就让他们说去吧,历代百姓,谋生都不易,说点什么不过都是苦中作乐罢了。梁姗姗站在窗前看着夜色中的翠山苑,说,我现在发现我们却波街对你们翠山苑可真是仇视啊,都成两个阶级了,没想到就一个县城里都会这样。陈天东说,你是不是有点后悔回来了?

窗外的万家灯火越发把三十层的高楼似断崖一般衬在空中。她说,没有什么后悔,就是发现在哪里都一样。扫地的清洁工也罢,披挂着一身名牌的贵妇也罢,都一样的可怜。香车宝马怎样,倾国倾城又怎样。

他们会不定期地见面，有时候在翠山苑三十层的高楼上，有时候他开车带她去大山里转悠一天。小城就蛰伏在山脚下，大山里是一望无际的森林，蜿蜒的山路上人迹罕至，偶有松鼠抱着一只松果跳来跳去。一次他们路过一个山村，全村只有七户人家，还都是老人。中午到了，他们就在其中的一个老人家里吃了一碗酸菜面。老人还把自己种的苹果拿出来给他们吃。临走前，陈天东给老人留下两百块钱。两人上车继续在弯曲的山路上无目的地游荡，梁姗姗说，看不出你也是略有几分心肠的人。陈天东大笑，不是早和你说过吗，我不是什么好人，但也不是什么坏人。其实绝大多数人都是这样的。

夏天来了，葡萄满架，架下的指甲花和月季花又开得排山倒海，粉色的花瓣落了一层又一层，微风过处，便像雪花一样盖住了红砖的地面。双美丽在院子里收衣服，晾了一天的衣服已经干透了，和梁姗姗记忆中的一样，粗粝硬挺，穿在身上会有割着皮肤的阴凉和清醒。梁姗姗拿回一封钟大宝从监狱里捎来的信。梁帅帅在信里说，他真是后悔啊，本来觉得自己好不容易开了个电脑维修店，小本买卖，就怕没有顾客，有人来他店里玩，他哪里敢把人家赶走，只盼着人家多来几趟，还能给他招揽来一些顾客。没想到会把自己也抓进去，他真是后悔啊。又说在里面每天就是起早贪黑地做衣服，晚上休息下来了就在一起聊天，什么都聊，他在里面还认识了几个朋友。在里面没有烟抽一天都活不下去，烟对他们来说太重要了。他又说自己现在的缝纫做得越来越熟练了，等他出去了要给妈妈和妹妹先各做身新衣服。信的最后像是怕她们忘了，他又叮嘱了一句，记得下个月给他送烟，一定一定。

双美丽把信揉搓在手里读了一遍又一遍，读完了又不放心地问了一句梁姗姗，你今天把烟给钟大宝了吗？梁姗姗不说话，表示不屑于回答这个问题。知道双美丽正偷偷看着她，她便愈发不想说话。双美丽连连叹着气，进去自己屋里，拿出一卷钱硬要塞给梁姗姗，姗姗你拿去买烟，不要用你的钱啊，我还有点退休金，你买烟就问我要钱，这个钱不能让你出的啊。梁姗姗看到那卷伸过来的钱，叫了一声跳到了一边，双美丽双手捧钱又调转头来继续求她，姗姗你拿了这钱去买烟，不要让他在里面受罪，你想想他才在里面半年，还有大半年要过呢，不抽烟怎么活？姗姗……要是有一天我不在了，还要你来照顾他。

她的声音忽然就变尖变细，像分叉成了无数条蛇信子一样在空中痛苦地呻吟着。然后她猛地停顿了一下，像渴极了一般只是张着嘴却发不出任何声音。梁姗姗不敢看她，一心只想从这里逃走。她刚要向门外走去，忽然听到双美丽的声音又紧紧追了过来，这次她说得很快很干，像是必须保证自己一口气说完，她说他没有你聪明没有你学习好没有你学历高……她的声音听起来已经开始哽咽，梁姗姗惊恐地回过头，看着她，不知道她下一步还要做什么。然而她也只是哽咽了两声，眼睛里仍然是一望无际的干旱，事实上她看上去全身都是干涸的干旱的，像一个被困在沙漠里太久的囚徒。梁姗姗再一次觉得眼前的双美丽只是豢养在母亲身体里的一个子集，她并不是那个真正的母亲。

她疾步走出家门，走过却波街，又走过一条沙河街的时候才决定给陈天东打电话。陈天东却把她电话挂了，她又打他又挂，她正要第三次打过去时，他发过来一条短信，现在在家呢，接电话不方便。梁姗姗说，出来，我想见你。陈天东回道，在家呢，有事明天再说好不好。刚才在家中受的委屈此时忽然就变成了一种怒火，他什么时候想见到她就可以随时见到她，她需要见他的时候就这么费劲，怎么这么费劲，一句在家里就把她打发了？她往手机里扔进去一句话，我就要今晚见你，出来不出来？陈天东立刻回过来一句，今晚确实不行，出不去。梁姗姗连连冷笑，出不来？你老婆用铁链把你锁在屋里了？你到底出不出来，你今晚要是不出来见我，我明天就再找个男人给你看你信不信？短信发出去之后，梁姗姗正提起精神准备迎接他从天而降的回复，却半天没有了音讯，她那条恐吓短信掷出去之后好像掉进了水里，竟连点回声都没听到。她只好再次把电话打过去，结果是已经关机。她立刻有一种撞到墙上又猛地被弹回来的感觉，以至于独自坐在路灯下喘了好半天气。

第二天上午陈天东的电话打过来了，她看了一眼，挂掉不接。那手机便灰头土脸地独自喑哑下去，绝没有像她期望中的一样摁下再响起再摁下再响起没完没了地纠缠她一天。手机像面瓜一样闷声不响，她索性关机去上课，下课第一件事就是忙不迭地打开手机，没有短信，没有她想象中陈天东一路追杀过来的短信。她独自抱着空空荡荡的手机在办公室呆坐了好半天，才开始踉踉跄跄出校门。走到校门口又疑心陈天东是不是就在那个老地方正等着她，便器宇轩昂目不斜视地往出走。走出校门口才发现周围十米之内连个鬼影都没有，只有一个保安坐在传达室里正饶有兴趣地看着她。

又生不如死地等了一下午还是没有等到陈天东的电话，下午她一边开一个无聊的教研组会议，一边盯着手机屏幕。到最后，冗长的会议都开完了，手机还在她手里装聋作哑一声不吭。她面色灰白，像个准备炸碉堡的英雄一样扛着两只肩膀，直挺挺地走到了大街上，在街上漫无目的地乱晃了一圈之后，忽然看到几个男人刚从路边的一个小饭店出来。其中有一个长得高大魁梧，把一件外套胡乱搭在肩膀上，颇有几分落拓的邪气。她走过去，几个人身上散发着浓烈的汗腥味。她对那高个子男人笑了笑，能帮我个忙吗？男人疑惑地打量着她，没说话。她掏出手机说，我觉得你长得很帅，想和你合个影，不知可不可以。周围几个男人嘎嘎大笑，一边笑一边推搡着那个男人，快去快去，和人家去照相去。高个子男人有点窘迫，又有点得意，便也龇着牙笑，脸涨得通红。梁姗姗走到他身边，请旁边的人给他们拍合影，梁姗姗又嗔怪那男人，我又不会吃了你，把手搭在我肩膀上拍一张啦。男人们又大声哄笑，嘴里说，快快，手搭到肩膀上去。男人扭捏一番还是把一只手僵硬地搭在了梁姗姗的肩膀上。梁姗姗说声谢谢，拔腿就走，男人们在身后叫她，留个电话，哎，电话还没留。

等到下午快六点的时候，陈天东终于发来短信，说开了一天会，马上下班了，约她在翠山苑见面。她冷笑一声，把她和那高个子男人的合影发给了陈天东。可是手机那头的那个人像潜水艇一样再次无声无息地沉潜了下去，连个水泡都没有冒。这种绝对的寂静让梁姗姗忽然有些害怕，害怕他就此永远消失了，便又后悔自己行事鲁莽，不该给他发这样的照片，想着要不要打电话过去道歉，又觉得这样打过去更要被他小瞧。内里的火山独自在体内横冲直撞，最后她挣扎着用意志勉强按捺住摇摇欲坠的内里，向家里走去。

八

第二天是周末不上课，梁姗姗几乎一整个白天都活动在自己手机的半径内，她手里无论做什么，眼角一点余光都系在那只手机上。双美丽显然感觉到了她的不对劲了，一边偷偷观察着她，一边不时对她说一句，姗姗啊，要是闷了就出去逛逛去……这个我来做，你去忙……姗姗啊……她正坐在葡萄树下择一把豆角，她的声音听起来不安且软弱，自从梁帅帅进了监狱之后，她在白天就几乎不再出家门，只有在黄昏或晚上的时候才出门散散步或买点菜，又生怕撞到熟人，一路上左顾右盼躲着人简直像个道行不深的鬼魅。

这个时候电话忽然响起来了，她扔下手里的书扑过去一看，已经涌到脸上的血立刻倒流了回去。是一个小学同学打来的，小学同学说他们一家四口明天要去一个有山有水的好地方游玩，想带她一起去，问她有没有时间去。一家四口？梁姗姗眼前立刻出现人家一家四口两个大人两个小孩错落有致地坐在一辆车里，而她则像个多余出来的包袱一样被随意镶嵌在车子的某个角落里，而且他们一路上还要对她充满怜悯，以及施舍她之后展现出类似于上帝的优越感。她客气地说她很忙，真的没有时间。对方表现出仁至义尽之后的遗憾和狐疑，也挂了电话。自从她回到县城之后就在被各路人马同情，以至于她不得不一看见就远远避开他们，好像他们是生活在阳间的，而她是独自生活在阴间的。

黄昏如期降临，院子里的树影和花影都再次陷入了失去颜色之后的灰色梦境中，葡萄在黑白墨色之间散发着植物的寒香，月季褪去颜色之后露出一种故纸的颓败，远处的一切都变成了天边的沉淀物。双美丽拿起自己的小包出去散步，顺便买点明天的菜。梁姗姗独自坐在院子里心想他今天是不会再来电话了，忽然就周身一阵软弱，想着进屋躺着，扶住竹帘抱着头呆呆站了好一会儿。

正在这时忽然听见有人走进了院子里，又走到了葡萄架下，她以为是双美丽回来了，心想今天怎么这么快。一抬头却看到是陈天东那张忽明忽暗的脸。她惊叫一声，你怎么找到我家的？

他跟着她进了她的房间，她拉上窗帘，刚把台灯打开，他就一言不发地把几张纸扔到了她脸上。她拿起一看，几张纸上全是关于一个男人的资料，详细得不能再详细，年龄，家庭，父母，婚姻，子女，工作，简直像是出自情报局之手。她再仔细看那男人的照片，觉得有些面熟，忽然发现正是那天她在饭店门口搭讪的那个高个子男人。陈天东站在她面前，口气冷峻异常，看清楚了没有？再看看。看看你找的是什么男人，我已经帮你调查清楚了，是个下岗的煤矿工人，今年三十七岁，小学文化程度，基本是无业游民，目前在建筑工地上打零工，老婆孩子还在瓦底村。其他详细情况你自己慢慢看，那不好几页嘛，你一页一页慢慢往后翻。她脸上已经轰隆隆烧成一片，嘴里却为自己争辩道，你怎么知道的，你怎么能随便调查人家。陈天东站在那里岿然不动，声音听起来散发着一种生铁的气息，我在这个县城里想调查清楚一个人还是容易的。

梁姗姗扔下那几张纸，把脸别过去仍然不看他，只盯着那盏台灯，仿佛在和台灯对话，不看，有什么好看的。陈天东把那几张纸又捡了起来，自己又欣赏了一遍，才直逼到梁姗姗眼皮底下，嘴里说，看啊，看啊，你快好好看嘛。梁姗姗忽然意识到这男人是吃醋了，心中有些窃喜，便抬起头来佯装得更加愤怒，我就愿意找他，煤矿工人怎么了，我愿意你也能管得着吗，你是我什么人？陈天东把那几页纸抖得地动山摇，仿佛这样就可以把那煤矿工人从里面召唤出来。他咬牙切齿地说，那你和他睡去，现在就去。梁姗姗抓起包拔腿就往外走，你以为我不敢？我和谁睡还要你批准？我现在就找他去睡觉。陈天东从后面一把抓住她的衣服把她扔到了床上，梁姗姗把包扔到他身上说，怎么，你还要把我绑了不成？陈天东使劲在梁姗姗屁股上扇了一巴掌，嘴里恨恨地说，我今天就是要揍你一顿，看你还敢不敢去。

梁姗姗再也忍不住，终于笑场，她把脸埋在枕头间咕咕笑了起来。陈天东两只手用力把她翻了过来，呵斥到她脸上去，你还笑？你不是要和那男人去睡觉吗？现在就去，快去。梁姗姗一边捂嘴偷笑，一边在指缝间断断续续地呻吟，现在……我现在……就去，别拦……我。陈天东猛地向她的脸俯冲下去，在她的脸上胡乱寻找，找到什么是什么，找到什么就把嘴唇和舌头都挤压上去碾压半天，从眼睛到鼻子到耳朵到嘴唇，还要找空隙腾出半条舌头来骂她，你这小骚货不是要去和别人睡吗，快去快去。嘴里说着，两只手却更紧地抱住了她，简直是把她箍在了怀里，好像稍微松开一点就怕她会忽然消失不见。他在她脸上碾压过的地方都是湿的，包括她的唇尖舌角，是咸的。他在流泪。她心里就在那一瞬间忽然有了一种很深很深的从没有过的平静，她的泪也几乎要下来了，却只是在他背上轻轻拍了几下。像哄一个正在哭闹中的儿童。

他用了从没有过的蛮力，一边还梦呓一般断断续续地问她，这样够不够？好不好？你去找的那个人有没有我好？快去和他睡，贱货，你不是要和他去睡吗？她胡乱地发烧一样答应着他，好……我马上就去，别……拦着我。两个人像在深宵旷野里打仗一般，艰苦卓绝，丢盔弃甲，而又满脸是泪。她像怕冷一样紧紧抱着他，她抱得他越紧，他越浑身发抖，越说胡话，好像他一定要求证她是不是一个真实存在的人。

你说是不是一开始去找我的时候就打算好要和我睡了？

是。

你说你是不是很贱？

是。

后来我让你睡了我是不是？

是。

那你还去不去找别人睡觉？

去。

是不是因为我满足不了你？

是。

那我吃药好不好，听说吃了可以连着做三天三夜。

好。

想让我死在你手里？

是。

小贱货，知道不知道我昨晚整宿没合一下眼？

……

她闭上眼睛不看他，假装睡着了，一滴硕大的泪珠从眼角爬出来蜿蜒向下一直爬到了脖子里，那里别着的一根青筋正在无声地抽搐着。他一把把她抱在怀里，忽然大声哽咽起来，我知道是我不好，可是太晚了我就真的出不来了，也不好找借口，你不要怪我。可是你怪我也是应该的，应该的。要不你还是找个人结婚吧，即使你不喜欢他也找个人结婚给自己个名分，我以兄长的身份给你准备一份厚厚的嫁妆。

……

对不起，对不起，你看我说什么呢，是我不好。可是，我真的不可能离婚，她比我还大一岁，也老了，毕竟年轻时候跟着我吃了很多苦，就是早没了感情，我也不能到她这么老了再把她抛开。

我从没说过让你离婚。

可是我比你大这么多岁，我肯定要死在你前面的。等我死了你后半辈子怎么办？

……

不说这个，乖，不说这个了。

……我妈要回来了，你快走吧。

明天周日，我带你和你妈出去钓鱼去吧，散散心，你就说是个普通朋友。

送走陈天东返回院子里，梁姗姗站在枣树下倚着树干怅惘地站了一刻，心想双美丽怎么还没回来。一抬头却猛然发现葡萄架的阴影下一动不动地坐着一个人，再一看，正是双美丽，她不知道什么时候已经回来了。双美丽的声音忽然从葡萄架下缓缓浮出，听起来有一种来自幽冥处的阴森。

……你真不打算结婚了？

不了。你、我、梁帅帅，一家三口过也挺好。

我要有一天死了你怎么办？

不会的。

你觉得我不会死吗？

你活到一百岁的时候我也快八十岁了，我们两个白发老太太一起晒太阳。

……我发现这个世道真的是变了，我们年轻的时候人家说现在是一夫一妻制了，只能一个丈夫一个老婆，谁要敢和别的男人女人来往就是耍流氓，就要丢工作就要坐牢。可是现在的世道，有的男人不止有老婆，其实还有了妾，相好的是什么，不就是从前的妾吗？而村里的那些娶不起媳妇的穷人，却连母鸡都分不到一只，只能打一辈子的光棍。

妈，其实在我年轻的时候也没有想到有一天会这样，可后来发现这已经成了唯一的选择。

你把博士都读完了啊……你到底是缺胳膊了还是少腿了。

妈，我年龄大了，只想让自己舒坦一点自在一点。心在哪里我就去哪里。

……你愿意怎样就怎样吧。

……

你愿意怎样就怎样吧。

……

第二天一早陈天东果然把车开到了却波街。双美丽犹豫着，不时在屋里和院子里出出进进，看起来忙得根本没时间想这个问题。眼看梁姗姗就要出门了，她才终于答应下来。然后她又让梁姗姗等着，自己照了照镜子，仔细梳了梳头发，把鬓角的几根白发小心藏起来，又翻出一件平时不舍得穿的衣服换上了，拎了过生日时梁姗姗送自己的小皮包，这才跟在梁姗姗身后出了门。

老太太一路上都默无声息地端坐在后排，小包端端正正抱在怀里，脖子高高昂起，目不转睛地看着路边的风景。似乎她是被挟持着上车不小心做了人质，又似乎她今天一定要在这个老男人面前摆出岳母的威仪。三个人一路上都不怎么说话，车厢里的空气始终凝固成一大块压在三个人的身上。一直快到鱼塘边的那家农家乐了，陈天东忽然对着后视镜里的老太太说了一句，阿姨，梁帅帅的事我真是抱歉，帮不上太大的忙，法律上的事情……我真的是没有办法。老太太执拗地高傲地昂着脖子看外面的树，假装什么都没听见。车在农家乐边上停下，前面两个人先下车，陈天东赶紧给后面的老太太开车门，双美丽拎着自己的小包慢慢从车里面爬了出来。陈天东正站在她面前，她眯着眼睛手搭凉棚，第一次正式地打量着他。看了他几眼之后她故意挺起铁板一样的背，直着脚步往前走去，步子走得太过用力，蹒跚几步险些摔倒。陈天东想扶她，她推了他一下，我自己能走。

梁姗姗站在离他们几米远的地方，正独自看着波光粼粼的鱼塘。

很快已经是中秋了。葡萄下架，紫的绿的红的，一串一串摆在箅子上，那些吃不完的双美丽打算酿了葡萄酒。红枣已经熟透，变成了猩红色，空气里到处是醇厚的甜香。却波街上家家户户都打了月饼，月饼上是月宫里的图案，月兔和嫦娥还有桂花树，月饼里是红糖、芝麻、花生、核桃仁、葡萄干、玫瑰丝做的馅。梁帅帅又从监狱里捎回一封信，内容还是千篇一律地说做工，吃饭，要烟抽，说最近腿疼，大约是得了关节炎，又说自己在监狱里认识的那个人答应等他出去后要帮助他创业。双美丽忐忑地问梁姗姗，你说他在里面能认识什么人啊？快了，等冬天到了，等过完年，他就能出来了。明天给他送点月饼吧，再买条烟，大过节的，再给他买点药。

中秋节一过，很快就是立冬、小雪、大雪、冬至。冬至过去两天，空气里饺子的清香还没有散尽，雪就又下了起来。梁姗姗从钟大宝家出来的时候风雪已经越来越大，夜市上的风灯远远近近地亮起，像走失在风雪中的魂魄们。雪地靴踩在新鲜的雪上，发出了嘎吱嘎吱枯枝败叶的声音，走了没几步身上已经落了一层雪花。她站住了，决定给陈天东打个电话，忽然发现有好几天没见他，也没和他通过电话了。

电话打过去却发现是关机，她心想，怎么这么早关机。等到第二天打第三天打还是关机。第四天早晨，她站在窗前用指甲划着玻璃上那层厚厚的冰花，一缕青色的天光终于从那个刨开的洞里泻进来，钉子一样落在她身上。她定定地站在那束清白的光里，肆无忌惮地让自己再次感觉着一个人在这个世界上的消失，多年前是她的同居男友，现在是陈天东，这种感觉就如同她正赤身裸体站在寒天中，雪地里。知道自己很冷，冷得直哆嗦，却仍然觉得这寒冷不够，只希望再冷得彻骨些，好进入一种睡眠状态。

中午时分，卖豆腐的李三照旧准时来却波街走街串巷。邻居们三三两两地围上去割块豆腐中午吃，李三一边用红肿的手快刀割豆腐，一边高声对围在周围的人们宣布他刚在别处得知的消息，知道不？有最新消息，我可刚听说了，咱县里的那文化局长因为贪污受贿被纪委带走调查去了。却波街上的人们两只手捧着碗，一边等豆腐一边议论纷纷，又进去一个？好。真是好。

早听说那文化局长不是什么好人，平时还装模作样像个文化人，背地里不知收了多少钱。

没有钱能在翠山苑有几套房？看看那些住在翠山苑里的有钱人过的都是什么日子。再看看咱们却波街的老百姓又是什么日子。

多进去几个才好，我在外面给他们放鞭炮。

哎，梁博士，你的豆腐，一斤二两，接着哟。

……

第二天梁姗姗正在给学生上课的时候，被校长叫了出去。是纪委的人来学校找她谈话来了。来的两个人把她带进一间办公室，把门关了，窗户也关了，然后一个问，一个做笔录。

你和陈天东是什么关系？

朋友。

你对陈天东行贿过没有？

只有朋友间的礼尚往来。

什么样的往来？

就是我请他吃一顿饭，他又回请我吃一顿饭。

有人举报你几次去办公室找他。

他都把我赶出来了。

我们已经调查过你了，你也是知识女性，知道自己该怎么做。

是。

我们正在调查陈天东的受贿情况，你知道多少要如实说。

我给他送过一条烟想请他办事，结果他又退给我了。

别的没了？

没了。其实我觉得他还算一个好人。

你需要为你的笔录签字画押，如果你对他进行包庇，等我们调查清楚之后，你可能会丢掉工作或者更严重。

明白。没有。

没有？

没有。

又过了几天，一个没有课的下午，陈天东忽然打来了电话，梁姗姗盯着那个来电显示许久才接起电话。他在电话里说自己已经没事了，又说想起来冬天里有个地方有道很好的景致，问她愿意不愿意和他一起去看看。

陈天东开车，她坐在旁边，冬天的阳光透过玻璃落在他们身上，像一层苍白煦暖的茧裹着他们。沉默了很久梁姗姗终于开口问了一句，没事了？

没事了。

怎么没事的？

找关系，花钱请人帮忙疏通。

你……真的有过吗？

有……但数额不算大。干我们这行的没有一个是真正清白的，五千块钱经手也算吧。这次是我们单位的下属举报了我。

……

我一直都对你说，我不是什么好人也不是什么坏人。

……

后悔了？

有什么后悔不后悔的。人都是时代里的人，都是可怜人。

是，都是可怜人。

开慢点，这么快要吓死我了。

晚了太阳就下山了，那冰瀑只有阳光照上去才璀璨华美，晶莹剔透，但没有几个人知道那个冰瀑到底藏在什么地方……对了，我打算提前申请退休……你看我这一生，钱也没弄下多少，好事也没做成几件。真的，你想做什么能做什么，真不是你自己可以做主的。

也好。

以后陪你的时间多了，可不要嫌我烦。

我记得你说过，你我可是从一对狗男女开始的关系。

对。

用我妈的话说，这社会有的男人垄断好几个女人的资源，有的男人得打一辈子的光棍儿。可是又似乎一切都是身不由已的，是不得不如此的。哎，你说，这个时代到底是在变文明还是变倒退？

还是相信进化论吧。

我有时候想,有人的地方就都是血泪史。我们都不过是其中一粒尘埃。

现在才知道啊。快看,前面就是冰瀑。

九

小年夜到了,却波街上家家户户给灶王爷供起了糖瓜好封住他的嘴。小年一过,年味就出来了,买肉扫社蒸莲花炸丸子,除夕包饺子点旺火放爆竹。吃吃喝喝转眼就到了正月十五,正月十五这天要挂花灯垒塔火。却波街上家家户户挂出了自己做的花灯,荷花灯、金鱼灯、八角灯、六角宫灯、白菜灯。每隔十几米便是一个塔火,用煤球垒成宝塔的形状,在里面点着了,宝塔的每个孔里都喷着红色的火焰,在夜色里看起来就是一座座玲珑剔透的火塔。人们纷纷出门,踩着积雪走街串巷,或是三三两两地猜那些灯笼上的灯谜,或是围着塔火一边烤火一边聊天,塔火旁边有小孩子们在敲锣打鼓,直至天亮。整个小城彻夜亮如白昼,游人如织。

梁姗姗和双美丽也夹在人群里走着看花灯,走着走着双美丽忽然说,正月十五一过,马上就是二月二了,帅帅就能出来了。我们多给他做点好吃的吧,再炸点丸子,做些烧肉,炖上两个小时把油都炖出来。再包些饺子,包些油糕给他放着,油糕做两种馅,一种豆沙枣泥的,一种萝卜黄豆的。我一辈子没出过门,也就知道世上只有这几样好吃的,姗姗你说再给他做点什么吃?还有什么是好吃的?

眼看就是二月二了,双美丽终日忙出忙进,在厨房里炸丸子煮烧肉,包的油糕摞了一小瓮。把做好的各种吃的屯起来,又忙着上街给梁帅帅买衣服,从里到外的衣服都买了好几身。就等着梁帅帅出狱的那天了。

这天终于到了,天上飘着一层如丝如缕的小雨。梁姗姗陪着双美丽坐车过去,一早就等在了监狱外面。两人撑着一把伞,眼巴巴地等着梁帅帅出来。她们旁边还停着一辆黑色的轿车,不知在等什么人。上午十点左右,监狱的大铁门开了一道缝,从里面薄薄地走出来一个人,然后铁门就在他身后无声地关上了。那个薄薄的人影拎着一个小提包向她们走过来。是梁帅帅。他瘦了很多,以至于一眼看过去几乎要认不出来了。他走到她们跟前,却不敢直视她们,只是半低着头,他叫了一声妈。又羞怯惶恐地看了梁姗姗一眼,叫了声妹妹。双美丽看着他长叹一声,看你都瘦成什么样子了。出来就好,走,先回家再说吧。

梁帅帅却站在雨里不动。他又叫了一声妈,声音不高,但是声音里有一种粗粝的悲伤像颗硕大的心脏一样跳动着。梁姗姗感觉到什么了,不安地看着他,不知道他接下来要说什么。就在这时,一直停在他们身边的黑色轿车使劲摁了两下喇叭。梁帅帅忽然就调头向那辆轿车走去，双美丽和梁姗姗扔了伞也跟着跌跌撞撞地跑过去，双美丽大声喊着，帅帅你要去哪里，快回家啊。梁帅帅走到车门旁边停了一下，再调过头的时候已经是泪如雨下。他说，妈，我就不回家了。我在监狱里认识了一个黑社会的老大，人很有本事也很有钱，就是关在里面也从没缺过好烟好吃的，外面就有人不停给他上贡到里面。他知道了我的情况之后就认我做小兄弟，还和我说，回家也找不到正经事做的，现在的工作比什么都难找，况且是进去过的人旁人还不知道怎么看。他答应等我出去的时候他派人来接我，帮我找最能赚钱的事情做，他说包在他身上了。他人真的很仗义，我已经认他做大哥了……妈，你放心吧，等我一赚了钱我就回来接你和妹妹。等我赚了钱我要带着你们去有山有水的地方旅游……妈，你保重好身体，妹妹，你照顾好咱妈。欠你的钱我以后还你。

车喇叭又尖叫了两声，梁帅帅打开车门进去了，然后车吱地叫了一声，好像一匹马一样要把上半身都抬起来了，接着便扬长而去。双美丽追着车紧跑了几步，但是很快，整辆车便消失在了来路的细雨中。

此后，她们一直在断断续续收到梁帅帅寄来的钱，数额大小不等，有时候两三千块钱，有时候三四百块钱。每次他都在汇款单上注明，多少钱是还妹妹的，多少钱是给母亲的。有时候他还会从遥远的地方忽然寄来一只包裹，里面是几只奇形怪状的热带水果和几片热带的树叶。还有一次他寄来一只包裹，里面是两件衣服，一件鹅黄色的圆领衫是送给母亲的，一条粉红色的裙子是送给妹妹的。他说这是他抽空做的，因为找不到缝纫机，就晚上的时候自己一针一线做的，做了好久。在监狱里学会的手艺，现在送给母亲和妹妹做礼物。他每次汇来包裹的地址都不一样，四川，云南，贵州，中缅交界。只是，他不打来电话，从来不打一个。

就这样过了一年多，她们再没有见过梁帅帅。双美丽总是早晨一睁眼就说，你说帅帅该回来了吧，挣点钱就该回来了吧，他傻啊，钱哪能挣够？可能明天就回来了。

这个秋天的下午，双美丽又收到了梁帅帅的包裹。包裹很轻，只有收件地址，没有写寄件地址，也没有写寄件人。双美丽脸色煞白地抱着那只包裹，在屋里走了几圈就是不打开，梁姗姗说，我来吧。双美丽不吭声，仍是自己抱着，抱了许久许久直到窗外的天色已经开始变暗了，她才拿起剪刀慌里慌张地拆开了，双手一直在抖。最后，包裹终于打开了，两个人站着，都静静地看着那里面。里面是一身衣服，是梁帅帅出狱那天身上穿的那身衣服，衣服上到处是血迹。血迹早已干透，变成了紫褐色，一朵一朵盛开在那身衣服上。双美丽把那身衣服整整齐齐地打开，摊在床上，连每一道褶皱都抚平了，那身衣服静静地躺在那里，就好像里面正酣睡着一个她们不忍惊醒的人。

梁姗姗一连两晚都没有听到双美丽的鼾声，她有些不放心，敲门问，妈，你吃过药了吗？双美丽在里面说，吃了，你睡吧。就这样一连七个晚上，她都再没有听到双美丽的鼾声。等到第八天的凌晨，她门也不敲就冲进了双美丽的房间，双美丽正背对着她面墙而坐，她说，妈……你是不是自己停药了？你是不是这几天一直都没有吃药……你不吃药怎么能睡得着？

双美丽缓缓转过身来，梁姗姗看到，她满脸都是泪水。七天七夜的失眠换来的眼泪此刻像一种诡异的药水正涂抹在她的脸上，她的全身。她没有再暴躁不安甚至看不到恐惧，也无所谓悲伤，她只是驯顺地昂着头，静静地流着眼泪。她盘腿坐在那里，看上去像一尊神话里的青铜神龟，那么古老，那么苍冷，青铜已锈，壳背生苔。只有双眼一直在流泪。流泪。

十

初夏又到了，青色的小葡萄再次上架，枣花如樱，蜂蝶曼舞。月季花和指甲花又开出了一层新的粉色花苞，韭菜抽芽，青葱拔节。年年岁岁，周而复始。

这个黄昏，陈天东开车带着梁姗姗和大病初愈的双美丽来到那片鱼塘前钓鱼。夕阳落满池塘，整个池塘里都是夕阳金色的鳞片，一瓣一瓣，旖旎远去。池塘的尽头是无人的田野，旷野天低树，只偶然见一棵孤树站立千年，默然无语。梁姗姗扶着双美丽看过去，再往远处，便是那太阳将要落山的天际线了。

橘红、玫瑰红、血红、金黄、宝蓝、青黛、墨绿。夕阳落幕前突然放一把大火从那天际线上轰然烧起，焚烧了整个天空还有天空下的小城。

【作者简介】孙频，女，1983年生，毕业于兰州大学中文系。2008年开始小说创作，已出版长篇小说《绣楼里的女人》、小说集《隐形的女人》《同体》《三人成宴》《不速之客》《无极之痛》《疼》等。作品多次入选各种选刊、选本。中篇小说《醉长安》获《小说月报》第十五届百花奖。现就读于中国人民大学文学院创造性写作专业，江苏省作家协会专业作家，中国作家协会会员。

大乔小乔

◎ 张悦然

一

上瑜伽课前，许妍接到乔琳的电话。听说她到北京来了，许妍有些惊讶，就约她晚上碰面。电话那边沉默了片刻，乔琳用哀求的声音说，你现在在哪里，我能过去找你吗？

她们两年没见面了。上次是姥姥去世的时候，许妍回了一趟泰安，带走了一些小时候的东西。走的时候乔琳问，你是不是不打算再回来了？许妍说，你可以到北京来看我。乔琳问，我难过的时候能给你打电话吗？当然，许妍说。乔琳总是在晚上打来电话，有时候哭很久。但她最近五个月没有打过电话。

外面的天完全黑了，她们坐进车里。照明灯的光打在乔琳的侧脸上，颧骨和嘴角有两块瘀青。许妍问她想吃什么。她转过头来，冲着许妍露出微笑，辣一点的就行，我嘴里没味儿。她坐直身体，把安全带从肚子上拉起来，说能不系吗，勒得难受。系着吧，许妍说，我刚会开，车还是借的。乔琳向前探了探身子，说开快一点吧，带我兜兜风。

那段路很堵。车子好容易才挪了几百米，停在一个路口。许妍转过头问，爸妈什么时候走？乔琳说，明天一早。许妍问，你跟他们怎么说的？乔琳说，我说去找高中同学，他们才顾不上呢。许妍说，要是他们问起我，就说我出差了。乔琳点点头，知道，我知道。

车子开入商场的地下车库。许妍拉下手刹，告诉乔琳到了。乔琳靠在椅背上，说我都不想动弹了，这个座位还能加热，真舒服啊。她闭着眼睛，好像要睡着了。许妍摇了摇她。她抓起许妍的手，放在自己的肚子上，低声说，孩子，这是你的姨妈乔妍，来，认识一下。

在黑暗中，她的脸上露出微笑。许妍好像真的感觉到什么东西动了一下。像朵浪花，轻轻地撞在她的手心上。她把手抽了回来，对乔琳说，走吧。

许妍捂着肚子蹲在地上。明晃晃的太阳，那些人的腿在摆动，一个个翻越了横杆。跳啊，快跳啊，有人冲着她喊。她用尽全身力气站起来，横杆在眼前，越来越近，有人一把拉住了她……她觉得自己是在车里，乔琳的声音掠过头顶，师傅，开快点。她感到安心，闭上了眼睛。

许妍已经忘记自己曾经姓乔了。其实这个名字一直用了十五年。

办身份证的时候，她改成了姥姥的姓。姥姥说，也许我明年就死了，你还得回去找你爸妈，要是那样，你再改成姓乔吧。从她记事开始，姥姥就总说自己要死了，可她又活了很多年，直到许妍在北京上完大学。

许妍一出生，所有人听到她的啼哭声，都吓坏了。应该是静悄悄的才对，也不用洗，装进小坛子，埋在郊外的山上。地方她爸爸已经选好了，和祖坟隔着一段距离，因为死婴有怨气，会影响风水。

怀孕七个月，他们给她妈妈做了引产。据说是注射一种有毒的药水，穿过羊水打进胎儿的脑袋。可是医生也许打偏了，或者打少了，她生下来是活的，而且哭得特别响。整个医院的孩子加起来，也没有她一个人声大。姥姥说，自己是循着哭声找到她的。手术室没有人，她被搁在操作台上。也许他们对毒药水还抱有幻想，觉得晚一点会起作用，就省得往囟门上再打一针。

姥姥给了护士一些钱，用一张毯子把她裹走了。那是个晴朗的初夏夜晚，天上都是星星。姥姥一路小跑，冲进另一家医院，看着医生把她放进了暖箱。别哭了，你睡一会儿，我也睡一会儿，行吗？姥姥说。她在监护室门外的椅子上，度过了许妍出生后的第一个夜晚。

许妍点了鸳鸯锅，把辣的一面转到乔琳面前。乔琳只吃了一点蘑菇，她的下巴肿得更厉害了，嘴角的瘀青变紫了。

怎么就打起来了呢？许妍问。乔琳说，爸在计生办的办公楼里大吼大叫，保安赶他走，就扭在一块儿了，不知道谁推了我一把，撞到了门上。许妍叹了口气，你们跑到北京来到底有什么用呢？乔琳说，我只是想来看看你。许妍问，那他们呢，你为什么就不劝一下？乔琳说，来北京一趟，他俩的情绪能好点，在家里成天打，爸上回差点把房子点了。而且有个汪律师，对咱们的案子感兴趣，还说帮着联系"聚焦时刻"栏目组，看看能不能做个采访。许妍说，采访做得还少吗，有什么用？乔琳说，那个节目影响大，好几个像咱们家这样的案子，后来都解决了。许妍问，你也接受采访吗，挺着个大肚子，不觉得丢人吗？乔琳垂着眼睛，抓起浸在血水里的羊肉扑通扑通扔进锅里。

过了一会儿，乔琳小声问，你在电视台，能找到什么熟人帮着说句话吗？许妍说，我连我们频道的人都认不全，台里最近在裁员，没准明天我就失业了。她看着乔琳，是爸妈让你来的吧？乔琳摇了摇头，我真的只想来看看你。

许妍没说话。越过乔琳的肩膀，她又看到了过去很多年追赶着她的那个噩梦。上访，讨说法。爸爸那双昆虫标本般风干的眼睛，还有妈妈磨得越来越尖的嗓子。当然，许妍没资格嫌弃他们，因为她才是他们的噩梦。

她爸爸乔建斌本来是个中学老师，因为超生被单位开除了。他觉得很冤，老婆王亚珍是上环后意外怀孕，有风湿性心脏病，好几家医院都不敢动手术，推来推去推到七个月，才被中心医院接收。他们去找计生委，希望能恢复乔建斌的工作。计生委说，只要孩子活下来，超生的事实就成立。孩子是活了，可那不是他们让她活的啊。夫妻俩开始上访，找了各种人，送了不少礼，到头来连点抚恤金也没要到。

乔建斌的精神状况越来越糟，喝了酒就砸东西，还总是伤到自己，必须得有人看着才行。虽然他嚷着回去上班，可是谁都看得出来，他已经是个废人了。王亚珍的父母都是老中医，自己也懂一点医术，就找了个铺面开了间诊所。那是个低矮的二层楼，她在楼下看病，全家人住在楼上，这样她能随时看着乔建斌。乔琳是在那幢房子里长大的。许妍则一直跟着姥姥住。在她心里，乔琳和爸妈是一个完整的家庭，而她是多余的。乔建斌看见她，眼睛里就会有种悲凉的东西。她是他用工作换来的，不仅仅是工作，她毁了他的一切。王亚珍的脸色也不好看，总是有很多怨气，她除了养家，还要忍受奶奶的刁难。奶奶觉得要不是她有心脏病，没法顺利流产，也不会变成这样。每次她来，都会跟王亚珍吵起来。她走了以后，王亚珍又和乔建斌吵。这个家所有人都在互相怨恨。没有人怨乔琳。她是合情合理的存在，而且总在化解其他人之间的恩怨。那些年她做得最多的事，就是劝架和安抚。她在爸妈面前夸许妍聪明懂事，又在许妍这里说爸妈多么惦记她。她一直希望许妍能搬回来住。可是上初中那年，许妍和乔建斌大吵了一架，从此再也没有踏进过家门。

许妍骑着她那辆凤凰牌自行车经过诊所门前的石板路。乔琳从二楼的窗户探出头来，朝她招手。快点蹬，要迟到了，乔琳笑着说。许妍读初中，她读高中，高中离家比较近，所以她总是等看到了许妍才出发。有时候，她会在门口等她，塞给她一个洗干净的苹果。

许妍的手机响了。是沈皓明，他正和几个朋友吃饭，让她一会儿赶过去。许妍挂了电话。面前的火锅沸腾了，羊肉在红汤里翻滚，油星溅在乔琳的手背上。但她毫无知觉，专心地摆弄着碟子里的蘑菇，把它们从一边运到另一边，一片一片挨着摆好。她耐心地调整着位置，让它们不要压到彼此。然后她放下筷子，又露出那种空空的微笑，说，刚才是你男朋友吗？许妍嗯了一声。乔琳说，你还没跟我说过呢。你什么都不跟我说，从小就这样。他是干什么的？许妍说，公司上班的白领。乔琳又问，对你好吗？许妍说，还行吧，你到底还吃不吃？乔琳说，有个人让你惦记着，那种感觉很好吧？

餐厅外面是个热闹的商场。卖冰淇淋的柜台前围着几个高中女生。许妍问，想吃吗？乔琳摸了摸肚子，好像在询问意见。她趴在冰柜前，逐个看着那些冰淇淋桶。覆盆子是种水果吗？她问，你说我要覆盆子的好，还是坚果的好呢？那就都要，许妍说。我不要纸杯，我想要蛋筒，乔琳笑着告诉柜台里的女孩。

那是九月的一个早晨，许妍升入高中的第一天。乔琳撑着伞，站在校门口。见到她就笑着走上来，你怎么不把雨衣的帽子戴上，头发都湿了。她伸出手，撩了一下许妍前额的头发说，真好，咱们在一个学校了，以后每天都能见到。放学以后别走，我带你去吃冰淇淋，香芋味的。

路过童装店，乔琳的脚步慢下来。许妍顺着她的目光望过去，亮晶晶的橱窗里，悬挂着一件白色连衣裙。发光的塔夫绸，胸前有很多刺绣的蓝粉色小花，镶嵌着珍珠，裙摆捏着细小的荷叶边。乔琳把脸贴在玻璃上，说小姑娘的衣服真好看啊。许妍问，你希望是男孩还是女孩？男孩吧，乔琳说，如果是男孩，说不定林涛家里能改变主意。许妍问，他后来又跟你联系过吗？乔琳摇了摇头。

汽车驶出地下车库。商业街灯火通明，橱窗里挂着红色圣诞袜和花花绿绿的礼物盒。街边的树上缠了很多冰蓝色的串灯。广告灯箱里的男明星在微笑，露出白晃晃的牙齿。乔琳指着他问，你觉得他长得像于一鸣吗？许妍问，你这次来联系他了吗？乔琳说，我没有他的手机号码了。许妍沉默了一会儿，说快到了，我给你订了个酒店，离我家不远。乔琳点点头，双手抓着肚子上的安全带。

于一鸣走过来，坐在了她和乔琳的对面。他T恤外面的衬衫敞着，兜进来很多雨的气味。空气湿漉漉的，外面的天快黑了。于一鸣抹了一把脸上的水，冲她们笑了。他的下巴上有个好看的小窝。

到了酒店门口，乔琳忽然不肯下车。她小心翼翼地蜷缩起身体，好像生怕会把车里的东西弄脏。许妍问，到底怎么了？乔琳用很小的声音说，别让我一个人睡旅馆好吗，我想跟你一起睡……她抬起发红的眼睛，说求你了，好吗？

车子开回到大路上。乔琳仍旧蜷缩着身体，不时转过头来看看许妍。她小声问，旅馆的房间还能退吗，他们会罚钱吗？许妍说，我只是觉得住旅馆挺舒服的，早上还有早餐。乔琳说，我知道，我知道，对不起。

车窗起雾了，乔琳用手抹了几下，望着外面的霓虹灯，用很小的声音念出广告牌上的字。直到车子开上高架桥，周围黑了下去。她靠在座椅上，拍了拍肚子，说小家伙，以后你到北京来找姨妈好不好？许妍没有说话，她望着前方，挡风玻璃上也起雾了，被近光灯照亮的一小段路，苍白而昏暗。

乔琳盯着于一鸣，说你的发型真难看。于一鸣说，我知道你剪得好，可我回去两个月不能不剪头啊。乔琳揽了一下许妍说，来，认识一下，这是我妹妹，亲妹妹。于一鸣对乔琳说，走吧，该回去上晚自习了。乔琳说，你先去，我跟我妹妹坐一会儿，好久没见她了。于一鸣说，咱俩也好久没见了，说好去济南找我也没有去。乔琳笑了，明年暑假吧，我跟我妹妹一起去。于一鸣走了。许妍说，别跟人说我是你妹妹行吗，非得让所有人都知道家里超生的事吗？乔琳垂下眼睛，说知道了。许妍问，你们在谈恋爱？乔琳说没有。许妍说，别骗我了。乔琳说，真的，他来泰安借读，高考完了就走了。许妍说，你也可以走啊。

乔琳笑了一下，没说话。

二

许妍找到一个空车位，停下了车。刚下来，一辆车横在她们面前，车上走下一个戴着黑框眼镜的男人。他说，又是你，你又停在我的车位上了。许妍认出他就住在自己对门，好像姓汤。有一次他的快递送到了她家，里面是一盒迷你乐高玩具。她晚上送过去，他开门的时候眼睛很红。她瞄了一眼电视，正在放《甜蜜蜜》，张曼玉坐在黎明的后车座上。

许妍说，我不知道这个车位是你的，上面没挂牌子。她要把车开走，男人摆了摆手，说算了，还是我开走吧。他钻进车里发动引擎。

乔琳笑着说，他一定看我是孕妇吧。现在我到哪里都不用排队，一上公交车就有人让座，等孩子生下来，我都不习惯了。

许妍打开公寓的门。她的确没打算把乔琳带回家。房子很大，装修也非常奢侈，就算对北京缺乏了解，恐怕也猜得出这里的租金一般人很难负担。但是乔琳没有露出惊讶，也没有发表评论。她站在客厅中间，低着头眯起眼睛，好像在适应头顶那盏水晶吊灯发出的亮光。

过了一会儿，她回过神来，问许妍，你主持的节目几点播？许妍说，播完了，没什么可看的。乔琳问，有人在街上认出你，让你给他们签名吗？许妍说，一个做菜的节目，谁记得主持人长什么样啊。她找了一件新浴袍，领乔琳来到浴室。乔琳指着巨大的圆形浴缸问，我能试一下吗？许妍说，孕妇不能泡澡。乔琳说，好吧，真想到水里待一会儿啊。她伸起胳膊脱毛衣，露出半张脸笑着说，能把你的节目拷到光盘里，让我带回去吗？放心，不告诉爸妈，我自己偷偷看。

乔琳的毛衣里是一件深蓝色的秋衣，勒出凸起的肚子，圆得简直不可思议。她变了形的身体，那条被生命撑开的曲线，蕴藏着某种神秘的美感。许妍感觉心被什么东西蜇了一下。

电话响了。沈皓明让她快点过去。听说她要出门，乔琳的眼神中流露出恐惧。许妍向她保证一会儿就回来，然后拿起外套出了门。

许妍睁开眼睛，看到自己躺在病房里。墙是白的，桌子是白的，桌上的缸子也是白的。乔琳坐在床边，用一种忧伤的目光看着她。许妍坐起来，问乔琳，告诉我吧，我到底怎么了。乔琳垂下眼睛，说你子宫里长了个瘤子，要动手术。子宫？许妍把手放在肚子上，这个器官在哪里，她从来没有感觉到它的存在。乔琳说，你才十七岁，不该生这个病，医生说是激素的问题，可能和出生时他们给你打的针有关。

……医生站在床前，说手术很顺利，但瘤子可能还会长，以后可以考虑摘掉子宫，等生完孩子。但你怀孕比较困难。他没说完全不可能，但是许妍知道他就是那个意思。

医生走了，病房里很安静。许妍望着窗外的一棵长歪了的树，岔出去的旁枝被锯掉了。乔琳说，我知道我说什么都没用，可是我以后真的不想生孩子。不知道为什么，想想就觉得可怕。

许妍赶到餐厅的时候，沈皓明已经有点喝多了，正和两个朋友讨论该换什么车。上个月，他开着花重金改装的牧马人去北戴河，半路上轮轴断了，现在虽然修好了，可他表示再也无法信任它了。

他们有个自驾游的车队，每次都是一起出去，十几辆车，浩浩荡荡。许妍跟他们去过一次内蒙古，每天晚上大家都喝得烂醉，在草地上留下一堆五颜六色的垃圾。有一天晚上，许妍和沈皓明没有喝醉，坐在山坡上说了一夜的话。他们两个就是这么认识的。许妍跟所有的人都不熟，是另外一个女孩带她去的，那个女孩跟她也不熟，邀请她或许只是因为车上多一个空座。到了第五天，许妍坐到了沈皓明的那辆车上,他们一直讲话,后来开错路掉了队。两个人用后备箱里仅剩的烟熏火腿和几根蜡烛,在草原上度过了一个难忘的夜晚。

回北京那天,许妍有些低落,沈皓明把她送回家,她看着车子开走,觉得他不会再联系她了。她知道他是那种有钱人家的孩子,周围有很多漂亮女孩,只是因为旅途寂寞,才会和她在一起。也许是玩得太累了,第二天她发烧了。她躺在床上,觉得自己像一根就要烧断的保险丝,快把床单点着了。她感到一种强烈而不切实际的渴望。帮帮我,在黑暗中她对着天花板说。每次她特别难受的时候,就会这么说。

傍晚她收到了沈皓明的短信,问她要不要一起吃晚饭。她摇摇晃晃地从床上爬起来,化了个妆出门了。那不是一个两人晚餐,还有很多沈皓明的朋友。她烧得迷迷糊糊的,依然微笑着坐在沈皓明的旁边。聚会持续到十二点。回去的路上,她的身体一直发抖。沈皓明摸了摸她的额头,怪她怎么不早说,然后把车调头开向医院。在急诊室外面的走廊里,他攥着她的手说,你让我心疼。她笑着说,大家都挺高兴的,这是个高兴的晚上,不是吗?

那个夏天,沈皓明时常带她参加派对。那些派对在郊外的大房子里举行,总有穿着短裙的女孩带着她的外籍男友。直到夏天快过完,她才确定自己成为沈皓明的女朋友。那时她已经学会了自己卷头发,并且添置了好几条短裙。到了九月末,她和几个从前要好的朋友坐在路边的烧烤摊,意识到自己以后也许不会再见他们了。来北京八年,一直在认识新朋友,进入新圈子,那种不断上升、进化的感觉,给她带来一些满足。

你想去莫斯科吗?沈皓明扭过头来看着她,春天的时候咱们开车去莫斯科吧?好啊,许妍说。她想到旷野上的星星,以及那些因为喝醉而感觉自由一点的夜晚。

饭局散了,许妍开车把沈皓明送回他爸妈家。当初租房子的时候,他是准备跟她一起住的。后来觉得上班太远,多数时候就还是住在他爸妈家。那边有好几个保姆伺候,饭菜又可心。他爸妈也不希望他搬出来,好像那样就等于认可了他和许妍的关系。

你表姐安顿好了?沈皓明忽然问,明天我妈让你来家里吃饭,喊她一起吧。许妍说,不用,她自己有安排。沈皓明说,后天律师所没事,我可以陪你带她转转,买买东西。许妍说好。

回到家已经是凌晨一点。乔琳还没睡,正靠在床上看电视。她好像在哭,抹了抹脸,对许妍笑了一下,说你看过这个节目吗,把一个城里的孩子和一个农村的孩子对调,让他俩在对方的家里住几天。结果那个农村孩子把城里的"爸妈"给她买早点的钱都攒下来,想给农村的奶奶买副新拐杖。许妍说,都是假的，节目组安排好的。乔琳说，怎么会呢，那个农村孩子哭得多伤心啊。

许妍换上睡衣，在床边坐下，说你怎么会失眠呢，孕妇不是应该贪睡吗？乔琳说，我每天睁着眼睛到天亮，看什么都是重影的，好像那些东西的魂全跑出来了。许妍问，去医院看过吗？乔琳回答，说是精神压力大，可他们不让吃安定。许妍沉默了一会儿，问你后悔吗，把孩子留下来？乔琳笑着说，怎么会呢，我把衣服都买好了啦，白色的，男女都能用。

半年前乔琳打来电话，说自己怀孕了。男的叫林涛，比乔琳小两岁，和她在同一家商场当售货员。他父母一直告诫他，不能跟乔琳谈恋爱，沾上她爸妈，一辈子都别想安生。得知乔琳怀孕，他吓坏了，休假躲了起来。乔琳厚着脸皮找到他们家，林涛的母亲给了一些钱，让她把孩子打掉。乔琳爸妈说，怎么能打掉，就去林家闹，还跑到商场去找乔琳的领导。乔琳把工作辞了，跟她爸妈说，你们要是再闹，我就死在你们面前。

那段时间，乔琳常常给许妍打电话。她在那边问，为什么我的生活里总是有那么多的纠纷呢？

十月的一个早晨，两个女生在学校门口拦住了她，说，你就是乔琳的小跟班吗？最好离那个狐狸精远点，别沾得自己一身臊。许妍不算意外。她已经发现乔琳在学校里非常有名，追她的男生很多，背后说闲话的也很多。

放学后她和乔琳碰面，没有提起这件事。走到大门口，那两个女生又来了。她们低着头，哭丧着脸说，我们说错话了，对不起，你千万别放在心上。乔琳皱着眉头，一言不发。

她们又去了冷饮店。于一鸣很快也来了。乔琳瞪着他，你的眼线挺多啊。于一鸣说，怎么了？乔琳说，别装傻，你让王滨去吓唬李菁菁了？于一鸣说，太嚣张了，不给她们点颜色看看怎么行。乔琳说，你要是真拿王滨当哥们儿，就别让他干这种事。他身上背着两个处分，再有一回就得开除。于一鸣说，我绝不允许她们这么败坏你。乔琳笑了笑，我才不在乎呢。

许妍对乔琳说，如果我是你，大概会把孩子打掉。乔琳显得很惊恐，说怎么可能，那是个生命啊。许妍说，这个世界上有很多错误的生命，生下来只会受苦。乔琳说，别说了，我绝对不能那么做。

许妍很清楚，乔琳不能那么做是因为爸妈。他们最初是反对计划生育，后来变成连堕胎也反对。特别是王亚珍，成了这方面的斗士。她经常守在医院门口，拦截去做流产的女人，讲各种怨灵的故事，还去吓唬医生和护士，让他们放下手术刀到寺庙里超度。有那么几个女人听了她的话，没做流产，生下孩子以后拍的满月照片，被王亚珍扩印得很大，拿在手里到处宣传。她还爱讲自己的故事：我的小女儿，当时被他们逼着流掉，又打激素又打针，我有心脏病，差点死在手术台上。可孩子不是照样健健康康地活下来了吗？你们现在什么困难都没有，有什么理由不要孩子？她以后一定也会把乔琳当成单亲妈妈的典范。至于乔琳该如何抚养这个孩子，她根本不去想。这几年一直都是乔琳在养家，现在她还没了工作。

她们的不幸，最终都会变成爸妈上访的资本。就像许妍子宫里生瘤，也被他们到处宣扬，无非是为了多要一笔赔偿金。许妍心里的愤怒，如同休眠的火山，这时又燃烧起来。所以或许并不完全是为了乔琳，更多的是想反抗爸妈的意志，给他们沉重一击，——她又给乔琳打了电话。乔琳有点受宠若惊，说你从没给我打过电话。许妍说，你最好再考虑一下，留下这个孩子，一生可能全都完了。乔琳说，可它是活的啊，在我身体里动，真的很奇妙，那种感觉你不会懂的……许妍冷笑了一声，是啊，那种感觉我不会懂的。以后你的事我也不会再管了。

乔琳没有再打来电话。许妍偶尔想起来，会在心里算算月份，想一想孩子还有多久出生。

乔琳坐在操场的看台上，咬着一根棒冰，嘴上都是鲜艳的色素。许妍走过去，说，你躲到这儿有用吗？乔琳不说话。许妍问，你是不是特别喜欢看男生为了你打架？既然你不想跟他们谈恋爱，为什么还要对他们好，让他们围着你团团转呢？乔琳说，可能害怕孤独吧，她抬起头，咧开橘色的嘴唇笑了，你是不是很讨厌我这样的女孩？

许妍在床上躺下，伸手关掉了台灯。但黑暗不够黑，窗帘的缝隙间夹着一道颤巍巍的光。她正犹豫是否要去消灭那簇光，乔琳的手穿过阻隔在中间的被子，找到了她的手。她说，你还记得吗，从前姥姥生病我把你领回家，咱俩挤在我那张小床上。许妍说，那是很小的时候，上了初中我就再没去过。

乔琳握紧了她的手，说我知道上回我说错话了，一直想给你打电话，可是真怕你再劝我把孩子打掉……许妍说，承认吧，你现在后悔了。乔琳说，没有，我想通了，不管我给这个孩子什么，给多给少，他都是奔着他自己的命去的。你小时候受了不少苦，现在不是也过得挺好吗？许妍问，你自己呢，你是奔着什么命去的，干吗非要背那么重的担子呢？乔琳在黑暗中笑了一声，我爱逞能，老觉得没我不行，其实我有什么用啊？她捏了捏许妍的手心，上访的事我早都不抱希望了，就是跟林涛怄一口气。当时他说，你家里要真是讨到了说法，再也不闹了，我就娶你。其实怎么可能啊，人家肯定早交了新女朋友。

许妍翻了个身，闭上眼睛。她感受着乔琳滞重的呼吸。如同一艘快要沉没的船。一个显而易见的却一直被她忽略的事实是，她的姐姐过得很糟，而且也许再也不会好了。她能帮她做什么吗？

她能。沈皓明自己就是律师，而且热心，爱帮朋友。他爸爸又有很多高层关系。

她不能。她根本无法开口。从一开始她就隐瞒了家里的事，说爸爸走了，妈妈死了，她是跟着姥姥长大的。这不是撒谎，她对自己说，只是出于自保。谁能接受一对不停闹事，总是被保安驱逐和扭走的父母呢？不过，既然她一直说乔琳是她的表姐——是不是可以让他们帮一帮这个表姐呢？但是也有风险，她爸妈曾在采访里提到过小女儿的名字，还说她现在在北京生活。一旦那些资料被翻出来，她的身份就掩藏不住了。

许妍勉强睡了几个小时，天快亮的时候醒了。她感觉到乔琳在耳边呼吸，嘴巴里的热气涌到她的脸上。她睁开眼睛，乔琳在曦光中望着自己。她一时想不起来从前什么时候，她也是这样望着自己，用那双圆圆的大眼睛，好像明白了什么重要的事要告诉她。但是她并没有开口。

你看我也是重影的吗？许妍问。

乔琳说，不，我看你看得很清楚。

于一鸣站在她的教室门口。他说乔琳三天没来上课了。许妍说，我爸把腿摔断了，她得照顾他。于一鸣说，我知道，快考试了，这样下去不行。你带我去找她。

外面下着雪，马路结冰了。他们推着自行车往前走。风很大，雪乱糟糟地降下来，天空像个马蜂窝。于一鸣的头发又长长了，他的脸很白，下巴上有个好看的小窝。他神情凝重地说，帮我劝劝乔琳，让她好好复习，跟我一块儿考到北京。许妍说，她不想走。于一鸣说，她在这里没有出路。许妍问，北京什么样？于一鸣说，北京的马路特别宽，到处都是商店，还有很多咖啡馆。你好好学习，两年以后也考过去。许妍问，我？于一鸣说，是啊，我们在北京等你。

许妍怔怔地看着他。他口中呼出的白气在空中上升，然后散开了。

三

第二天，许妍录节目到下午五点，然后匆匆忙忙赶去买甜点。那家蛋糕店是从巴黎过来的，最近上了不少时尚杂志。她每次都为带什么礼物去沈皓明家而伤脑筋。

小巧的纸杯蛋糕陈列在玻璃柜里，上面镶着翻糖做的高跟鞋和花环，像是一件件奢华的珠宝。价格当然也贵得离谱，她最终决定买四个。这时乔琳打来电话，问她什么时候回来。许妍说，冰箱上不是有外卖单吗？你先叫东西吃啊。乔琳说，我不饿，你家门怎么锁，我在屋子里喘不上气，想出去走走。许妍把门锁的密码告诉她。她重复了一遍，说要是我等会儿忘了，能再给你打电话吗？

挂了电话，许妍扫视了一圈玻璃柜，目光落在一个有跳舞小人的纸杯蛋糕上。小人单脚支地，抬起双臂，好像正准备起跳，飞离地面。我要这个，她跟柜台里的女孩说。

许妍听到乔琳在身后喊自己。她追上来，把手里的布袋递给许妍，说裙子我帮你借好了，领子有点大，你别两个别针就行了。许妍说，我真的不想主持了。乔琳说，你要是不主持，我就也不跳舞了。晚会咱俩都不参加了。许妍问，干吗要费那么大力气帮我争取呢？乔琳笑了，大乔小乔要一起出风头才好，当时在学校已经有很多人知道她们是姐妹，并且叫她们大乔小乔。

保姆开了门，要帮许妍拿东西。许妍捧着蛋糕盒说，我自己拿到客厅吧。三个女人坐在客厅的沙发上喝香槟。其中一个短发女人笑盈盈地看着她，对另外两个说，皓明就喜欢这种瘦瘦高高的女孩。旁边披着披肩的女人说，现在的男孩都喜欢这种身材。

一个八九岁的男孩跑出来，是沈皓明的弟弟沈皓辰。他手里牵了一只短腿腊肠狗。那只狗穿着蓝色羽绒坎肩，背后有个帽子，跑快一点帽子就扣过来，盖住了它的脸。沈皓辰把狗拽到沙发边，向大家介绍，它叫贝利，有点感冒了。挑高细眉的女人问，你上次那只狗呢？沈皓辰说，送走了，妈妈嫌它老翻垃圾桶。短发女人说，你妈一开始可是爱它爱得不行啊。男孩耸耸肩，我妈妈是个很难捉摸的女人。三个女人笑起来。披着披肩的女人说，皓辰，过来，让阿姨抱抱。男孩勉为其难地向前走了两步，把头转向一边，阿姨，我也感冒了。披着披肩的女人摸了摸他的后脑勺儿，都这么大了，真是有苗不愁长啊。挑高细眉的女人放下香槟杯说，后悔了吧，当时都劝你跟于岚一起去，还可以做个双胞胎。

谁在说我坏话呢，我可是听到了，一个矮胖的女人走进来，穿着深蓝色香云纱裙子，腰部有一朵白色荷花，是沈皓明的妈妈于岚。你儿子，短发女人说，他说你是个很难捉摸的女人。于岚笑起来，对男孩说，宝贝，你昨天不是还说我不用开口，你都知道我要说什么吗？男孩说，我知道你要说什么，但我不知道你在想什么。挑高细眉的女人说，你儿子是个哲学家。

男孩抬起头问于岚，我能让许妍姐姐陪我去玩吗？于岚说，好啊。她笑吟吟地朝许妍走过来，说我都没看到你来了。许妍微笑着说，我买了甜点，饭后可以吃。太好了，于岚说，那我就不让大李再去买了。许妍在心里飞快地算了一下，四块蛋糕，自己不吃，刚好她们四个女人一人一块。

她跟着沈皓辰来到后院。那里有几簇假山和一个凉亭，前面是一小片结冰的水塘。沈皓辰问，你说贝利能在上面滑冰吗？许妍说，不行，它会掉下去。玩点别的吧，我陪你去插乐高。沈皓辰摇摇头，我想陪着贝利，它太孤单了。许妍说，它感冒了，需要休息。沈皓辰说，都是我妈，非让它睡在花房里。许妍问，为什么不让它到屋子里去？沈皓辰说，我妈说我们还不了解它的脾气，要观察一段时间，惠惠姐姐刚来的时候，她也不让她跟我们一起吃饭，说她嘴巴臭，可能有胃病。

许妍通过这个男孩知道了他们家不少事。包括沈皓明刚和她在一起的时候，于岚还给他介绍过一个银行行长的女儿。没准他们见了面，她没问过沈皓明。以后恐怕还有律师的女儿、医生的女儿，她显然不是理想的儿媳，不过他们也没公然反对。有一次沈皓辰说，我妈说哥哥带什么女孩回来都无所谓，谈谈恋爱又不是当真的。许妍相信沈皓辰不至于蠢到不知道这些话不该讲给她听，他是故意的，好让她心里难受。他也会把他妈妈讲保姆小惠的话告诉小惠，然后站在门外听小惠在房间里偷偷哭。这是一种什么爱好，许妍不知道，用沈皓明的话来说，他弟弟是个内心阴暗的小孩。

他们相差十八岁，沈皓辰叼着奶嘴的时候，沈皓明已经系着领结跟爸爸去参加慈善晚会了。他对弟弟没太多感情，一开始甚至忘了跟许妍讲。后来有一次随口讲到他，许妍惊讶地问，为什么？什么为什么？沈皓明问。许妍说，为什么能生两个孩子？沈皓明说，哦，我爸妈都入了加拿大籍。其实不入也可以，罚点钱就是了。

沈皓明推门走出来，对许妍说，我到处找你呢。他冲着沈皓辰的屁股拍了两下，别老缠着别人，你就不能自己玩会儿吗？沈皓辰哀求道，我们等会儿出去吃冰淇淋吧。沈皓明不理他，拉着许妍走了。

沈皓明的爸爸沈金松和几个男客坐在偏厅的沙发上。沈皓明带着许妍走过去，把她介绍给两个没见过的客人。他爸爸说，皓明，给你李叔叔拿支雪茄来。走出房间，沈皓明咕哝道，他怎么还有脸来。你说谁？许妍问。沈浩明说，那个戴鸭舌帽的男的，做生意把周围的朋友坑了一个遍，大家都不跟他来往了。沈皓明返回偏厅的时候，许妍拉住他，说，笑一下。沈皓明皱着眉头，干什么？许妍说，你的怒气都写在脸上，让别的客人看到不好。沈皓明勉强露出一个微笑。许妍也给他一个微笑，进去吧，我去问问你妈妈那边有什么需要帮忙的。

许妍回到大客厅，发现又来了两个女客人。蛋糕不够分了，她有点不安地盯着桌子上的白盒子。开饭了，于岚对她说，我们过去坐下吧。

这种家宴是沈家的传统，每个星期都有一两回。客人彼此相熟，不会感到拘束。许妍环视四周，低声问沈皓明，高叔叔没来？沈皓明说，他开会，晚点来。披着披肩的女人问，皓辰呢？于岚说，让他跟保姆吃，那孩子絮絮叨叨的，大人都没法好好说话了。

戴鸭舌帽的男人挨着女人们坐，一直保持沉默，每当那碟花生米转到面前的时候，他都会夹起一颗。你的古董店还开着吗？旁边的女人问他。没有，他回答，停顿了几秒说，不过我正打算重新开起来。女人问，还在原来的地方吗？啊，对，他说。一个男客人笑了笑，你确定吗？那一带盖了新楼，租金涨了四五倍。所有的人都看向戴鸭舌帽的男人，屋子里一时很静。许妍觉得自己所分担的那份尴尬比其他人更多。她理解那个戴鸭舌帽的男人，他一定很渴望成功，只是运气差了点。

饭吃到一半，高叔叔来了。许妍也弄不清这个高叔叔到底做什么工作，只知道他权力很大，帮人铲了不少事。戴鸭舌帽的男人忽然来了精神，一直看着高叔叔，听他跟周围的人讲话。他们笑起来的时候，他也跟着笑了。

晚饭结束后，大家移到偏厅喝茶。沈金松和高叔叔去了另外一个房间，戴着鸭舌帽的男人也跟了进去。沈皓明对许妍说，他肯定有事要让高叔叔帮忙。许妍问，他会帮吗？沈皓明说，不知道，我们去看电影吧？许妍说，走早了你妈妈会不高兴。沈皓明说，管她呢。许妍笑了一下，你可以不管，我不能不管。她拉着沈皓明来到客厅，女人们正坐在那里聊天。沈皓明听到她们都在谈论衣服和包，就说我还是去男士那边吧。

许妍在于岚旁边坐了一会儿，发现桌上的水果叉不够，就起身去拿。让佩佩把甜酒打开，于岚在她身后说。经过走廊，她看到沈金松他们还在那个房间里，好像在说什么房子的事。

她拿着叉子从厨房出来，听到旁边的房间里传来奇怪的声音。好像是干呕，伴随着细小的嘶叫声。她敲了两下，推开门。是沈皓辰，正仰面躺在地上哭。这间屋子长期闲置，空荡荡的，只有一只书柜立在墙边。她蹲下来，说你可真会挑地方。沈皓辰不理她，闭上眼睛继续哭。许妍问，就因为没陪你去吃冰淇淋？沈皓辰抹了把眼泪，说我早就习惯了。许妍问，为什么不叫你的朋友来家里玩呢？沈皓辰说，你要是整天转学，还会有什么朋友吗？他摇了摇头，说这个家里没有一个人真的关心我。许妍说，不要对别人有什么期望，你自己得变得强大起来。沈皓辰撇了一下嘴，我还是个孩子呀。许妍说，孩子怎么了？沈皓辰哀求道，你能让我自己静一会儿吗？我不想回房间，惠惠姐姐像只鹦鹉，一直说个不停。

许妍带上了房间的门。她确实没想过沈皓辰会有什么痛苦。生在这样的家庭，不是应该从梦里笑出声来吗？但是现在看起来，他或许也是一个多余的孩子。他爸妈要他不过是为了装点生活，其实已经没有耐心再陪他长大一遍了。于岚不能放弃太太们的聚会和旅行，沈金松不能放弃打高尔夫和应酬。沈皓辰总是和保姆待在一起。一任又一任保姆。他满意的他妈妈不满意，他妈妈喜欢的他不喜欢。

许妍回到客厅，她的蛋糕盒子被打开了，摊在桌上，里面的蛋糕一块也没有动。有两块上面的花蹭在盒子上，变成了一坨红色烂泥。只有立着跳舞小人的那个仍旧完好。小人踮着脚尖，好像正从一堆废墟里往外爬。

戴鸭舌帽的男人出现在门口，咧开嘴冲着于岚笑了笑，说我来跟你说一声，我要走了。于岚点点头，让司机送你一下？男人说，我叫了辆车，司机好像迷路了。于岚说，坐下等一会儿吧。鸭舌帽迟疑了一下，走过来坐在沙发上。许妍把自己那杯没有动的甜酒放到他跟前，对他笑了笑。

快去把你的貂皮大衣拿来！短发女人把手搭在于岚的肩上。还有那个绝版的蜥蜴皮，挑高细眉的女人说。于岚去取了灰蓝色的貂皮大衣，还有几只包。女人们走上前，有的试穿大衣，有的摆弄着包。只有许妍和鸭舌帽坐在沙发上。鸭舌帽探身向前，目光呆滞地盯着茶几上的东西。他忽然伸出手，拿起那个有跳舞小人的纸杯蛋糕，整个塞进了嘴里。

乔琳走到舞台中央，射灯的光不偏不斜地打在她的脸上。她天生知道光在哪里。她趋着步子，荡着纤长的腿，将裙摆转得飞快。每次她双脚离开地面的时候，许妍都感觉到心里一紧。她不知道自己是担心，还是希望发生点什么。直到乔琳平安地弯腰谢幕，她才松了一口气，然后忽然难过起来。她想，很多年后，台下的人不会记得是谁主持了这场晚会，但他们一定记得乔琳跳舞的样子。

十点过后，客人陆续离开。许妍帮保姆收酒杯，被沈皓明堵在厨房门口。他搂了一下许妍的腰，眨眨眼睛，说，不如今晚你就睡在这里吧？许妍挣脱开，一脸正色地说，跟我说说，你是从多大开始，留女生在家过夜的？沈皓明耸耸眉毛，十七？你爸妈也答应吗？许妍问。沈皓明笑着说，他们到我房间来了好几次，我估计是想看看有没有准备避孕套。你准备了吗？许妍问。沈皓明收住笑容，神情变得凝重，我想向你坦白一件事……其实我有一个……年轻时候总会犯些错误对吧……他低下头，双手捂住脸。许妍想把他的手拉开，他拼命躲闪，直到迸发出笑声，他一边笑一边摆手，我实在是憋不住了……许妍推了他一下，自己还觉得演得挺像是吧？沈皓明笑着问，要是我真从外面领回来个孩子，你帮我养吗？许妍说，那得看长得好不好看了。沈皓明说，好看，比我还好看。许妍说，养啊，为什么不养，省得自己去生了。沈皓明伸出双手兜住她，不行，你至少还得生两个。许妍望着他，笑了笑。她说，我还是回去吧，表姐一个人在家。沈皓明说，好吧，我明天陪你们，给你们当司机。许妍说，不用，她脾气怪，你在她会不自在。

许妍穿上外套，拢了一下头发，转过身来问，对了，刚才那个人找高叔叔什么事？沈皓明说，前些年他在郊区找了块地盖房子，当时和乡政府签过合约，但是不算数，现在地要被收走了……许妍问，这事难办吗？沈皓明说，嗯，不过高叔叔去想办法了。许妍说，所以还是会帮他？沈皓明说，不然呢，他住哪里呢？

回去的路上，许妍在心里掂量，是鸭舌帽拆房子的事难办，还是她爸妈的事难办。他既然连那个名声不好的人都愿意帮，是不是也意味着他可以帮她呢？不，不是她，是她的表姐乔琳。再找机会吧，她想，应该多和高叔叔见几面，让他觉得自己是沈家的一员。

许妍回到公寓，发现乔琳坐在楼下大堂的沙发上。她抬起头，抱歉地冲许妍笑了一下，我把密码忘了，你的手机关机。许妍问她坐了多久。她说没多久，我一直在院子里转悠，把开着的小商店都逛了一遍。这里真好，人都很和气，还借给我厕所用。

许妍看着她，乔琳，你能别把自己弄得那么惨兮兮的吗？

乔琳从三轮车上跳下来，笑着对她说，我把写字台给你拉来了，反正我以后再也不用学习啦。许妍打量着那张写字台，桌腿上的贴画已经斑驳，她还记得贴画刚贴上去的时候，上面那张明艳的赵雅芝的脸。她确实觊觎这张书桌很久。姥姥在窗台上搭了块木板，她一直在那上面写作业。

许妍问，成绩出来了？乔琳吐了吐舌头，连那个破烂煤炭学院也没考上。她们把写字台搬下来，乔琳拍了拍手上的灰，说我已经找到工作啦，明天就去华联商场上班，以后你买“美宝莲”都是员工价。她的手指甲上涂着藕粉色的指甲油，穿着低腰牛仔裤，长头发在胸前甩来甩去。她身上的美丽还在增加，但她好像并不把自己的美丽当回事。那股潇洒的劲特别令男孩着迷。

四

第二天，十点不到她们就出门了。往常的周末，许妍会和沈皓明在床上赖到十一点，然后去吃个早午餐。但是这一天，天刚亮许妍就醒了。失眠大概传染，她就没见乔琳闭过眼睛。但是乔琳坚持说自己睡了一会儿，还做了梦，梦见自己生了个罐子人。罐子人？许妍皱起眉头。对，乔琳说，就是那种马戏团里的小孩，养在罐子里，手脚都萎缩了，只有头特别大。她打了个激灵，跳下床，说我去做早饭了。

厨房里传出葱油的香味。乔琳用平底锅烙了两个葱花饼。这是小时候最熟悉的食物，许妍来北京以后就再没有吃过。要不是再闻到这股味，她已经忘记世界上还有这种食物了。

许妍想带乔琳先去景山，那附近有一段红墙她很喜欢。街上的车不多，她们静静听着广播里的歌。乔琳抿着嘴唇，似乎很悲伤。许妍说，别想了，那只是个梦。乔琳点点头，知道，我知道。没事的，我在等汪律师的电话，他说今天会打给我的。许妍觉得乔琳在把某种压力传递给自己，这令她感到很烦躁。

车子剧烈地震了一下，许妍回过神来，猛踩刹车，可是已经撞上了前面的车。乔琳拱起身体，护住了肚子。前车的女人对着许妍一通抱怨，然后给交警打了电话。交警来了，许妍把车翻遍了，也没找到行驶证，只好给沈皓明打电话。过了几分钟，沈皓明拨过来，说在家里找到了，上次司机修车取出来，忘记放回去了。沈皓明说，我给你送过去，你在哪里？许妍沉默了几秒钟，说出了自己的位置。

她回到车里。乔琳头靠着车座，双手还放在肚子上。许妍说，我男朋友正赶过来，我跟他说你是我表姐，你不要提爸妈的事。乔琳点点头，知道，我知道。许妍还想交代几句，见她闭上了眼睛，就没有再说。

沈皓明到了，处理完事故，他坐上驾驶座，侧过头来冲乔琳笑了笑，表姐，我开车可稳了，你安心睡会儿吧。

已经过了十一点，沈皓明提议先去吃午饭。他把车开到附近的购物中心。三楼有家粤菜馆，于岚常约人在那吃早茶。沈皓明把菜单交给乔琳，让她看看想吃什么。乔琳看了一下，又把它递给许妍。许妍低头翻菜单，总觉得乔琳在看自己。一屉虾饺上百块，显然不是白领能负担的。乔琳大概早就把她识破了，借来的车，租的房子，一切都充满破绽。她抬起头来的时候，乔琳微笑着说，我吃什么都可以，辣一点就行。

我就知道许妍得撞，沈皓明说，不撞个两三回哪算真会开车？可是车上坐着你，不能有半点马虎。我早就跟她说今天我来给你们当司机……乔琳笑了笑，已经很麻烦你了。沈皓明说，她以前不也常麻烦你吗？她说上高中的时候你很照顾她，给她买雨衣，陪她打吊针……乔琳淡淡地说，那不算什么。沈皓明说，有时候表亲反倒更亲，我和我表姐的感情就比跟我弟好……乔琳问，你有个弟弟？沈皓明说，对啊，一个爱哭鬼，烦死人了。乔琳说，怎么能生第二个孩子呢？沈皓明笑了，你怎么跟许妍问得一模一样，我爸妈拿了加拿大护照。乔琳喃喃地说，哦，外国人……沈皓明说，以后我跟许妍至少生三个，你的小孩不愁没人玩。乔琳点点头，好啊。许妍埋头吃着刚上来的石斑鱼。生三个？她似乎听到乔琳在心里暗笑。

乔琳的手机响了。许妍很怕她会在沈皓明面前接电话，但她站起来，离开了桌子。许妍对沈皓明说，下午你不用陪了，我就带她在后海逛逛。沈皓明说，我跟任国栋吃晚饭，上次他女儿百天不是没去嘛，没事，五点出发就行。

乔琳回来了，脸色凝重，失神地盯着面前的盘子。她不吃，许妍也不劝。直到听到沈皓明说，那我们走吧，她站起来，屈着腿往外走。沈皓明喊住她，把落在椅背上的羽绒服交给她。

乔琳跟在他们后面，双手抓着她的羽绒服。里子朝外，破了个洞，钻出一簇羽绒。许妍简直怀疑她是故意的，想要他们给她买件新大衣。沈皓明说，我是不是应该给任国栋的女儿买点东西？买什么呢？他们绕着商场走了半圈，沈皓明忽然停住脚步，指着橱窗说，就买这个吧。小小的白色纱裙被云彩簇拥着，跟上回许妍和乔琳看到的那件一模一样。应该是连锁店铺，橱窗布置得也一模一样。沈皓明问乔琳，知道你的宝宝是男孩还是女孩吗？乔琳摇摇头。沈皓明说没事，转身进了那家商店。

乔琳立即告诉许妍，汪律师说他接不了这个案子。她咬了咬嘴唇，又说，他去开会了，我等会儿再打个电话求求他。许妍说，别这样，乔琳，你以前不这样。乔琳眼泪涌出来，说我真没用，什么事也办不成。沈浩明拎着纸袋走出来，把其中一只递给乔琳，说我买了个礼盒，里面什么都有，白色的，男女都能穿。乔琳把头扭到一边，抹着脸上的眼泪。沈浩明尴尬地拿着纸袋。过了一会儿，乔琳才回过头来，挤出一个微笑，说谢谢，真的谢谢你。

他们到后海的时候，天已经很阴。空气中零星飘着一点凉丝丝的小雪。河面结着厚实的冰，是青灰色的。沈皓明说，出来走走心情是不是好点了？乔琳点点头，说谢谢你们。许妍转过脸，朝河的方向看去。河中央有一艘鸭子形状的船，冻住了，船身倾斜，鸭头望着天空。

乔琳说，我们那里也有一条河，叫奈河，比这个还宽。沈皓明说，我以为你们那里都是山呢，我还跟许妍说什么时候去爬一次泰山。乔琳说，小时候有一回，我和许妍亲眼看到一个放风筝的小孩掉到水里，淹死了。他妈妈在岸上大哭，围了很多人。许妍说，我不记得了。乔琳说，你站在那里，我怎么拽都不肯走。一直等到人都散了，你用竹竿把那个孩子的风筝挑起来，拿着回家了。沈皓明问，那个小孩是她朋友吗？她想要那个风筝做纪念？乔琳笑了笑，她就是想要那个风筝。许妍盯着乔琳的脸。乔琳没有看她，好像还沉浸在回忆里，说那孩子的妈妈后来每天在岸边哭，抱着经过的人的腿，求他们去救她儿子。再后来岸边的树都砍了，盖起一排楼房。她沉默了一会儿，对沈皓明说，许妍想要什么是不会说的。沈皓明说，对，她什么都憋在心里不说。乔琳说，不要紧，只要你一直在那里，默默支持她就行了。

许妍看着面前的湖。午后的太阳照着水面，淬起一片金光。于一鸣放下桨，让他们的船在水上漂。乔琳忽然开口说，我看见过水怪。有个放风筝的小孩掉到河里，水面上升起一团白烟。那团白烟朝我们这边飘过来，我吓坏了，拉起许妍的手就跑。可她好像定住了似的，站在那里一动不动。我就也没跑，挽住了她的胳膊，心想要是水怪过来，就把我们一块儿带走吧。乔琳俯身向湖面，撩了几下水说，于一鸣，什么时候教我们游泳吧。

雪越下越大，河显得更灰了，冻住的鸭子船在身后变小，拐了个弯，看不见了。路边有间咖啡馆，他们决定进去坐一会儿。推开门，里面都是人。沈皓明说，嘿，整个后海的人全都躲到这儿来了。许妍付了钱，在等饮料的地方排队。做咖啡的男孩像是新来的，把热牛奶打翻了。沈皓明从背后戳了戳许妍，说你表姐把手机落车上了，我陪她去拿一下。许妍说，等买了咖啡一起去吧。沈皓明说，没事，很近，然后转身走了。

隔着玻璃窗，许妍看到他们朝来的方向走去，乔琳好像在说什么。她烦躁地看着那个做咖啡的男孩，把手中的收据折成小块，又摊开。

乔琳也许是故意的，汪律师不帮她，她就慌了神，觉得沈皓明没准能帮忙，就想跟他说一说。许妍气恨地用力一挣，把收据撕成了两半。

做咖啡的男孩拿过撕碎的收据，仔细辨认着上面写的是什么饮料。你们连基本的培训都没有吗？许妍气呼呼地问。她把咖啡放在桌上，拉开椅子坐下。乔琳会跟沈皓明说什么呢？事情万一败露，她应该怎么解释呢？她脑袋一片空白，什么说辞也想不出来，只是不断去按手机，看时间的数字变化。

他们终于回来了。乔琳没坐下，她看了许妍一眼，说我再去打个电话。许妍看着沈皓明，想从他的表情里读出一点信息。但他一直在低头看手机。许妍碰碰他的胳膊，拿起桌上的咖啡递给他。他喝了一口，皱起眉头说，真难喝。乔琳回来后，脸色依然凝重，她喝了两口水，捧着杯子发愣。沈皓明看了看外面的雪，对许妍说，你就别开了，我让司机来接你们。

车来了，她们先坐上，沈皓明去取了先前在童装店给乔琳买的东西，让司机放在后备箱。他凑到车窗前对乔琳说，表姐，这两天你要是不走，到我家来玩。乔琳点点头，一直望着沈皓明走过去，钻进车里。他人真好，乔琳对许妍说。

路上她们没有说话。司机拐了个弯去加油。发动机熄灭，广播里的音乐停止了。乔琳望着窗外纷飞的雪说，我明天就回去了。许妍说好。

太阳从头顶移开，风吹着湖面，水的气味升起来。船从午睡中醒了过来，一点点动起来。许妍、乔琳和于一鸣不约而同地向后靠，蜷缩着腿躺下去，仰脸望着天空。也许是在等晚霞出现，但是渐渐地不重要了。许妍合上了眼睛。湖水像一双温暖的手臂环绕着自己。它的脉搏一起一伏，节律微小而有力。船在缓慢地动着，可他们没什么地方要去。不去对岸，也不回去。他们三个好像可以一直那么待着，谁也不会离开。

好像什么都不重要了。许妍松开了眉头。她不再计较他们到底有多么爱彼此。她只是知道她爱他们。那股强烈的感情使她觉得自己并不是多余的。她是他们当中的一员，即便是微不足道，可以被舍弃的，她也不在乎。

她睁开眼睛的时候，晚霞已经来过了。只有几块很小的云彩挂在天边。湖面一片金色，望不到尽头。但只是一瞬间，湖水转眼就开始变灰。当她转过脸去的时候，看到乔琳正望着湖面，似乎已经注视了很久很久，又好像是她的目光使湖面暗了下去。于一鸣还没有睁开眼睛，嘴角带着一丝淡淡的笑意。不要睁开眼睛，许妍在心里这样祝福着他。因为随即他会发现太阳已经落下去，船要往回开了。他们的旅行结束了。

晚饭许妍叫了外卖。乔琳没怎么吃，她说想去床上躺一会儿。许妍吃完看了会儿电视。她到卧室的时候，乔琳正坐在床上发呆。许妍走过去拉窗帘。路灯下，有个穿着羽绒服的男人在遛狗。是对门那个姓汤的邻居，他仰起头看了一会儿月亮，从地上抱起狗，夹在胳膊底下，走进了楼洞。

许妍听到乔琳在身后轻声问，沈皓明能帮上咱们吗？许妍转过身来看着乔琳，说，你自己没问他吗？你们两个去拿手机的时候。乔琳摇了摇头，我什么也没跟他说，他问我想不想来北京工作，他可以安排，我说不用了。哦，许妍应了一声。乔琳说，他是律师，又认识挺多人的，没准还能托上政府的关系……许妍问，你怎么知道他是律师的？乔琳说，他自己说的，我真的什么都没问。她低下头，看着拱起的肚子，汪律师不接我的电话了，电视台那边也没回信，我实在没有办法了。这事折腾了那么多年，总得有个了结……许妍笑了一声，你为我考虑过吗？你是不是觉得我想要什么就有什么，过得很容易？你想过几天安稳日子，我不想吗？你小时候至少有个完整的家，我有什么？她的眼圈红了，这么多年了，你们就不能放过我吗？乔琳也哭了，对不起，对不起，我不该来打扰你……她仰起脸，吸了几下鼻涕说，你没看到爸妈现在成什么样子，爸早晨醒了就喝酒，手抖得已经拿不住筷子，妈整天守着电脑，到各种论坛发帖子求助，隔一会儿发一遍，那些人骂她是疯子，把她踢出去，她就重新注册了再发……我真的管不了了，我的身体垮了，在街上晕倒过好几回……她停住了，定定地看着前方,好像要把什么东西看清楚。

桌上的台灯照着乔琳,但她的脸是暗的,腮颊被阴影削去了。许妍望着她,她容貌的改变令她感到惊讶。那些青春时的光彩消失了,这也许是必然的,可它们好像从来没有存在过。没有人可以通过这张脸,想象出她少女时代的模样。许妍仿佛从二楼教室的窗户里看到那个总是微微仰起脸的长腿姑娘正穿过校园,她从那扇大门走出去,然后消失了。她去了哪里?

许妍走到床边,握住乔琳的手。那只手很烫,热量从指缝间汩汩流出来。乔琳的手指很长,这肯定不是许妍第一次注意到这一点,或许在漫长的青春期的某一天,她偷偷打量过这双手,暗暗惊讶于它们的美。但是现在,她第一次意识到,这双手很适合弹钢琴,要是它们能在童年的时候遇到一个钢琴老师的话,他肯定会这么说。要是那时候遇到一个舞蹈老师,可能也会说她适合跳舞。这具承载着苦难的身体,或许同时蕴藏着某种天赋。但是天赋不重要,对有些人来说,一生中没有任何一个时刻,会有人坐下来讨论一下她的天赋。许妍想起大三的时候,她得到了去电视台实习的机会,后来被留下了,那个频道的主任对她说,我并不觉得你很有当主持人的天赋,知道为什么选你吗?因为你身上有股劲,想从人堆里跳起来,够到高处的东西。

许妍握着乔琳的手,坐下来。她感觉自己在靠它取暖。但屋子里很热,地板也是热的,一点都不像十二月。她说,我答应你,我会去问问沈皓明。具体怎么说,我要想一想。我这么做不是为了爸妈,只是为了你,你明白吗?许妍攥了一下她的手说,给我一些时间好吗?乔琳点了点头。

十点过后,沈皓明打来电话。他说你猜怎么着,礼物拿错了,给你表姐的那袋才是给任国栋女儿的裙子。许妍夹着手机打开纸袋,解掉奶油色的缎带。那件缀满珍珠的小礼服折叠着,静静地躺在盒子里。要我现在送过去吗?她问。不用,沈皓明说,反正给你表姐买的礼盒任国栋女儿也能用。我打赌你表姐生女儿,他在电话那边笑起来,我买的裙子肯定能派上用场。

五

从北京回去不到一个月,乔琳就生下了一个女儿。比预产期早了一个多月,但是孩子很健康。她发过来几张照片,小小的一团,手脚却很长。沈皓明看了两眼说,跟你长得有点像。

那个月许妍很忙。台里在筹备一个新节目,过年的时候开播。每天连着录十来个小时,一段话反复说。这期间她去过沈皓明家一次,沈金松没在,只有于岚和几个太太在打麻将。许妍替了几圈,输掉六千块。临走时于岚说,咱们过年再打。许妍想这倒是个讨于岚开心的法子，于是许妍说服沈皓明过年不去苏梅岛，而是留下陪他爸妈。到时没准还能在家宴上遇到高叔叔。

许妍接到电话的时候是傍晚。还有三天就过年了，下午她和沈皓明去买了一堆烟火。回来的路上有点下雨，据说到了后半夜会转成雪，气温降十度。此前一些天北京都很暖和，让人有一种春天来了的错觉。

手机响了，跳动着一个陌生的号码，当时她正站在沈皓明家的花房里，指挥保姆把兰花搬到屋里去。沈皓辰也被喊来帮忙，许妍觉得让他干点体力活有好处，至少没那么多时间胡思乱想。他撇了撇嘴，说这些花可真丑。她双手叉腰看着他，你觉得什么花好看？假花，他回答。她让沈皓辰把面前这一盆搬到客厅，然后接起了电话。

是她妈妈。在那边大声号哭，告诉她乔琳自杀了，晚上一个人出门，跳进了城边的那条河。还在抢救吗，还在抢救吗？她连着问了好几遍。她妈妈说是昨天的事，人已经没了。许妍挂断了电话。

周围一片寂静。她搓了搓手上的泥巴，搬起一盆兰花往外走。

天气湿漉漉的，好像已经下雪了，仿佛有些凉飕飕的东西，带着爪子，紧紧地揪住了她的头皮。她伸出手，想触碰到空中的雪花。砰的一声，花盆跌落在地上。瓷片在地上打转。嗡嗡，嗡嗡。

沈皓辰走过来，看着她脚边的花盆。哈哈，他有点得意地说，假花就不会摔成稀巴烂。走开，她冲着他喊，蹲下把兰花从碎瓷片里捡起来。沈皓辰吓坏了，站在那里没有动。许妍捡起兰花磕了磕土，抱着它们走了。

她把花放在旁边的座位上，驶出了别墅区的大门。窗外是呼啸的大风，雪花如同决绝的蛾，砸在挡风玻璃上。她紧握方向盘，浑身发抖。泪水在眼眶里转悠，她蹙着眉头，盯着前面的路。为什么乔琳要这样做？她感到很愤怒，在北京的最后一个晚上，她不是答应得好好的，回去等着她的消息。她为什么就不能等一等呢？

车子冲下高速，擦着一辆卡车开过去，横冲直撞地拐了几个弯，在一片空旷的停车场停住。她狠狠地砸着方向盘，喇叭发出尖锐的鸣响，她不是说会想办法的吗，为什么不相信她呢？她靠在椅背上，大声哭起来。

手机在旁边座椅上响了好几遍，是沈皓明。她坐在黑暗里，等屏幕最终暗下去的时候，才对着它喃喃地说，我姐姐死了。

她没有回去参加追悼会。

除夕夜下着小雪。她站在院子门口，看沈皓明点着了烟花。她仰起头，望着光焰绽放，坠落。天空又黑了下去。几片雪落在她的脸上。

她给家里打了个电话。她妈妈一直在哭，不停地说，乔琳为什么那么狠心抛下我们?那边传来婴儿的啼哭,还有她爸爸的咒骂声,盆碗掉在地上,发出叮叮咣咣的响声。她妈妈问,你到底什么时候回来啊?这好像是她第一次对许妍表达需要。再过几天吧,她回答。你永远都别回来!她爸爸吼了一声,电话挂断了。

许妍一直没有回泰安。她心里有股怒气无法消退。她觉得乔琳不理解她,不相信她,甚至根本不希望她过得好。她这么做是为了让她永远感到内疚。在很长一段时间里,这股怒气有效地抑制了悲伤,使她可以正常入睡。

四月的一天,她去沈皓明家吃晚饭。那天只有他们自己家的人,吃了巴黎运回来的生蚝和新西兰鳌虾。于岚抱怨生蚝没有上次的新鲜。你下个月不就去巴黎了吗?沈金松拿着遥控器换台,屏幕上出现了一个穿白色西装的女主持人。她看了一眼手中的稿子,抬起头来:

"一九八八年,在泰安的一家医院里,患有风湿性心脏病的王亚珍生下了第二个女儿。她没有一丝做母亲的喜悦,只是感到很恐慌。在她的身旁,那个只有三斤八两的女婴睁开眼睛,好奇地打量着这个世界。那一刻她是否知道,这个世界等待她的不是温暖的祝福,而是无情的责罚呢?手术室的门外,乔建斌坐在长椅上,一夜没有合过眼。在经历了辗转于计生委和医院之间的几个月后,他已经疲倦不堪。然而他们家的厄运才刚刚开始……"

许妍盯着屏幕,一只手攥着毛衣领口,感觉自己就快要窒息。

这个"聚焦时刻"有时候还能看看,沈金松说。于岚说,有什么可看的,不是钉子户就是超生。妈妈,妈妈,沈皓辰说,你算超生吗?于岚说,宝贝,生了你加拿大政府还给我奖励呢。

"……记者来到乔建斌家。乔建斌被开除以后,全家人就以这家诊所维持生计。现在门口依然挂着'平安'诊所的招牌,但是已经好几年没有来过一个病人了。一楼的诊断床上堆满了各种保健药。有的早已过了保质期,王亚珍就留给家里人吃。她拿起一瓶药给记者看,这个是帮助睡觉的,我大女儿老睡不着,我就让她吃……在过去二十多年里,乔建斌和王亚珍一直通过各种途径寻求帮助,希望单位能恢复乔建斌的工作……"

镜头掠过他们家。角落里的蜘蛛网,桌子上油腻的桌布,泛着黄渍的马桶,最后停在墙上的照片上。那是一张他们全家的合影,可能也是唯一一张。当时许妍大概四五岁,站在最右边,乔琳的手搭在她的肩膀上。

许妍感觉所有人的目光好像都朝这边涌过来。她几乎就要从座位上弹起来,冲出房间了。

随后,主持人讲述了这些年乔建斌家的生活,也讲到那个超生的小女儿,因为早产和用药的原因导致不孕。但她的去向并没有提及。也没有提到乔琳的女儿,只是说乔琳这些年,一直在为这件事奔波,导致恋爱失败,也丢掉了工作。两个多月前，有天晚上她像往常一样，哄孩子睡了觉，然后离开家走到河边，跳了下去。

画面切回演播室。女主持人说："就在自杀的前一天，乔琳还给本节目的编导发过一条短信。在短信里，她这样说：'陈老师，我恳求您给我们做一期节目。这不是我们一家人的问题，很多家庭都有类似的遭遇。我相信节目播出以后，一定会引起很大的反响。如果还需要什么材料，您随时找我。给您拜个早年！'"主持人垂下眼睛，停顿了几秒，"我们将这期迟到的节目献给乔琳，希望她能安息。同时，我们也希望热心的律师朋友能跟乔建斌一家联系，帮助他们走出困境。感谢您的收看，我们下期再见……"

沈皓明气呼呼地说，这也太×蛋了。于岚看了他一眼，你想干吗？这种案子又不是你管的。沈皓明说，我可以去问问我同学，说不定有人愿意接。沈金松说，犯不着打官司，这种事找对了人，就是一句话的事。于岚说，有捐款电话吗？直接给他们打过去点钱就是了。

保姆端上水果。电视里已经在播连续剧，但许妍不敢去看屏幕，仿佛先前的画面下一秒就会再跳出来。她缩着肩膀，低头盯着面前的盘子，直到听到沈皓明说，我们走吧，就站了起来，跟随他走出大门。

她抱着自己的包坐进车里，身体一直在发抖。你的外套呢？沈皓明问。她才发现忘记穿了，别回去拿了，她几乎用哀求的语气说。车子停了，她走下来，发觉自己在一个空旷的院子里，周围都是深红色的砖墙。她打了个寒战，问，这是哪里？沈皓明说，苏寒有个生日派对，我不是跟你说了吗？

屋子里很吵，拼起来的长桌两边坐满了人。除了苏寒，她一个都不认识。沈皓明挨个介绍，她一直点头，却记不住任何一个名字。这是方蕾，沈皓明指着右边的女孩说，她跟我在英国一所学校，也读法律，算是我学妹。女孩笑了，你没念几天就转走了，也好意思自称是学长？沈皓明说，嘿，学校的校友录可是有我。女孩耸耸眉毛，那是为了让你捐钱好吗？沈皓明笑起来。许妍也跟着笑了一下。笑意在她的脸上一点点消失，泪水突然涌出来。

乔琳拉着她的手往山上走。许妍说，快下雨了，回去吧。乔琳说，你要去北京了，我得给你求个护身符。许妍说，可是摆摊的都回去了啊。乔琳说，再往上走走看嘛。

大雨降下，她们跑进一座庙里。两人抖着身上的雨水，乔琳长头发上的水珠溅在许妍的脸上，她咯咯笑起来。许妍说，严肃点，菩萨会生气的。乔琳收住笑，环视了一圈大殿，低声问，这个庙是求什么的啊？

许妍支起手肘，托住腮悄悄抹去眼泪。沈皓明正在问那个叫方蕾的女孩，你什么时候搬回来的？方蕾耸耸眉毛，你怎么知道我搬回来了呢，我看起来不像是回来度假吗？沈皓明摇了摇头，我才不信你在英国待得下去呢。

她们并排站在大殿中央。菩萨的脖子伸进黑暗里，看不见脸，但许妍能感觉到，有一簇白光从上面照下来。

乔琳小声问，你说那么多人来求她，她能帮得过来吗？许妍说，只帮她喜欢的人吧。乔琳笑了，说那她肯定喜欢我。当时我一直盼着妈妈能把你生下来。而且我还说，想要个妹妹。你瞧，菩萨就把你给我了。许妍说，当时你才两岁，就知道求菩萨了？乔琳说，我说不出来，但心里想的东西，菩萨一定能知道。许妍说，你要是知道后来发生的事，当初就不会那么希望了。乔琳说，我还是会那么希望的。我从来都没觉得不该有你，真的，一刹那都没有，我只是经常在心里想，要是我们能合成一个人就好了。她握住了许妍的手。她的手心很烫，仿佛有股热量流出来。

给我们拍张照片好吗？许妍听到有人在喊自己。是苏寒，她正站在方蕾和沈皓明的身后。许妍接过手机。苏寒笑着问沈皓明，还记得吗？那阵子每个周末我们三个都开车到郊外BBQ。后来过了一个暑假，回来大家都变得很忙，就没有再聚。也可能你们两个聚了，没有叫我。方蕾斜了她一眼，你说对了，我们在瞒着你谈恋爱。沈皓明点点头，后来她把我踹了，我伤心欲绝，就回国了。苏寒笑起来，小心你女朋友当真，回头跟你吵架。沈皓明说，她才不会呢。

大殿里飘过几丝凉翳的风，雨好像停了，有个人靠在门边看着她们。那人穿着一件破袄，逆光里看不到脚，还以为是坐着，后来才发现，脚被袄盖住了，他是个矮人。很老，布满皱纹的脸像一团揉搓起来的废报纸。她们往外走，他在一旁开口说，你们想知道自己的命运吗？她们对望了一眼，没停下脚步。他说，不收钱，我就当给自己解闷。

他走到她们跟前，仰起脸盯着乔琳，说你早运不顺，有一些坎，三十岁以后越来越好。乔琳问，怎么个好法？他回答，儿孙满堂，有人送终。乔琳笑起来，有人送终就算是好吗？矮人没回答，把头转向许妍，你啊，想要什么东西，都得跟别人去争。许妍问，那最后能争赢吗？他摇了摇头，说我不知道。许妍问，你也有不知道的事啊？他点点头，有一些。

苏寒用手指戳了戳沈皓明，说你可得劝劝方蕾，她现在是个愤怒少女，什么都看不惯，整天批判社会。沈皓明说，这叫回国综合征，过一段就好了。方蕾问，就像你吗，坦坦荡荡地做着你的沈家大少爷？沈皓明有点激动，说别把我想得那么麻木不仁好吗，我一直都想做点事啊……

然后他讲起出门前看的电视节目来：有对夫妻意外怀了二胎，按规定应该打掉，忘了为什么拖了好几个月，反正不是他们自己的责任，七个月才去引产，孩子生下竟然活着……苏寒感慨道，命可真大。沈皓明说，可是这算超生，男的丢了工作……讲到乔琳自杀的时候，方蕾摇头，这是我觉得最可悲的，因为上一辈的问题，子女的一生都毁了。苏寒说，这个故事有意思的地方是，合法生的姐姐死了，不合法出生的妹妹倒是活下来了。现在他们不就只有一个孩子了吗，还算超生吗？

许妍离开座位，走进洗手间，反锁上门。

乔琳不是不相信她，而是对世界不抱什么希望了。许妍记得乔琳最后一次打来电话，是一天清晨。她说，我今天出月子了。许妍问，你的奶够吃吗，现在能睡着觉了吗？乔琳没有回答，只是说，都挺好的，我就是跟你说一声，你去忙吧。她的声音淡淡的，没有高兴，也没有悲伤，只是有种解脱的感觉。她好像一直在等这一天。等孩子出生，等她过了满月……她那么迫切地希望解决爸妈的事，不是期盼能过什么新生活，只是希望有一个让自己心安一点的结果。如果没有，她也不能再等了。她已经松开了双手。

外面的人在不耐烦地敲门。许妍拧开水龙头，把脸伸到水柱底下。外面的声音消失了。好像沉入了河中，耳边只有汩汩的水声。我就是想来看看你，乔琳转过脸来笑着说。那双有点发红的眼睛在黑沉沉的水底望着她，然后熄灭了。

许妍回到座位上，跟沈皓明说自己可能着凉了，想先回去。沈皓明说，我们一起走吧。在车上，他说，方蕾听我讲了新闻里那个事，也挺来气，说她有几个从国外回来的律师朋友，没准有谁愿意接。我回头再给高叔叔打个电话，让他跟泰安那边的人说一下。这事反响很大，不解决一下，他们自己也难交代。许妍怔怔地望着他，这是乔琳拿命换来的，她想，眼泪掉下来。沈皓明很惊讶，这是怎么了？他抓住许妍的手，你不会是当真了吧，以为我和方蕾谈过恋爱？我们在开玩笑啊。许妍摇头，没有，没有，我只是有点感动，你真的心肠很好。她望着沈皓明，伸过手去，摸了摸他的脸颊。他拿下巴蹭了蹭她的手心，笑着说，我忘刮胡子了。

六

五月初，许妍回了一次泰安。学校已经给乔建斌恢复了工作，按照退休教师的待遇发工资。据说那期“聚焦时刻”惊动了北京的大人物，出面给计生委打了电话。但是乔建斌和王亚珍对结果并不满意，因为赔偿金的事没有落实。他们还在继续上访。

自从节目播出以后，他们接受了不少采访。乔建斌的口才练得越来越好，见到摄影机镜头，眼睛就放光。他有些得意地告诉许妍，那些记者都挺佩服我的，觉得这个社会就缺我这种有点轴的人。王亚珍开了个微博，在上面写这些年他们家的遭遇，被几个有名的记者和学者转发了，很多人在下面留言。王亚珍每条留言都会回复，有的谈得来的，还加了QQ。

这些外界的关注使他们一天到晚都很忙碌，暂时缓解了丧女之痛。但是一旦他们回到眼前的生活，意识到乔琳永远不在了，情绪就会再度崩溃。家里的灯坏了，没有人修。冰箱里臭烘烘的，还放着乔琳买的蛋糕和酸奶。桌上的婴儿奶粉敞着盖子，已经结成了疙瘩。一到天黑，蟑螂就变得猖狂，在桌子上到处爬。于是王亚珍又哭起来。乔建斌的情绪比较两极。有时候安静地坐在那里，对着桌上的酒瓶发呆。有时候暴跳如雷，大骂乔琳没良心，白白把她养到那么大。王亚珍哭完了，就在那台陈旧的电脑前坐下，开始写微博：“你们不知道我的大女儿有多好，长得漂亮又懂事，性格活泼，所有的人都喜欢她。我难过的时候，她总是安慰我说，妈妈，都会过去的。这个世界上没有过不去的事……”

她写着写着又哭了起来。许妍走过去坐在她的旁边。她转过身，搂住了许妍。许妍轻轻拍着她的背，让她安静下来。电脑发出叮当一声，王亚珍从许妍的怀里坐起来，抹了一把眼泪，有人回复我了，她说，连忙握住鼠标点击了两下。

回来的最初两天，许妍住在附近的旅馆里。第三天晚上，乔琳的孩子有点发烧，她留下来照看她，睡在了乔琳的床上。枕巾没有换过，上面还有乔琳没带走的香波的气味。许妍枕着它，想起小时候的愿望，从未被她承认过的愿望，那就是她可以睡在这张床上，不，不是和乔琳一起，而是她自己。这个破烂不堪的家，对她有一种吸引力，她渴望自己能作为一个合法的女儿，住在这幢房子里。在漫长的童年和青春期，她见过不少优秀的女孩，富有的、美丽的、聪明的，可是她一点也不想成为她们。她只想成为乔琳。她想取代她，占有她所拥有的东西。即便那些东西包含痛苦和不幸，也没有关系。因为她觉得那是本来应该属于自己的东西。如果没有乔琳……她无数次这样想。小时候她和乔琳站在河边，一样的太阳照着她们，可是她感觉到乔琳在阳光里，而自己在阴影里。如果没有乔琳……她可以向右挪两步，走到阳光底下。

小时候的愿望是如此真挚和恐怖，被她一直揣在心里，缓缓向外界释放着毒素。很多年后，它实现了。乔琳不在了。现在她睡在乔琳的床上，作为爸妈唯一的女儿。许妍把脸埋在枕巾里，失声痛哭。她可以撤销那个愿望吗，这一切是否会有不同？乔琳会幸福一点吗，而她是不是能长成另外一个人？乔琳不在了，她并不能走到阳光底下。她将永远留在阴影里。

婴儿发出响亮的啼哭。许妍抱起了她。黑暗中，孩子皎洁的脸上没有泪痕，也没有难过的表情，好像先前发出的哭声只是为了把许妍从痛苦中拉上来。她静静地看着许妍。小巧的眼仁里像是蓄满宽广的海水。许妍想对着它忏悔，但更想把所有的祝福都给它的主人。如果她的祝福也像她童年的愿望一样有法力，她希望她能得到自己和乔琳永远无法得到的幸福。

许妍从于一鸣身旁醒来，时间是凌晨三点钟。旅馆的窗户关不严，寒风钻进来。立冬了，北京很冷。许妍约于一鸣吃了晚饭，然后又去喝酒。快结束的时候，乔琳忽然在他们的谈话中消失了。许妍记得于一鸣怔怔地望着自己。随后的记忆一片模糊。许妍不记得自己说了什么、于一鸣说了什么、他们有没有接吻。她好像有点疼，也可能没有，只是她觉得自己应该有点疼。

她把于一鸣叫醒了。他从床上翻下来，抓起地上的衣服。女朋友还在家里等他，喝醉之前他就强调过这一点。他一边穿衣服，一边对许妍说，我知道是因为你刚来北京，有点想家，过些日子就好了。

走到门口，许妍喊住了他，拿起背包伸进手去掏索。他问怎么了。许妍说，乔琳有个东西让我带给你。他站在那里等了一会儿，她还是没有找到。他说，我真得走了，以后再说吧，然后拉开门走了。

那支钢笔一直放在书包的隔层里，许妍前两回见于一鸣总是忘记给。也许是想有个和他再见面的理由。但是现在，她非常想把那支笔给他。她打开灯，把包里的东西倒在地上。

乔琳的孩子特别安静。在度过最初那段离开母亲的日子之后，她很快适应了新生活。每次喝完奶就睡着了，醒来只是轻轻哭几声，然后安静地等着。许妍抱起她来的时候，孩子把头贴在她的胸口，好像在听她的心跳，脸上露出一丝微笑。每次放下她，她都会嘤嘤地发出两声，许妍心里一紧，又把她抱了起来。

外面已经很暖和，她抱着孩子走到太阳底下。槐花开了，地上落了厚厚的一层花瓣，被风吹着，散了又拢到一起。她走到河边，在石阶上坐下，想让孩子睡一会儿。但是孩子不睡，和她一起注视着面前的河。你闻到你妈妈的味道了吗？她问孩子。孩子笑起来。

孩子叫乔洛琪，名字是乔琳取的，但是好像没有人记得她的名字，爸妈都管她叫孩子，乔琳的孩子。他们好像仍把她看作是乔琳的一部分。她的圆眼睛和乔琳很像。有时候望着它们，许妍会有一种想和乔琳说话的渴望。但她不知道该说什么,她想说的乔琳应该都知道。现在乔琳知道世界上所有的事。知道许妍回来了,知道她和孩子在一起,知道她很想念她。

离开的那天清晨,许妍又抱着孩子出去散步。路过火车站,她对孩子说,这里面有火车,呜呜呜,汽笛拉响,然后哐当哐当开走了。以后等你长大了,坐着它去找我,好不好?孩子没有笑,静静地看着她。她心里一紧,攥住了孩子的手。她无法想象孩子如何在那样一个破败的家里长大。

回到家,许妍把晾在门口的婴儿衣服叠起来,放在柜子里。她看到了那只纸盒,压在柜子最底下,露出一个角。打开盒子,那件白色连衣裙和她记忆里的样子不一样,塔夫绸没有那么硬,荷叶边也没有那么复杂。她给孩子穿上,把她抱到窗口。阳光照在胸前的那些小珍珠上,像雀跃的音符。你知道你很漂亮吗?她小声对孩子说。孩子软软地趴在她的肩上,用脸蛋蹭着她的脖子。

许妍坐在火车上,听到鸣笛声一阵心悸。她合上眼睛,想睡一会儿,但是耳边都是嗡嗡的噪音。她心烦意乱地拧开水,咕咚咕咚喝下去,然后盯着窗外飞快掠过的树和房屋。她一点点安静下来,并且做了个决定。回去以后,她要把所有的事都告诉沈皓明。他早晚有一天会知道的。她想跟他商量,等孩子大一些,把她接到北京住。要是有可能,她想收养她。

司机在车站等她,接她去吃晚饭。沈皓明订了一间日本餐厅。刚谈恋爱的时候,他们来过一回,从榻榻米包间的玻璃窗望出去,能看到小小的日式园林,但是现在天色太晚,覆盖着青苔的石头都变黑了。喝点酒吧,她跟沈皓明说。我正想说呢,沈皓明拿起酒单翻看。

清酒端上来,盛在圆肚子的蓝色玻璃瓶里。她和沈皓明碰了一下杯子。沈皓明问,片子什么时候播?她怔了一下。沈皓明说,这次出差拍的片子。她说,哦,下个月吧,还不知道剪出来什么样。然后她问沈皓明,你妈妈去巴黎了吗?沈皓明说,没呢,下周走,她们非要坐徐叔叔的私人飞机。许妍说,挺好,她们四个可以在飞机上打麻将。沈皓明撇了撇嘴说,无聊透了。

窗外园林的轮廓被夜色吞噬,只剩下灯光照亮的一角,石头发出幽绿的光。许妍喝了一杯酒,抬起头看着沈皓明,说,你知道吗?我一直觉得你身上有很多可贵的品质……她笑了笑,说你知道我不擅长表达,可我真的觉得你特别善良,有正义感……沈皓明问,你干吗要说这个呢?她说,而且你对我很包容,我们的家庭情况不同,生活习惯也不一样,我身上肯定有很多地方让你不舒服……沈皓明打断她,别说这种话行吗?许妍又给自己倒了一杯酒,把发烫的脸贴在杯子上,说我十八岁来到北京,谁也不认识。课余时间我当家教,做导购,帮人主持婚礼,赚了钱给自己买衣服,去西餐厅吃饭。我就是想过体面一点的生活,你明白吗?我小时候家里什么都没有,连写字台也没有,要在窗台上写作业……我特别珍惜现在的生活,珍惜你,所以我一直……许妍哭了起来。沈皓明蹙着眉头望着她,她心里一凛,不知道怎么说下去。

服务员送进来甜点。两人默默吃着。沈皓明给她倒了酒,又把自己那杯添满。许妍喝了一口,鼓起勇气说,我表姐,冬天来北京的那个……沈皓明啪的一下把杯子放在桌上。许妍愣住了。他沉了沉肩膀,说我这两天,在方蕾那里过的夜,嗯,他又倒了一杯酒,说我本来想过几天再说,可是你把我说得那么好,让我很惭愧,我没打算瞒你,你知道我最讨厌骗人的。许妍茫然地点点头。她攥住酒壶,想再倒一杯酒,但始终没有把它拿起来。瓶壁上有很多细小的水滴,像一种痛苦的分泌物。她轻声问,你们俩的事是刚开始,还是已经结束了?沈皓明不说话,点了一支烟,白雾从他的指缝里升起来。许妍用手臂支撑着从榻榻米上站起来,说我先走了,等你想清楚了,告诉我你打算怎么办吧。她拉开门向外走,沈皓明追出来,把外套披在她身上,说你又忘了穿大衣。然后他张开双臂拥抱了她。这是最后的告别吗?她一阵心悸,推开他跑到路边,拦下一辆出租车。

回到家,她发觉自己浑身滚烫,好像在发烧,就设了闹钟,吞了两片药躺下来。帮帮我,她在黑暗中说。外面天空发白的时候,她感觉乔琳来了,背坐在床边,扭过头来望着自己。她的目光并没有应许什么,却使许妍平静下来。

闹钟响了很多遍,她挣扎着坐起来,看了看另外半边床,很平整,没有坐过的痕迹。她洗澡,烤了两片面包。手机上跳出一条短信。她没有看,走过去拉开窗帘,外面下雨了。她把杏子酱涂在面包上,慢慢吃起来。吃完才拿起手机,点开短信。

沈皓明:我们还是分手吧,对不起。

她喝光杯子里的牛奶,拿起伞出门了。

请假十天,积压了很多工作,她一口气录了三期节目。中场休息的时候,编导进来跟她聊节目改版的事:活泼一点,别死气沉沉的行吗?要是收视率再这么低,节目就得停播了。许妍说,那我就去主持一档新闻节目。编导朗朗地笑起来,"聚焦时刻"那种吗?真没看出你身上还有社会责任感。

许妍换了一套衣服,坐在镜子前补妆。她问化妆师,你觉得我剪个短发怎么样?化妆师说,嗯,挺好。别再留齐刘海儿了,挡着额头影响运势。许妍笑了笑,说听你的。

回家的路上,许妍拐进一家美发店。从那里走出来,天已经黑了。夏天的风吹着脖子,很凉爽。她去便利店买了两个面包,然后往家走。路边有一家酒吧,或许是新开的。她朝里面张望了几下,有很温暖的灯光。她推开门走进去。

酒吧很小,只有一个男人趴在角落里的桌子上。她坐上吧台,点了一杯莫吉托。角落里的那个男人走过来,要添一杯威士忌。是对面那个姓汤的邻居。他冲她点了点头，然后回到自己的座位。

店里放着喑哑的电子乐，像是有什么东西发霉了。喝完第三杯，她觉得自己应该醉一次。她从来没有试过，交过的几个男朋友都很爱喝酒，她必须保持清醒，好把他们送回家。有人在敲桌子。她抬起头来。店主面无表情地说，我要关门了，我女朋友在家等我呢。然后他走到角落里，把她的邻居叫醒，站在那里看着他把口袋里的钱摊在桌上，一张张地数着。

许妍坐在姥姥家门口。明天就要动身去北京，箱子已经装好，还有很多小时候的东西要处理。她把纸箱拖到外面，坐在门槛上慢慢挑。乔琳朝这边走过来，手里举着两个蛋筒冰淇淋，融化的奶浆往下淌。她坐在许妍的旁边，把香草的那只递给她。

乔琳说，我买了支钢笔，你帮我送给于一鸣。她们默默吃着冰淇淋。一个住在隔壁院子里的小男孩走过来。约莫十来岁的样子，站在那里看着她们。乔琳指着冰淇淋说，下回我给你买一个，好吗？男孩没说话，仍旧站在那里。地上散着从箱子里拿出来的乱七八糟的玩意儿。装风油精的瓶子，雪花膏的铁皮盒子，一块毛边的碎花布……这些不成为玩具的玩具，曾是许妍童年最心爱的东西。乔琳说，雪花膏盒子好像是我给你的。许妍说，我拿纽扣跟你换的。什么纽扣？乔琳问。许妍说，那是我最喜欢的纽扣，你竟然不记得了。她把蛋筒塞进嘴里，起身进屋洗手，忽然听到背后发出叮咣一声响。

隔壁的小男孩从地上那堆东西里拿起一只风筝，转身就跑。乔琳对她说，走，我们把它抢回来！

男孩到了胡同口，转了个弯，朝大马路跑去。她们给一辆车拦住，落下了很远。但她们还在往前跑。乔琳脚踝上的链子发出叮零零的声响。她的长头发在风里散开了，许妍闻到香波的气味。小男孩消失在马路的尽头，但她们没有停下。头顶上翻卷着乌云。许妍恍惚发现这一会儿的工夫，把小时候整天走的那些街都走了一遍。如同是快进的电影画面，一帧帧飞过，停不下来。乔琳拉了她一下，伸手指了指天空。在天空的最远端，一只绿色的风筝，正在一点点升起来。

许妍停下来，和乔琳仰头望着天上。那只风筝垂着两条长长的尾巴，像只真正的燕子。它在大风里探了个身，掠过低处的黑云，又向上飞去。

许妍和她的邻居站在酒吧的屋檐下。邻居说，好像又下雨了。她笑着说，有什么关系呢。邻居说，我希望下雨，这样土能好挖一点。许妍晃了晃她的短发，你说什么？邻居说，我的狗死了，我等会儿去埋它。它现在在哪里，许妍哈哈笑起来，你不会把它冻在冰箱里了吧？邻居的脸抽搐了一下，说我真的不想回家，我们能再喝一杯吗？许妍说，好啊，我家里有酒。邻居问，你男朋友呢？许妍说，分手啦。邻居说，遗憾。对了，什么时候能尝尝你做的饭呀，经常在走廊里闻见，特别香。许妍说，也可能是外卖。邻居说，不是，周围所有的外卖我都吃过。许妍问，你没有女朋友吗？邻居说，我喜欢的都不喜欢我。许妍说，你肯定有很多怪癖。邻居想了想，喜欢在浴缸里泡澡的时候吃橙子算吗？

雨下大了，他们跑起来。许妍踩到一个大水洼，雨水溅了一身。她笑起来。来到屋檐底下，邻居抖了抖身上的雨水，转过头来问，对了，你的表姐怎么样了？她的孩子好吗？许妍不笑了，望着他。

他说，有天晚上我下来遛狗，拿着手电乱扫，结果忽然在灌木丛边看到一个女人，躺在那里跟死了似的。我刚想喊保安，她睁开了眼睛，说没事，我只是晕倒了。我想扶她起来，但她说想再躺一会儿。我也不好意思丢下她，就坐在旁边，陪她聊了一会儿天。许妍问，她都说什么了？邻居说，忘了……哦对，她说，我肚子里的小家伙好像很喜欢北京，不想离开这儿，我就跟它说，你很快会回来的，你以后会在这里长大的……嗯，你表姐还说，让我到时候别忘了带我的狗和她玩……

许妍哭起来。乔琳从未说过要把孩子托付给她。然而她却知道孩子会来北京的，大概是笃信自己和许妍之间的感情，并且因为她了解许妍是什么样的人，也许比许妍自己更了解。那颗在掩饰和伪装中裹缠了太多层，连自己都无法看清的心。

许妍看向天空，好让眼泪慢点掉下来。她点点头说，孩子很快会来的，跟你的狗一起玩……

邻居说，狗死了啊，我今晚要去埋它……

许妍喃喃地说，你不知道那孩子有多乖，一点都不吵，你一逗她，她就咯咯笑个不停，是个女孩，很漂亮，眼睛圆圆的，穿着白裙子，像个小公主……

邻居说，哦，那我再养一条狗吧……

雨声淹没了他的话。许妍站在楼檐底下，静静听着外面的雨。她不知道能否照顾好孩子，以后会不会为了前途想要抛弃她。她对自己完全没有把握。可是此刻，她能感觉到手心里的那股热量。有些改变正在她的身上发生，她的耐心比过去多了不少。也许，她想，现在她有机会做另外一个人了。

【作者简介】张悦然，女，毕业于新加坡国立大学。著有长篇小说《茧》《誓鸟》《水仙已乘鲤鱼去》《樱桃之远》，短篇小说集《葵花走失在1890》《十爱》。曾获华语传媒文学大奖·2004年度最具潜力新人、人民文学散文奖、春天文学奖、华语传媒文学大奖·2016年度小说家等奖项，入选《人民文学》“未来大家Top20”。

乡关处处

◎ 王安忆

一

上虞往沪杭方向的长途班车破开晨曦，驶近停靠，车已半满，月娥竟还坐到凭窗的座位。向外看去，正看见自家房屋，被天光照亮，绰约有人影从门里走出，向公路过来，却只一霎，转眼不见，仿佛被草木合闭。合闭中，有一张五叔的脸，罩着怨色：走，走，走，留我一个！正月开初，就是这一句话，越说越剧烈，十五过后，儿子媳妇一家三口离开，则又颓馁了，直至无声。本就是个讷言的人，此时更沉闷，二人相对，她害怕又盼望动身启程，好在有年后的残局需要收拾，时间稍事热闹。将剩余的鱼肉鸡鸭腌制或者风干，量出五叔一人份的稻谷，担去电碾房舂米，菜畦里点瓜种豆，再有春夏的衣物，一一取出摆好，免得翻找。终于到临行的前一日，与五叔一同上山，挖些新出的竹笋，带去上海。她做的钟点工，东家中有几户年头在八和十年之上，她也喜欢长做，彼此知道根底脾性，这新笋就是给他们的。

称五叔的是月娥的男人，家中总共兄弟六人，他行五。有点像越剧《祥林嫂》的贺老六，是山里的猎户。他家也真有一个老六，五叔的弟弟，就只这排末的二人有家室。婆婆是个强人，早年守寡，带六个小子，从四明山下来，参加进合作化的农业人口登记，田里收成虽薄瘠，总比没有的好。也因此，前面四个儿子都无婚配，举全家之力娶进两门，说好要给四个大伯送终。目下送走两个，还有两个。可能从小吃苦，寿都不长，拖累就有限，想起来真是可怜。走在山里，竹木蔽了天日，齐顶处，浮一层清光，光里有无数针尖，上下蹿跳。五叔的怨艾平息下来，她呢，也有了耐心，虽还是不说话，但四围的寂静将那一点气闷吸纳，就觉不着了。地下竹根盘结，一脚高一脚低的。自小走惯，脚底长眼睛，总能踩到路径。她娘家也是靠山吃山，家中人力单薄，总共两个兄弟，还死一个，掩毛竹让竹梢打了，没有创口，也不见血，人就像睡着了，还有笑意，晓得从此不必再苦，陡然轻松下来。那一年，方才十六岁。倘不是这样贫而且背运的家境，也不会跟了五叔，多少是图人家兄弟多，有阵势。她是家中最末的女儿，早知道就不生她了，所以是最叫人失望的。都说她笨，就没有读书，一字不识，更以为自己笨了。笨人往往有笨视，在她就是生完一个儿子再不肯多生，无论养育还是做人，都让她有抵触似的，再则还有计划生育的政策呢！事实上，儿子顺利长成，读书，做工，娶妻生子，人并未受多大的辛苦。同年龄的人，大多生两个以上，卖两棵树交罚款便落上户口，她呢，既不后悔也不羡慕。这儿子至今三十多岁，从来没往山里进去一步，就也不知道自家的山林在哪一片，有意或者无意，规避着命运的覆辙。

五叔背着的手里掂一柄短把铁铲，停住脚步，蹲下身，铲头插进竹根，听得见一声脆响，起出来，就是一个笋尖，扔进她手上的竹篮。有一点记忆回来了，欣欣然，勃勃然的喜悦——包产到户，分地分林，田里是牛犁的吆喝，山上斧斫声声。眼看着林子稀了，却起来新房子，这一幢，那一幢，迎娶送嫁的鞭炮这边响，那边响。这一阵欢腾渐渐沉寂下去，次生林长起来，掩盖了房屋，村里的青壮陆续往外走，只余下老和幼。五叔这样的男人，若在上海，尚是风流倜傥，裤缝笔直，头上抹了发蜡，皮鞋锃亮，腋下夹着公文包，白日里的股市，晚上街心花园的舞场，都是他们的身影。但在乡下，完全是个老人了，外出打工少有人要。所以，这一家，就剩他一个闲人。总共一亩六分地，种和收只占一忽工夫；树林已经砍伐，次生的杂木不值钱；竹子呢，起先还有客商收购，后来货源多了，工地又流行金属脚手架，足迹便也疏淡，由着它疯长，开出花来，死一片，再生新竹，总之，自生自灭。那留下的人，正愁如何打发时间，就像说好了似的，四乡八野，共同兴起牌九和花筒。这种古老的博彩游戏，本以为绝种了，料不到又活过来，一旦上手就收不住。寄回家盖楼房的钱，送出去有十之八九。那一个旧历年，实在惨淡，眼泪和唠叨中过去半个正月。五叔看不明也道不出自己的苦衷，逼急了，就也要出去打工，托亲戚在上虞找了个保安的活计。有一日儿子去看老子，见一堆年轻保安中，夹个老的，犹显得形象枯萎，二话不说领回家，当月的工资都没结算。这一趟出门的好处是，戒断牌九的瘾头。长日漫漫，无人相伴，五叔越发木讷。好在，媳妇生了孙子，回家专司抚养。公媳单在一个屋檐下，有多种不便，就住在娘家，每月里亲家邀去，看看孙子，吃两盅黄酒。每跑一趟，离年关就近一趟，眼巴巴的，外出的人回来了，再一眨眼，又走散了。

竹林的沁甜空气里，心情舒缓下来，不那么焦虑了。月娥想到极远的终了，终了还是要回来的。上海的水真是吃不惯，一股子药味道；米也吃不惯，油性太大，一团团的——她吃惯籼米，糙和松；住行就更是艰苦，甚至危险。为要摊薄租金，越多人越好，一个亭子间可睡七八个。那种老房子，电管水管煤气管盘互交错，接无数灶眼与热水器，稍有破漏，便得酿成人命。说到交通，车水马龙，最不怕死的，数电动自行车，所以人人怕它，男的多半快递和外卖，女的，则是钟点工。然而，这样的急促紧张里，却潜在一种快乐。后面有车超她，她不让超，顶撞起来，嘈杂的机动声里，听见彼此激昂的相骂，不由惊讶自己的厉害不好惹。

二

车在公路上滑行，停靠频繁，开一回门，上来几个人。其中有约定的同行者，互相招呼，又要调座位，为了好说话。多半是女人，男人是没多少话的。难免生抱怨，乘汽车又不是做人，就算这一世在一起，下一世呢？女人们就嬉笑，还动手拉扯推搡，终于萝卜都落坑，汽车就也驶上国道，加速了。太阳这才出来，车仿佛走在金光里，意气风发。她们开始交换吃食：酱油肉、煎咸鱼、茶鸡蛋、鸡膀鸭膀，年饱还没过去，受欢迎的是几味素食：盐水煮笋、霉干菜夹馒头、碱水粽、虾皮拌榨菜……满车厢都是食物的咸香，茶水从保温瓶口晃出来，烫了手，尖声的笑和叫。男人们斜睨着，心里嫌她们猖狂，嘴上不敢吐一个字。过道那边两个学生仔样的小孩，缩起身子，流露出害怕的表情，她们偏要脸对脸喊，“阿弟阿弟”，将吃食塞进阿弟嘴里。司机从后视镜里看，嘟哝一句：老牛啃嫩草！汽车上高速，山矮下去，村村落落掉在脚底。出发时的兴头过去，困倦就上来了，渐渐垂下头，抵着膝上的提包，打起盹。车厢里忽然鸦雀无声，听得见发动机的轰鸣。两车相向，喇叭叫一声，隔着玻璃窗，仿佛很远的地方。

月娥第一份生意是替同乡人顶工。同乡人说男人要她回家，东家就要她找人。这年儿子结婚，小两口一同去杭州，一个做电工，一个做保洁，她就也想出去，应下这份差事。差事在上虞城里，一个鞋厂老板的四口之家。她专司带孩子，做饭和清洁另有一个阿姨，也是上虞本地人。老板与她儿子同年，已经有两个小孩，听小孩子喊她阿姨，就觉错了辈分。明知道“阿姨”不过是个称谓，好比单位里的工种，与年纪无关。这种伦理的概念等到了上海，不知觉中就淡化下来。那里，无论老少，一律喊她的姓，姓前加个“小”字，她倒没有什么不适，被这城市崇尚年轻的风气带着走了。小老板过着一种新派生活，冬夏二季不在家里过，而是住酒店客房。不止上虞城，底下的乡镇，都有五星级酒店了。开两间套房，小夫妻一套，小孩和阿姨一套。酒店里早餐是随便吃，中午晚上两顿，由烧饭阿姨到工厂食堂灶上做了送来。酒店里有中央空调，冬暖夏凉，照理很享福，她却有点苦闷，因为不是过日子之道，像是坐监。酒店里有多家临时住户——上虞的酒店，有一半是做本地人的生意，靠外地人是吃不饱的。早餐厅，大堂，走廊，电梯，常可遇见像她这样，带着东家孩子的女人，互相看几眼，就看熟了。有那种自来熟的性格，上前搭讪，先还是淡淡的，因听东家说过生意道上的险恶，守着保姆的本分。但实在熬不过寂寞，不免多说两句，竟就收获保姆业的许多内情，从而得知这一行实是有着相当广阔的空间。这一年做完，她也辞了工，过完春节，随另一个同乡人去到上海。所以，当她和前一个同乡人，也就是她的引路人，山不转水转地，在上海遇见，彼此都不觉得意外和惊奇。

绍兴一带的人多少有些两样，乡土观念极重，抑或是出于自傲，在外面帮佣，总是自己人一处，与其他籍贯的人疏离着。保姆介绍所的地方，她们是不去的，用工只在同乡人间互相介绍。分租房屋，休息日玩耍，也只和同乡人搭伴。公园里露天舞场上，三五人聚起，看多跳少的，就是她们。这一定和上海地方的历史有关系，绍兴和扬州是保姆社会的主流，前者大约是浙商来沪上自带，如家生子，有规矩；后者却是草根，犹能吃苦。也因此，殷实富户家族常是雇佣绍兴籍人。如今，这城市保姆的需求激增，进城求职人数也激增，从业队伍输入新成分：安徽、江西、河南、湖北……同时呢，苏北一带工业发展，扬州籍的保姆日益退出，几乎销匿踪迹。人事更替，时风变革，唯绍兴一支，依然在传统中，保持着行业的名节。

初到上海，月娥也是怯怯的，如不是同乡人的帮扶，未必能熬住。这地方不知道要比上虞大和乱多少，她又不识字，认路，找地方，领东家嘱咐，都凭死记。所以，抱定一条，绝不买菜。不会记账，还吃不了猜忌的闲话，她是个老实人，唯老实才更犟性，真叫人为难。当时并不觉得，过后她常常以为自己有福气，所遇都不是恶人，相反，多受照顾。来到上海第一个雇主，如今犹记得好处。四十岁上下的女人，生相十分轩朗，依她们乡下人说法，女人男相，但又不粗气，而是大方。高额宽颐，浓密的头发编成股，盘在顶上。其时，月娥未找到其他生意，女人就说做全天；然后才有第二家，让出半天；再有第三家，再让一半里的一半；一层层对切，最后只剩一周三次，各一小时，而且是早上六点到七点，晚睡的人第一觉没醒呢。一切从月娥方便赚钱计。女人单独住一套三室两厅，在临江高层公寓房里，早上，驾一辆宝马去到大户室，落市时开回来，专职炒股。听前任保姆，一个同乡人说，房子汽车都是股市上赚来的，赔进去的却有两套房子，一个男人，半个小孩——离婚给到男方，争得一周两次探视权，所以算是半个小孩。无论从生意，还是风水，都应有起有落，三十年河东，三十年河西，但女人的运势却一直向下。眼见她大房换小房，小车换大车——公共汽车，最后只能租房，却一直用着月娥一小时的工，倒是月娥自己不好意思赚了，提出不要工钱。

女人说，这算什么？你们出来是做工，不是行善，或者就不要做了，还不够脚力的。女人租房独在另一区，从月娥所做的几家地方旁插出去。月娥更不好意思，说，自小家里人都嫌她背时背德，小弟弟被竹梢头劈死也是怪她，她要离开了，股市大概就会好起来，输出去的又赢回了。女人笑起来：这事，老天帮不上忙的。临别还给出多一个月的工钱，算作遣散费。月娥不肯要，说是我自己不做，并不是你辞我。女人定要给，几十块钱推来推去，最后说出一句：我还没落魄呢！月娥才不敢不要。后来，回来看过一次，女人已经搬走，不知道去了哪里，从此再没见面。上海的人就是海里针，手一松就没有了。月娥在这城市邂逅过许多人，形貌难免模糊，但这一个却是清晰的，因为是事业的起头。如若不是如此这般起头，接下去也许会是另一个样子。另一个什么样子，更好或者不好？她不知道。可是，对如今的境遇，却是相当满意，常有庆幸之感。幸亏，幸亏走出来，看到大世界。倘若不是这一步，少赚钱不说，还错过多少风景，岂不可惜死！

像女人这样恩厚的人，无疑是不能忘记，另有一些面孔，则是以奇异性留下较为深刻的印象。比如有一户人家，成员有父亲，母亲，女儿——她称小姐，事情至此还都正常，紧接着就开始偏离了，那就是第四个人，她私下称“女婿”，除此还能称什么呢？“女婿”时走时来，像常客又像稀客，年纪几近岳丈，她并没听见他们彼此称谓。事实上，“女婿”也不与岳家说话，只和小姐交道，而且同处一室。以常情而言，两人十分不配，方才说的年龄倒不是主要的，老夫少妻自古就有，但“女婿”的生相在月娥看来十分可憎，矮，胖，面黄无须，眉宇间有一股煞气，小姐却是新出的嫩芽似的。他们说着一种唯二人懂的语言，更可能是外国语。月娥判断“女婿”来自外国，同时，还判断出这一家人由“女婿”供吃喝，否则，怎么解释三口人均不做事，在家坐吃？就算有养老金，恐怕连房子的物业费都不够付，月娥知道这城市养老金的菲薄。这份工作在戛然间结束，没有任何预兆，发这月工资就说下月不做了，理由是小姐要出国。来不及回过神，就少去一份工。晚上，回到几个同乡人合租的阁楼，议论间，都撺掇去追索多一个月的工资。按惯例，雇佣双方，至少要提前半个月告诉，寻人或者寻工。于是，便气昂昂的。睡一觉起来，决定算了，虽说是自己的名分账，一旦开口总有乞讨的意思。她硬气地想，乡下人穷是穷，总归靠自己，不像他们，靠别人家，还是外国人！只是到下半天，本来要上班——到底是新时代，即便是传统的绍兴保姆，也将帮佣说成上班——下午上班时间，陡然清闲下来，觉得又恹气又肉痛，肉痛半天时间白白过去。她们抛家弃口，出租金住鸽棚大小的地方，不就为了赚钱？没有赚等于赔。同乡人和其他东家都答应替她找新生意，可她等不及了，自己到最近一处保姆介绍所问工。头一回进这样的地方，进去就觉得不对。门口一方地面，摆几张凳子，坐着几个女人，木鸡的表情，脚边放着行李包裹，显然刚下车船，多是未做过的，所以挑剩下来。里面还有一进，一半大小，立一张麻将桌，桌上摆开牌局。介绍所的老板娘，兼营棋牌室，在边上倒茶水，一眼看见她，迎出来，就不好再退出了。

以老板娘，这行里的明眼人看来，月娥就是利好消息。果然，立即问到一份工，驻沪的台湾人，要的正是下午到晚上。按地址找去，也是高档楼盘，经保安盘问与电话，再用门卡刷开电梯，上到高层，已经有人候在走道。一个女人，刚要称小姐，却见身后跟一小孩，叫女人“奶奶”，就收住口。奶奶领她进门，一边看房子，一边交代工作——先到附近小学校接孙子，孙子读一年级，一直仰头看她，还伸手拉她的包带，仿佛是喜欢她的；带回孙子，安顿做功课；然后打扫卫生，烧晚饭。讲解晚饭费了工夫，奶奶亲自动手教她做一种“揪片”的面食。奶奶说的是普通话，且和普通话有所不同，“揪片”这两个字就是奇怪的发音。其实类似面疙瘩，和好的面，搓成细长条，然后用手指尖掐下一片一片，和胡萝卜片、蘑菇片、山药片、牛蒡片，下在锅里，锅开盛起，加油盐醋胡椒。这一日就吃“揪片”，月娥谈不上喜欢，也谈不上不喜欢，顾虑在另外的事情，洗碗时候归纳成三条：第一条，教小孩功课，她偏是不识字的，又不好意思说；第二条，奶奶说话听起来吃力，交流困难；第三是橱柜做在高处，踮脚翘首方可够及，晚饭时，儿子媳妇回来，她发现这家人，包括奶奶，身量都高。所以，样样设施，水斗、灶台、吊橱，都要高于通常尺寸。盘碗又重，尽全力托起来，送进去，失手是迟早的事。决定不做，又有不舍，因这家人不错，不把她当下人待。倒不是多么热切，恰恰相反，是平淡的，仿佛在他家已经很久，一个亲戚。她想着同乡人嘴巴里的台湾人，常是刻薄和挑剔，就觉得并非全部，也相信好人就能遇到好人。然而，方才归纳的三条又涌上心头，不由得一沉。

同乡人聒噪一夜，都是不做的意思，她就也下决心辞工。不想下一日的一件事，却阻住了。前一日熨好的一件男式衬衫，那儿子没有穿，因为袖子上压扁，成一条线。奶奶教她用小熨斗伸进袖筒，周转着熨，线就消失了。她学了本事，也听懂奶奶的话，辞工的三条理由方才少去一条，很快又增一条，那就是他们听不懂她的话，但并没有解雇的意思，于是，又挨过一日。是不是窥出她不识字，再没提教小孩功课，心事略放下些。可当日晚上，奶奶竟发来一条手机短信，所以，还是当她识字，识字这桩事可说她最痛处。再不犹豫，跑到介绍所，辞工了。过后，老板娘打来几次电话，说那家人请她再去。她克服了心软，坚决推掉。这一次短暂的应工，在介绍所留下记录，使她事业获得突破性进展，那就是她开始接到台湾人的生意，不仅工资高于本地，还领教见识和技能，就像熨衬衫这一类的。

三

长途车中午在服务站停十五分钟，众人上厕所，司机下车抽一支烟，继续路程。楼房与街道从高架底下过去，霓虹灯招牌，玻璃幕墙，几乎擦肩盖顶。城市的分布变得稠密，而且座座繁华，城和城之间，农田被沟渠道路切割成小块小块，结着霜，蒙着一点晨光，就像破了口子，显得凋敝。有人蹲在塘边，凝神看水，大约是看夜里放下的鱼篓有无收获。高速路将人和事都推远推小，变得很假，小时候过年去看社戏，临水的台子上，亮灯里面的活动，就是这样。她想不起演的什么，都是在嬉闹中度过，调皮的撑船郎用桨顶她们的船帮，左右摇晃，她们就尖起嗓子叫骂。日子其实苦得很，吃也吃不饱，和爹娘吵半年也吵不了一件新棉袄。少不更事，却也穷开心。

车在向上海驶近，已经看得见高楼，又绕开去，就像她们那里人说的，"看山跑死马"。车在高速路上盘旋，进去又出来，大概是她们自己不识路，又被绕迷了。时间到下午三点，天气变得燥热，空调车厢虽是密封的，风尘不得进来，但干燥生起的静电，到处都是，略一触碰便吱啦吱啦的，口鼻生烟，头发支棱着，用手扒几下，指甲就长了倒刺。都有些不耐，恨不能一步跨进门，先洗一把脸，再弄晚饭吃，明天一早就要上班。她们可都是忙人！高架上的车行聚集起来，万箭齐发的态势，显现出节后回程的高峰。太阳高悬，也无云，天色却是灰白，尾气积成的霾，浮在半空，有重量似的。车里人都醒着，又都僻静，看窗外齐驾并行的车辆。上海到了，车在楼宇间盘桓，窗格子蜂窝一般，里面都是人家。月娥她们气馁下来，在乡下迫不及待要回到的地方忽变得意趣寥然，新一年的开头，和旧一年有甚两样呢？依然是奔波在一家和一家之间，一个灶间到一个灶间。这些公寓里的灶间彼此相似，水管分饮用与非饮用；砧板分生食与熟食，拖鞋分内和外。要说区别，还是在人。她们一般喜欢年轻夫妇家庭，因日里没人在家，多一般自由，凡有老人的不免就受拘束，时时被监视着。这一点，月娥倒不尽同意，东家一日不在还好，两日，三日，就会心慌，仿佛误入无人之境，又仿佛被忘记有她这么一个人，不知道东家要她还是不要她做。空旷的公寓里，令她害怕的安静，主卧房的双人床，隐着不可示人的私密，男女主人和孩子从照片上看她，笑和不笑都有一种悚然。吸尘器的轰鸣固然驱散岑寂，但同时却心惊肉跳，马上就要闯祸的样子。她快着手脚做完，换上鞋，拎着垃圾出得门去，关门的一瞬，眼睛通过门厅、走廊，直到房间深处，马上会出来一个人，对她说：有没有搞错！心别别跳着，砰一声锁落下，转身跑了。

换一个环境，月娥又觉出无人的好处。晚上八点有一份工，是在公司做清洁。这家公司的写字间占一整层楼顶，员工下班走完，办公格子里空下来，一行行擦拭和除尘，走到外缘，就看见四面玻璃窗外的灯光。白日里黯淡的蜂眼都放出光来，将巨大的立方体通透。她不禁停下手里的活，往外看一眼。底下的街道阡陌纵横，跑着一串串的车。她站得多么高啊，简直要登天了。结束写字间的打扫，这一天的工作才算结束，就是说，她下班了。乘电梯下楼，五到一层是商场，她们从楼的背面，员工专用通道进出，这让她有点骄傲，因是这大楼的主人的身份。从车库推出电动自行车，骑上去，这时候，她就成了那阡陌里一串亮中的一个。她骑得风快，路口的红灯分明亮着，但见左右无人，一径冲过去。这城市的人与车最拿电动车无可奈何，快车道慢车道人行道都可畅通无阻，说是违法，可是法不责众，谁让他们人多呢！从灯光煌煌的大马路转向小街，进入一条背巷，放慢速度，她到家了。

做钟点工最大的难项是住处，月娥在上海不知道换过多少地方，和不同的同乡人合租。曾经有一个小区，物业联合居委，将地下室辟出来，做钟点工住处，电视台还播放过，称为惠民工程。有一个同乡人邀她去看，条件是必须本小区雇主才可入住，同时呢，租金要比她们合租更贵。她们是多么好将就的人，能多一个同住人就多一个同住人，都要挤出油了，所以自称“油条”。除了合租，陪老人同住也是办法。这城市有的是独居老人，机会还是蛮多的，问题是老人的性格，倘是乖戾的就不好相处了，而老人多半是乖戾的。她曾经在一个老太屋里住过，老太有翻她东西的习惯。她其实并没什么翻不得的东西，翻就翻吧！她将钱、存折、雇主家的钥匙，收在随身包里，睡觉则垫在枕下，倒没有过闪失。让她生怯的是另一件事，老太夜里睡不着觉，常常一个人起来，在房间里踅过来，踅过去，嘴里喃喃自语。有时立在她床前，一睁眼，魂魄都出窍了。好歹住一年，正好有同乡人回老家，空出一个床位，她就搬了出去。心里觉得挺对不住的，过后还回去看老太，老太坐在轮椅里，被一个长相凶悍的保姆大声呵斥，已经不认得她了。月娥有所释然，不那么愧疚，但却觉出做人的悲凉，心情低落很长时间。

她将电动车推进灶间，走上一截楼梯，楼梯两边以及上方，堆着挂着废而不舍的杂物，中间留出一条窄道，只可供一人通行。亭子间的门开着，灯光照到楼梯口，给她留着亮。爷爷还没睡，坐在床上被窝里看电视。床对面是她睡的沙发，蹲着“爹一只娘一只”，眼睛也对着电视，仿佛看得懂。“爹一只娘一只”是月娥叫出来的名字，它通身雪白，唯耳朵一黑一白。见她进来，两位都移开视线，爷爷问外面冷不冷，那畜类也像是有话，最终没有说出来。下去烧水洗了手脚，再上来，爷爷已经睡着，“爹一只娘一只”则让出她的床铺，跳到方桌下面。她看一会儿电视，电视里有一列美女，娇笑着相亲，又像真又像假。看一会儿，操起遥控器，揿一下，屏幕黑了，遂关灯躺下，一天结束了。

爷爷的住处是同乡人让给月娥的，同乡人喜欢热闹，宁可去和人挤着。后来，爷爷信任她了，才告诉其中的隐情。这名同乡人手脚不大干净，爷爷说，时不时发现少东西，以为记性不好，直到有一次，当场看见一双皮手套装进包里，才明白自己是真少东西了。两人都没明说，爷爷是有修养的人，算清工钱，还拜托找个人替她，找的人就是月娥。听到这件事，月娥没有发表意见，她不能说同乡人坏话，也不好说爷爷看错，心里觉得有几分像。这名同乡人与月娥娘家村相邻，自小就有传说，祭祖的时候，凡她经过，都会少供品。明明看她奓着两只手，并没有裹带，可就是少了，面蒸的牛羊马，点了红胭脂的糕团，鸡膀鸭膀，最大的一项，也不知是真是假，供桌上的全鹅，眨眼不见踪迹。她的一双手也很奇，罩着烛火，叫它灭就灭，叫它旺就旺。乡下人都是有神论，热衷灵异事物，传她投胎路经奈何桥，没有喝孟婆汤，所以前世今生贯通，若不是新社会破除迷信，就可操关亡婆一类营生，专给阴阳界递消息。到了上海，人烟稠密，阳气太盛，久而久之，功夫就破了。月娥却亲身经历过她一件奇迹，那是几年前，一伙同乡人去舞场跳舞。舞场设在菜市场房顶搭出的披屋里，名叫“威尼斯”，男客五元一人，女客免票。舞场里有几位师父，多是六十七十的上海人，会跳各种社交舞，以小时计学费，饮料吃食另点。她们几个合请一位师父，轮流学跳。舞场里灯光昏暗，人事混杂，是有些乱。她们将衣服和包堆在一张椅上，团团围住，一人跳，众人看，就万无一失。临到回去，纷纷取自己的东西，月娥已经摸到包了，那同乡人却偏要传一下，这一传，手上一轻，仿佛重量飞走了。当时并不觉得，头脑蒙蒙的，耳边是锵锵的音乐声，灯又灭掉一批，伸手不见五指，脚跟脚走出，站在马路上，月光清明，人渐渐醒过来，想不起什么，就这么回到住处。隔日发现，包里的钱夹没有了。月娥虽不信鬼神，却也没有其他凭证，只认定舞场是个危险的地方，从此再不去了。

四

天色未明，手机在枕下振动起来。蹑着手脚起身，爷爷和猫都在酣睡中。下去楼梯，因为黑，还是踢着一个大火油箱，“哐”一声。这幢老式弄堂房子，三层楼里住有六七户人家，如今除爷爷一个，其他都分租出去，割据得更零碎了。走到灶间，后门一响，进来两个小姑娘，踩着高跟鞋，笃笃地上楼。这时候下班，妆容又浓艳，猜得出做什么生计，月娥只当不知道。一边梳洗，一边烧饭，她自己只需一锅泡饭，但要为爷爷准备三餐。米淘好浸在电饭煲，砂锅挖出一碗红烧肉放进蒸格，到时候一插电源就可。又开火炒一碗青菜，一碗豆腐。她知道是简单了，但周日这天休息，她自己买菜烧一桌，算作补充。爷爷女儿的突击检查，却总是跳过这一天，放在平时，所以就有不满，说，供住宿水电煤，再加每月两百元工资，原来是这样的服务！邻居多事，搬嘴给月娥听。等女儿下次来，又正巧碰面，她就放出二百元钱，意思不要了。爷爷的女儿捡起来，扔回去，她再扔回来。这样掼来掼去，不像是主雇，倒仿佛一对负气的姊妹，计较赡养父亲，谁付出多，谁付出少。月娥知道爷爷女儿是爽快人，说话不托下巴，并没有恶意，有时候开车带父亲去东方明珠或者浦东农家乐，强要她也去，还给她化妆梳头。上年儿子结婚，也请她吃喜酒。月娥交了三百元礼金，也是这么掼过来掼过去，直掼到她转身要走，方才收下。这女儿心里其实有数，月娥对父亲比前几任保姆都仔细，两人也投缘，省她许多操劳。然而，即便本分如月娥，也会有不服规矩，大胆冒犯的行为，是她想不到的。所谓百密一疏，这一疏还相当严重，那就是"爹一只娘一只"的去留问题。

爷爷过敏性体质，皮肤上表现在湿症，呼吸道是哮喘，消化系统则是"预激综合征"。这几样都很麻烦，按中医理论是忌口，凡是发物都不能沾，所谓发物范围又极广，牛羊鸡，鱼虾蟹，葱蒜韭，秋后的茄子，初春的香椿，连料酒都算在内的；西医则是断绝过敏源，花粉、鸭绒、漆水、宠物。月娥的这一只，是弄堂里的流浪猫下的崽，拳头大就抱回来，等爷爷的女儿发现，已经是畜类里的少年，身体长大，毛色雪白，一只白耳朵，一只黑耳朵。女儿不禁吓一跳，即刻下令送走。月娥嘴上应着，以为这一回也像以前无数回的争端，最后不了了之。女儿下一回来，只见那东西又长大一圈，"嗖"地从脚下蹿过去，如一道白光，光里有一点黑，就是那耳朵。这一惊非同小可，猫的危险在其次，更重要的是老实的月娥竟敢不从，忒胆大了！气急交加，叫嚷起来，问月娥是人走还是猫走。月娥不会吵架，性子却犟，转身收拾行李铺盖。爷爷打圆场，被女儿指着鼻子威吓：你要发喘，再没人管！爷爷就跳脚。说话间，月娥已跑到楼下，后门口围一众人听动静，其中有磨刀剪的河南人，站出来说，猫可以交他养！爷爷的女儿本不想让月娥走，趁此正好下台阶，同意河南人的建议。无奈月娥抱着"爹一只娘一只"，就是不松手。来回夺几次，两人眼泪都下来了。一个说：人要紧还是猫要紧：另一个说：河南人不是真心养，而是杀了吃肉！河南人则提出可付钱，十块钱。月娥啐道：放屁！爷爷女儿说：人家诚心要！月娥说：就不给他！爷爷女儿说：你要给谁？话音都软下来，有了松动。最后，女儿说：我要找到养猫的人家，你不能不给！松了手，"爹一只娘一只"哧溜蹿下地，河南人收起钱，悻悻走开，人就散了。

隔一日，爷爷的女儿果真带人来了，一对中年夫妻，面相和善，说话也很懂理。专挑周日月娥休息时间，为的是让她看看领养人家。月娥挑不出一点不是，沉默着看"爹一只娘一只"装进纸板箱，纸板箱里没有一点挣扎和叫唤。月娥不由惘然，骂一声：没良心！也不送，关上房门，很决绝的样子。这一天过得落寞，她不说话，爷爷就也不说话，生怕惹着她，走路动作都轻着手脚。三餐完毕，睡前照常看电视，身边空出一块地方，温度都不一样了。早早上床，闭上眼睛睡觉。夜里醒来，窗外路灯映在窗帘上，以为是一张猫脸，一惊，复又睡去。

平静过了几日，忽一天下班回来，沙发床上蹲了白亮亮一尊佛似的，再一看，就不相信自己的眼睛，原来是“爹一只娘一只”。月娥又悲又喜，还害怕，怕爷爷的女儿追过来再捉了去。问爷爷怎么回事，爷爷急表功地告诉，今天一早，她方出门，那领养人家的女人就来了，提着纸板箱，说“爹一只娘一只”到得他们家，不吃不喝，百般哄劝亦无效果，想想不行，要出人命——说到此处，爷爷自觉不妥，顿一顿，改成“性命”二字，再说下去——要死在他们家，算是犯杀生的天条！原来夫妇二人信佛，于是便送回来。爷爷说，已经给它喂下一杯牛奶，半碗菜泡饭。这畜类自小随他们吃喝起居，有些像人的饮食。爷爷的表情带着讨好，透露出自己并没有容不下的意思，怪只怪身体，不由他做主。月娥抱一抱“爹一只娘一只”，瘦脱有一层，毛色也暗淡了，于是打来温水给它洗澡。沐浴产品倒是名牌，雇主家清理过期物质，挑拣出来的。爷爷见月娥高兴，就说，实在送不走，也只好留它下来，但一定要藏好了，不能让女儿晓得。月娥保证“爹一只娘一只”身上干净不染病，但是，爷爷你也可争气啊，千万不要生病！自此，月娥就时常在猫耳朵里絮叨：听见大妹妹上楼梯，火速钻进床底下！爷爷的女儿她是称“大妹妹”的，因底下还有一个兄弟，就是“小弟弟”。勿管猫它懂不懂人话，就只是反反复复，一遍，两遍，十遍，百遍。事实上，大妹妹再也没有发现这罪孽的踪迹。爷爷呢，也再没有大的发作，真的挺住了。他们三个，一并守住秘密，相处更加和睦。

在爷爷这里居住，有一些家的意思。隔二三星期，几个要好的同乡人各带了肉菜糕饼，来到拼凑一餐宴席。头两回，安顿爷爷先吃好，然后再开桌面，但那边厢投来羡慕的眼光，便试着发出邀请，话没落音，人已经坐进来。五六个乡下女人，带一个上海老头，挤在巴掌大的灶间，围一张八仙桌。桌上七盘八碗，还烫了黄酒，彼此一点不见外的。先前陪爷爷住，后来让给月娥的那一位，也在座，非但没有尴尬，反而像老熟人，说：给你介绍的人好不好？爷爷说：比你好！同乡人说：怎么谢我？爷爷说：谢你一杯酒！什么酒？老酒！什么老？莫佬佬！仿佛大人哄小孩，其实里面是有机锋的。绍兴人有师爷的传统，说话尖刻俏皮，爷爷呢，毕竟有阅历，晓得什么时候清楚，什么时候糊涂。

几杯酒下去，爷爷打开话匣子，说起了往事。老迈的爷爷，其实有着叱咤风云的日子。曾经做过厂长，管着手下几百人，生产的明胶，一种工业原料，都销到国外去过。所以，爷爷去过外国，和外国人谈生意。针尖对麦芒，进一步，退两步，绕着圈子，调头杀回去，眼看没胜算了，忽然间柳暗花明！爷爷说，外国人有两处软肋，一是认死理，二是没耐心，所以说呢，我们这边就不能动蛮力，而是用机关。打个比方，古代有养猴人，给猴吃枣，上午三粒，下午四粒，猴子嫌少，不愿意；养猴人就上午四粒，下午三粒，猴子仍然嫌少，不愿意；养猴人再回到上午三粒，下午四粒，猴子还是不愿意；于是，上午四粒，下午三粒，来往几番，又是上午三粒，下午四粒，猴子终于接受，这就是成语“朝三暮四”的出典。在座的也都被绕糊涂了，互相看看，说不出话来，爷爷仰面大笑。这才知道老头子的厉害，这破落不成样子的弄堂里，其实藏龙卧虎。爷爷拿出照片给她们看，照片上的人和眼面前的，依稀相似，却天壤之别。西装笔挺，头发油亮，左右前后的人，多有谀色。可惜已是昨日风光，照片中人，如今领社会最低保障金，属弱势群体，真是世事难料。年富力强，政策又好，爷爷辞去公职，回到自然人，盘下厂子，做了老板。得意中人，眼睛一径向前看，旁边的枝节就忽略了。先是原料涨价，后是同类产业竞争起来，市场饱和，再接着资金吃紧，最终陷入三角债，以“诈骗罪”起诉。虽是虚刑，总归有了前科，这是从司法角度讲；生意道上，信誉是第一位的，失去了再难回来；第三，年纪不饶人。总之，爷爷退出江湖。好在，儿女在爷爷兴旺时各自开辟事业，现在，就到反哺的时节了。

五

日子一天一天过着，难免有一点变动。台湾人服务的公司从大陆撤资，人员先后离开。因公寓剩余有两个月的租期，就容留她继续做，直至找到下一份工。她究竟不能将客气当福气，白享主顾的恩惠。走进空荡荡的公寓，开头还有些收拾整理的劳动，很快便无所事事。电话响起来，也不敢接听，怕是要求记下什么，她真恨父母不让她读书，落得个睁眼瞎。电话铃声兀自响着，四下回荡，就只有逃跑了。于是加紧寻工，找新雇主，不敢挑剔什么，半个月就应工了。此时，有长做的一户，女儿回娘家坐月子，一周三次需增到一周六次。她不怕吃苦，只嫌做少不嫌做多，只是要与另一户东家商量，下午换到上午，从上午的头尾各挤出一个钟点。这样，就更要早起。最后还是要请爷爷谅解，上一天晚上烧好下一天的菜，爷爷自己淘米烧饭。爷爷好说话，她也不会欺负老实人，周日格外加餐犒劳。同时，她还要晚睡。钟点工的生活就是这样，时不时会乱一下，洗牌似的错过来错过去，终于对齐。稳定一阵，又乱了，再洗牌，再对齐。中间媳妇来过电话，告公公有重入牌局的征兆。媳妇虽住娘家，但耳目灵通，又领了婆婆旨意，履监视的职责，但凡有风吹草动，便来吹风。免不了气和急，打电话回去，一番吵骂，越说越火大，在外对人家的好脾气全变成坏脾气，说到极处，落下眼泪。对方只是听，不回答，有几次以为电话没信号，“喂”一声，那边却应了，再继续话头。吵骂升到高潮，眼泪已经干了，这一轮的撒手锏是“哗”地挂断。等对方打回来，但手机静默着，一响不响，晓得对方是不敢。心想是不是再打回去，倒想饶了他似的，再讲了，该说的都说透，还说什么？于是收起手机，慢慢平静下来。有些可怜在家的人，可是，谁来可怜自己呢？那么吃苦，一分一厘赚来，攒起，带回家。草房子推倒，起楼房，上下总共十二间，本以为苦到头了，儿子倒又要在上虞城里买商品房。她自然要帮儿子，于是，再赚，再攒，再带回家。儿子也苦，跟了老板一会儿上东北，一会儿下海南，老板接单的工程在哪里，他就到哪里做水电。年轻夫妻分居两地，除做工的辛苦又有一般煎熬，所以说，他们一家都可怜。

这一些都是过日子的常态，平安就是福，总算，没有大事情发生，比如，像上一年，老娘中风。不得已告假回去，回去了老娘又不让走，就拖延下来。急得向老娘跳脚：从来是嫌我多的，现在又少不得我了！老娘骂她没良心，出疹子时候，几天几夜背着不放她落地，否则，她已经死得投胎去了！她说早投胎早出头，谁想活在这命里做人，不识字，多少难为情！老娘说：是我不让你识，还是你自己识不得，这笔账要算不清楚，都能追到阴司间里讨债！于是就要倒回去几十年，细述头尾。老娘说是她自己读书笨，被老师骂回来，再不肯去。月娥的记忆是，当年生下小弟弟，要她背弟弟不放她去。提到那小的，老娘高起声嚷：人已经死了，你还赖他！说到这里，两个人都哭了，一场争端方告结束。又拖过几日，她真要走了，上班呢！哀告的口气。“上班呢”几个字有一种庄严，也正是这几个字，老娘才变得器重她超过姐姐们。于是，老娘豁达起来：走吧！临行晚上，月娥听她在被子底下哭了半夜。她一走，老娘就要回儿子家，住在儿子家里是受约束的，何况得了这种病，送医及时，没有大的碍处，但手脚总归不大灵了。其实，女儿家也可以住，可是，乡下人都要面子，没儿子养最被人诟病。她已经死了一个儿子，留下的一个不收留她，差不多就是绝户了。这一耽搁就是十数天，雇主多半有耐心等她，只一户家有老人的，另外找了钟点工，晚上公司的清洁，事先让同乡人替她，总算没有中辍。爷爷这头困难些，但不肯换人，宁愿自己克服，那时还没有猫的事情发生，爷爷的女儿也容忍下来，保住了。相比那一年，前后的日子就称得上安稳和顺。

每日天不亮出门，一个上午转两份人家，第二份包午饭。有时雇主不在家，她就自己找些冷剩饭菜热热。倘雇主在家，一张桌子上，吃的是新烧的饭菜，人家也很客气，她却吃不好，急着吃完撤离饭桌。有时会噎住，喉咙口勒紧，透不上气，主仆都着急，窘得很。下午是三份工，前两份各一个钟点，第三份就长了，吃过晚饭洗好锅碗才能走。这家人吃饭不在一个时辰，小的先吃，老的后吃，吃完了，年少的夫妇方才下班进门，于是，开始第三轮。她居中，和老的同吃，就在厨房里，倒自在些。为节约时间，分三次洗碗，浪费了洗涤精和自来水。那老的说过几回，不奏效，只得随她去，她心里有数，只是没奈何。终于完事，出来大楼，已经八点钟光景，再赶公司写字间。季节转换，气温上升，五、六两个月最好，到下半年，就是十月十一月好。冷暖适宜，风和雨细，身子是轻的，自己都想不到的灵活，在车阵中穿行，好像一条鱼。心里得意，得意在这城市里不陌生不胆怯。别看高楼林立，吓不怕她的。五一和端午，法定假日，东家问她，要双份工资还是休息，她总是回答：休息！原本她以为人的力气是用不完的，现在还知道这世上的钱是赚不完的。也有悭吝的东家，自动给了假，那就正好。

这一日，她们同乡人商量去野生动物园玩。早一批人去过，描绘十分惊险壮观，车在兽群里走，前后左右虎啸狼嗥。爷爷很想跟了去，月娥没同意，一是怕爷爷生病，二也是想有半日自由，要照应老的，总归玩不好。中午饭炖了猪蹄，红烧一条鱼，二三样时蔬，豆腐荠菜羹。爷爷却罢吃，只吃白饭。她把菜硬送进老人碗里边，心里好笑，"老小老小"。吃完饭，走出后门，不回头也知道爷爷从窗户里看她，不由心软，到底挺住了。地铁口汇集，刷卡进站，不时，便听见列车轰鸣，转眼间，闪电一般过来了。从窗口看得见有空座位，门一开，冲进去，已经被人抢占。五六人中只两个坐到，还是分开的。停一站，又占到一个，再停站，再占一个，终于全坐下，就要集拢一处。车厢里人看她们一伙喧哗和骚动，多露出不屑的表情，还有人讥诮说：下棋啊！她们才不管，大声说大声笑。假日里，这趟车一半以上是往野生动物园出游，一家数口，带着吃喝，小孩子的玩具，她们则是单个。有一点点思乡，又有一点点得意，因为独往独来，全凭自己，于是更加放肆。

她们都穿了簇新的衣服，红绿的颜色，半高跟皮鞋，头发上别一朵绢花，胭脂口红，做新娘子都没有这么鲜艳。那时候，其实没有打扮的心思，愁都愁不及，也不会穿衣梳头。紫花缎的棉袄，银灰毛料裤，高帮棉皮鞋，前刘海烫成一个鸟巢，坦克链的手表，就算是最时髦的了。看照片，照片上的人比现在还老气，木鸡似的。如今呢，尽管长了岁数，但比那时候敢穿，这城市里的人，都是没有年纪的。就这样，一群人，花团锦簇地，下车，上地面，汇进人流。野生动物园并不像去过的人所说热烈耸动，老虎们，散得很开，远远看见一头两头，豹子、狮子也是。大约见得多了，对汽车以及汽车里的人都缺乏兴趣，懒得瞧上一眼。月娥也没有预期的兴奋，比较电视上的"动物世界"，实际情形平淡许多。但她还是有一点激动，因为视野开阔。天地那么大，四边没有遮挡，呼吸畅快得很。而且有一群羊，广播介绍叫作羚羊，很珍稀的物种，在她看起来，与普通的羊无大两样，使她想起家乡山里面的牲畜。羊群跟随汽车奔跑一段，从车厢两侧过去。羊蹄子离开地面，仿佛飞起来，这才知道这羊的不凡。车在散养区域走一遭约有一个钟点，到发车的地点下车，最主要的项目结束了。太阳已经偏西，她们在安全区的丘陵河塘，树木草地走一阵，占了一具石桌，围拢坐下，将带来的饮料糕饼瓜子拆包，开始吃点心。有年轻男女席地铺一张毛毯，或坐或卧，形容亲密，并不避人。为表示司空见惯，眼睛就不往他们去，只用余光扫一扫。坐大半个钟点，就收拾起身往园外走。搭乘地铁的队伍排了几个回环，等到上车，再周转，出站来，天已擦黑。商议一起吃饭，桂林米粉，沙县小吃，重庆鸡公煲，最后还是进一家菜馆，点几个炒菜，浓油赤酱的，下饭得很。账单上来，平摊到个人头上，所费就有限。这一日过得十分满足，分手时说好下一个节假日再玩，植物园，东方明珠，世纪公园，等等，等等，由她们自选。月娥与介绍爷爷家的同乡人有一段同路，同乡人很殷勤地要替她拎包，包已经到她手上，月娥停一下，没松手，拉回来，说：不麻烦！同乡人说：我是怕你累！月娥说：你也累。同乡人说：太客气了，你。月娥回答：家乡人，客气什么？同乡人就松开手，有些悻悻然。月娥又不忍了，说：下回再出来！一个转弯，一个直走，等看不见背影，月娥低头检查包里的物件，一样不少，放心下来，一径走回去。

月娥将出行描绘得很简略，爷爷的遗憾就好些了。告诉她大妹妹下午来过，没有看见"爹一只娘一只"，那畜类听到脚步声，往床底下一钻，虽然不会说话，肚子里都有数。月娥说：这一点倒像我。爷爷说：谁养的像谁，很快它就会踏电动车了！两个人一只猫坐着看一会儿电视，各自就寝。天气暖和，后弄里杂沓起来，有人家开了窗打麻将，骨牌敲在桌上啪啪地脆响。这些噪音并没有影响屋里的睡眠，梦中有一只羚羊，就一只，往车窗里探头，月娥一转脸，飞奔走了。

六

爷爷生病了，和过敏没有关系。这一日，起床落地，脚站不住了。月娥打电话给爷爷的女儿，女儿再打电话120急救中心，120的车进不来后弄，在弄口徒劳地鸣叫，下来两个壮大的男人，提着担架。所谓担架就是一床带拎襻的单子，将爷爷裹在里面，两头一提。惶遽中，那畜生没藏好，来人险些踩着它。爷爷的女儿也许没看见，也许看见了顾不上，没说什么，跟着上了救护车。月娥下晚班去医院看望，爷爷已经住进病房，做过许多检查，精神倒不错。月娥收拾起换洗衣裤，问爷爷想吃什么，护士就进来催促关灯睡觉。月娥退出房门，一条走廊如白昼般的大放光明，却反加深了夜色。月娥敛着声息，心里忧愁，愁爷爷不知道害的什么病，也愁自己，预感生活又要起变化。

天气赤热，午后炎日里，电动车轮下的柏油路面，像是泥做的，柔软起伏。骑车人，尤其女性，都戴一种遮阳帽，蓝色塑料的帽舌头，压下来盖住脸，就是面罩。与此配套的还有一双套袖，白色尼龙纱，袖笼很宽，灌了风，飞起来，变成两翼翅膀。从滚烫的气浪走进公寓大楼，森凉扑面而来，汗倒下来了。再次出门，日头弱一点，身上不那么烤，略透气些。但等天全黑下，白日里收进去的热又尽悉释放。这城市的水泥、金属、玻璃、外墙的涂料，专会吸纳温度，到某种条件下再吐出去，竟比当时当地更凶猛。她去到医院，病房已经熄灯，爷爷还未睡着，压低声音说几句话，收拾起换下的衣服和吃空的碗罐，走出去。第二日再带着干净衣服，新烧的饭菜，送去医院。晨曦里的凉意，在医院门前的熙攘杂沓中迅速散尽，换来一种掺杂隔宿体味的混沌的热。衣服后背溻湿了，又在病房的空调中阴干。医院里的市面早，此时开始供早餐，她将饭盒汤罐交到爷爷手上，嘱咐如何加热，遂匆匆离开，去上第一份工。爷爷的脚能下地行走了，可爷爷的女儿却说检测的结果大不妙，需从长计议，这短时间建立起的新秩序也许又面临解体。

爷爷的儿女商量送父亲去养老院，说是商量，其实是大女儿的意思，小儿子一贯不做主的。她说，爷爷看起来是腿疾，根源却在肺里的肿瘤，从此必要全天候的服侍，月娥你，她看向月娥，我知道一个月至少赚七千到八千，我是用不起你的。因说的是实话，月娥便不好反驳，沉默着。爷爷的女儿继续说，这房子虽然小，不过一个亭子间，但地段好，出租至少两千，我倒想你来租，可你是租不动的！这一句又是实话，月娥依然沉默。好的养老院，一个月不下三四千，护理费医疗费还要另算，你知道，她又看月娥，老头子没了公职，吃的是低保，最基础的，所以，就要靠这房子补——月娥就知道要卖房子。“爹一只娘一只”从床底下睁眼睛看，仿佛听得懂，爷爷的女儿甚至也看它一眼。她似乎把它这回事忘了，或者是，有更严重的事情发生了，其余通通忽略不计。屋里两个人和一只猫岑寂着，各有各的心情，又同是一种疑惑，那就是，因为卖房子送爷爷进养老院呢，还是因为送养老院卖房子？是养老院归养老院，卖房子归卖房子，还是两样合一样，同出一理？上海这地方，房子是天大的道理，又是天大的理亏，爷爷的女儿受不了沉默的压迫，一顿足，走了。

爷爷出医院，每到星期天，女儿或儿子就开车带着去看养老院。爷爷都不满意，总归挑得出缺点，其实是不情愿。他对月娥说：儿女是要卖房子分钱！月娥不好接嘴，只说爷爷住到养老院，她会去看望。爷爷看养老院，她看房子。上班的雇主都在这一带，就不能往远处找，凡同乡人合租的住处，都十分逼仄，一个萝卜一个坑，拔出一个空一个，所以也是无功而返。爷爷回家养着，身体精神都健旺起来，比先前还胖了。有两个星期日，儿女没来带去看养老院，事情延宕下来，月娥寻找住处的急切也松缓了。这一年的酷暑在躁急与混乱中过去，秋爽降临，仿佛逃过一劫，人就变得乐观，凡事都往好处着想，爷爷也开心起来。

就在这时节，事态骤变，爷爷的女儿忽带人看房子来了。接下去，便如刀切白菜，一连串地进行。签合同、交定金、房屋过户，养老院的通知也到了，原来，早已经登记排队，现在排到了。火速中，月娥硬在同乡人地方挤出一个床位，还是那个爷爷家的前任，她与她有前世的孽缘似的，摆不脱干系。十天半月光景，这房间就如打劫过似的，搬得半空，墙角里的蜘蛛网露出来，灰絮在地板上打滚，爷爷的脚又不能走了，走时坐一架轮椅，掉着眼泪，也不敢说什么，怕得罪儿女，终究是靠他们的。

早一天，月娥搬走自己的东西，一个箱子，一只蛇皮袋，一卷铺盖，还有“爹一只娘一只”。所谓挤一张床铺，其实就是一条通铺，左右让出一尺，放下一床被褥。好在天气趋凉，不怕挤，因多一人分摊租金，也都不嫌她，还很欢迎“爹一只娘一只”，可对付老鼠。这间房子是自建房，在一条夹弄里，房产商早已经圈下地皮，就等资金到位。四下里都在拆，残墙断壁包围，老鼠就从四面八方跑向这里栖身。“爹一只娘一只”其实不食鼠，但是物种属性决定，鼠类平静许多，只是猫相有所改变，变得粗野，毛色也不匀了。月娥自己都顾不过来，新换地方，七八个人用一个水龙头，两具煤气灶眼，化粪池是业主私放的管道，马桶就常常堵塞，又或多或少有点欺生，什么都抢不到先，常常来不及梳洗就去上班。人和猫都变得邋遢，想到在爷爷那里的日子，称得上享福。然而，这样的变故并不是第一次，居住的窘迫也算不上之最，几个星期下来，月娥与同住人协调手脚，就像一块砖，砌进墙面。到底同乡人，论起来，有两个还是一个乡镇。一旦熟络，彼此就照应起来。生活渐渐从容，她和“爹一只娘一只”形貌也比较看得过去了。霜降时分，暴冷天，温度只到零，她们被叠被拥在一起，却是火烫火烫。黑了灯，说些东家的怪癖和秘事，保姆业流传的八卦，和她交情近的那位同乡人擅讲鬼神，听得人瑟瑟抖，又哈哈笑。快活中，月娥方才想起，还没有与爷爷通电话，说好要去看他的呢！

电话里，爷爷听到月娥的声音，又哭了。月娥不由鼻酸，决定下一个周日把人接出来过一天。她和同乡人说，这一天的午饭，由她出资，其他人帮助采买和烹煮，她要请一个客人。难免要被调笑，问她与老头子有什么计划。她就去扑打说话的人，那人就逃，两个人四双脚踩着被窝追逐，绊倒爬起，旁观者拍手助战，顿时开了锅。闹过了，月娥正色道：爷爷是可怜人，说三道四造孽的！人们安静下来，她却被自己的话触动了。她想，都说上海人有福，她所遇见却多是落魄，或是炒股票赔进家当，或是老和病，或者倒要让外国人来养，这世界的风水在转呢！

到说好的一天，她邀了有夙孽的同乡人一起去养老院，留下那几个办饭。这养老院远得很，好在新通地铁，否则就没办法去到了。总共转了三条线，出站又走十几分钟路程，方才看到挂牌。虽则路远偏僻，院落和楼房却轩朗整齐，阿姨也很亲热，一说名字，就引上楼进房间，她们倒是一惊。爷爷一身西装，雪白的衬衫领口，结一条紫红领带，和出国照片里一样。看见她们，并没有哭，而是带些倨傲的表情，就很有派头。来不及坐，给爷爷套上大衣围巾，戴一顶贝雷帽，推起轮椅，出门去了。一路有人与爷爷打招呼，很羡慕的样子，问回来不回来，又几时回来？爷爷不回答，只微微抬手挥一下，很像领导，她们则是护卫，赫赫然出到街上。天气很好，太阳暖烘烘的。这两个不免要问些衣食饱暖的话，爷爷的回答很简短，矜持得很。两人便交换眼色，意思是爷爷架子很足，也看得出养老院的日子还不错，至少不像先前以为那样叫人害怕。再上地铁，因要走无障碍电梯，转换进出就比来时费周折，走进她们住处的后弄，日头已到正中。推开门，只见灶间里摆了满满一桌吃喝，围坐着的同乡人不知事先约定还是临时起意，一同向爷爷鼓掌。爷爷撑不住了，红了眼眶。这一餐饭吃到下午三点，爷爷喝了酒，又将昔日的风云说一遍。座上人多从月娥嘴里听说过，但当面讲和背后讲到底不一样。爷爷说完，各人又说些乡下的趣闻。一个印染厂老板，造起一幢别墅，家中雇佣十几个男女用人，其中两个女人，专门用抹布一块块地擦拭道路上鹅卵石；又有一个织机厂老板，为造私家园林，从江西地方移来千年大树，收费站只得拆掉路障，让其通行；第三个老板，有私人飞机，将几百亩山地刨平，做机场和跑道——这就有人不同意，政府有禁伐令，怎么能坏规矩。说故事的人不禁冷笑：人可以定规矩，也可以破规矩，只怕政府还要感谢老板解决就业，一拆一盖不都要用工？爷爷听得瞠目结舌。爷爷那个时代老早成旧皇历，人也是边缘人，不晓得世事翻新到什么程度，唯有叹息：上海人，上海人啊！在座就告诉爷爷：现在有一种人，叫作新上海人，很不得了的，那种最老的老洋房，带花园草坪的，都是新上海人买下来。爷爷说：你们都是新上海人！有嘴快的回应：馒头落到酱缸变酒，落到粪缸里生蛆，运势不一样。亦有人正色道：我们是乡下人，终究回家安老的！听这话，爷爷伤感起来：你们回家安老，我老了老了，倒要离家，住集体宿舍。一众人纷纷安慰：我们现在就住集体宿舍，早住晚住而已！时间不早，要送爷爷回去，出门时，一条黄白影子忽扑到跟前，定睛看，原来是“爹一只娘一只”，有些变样，又伤感了：“熟”掉了！意思是见老了。月娥就说：猫本来就寿短，算起来，它的年纪比爷爷大！怕爷爷触景生情，不敢多停留，速速推上路，向地铁站去了。

七

新历年翻过，春节的忙碌就起来了。电视里，广播里，都在报启动春运的消息。车船码头开票预售进入倒计时。同乡人中的一个，东家有办法，在网上替她们买到长途票，动身的日子一天一天逼近了。有慷慨大方的雇主，包红包，买年货，悭吝些的也多少意思意思，送盒糕饼，买双鞋袜。月娥做清洁的公司今年盈利好，福利发到临时工，洗发水、沐浴露、毛巾肥皂。体恤她们一年在外，辛苦不易，添些行色，高兴富足地回家。临行前稍稍出了个岔子，最终也化险为夷，平安度过。那天，月娥去银行，想转钱给儿子卡上，送进去五万的折子，回答说只有二万五，惊出一身冷汗。一同去的同乡人识几个字，仔细看几遍，果然只有二万五。这下子，月娥眼泪就下来了。她清清楚楚记得五万，还是爷爷带她去存的。可是爷爷在养老院，她只有去找爷爷的女儿。赶到女儿家中，正在吃饭，放下筷子就跟她走。爷爷的女儿坐在电动车后座，双手箍着月娥的腰，月娥感动地想：大妹妹人其实不坏，又有热心肠，就是爷爷的事上急了些。一路无阻，到了银行，大妹妹也不取号，直接进去找当班经理。那经理是个小姑娘，被来人的气势吓到，说话就气短，第一回合月娥这边就占上风。待大妹妹说明来意，指出折子上的存入款记录，又有一个转出记录，请经理解释。小姑娘渐渐缓过神，细一考究，说这转出的二万五是买一种理财产品，于是转向月娥：阿姨，难道你忘记了吗？是你同意签字的。月娥既不懂什么理财产品，也没有签字的印象，再又不敢说自己不识字。小姑娘从电脑里敲出存档，月娥这才晓得已经进入到理财行列。钱是不会少她的，只暂时不可取出，要等三年，本息交付。倘若阿姨你，小姑娘说，现在退，也可以，只是为你可惜，利息没有了。月娥想了想，还是退钱牢靠，至于损失利息，她倒想得开，不是自己的钱总归不是自己的。大妹妹斥责他们银行私自将储户存款投入理财，都可起诉，小姑娘且一口咬定，本人知情。反过来是月娥劝大妹妹罢休，怪只怪她不识字，又听不懂话。

混乱着，就到旧历年尾，一众人收拾好行李，各有三五大包，七八小袋，月娥又格外多出一件，就是“爹一只娘一只”，装进带盖竹篮，随她去乡下。年后不知道有无挪动，那房东早搬去新购的商品房，这一段过来得很勤，话里话外都是走人的意思，无外加价房租，或就真的要拆迁平地了。人本来是要遭罪的，让个畜类陪着，也是造孽。一大清早，拼坐两辆出租车，往长途车站去。她们已非当年，刚从乡下出来的新人，两手空空，攒下的每一分钱都捏得出油来。过年回家，夜半起身，肩上挑根扁担，硬是从长宁走到南站，去乘火车。乘的是慢车，一走一停。饭盒里盛了冷饭，免费的开水一冲，筷子一淘，囫囵吞下肚，连个茶叶蛋都不舍得买。老的殡葬，大的娶亲，小的读书，再加上房子，都是这么挤出来的。现在，她们可阔多了，地铁，公交，熟得很，出租车，偶尔也要坐一坐。她们不再搭乘慢车，换坐豪华大巴，夏天空调，冬天暖气，一路过去，差不多就到家门口。想不起什么时候，公路像一根鞭子，刷地劈开山崖树林，横在脚底，引得青壮都往外跑,不几年,村落就只余下老的和幼的。

下午二三时,大巴进到省际公路,同乡人络绎下车,有的直接进村,有的还需转一程,就有家中小辈候在站上,或开自驾车,或开摩托,把人接走。省道下面有县道,县下面有乡,乡下面还有村,甚至有一家一户独自修出路来。宁绍地方,自古有修桥积德的传统,现在是开路。开路不比造桥,需占田地山林,且是庄户人的衣食。话又说回来,谁还靠山吃山,靠水吃水呢?月娥的村子在最里面,所以这一伙里她是垫底,末一个到家。车厢里空廓许多,沉静下来。离开一年,只觉树木更杂芜,人家更稀少,错落几爿屋顶,几被掩埋。男人五叔立在路边,手里扶一架自行车,身上换了新衣服,胡须剃得溜光,倒不似她以为的落拓。车门打开,先下行李,然后下人,自行车的前架后座,全负满东西,公母俩一前一后往家里走。

五叔身上收拾得整齐,原是为迎接月娥回家,房子里纵是杂乱,也不好说什么了。总之,一进门,还没喝一口热水,就是归置和打扫。床上还铺着夏季的草席,蚊帐顶上布满昆虫的尸骸,为找新衣服穿,橱柜里翻江倒海,饭桌罩笼底下的剩菜不知多少天之前的,冰箱里黑洞洞。液化气灶眼让溢出来的粥饭糊死了。钢化汽罐倒是抬来一排,米也舂出来一满缸,鸡嗉子鼓鼓的,已经吃不动,地上撒的谷子被爪子踩进泥里,都是等人回家的架势。月娥手不停歇地洗涮擦拭,五叔跟在身后,也是忙。她让拿东,他却拿西,她支他远,他偏在近,即刻要用的再找不到,递到手上的都是无用。燃着的柴火拖到灶口,险些点着屋顶;洗衣机脱落管子,水淹了院子;抓到手的鸡强挣出来,待他去追,后衣襟却被狗咬住;月娥骂五叔笨,五叔就生气,凡事凡物都欺他,欺他孤单一人,无依无靠!忙和乱中,过日子的欢腾回来了,生分的男女也有了话说。天黑下来,电灯亮着,明晃晃的,白日里的肃杀气这时和缓下来。房屋大致妥帖,干净被窝铺上床,柴灶上的米饭喷香,液化气小火煨着鸡汤。月娥这才坐得下来,手里还剥着苋菜梗,填进腌坛子。五叔告诉年里头的安排,大年初一要请三伯四伯吃一餐,初二见亲家,初三呢,就有一件大事情,什么事情?其实她早已经知道,就是儿子的新房子装修完毕,年后搬进去,自然要喜庆一番,所以阖家去上虞城里吃酒。

月娥问,为什么不在家里办?五叔说,儿子定好酒席十二桌。月娥还是问:为什么不在家办?二十四桌也办得出来!五叔说,那也是家,儿子的家。月娥不出声了,眼前出现另一幅办宴宾客的图画,是这十二间楼房落成,请一名大厨,带两名小工,村里女人都来打下手。办的不是十二桌,也不是二十四桌,而是流水,从午间到晚上。油布篷撑起两顶,一顶办厨,一顶布席。木匠一桌,泥匠一桌,瓦匠一桌,儿子的同学老师一桌,亲戚几大桌,乡人几大桌,这都是称得上名目的,其余的就不计其数。鞭炮放了几十里地,回声阵阵,山壁间碰来撞去,久久不能散去。那时候山还没全打开,公路通不到家门前,可消息传得飞也似的,都晓得这里头有好事情,过来贺喜,讨一杯喜酒。月娥抬头打量,四角上的红绫子还没褪颜色,这房子已经空下来。封上坛口,烧一圈蜡,密闭了缝隙。站起身,剥下来的皮扫进簸箕,锅里的饭焦铲下,盛进竹篮,鸡汤熄火。冰箱插上电,打开便亮起灯,向里看看,炒的酱,杀好的鱼,蒸的馒头,从上海带来的一只蛋糕,分生熟冷冻,全归位了,这才关灯上楼。

从上海鸽子笼陡然来到乡下,房子大得无边际,到处都是空。月娥想,到老了还是要回来,什么时候才算老呢?以前她当是五十岁,后来做久了,就当六十岁,眼看过六十,身上还有力气,就又定作七十,就有十年的光景,那时恐怕真的做不动了。楼板新洗过,铮亮铮亮,闻得到木和漆的香味。楼梯转角专留出一扇窗,看得见后山上的竹子。这房子的款全照新式做,从萧山请来的设计师傅,留的窗多,每一扇都是一幅景。如今,这四围的景似乎都在逼过来,山啊,石啊,树啊,草啊,房子再大,也挡不住它们,眼看就要壅塞,合拢,密闭。

进房间上床,感觉到被褥的凉潮,是从地底下生出,穿过地板,再穿过楼板,升上来。她向身边人移了移,借些热力,脑子里有许多事情要想,可这一日,实在太过疲乏,撑不住。滑下去,伸直腿,忽觉被上有什么软软的压着,原来是"爹一只娘一只"。它倒会找地方,仿佛不是初到,熟门熟路的。心里一安,踏实下来,即刻入睡了。

【作者简介】王安忆,女,福建同安人。曾在安徽农村插队,1972年考入徐州地区文工团,1978年任上海《儿童时代》编辑,1980年入中国作协文学讲习所学习。1976年开始发表作品,著有长篇小说《69届毕业生》《黄河故道》《流水三十章》《米妮》《长恨歌》《启蒙时代》《天香》《匿名》,中短篇小说集《雨,沙沙沙》《流逝》《海上繁华梦》《本次列车终点》《小鲍庄》《小城之恋》《叔叔的故事》等。短篇小说《民工刘建华》《世家》《化妆间》分获《小说月报》第十、十一、十二届百花奖。现为中国作家协会副主席,上海市作家协会主席。

水墨

◎ 尤凤伟

一

起床后，坧泉为昨天画就的一幅画题款：

山居图章樟兄补壁辛卯冬月坧泉于云涧斋。

该题款包含的信息为：画者坧泉于云涧斋作山居图，赠予一个叫章樟的人。一目了然。

坧泉退后一步端详着刚画毕的山水画作，脸上露出欣意，遂搁笔用印。

出门前，坧泉抬眼望望窗外，对取衣帽的老伴说句：天好，把画晒晒。老伴没应声，只像他一样把眼转向窗外。天空晴朗，万里无云。

坧泉随本市一伙知名画家外出赴约笔会。这是书画家经常性活动，或者是艺术生活一个重要组成部分。活动程式为：主办方（买家）把画家（卖方）接过去，作画、宴请，然后画家留画作，主办方付“润笔费”。笔会宣告圆满结束。各得所需，皆大欢喜。说起来，这类盛行于当下书画界的笔会，坧泉参加得并不多，不为别的，只为名气尚欠，难以进入组织者的视野。这回是某画家因故缺席，与他相熟的艺术馆主任章樟向本次笔会主持本市画院院长、美协主席冯老力荐，坧泉方得以加入，小鱼串在大串上。擅长画花鸟的章樟对坧泉的泼墨山水甚为赞赏，称其笔墨的浑厚华滋颇得被人称有“五笔七墨”技法的黄宾虹金针之度，私下里还不断为他的不被圈内接纳鸣不平。可以说，章樟是他心存感激且愿交往的为数不多圈内人之一。

在临时布置成画室的会议室里，华腾地产的韩总与画家一行见了面，冯老一一介绍，介绍到谁，韩总便对其合掌点头道声久闻大名，这也并非场面客套，来者在电视、报纸都不乏出头露面，即使算不上名声远播，也算混得脸熟。一来二去就介绍到圬泉，韩总望着他稍稍打了个艮，又照样说句久闻大名，即使再迟钝的人，也都会从这吊诡的停顿里体会出其中的意味，画家们彼此交换着不言而喻的眼神。圬泉本人有种被掌掴的感觉，额头沁出一层细汗。他后悔不该来，自取其辱，甚至埋怨章樟好心办了件让自己难堪的事。

寒暄过后，画家们开始作画了。纸墨主办方已提前备好，并由工作人员帮画家铺于长桌。当画家们噼里啪啦从包里拿出作画家什，室内便入静，一派肃穆气氛。

进入创作，圬泉努力去除适才的难堪不快。有句话叫忍辱负重，这当是无名之辈经常面对的纠结。他先画了两个斗方，一幅“二牛”，一幅“双荷”，看看觉得意趣俱在。然后开始画他拿手的大写意泼墨山水。大写意不仅是技法，更多是意境，从古至今的画人都孜孜以求那一点生机，圬泉亦是。只是他的有些“出格”的写意画法不被圈内认同，甚至不断遭人诟病，有说是缺乏基本功的一味“乱弄”，也有说是对张大千的拙劣模仿。他当然予以否认。自己的基本功扎实，干“细活”也不逊于任何人，至于模仿，倒是张大千早被徐悲鸿称为“五百年来造假第一人”，自己真要模仿个什么人，也不会选中张大师呀。他心里清楚，自己是受中学美术老师吴其治启蒙，习学泼墨技法，而吴老师心中之师为黄宾虹，只因已故去的吴师一直默默无闻，人们才没由黄挂连到他。当为无名之悲哀。

叫《山高水长》的画很快作毕。说山，只是一道顶天立地的悬崖，通体墨透。说水，只是从崖边斜插下来的一道水流，于黑中托出一道羊肠样的白线。他觉得气势意蕴俱显，足可交差。他搁下画笔，侧目看看两边，他人尚未有竣工迹象，仍埋头精耕细作。韩总一干人分散各处观赏，居冯老身后者多，足见对这位画坛大佬之推崇。

一时间，圬泉觉得有些不适，担心自己的过早收笔会被主办方认为敷衍、不认真，遂重新拿起笔来增添些笔墨，端量来端量去，只觉无从下笔，又放下。最终大家陆续放下笔来，大功告成。韩总向大家道了辛苦、感谢，却又提出求一幅合作山水，说此画今后挂在会议室里，作为“镇室之宝”。这要求并不过分。于是，一张丈余长的大纸便铺上台面，浩气顿生，不由得让人想起那句“一张白纸可以画最新最美的图画”的名言。

场面端的微妙起来，画家自觉地向后撤步，有的撤到了墙根，吸烟者开始吸烟。所谓合作，并非悉数参与，画山水，由擅山水者为；画花鸟，由擅花鸟者为，当然最后如数签名。这时章樟踱到坧泉身后，悄声说句：坧泉兄，说句公道话，今天应由你“开笔”才是，别人开不出气势。他不予置评，说句：你要的二龙山带来了，走时给你。章樟说：好。章樟所说的“开笔”指合作一幅画作先由某人落下第一笔，有“剪彩”意味。一笔定乾坤勾勒出大的轮廓走向，余者则添砖加瓦，以成其作。一般说来，当由最具权威者担纲，而担纲不仅看艺术造诣，更多看官职，固有名望。由此而论，本次合作“开笔”非冯老莫属。章樟抬举坧泉，坧泉也晓得并非是他的誉词，而更符合实际。只说冯老，虽说也以山水见长，也写意，但工笔的写意与真正的意笔却不是一回事。若让他在丈余长的大纸上一笔勾勒出其山脉大势，只恐气魄不逮。而他，则全然不成问题。当然这些只能在心里想想，说出口那可犯大忌，要引人口诛笔伐的。

冯老还算是个忠厚长者，谦逊了一番，方提笔在纸上奋力一挥，众人一齐鼓掌。

随后就由冯老点将，从来者中挑出几位擅长山水的画家上阵。当中没有坧泉。

中午宴请，席间热闹得很，话题流转犹如蒙太奇，一会儿是社会上五花八门的传闻，一会儿又转到画界本身的一些是是非非、趣闻逸事。比如某名画家流水作业创作模式，是耶非耶；比如某些名家的画拍出天价，实耶虚耶，等等。当然也涉及目前国画创作的种种现状。坧泉不大说话，听，也走神，想到刚才“合作”的那幅被韩总赞为佳作的《云山雾罩》，就觉得滑稽可笑。其平庸那是一眼便看得出来的。

话题不知怎么又转到已故画家李可染身上，由李可染的逆光山水又谈及他的两位老师齐白石与黄宾虹对他的影响。对此坧泉并不以为然，在他看来，令李可染受益最多的是他的启蒙老师钱食芝，只是当代已没有多少人记得画出著名的《四季屏》的钱大师了。

这当儿，兜里的手机响了，坧泉离席到走廊里接听，是老伴，说晾在院子里的画丢了好几张。他问是不是叫风吹跑了。老伴说哪里有风。他说那就是叫人拿去了，算了算了，就把电话挂了。

二

回到家，见老伴已将收回的画叠好，堆在画案上。他问老伴丢了多少有没有数。老伴说：数了，晾出去五十五张，收回五十张，不就是丢了五张吗？他嗯了声，说：丢就丢了吧，有人喜欢拿回家挂挂比老压箱底强。他嘴里这么说，心里也是这么想的，他一向不把自己的画看得有多金贵，也不张罗着卖。只是因家住底层,潮湿,需不时拿出去晾晒,艺术品随便往冬青上一搭,说起来有失雅观,自己不当什么,别人也就不当什么,来个顺手牵羊也在情理之中。

小事一桩。

老伴说:已经报警了。

什么?坧泉没听清。

老伴又说了一遍:报警了。

坧泉这遭听清楚了,望着老伴连连摇头说:胡整胡整,多大的事,还报警,吃饱了撑的。传出去别人也见笑。

老伴说:我也这么觉得,可越东……

越东?

老伴就讲了报警的过程:就在给坧泉打电话不久,坧泉的学生高越东来了,听到画失窃的事,二话没说就拿电话要打110,她拿不准,问要不要告诉你老师,越东说事明摆着,根本不用,就把电话打了。

越东他人呢?坧泉问。

老伴说:让派出所叫去了,说做笔录,做完回家了。

越东的本职工作是中学美术教师。跟他学山水画多年了,不大长进。琢磨是不是打电话问问他报案情况,想想又作罢。

坧泉打了一会儿愣怔,说句:过几天去旧货市场买个樟木箱子,防潮防虫,画就不用来回搬弄了。

中午多喝了几杯,坧泉上床睡了一大觉。醒来听见老伴和越东的说话声,便起身来到客厅。听两人说的是越东筹备结婚的事,女方小秦来过几回,也跟着越东叫老师、师娘,印象不错,觉得配越东足够。

坧泉望着越东说:你也太急促了,报个啥警哩。

越东说:报警是正当防卫。

坧泉说:让人知道了笑话。

越东问:笑话啥?我说给小秦听,小秦说报警没问题。

坧泉说:咱的画,还没到那个份儿上,弄得兴师动众……

越东自然懂得老师的意思,反驳说:老师的画,怎么不到那个份儿上?多少懂点画的人都有数,只因为有……

坧泉自然也晓得越东后面省略的是什么意思,可越东是只知其一不知其二,世界上没有绝对公平的事,特别在文艺上,一人有一人的志趣,各有各的标准。就说每年的艺考,从几千人中取几十名,这几十名就是其中最优秀的?不见得。再说画家这行当,爆大名的一定是大师?也是不见得。还有,一张画卖几百万几千万道理何在?问题在于,这就是现实,是谁也扭不过来的事实。

他说:越东,别想得太多,赶快给派出所打电话,这事让他们别管了。

撤案? 越东问。

撤案。

越东还要分辩,让垢泉用手止住。

越东甚不情愿地打这个电话。虽听不见对方说什么,可从越东的话里能听出事没谈拢。

果然挂了电话越东说:不行了,晚了,人家说已经立了案,报了分局,这事停不下来。

垢泉不说话了,只是摇头。

越东安慰说:老师,这事别太放心上,咱的画是有价值的,偷,就是取人财物,犯法,就应受到应有的处罚。

老伴附和说:就是嘛。画值钱不值钱都不是潮水潮上来的,点灯熬油……

行了! 垢泉把她喝住。

越东吐吐舌头。按计划晚上要跟老师学画,见老师为这事情绪不佳,便知趣地告辞。垢泉也没留。

从此,垢泉心里总有些忐忑,好像不是丢了东西,倒是自己做了回贼。

三

到"案发"第四天,派出所来了电话,让垢泉去一趟。走在路上还寻思争取把案子撤了。进了门,人家别的不说,直接就让他看监控录像。场景熟悉,是从自家楼前摄向对面的绿化带,冬青墙上搭晒着一幅幅水墨画,虽看不清细部,他也晓得是自己的作品。很快一个穿蓝工装的男子走进画面,又径直走到"画廊"前,四下看,然后快速从中选了几张,叠巴叠巴装进工装口袋里,随之转过身走出画面。

他"哦"了一声。

认识他吗? 陪他看录像的那个尖下巴小警察问。

嗯,认识。

他是谁?

老邱。

哪个老邱?

物业的老邱。

你认准了?

他点点头。

行了。几个警察互相看看,露出释然的神情。

倒没再问别的,就叫他回去。

他没立马走,问:老邱是熟人,撤诉行不行?

尖下巴小警察不耐烦地说:不是对你们讲了吗?盗窃案属公诉,受害人无权撤诉。

另一年纪大些的黑脸警察哼了声,说:奇怪得很哪,帮你找回损失的事,还推三阻四。熟人咋?他偷的不也是你这个熟人吗?

他还想说什么,尖下巴小警察向他摆摆手,说:我们忙,大叔你回去吧!

回到家,老伴问到派出所的情况,他告诉老伴,事是老邱干的。

老邱?扫楼道的那老邱?

他没回答,只在心里寻思:这个老邱也真是,喜欢画,上门讨就是,我不会不给,干吗要这样?这么想时,老邱那一抻一抻的水蛇腰以及瘦削的刀条子脸便浮现在眼前。老邱来物业干活好多年了,管打扫卫生以及修剪苗圃。后来老伴也来了,带来一个三四岁很皮实的小孙子。据说儿子和媳妇离了婚,孙子留下了,由他老两口照顾。刚从乡下出来的孩子混在小区里一般大孩子中间很扎眼,小脸黑红黑红,穿戴也土气,可小身板结实,大冬天不戴帽子,穿着单薄,在风雪飘飞的院子里跑来跑去。每当有人提醒老邱别把小孩冻感冒了,老邱总是笑呵呵地说:不怕不怕,在老家还光着脚呢,习惯了……也有住户把自家孩子穿剩下的衣服送他,他总是千恩万谢。无论怎么说,老邱都是个老实人,与小偷不搭界,可……

垢泉不住地摇头。

这可咋好哩。老伴犯起愁来:不会把他抓起来吧?

垢泉陡然想起什么,看着老伴说:你下去找找老邱,叫他上来一趟,对了,叫他把画带着。

老伴晓得他心里是怎么想的,把画题上款,就是送,不算偷了,这办法好,遂赶紧出门。

没过多会儿老伴一脸懊丧地回来了,告诉说老邱回老家过年了。

垢泉一脸的无奈,摇头不止。

可不是,再过两天就是阴历小年了。

四

那天章樟来电话,说弄了点纸,送过来,忙年,不进家了,让垢泉到楼下接。

垢泉心里挺高兴。作为业余画家,用纸常捉襟见肘。“资源丰富”的章樟成了他的坚强后盾。

远远看到章樟那辆灰色帕萨特驶来，心中突然生出一个念想：刚遇上的糗事不妨让他帮帮忙，他交际广，和公安也熟，让他从中协调协调，把老邱托出来。

于是，车停下，他打开车门，坐到副驾驶位上，把事一说。章樟先是笑了，说蹊跷事一桩啊，又说应该没问题吧，你等我电话。他是了解章樟的，人靠谱，办事举重若轻，他说没问题就没问题了，就宽了心。

回到家，老伴告诉他，儿子从深圳来电话，讲不能回家过年了，小孩姥姥病了，一家三口要赶去郑州探望，在那里过年。他没吱声，心想不回来就不回来，少些事还能静下心多画几张画。

老伴又告诉他派出所也来过电话。

他一下子紧张起来，问：说什么？

老伴说：通知咱，案子破了。

破了？他吃了一惊，这么快。

老伴说：盗画的就是老邱，他承认了，已经从老家抓回来了。

刹那间坧泉全身僵住，舌头也僵：你、你说……

老伴重复一遍刚才的话。

良久，坧泉才缓过神来，想了想，把刚脱下的鞋又穿上，反身下楼，一溜小跑来到一街之隔的派出所。进门碰上那个让他看录像的尖下巴小警察，小警察正站在亲民台前和里面的女户警说话，认出他后欢快地说：老先生祝贺你，案子破了，嫌犯已抓捕，只是画只追回三张，另两张叫他卖了。

坧泉不关心这个，急问：老邱他人呢？

小警察拉他到会客区的沙发上坐下，说：嫌犯被关着。

坧泉问：关在哪儿？

小警察说：地下室。

坧泉说：我想见见。

小警察说：这不行。

坧泉问：为什么？

小警察晃晃脑袋：不合规定，再说见也白搭，他交代那两张画在集上卖了，已无法追回。

坧泉一时不知说什么。

小警察含笑望着他，说：以前不知道，原来老先生是名画家啊。

坧泉不接茬，问：你们想把老邱咋样？

小警察的脸笑开了，说：看你问的，不是我们想把他咋样，而是法院，案子最终由法院判。

坧泉问:能判刑?

小警察说:这就得看案值了。

坧泉问:案值?

小警察说:就是被盗的画值多少钱,依本案情况,恐怕嫌犯凶多吉少,要判刑的。

坧泉一惊:几张画就判刑?

小警察眼里露出崇拜的神情,说:老先生的画每尺过万……

坧泉意识到这过万数字是越东报案胡写上去的,便解释:没有没有,没那么高的。

小警察摇了摇头,说:人家都是往上抬,老先生却是往下压,真是谦虚啊。不过从法律上说,画值多少,最终得由专门鉴定师来鉴定。

听到这个,坧泉略微放了心,他心里有数,自己的画从未卖上价钱,鉴定师也不能凭空往上抬。

小警察说:很希望能得到老先生的墨宝。

坧泉回句:行。

小警察连忙道谢。

坧泉想想问:啥时能放老邱呢?

小警察说:拘留是有时限的,下一步是逮捕还是释放,还得看鉴定结果。

坧泉问:年前没问题吧?

小警察说:很难讲。

坧泉有些急:可老邱一家要过年呀!

小警察眼望着坧泉说:老先生作为原告能替被告着想,难得哩。不过,这案子我们这里已不大好操作了,唯一可行的办法只有让所长去找上面催……

坧泉说:我现在就见见所长。

小警察说:所长出差了,两三天回,回来我给你打电话。

坧泉也没别的办法,默默点了下头。

小警察把坧泉送出门,在坧泉耳边悄声说句:下次来,画带来。对了,给所长也带一张,他十分喜欢。

他应承。

回到家,坧泉立刻给越东打电话,问他每尺万元是怎么回事。越东说万元确实是他写上去的,就算有水分,也可以理解。他光火了:理解啥?为咱几张画让人家坐牢?越东说:咱自己说值多少钱不管用,最终还是鉴定师说了算。

他无语。似乎有所安心,因为按小警察所说,请所长到分局说说,加快节奏，回家过年当不成问题。

五

就在坊泉去派出所为老邱说情的当晚，章樟打来电话。电话里嘈杂一片，一听便晓是在酒场上，甚至从章樟的声音里能闻到满嘴酒气。说现在他与报社文化部唐主任在一起。坊泉“嗯”了声。唐在搞活动时见过，但不熟。电话那头变得安静，他知道章樟从房间里出来了，章樟的口吻变得神秘，说坊泉兄你有好事了。他想：是不是老邱的事说成了？似乎不像，遂问句：啥好事？章樟说：在电话里一句两句也说不清，要不你赶过来吧。坊泉犹豫起来，赶半截子酒场是有失身份的。那头的章樟当然会想到这个，说：坊泉兄就别在意了，我也刚知道消息赶过来的，除了唐主任，还有北京来的一位鼎鼎有名的画界大腕，大腕说今天在分局看到你的三幅作品，赞赏不已，想推一推你，也有些具体想法，你过来认识认识，一起把事合计合计，这事千载难逢……坊泉听着听着身上不由得发起热来，心也加速跳动，他明白这事确是一件难得一遇的好事，不仅对他，对任何一个尚未出头的从艺者都是梦寐以求的。既然人家抬你，有什么理由拒之不受呢？

坊泉出门，打了个的士赶到章樟所在的酒店。

在大堂，坊泉看见了在等候他的章樟和越东。越东在场让他感到意外。越东也意识到了，解释说是文艺部唐主任非拉他来不可。章樟说：我也是唐主任拉来的，与北京来的刘院长一起搞个访谈，过几天要见报。又说：我在电话里讲了，刘院长看了您的画，十分欣赏，想推一推您，机会难得，千万不要错过，不是人人都有这种机会的，一会儿多敬刘院长几杯酒，进去吧。

坊泉端的紧张起来，气有些喘不匀，惶惶地跟在章樟后面走进房间。酒至半酣，桌上气氛热烈，他认识的唐主任正兴致勃勃地说着什么，见他进来打住，一边站起来与他握手：一边对坐主宾位着唐装、一派不凡气度的陌生长者介绍说：院长，坊泉来了。坊泉便走到唐装院长面前，伸出手恭敬道：刘院长您好，久闻大名。刘院长亦起身与坊泉握手，说：见画如面啊，幸会幸会。这时唐主任指指一空位说：坊老师先请坐了再慢慢聊。坊泉便走过去坐下，一时不知该说什么。倒是刘院长先开口，笑着对唐主任说：主任你接着刚才的讲。众人笑着附和：对，讲完，讲完。

唐主任笑笑说只剩结尾了——女画家开了门，见来的是画院吕副院长，喜出望外，因为她正在谋求调画院当专业画家，连忙请吕副院长到沙发上坐了，问：院长喝茶？吕摇摇头。又问：喝咖啡？吕还摇摇头。女画家想想，从果盘里拿起一只苹果，说：院长稍等，我去卫生间把屁股洗洗。

满桌哄堂大笑，包括坧泉。刘院长笑着说：幸亏在座的没有女画家，否则……章樟说：女画家更喜欢听这种段子，偷着乐。一位叫孙大卫的中年画家说：不知吕副院长听了女画家要贡献屁股会不会再摇头？大家齐声回答：不会了，不会了。越东补充句：摇啥头，求之不得啦。

章樟笑说：这些年黄段子听了也不少，这洗屁股的段子最具含金量……

坐在章樟身边的文化记者老金说：这也不算啥，还有含金量更高的哩。

越东撺掇说：你讲个含金量更高的给大伙听听。

老金扶扶眼镜说：行，这个段子被称为史上最深刻的段子……

唐主任忙阻止，说：打住打住，今天是宴请刘院长，别跑题。说毕端起杯，举向刘院长：院长我再敬一杯，祝画界泰斗永葆艺术青春。

不敢当不敢当。刘院长客气着一饮而尽。

这时，坧泉感觉到对面章樟瞄过来的眼神，遂端杯站起身走到刘院长跟前，说：久仰刘院长盛名，坧泉敬一杯。

喝毕，章樟说：今日是千里马遇伯乐，连敬三杯才是。

坧泉虽为难，还是听从章樟的提议，连敬了刘院长三杯。

对于平时滴酒不沾的坧泉，过量了。

六

回到家已很晚，坧泉醉得一塌糊涂，倒下便呼呼睡去。这在坧泉很少有，弄得老伴很慌，不知到底发生了什么事。

其实坧泉也模糊不清，半夜醒来脑瓜里一片迷茫：喝酒了？和什么人一起喝的？说了些什么话？自己是怎么回的家？想着想着又迷糊过去了。

再一觉就睡到窗子发亮。这是平时出门锻炼的钟点。他想起身，却行动不听指挥，身子沉沉地动弹不得。只是脑子清亮些了，像风吹走了里面的阴霾，渐渐记起昨晚的事。对了，是一个很豪华的宴会厅，顶灯像一棵倒悬的树。谁做东？当是唐主任。主客，自然是坐在唐右手那位穿红唐装、富态、印堂发亮的京城大腕，当然没人直呼大腕，而是叫他刘院长或刘主编，再就是唐手下的一干记者编辑，再就是章樟……越东……

早饭一碗小米粥下肚，坧泉完全消酒了，已能够回忆起昨晚的经过：正如开始章樟在电话中所讲，大佬刘院长应公安分局的邀请为一件涉案文物做鉴定，这中间看到也需要做鉴定的坧泉的三幅画作，评价极高，说有两个想不到，一是想不到地方上竟如此藏龙卧虎，再是想不到一个有如此艺术造诣的人被冷落，不为人知。他很激动，也相信这位刘院长不是有意吹捧，以他的身份没有这个必要。另外从他对具体画作客观到位的评说看，刘院长有极高的鉴赏水平。首先，从宏观上，刘认为他的山水画呈现出一种苍茫虚远的宏大境界，具古人“念天地之悠悠，独怆然而涕下”的心境，观之让人震撼感动。在用笔着墨上，刘认为其技法虚实相生，欲露欲隐，画面墨色迷蒙，浑然沉着，呈茫茫渺渺之状，颇有天地玄黄、宇宙洪荒的初始混沌之态。特别在画作的用光上，刘更是赞不绝口，说在通篇的墨色中，或远或近或高或低地忽然出现一道或几道既现且隐的白光，这白光又像是自然山水中升腾的一股氤氲之气，灵动柔弱，飘浮不定，匠心独运，体现出大千世界无限丰富的景象，从而完成了画家对大自然的深切关照……他觉得刘真正读懂了自己的画作。

对了，后来就说到更实质方面，即如何把他“推到中国画坛应有的位置”上去。一番议论之后，渐渐形成以刘院长与唐主任的意见为主导的操作意向：首先以这桩画作失窃案为契机，报纸网络，广而告知；然后由唐主任在他的“艺海觅珍”栏目拿出一个整版做大型专访，配发画作；再由章樟以群艺馆的名义搞一次大型画展。北京方面，刘院长也在自己的画刊辟一个专栏，刊出画作以及由他本人撰写的评论，同时以画院的名义为其做一次画展。当然这一切活动都要邀请地方和京城的新闻界跟踪报道……最后好像是唐主任说了句：坧泉兄行了，这遭行了，任何画家入了刘院长法眼，想不火都难哩。

坧泉想到这里，不由得热血奔腾，额头上的血管突突突地跳，他担心情绪的起伏会引起中风什么的，便起身把窗子打开，一阵夹着雪花的寒风迎面扑来，把他的脸打得生疼，但他并不回避，极目远望，他看到远处那座被画过多少遍的浮山已裹上一层银妆，不见本来面目。他突然觉得，此时的大山正如自己此时的处境，被遮蔽，藏而不露，而一俟春暖雪融，便会显出“庐山真面目”，他庆幸自己终于要有出头之日了。

坧泉尽力压抑着心中的激越，开始铺纸作画，是送刘院长的。本来家里的存画很多，选一张满意的题上款即可。可他执意要为刘院长新画一张，一是体现自己的感激之情，二是想努力画出一张满意之作。对了，就画窗外风雪迷蒙的浮山，自己以泼墨画雪景堪为一绝，可尽显笔墨功夫。对了，名字就叫《雪藏》。他觉得其中的含意刘院长一定会懂得。

画为知己者作。

正待要落笔，学生越东兴冲冲进门，连口说恭贺老师恭贺老师。他晓得恭贺的是什么，没吱声。曾隐约听到越东意欲换师的传闻，似乎是与唐主任私交甚好的李颂，昨晚酒桌上见越东与李颂同时出现似乎就印证了这一点，他略略有些不快，遂提笔作画。

越东的兴致依然不减，说：有言塞翁失马，焉知非福，老师的画被盗，最终倒酿成一件好事。

坧泉停下笔来，越东的话让他兀然记起丢画的事。说起来，这事一直纠结着他，为此他还去派出所为老邱开脱，可这么一件重要事情怎么一下子就忘到九霄云外了呢？莫非是让昨晚有关前程的事冲昏了头脑？他不愿承认，可又不得不承认，许多事能骗得了别人却骗不了自己。

越东又说：早知道这样，当初应该将画值报得更高些才是。

坧泉问：怎么说？

越东说：明摆着嘛，案子一破，报上一登，案值一上，老师的身价就扶摇直上了。

坧泉不用想也晓得越东说得很实在，可由此给老邱带来的又是什么呢？是更严厉的处罚啊。想到这儿，他的心不由得疼了一下。他看着越东说：这事，还得酌量酌量……

越东似乎猜出老师的心思，赶紧打断说：老师这事你可不能意气用事打退堂鼓呀，机会难得，多少人想得还找不着茬口呢。何况咱是真丢了画，刘院长对你的画评价那么高，从真正的艺术价值上说，一尺报三万五万完全可以。

坧泉没回声，心里却泛出一种很酸楚的滋味。这滋味只有像他这般总不得志、久居人下的人才体味得到。文艺界是个十分势利的地方，其状甚于官场，所以才有那么多人为出人头地而不择手段。而自己虽然一直备受冷落，却从未做过有失人格的事。这也是他可聊以自慰的地方。只是眼下，用越东的话说是"机会难得"，自己要是白白放过去，也对不住这么多年自己所受的屈辱啊！要知道，如能一步迈上这个台阶，那就……

可是，老邱……他却要给自己当垫脚石了，这成吗？老邱进去了，他家的日子咋过呢？

问题是老邱确实有过错，干吗悄没声儿拿别人的画呢？画就是钱啊，不就有人把画家画画说成是印钱吗？最近有报道说张大千的一张画拍了两个亿，这画谁要偷去，是要用命去抵……

不说什么张大千、齐白石，也不说什么潘天寿、徐悲鸿，只说自己，画了一辈子的画，虽说没画出名堂，可艺术上是货真价实的，不然又怎能入刘院长的法眼？论卖价，越东所说的三万五万并不为过的……

要按这个价码来算，老邱的确不能回家过年了……

这能怪别人吗？现在不是很流行一句"人得替自己的行为负责"的话吗？可他还有个孙子，想到这儿，眼前便现出那个光着头在雪地里奔跑的小男孩……

他叹了口气，又摇了摇头。

七

“造星运动”在紧锣密鼓中进行。相关人员各负其责，当然，重点还在坧泉本人，他是舞台上的主角。起床不久，报社金记者便打来电话，说要登门采访。坧泉记起，那晚议论时唐主任谈到这个步骤：报纸先发一篇写坧泉从艺之路的文章，为窃画案宣判后大张旗鼓的造势做铺垫，文章由金记者采写，所以金记者就来了电话，真有点皇帝不急太监急的意思。他刚要对金说到家里来，可扫一眼局促凌乱的房间，又改了口，说：金记者你看这样好不好，找个地方请你喝茶，边喝边聊吧。金记者说也行，地方……坧泉说：你选一家离报社近的，我打车过去。金记者说行，就报社对面的高地咖啡吧。他说好的，放下电话，对老伴说：给我一千块钱。老伴问：喝茶还用拿一千？他说：一谈就到饭点了，能叫人家空着肚子走？老伴没再说什么，进屋拿钱，他则从箱子里拣出一张画，题了款。

果如坧泉所料，在高地雅间边饮边聊，话匣子一打开便收不住，就真的到了饭点。坧泉说：咱转移到饭店吧，边吃边聊。金记者说：不用转移，这里有套餐吃吃就可以了。先干正事。他说好就改日另请。

说起来，坧泉是有生以来头一回接受采访，郑重而认真，沉浸于往事，似乎重走了一回从艺之路，酸甜苦辣，百味杂陈。金记者边做记录边发出感叹：没想到坧老师为艺术付出如此艰辛努力，可谓精诚所至金石为开，再不成功就不对了，就太不公平了。坧泉唯苦笑笑。

采访毕，金记者收起本和笔，感叹说：坧老师，如果以后能成为一个作家，就您的艺术人生可以写一本书，名字就叫《水墨人生》，还可以改编成一部同名电影剧本。当然，这是后话。今天回去我先把这篇访谈文章写好，争取早日见报。

分手时，金记者对坧泉的赠画感激不已。半玩笑半认真说：有坧老师的这幅画，今后就无断炊之忧了。坧泉笑笑，说：哪里哪里，高抬了。不由得想起那天在酒桌上人们说及最大面额的人民币为何，有人说是张大千的画作，面额为亿。心想：不晓得张大师画一幅画要多长时间，但可以肯定的是一台印钞机在同时间是印不出过亿人民币的，所以有那么多画家谋求把自己变成印钞机嘛。这才有了犹如流水式作画的行艺之奇观。

回到家，老伴告诉坧泉越东刚走。他问来干啥，老伴说拿画。他一怔：拿画？老伴说他讲协助章樟搞你的画展。他问：拿去多少？老伴说：挑了一大卷，我要数数，他说不用数，说等挑剩下了再送回来。他火了，嚷道：我的画展他挑画？他要有这个本事早就成了。老伴问：那咋办？他摇头，事已至此又能咋办？也只能哪天赶到艺术馆把把关。自己是首次正儿八经地搞个展，绝不能马虎从事，坏了自己的"门市"。

从来没像今天说了这么多的话，何况还回顾了自己的从艺坎坷路，心绪起伏难平，觉没睡着。起床后头昏昏沉沉，这时接到章樟电话，讲刚看完越东拿去的画作，觉得件件是精品佳作，难以取舍，所以想干脆将画展的规模做大，时间尽早为好。坧泉说：知道了。章樟说：我让越东多带些宣纸给你，保证供应，这不仅是你个人的事，也是整个画界的事。还有什么需要的尽管提。他说：好。

刚放下电话，章樟又打回来，说：忘了说，今晚冯院长宴请刘院长，冯院长希望你也参加。他想想说：算了，我就不参加了。当是章樟体谅他的心情也没强劝，说：那就随你了，我和冯院长讲你在赶画。他笑笑，心中有种前所未有的熨帖。

赶画，从字面上领会是赶进度，与艺术上的精益求精相悖，结果是粗制滥造。而对坧泉而言并非如此。大泼墨需要的是一种雷霆万钧的气势，洒脱，精雕细刻倒出不来想要的艺术效果。坧泉自深得要领，不用一个时辰，便"赶"出一幅画来，端详端详，不仅不失水准，反倒情趣盎然。这便是所谓的"得法"，"得法"方能事半功倍。

画到半夜时分，坧泉便收笔了，共画了三幅，凝望着画作不由得想起"印钞机"一说，若按刘院长估价拍卖，可进项近百万。一个百万富翁就这么在须臾间产生了。他摇摇头，觉得不可思议，这是从前想都不敢想的事，今天变成现实。"时来运转"一词便油然升上脑际，荡出的是功成名就的惬意。他轻轻吁了口气。

八

早晨醒来，一如既往地背着宝剑前往街心花园锻炼。"剑师"老尚一招一式正练得起劲，见他到来，停下来报喜说：有喜有喜，老坧你上报纸了。他怔了一下，本是知道的，却没想到会这么快。老尚由衷说：老坧你行了，这遭行了。他缓过劲来，问：老尚你看报纸了？老尚说看了，有文章有画，一大版。他哦了声。心情激动，急于目睹，可又不想让老尚将自己视为"小庙神"，遂摘下剑套，亮出宝剑操练起来。而精力却不集中，也不断受到"剑师"老尚的校正。

回家路过一书报摊，一摸口袋空空如也，才记起平时没口袋装钱的习惯，如传闻中的大领导那般。摇头苦笑笑，本想从摊上找到报纸先睹为快，可又怕引起那老黑着一张脸的老女人的反感，便缩回手，匆匆回家，一进门便对老伴吆喝句：你赶紧去报摊买今天的早报。老伴问：登了？他说：登了，多买几份。老伴问：买几份？他说：十份吧。

老伴刚出门，便陆续接到几个熟人的电话，无一例外都是说看到了今天的报纸，替他高兴，衷心祝贺。当然其中也有向他索画的，他含混地应着，心中却晓得自己的画再也不能像从前那般随便送人了。

老伴兴冲冲抱着一摞报纸进门，说：摊上只剩下八张，我全买回来了。不够，我再到别处去买。他顾不上回答，快速翻起报纸找到了登他访谈的那一版。首先映入眼帘的是自己的照片。看背景是那天在咖啡馆金记者拍的，专职记者拍的就与常人拍的不同，拍出了神采与艺术气韵，也显得年轻了许多。心中很是满意。接着再看访谈文章，金作为文化记者，还是懂画的，在概述了自己从艺道路之后，便着重分析了自己画作的不同寻常之处。他认为是颇有见地，符合客观实际的，心中又添一层满意。最后又把目光投射到刊登的那幅叫《秋韵》的画作上。有句话叫人怕上炕，画怕上墙。意思是说新媳妇上了炕，新画挂上墙，是不遮丑的，缺陷能看得一清二楚。不过他觉得画印出来就不同，不仅遮丑，还增加若干成色。说起来惭愧，他一直没有出画集，像自己这种情况画集都要自费出，很昂贵。当然，自费，贵，不代表没人出。这些年他所熟悉的不少画家都忙着出画集，甚至重复出，然后见人就送。他也收到许多。可没人不清楚画集是拉赞助出的。在圈里混，他本人亦未完全脱俗，也希望能出一本，以壮行色。可一想到要觍着脸拉赞助便很犯愁，知难而退。当然那是从前，现在似乎不存在这个问题了。他思忖等展览一结束便做这件事，并且在人美社。

手机振铃，接起来是金记者，他兀地意识到电话是应该自己打过去的，疏忽了。他刚要对金解释，说自己正要打过去，又觉得太虚伪，迟疑间金记者已开口问：坫老师看到今天的报纸了吗？他赶紧说看到了，看到了，很好很好，谢谢谢谢！金说：坫老师太客气了，以前是我们的严重忽略，有眼不识金镶玉，差点错失了一位大师。他赶紧谦虚：哪里哪里，金记者过誉了，不敢当不敢当。金说：怎么不敢当，要当仁不让！昨晚冯院长宴请刘院长，您没去，整个晚上都在议论您。冯院长当着刘院长的面，检讨了他本人以及本市美术界的工作错失，作为美协主席，冯院长还提出尽快增补您为市美协副主席。刘院长表示赞赏，说回去便提议增补您为中国美协理事。坫泉一边听一边想，是饽饽往肉里滚啊。遂想表达一下自己的感激之情，一时又不知怎么说。金继续说：今天这一版只是初步介绍，下一步要持续不断地推介坫老师的艺术成就，像一个系列工作那样有计划、有安排，每一步都要做到稳准狠，特别是在法院做出判决之后，要立即跟进，大造声势，不鸣则罢，一鸣惊人。坫泉插不上嘴，只有不断地道谢的份儿。

挂了电话，坫泉半晌才缓过劲儿来。一切来得竟如此快如此迅猛。他知道单凭市美协副主席与中国美协理事俩头衔，已是对自己多年辛勤耕耘的奖赏了。他觉得应该给冯院长冯主席打个电话，表示对他的感谢，又想到自己并没有冯院长的电话，也只能等越东来向他问询。他相信越东与冯院长有联系。

这是多年来圻泉家最热闹的一天，从前家里的电话像个哑巴，而今天铃声此起彼伏响个不停。正所谓“多年艰辛卧默谷，一夜声噪炒上楼”。

接近中午，电话里传来一个颇有些耳熟的女声：老师你一定把我忘了吧？他一下子对不上号，啊啊着。对方赶紧自报家门，说：老师，我是你教过的学生，卜莲啊。卜莲？老师，我是卜莲。他记起来了，卜莲是他在一个美术班教过的中学生，后考进外地一所大学，中断学习。印象中卜莲生得美，亦有美术天赋。他问卜莲做什么工作，卜莲说律师。他问还画画吗，卜莲说画着玩吧，又说在报上看到对老师的介绍及作品，很为老师骄傲，改日请老师吃饭，我会与老师联系。他说：行吧，顺便把近期画作带给我看看。卜莲说：好的，好的。

挂了电话，卜莲的形象在他的脑海里清晰了一些，白，清秀，一笑俩酒窝。老伴在旁边问：谁呀？他说从前的一个学生。老伴眼里飘过一丝疑云，却也没再问。

让他没想到的是，自己没给冯院长打成电话，冯院长倒主动打过来了。他正在吃午饭，听出是冯院长，很觉意外，立刻撂下筷子接谈。冯院长说：老圻，你昨晚没去，我问了问小章，说你正在赶画，不必这么紧嘛，风物长宜放眼量嘛。

他说：是，是。冯院长说：画要精益求精，别的方面也不能忽视。平时多走动走动。他说：是的是的。心里明白冯院长是怪他平时没主动向他靠拢。其实，每回在一些场合见面，他都上前表达自己的敬意，可每回冯院长都用陌生的眼光看他，嘴里啊啊着叫不上名字。就说上回的笔会，就没与自己搭一句腔。今天却……当然，他是可以理解的，更不能多说什么，只能好好好加是是是。冯院长又说：哪天到我画室，聊聊。他说：好的好的，是的是的。

接这个电话如同干了一阵体力活，感到身子疲软，额上沁出细汗，便坐回沙发。心想：明明自己比他画得好，可怎么就畏惧他呢？有言无私则无畏，自己对他也无所求呀！他突然想起死诸葛吓退活仲达的典故，想在自己心目中冯院长一直是诸葛丞相，何况还活着，还大权在握。已许诺的便是增补自己为市美协副主席，这把椅子可是多少画家觊觎着的呢。由此想来，今后要多多向冯院长靠拢，择日去他画室拜谒。补补“拜码头”这一课。

放下电话，接着给章樟打电话。章樟正忙，说一会儿打过来。他思忖起来，想画界这湾水很深，自己还站在湾边上，不识清浑。章樟与冯院长的关系怎样呢？铁还是不铁？将冯来电话的事对他说妥还是不妥？正想着，章樟把电话回过来，他脑子一时来不及转弯，便如实讲冯院长来了电话。章樟噢了声，他又说冯院长让自己去他画院的画室一趟。章樟说：去嘛去嘛，人家这是高姿态，得接着。又说就要过年了，干脆到他家里拜个年吧，以前你给他拜过年吗？他说：没。

章樟说:正好,拜年拉近些关系,你现在也需要。他说:章樟你和我一起去。章樟说:这怎么行。他说:这有什么不行?章樟说:拉帮结派不是?他说:这么严重?章樟笑笑。

九

晚饭坧泉吃了几口,便撂下筷。坐在沙发上看电视,屏幕上的人动来动去,至于演的什么,一概不晓。

甚至连门铃响也未听到。

来人是老邱的老伴,让坧泉两口子着实吃了一惊,却也能猜到这女人来做什么。

果然,老邱的女人声泪俱下地替她男人告罪求饶,说:老东西一时糊涂犯了错,打他骂他罚他都应该,可千万不能让他去坐牢,他一走,小孙子就没人养活了。

不待坧泉两口子做出反应,那女人把带来的地瓜花生芋头等农产品放在地上,然后又从怀里掏出一个大信封,恭恭敬敬双手递给坧泉,哽咽着说:坧老师俺知道你的画金贵,可让老东西贱卖了,钱还不起,你看能不能用这顶一顶?

坧泉迟疑地接过,先看信封,上印“牟西县姜家镇完全小学校”字样,又从里面掏出那“顶一顶”之物,展开,见是两幅国画,他眼前端的一亮,随之便认真地端详起来:上面的一幅画的是山水,画名竟然就叫《山水》,一道浓黑的、长满林木的山梁在画面中呈S状,上接云端下接溪流,宛若一条逶迤隆起的龙身,气势壮阔,缥缈虚静,而山梁折腰处所形成的两处留白,更显虚中有实,无中生有,可谓自然天成。坧泉看出,画者对笔墨的运用,并不执着于中国画传统技法的规范与格式,而是以气使笔,以情运墨,挥洒自如,尽显泼墨山水的水染墨笔,具杳渺幽冥之艺术追求……另一张是一幅写意花鸟,名曰《芦雁图》,打眼一看,画中有任伯年的影子,再看又有王雪涛的踪迹,当仔细端详了,又觉得像吴昌硕了。于是他就晓得画者一定是对上述大家进行了认真的习学后又另辟蹊径,正如一位李姓大师所讲:用最大的功夫打进去,再用最大的功夫打出去。一进一出,犹同淬火。就是说,其笔墨形式、艺术技巧,虽源自古人先贤,却也远离其文人的儒雅、闲适与古意,而彰显出现代花鸟精神。这幅《芦雁图》虚实相间,意境幽远。雁在水中栖,无水见水;芦在空中摇,无天见天。老到中见出童真,简约中见出深邃……

看完这两幅画,坧泉沉默不语,内心受到极大的冲击,赏画他不是外行,也不存门户之见。十分客观地说,画者是一高人,在自己熟知的圈子里当无人可及，那幅泼墨山水起码是在自己之上，而那幅花鸟章樟亦只能望其项背……

老邱女人带着哭腔，小心翼翼地问：老师，你看这画顶不顶得成？

坧泉心中自有答案，却不便道出，他再看看画，没见到题款，遂问：这画，谁画的？

是完小的王老师，俺儿跟他念过书。老邱女人回答。停停又说：是这么回事，那天王老师到俺村走亲戚，听说老东西犯了事，回去让人送过来这画……

坧泉问：这画，是……王老师画的？

老邱女人点点头。

坧泉问：王老师画画多久了？

老邱女人说：好像从小就画。

坧泉又问：老师是谁？

老邱女人摇摇头。

坧泉再问：王老师在你们那儿是不是很有名？

老邱女人摇摇头，说：有个啥名，退休就在家里种地，也养蚕……

坧泉问：种地？养蚕？不画画了？

老邱女人说：先得养家糊口，要是过年过节，有人要，也画……

坧泉眼前就现出想象中的那个乡村画家王老师：小个儿，干瘦，花白头发，清亮的眼光透出隐隐的儒雅……

老邱女人哽咽着说：王老师是好人哪。

坧泉的心被刺了一下，想：说王老师是好人，不就等于说自己是孬人吗？这是他所不能接受的，在漫漫人生中，做好人不做坏人，恰恰是他对自己不含糊的告诫，且努力身体力行。而唯在老邱这码事上，自己像中了邪魔般，要不是王老师的“横空出世”，或许真的就将老邱当成自己“向上”的垫脚石。王老师在关键时刻给了自己一击，他端的有些后怕，也不胜感慨：同样是一画作，自己的与王老师的，竟充当了两种角色，一为加害，一为救赎。呜呼，他从未细想所谓的“艺术”，竟然会有如此迥异的面孔，以及完全不同的“担当”。

坧泉长叹一声，多年压抑在胸中的积气亦一丝一丝从口中吐出，一下子变得敞亮通透。想，有言小隐隐于野，大隐隐于市，而对于这位乡间画家王老师而言，事情却是倒过来的，隐于山野沟壑，安于清贫，不与世人争短长。与其相比，自己于艺于品都望之不及啊！

十

早晨起来，坧泉匆匆往派出所赶。昨晚受老邱老伴登门哭求的触动，还有王老师对自己的冲击，翻来覆去睡不着，好不容易睡着了也睡不沉，一连串的梦。有一个竟然梦到“犯人”老邱，在一个陌生地场，说不上是乡下还是城边儿，老邱与一伙儿人在搬运建筑材料，钢筋水泥沙石什么的。他意识中似乎记得老邱已进去了，眼下是在服劳役。他有些心虚想躲，不料老邱已看见他了，停下手中的活计望着他笑，他觉得怪怪的，落到这般田地还笑得出来吗？他问句：老邱你在这儿挺好的吗？老邱连连点头说：好着呢好着呢！干活不累吃饭不要钱，还净吃细粮。他问：有肉吃吗？老邱说：有肉还有蛋，还有各种蔬菜——白菜、萝卜、茄子、茭瓜、芹菜、土豆、黄瓜、油菜、芸豆、胡萝卜、韭菜……老邱不厌其烦地汇报在里面能吃到的菜，一副心满意足的模样。当说到有时还能吃到鱼、蛤蜊时，他醒了，老邱不见了，奇怪的是，他竟闻到煮蛤蜊的味道……

派出所刚上班，男女警察在打扫卫生，看到坧泉一齐绽笑脸打招呼：大画家来了？他心想当是都看到报纸了。他礼貌地呵呵着，这时那位小警察朝他走过来，问：大爷还是为那案子吗？他说对。小警察说：还是先前情况暂没变化，犯罪嫌疑人在看守所，检察院正在起诉，反正案子不复杂，过不多久就会判下来的。

他没说什么，只把手中的一份材料递过去。小警察展开看了看摇头，说：大爷真执着呀，非要把画价自定为每平尺百元，这又何苦，不是自己和自己过不去吗？

坧泉不说话，只是望着小警察不停张合的嘴巴。

小警察说：大爷这么说吧，事情晚了，司法程序启动便不可逆转。当然，材料我们可以转过去，但不会起作用。

坧泉试探着问：自己的画自己不能定个价？

小警察笑着点点头：应该是这样的，比方厂家生产出商品须物价局定价才是。

坧泉问：定十块，厂家卖一块不可以？

小警察说：在市场上可以，在法律上就不可以。

坧泉摇摇头：我给弄糊涂了。

小警察说：大爷，你找个律师咨询咨询吧。

哦！他想起了学生卜莲。

尽管是坧泉主动约卜莲，卜莲还是坚持由她请老师。约在一家西餐厅，卜莲说要给老师换换口味儿。不要总是鲁菜、海鲜老一套。坧泉接受，但坚持牛排要八九成熟。卜莲笑笑问：酒呢？坧泉说：张裕吧。他不想让卜莲点昂贵的洋酒，况且自己一直爱喝老家的张裕。

上来了沙拉、冷盘，卜莲便端杯向坧泉敬酒，等菜的空当，卜莲拿出自己的画让坧泉过目。两幅皆山水,坧泉交替地端详着,后把目光停留在卜莲靓丽的面庞上,心里就想:人嘛,正应了那句女大十八变,越变越好看了的话,盈盈成熟女人的美。画呢?却是停留在学生时期的稚嫩,没多大长进。便问卜莲:这些年一直画吗?卜莲说:当然是工作为主了,挣饭钱,业余时间画画,也写写小说,还发表了好几篇呢。坧泉说:还是先当个好律师吧。卜莲羞涩地笑,说:明白老师的意思了,自己的艺术天分确实不够。坧泉说:天分够不够另说,主要是一心不可二用。卜莲说:讲起来还是天分欠缺。看有些大作家,不仅文章写得好,国外国内得奖,还能画一手好画,写一手好字。听说有位作家获得大名后,一幅字拍了上百万呢,不是天才是什么?坧泉摇头笑笑,那是名人字嘛。卜莲说:老师的意思是卖的不是艺,而是名。坧泉说:讲句不客气的话,卖的也不是名,而是脸皮。卜莲发笑,就凭老师这句话,等哪天小卜在某方面出了名,当了大咖,绝不卖萝卜带大葱。坧泉亦笑,说:所以就有那句鼻子里插大葱——装象的话嘛。卜莲直笑,说老师挺幽默的嘛。

上来了牛排,光摆弄刀叉就够忙活的了。坧泉虽然多次吃过西餐,可记不住刀叉哪儿左手哪儿右手,只能胡乱用,一会儿左,一会儿右。卜莲看在眼里,并不纠正,见老师最终放下刀叉。问道:老师今天接见学生,一定是有什么事情吧?

坧泉抽张餐巾纸擦擦嘴,然后从头至尾讲了自己与老邱闹出官司的事。

卜莲听罢笑说:嚯,这真是有特色的故事啊,可以写小说,也可以拍电影。

坧泉苦笑,不吱声。

卜莲归于严肃,说:如果我没猜错的话,老师是请我做你的律师。

坧泉摇头。

卜莲问:那是什么?

坧泉说:我想咨询几个问题。

什么问题?

坧泉又把眼前他纠结之处对卜莲讲了。

卜莲听了思忖片刻,说:老师的意思明白是明白了,可有点不太理解。老师得到这么一个千载难逢(越东、章樟也用的是这个词语)的机会,就真心想放弃吗?

坧泉说:放弃,不甘心;不放弃,又不忍心。如今我和老邱好像在压跷跷板,我升上来了,他跌下去了。这一跌,他家的日子就没法子过了。

卜莲说:老师善良啊。

坧泉说:不是善良,是老邱太苦啊。

卜莲叹息说:一回事啊。

坧泉不语。

卜莲端起杯:老师我敬您!

干杯后卜莲说:就案子本身而言,老邱是应担责接受处罚的。公安、司法方面也都是依法行事,没有问题。从法律角度讲,北京专家受托评估,无论高了还是低了都是量刑的法律依据,这也没有问题。论来论去,问题在老师这里。当律师这么多年,还是头一回遇到这种情况呢。

坧泉依然不语。

卜莲继续说:当然,我听老师的。老师有什么想法我努力帮您实现。

坧泉点点头,说:我上交了一份材料,说明自己的画值只有每尺百元,希望法官采纳,你说有没有可能?

卜莲说:没有可能。个人报价不能成为法律依据。

坧泉想起小警察的说法。作为律师的卜莲也这么讲, 看来情况真是这样的。他像问卜莲也像问自己:那还有什么办法呢?

卜莲说:老师你也不要太纠结,说到底,这事你没有责任,责任在老邱,不是有句话叫人要为自己的行为埋单吗? 老邱就是,受刑罚是怪不得别人的。

坧泉记起,越东和章樟也说过这样的话,可是……

他说:问题不在于老邱是否有罪错,而是到底有多大的罪错,说到底,不就是几幅画吗? 我呢,是没错处,没责任,可事实上我与老邱形成了一种水和船的关系,水涨船高,画值越高,老邱越倒霉,这,怎么能说和我没关系呢?

卜莲叹了口气,说:反正挠头的事叫老师给遇上了。

坧泉问:卜莲,你遇上又会怎么办?

卜莲思忖一下,说:没准会把艺术前程放在首位吧。

坧泉摇摇头:我不信。

卜莲说:我承认自私,但也有理智,凡事有个限度,或者说有个合理性。

合理性?

是啊,凡事有个限度,比方说做慈善,量力而行为合理,裸捐便不合理。亿万富翁捐一千万合理,穷人把仅有的一百元捐出去便不合理。电视上报道一独居拾荒老人,住地下室,吃冷饭,将全部辛苦钱捐献于人,便不合理。媒体评选老人为道德模范,可自己咋不往道德高地上冲呢?

坧泉说:我明白你的意思,如果我放弃个人的一切为老邱着想便不合理,是不是?

卜莲点点头,说:我是这么认为,不过,也可以在这个基础上再找出一个双赢的办法。

双赢? 我赢,老邱也赢?

对。

有这种可能?

应该有。我回去看看法律条文,再咨询一下同事,看有没有两全其美的办法。

坧泉吐出口气,说:这样,当然最好。

分手时,坧泉拿出自己一幅画赠予卜莲。卜莲端详着爱不释手,嘴里却说:老师以后不要再随便赠画了,知不知道这是一张几十万的大票子哩。

坧泉笑。

卜莲说:老师别笑,如今画值是硬道理。谈到某一位画家不谈其艺术造诣如何,而是一尺卖了多少万。

十一

春节说到就到了。大年初一起床匆匆吃了几个饺子,便穿衣准备去冯院长家拜年。而没等出门,来给他拜年的人就把他堵住了,出不去。多是画界熟的和不太熟的人。当是要火的消息不胫而走,人气看涨。这也在情理之中,应了那句“穷在闹市无人问,富在深山有远亲”的话。这使一直备受冷落的坧泉有了一种新感受,名利名利,除了实实在在的利益,还有让人心里舒畅的尊崇呢。不是说人的几大需求中就有被拥戴的愿望吗?所谓前呼后拥威风八面,就是这种情感需求嘛。

傍晌时,章樟来拜年了。这也是前所未有的事,让他感动。章樟说他去了冯院长家,院长听说坧泉要去十分高兴,说上午拜年的人太多,没法说话,就下午去好好聊聊。坧泉说好的,知道了。心里也很感动。知道已被当成一个人物,很是欣慰。

山水居,冯院长位于风景区的居所。临海背山,叫山水居恰如其分。亦被本地画家称为山水沙龙。按图索骥,坧泉费九牛二虎之力才找到。

敲门后,冯院长年轻的夫人程姐客气地将他引入客厅。没见冯院长,程姐说:上午来人太多,老冯累了正在休息。他说别叫,等着。落座后他扫了眼头回光临的“沙龙”,空间宽阔,落地窗户,窗外一片汪洋大海,阳光下波光闪闪。厅内一色的红木家具,古香古色,足足的高贵文雅气派,然而这价格不菲的物件儿在实用上远比现代家具逊色,比如沙发,怎么都觉得硌腚不舒服。那年在北京参观故宫时看了皇帝的龙椅,第一感觉是皇帝坐在上面肯定受罪。客厅隔断的博古架上,摆着各种瓶瓶罐罐。时下古董造假炉火纯青,真品赝品一般人是看不出来的。坧泉不是这方面的专家,也就不细究其真伪了。

他发现密集挂在墙上的国画全是冯院长本人的作品。这“奇观”让他有些诧异,出于礼貌,他站起来一幅一幅观赏。这是一个山水的世界,多为泼墨。出于本身的造诣,他一眼便看出这些画作致命的难以藏拙之处:雷同,构图的雷同,笔墨的雷同,尽显画者文化趣味的狭隘守旧与才气的疏浅干涸。其实,中国画的墨守成规早在几十年前便被诟病,所谓名家名作,不外乎风格的千篇一律与题材的老生常谈。他十分欣赏的林风眠曾一针见血指出“国画几乎到了山穷水尽、几无生路的局面”。再早康有为、陈独秀也对传统中国画提出改革意见,而徐悲鸿所作《中国画改良论》把矛头直指一味模仿陈陈相因的明清正统派画风。直至今日,几乎所有的画廊依旧是山水、花鸟,梅、兰、竹、菊、荷花、牡丹以及古装人物的天下,只重笔墨不重内容的所谓“文人画”风行一时,给人造成中国画就应当如此画的刻板印象。对此,吴冠中一句“笔墨等于零”的呼喊,尽管有些矫枉过正,却也正中国画得意于笔墨而忽略灵魂的要害。而一向以“文人画”自诩的冯正如此,他觉得冯是不应将这些画摆在一起的,这反而集中暴露出画作的短板。另外他觉得冯在艺术上是墨守成规的。当下的作品与多年前的作品看不出有多大差别,即使有些许改变也显得那么僵硬,装腔作势,并非从心灵里自然流出,自然便缺少感染力。“只要功夫深,铁杵磨成针”,这话对艺术而言并不真切。

这几幅是近作。有人在他身后突然发话。他吓了一跳,回头看是穿着天蓝色睡衣的冯院长。冯还没放下的手指着右手的一处墙壁。

啊……冯院长,过年好,过年好。坧泉未忘“初心”,赶紧恭敬地向其拜年。

过年好,过年好。冯院长说。语气平淡,让坧泉听不出是讲他自己过年好,还是问他过年好。

他踱到冯院长所指的那几幅画跟前,认真地端详着。他依然没看出“近作”与“远作”有什么差异,差异仅在于墨迹是新是旧。而嘴里说出来的是:很好,很好,院长。

除了“很好”,他确实说不出其他赞美之词。

艺术的生命在于创新。冯院长说。

院长说的是。他边看边点头,心里却想:话是不错,恰恰是你在这方面的短板。

老冯,电话——唐主任拜年。冯院长夫人的声音。

知道了,就说我在会客。

“会客”是在冯院长的画室里,说法是这里清静。

让坧泉惊讶的是乒乓球桌大小的画案也是红木的,厚重、敦实、典雅。

他心想:往少处说也值几十万的。而他自己全部家当怕也不值这个数。

画带来了吗？坐下后冯院长问。

带来了。垢泉说着从衣兜里掏出一个大信封，递给冯。冯并不打开看，放在一边，说：全国美展开始征集作品，我准备推荐过去，这回怎么也得让你得个奖。

谢谢冯院长。垢泉说。心想：画没看就许诺奖，看来有这个把握。冯的几个徒弟都是获奖画家。

上午，文联马书记来拜年，讲年后美协换届，我们对下届班子做了磋商，我提议你为副主席人选……

可、可我还不是理事呢。垢泉说。

增补你为理事。

增补？什么时候？垢泉问。

冯院长笑笑：不就是刚才嘛。

刚才？

当然，还要和马书记和主席团成员打声招呼，相信不会有人反对。

哦。垢泉明白了。明白从现在开始，自己已经是美协理事了。这还不算完，换届后就是副主席了。他问：下一届院长还继续担任主席吧？

不干了，到点了。从画院院长和美协主席二职上全退下来。冯院长说，给年轻人让路。

章樟也说过冯这次要退的事，因与己无关，没在意。现在就有所不同。他问：那由谁来接任呢？

还没定。

哦。

不过倒有两个热门人选，终是二选一吧。

哪两个？

画院副院长山梅和美协副主席吕谦。冯院长交底说。

他知道，女画家山梅原是中学美术老师，冯院长弟子兼情人，冯将她调进画院并提为副院长，这是公开的秘密。油画家吕谦是文联马书记的表弟，也就是上回饭局“洗屁股”段子的男主角。垢泉在心里想：这二人各有各的背景，当有得一拼。平心而论他倾向于“洗屁股”胜出。吕的油画在本市算是矬子里拔将军。

你觉得哪个合适呢？冯院长问。

这时院长夫人端来了茶水。

垢泉说谢谢。

待夫人退出后，垢泉说：这两个人各有所长，都可以。

冯院长不语，笑笑。

坧泉说:从画种上说,画国画的山梅院长更具代表性。当然,看上面怎么定了。

冯院长说:上面定,也得听取大家的意见吧。

是。坧泉说。

冯院长呷一口茶说:美协主席一职,虽不是多大的官,可对繁荣本地区美术事业至关重要,所以画家们十分重视,希望能把自己心仪的人选推上去。

是。坧泉说。心想:院长心仪的自然是山梅了。

冯院长说下去:听说有不少画家酝酿给市里写信,表达自己的意见。

坧泉虽不谙官场,对冯院长的这番话也是领会的,希望他能与"大家"一起给上级写信,顶山梅。山梅一旦上位,就可以成为冯的代理人继续把持画界。他与山梅交流不多,只知道这女人在画界的口碑不佳。章樟每每提到她便一脸的不屑。不过,冯既然当面对自己表达这个意向,是应该应承的。冯这样直接顶自己的情人,说明已不把自己当外人,何况人家已表示让自己担任副主席嘛,这是颗大桃子,投桃报李是应该的。

他望着冯院长说:院长,你不用再说了,我知道该怎么做,没问题的。

好的,好的。冯院长笑笑,又问:你与山梅打交道多吗?

他说不多。

那么,过几天找个时间一块儿坐坐,算正式认识。这样对今后你们在班子里步调一致有利。

好的。坧泉应着,心里不免有一种莫名的感动。他站起来,紧紧握着冯院长的手,说院长有事尽管说。

这回轮到冯院长说没问题,没问题。

又聊了一会儿,坧泉告辞了。出了山水居,他一身轻松。

十二

元宵节这天,文联艺术部举办迎新春书画笔会。这次坧泉成为受邀画家。正准备前往赴会,章樟来电话问他今天干什么。他说参加笔会,章樟说不要去。他问怎么回事,章樟说该端端架子了。他一下子明白,想到从前受到的怠慢无视,心里确实不舒服。说我听你的。章樟说:这就是了,从今往后不能随意听他们的摆布。

挂了电话,他给文联艺术部的小王干事挂电话,告知有事不能参加笔会了。

想想觉得还是章樟是自己的知己,处处为自己着想,当是自己永远的朋友。

他陡然想到，正月初一给冯院长拜年，冯曾对他列数了增补副主席人选的意向，其中没有章樟，当时他曾想问一问，又觉不妥。虽说最后冯院长叮嘱他对所说保密，还是觉得不该瞒着章樟。章樟本以为这回换届自己“有戏”，却是误判，须让他面对现实，以免到时被动。他又给章樟把电话打过去，章樟问：还有什么事吗？他说是，咱见见。章樟略一停顿，问：急不急？他想想说也不急。章樟说：为儿子考公务员的事要跑北京一趟，也就三四天，回来我给你打电话。

章樟却不是回来后给坧泉电话，而是在北京时打过来，说去拜访了刘院长，院长又说起你的画，大加赞赏，还说让你一定对自己的画艺有信心，认识到自己的真正价值。说他没必要空抬你，也不想当伯乐。还说回去后把你的画给几个画界权威看了，一致看好。英雄所见略同嘛。说中国美协很快也要换届，争取推荐你为理事。坧泉说：我还不是美协会员呢。章樟说：这我对刘院长讲了，他说无碍，会员理事一步到位。对了，你赶紧整理一份艺术简历，给刘院长发过去，我这就把他的电子邮箱发你手机里。

坧泉说好的，好的。心里却想到刘院长说会员理事一步到位，冯院长说理事到主席一步到位，从前觉得遥不可及的事情，怎么一下子变得如此简单？

接着电话铃响，接起来是卜莲。卜莲说：几项有关事项已弄清楚，一是法律程序启动后，是很难停下来的，公诉刑事案件更是如此。二是个人出具的画值证明不能作为法律依据。三是如要推翻鉴定师给出的鉴定意见，要有充分理据，再由检察机关委托新鉴定人。总而言之，操作起来是很困难的。

坧泉无语。

卜莲又说：这种严格对老师来说不见得是坏事。

坧泉说：我知道这个，可这种严格对老邱是不公平的。

卜莲说：单纯从法律角度上讲也没什么不公平的。画值多少并不能改变他行为的性质。况且老师的作品——对了，我已将老师的作品发给一画家朋友，又请她发到她的画家朋友圈，请大家评估，结果意见一致。

多少？

与刘院长所见略同。

哦。

所以老师在心理上一定要加以调整，不要低估自己的艺术，也不要老觉得自己对不起老邱。

可……

若老师不能走出这种心理阴影，也可以用另外方法来弥补呀。

弥补？怎么弥补？

在经济上帮助老邱。老师一旦找回自己的真正价值,这一点应不成问题。

他没吱声。其实也想到这一层,年前老邱老婆到他家求情,临走他让老伴拿出三千块钱给她,老邱老婆坚决不要。不过,要是老邱真的被判刑,自己是一定要帮的。他说:这是必须的。

卜莲说:堤内损失堤外补,各得其所。

老邱坐牢,我替他养家。坧泉想:这也许是一个折中办法了。小卜的说法是双赢。

卜莲说:老师,我也不愿当局外人,可以尽一己之力。

怎么? 坧泉问。

卜莲说:上回老师讲老邱的儿子工伤致残,用工方借故一推六二五,这才是老邱一家陷入绝境的真正原因所在,我想从法律方面……

帮老邱儿子维权?

卜莲说是。

坧泉眼前一亮。

十三

第二天坧泉便搭上卜莲的沃尔沃向老邱家进发。地址是从物业要到的。路是按 GPS 导航走的。一段高速下来,便上了国道,下了国道,就看到了昆嵛山下相连的两座村子:大邱和小邱。老邱家在大邱。天气开始还好,而后飘起了雪花。前方天地瞬间成为作画前的白纸。坧泉又想到那句"一张白纸可以画最新最美的图画"的名言。心想:白纸不同样也可画最丑陋的图画吗。关键是什么人以什么心态画了。这时他又想起了完小的王老师,见王老师也是他赴大邱的目的之一。

推开虚掩的大门,只见老邱老婆正扒在猪圈墙上喂猪。看见是坧泉,老邱老婆先是一惊,挓挲着手没说出话来,坧泉一时不知道该怎么叫她。在小区,业主见老邱两口子在院里打扫卫生搬运垃圾,要么视而不见,要么喊声老邱,对老邱老婆顶多"啊啊"两声。谁也不晓她姓什么。离上回见不过半个多月,坧泉觉得这女人一下子苍老了许多,眼光也有些呆痴,似乎不认识他了。这时卜莲赶紧上前,说:大娘,坧老师看你来了。倒是唤起了女人的记忆,立马慌乱起来,连声喊坧老师坧老师。坧泉心里悲凉,没应声,卜莲又反客为主说:下雪了,进屋坐坐吧。

穿过灶间,土炕上躺着一个三十几岁的男人,不用说就是老邱伤残的儿子了。而儿子的儿子,四五岁模样的小男孩,正一下一下给他爹捶腿,见有人进屋也没停下,直到卜莲将带来的食品递到面前方停止"理疗",不管不顾地大吃起来。

这当间坧泉的心情一直是压抑的，还用说吗，阴差阳错，由于自己的几幅画惹出的事端，让这个本来就贫病不堪的农家雪上加霜。他叹了口气，朝炕上那与老邱有着相似轮廓的小邱道句：小邱你好吗？小邱却无动于衷。

俺爹爹不会说话了。不断往嘴里填东西的小小邱说。坧泉和卜莲将惊讶的目光投向老邱老伴，对方已泪流满面了。

退回灶间，老邱老伴边抹泪边诉说着家中的近况。年初儿媳妇从外地寄来一份离婚协议书，让儿子签字。从那以后，儿子就不再说话了，不晓是气哑巴了还是不肯张嘴了。坧泉与卜莲相视，摇头不已。

不看僧面看佛面，就算不顾及残疾人，不是还有个可怜的孩子吗？怎么能这么无情无义呢？坧泉心生不平。类似事件电视上不断报道，多数情况是女方不管不顾地弃夫弃子，寻个人幸福，一去不返乡。如今的女人咋就变得如此铁石心肠呢？相反，男人倒不是这样，乾坤大颠倒啊！

卜莲向老邱老伴询问了小邱工伤情况。

果然事情很狗血：邱冬（小邱）是工地上的壮工，在脚手架上“伺候”瓦工搬砖提水泥。那天风大，架子晃晃悠悠，邱冬将一桶水泥提上架子的当儿，失去了重心，跌落到地上水泥推车上，当场昏死过去。送到医院倒是醒过来，腰椎严重受伤，不治致残。这是典型的工伤，而那家公司却不认，理由是邱冬在架子上没系安全带，违反了安全生产条例。这条规定是有的，实际情况是，为了在架子上活动方便，壮工瓦工在低层施工时都不系安全带，公司方睁一只眼闭一只眼，可一旦出了事故，就搬出这一条推卸自己的责任。邱冬出院后公司就不管了。

卜莲问：没去劳动仲裁部门投诉吗？

老邱老伴说：他爹去过，人家说是公司照章办事，没错，要自己负责。

卜莲又问：没到法院起诉吗？

老邱老伴说：没，都说打官司赢不了，还倒贴钱。

坧泉问卜莲：这情况……

卜莲摇摇头说：这类我们圈内人称为“小腿扭不过大腿”的案子，弱势方是很难赢的。我回去和所里讲讲看能不能代理一下。

坧泉露出宽慰的神情，说：这样太好了，一切归我。

卜莲自然明白老师的“一切”是什么意思，说：老师，这不是主要问题，我也能解决。

卜莲又问了一些相关问题，记在本子上。

走时坧泉从包里拿出一沓钱给老邱老伴，老邱老伴高低不收，苦着脸说：坧老师只求你把小孩爷爷放出来，俺就……

坧泉悲哀地想：这恰恰是自己想做而难以做到的。

坧泉没能按预期见到王老师，王老师回家过年了，他不胜失落。

十四

按与章樟的约定，坧泉来到一家店面不大的粤菜馆。章樟随后到，手提一烤鸭礼盒，特别申明不是从机场超市买的，是全聚德的正宗货。坧泉谢了，接着问儿子的事办得怎样了。章樟说：老市长同意给工行行长打个招呼，应该是没问题了。坧泉说：孩子能在金融系统工作，今后算无忧了。章樟说：一通忙活，也算一劳永逸。

如同卜莲的腔调，章樟拿起菜谱说：不要老是鲁菜、海鲜那一套，换换口味，我不是南方人，倒觉得粤菜好吃。

酒下肚，章樟问坧泉有什么事急于见他。坧泉便把那天见冯院长的情况讲了。什么一步到位，什么美协新一届班子人选，当然主要是告诉章樟冯院长提到的副主席人选中没有他。

章樟淡淡地答：我知道。

坧泉有些吃惊：你咋知道的，冯院长向你透露过?

章樟笑笑说：老兄天真，他已将我排除在外，又怎会向我透露呢?

坧泉说：可这是不公平的，这些年你对本市美术事业所起的作用是有目共睹的，何况你的画……

章樟打断说：老兄只知整天闷头画画，对其他所知甚少啊。冯院长到点了，干不成了，自然要找自己的代理人，既包括主席，也包括副主席。换届是什么?排排坐吃果果，理所当然要分给自己最想给的人，再说这也不是冯院长一个人所能包揽的，欲施加影响的大有人在。比如主席一职，冯院长属意于山梅，马书记属意于她的表弟吕谦，各顶各的。为什么别的协会都换届了，唯独美协书协迟迟不换?书画界的人都清楚主席一职的含金量有多少。所以每回换届都争得头破血流。至于副主席也是同样的道理，现在的实际情况是，这一届共计十个副主席，将到点退下的五人，就是说下一届只能增补五人。据说市委杨副书记已推荐了画花鸟的兰荣光，市委宣传部孙部长推荐了画山水的裘得信，这两名是板上钉钉了。剩下三个名额，不管情愿不情愿，其中一个要给你这个横空出世的黑马。

坧泉说：可没人推荐我呀?

章樟说：怎么没有?刘院长嘛，当然，刘是从艺术上看好你。

坧泉说：刘院长在北京，鞭长莫及吧。

章樟笑笑说：开什么玩笑，刘院长是排名靠前的中美协副主席，美展评委，手里还有名画刊，是很有发言权的，这个都心中有数，谁敢不买他的账?所以你上这个副主席也可以说是板上钉钉,是一点没问题的。

坧泉苦笑笑,说:我明白,我上,实际是影响你上的,我……

章樟摇摇头,说:不存在这个的,即使你不上,也轮不到我。

坧泉问:为什么?

章樟说:你想想,冯院长一大堆弟子,前呼后拥吹喇叭抬轿子,到了这节骨眼上,大佬能不论功行赏?何况这又是对冯今后的垂帘听政有利的,何乐而不为?说起来这都是可以理解的。

坧泉摇摇头:这也能理解,那也能解释,那么还有什么真事?

章樟说:别的就甭管这么多了,你我草木之人也管不了。

坧泉依然摇头不已:真复杂呀!

章樟说:庙小妖风大,池浅王八多。这话用在这里最恰当。表面看起来个个道貌岸然人五人六,而内心肮脏不堪。

坧泉笑笑说:章樟,别忘了你也是圈内人士啊。

章樟翻翻眼:我?我知道自己也不是个好鸟。

这时服务员小姑娘端来一盘油光光的水晶虾仁。

章樟向坧泉端起杯,说:少烦恼多喝酒,这是虾仁烹饪之最,百吃不厌,干一杯。

吃过味道足足的虾仁,章樟问:你个人是能接受冯的山还是马的吕?

坧泉实话实说:两人都不够格。

章樟一笑:已没必要说这个了,要二选一呢?

坧泉想了想说:那就山吧。

接着坧泉把冯院长让他给上面写信的事讲了。

章樟沉默了。

坧泉问:章樟你说写不写?

章樟说:你先得有个态度啊。

坧泉摇了摇头。

章樟说:对头,这种埋汰事干不得,山是个很糟烂的娘儿们,挺她,有辱咱的人格,会沦为画界的笑柄。

这时又端来了松鼠鳜鱼。坧泉向章樟端起杯,由衷说:谢谢你章樟。

一饮而尽。

这时坧泉的手机振铃,接起来是一个年轻女子的声音。

是坧老师吗?

我是,你……

我是文联艺术部的小周,马书记要和你讲话。

手机里换成一个老女人的洪亮声音:坧老师你好,我是马……

哦哦,马书记有什么事?

原来外地来了一位名画家,文联晚上接待,希望坧泉参加,这是坧泉头一回接马电话,空前高抬啊,不由得向章樟看看。在一旁听得清清楚楚的章樟向坧泉点点头,坧泉领会,说:好的,好的。马又说让他在家先等着,文联去车接。

放下电话坧泉问:有必要参加吗?

章樟说:必须的。

坧泉无语。

章樟说:这娘儿们不好惹,你要不把她当盘菜,会抓狂,这厮啥事都干得出来。

明白了。

十五

坧泉几天后接到学生卜莲的电话。先讲了邱冬工伤的事,经查有关条文,公司方是逃不掉干系的,即使不负全责也要负大部分责任,不认账就得与其力争。所里已同意由她当邱冬的公益律师,帮助维权。坧泉听了很感动,说:好的,好的。一定要帮帮老邱一家。卜莲说:还有,调查了一下那家公司的背景,得知山姓老板是画院副院长山梅的哥哥。我想能不能先走走关系,请副院长做做她哥哥的工作,那么大的一个公司,不要与一个伤残工人死磕。看看这条路能不能走通,不行再走司法程序。坧泉说:先礼后兵,这样最好,不过我与山副院长不熟,搭不上话,但可以找找冯院长,让他出面协调一下。

卜莲说:好的,先这么着。再是老邱本人的官司,通过关系问了一下法院,可能很快就会判下来,这之前如没有新的证据提供,恐怕就无法逆转了。老师我看还是接受这个现实吧。坧泉说:这现实对老邱一家很残酷。卜莲说:是的,可这不是老师的过错,也不是老师所能左右的,你已经努力了,做得已足够了。另外,这也是老邱的命,合该遭此一劫,不然怎么鬼使神差地拿走几幅画呢?在道上混总是要还的,老邱也一样啊。老师,还是前些天咱们所说的,从经济上支持老邱一家,帮他们渡过难关。大河无水小河干,从这点出发,也只有老师找回自己的价值,才有帮人的资本。还有,我这边争取将邱冬工伤的事办好,也能解决些问题。

坧泉叹口气说:卜莲那就全靠你了,代我谢谢你们主任。哎,要不要送你们主任一幅画?

卜莲笑起来:老师,又来了,送画送画,咋的拿豆包不当干粮呢?

坧泉也笑了笑。

正如卜莲从内部得到的消息,春节后上班不久老邱的案子宣判了。涉案数额巨大,但老邱认罪态度良好,法院综合考虑判处老邱五年有期徒刑。卜莲从法律角度认为量刑还算适中,即便如此也要上诉,争取缓刑或减刑。已接手老邱案子的卜莲将这个意见同老邱本人与家属讲了,俱表示接受。这样由卜莲着手起草上诉文书,坧泉将准备的一万元交卜莲转老邱老伴,以应当下之需。事情进行到这一步,怎么讲都有些怪诞色彩。用卜莲的话讲,是鱼水关系的原被告组合。

坧泉苦笑不止。

坧泉打电话给冯院长,说有一事求见。冯院长声音透着亲善和蔼,说好的好的。又问坧泉给上面的信是否发出,坧泉只能说写好了,正准备发走。冯院长说:先不要发,带来我看看,一起斟酌斟酌。他说好的。放下电话,坧泉犯愁了,这如何是好呢?

有事找领导,坧泉赶紧给章樟打电话,把事说了。章樟说:既然是这样,只能写一份了。坧泉叫苦不迭,说:给那女人抬轿,传出去……章樟打断说:老兄你也太实诚了,写了就非得发出去吗?坧泉"哦"了声:这不是欺骗行为吗?章樟反问:那冯就不是欺骗行为吗? 比欺骗更下作。

二进宫。坧泉兜里装着已写好的"投名状",手里提着老婆给配好的一份"薄礼",进了冯院长的山水居。待冯夫人将坧泉带至沙发区坐下,依然一身睡衣的冯从画室出来会客了。冯院长满面喜色,握过手,对正在准备茶水的夫人吩咐:喝那份大红袍。又对坧泉说:此大红袍非彼大红袍也,一品便知。而坧泉却没品出此与彼究竟有何不同。

怎么样? 冯院长求证。

很好,很好。坧泉说。

冯院长看了一遍材料,复而又看了一遍,思忖着说:还可以着重将她的作品的特色讲一讲,男画家的豪放与女画家的细腻集于一身。坧泉说:好的,回去再加工加工。冯院长说:当主席,画界一把手,专业水平还是顶要紧的嘛,不然何以服人? 坧泉说是的,心里却很反感,想:你老冯当美协主席十年,又何曾被人服过? 说这种大话,难道真不知自己的斤两?

冯院长说:除了这份材料,还可以另写一份。

啥? 另写一份? 坧泉吃惊不小。

不是有人挺那个画油画的吗?

坧泉明白所指是那马书记的表弟,他女弟子的竞争对手,画油画的吕谦。

是的。

明显的任人唯亲嘛! 冯很激愤。

他点着头，心想：说别人任人唯亲，你老冯就不是了吗？讲亲，睡一个被窝才是真亲呢。

冯院长慷慨激昂：再说了，我们本地画国画是主流，画油画的寥寥无几，让一个非主流画家当主席，不对路嘛。

冯说的这一点，坧泉还是认可的。说院长的这个思路是对的。

那就应该让上面的人明白这一点，那些手握人事权的人，恰恰不懂艺术，一个错误任命会给文艺界带来太大的危害。

坧泉说：确实是这样的。

那我们就该发出声音，防患于未然。无论如何，不能让舶来的西画压中国画一头。

院长的意思是不是针对那画油画的给上面写份材料？坧泉问。

这个，你自己考虑吧。冯院长说。

坧泉明白，"考虑"就代表是的。遂说：院长，我明白了。

冯院长点了下头。

于是坧泉便言归正传，讲了登门所求之事。

冯院长说：正想让你和山院长正式认识一下，约时间见个面吧。我在场，你直接同她讲，这样会更好。

坧泉看出冯院长是真诚的，想帮这个忙，连忙说：好的，好的。

冯院长又说：你先把事说说，我再和她说说，让她有个准备。

坧泉已有些感动了，遂对冯院长讲了小邱工伤的事。

十六

等了几天，冯院长一直没电话来，不晓得怎么回事。卜莲那边还挺急，若与公司谈不拢，便正式起诉，拖延无益。坧泉只好硬着头皮给冯院长打电话，冯讲已和山讲过，山也同她的老板哥讲过，老板哥表示这事不好办，不能开这个头。坧泉听了很是失望，也气愤，想这般更不能顶那女人当主席了。

挂了电话，又立刻给卜莲打过去，讲了情况。卜莲说：已料到是这个结果，那就起诉吧。

那边，章樟是了解全部情况的，而报社唐主任则不是，因为老邱要求上诉，本要推出的重磅消息只能暂停，等上诉有了结果，尘埃落定，再往下进行为宜。

而其他媒体却不管三七二十一，网上披露了这桩国画窃案的一审判决，法院判决所依据的画值令圈内圈外人知道了坧泉的大名与高艺。春江水暖鸭先知，一些本市与外地的画廊欲开始收购坧泉的画作，有的还要与坧泉签约，对此，坧泉一一回绝。事到如今，他仍对卜莲的“金钱换刑期”的“双赢”心怀疑虑，总觉得不妥。而章樟对此却是认可的，不仅觉得坧泉可以与画商洽谈签约，还提出画展一结束便大张旗鼓搞一次拍卖，到时把刘院长请来造势，提前找到哄抬的“托儿”，以防流拍。

邱冬工伤一事陡然出现转机。卜莲告诉坧泉，山老板表示愿意谈谈。坧泉疑惑，问：难道他突然良心发现、为富有仁了吗？卜莲说哪有这么回事。卜莲讲了事情翻转的原委。

卜莲说：老板哥的建筑队在她姨居住的小区有一个工程——小区几座高层做的保暖层。工程已结束，脚手架拆除了，这时居民发现外墙粉刷的颜色不对，偏黄。就有“能人”找来色谱比对，得出结论：所使用的颜料的确比原定小了一号。责任在工程队，理应由工程方负责，可要是再重新扎脚手架粉刷一回，就麻烦透顶了，且花费颇巨。工程方连连道歉，希望居民能将就一下。每户补偿一袋东北五常大米。卜莲那担任业委会主任的小姨对卜莲讲了这件事，卜莲脑子灵光一闪，觉得这是一个与山老板哥叫板的砝码，便对小姨讲述了山的劣迹，动员她借机带领小区居民进行“维权”，由自己担任律师将老板哥起诉到法院。小姨出于对老邱一家的同情，表示支持外甥女，给卜莲写了诉讼委托书，司法程序立即启动。俗话说没有不透风的墙，山老板得知工伤人员邱冬与业委会所委托同为女律师卜莲，便明白事情有了麻烦，遂算了一笔账，重新粉刷一遍花钱不说，人员滞留又误了别的工期，双重损失巨大。于是同意“谈谈”。坧泉便想起那句“你不干他娘，他不叫你爹”的话，觉得这粗话真他妈是中国地面上的真理，感到无比畅快。

卜莲以与坧泉同样的心境解气地说：这遭他急我不急，耗着等着他联络我，不信他能眼瞅着工程队烂尾在小区日损斗金！

挂了电话，坧泉松了口气。

十七

坧泉的个展已完成布展。章樟打电话让他去过过目。他便赶过去，这档子事一直由章樟与越东在忙活。近百幅画的装裱，还要悬挂，加以适当的文字说明，不是个小工程。尽管章樟是他的好友，越东是他的学生，坧泉他内心还是十分感激的。

展址在群艺馆三楼展厅。本市凡重要的书画展大都在这里进行。一则展厅宽阔，二则地处市中心，三则临海。坧泉从未搞过个展，参加了几次集体展出，也只是陪衬，小鱼串在大串上。当他在越东的引带下走进展厅，一时竟又不相信眼前的一切是真实的，装裱好的画作挂在墙壁上，如同俗人穿上了袈裟，魅容四射，熠熠生辉。虽有“人怕上炕画怕上墙”一说，可坧泉还是觉得美人美作例外。他边走边看，竟感动得眼睛湿润。

怎么样，有什么问题吗？章樟陪坧泉看过一遍后问道。

很好，很好，没什么问题，辛苦你了章樟。坧泉由衷说。泪珠已流到眼角处，他不知道该不该擦。

如果没有问题，就在正式展出前搞一次预展，让相关人先睹为快，提提建议。章樟说。

坧泉知道所谓相关人就是领导、媒体以及有影响的书画家。应该说预展很重要，是这一炮能不能放响的关键。

领导方面，宣传部高部长不用说，必到。还有市委魏副书记、市府庄副市长，以及人大、政协领导。应该说规格不低。章樟说。

是的。坧泉说。

时间还未定，主要看魏庄二人的时间。等预展结束，再定正式展出时间。这就从容了，选个吉利日子便是。章樟说。

好的。坧泉说。章樟周到细致，他也只有说好的份儿。

看毕已接近中午。坧泉说：别回家了，一起出去吃个饭。

坧泉补句：我请。

章樟笑说：行啊，吃大户从今天开始。

附近有一家章樟常去的饭店，就过去了，坐进一个单间。酒菜很快便上来了，三人随意吃喝，聊着闲话。越东说起本市昨天发生的一起高空抛物致死事件，从高楼掉下一个挠痒痒的“老头乐”，不偏不倚正落在马路上一行人头上，结果当场死亡。谁能想到二两沉的老头乐能砸死人。寸！章樟说：啥叫寸？寸就是倒霉，人最怕的是撞上倒霉鬼，一撞上就遭殃。说有一官员去高级会所消费，吃喝嫖赌样样不落，还绝对安全，可你猜怎么的？偏偏避孕套沾在鞋底上，这伙计大摇大摆出了会所，让行人发现，拍照发上网。你说这不是撞上倒霉鬼了？越东说：只能按倒霉处理。常在河边走，哪能不湿鞋？老去那种场地，沾上个套子什么的，虽说是小概率事件，也是有可能发生的。章樟说：有时恰恰是小概率事件起大作用，比方买彩票中大奖，概率千万分之一，可一中就改变整个人生。

越东说：中彩票是小概率事件，可撞上的不是鬼，是神，是财神。

章樟与越东你一句我一句地说，坧泉听，不只是听，也想，想自己所遇到的事——晒画，老邱拿画，越东报案，刘院长鉴画发现他的价值。说起来俱是小概率事件，没有其中哪个环节都不成，可这些环节就是连接起来了，想想，人生真有些不可思议，有人撞大运，有人倒大霉，也没啥个来由，各有各的造化，自己和老邱不就是这样吗?

正感叹间,听章樟接了一个电话,坧泉并不在意。可听着听着就觉得有些异样,章樟不断重复着一句话:这怎么可能?这怎么可能?

讲完电话,章樟现出满脸苦笑,嘴里嘟囔着:这年头啥蹊跷事都有啊。

怎么了?坧泉问。

章樟摇头不已,讲电话是美协主席竞争人之一的油画家吕谦打来的,讲他表姐已明确表示自己要当美协主席。

坧泉和越东一齐"哦"了声。

章樟说:听明白了吗?马书记要当美协主席。

坧泉问:她画画?

章樟不屑说:画呀,是来文联当书记之后开始画的,画梅花,画菊花,画鸡,画鹰。

画得怎样?坧泉问。

你想想能怎样?章樟说,咱都是画了一辈子的人,才画到这份儿上,她才画了几天?

越东说:听人讲马书记已经加入了中国美协……

什么,加入了中国美协?坧泉惊讶,这怎么可能?

怎么不可能?人家还在人美出版社印个人画集呢!越东说。

出画集?这怎么可能?坧泉惊讶不已。

怎么不可能?越东问。

刚画画就出画集,不可能达到出版标准啊。坧泉说。

标准?哪来的标准?咱市出画集的画家不下几十人,谁拿标准卡了?出版社的标准就是印刷费标准,只要付够了数,照出不误。越东说。

章樟接着说:据说马书记的画集由我市一位企业家赞助,大概是三十万。而后马将该老板的女儿调到市文联艺术部。

真有这回事?坧泉又一次惊讶。

纸里包不住火。奇的是老板女儿自己说出去的,她不觉得这有什么不妥。

坧泉摇头不已,说:以前只知道文联是清水衙门,闹了半天却是清水衙门的水不清啊。

越东说:与其他单位比,文艺单位确是清水衙门。里面的人都瘦得皮包骨,可阎王不嫌鬼瘦啊。比方马,拿出一个事业编名额,出本画集足够。

看来马为这主席目标早就开始铺垫了呢。章樟说。不过从她的角度讲也能理解,很快要从书记的位子上退下来,若当上美协主席就可继续干一届。

越东哼了声说:吃了五谷想六谷。好事都是她娘儿们的了。

章樟说:她在文联一把手的位子上,负责换届,只要不顾脸皮了,完全有可能弄成。

坧泉问:那吕谦是什么态度?赞成?

章樟撇撇嘴:赞成能给我打电话吗?反对,提议画界联合给上面写信,坚决抵制!

坧泉不解:马不是他表姐吗?

章樟说:牵扯到个人利益,亲姐也不让啊!

越东讲:可不,吕谦要当上主席,不费劲就攀上了万元俱乐部,他能甘心煮熟的鸭子飞了?

坧泉感叹:真复杂啊!不过,马书记是选不上的。

章樟问:为什么?

坧泉说:太离谱。

章樟说:等额选举只要当上候选人都能选上。对了,那天听了个段子,挺贴切,说勃列日涅夫在路上走,看到一个人抱着个西瓜,此刻他正觉口渴,于是停下车,要那人把西瓜卖给他。那人说可以,勃列日涅夫同志,请你选一个吧。勃列日涅夫说可你只有一个西瓜呀,怎么还需要选?那人说俺们选您的时候就是这样的呀。

坧泉笑笑说:胡编,勃列日涅夫吃瓜还要买吗?

章樟端起酒杯坏笑笑:等着看下面买瓜滑稽戏吧!

预展一直后延。领导的时间难以协调,书记得空市长忙,市长得空书记有事,锣齐鼓不齐,如同请客,菜做了一大桌子,等不来主宾,只有等下去。

十八

这天,卜莲来了电话,兴冲冲地告诉坧泉,那个山老板要请饭,这说明事情正朝有利于邱冬的方向发展。她问坧泉有什么要求。坧泉说:我的要求也是邱冬的要求,设身处地想想不外乎两点,一是继续治疗,争取能站起来走路,能劳动。再是合理赔偿,当然还要征求一下老邱一家的意见。卜莲说:这怕来不及,可以先按照老师这两点谈。达成意向后,立即去大邱征求邱冬的意见。坧泉说这样稳妥。

坧泉心里惦记这桩事。

后来事情的进展,卜莲依然通过电话向坧泉报告:与山老板吃过饭了,虽谈得很艰难,终是接近了咱们的要求——公司负责接邱冬住院治疗,视康复情况再商定赔偿数额;在老邱家里见了已恢复说话的小邱,在看守所见了老邱,父子俩对结果很满意,可以说是喜出望外。还有,小区撤诉,同意不再重新粉刷,公司给每户居民两袋大米的补偿。卜莲说看似公司做了很大让步,但也清楚如此远比官司败诉重新施工合算。坧泉听了十分欣慰,说:这结果很好很好。

卜莲说还有一件事要和老师说说。坧泉说你说吧。卜莲说这个得当面说。坧泉说可以。

晚上一起吃饭,依旧在那家西餐馆。不过这遭是老师请学生以示谢意。

卜莲欲言又止。

坧泉问:你……

卜莲摇了一下头,说:老师你先别乐观,他还有个要求呢。

坧泉问:什么要求?

卜莲说:请你带几名实力派画家到他公司搞一次笔会。

坧泉问:他喜欢画?

卜莲说:这么想倒是抬举了他,当是得知你画的潜在价值,便提前收藏,以备获利。

坧泉想想说:可不大好操作,请谁不请谁,挺敏感。先不说冯院长能不能请得动,就画而言,能把他放进实力派画家这个筐里吗?在中国名气和实力往往不是一码事啊。

卜莲说:老师说得对,这就是中国特色的画界。

坧泉言归正传说:他不就是想存几幅画吗?给他画就是了。问问他,想要画什么的。

卜莲说:好的,问了,再对老师讲。

坧泉的心情十分愉快,向卜莲端起酒杯,说:下步再争取把老邱的上诉打好,事情就圆满了。

卜莲没端杯响应,望着坧泉一字一句地说:老师,你所讲的圆满是指什么呢?

坧泉连想都没想说:当然是老邱无罪释放。

卜莲说:那样就必须将整个案子彻底翻过来。

坧泉问:怎么翻?

卜莲说:让老邱翻供,就讲是你让他从冬青上取画,不是偷,老师你就得作为老邱的证人出庭,证明老邱说的是实话。

这是坧泉所没想到的,一思量,觉得亦无不可。便说:只要能让老邱出来,我可以讲画是我送给他的。

卜莲说:老师你这是作伪证啊!

坧泉:伪证?

卜莲:是啊,作伪证是要负法律责任的。

坧泉无语。

卜莲说:这样不仅老师你担责,作为律师的我也要受牵连。

坧泉一惊:卜莲你……

卜莲说:老邱自己不会想到翻供,须由我向他说,即使暗示也是违犯法律的。

坧泉脸色有变,说:既然这样那就得慎重了,无论如何不能把你栽进去。

卜莲端起酒杯,举向坧泉:谢谢老师关爱学生啊。

坧泉干了。

放下杯,卜莲说:不过,就算咱俩不顾个人得失,这案也是不得翻的。

为啥?坧泉摸不着头脑。

老邱本人反对。卜莲说。

他、他反对?

没错,反对,坚决反对。

坧泉不相信,说:这怎么可能,难道他觉得坐牢比在家里安逸?

卜莲点点头说:老师想不想听老邱自己怎么讲?

坧泉一时迷茫,望着卜莲。

卜莲从兜里摸出手机,边操作边说:和老邱见面,我背着警察录了音,放出来你听听。

坧泉无比惊讶,竖起两耳。

卜莲说:我先讲了老师帮邱冬维权的情况,告诉他大有转机,邱冬会得到治疗,还会得到赔偿,还讲了老师今后会照顾他们一家的生活。老邱听后哭了,边哭边说。

说啥?

卜莲按下了手机放音键。

呜……哭声,带乡音,坧泉能听出来是老邱。

呜呜……卜律师,俺想想摊上这官司,一点不冤,可再想想,呜呜……俺觉得值了,有句话咋说的,对了,叫因祸得福呢。呜呜……小冬子,是俺两口子一辈子的愁,解决了,腿治好,媳妇也就回来了,小孙子有妈了。俺老少三辈就又成一家人了。俺欢气啊。全是坧老师带给俺的呀,要没这档子事,俺家就塌天了,坐五年牢算啥呢,就是坐十年能换这么个结果,俺也情愿!坧老师是俺的恩人,还有你卜律师,俺一辈子不能忘了你们的好,好人就该得好报,俺从心里希望坧老师能出大名,一幅画能卖个十万、二十万……

停!坧泉喊。

卜莲按下暂停键问:怎么了老师?

坧泉问:卜莲你把事全都给老邱讲了?

卜莲说:是啊,讲了,没必要藏着掖着的,是不是?

坧泉问:老邱要撤诉,是不是为了成全我,让我出大名发大财?

卜莲连忙解释:应该不是,他是觉得坐牢能换得这么一个结果,是大收获,打心眼儿里高兴。他倒是担心上诉会节外生枝,让到手的好处又失去。

坧泉说:这怎么可能呢?上诉成功,只有得没有失。这与由房地产公司承担对小邱的责任是两码事。老邱不坐牢,小邱的事该怎样办还怎样办。

卜莲说:这个我也对老邱讲了,可他还是坚持撤诉。

坧泉摇头:不可思议。

卜莲说:老师,你再往下听。

卜莲按下放音键。

老邱的声音:……俺知道,坧老师这一辈子挺憋屈,画得好,可没人认,这遭也该让他翻翻身了,这样才公平。虽说俺是个庄稼人,可不傻,知道哪头炕热哪头炕凉。坧老师好了,俺能跟着好,退一步讲,要是小冬子的腿治不好,要是房地产公司变了卦,不给赔偿,坧老师不蹿高,想帮俺也没这能力了,说真的,以后俺小孙子上学还得仰仗坧老师呢……

录音到此结束。

卜莲问:老师,我说得不错吧?老邱的想法是切合实际的,完全可以理解的。老师不要再多想了。

坧泉无语,心里却想:当是老实人心里也有自己的小九九啊。不用说他是再三盘算过,这是没法子的法子啊。不过以后无论走到哪一步,对老邱自己要负责,特别是对他的小孙子要负责到底,那孩子是他们一家人的希望……

卜莲端起杯:老师,喝酒啊。

坧泉端起杯。

尾　声

故事源远流长。而小说该打住了。大团圆的结局总会让人诟病。可不是,对于坧泉一切都好得不能再好。,老邱撤诉,案子尘埃落定,几家媒体集中予以报道,高规格的本市个展及北京美刊的不吝赞誉的推介,令坧泉横空出世,炙手可热,画值如芝麻开花节节高,甚至超出刘院长当初的评估。还有,美协换届坧泉以高票当选副主席,负责水墨画创研室。这让坧泉有些蒙,尽管这一切都是一步一步从眼前经过,可他总觉得亦真亦幻似在梦中。对于整个画界,这当间发生的事情同样始料未及犹同梦中内容,无论是冯院长力荐的女画家山梅,还是毛遂自荐的马书记，都未能成为新一届美协主席。新主席是市委书记从外市引进的，书记曾在那儿担任过市长。自然了，一把手亲自过问文艺事业再正常不过，不仅没人说三道四，大家反而以手中的选票予以认可，新主席就以全票当选，换届圆满完成。

唯有一件事让坧泉叹喟不已：换届前，他将民间画家王老师的情况对大会筹备组讲了，力荐让他来参加会议。筹备组按地址发去通知，可王老师未来，在短信中讲家中安装塑料大棚，脱不开身。而他更愿意相信是王老师对这档子事淡泊，无意近前。坧泉不胜惆怅。

又过了若干天，卜莲来电话，说老邱就要转第二模范监狱服刑，她要去看守所办理相关手续并探视，问坧泉要不要一块儿去。尽管坧泉已接到主席团开会的通知，依然不打艮地说去，我去，去送送老邱。说毕心兀地往下一沉，思绪繁乱，哀伤莫名，眼窝涌出泪来。他晓得老邱义无反顾奔赴之地，就算"模范"得不能再"模范"，终归是座关人的监狱，不是个好去处……

身在文艺界却一直没写这块熟知的地方。只因院内发生一桩颇有意味的事，便写了一个短篇《晒画》。不巧被一位电影人朋友看到，说想弄电影，让我给写个剧本提纲。亦觉前作意犹未尽，便重新构思铺排，写成中篇《水墨》。说起来作品由小自大地成长，也是写作过程的常态，关键是能不能生成一个全新的作品。当然，从小到大不单单是个扩充问题，尚存在着需要解决的方方面面。短篇以构思取胜，有了一个好构思大体能写成，而中篇除了要有好构思，还要有别的要求，如相对宽广的社会人文背景，丰厚的故事，丰满的人物形象以及对主题的深入开掘，就是说一切都不得马虎，得较真。从这方面说，窃以为《水墨》相较于开初那个短篇已脱胎换骨，不可同日而语了。从这一写作实践中，我感受到一种挑战，也感受到一种快乐。《水墨》可谓是意外之得。

——作者附记

【作者简介】尤凤伟，男，1943年生，山东牟平人。自"新时期"开始写作，已发表作品五百余万字。著有长篇小说《中国一九五七》《泥鳅》《色》《衣钵》《百合的江湖》，中篇小说《山地》《生命通道》《生存》《石门夜话》《相望江湖》《岁月有痕》，短篇小说《为国瑞兄弟善后》《雪》《隆冬》《风雪迷蒙》《空白》等，已出版《尤凤伟文集》（四卷本）、《尤凤伟自选集》（三卷本）及小说集数十种。中篇小说《生命通道》获《小说月报》第六届百花奖，《金山寺》获第十六届百花文学奖短篇小说奖。现居青岛。

此事无关风与月

◎ 李清源

一

他就在门后等候。

走廊没铺地毯，赤裸的水泥地面犹如铜鼓，但有皮鞋踩过，即如援槌而击。不同的鞋子是不同的槌，在不同的脚下擂出不一样的鼓点，或急或缓，或疏或密，或清脆或重浊，或高亢或低沉，声声不漏地传进他的耳朵。从昨晚入住这家宾馆，他的脑海就被鼓点占领了，夜渐次深，鼓点又变成马蹄，轰隆隆驰骋来去，无情地践踏着他脆弱的睡眠。他关掉房内所有灯，在黑暗中寂然而卧，从脚步声推断那些过客的高矮胖瘦和性情。他想到了她。

如果是她走过，能不能从脚步分辨出是否是她呢？

这应该不难，但有个前提，必须得知道她走路是什么样子，脚步的声音又有什么特征。他开始回忆，试图从往事里寻找她鞋跟的回响。

回忆从初见开始。那时的情景与此刻颇为相似，所不同的是，那间酒店高档多了，房间和走廊都铺了地毯。毯绒厚而密，上面印着紫红色的图案，重瓣繁蕊，花藤漫绕，看上去富丽气派，跟酒店的格调很搭。在这样的毯上行走，所有噪声都被吸掉了，所以，当实木房门被笃笃叩响，突如其来的声音把他吓了一跳，好像那声音和制造声音的人从天而降，搞得他措手不及。

想到这里，他在黑暗中笑起来。他侧身而卧，一边脸压在枕头上。枕头不够柔软，而他脸上的肌肉已显松弛，他的笑容自唇角绽放，开到枕头处，就被枕头挡住了。他的笑是自嘲。那一次他太紧张了，以至于多有失态。那段时间他正跟老婆闹离婚。究竟为什么要离，似乎也说不清，就是觉得过不下去了，再耗下去都会死。刚好他又调整了工作，事务烦冗，家庭单位两头受累，怨气遂以原子裂变的幅度迅猛增长。一天晚上，他忙完公务，走出单位时已经满天星斗。回家不可能有饭吃，他钻进一家小馆子，要碗烩面，又要了瓶二锅头，酒足饭饱之后，在春风沉醉的街道里鼓腹夜行。不时有女子从身边走过，飘飘的衣裙长长的腿，弄得他心旌摇荡。他在一个街口停下来，抬头打量面前那栋十几层的建筑。建筑临街而立，旋转大门上方矗立着四个光彩夺目的大字：杏园酒店。他在酒店外稍作犹豫，就在酒精的鼓励下穿门而入，走进灯火辉煌的大堂。

在他们这座城市，有个很有意思的现象：最好的几家酒店大多以果园命名，比如梅园、桃园、梨园，以及他所入住的这家杏园。在这些果园命名的酒店里，特殊服务是众所周知的秘密，而且据说，杏园里的姑娘尤其迷人。他住进八楼一个大床房，按照服务牌上隐晦的提示拨通电话，选了一名十九岁的小姐，然后去浴室冲澡，先把身上的卫生打扫一下。莲蓬里的水有点儿凉，哗啦啦如秋雨袭人，体内燃烧的酒精渐渐被浇灭，他开始后悔了。他并不是第一次招妓，而且作为一位有名气的知识分子，这种事对他并不构成道德上的谴责和压力。他后悔，是因为冷静下来的头脑意识到了可能潜藏的危险。风传刘市长曾在省城某酒店消费，几天后，就收到一张他主演的性爱光碟，附信勒索五十万。在本市，杏园酒店这个目标太大了，必定也有好事之徒在盯着。而自己仕途正好，只要不出意外，再干两年必能扶正，甚至有望外放辖下县市当县市长。在此关键时刻，万一闹出点儿乱子，岂非自毁前程？黄脸婆跟自己闹离婚，也必将更加理直气壮。凉水澡冲罢，他的丹田已结冰，裹着浴巾走出来，他决定中断交易。就在他准备拨电话的时候，叩门声突然响起来。

可想而知他当时的惊悸。一旦心中有鬼，任何响动都是惊雷，纵不足以使他在风声鹤唳之中吓尿裤子，也够他心慌气短吓飞几条魂魄。至于叩门者的脚步，他仔细想了想，确信没听到。地毯那么厚，他也不可能听到。

叩门者就是她。那时的她真年轻。叩门声坚韧不绝，似乎他不开，她就会一直敲下去。他蹭到房门旁，忧心忡忡地拉开一条缝，看到一张稚气犹存的脸。他虽不是花间常客，但也知道姑娘们的年龄就像她们的名字，只是符号而已，不可当真，所以当"鸡头"在电话里介绍她，说她今年十九岁，他根本就没信。彼时，看着门缝外这张不失天真的脸，他依然不信她是十九岁：之前是不信有这么小，现在是不信有这么大。他警惕地问：干吗？

这话问得太荒唐了，以至于姑娘愣了一下，以为敲错了房门。她抬头看了看门牌号，才又笃定下来。先生，你叫的服务。她说。

她说的是普通话，但不标准。他据此得出两个结论：第一，她不是本地人；第二，她入行不久。这让他心头稍安。他以手护门，说：我没叫。

姑娘再次抬头看门牌。806,没错。她说:你叫了。

我不要了。

他要起无赖,将门砰的一声关上。叩门声随即响起,不卑不亢,锲而不舍。他就像逃债的赌徒,被人追堵在房间内,要打不占理,要逃无路逃。他在无休无止的叩击声中坐立不安,几乎崩溃,再次将门打开一条缝。我说了,我不要了!他冲外头的姑娘吼叫:赶紧走!

说是吼叫,其实嗓门儿很低。他怕声音太大,被其他房客听到。姑娘并未被他装腔作势的姿态吓到,神态坚决而镇定。你不能不要。她说。

为什么?

因为这儿很安全。

他一怔,继而羞臊不已,深藏腹心的秘密被人戳破,除了尴尬就是难堪。不要就是不要!他假装义愤,将眉头拧起来,表现出一种道德上的厌憎。快走,否则我报警了!

这回轮到她发怔了。她从门缝里盯着他,神情变得无比复杂。那副神情如此特别,像雕刻一样印进了他的脑海,并在日后每一次回忆时清晰浮现。在回忆的时候,他已经完全理解了她那神情里所包含的每一种情绪和态度,而在当时,面对着那张一时呆滞的脸,他只有一点儿表面的感受。纵使如此,他也被触动了:他在她的唇角看到无奈,在她眉间看到抑郁,在她那双突然黯淡下去的眼睛里,则看到丝丝缕缕迷烟般的绝望。报警是个严重的威胁,她在一怔之后,转身默然离去。他躲在门缝内目视她离开。在朦胧的走廊灯下,她的背影娇小而单薄,驼色紧身翻领小毛衣和棕色弹力紧身裤包裹上下,在纤细的腰间,则挂着一条当年流行的小短裙。她脚踩两只白色坡底休闲鞋,踏在厚墩墩的地毯上,如同一只悄无声息的猫。她走过了大约四个房门,他改变了主意。

喂!他打开房门,将身子探进走廊。回来!

他至今弄不清自己当时究竟为什么改变了主意。相信了她所强调的安全?她娇小无助的背影让他心生怜悯,还是突然良心发现决定继续完成被他无理中断的交易?或者这几个原因都有,并且相辅相成吧。而在这些难分难辨的理由之外,还有一个似乎不相关的小缘故:他看着她落寞而去,忽然为自己的傲慢和无理而自责。凭什么对人家小姑娘如此蛮横呢?仅仅因为她是个小姐?那也是个自食其力的职业,有什么理由歧视人家呢?他回想着刚才自居道德高地的荒谬,颇有点儿羞愧难当。

还好姑娘没跟他计较,他叫她回来,她就回来了。她不但没计较,还表现得很感激,一进到他房间,接连说了好几声"谢谢"。他颇有点儿惊讶,难以理解她何以如此谦卑,后来说开了才知道,他之前粗暴中断交易,几乎要害她赔钱:

“鸡头”收到他的招嫖电话，即备案在册，送小姐过来服务。收到嫖资对半分，“鸡头”称之为中介费和管理费，统称劳务费。如果客人反悔，中止交易，她们一般会叫马仔来解决，逼令出钱。万一遇到不好惹的主儿，就只能自认倒霉，劳务费则由出台的小姐赔，总之，“鸡头”是不会白忙的。

还好你回心转意了。她说。我正缺钱，都快急死了，再赔一笔劳务费，还怎么活？所以得谢谢你。

这话无疑太夸张。他订的服务是包夜，服务费八百，半数也就是四百。区区四百块钱算个甚，能要了她的命？但说起来，自己总归也有错，不够道义。他坐到床上，点起一支烟，吹出一团团烟雾，袅袅绕绕地悬浮在两人之间。他的眼光穿过烟雾打量她。房间里灯光比走廊要亮，此时的气氛也和缓得多，他得以清楚而从容地鉴赏她的身材和相貌。大概一米五几的个儿，略显纤弱，但也并非特别瘦，紧身的衣服也颇勾勒出了一点儿肉感。最惹眼的是一对乳房，鼓囊囊地顶在胸前，令人一望而生亵念。其实它们的绝对体积并不大，但在她身上，就显得格外醒目。她在说话，向他重申这间酒店的安全，强调老板后台很硬，很多本市的大老板和大领导经常在此消费，根本没人敢查。他捏着烟笑起来。

如果我坚持不做，你是不是要去找马仔来收拾我？

我才不会呢。她说。我大老远来这里是为赚钱，无依无靠，谁也惹不起。你一看就是大老板，我哪敢得罪你？自己认倒霉就是了。她说着走过来，将手包放在床头柜上，动手为他宽衣。所谓衣，不过是件浴袍，剥掉之后，他就成了一只肚皮肥硕的光猪。

服务过程不便多讲，总之，他很满意。满意后的他对她心生爱怜，而她亦如一只乖巧的猫，贴肉卧在他怀里，脸颊温存地蹭着他的胸膛。她的脸堪称清秀，但说不上多俊俏，皮肤也不够白，就像材质较劣的 A4 纸，透着一点儿麦灰色。综合评算，她不过是中等姿色，但就胜在年轻——准确说应该是“年少”。他抚摸着她光洁弹手的肌肤，目不转睛地看着她，越看越觉得她年龄小。

你到底多大？他问。

她笑了笑说，其实我二十一了，生了张娃娃脸，看上去显小。

她倒很诚实！他心生赞许，将她搂得更紧了些。他还不想睡，闲聊遂以问答的方式继续进行下去。他问了很多问题，诸如叫什么、哪儿人、家中还有谁、干这行多久了、为什么要干这行，等等。这些都是无聊的话题，正常情况下只有体验生活的文学家们才热衷于此，可是对于颇有点儿心不在焉的他来说，实在没有什么更新鲜的话题可谈，就客串了一下猥琐文学家。她倒很配合，但有所问，即一一作答。于是他就知道了她家还有三个人，一父一母外加一弟弟；她入行半年多了，先是在邻省一个城市干，两个月前才经人介绍转到这里。至于入行原因很简单，为了赚钱养家。她父母体弱多病，尤其是父亲，有非常严重的肾病，就在几天前再次发作，至今仍在住院。而小她一岁的弟弟，也该盖房讨媳妇了。

这个故事并无新意，但肯定讨文学家的喜欢，他平常爱阅读，至少看到过三五个类似情节的小说，而且很可能，它并不是真的。作为欢场讨食的风尘女人，最擅长的恐怕就是捉摸人心，编一个小女子悲惨身世哄哄恩客，又岂是难为之事？她这样讲，难说就是看准了他内心的善良，意图以此打动他。他是混官场的人，当然不傻，也在不停提醒自己保持必要的警惕，可不知为什么，当她讲完后，他都信了。

很多事是没有理由的，也不在你是聪明是傻，有时候你明知道是坑，也非跳不可。这就是命。他事后这样跟朋友解释。我遇到她，也是命。

这是最讨巧，也最省事的解答，可以拿来搪塞一切质疑。但是很显然，它也很难服众。其实他根本不必解释，基于对他的了解，朋友们对他这个信球行为都是心存理解的。他们甚至认为，如果他没那样做，反倒不是他了。讲义气，同情弱者，这是美德，但也是缺点。朋友们说：美德到你身上都成了缺点。

那意思就是他智商低了。朋友们的讥嘲并不令他受伤，却促使他去总结其他足以影响决定的客观原因。他想了想，觉得当时应该是有点儿喜欢上她了。喜欢她什么呢？年轻吧，还有姿色，性格也温和。这样的女人谁不喜欢呢？她说话也有特点，语速不快不慢，声音温柔，却不时有倔强的言辞。那倔强不是强词夺理，也不是愤愤不平，而是对不幸生活的某种不满，认命却又不甘心。讲完之后，她叹了口气，神色间流露出一抹忧伤。他就绷不住了。

为什么不找个别的事儿干？比方说，做个小生意。他说。三百六十行，哪个行当都能挣钱。

我也想做生意，就是没本钱。

你想做什么生意？

开个小店，卖小玩意儿，卖衣裳都行。卖饭也不错，胡辣汤豆腐脑我都会做。她想了想，又说：回老家搞养殖也好，养蘑菇，我有个亲戚，养蘑菇发财了。

想法倒挺多！他笑起来，而且这些想法还都可行，说明她至少曾经认真寻思过，而非此时的信口开河。他说：要干这些，得多少本钱？

她又想了想说，得三万吧，三万差不多了。

五年前的三万不算多，也不算少。那时本市的商品房均价三千，三万元可以买十平方米。他说：如果有这三万块钱，你愿不愿离开这一行，回去重新生活？

她说，愿意啊，当然愿意。但有其他门路，谁愿干这个？

他的手在她脊背上抚摸。运动产生的热量早已散尽，裸露在被子外的肌肤微微发凉，他的手掌轻缓滑过，隐约感受到一层若有若无的微栗。然后他拍拍她的肩，把她从胸前推开。他叫她走，理由是他不习惯跟陌生人过夜。这个理由很牵强，也很拙劣：不习惯过夜干吗包夜？她有点儿纳闷，但是看到他从衣兜里掏出钱夹，八百元如数支付，也就不说什么了。他看着她把钱放进手袋，然后将衣服一件件穿起来，心头忽有一点儿惆怅。

回去早点儿休息，好好睡一觉。他对她说。明天等我电话。

她正在系鞋带，闻言抬头看了他一眼，然后继续系。走出房门前，她握着门把手要开不开，犹豫了片刻，从手袋里取出二百块钱，折回来放到床头柜上。想必是她认为自己没有付出相应劳动，不愿多收。他一下子被感动得稀里哗啦。没办法，他总是很容易被陌生人的言行感动。他在感动中板起脸，一把拽住她的胳膊，把钱强行塞给她。

拿住！他吆喝道。听话，拿住！不拿我生气了！

或许是怕他生气？她没有再多推让。他盯着她把钱重新装进包内，想要矫情地拥抱她一下，她却转身走了。在出门前，她回头说：你好好睡吧，这里很安全。

他顿时又有一点儿尴尬，但这次他没有生气。他已经对她气不起来了。他拿着电视遥控器心不在焉地搜台，耗了半个小时，下到大堂把房子退了。已近午夜，街上人车寥落，迎面掠过的风仍有凉意，夹带着来自郊区农田的土腥味。他一路步行回到单位，在办公室的行军床上睡到天明。醒来时，阳光已经照进窗子，温暾地泼洒在窗台那盆山茶上。山茶花正开得炽烈，红色的花瓣重重叠叠。一只蜜蜂在窗外贴着玻璃嗡嗡飞舞，想要亲近这花朵，却被它看不见的东西隔在咫尺之外。他看着花和蜂出了会儿神，掏出手机给她打电话。

喂！他说。听出我是谁了吗？

嗯，听出来了。她说。

你马上收拾东西，一个小时后我去接你，送你回家。

好。

她的声音很温柔，像云，像水，像棉花糖，像清晨浸透馥郁花香的阳光，充满了人世间所能想象得到的最动人的柔情。而她的语气，却又非常笃定，似乎已经料定这样的结果，并已做好了准备。

二

所以朋友们都骂他愚蠢。

你说让她等你电话，她就明白什么意思了，退给你两百块钱，不过是假做姿态，让你认为她人不错，值得你为她花钱。他们说。你个信球货！

朋友们七嘴八舌，把他往死里批。他们被他荒唐的行为惊呆了，并为由此造成的结果愤怒不已。

他们愤怒是有理由的。首先，他对资助女人的事儿讳莫如深，从未对任何人透露过，包括他们这几位心腹好友。而人家可是什么事都不对他隐瞒，哪怕是情人外遇老婆出轨，恨不得全世界都眼瞎耳聋不知不觉，都会在喝酒的时候向他袒怀倾吐。他当然有他的理由，所谓"施恩不图回报，为善不欲人知"，听上去冠冕堂皇，但在朋友看来，就显得不够意思。大家都把隐私拿出来无私共享，你心里头却秘藏着一部"三言二拍"故事，试问友谊何在？

坦诚讲，他刻意隐瞒此事，也并非全然是高风亮节，还有很现实的考虑。单位有位副局长，据说跟市里几个主要领导都有关系，在省里也有很硬的后台，因此前途看好，被公认为他最主要的竞争对手。竞争并不可怕，可怕的是不以正常手段。此君行事阴鸷，擅长背后整人，尤其喜欢从作风问题上下手。有同事调侃，说他之所以仇视男女问题，是因他阳痿，长得又猥琐，没女人缘，因此格外妒恨私生活不检点的人。这就像在帝王时代，最痛恨男女乱搞的，不是寺里的和尚，也不是孔夫子的信徒，而是宫里不能乱搞的太监。有这样一位彼此较劲儿的同僚，他怎敢走露裤裆里的秘密？须知官场上的信息通道犹如蜘蛛网，每位官员都是网上的一个点，任何一个点上的新闻，都能在很短时间内借助四通八达的线路传遍全网。他不敢冒这个险，所以他那天晚上趁酒招妓，旋即就后悔了。

这也是他送她走的时候没去本市长途汽车站，反而绕远送去省城的原因。而他敢做这件事，还有个重要前提：她是自由的。在问答对话时，他曾问过她，做这行是自愿还是受人胁迫，有没有像传说中的那样被坏人控制。她说是自愿的，在这儿做有人管理，但并不限制人身自由，想走随时走，但是走了再来，可能就没那么容易了，除非盘靓条顺活又好，卖相过人。

要进这几个酒店做，得有关系呢，随随便便的"野鸡"根本进不来。她说。我来这儿，也是经人介绍。

那么也就是说，她既然带上行李跟他走，就等于自断后路，不可能再回来重操旧业了。这让他很欣慰，一路上话语稠密，滔滔不绝地讲述做人的道理和新生活应注意的事项。她坐在副驾驶位上认真听，不时点头应承，神色之间充满仰慕之情。多懂事的孩子啊！他在心里这么叹息。到省城后，他先请她吃了顿饭，然后送她去火车站。他一直没提钱的事儿，她也沉得住气，自始至终都没问，以至于让他有种错觉，似乎她主意已定，不管有没有钱，都要从良去了。多好的孩子啊！他在心里再次叹息。车至火车站广场，他才从包里掏出一包钱递给她。共三万，用橡皮筋扎在一起，包裹在一张报纸里。她犹豫了一下，要接不接。拿着！他以吆喝的语气说。她这才收下。她低着头沉默了一会儿，抬头望着他。

我不说“谢谢”了，这两个字儿太轻。她说。我也不知道怎么报答你。你叫什么？你还没告诉我你叫什么。

我不需要你报答，你也不需要知道我的名字。回去好好生活，孝敬好老人，照顾好弟弟，就是最好的报答。

他这番话堂而皇之，一副来自影视和文学作品的矫情腔。他被自己这种堂而皇之的矫情感动了，心里头热乎乎的，执意要陪她去买车票，然后把她送进候车厅。过程中她一直不说话，似乎沉浸在感激之中，不知道说什么好，遂以默默相对。他之前话讲得太多，把该说的和能说的全都说完了，此时也觉得没什么可以再说。气氛就在动人的沉默中变得有点儿尴尬。还好过程不长，不到半个小时，就买好票准备进站了。候车厅有安检，无票莫入，两人就此别过。在他想象里，此刻应该有个仪式性的道别，比如拥抱一下，彼此说些保重的话，而她会以近似偷袭的方式亲自己一下，可能还会流泪，然后拖着行李箱依依而去，边往里走边回头向他挥手。可是很遗憾，想象中的这一切都没有发生。她仅仅是说了句“我走了”，就走了。安检过道窄而短，一进门就什么都看不见了。他目送她乍然消失，突然很失落，兀自站在安检口的金属栅栏外，好像做了个怪诞的梦。他有点儿生气，觉得她没有礼数，连最基本的人情都不知表示。他坐到车上，打开音响找音乐，找来找去，没一首能让人安静的。后来翻到林忆莲的一首歌。他喜欢林忆莲，这个小眼睛女星的声音温柔而有力量，还带着一点儿宿命式的孤独与忧伤。

我觉得有点累
我想我缺少安慰
我的生活如此乏味
生命像花一样枯萎

这首歌他听过几次，名字叫《不必在乎我是谁》。车是单位的，音响效果不好，旋律里的深情和婉转被机器磨损，传出来时已粗糙许多。他略感疲惫，背靠车座听了一会儿。歌词很直白，也有点儿俗气，没有文艺作品应有的含蓄和蕴藉。他不怎么喜欢这首歌，只是被歌名触动了。他扭头望向车站。广场上人潮翻涌，候车厅门口也排起了长龙，密如蚁聚的人群里早已没有她。是不是坚持送她进站,被她当成某种监督了呢?如果是,她肯定会觉得他不信任她。他并没有明确说要给她钱,她就跟随他离开了那个地方,说明她是信任他的。而他却没有给她应有的信任,她一定会伤心,并因此疏忽了仪式性的道别吧。就算是小姐,也是有尊严的呀!他这样想着,自嘲地笑了笑。

这天晚上,他跟老婆吵了一架。他老婆去银行取钱,发现少了三万,第一反应是怀疑他要转移财产,为离婚做准备。老婆在纪委工作,专职审查,要收拾他很容易。她不动声色地与他吃晚饭,然后看着电视谈了会儿子女的事儿,突然话锋一转,要求他在十秒钟之内说清楚三万块钱的去向。他的脑袋当时就短路了。他根本没想到事情会暴露得这么快,都还没顾上编故事。他挣扎到第七秒时才反应过来,然后用剩下的三秒钟撒了个谎。他说钱借给张三。张三是他一个朋友。老婆说:张三借钱干吗?他说:他儿子不是要结婚吗,买房子。他老婆当即给张三老婆打电话,打听婚房买在哪个小区。张三老婆说没买呀,家里几套房呢,不用再买。他老婆挂掉电话,脸板得像生铁,两只眼里冒出两把刀,愤怒刺向无耻的丈夫。

老实交代吧!

他意识到撒谎是没用的,反而会使事情更加复杂,索性窝在沙发里装死猪,任凭老婆百般逼问,一句话也不说。他老婆怒不可遏,气得要放火烧房子。这时候他手机响了,掏出一看是张三,没好气地挂断。张三又打,再挂,还打。他只好接了。张三第一句话是:嫂子是不是在审你?他鼻孔里哼了一声。张三说:钱数多少?嗯是千啊是万,咳嗽一声一个数。他说:啊。然后咳嗽起来,一连咳嗽了三声。张三说:好了,把手机给嫂子。他就把手机递给老婆。他老婆接过去,听到这样一番话:

嫂子,钱是我借的,三万,我打牌打太大,输疯了,不敢让你弟妹知道,你弟妹那脾气你清楚,她要知道了,非砍死我不可。所以就找我哥借。你刚才给弟妹打电话问买房子,我一听就知道肯定是你问钱的事儿,我哥替我撒谎了。你放心,我过些天就还,但是千万替我保密,不要告诉你弟妹。

挂掉电话,他老婆冷笑不已。真是好朋友啊!她说。赶紧的,请他喝酒去吧,感谢他救场之恩。他知道没事儿了,至少罪证已失效,否则她不会就此罢休。张三是朋友里最精明的,他暗自庆幸第一时间撒谎撒到他头上,若换个人,此事已不可收拾。好形势不可浪费,老婆要偃旗息鼓,他偏要乘胜追击,喋喋不休地批判老婆过分:这么一搞多难堪,让他以后还怎么面对朋友?夫妻之间连这点儿信任都没有,还有什么意义继续过下去?他老婆恼了,瞪着他说:别给脸不要脸啊,信不信我追查下去,让你下不了台?我不管张三借钱是不是真的,限你五天之内,把钱拿回来!

查啊,你去查啊!

他这样说着,钻进书房去了。五天后,他乖乖把三万现金拿给老婆。这是他从股票里割出来的。老婆深明经济决定一切的道理,自结婚后,就把财政大权牢牢地攥在手里,他想弄点儿私房钱,以备办私事之用,就悄悄养了几只股票。朋友那儿也需要给一个说辞。这个好办。在第二天张三主持的压惊宴上,大家反复追问,他欲说还休,唧唧歪歪了很久,他才说钱是给了老家的妹妹,她家里穷,有急用。大家想到他老婆的为人,即刻都相信了。

这场风波扼杀了他一些多情的想象。若没有这个几乎难以收场的意外,他可能还沉溺在义救风尘女的浪漫情景里,说不好还会对她怀抱一点儿以身相许的期待,就像影视里惯用的桥段那样。在变态同僚和明察秋毫的老婆双重威胁下,所有超越现实的男女私情全都自觉领便当。既然当不了情种,就当圣人吧。所以,从她离开那天起,他从没有主动联系过她。

在分别后的头两年内,她也没有联系过他。这应该是好事。试想,在某个非常敏感的时刻,突然接到一个历史不清白的女人电话,要跟他叙旧情或者谈生活里的新情况,将蕴含着多么巨大的风险!他深明这一点,所以,当他因着某些东西而想到她时,并不会因为她的寡情而心生怨意。当然,一点儿小小的失望是难免的。再联想到送别时她的态度,他甚至会有点儿闷闷不乐。她大概是个不懂感恩的人吧!他这样想。

让他稍感欣慰的是,她虽不打电话,但每年都会发几条短信。精确地说是三条:一条他生日,一条中秋,一条春节。这说明她并没有把他忘掉,但也仅止于此。因此,当两年后的一个下午,她突然打来电话,想向他再借两万块钱,他就有点儿不高兴了。

那天是周四,工作时间,他正陪主管基建的副市长考察矿区公路建设。看到是她的来电,他颇感意外。她破例打电话,想必是有要紧的事儿,他犹豫了一小会儿,躲到一边按了接听。简单寒暄几句后,他问她有什么事儿。她的话有点儿期期艾艾,说想借点儿钱。他就说现在正忙,过会儿再打吧,就挂断了。他走回副市长身旁,继续陪同考察,却再也听不进去工程经理的汇报。他觉得很郁闷,好像是被她讹上了。好人难做啊,一朝行善,终生被黏,圣人形象一旦确立,想中途下车都难。他有个老兄,退休之后牵头成立了个慈善组织,搞了几次活动,经媒体一报道,颇产生了些影响,但从此,办公地就被各种需要救助的人包围了,有些人甚至打听到他家地址,率领家小堵上门来。难道这个女人也想缠上我吗?他略带厌烦地想。他正出神,副市长突然问话,询问工程配套的相关问题。他吓了一跳,赶紧集中精神应付领导。当天工作到很晚,在山上吃罢工作餐时,天空已布满星辰。司机送他回家,途经市区一个十字路口,遇上红灯,逗留了一会儿。路口边上就是杏园酒店,他隔着车玻璃,看到灯火辉煌的大堂和旋转门上方那几个光彩夺目的大字,往事油然上心头,这才想起她今天打过电话。他说让她过会儿再打,可她并没有再打。这是否说明,她已经感受到了他的冷淡,于是知难而退了?他心生一点儿愧疚。她打电话之前,一定踌躇了很久,鼓足勇气,不料接通后,自己却给了她一盆冷水。他这样想着,愧疚之情迅速放大,进而又想到了责任问题。是他把她带出苦海,那么就有义务在她需要的时候继续给予帮助,所谓帮人帮到底,送佛送到西,半道上撒手不管,也未免不够君子。他对司机说:小王,靠边停,我想散散步。

他走到一条比较安静的街,拨了她的号码。他想,她会不会赌气不接呢?一念未了,电话已经接通了。她语声低沉,还有很厚重的鼻音,似乎刚刚哭过,此时尚未缓过来。看来她的确是遇到困难了。他问她发生了什么事儿。她说她爸病危,急需用钱。他说,把卡号给我,我打给你。那边陷入沉默。他等了一会儿,等不到回音,就说:喂!她说:在的。

把卡号给我。

嗯,好。她说。顿了一下,又说:我会还你的。

先别说这个,救人要紧。

救人的确要紧,可是钱呢?他答应得爽快,一挂掉电话,就开始犯愁了。股票已经跌得不像样子,无法从中抽钱,怎么办?他想到了老朋友们。救人如救火,容不得拖延,他不顾时间已晚,当即给朋友们打电话。朋友果然爽快,仅拨了一个电话,钱就打过来了。他如释重负,马上从 ATM 机给她转了过去。第二天中午,他给她打电话,问她父亲病情如何,她说正在重症室。他本想多聊几句,问一问她别后都做了什么生意,情况如何。说白了,他想问问之前那三万块钱怎么花的。但是还没来得及说这些,忽有人找,有个要紧的事儿需要他去办,于是就挂掉了。一挂之后,就又双双不再联系,于他,是怕频繁打电话过问钱的事儿,会让她觉得难堪,而她呢,本来就没打过电话,现在不过是回到之前的状态而已。

一切看似又趋归平静。生活依旧庸常无趣,而愿望中的升迁,仿佛就在眼前,却又遥遥无期。人生如此,让他备感无聊。

三

他很快就不觉得生活无聊了。

借给他钱的是李四。两个多月后的某个周末,大家在张三家打牌,李四也在。大家东扯西扯,有人问到李四老婆的生意。李四说赔了,屁股后天天一堆要账的，烦得很，恨不能把老婆推给他们顶账。张三说：你老婆就一个，债主那么多，怎么顶？刀子卸了每人分一块？李四翻眼：蠢货，就不能一家轮几天？张三夸赞：好主意！哎，嫂子是不是知道你这想法，故意赔钱的？

李四一贯爱开玩笑，大家也没人当真，嘻嘻哈哈，热闹而过。他却放在了心上，觉得有必要尽快把钱还给李四。这天晚上，有人邀他吃饭。这人是搞工程的，在竞一个标，而招投标事宜由他负责，之前已邀请多次，都被他拒绝了。这次又殷勤邀请，他觉得不能太无情，就答应了。此人神通广大，各方关系都打点得很好，公司资质和实力也不错，这个标基本已经定下是他的了，所以去吃他一顿饭也无妨，反正又不用为他去违反规则。他以此为理由说服自己，开车去了市区东十公里外河边的一家饭店。席上无外人，只有那个老板和他一个女助理。三人推杯换盏，相谈甚欢，喝到开心处，女助理掏出一张银行卡递过来。这是此类饭局应有的情节，无须为怪，但要让他坦然伸手，一时半刻还是做不到。老板说：相关领导都有，不光您一个，这只是一点儿小小心意，不求领导为我的事儿违法乱纪，只求念兄弟这点儿情谊，不要给小鞋穿。他瞪眼说：你这是什么话？老板赔笑：开玩笑开玩笑，来陶局，再敬您一杯。

临走时他已半醺。卡是女助理塞进他衣袋的，非他自己亲手拿的。回到市内，他在一个比较偏僻的ATM机前停下来，进去查看了一下。钱不多，五万。不过什么事儿都不用干，又不担风险，这个数也差不多了。他当即转了两万给李四，将卡抽出来塞到鞋垫下。不久后工程开标，中标的却不是那位老板，市长临时插了一下手，结果就变了。他觉得有点儿对不住老板，想把钱退给他。转念想他花钱只是买自己不作梗，而自己事实上也真没有作梗，并不负约，况且收钱的又不止自己一个，没必要心存亏欠。再说，那点儿钱已所剩不多，若要退，还得去转借。想想还是算了吧。

几天后，他正在办公室忙，忽然接到老婆电话。他不耐烦地接通，还没说"喂"，老婆的声音已经撞上耳膜。

你是不是收人五万块钱了？

老婆压低了嗓门儿，但语气极其严厉，犹如一声山炮，直接将他震成了木头。老婆是市纪委第三纪检监察室主任，纪委信访科主任是她老表，此话从她那儿传来，必是被人举报无疑。老婆命他立即回家商议对策。到家之后，老婆先审问钱的去向。他自知事情已如纸中之火，无法再瞒，遂老老实实从头交代。老婆掂起茶台上的热水壶砸到他身上。壶里尚有余水，淋淋拉拉洒了一身。

你个王八蛋！老婆破口大骂。你去死吧！

老婆并没有让他死。她从家里拿钱补上缺口，让他赶紧打进廉政账户，然后再主动找局长和书记坦白情况。他依计而行。找局长和书记前，他还心存委屈，觉得那个老板太他妈不是人，明明“相关领导”都意思了，却只举报他一个，分明是欺负他老实。他本想跟局长书记结成联盟，不料想掏心之后，才发现人家都没收钱。那个老板认为已经十拿十稳，只给他这个负责人象征了一下——活该他最终中不了标！——他彻底蒙了。

由于扑火及时，加上他老婆鼎力相助，动用各种关系替他开脱，最终有惊无险地过了关。至于前途，这时候了还好意思想前途？未免太贪心！事情过去后，他老婆把家产列了个清单，分门别类井井有条，然后通知他去办理离婚。他自知理亏，无颜再争财产，办过离婚手续后，就带上自己的东西灰溜溜离开了。他先住在儿子家。儿子儿媳对他还算理解，但他总觉儿媳妇看他的眼光很古怪，也不大跟他说话，深自羞惭，熬了不到一个月，就又带上东西离开了。九月的黄昏污浊不堪，大团大团乌云浮荡在雾霾密布的天空，秋风从西而来，刮得满大街垃圾飞扬。他拖着行李箱，孤独行走在薄暮中的街道。雨点穿过层层尘埃落下来，一滴滴打在他脸上，然后汇流成溪，顺着脸颊往下流。他掏出手机，拨了她的号码。铃声响了很久，他几乎都绝望了，那边终于接通。他再次听到了那个印象中几乎已经模糊的声音。

喂！她说。

是我。

我知道是你。

他沉默了一会儿，说：你能不能来陪陪我？

她说：好。

第二天她就来了。他请了三天假，接到她后，直接带她到了邻市，住进一家快捷宾馆。她穿一件黄色小西服，一条白色紧身裤，碎发变成了大波浪卷。脸好像黑了点儿，但她本来就有点儿黑，时间也久了，弄不清是不是跟原来一样。她肩上挎着只棕色单肩包，安安静静地跟着他。进到房间时天色已晚，他站在床边，神情憔悴地望着她。她走到他面前，轻轻将他抱住。你到底怎么了？她说。到底遇到什么事儿，这么不开心？

她的声音这么温柔，语气也很诚恳，恰似情人发自肺腑的关切。这是他从没体验过的感受。这感觉真好，虽然远不抵付出的代价，终归有所补偿，不至于输个精光。他也将她抱住，两团富有弹性的肉球温软地顶在胸腹之间。他抱住她，在她的催问下讲了事情经过。一开始，她还偶尔插一下话，就不理解的事物问句为什么，到后来就不出声了，只是默默倾听。差不多讲完时，他感觉到胸前一片水湿，低头看了看怀里的她，发现她在流泪。

对不起！她说。我害了你。

他心中一时百味杂陈，却只是笑了笑。没事儿！他说。

这三天他们日夜腻在一起，就像热恋中的男女。事实上到第二天，他在床上已经力不从心，剩余的时间大多都是躺着说话，或者搂着她看电视。他们聊了很多，比如各自的家庭、生活里的烦恼、两地不同的风俗和小吃，等等。她说她结婚了，就在半个月前，这次出来向老公撒了个谎，说是参加一个闺蜜的婚礼。说到这里，她在他怀里嘻嘻笑起来。他忍不住也笑了，心头却有一丝失落飘来荡去，犹如萦绕山腰的雾霭。

三天匆匆而过，一切都还算美好。唯一让他心生芥蒂的是，当他问起这几年她都做了什么，她总是支吾以对，或者闪烁其词，明显不愿多谈。她不想说，他也就不再勉强，只是难免会有困惑，似乎她这些年的行迹也变得可疑起来。芥蒂虽小，却如种子埋在心田，而每一次在回想时的疑虑，则如一次次密雨灌浇，使它一点点发芽成长，最终枝繁叶茂，在心中遮起一大片阴影。

她走之后，他们仍有联系，但不频繁，十天半月会有一条短信，除了问候起居，也没什么其他内容。这种状态持续了将近三年。其间她生了个儿子，给他发短信报喜，并请他给孩子起个名字，因为他是她所认识的文化水平最高的人。这个要求不能拒绝，他翻书稽典，起了个很大气的名，又给她转过去一千元锁子钱。而他，工作和生活都没什么好说的。一开始他住在朋友家的空房里，大半年后，做生意的儿子心疼爸爸，在东区买了套二居室给他住，当然，房产证上的名字可没他的份儿。他本来也没脸再在单位待下去，要办内退，但因能干事儿，而局里能干事儿的人不多，所以局长和书记都不答应。无奈何，他就天天打混等着退二线。有人给他介绍女人，闲着也是闲着，相了几个，都看不上。更多人在张罗着撮合他和前妻复婚。这也是孩子们的心愿，他也并不反对，只是前妻坚决不允。她说她不能容忍男人的背叛，尤其是如此荒唐的背叛。一个有身份有地位的男人，竟然为了一个仅有一日之缘的小姐违法乱纪，自毁前途，该有多么愚蠢！她宁死不愿再跟这样的蠢货生活在一套房子内。他闻听此言，羞愧难当，却也只能唾面自干，无言以复。每当长夜难眠，或者孤独来袭，他就会想女人，想给她打个电话聊聊天，或者约她再见。甚至有几次，他都决定要去找她，但最终无不废然作罢。她已经结婚了，还是不要打扰她的家庭生活了。而自己，大节已经堕地，儿女亦已蒙羞，倘若再闹出点儿什么事儿，在亲朋好友面前如何自处？所以，还是老老实实了此残生吧。业余时间，他打打牌，看看书，跟驴友们去爬爬山，力争过一种健康生活。他还成了老朋友慈善会的忠诚义工，并将工资之半捐了出来。他认为这代表着某种救赎，而手无余钱，则会减少很多犯错误的机会。至于他是不是还想借此塑造某种形象，试图扳回人们对他的看法，就非他人所知了的。

总之，这三年一切平淡。他孤单地生活在热闹的人群之间，忙碌地浪费着冗长光阴，以一种健康而积极的方式自暴自弃，直到今年七月某一天的早晨。

他每天都起得早，在大妈们占据广场翩然起舞前，他已经绕着东区走罢一圈。回来后洗个澡，他拿起手机看了看，见有一条新微信，是她发的。自有微信以来，他们就很少再发短信，因这个联系起来更方便，也更省钱。打开微信阅读毕，他愣住了。她又借钱！这是赖上自己了吗？他郁闷地想。没道理当年帮她脱离苦海，就得替她负责一辈子吧。他没有回复，换过衣服上班去了。他一上午心神不定，担心她会再发信息催问，然而等到下班，除了几条垃圾短信，手机上并未收到任何信息。他望着窗台上那盆茶花发了会儿呆。大概是侍弄不周，山茶已不再开花，每到花期，仅仅结出一些骨朵儿，不等绽放就凋谢了。他拿起办公室里的电话，看着手机拨通她的号码。

与上次一样，嘟声仅仅响了一下，她就接通了，而且她声音依旧很低沉，还有很重的鼻音，似乎刚哭过。他问她遇到了什么困难，她说儿子得了急性脑炎，很严重，进了ICU抢救，急需钱，一时借不到，就想到了他。她问他方不方便，能不能帮帮忙。他说：我手头没有，我借借看，你等我电话。

他手头真没有这么多钱。她要一万五，数目比以前少，可是他也比以前穷。他坐在皮革已皴裂的办公椅上，把相熟的人一个个过滤，盘算向谁借比较好。想来想去，还是张三最合适。于是他去了趟张三家。他觉得打电话不如见面说，电话里拒绝人很容易，当面就不好意思太无情。张三正在跟两个朋友斗地主，相互都很熟，他坐旁边看了会儿，就提出了借钱的要求。张三笑眯眯地瞅着他，问他借钱干吗。他实话实说，那个女人的孩子得了重症，进监护室了，急需要钱。张三说：那孩子是你的吗？

他说：别乱放屁。

张三说：那关你什么事儿？

帮人帮到底。他说。她开口了，总不能见死不救。

天底下没钱治病的那么多，你怎么不帮别人？

这是个让人无语的问题，看似符合逻辑，实则蛮不讲理，充满了市井气的狭隘和冷漠。他瞪着张三。废话少讲，你到底借不借？

要是你干别的，肯定借，哪怕你是去找小姐。但是这个，我不借。张三说。这女人害得你还不够惨吗？

他站起来就走了。带门的时候他有点儿赌气，手上劲儿大，砰的一声响彻楼道。真是不可理喻！他愤然想：不借就不借吧，还扯东扯西，什么嘴脸！秋风凉薄如水，在楼宇丛生的城市里哗哗流淌。他行走在青桐树斑驳的阴影下，心房里渐渐充满忧伤。他想到了与朋友们的关系。自他受贿事发以来，朋友当然还是朋友，吃饭喝酒打麻将，以前一起干吗，现在照旧一起干吗，但在感觉上，总似隔了一层东西。举个不恰当的例子，就像做爱时戴了个套子，虽然一样深人，却不再有肉贴肉的亲密无间。最初他以为是自己多心，后来多方注意，越注意越觉得有问题。今日张三的态度，在他看来，便是最直接的证明。得势相附，失势相倾，有用则来，无用则去，原属人之常情，没什么不好理解，试想，谁会把一个没有价值的东西放在眼里？只是他很悲哀，交了这么多年的朋友，你以为是伯牙子期，不料却是油头市侩，让人情何以堪。街头店家门口的大音箱在放歌，是流传已久的神曲《爱情买卖》，一句歌词锐不可当地闯进耳朵：最后知道真相的我眼泪流下来。多么应景的句子啊！他跟着旋律哼了一遍，嘿嘿笑了笑，掏出手机给她发微信：

没弄到钱，很抱歉！

几分钟后，她回了微信：没事儿，我再想想其他办法。

他看罢微信，将手机关掉，回到家蒙头大睡。反正有她老公呢，自己身为外人，帮是人情，不帮是本分，况且自己也并非不帮，实属力不能及。张三说得对，天底下需要帮助的人那么多，能管过来吗？他这样想着，渐渐也就把这事儿淡忘了，只是性情越来越孤僻，很少再跟朋友们来往，尤其是张三。他并不怪张三，可就是不想见他。

直到两个月后，张三才意识到他的刻意疏远。他觉得这很荒谬，就做了些准备工作，然后设宴请客。李四奉命来叫他，只说去吃个饭聊聊闲天，在场的都是老朋友，并无外人。他被李四拖到城北的“好厨子”饭馆，跨进包厢，看到张三端坐其间，顿觉没好气。酒过三巡，张三踢开椅子，手捏酒杯站起来，两只眼瞪着他。

就因为我没借给你钱，你就疏远我？他一口喝光杯中酒，取过手包，掏出两沓钱拍到桌子上。要钱是吧？给你！你今天不拿走就是王八蛋！

他眉头攒起来。你想干吗？

不干吗，就是要证明我他妈不是重财轻友的人。张三说。你只知道我不借给你钱，你知不知道我为什么不借？那个婊子一直在骗你，她根本没从良，向你借钱的前一天，她还卖淫被抓了！

他吃惊地盯着张三。他和她的事情败露后，张三曾设宴慰问，大家对他的不幸遭遇深表同情，继而追问他和小姐的故事细节。他心情糟糕，很快就半醉，在他们陷阱重重的提问中坦白了所有情节和信息，包括她的姓名、年龄和籍贯。张三是市公安局政治部主任，可以通过内部协查平台查询国内任何人的违法记录，他这样说，那一定是真的。张三将他和女人的事从头分析，术语纷飞，滔滔不绝，一副义愤之情不可遏制的样子。其他朋友也不时应和或补充几句。他明白了，今天这个饭局原来是鸿门宴，不对，是批判会，这帮亲爱的朋友们狠针峻药，下手凶猛，完全不考虑他承不承受得住。他们认为他们是在治病救人。

玻璃杯里的茶水渐渐冷却，黄褐色的液体犹如隔夜的尿。他双手捧着杯子，眼光无力地趴在薄薄的杯沿上，满耳朵都是责难之辞。

她就是看你实在，吃定你了。张三说。你个信球货！

四

他决定一探究竟。

他是在饭局后第三天早上出发的。国槐和橡树掉光了叶子，在微茫晨光里萧瑟而立，他背着帆布包走出小区，看到雪片像烟灰一样飘下来。他没有告诉任何人，向单位请了个假，理由是近来心脏反复不适，要去省城住院治疗。本市第一汽车站有趟直达她们县城的班车。车站不远，他步行而往。走进车站时，雪花已渐繁密，被寒风翻卷着忽西忽东。他在车内坐定，望着漫天飞雪，无端想到了易水河边的荆轲。

一百五十公里的路程不算太远，下午四点钟，他已赶到了她所说的那个村庄。这边也在刮风，但没下雪，阴晦的天空里隐约能看见太阳的影子。他走进村口一家小卖部，买了盒烟，然后说出她的名字，打听她家怎么走。店主是个五十多岁的小个子男人，瞟了他一眼，说没有这个人。他撕开烟盒，抽出支烟递给店主，请他再想想。店主接过烟，就着他的打火机点燃，说：真不记得有这个人，她爹叫什么？

他说：不知道。

她娘呢？

他有点儿尴尬了。也不知道。

那没办法，你再去问问别人。

村子很大，差不多有小镇的规模，他顶着风四下游走，见人就问，一直打听到天光昏沉，才彻底死了心。毫无疑问，她撒了谎，她家并不在这里，甚至她的名字也可能是假的，就像她们出台时的称呼，小美小丽小花小朵，不过是掩护本名的代号而已。那么她所讲的家庭情况，是否也属杜撰呢？他坐上最后一班城乡客车回县城，望着窗外陌生的夜色愠怒不已。

车近县城时，他忽然又想到一个问题：如果她所说的一切都是假的，张三又是怎么查出来她的信息？这个迟到的发现令他寒彻骨末，觉得被整个世界戏耍和背叛，忍不住哈哈笑出了声，惹得旁人纷纷看过来，就像看个神经病。没有食欲，只想睡，到县城后，他随便找一间小宾馆住进去，也不洗澡，直接蒙着被子栽到床上。可是又睡不着，脑子里乱糟糟的净是这件事。他发誓要找到她，不管多久，也不管多远。至于工作，去他妈的工作吧！

目标确定之后，事情就变得好办起来。五年之内，她换过两次手机号，理由是挪了地方做生意，换个当地号打电话便宜点儿。他撇开微信，用短信给她发了条信息，问她近来可好。等到半夜才接到回复，共四个字：还好，你呢？她以短信回复，证明手机号码还是之前那个，而那个号码归属某市。他回短信，说他很好，天冷了，给她买了套冬衣，要给她寄过去，让她告诉地址。又过了很久，她回复过来，说不用了，谢谢，让他也注意身体。他说已经买了，不寄只能丢掉。她这才发过来收件地址，是某市某街一家便利店，与手机号码所属城市吻合。

其实有更精确也更便捷的办法找到她：手机定位。但这要警方和电信部门配合，他没这个能力。次日一早，他直奔某市，在手机地图的帮助下，很快找到那条街的那家便利店。就在车站附近，不大，但很干净，旁边也都是小门面，诸如五金电料、水暖安装、定制窗帘之类。他假装买东西，进便利店走了一遭，没有见到她。此处肯定是代收邮件的地方，她并不在这里上班。这是意料中的事儿，所以他并不沮丧。接下来有两种办法：一种是找商场买件羽绒服，通过快递寄到便利店，然后守在附近等她来取，即可跟踪她的去向。这是备用方案，现在他要先试试另一种。他打开微信，找到“附近的人”功能，点选“只看女生”。他觉得，如果她仍操故业，很可能会常用这个功能。点选之后，呼啦一下出来一大排女士，而高居其上的，是一个“附近的朋友”，微信名叫“依人”，头像是美颜过的照片，看上去很性感。呵呵，正是她。

功能显示，她在附近两百米内。他在手机地图上定下一个位，然后绕街而行，走了大约三百米，再次打开“附近的人”。她依旧在，这次显示是在三百米内。他如此绕行，找了五个地点，画出五个圆，然后在地图上相叠加，最终呈现出一个重合的部分。这当然有误差，不可能精确标示她所在的位置，但是只要有个大体方位，再加上时间和毅力，要找到她应该不算很难。他在手机地图的指引下，朝重合区域走过去，进入到一条狭长的街道。这条街在车站对面不远处，两边小宾馆和发廊林立如栉，大概是天冷，街上无甚行人，窄小的街道也显得空旷。他在一家宾馆前停下来。所谓的宾馆，不过是个家庭旅社，由一栋四层民居改造而成。这是重合区最靠近核心的建筑。他决定住在这里。

里面陈设很简单，没有电梯，没有地毯，也没有遍布各个楼层的摄像头。楼道和走廊都是水泥的，不少地方起皮，被重新修整过，一片一片如同满地补丁。房间也很寒酸，仿瓷涂料粉刷的墙壁已失去本色，卫生间里的洗手盆摇摇欲坠，而散发着污秽气息的便器，竟然还是蹲式的。他联想到了杏园酒店，两相比较，简直有天壤之别。假如她真的重操旧业，或者根本就没有退出过，她会在这儿接客吗？他感觉很疑惑。

他昨晚没睡，本想歪床上眯一会儿，养足了精神好办事儿，可是走廊里不断有人来去，橐橐的脚步声伙同廊道的回音，粗暴践踏着他脆弱的神经。还好离天黑已不远。他抽了几支烟，夜色已然漫上窗台。他先去附近饭馆吃饭，饭后回来，看到老板娘正在一楼大堂与人聊天。老板娘四十多岁的样子，穿着黑绒绒的皮草，一张脸肥白欲滴，假睫毛黑而长，嘴唇则红得像刚揭了皮。这么一副尊容，欲使人不联想到老鸨，简直比抽彩中奖还难。他回到房间，抽了一支烟，然后给前台打电话。前台只有老板娘在，听到客人说淋浴没热水，马上就来了。这是个非常拙劣的借口，老板娘打开水龙头，热水很快就雾腾腾地洒下来。老板娘是聪明人，立刻明白了客人的意图，不等他羞涩开口，主动关怀起了他的夜生活，问他要不要小姐。

他装出一副老手的样子，说：货色怎样啊？能不能挑选一下？

老板娘有备而来，当即从皮草内掏出一沓照片，他一张张翻看。照片上的女士只能用两个无比恶俗的词来形容：浓妆艳抹，搔首弄姿。不过看上去还都有一点儿姿色。他漫不经心地翻着，问老板娘：这些照片真实吗？老板娘嘿嘿一笑：广告嘛，肯定有点儿美化，太认真就不厚道了，但是活儿都很好，你试试就知道了。活儿很好，是不是意味着入行时间久？而入行时间久，岂不是代表着年龄也比较大？想想也是，倘若是年轻貌美的小姑娘，肯定要去高档场所赚大钱，怎可能来这种地方浪费青春。而他此次来是为找人，对这些女士们的活儿并无兴趣。照片一张张过手，眼看就要翻完，在倒数第三张，他终于看到了一张熟悉的脸：正是她微信头像所用的那个。他的手不由自主地颤抖起来。

天太冷了。他说。这个不错，就这个吧。

老板娘把头凑过来看看照片。这个不行，她不在。

去哪儿了？

回家了。

什么时候？

天快黑那会儿，坐老乡的车走的。

这算不算是擦肩而过、失之交臂呢？他懊恼不已。多久回来？他问。

不知道。老板娘说。你再看看别的，别的也不错。

他将照片又过了一遍，抬起头来瞅着老板娘。当面细看，老板娘又是一种风韵，而且额眉干净，眼睛明润，年轻的时候想必也是个美女。你呢？他问。你今晚有空吗？

五

他就在门后等候。

老板娘已打电话问过，她下午就会回来，至于到达时间，可能要到黄昏了。所以心急也没用，他只有等待。趁此时间，他可以做些准备工作，比如兑现承诺，去商场给她买件羽绒服。十一月的天光最短，白日在云层里晃了几晃，便坠入参差凌乱的楼丛，才五点多钟，天就已经黑透了。这时老板娘打来电话。

她上去了。老板娘说。

他马上蹿到门后。他这样做是有用意的：当她叩门，他会打开一条缝，容她侧身而入，然后立即将门推上，再以后背顶牢。他怕看到是他后，她会夺门而走。他藏身门后，闻听走廊里脚步声款款而来，到了门前，又款款而去，一颗心悬起来又放下，放下去再悬起来。终于，门被叩响了。门上没有猫儿眼，无法让他先窥她的面容。他手握把手，激动中又有一点儿犹豫。开与不开，见或不见，在此时都有不堪重负的理由。可是怎能不开呢？这些年的荒唐遭际，将在今晚得到一个说法，隐藏在时光和距离之后的真相，也将在此夜一一印证。他轻轻压下把手，将门带开一道窄缝。

窄缝突然扩张了几倍，显然是被门外的人推的。紧接着一个人从半开的门里挤进来。是个女人，鬈曲的长头发披散在前胸后背，俗气的红呢外套包裹着壮实的身躯。脸庞还算丰满，但气色不好，鼻梁和眼睛周围布满黄褐斑，犹如一团晦气笼罩在脸上。他怔住了。没错，来者是她。可真是她吗？在他想象里，从门缝里游入的应是细细瘦瘦的白鲦，不料却闯进来一条肥硕的草鱼！尽管已有心理准备，他还是难以接受。仅仅三年啊，曾经的动人少女就变成了庸常村妇，还有什么比时光的无情摧残更令人惊怖的呢？

他怔的时间太长。她与他同时看清对方，同时发怔，她的怔很快转化成惊愕，继而是惊慌，扳开门就逃了出去。他要阻拦已经晚了，追出门时，她已经飞奔过三扇房门，折进楼梯道，咚咚咚跑下楼去，全然不顾高跟鞋可能崴了脚。他赶到楼梯口，想要追下去，两只鞋底却如粘在地上。他扶着肮脏的铁栏杆，望着视野有限的楼梯道发了会儿呆，默然回到房间。唉，这算什么事儿！他坐在破沙发上闷头抽烟，抽了两支后，掏出手机拨打她的号码。拨了五次，她都没接。怎么办呢？只有继续抽烟。烟雾连绵不绝，充斥于冰冷的房间内，犹如幻灭之情将他淹没。

两小时后，房门再次被敲响。他以为是老板娘来问究竟，将门打开，却看到是她。她站在尺余之外，抬头望了他一眼，复又垂下头去。他说：进来吧。她就进来了。他将门反锁，站在靠门的方向，这次不用担心她跑掉了。他仔细打量她，娃娃脸的轮廓还在，娃娃气已经没有了。她一直垂着头，似乎不敢看他，神情却不是羞怯，也并不扭捏，只是不自然，千般万般不自然。他盯着她看，看得久了，不由自主也不自然起来。

脱吧。她说。

这应该是最好的开场白。两人脱光衣服，钻进冰凉的被窝，他搂住她，她也温驯地被他搂住。他的手在她身上轻轻抚摸。她的皮肤已不似记忆中的那么光滑，肌肉也不如以前紧致，尤其是腰腹部位，指掌到处，满手都是松软的赘肉。她在他怀里抖动了一下，好像敏感地方被触碰到，生理上本能地排斥。

芳姐给我打电话了。她说。芳姐是老板娘的花名，这他知道。她说你们谈了很多。

嗯。

都谈了些什么？

该谈的都谈了。他说。他把手掌从她腰上挪开，把她搂得近了些，似乎这样可以使两人更暖和。他的三百块钱没有白花，老板娘把她所知道的事情通通告诉了他。于是他知道，她所计划的事儿全都做了：先是开小饰品店，生意不好，又卖服装，依旧不赚钱，然后就卖小吃，干了一年，多少也挣了点儿，但跟不上家里的花销，就又改行去学美容美发。学习的时候认识了一个小青年，谈恋爱结了婚，婚后两人开了间美发店，她又生了孩子，小日子还不错。后来不知何故，两人突然又离了婚，孩子归她。养孩子需要钱，而她经过这么多折腾，意识到自己不是做生意的料，只好去省城打工。她把孩子放在老家她妈那儿。孩子太小，她妈又太老，照应不好，一场高烧引发了脑炎，她又没钱治，差点儿把命耽误了。

她在你们那儿干这行，本来干得好好的，收入也不错，虽说发不了财，也够养家。就因为遇到你，把一辈子毁了。老板娘说。你倒是好心，以为救她出苦海，可不知道她离开这一行，才是真的进了苦海。各人有各人的活路，适合你的不一定适合她，你逼她做生意，十足害了她。

他说：我没有逼她，是她自己愿意的。

那是她不了解自己。你看看，折腾这么久，最后不还得回到这一行？就是代价太大了。以前条件好，能进出高档酒店。生了孩子以后，整个人都变形了，要脸儿没脸儿，要身儿没身儿，一样是卖，价钱可是天上地下。

他麻着脸抽烟，听得无比气闷。顺着老板娘的逻辑推衍，将会得出一个令他狼狈不堪的结论，所以他不能认同。他承认卖淫是人类最古老的职业之一，也尊重性工作者的人格，可卖淫毕竟是违法的，从事这一职业也很没有尊严，但他没跟老板娘辩论这个，他怕得罪了她，翻脸不再提供信息。

你怎么看这个问题？说到这里，他问怀中的她。

她没有立即回答。从她神色看，好像并不是不知道该如何回答，而是不愿谈这个话题。的确，这个问题很容易辩驳，尤其是关于“尊严”的论调，根本禁不起以现实为依据的反诘。事实上，这些反诘也一直在他脑海里并不遥远的地方回响，只是过于直白犀利，缺乏成熟人士应有的淡定和蕴藉，而被他在潜意识里自我修正掉了。气氛变得有一点点僵。她感觉到了这种潜在的不愉快，觉得还是回答一下好。

我真的不想干这行。可是孩子病重急救，我又借不到钱，只好到医院附近站街。就是太倒霉了，才接了两个人，就被派出所抓住，罚了三千块钱。是芳姐帮我交的罚款，又借钱给孩子治病。孩子出院以后，我就来这边了。她说。先活着吧，再慢慢找能做的事儿，等有合适的工作，我就不干这个了。给我点儿时间，好不好？

他无言以对，只能把她搂得更紧。这说明已经取得他的谅解。她笑了笑。她侧身而卧，一边脸压在他胸前，她的笑容从唇角舒展，传到他胸膛前就被挡住了。你放心，我说到做到。她说。以后孩子长大了，我可不想让他知道他妈妈是干这个的。

说到孩子，气氛似乎轻松了些。桌子上有两只盒子，一只是幼儿早教机，另一只装的积木。据老板娘说，今天是她儿子的生日，她回去也是为了这个。他觉得有必要给这个素未谋面的小家伙送点儿礼物，就在给她买羽绒服时，顺道买了那两盒东西。她顿时变得非常开心。儿子肯定很喜欢！她说。哎，你要不要看看孩子的照片？她说着，从他怀里爬起来，要拿床头柜上的手机。他拽住她，把她拖回被窝。

回头再看吧。他说。别感冒了。

哦。她说。

他觉得身上开始发热，需要做些活动降降温，就爬到了她身上。在开始活动之前，他说：你还是别干这个了，我这几天再给你弄点儿钱，你好好想想能做什么事儿，好不好？

她没有回答，或许是身体已经投入状态，思维就受到了限制，并未意识到他究竟在说什么。直到几分钟后，他都已经忘掉了自己说的话，才听到她梦呓似的说：好。

【作者简介】李清源，男，1977年生，河南禹州人。曾发表长中短篇小说多部，出版小说集《走失的卡诺》，并有作品被选刊转载。曾获杜甫文学奖、《当代》文学拉力赛年度总冠军等奖项。现就读于中国人民大学文学院创造性写作专业。

所有的星星都有秘密

◎ 肖勤

一

寒气是从一寸寸泥里渗出来的，土地太孤单。雪花和山上的人气一样稀落，老娘拿着香纸烛，抬头看天，表情寡淡——天也好，你老汉也好，真能保佑啥子？命都是自己挣的。

神轿坡一年比一年萧条，撂荒的田土，山瘦，人瘦，薄冰不成气候，零星几畦菜地，偶尔一声狗吠。

又求老娘搬下山，老娘还是不肯。铁打的衙门流水的官，你以为你副县长当一辈子？哪天混不开了，这儿还有个根。

老娘就这脾气，从小到大冯玉就没从她嘴里听到过一句好话。她一个寡母，习惯了把最坏的打算摆在前面，用她的逻辑——先落到底儿了，之后生活所有的起色，都是白捡的。

冯玉开导老娘，日子再向回走，也断然没有活回神轿坡来的道理。

谁知道呢？人是三截草，不知哪截好。老娘嘁了一声，盯着老神龛上燃烧着的两支烛出神，蜡烛突然开烛花，嚓嚓嚓，一朵接一朵，映着老娘那张苍老的男人脸，坚硬，少肉，冷，缺乏女人最起码的柔软。冯玉低头苦笑，他以为他当上副县长后这脸会暖和些，结果更冷了。人家盼儿子出人头地，她只盼儿子扎根贴地——大风刮过来，断的永远是树，没见过贴地长的野茅草给刮断过。

跟她说不清，只好埋头去烧纸，院门口的女贞子树下，是年年烧纸的地方，火光照耀，下通酆都，上接天宫，他老汉要是真骑着一股风来收拜生辰的阴纸洋，倒也稀奇。

背后木门嘎吱一声响，手机铃声伴着昏黄的灯光从老屋里泻出来，接着是儿子嫩得掐出水的声音——

冯县长，电话。

只有这声音让老娘快乐。老娘咧着嘴，从喉咙里冒出一串沙哑又欢喜的笑骂，说，这干净。

她一笑，冯玉就笑了，几大步倒回去接过手机开心地问，谁？

那头声音细沉，说，姓袁的开始查了。

查什么？冯玉刚松开的眉头又皱了，圣百？博爱？

不然呢？

冯玉的头轰地炸了。

他知道会惹麻烦，但没想到会惹到姓袁的那里去。这老家伙，较劲的主。

我说吧，恢复定点医疗资格，多少人盯着，你不信，要在刀尖上舔蜜，要危险的快感，快感是吧？这回遇到姓袁的，够你快的。现在怎么收拾？冯玉没好气地问。

对方却不以为然，说，袁神仙出来，我们就唤鬼。

唤鬼？冯玉一头雾水，什么意思？

这个你就不要多问了，也不要晓得太多，不然到了场面上你稳不住，你这个人呢，五行不定。对方似笑非笑，说，五行不定，输得干干净净，是个问题。我就知会你一声，心头有个数。

挂掉电话，冯玉还是有点虚，回头看，院坝黑洞洞的，风雪把树下那堆火光吹得东摇西晃，他不禁打了个冷战。

看吧。老娘扑打着肩上的碎雪，碎啦啦骂，屁大一个县，鸭腚大个蛋，今天食堂菜拉稀，明天医院设灵堂。冯家祖坟，就没生当官那根藤。

冯玉烦乱不安，闷声说，我得走了。

走吧，再讲一遍，过桥过坎的，记得叫一声，莫让那些东西带走了魂。老娘抹一把院墙上的积雪搓落手上的香灰，道，叫你莫上来，来一趟费你牙缝一点时间，倒累得我屋前屋后忙半天，伤人。还有，少借人家的车，你回老家要用，人家就不用？

晓得老娘是嘴巴硬。伤？神轿坡的日子荒得生草。不点穿，只答，这车太好，人家回老家不用，放着也是放着。

老娘听不明白了，叫花子回家还借两升米，还有回家嫌车太好的？

他老家一村的叫花子，摆不平。冯玉答。

老娘啧啧两声表示理解不了，转了身，唤大黄狗，幺儿，走。语气倒是比和他讲话温柔得多。

下山已是深夜，高岗县城一片寂静，风不动，空气不动；清瘦的月亮不动，青灰色的街道也不动。冯玉从所有的不动中嗅到了危险的味道，它冷冽、隐蔽，在静水一片的空气中，无声地徐徐移动。

打开车窗，风冰凉，扑面而来，孤独猝然刺人，就像那年，他坐在镇政府院子里收秋，去路荒凉，寸草不生。

然后，这辆路虎的主人——画家，他走进院子，乱搅一气，冯玉死气沉沉的生活顿时变得很有意思。

两个截然不同的人，就那么莫名其妙地相识了。

二

那时候冯副县长还是镇长。

深秋的黄昏，晚霞红似朱砂，天空像一片壮观的红色草原，放牧着成千上万的羊群。

而他没有羊群，他身边连个鸟都没有，一个人坐在镇政府院子里收秋。

收秋是高岗民间的说法，秋冬之交，昙花一现的秋阳好比老枪最后一响，牵筋带血，向死而生，精华。

太阳是一双眼睛，贵州是眼睛的下睫毛，阳光就在上面，却很少能洒到下睫毛上。天无三日晴，谁说的？说绝了。高岗的秋天又是眼睛的泪窝，下不完的雨，像一张绵密不绝的网，太阳好不容易挣脱出来一次，因为憋得太久，灿烂得就有点决绝，是挣出来、拨响了的绝响。在高岗，庄稼命、人命和天命都是一个道理，一季一世的收成，遇上艳阳天，这收成就响了，遇不上，雨绵密，秋风紧，运不通，就不响。

阳光将尽。冯玉木然盘坐在水泥乒乓球台上，手里捏着一颗乒乓球。球崭新，洁白如少女。书记要调，风声早传开了，新书记是谁却不见传，老到的都看出了名堂——大姐嫁了不嫁二姐，那就是二姐没戏。于是，下班后爱留下来和冯玉杀几盘的几个人突然变得十分敬业，不是下村未归，就是加班不止。

冯玉打了个哈欠，嘘出两汪眼泪，蒙眬间，一个中年男人晃晃悠悠走进大院里来。很打眼，因为高，也不单单是高，他留了长发，鬈曲的长发，扎起来，洋歪歪，明显不是本地人。他先猫到上岗牌那里看了半天，又探头往党政办值班室里头找了找。找不着人，才四下张望，看到水泥台上正打哈欠的冯玉，立马夸张地张开双臂信步走来，哈里路亚，他用极富磁性的迷人声音说，上帝说，要有光，于是有了光。

冯玉再打了个哈欠，抹一把泪水，日×，收秋收到个疯子来。

长头发说着就到了跟前，盯着冯玉一看，头偏了偏，笃定地说，冯镇长。

太阳落山了，院子阴凉一片，冯玉不置可否，跳下水泥台，拍拍屁股上的灰，不耐烦，有事？

车没了。长头发搓搓手，龙场的羊肉凤坡的汤，冲你们的羊肉来，刚进馆子，车就让你们镇上的大侠给开走了。

你的意思是，你车丢了？在我们镇上？冯玉有点困惑，上下打量这人，四十或五十，看不准。眼窝很深，带点桃花，是了，搞艺术的男人都长头发，都带桃花，有妖气。

是车的事，也不是车的事。长头发说，找政府帮个忙，三百多公里跑来，总得把羊肉吃了再走——我钱包、手机全在车上，全身上下只有一条裤衩一团长，外加两个团。

话一野就有意思了，冯玉忍不住笑，边笑边摸出手机打给派出所，叫查监控。打完一看，食堂老茯正倚在门口瞅小玉姑娘蹲地上洗碗，哈嘴伸脖子的，盯得不是地方。就招呼老茯，给你一百，去街上买两斤羊肉来，汤要滚，红油要足。还有，我寝室坛子里头的杨梅酒，打两斤，给这位人民，不，团长，和他的两个团压压惊。

老茯舔舔嘴唇，意犹未尽地夹着腚去了。

有没有朋友在高岗？冯玉问，想想人家都团长了，怎么说也是在自己地盘上出的案子，总得管。

有一两个，不记得号码，都在手机里。长头发摸摸鼻尖，自嘲，光顾着画画，能记住的数字不超过四位数。

名字呢，总记得吧？

长头发报了个名字，说，远了些，这朋友是你们市里的人。冯玉一听，格神的，这人当然是市里的人，不光是市里的人，还是县里的座上宾，他一个小小的镇长，够不着。

长头发看出他的狐疑，说，生意场上的一个朋友，不认识就算了。

怎么能算了呢？冯玉嘿嘿笑，他不来接你，我还不得再杀几只羊。电话嘛，拐来弯去总能找得着的。

电话打过去，那边吃惊不小，连连说，冯镇长，你给俺哥说一声，我保证，一个小时，准时到。

羊肉汤锅上来了。秋夜冷，但老茯把食堂的炉火捅得很旺，杨梅酒是老酒泡的，几杯下肚，外面风吹泡桐哗啦啦响，屋里汤锅滚烫，莫名就有了共剪西窗烛的味道。冯玉有点感慨了，拉拉杂杂聊上了。

碰一碰杯子，说到了"不遇"。

冯大官人的"不遇"是啥？

不响呗。不像团长大人，几十万的车没了，天大的事，不管，只惦记着吃肉，大蒜漱口，冲上了天。

团长不以为然，拐角遇到爱，绝处有生机，不响是一时，不会是一世。比如他，穷孩子出身，初中时手拉手活动拉到了学画画的哥哥，教他画画，给他买画笔画纸，资助他一路念完大学。美院毕业，就在哥哥画廊工作，穷画家一个，可后来哥哥酒驾出车祸去世，他替哥哥成了画廊老板，顺便每年替哥哥给他父亲画一张肖像。画着画着，哥哥的父亲变成了他的干爹。

后来，干爹开始让他帮自己做一些事情——干爹表面上是个退休领导干部，暗中却有不少投资，全靠儿子。儿子死了，总得有个人接着打理，眼前这个穷孩子，有良心，有良心就是好事。

干爹是谁，不便说，话多嘴杂。

投资些啥生意，也不好说，杂，东一脚西一脚，有门就踢。干爹不是平常人，有四通八达的信息和资源，对财富有精准的嗅觉，就像饥饿的人，天生能闻出藏匿在柜子里的美味。他也差不到哪里，穷山沟里出来的孩子，一旦有了吃饭的资本，压抑多年的嗅觉迸发，能量惊人。干爹对他的器重，胜过对死去的儿子。

冯玉嫉妒，大画家，你真幸运。

幸运吗？画家幽然一笑，想想看，你明明是活的，却又是死的，你身体里住的那个亡灵明明是死的，却又是活的。你活的不是自己，是他。

这世上又有几个人活的是自己呢？冯玉答。

也是。画家笑，我呢，其实总想着有一天，放下干爹的生意，四处流浪，从青海湖一路走到纳木错，找个我爱的藏族姑娘，必须叫卓玛。我们在高原打马徐行，画神鹰飞过雪山，格桑花开满草原。可惜半夜酒醒，星空遥不可及，佛偈声远，唐卡绚丽浓烈，布达拉宫庄严绝美，纳木错宁静纯洁，通通抵不过纸醉金迷，埋深了。

所以呢？

所以，画家意味深长地举起杯子，碰了碰，碰的是话，也是酒杯，兄弟，活在当下，展望未来。必须是卓玛，但不是又如何？

冯玉不禁莞尔，顺从地，却微苦。

锅里红油翻滚，屋外天寒风冷，而炉火正旺，两个交换了喟叹的男人，彼此对看一眼,突然就生死契阔了。

一个小时刚过,食堂外面热闹起来。黑麻麻的寒夜长空,横来竖去闪满灯柱,接着六辆越野车前前后后杀进院子来,雄赳赳一字排开,冯玉头昏脑涨走出食堂,往院子里一扫,只见最差的一辆,也是四个圈的货色。

冯玉回头把画家盯了十几秒,趁着酒意,白了画家一眼,说,兄弟不响,你响上天。

画家老谋深算地笑,说,我要的是体面。你不能,记住,不响不可怕,怕乱响。又说,白首如新,倾盖如故。兄弟,这顿酒,我装心里了。

说罢上车绝尘而去。

冯玉站在黑魆魆的夜色中,鼻尖一团冷汗。

这以后画家和冯玉的对话就基本是这个模式了,不说全,碰得差不多就散。分寸得当,拿捏到位,极有默契。深得干爹真传的画家虽不在官场,却是江湖老手,不免狂妄,却绝顶聪明,每次对话都是一场精神的抚慰和疗养。挂掉后意犹未尽,虽不是君生我未生,我生君已老,但感慨年华如水、相见恨晚却是有的。最完美的是两个人完全来自两个不同的世界,又相距遥远,诸事不需设防,数年相知,胜过人间情谊无数。

画家这个人,太聪明,不入行,太可惜了。

第二天一早,画家的车找到了。镇上黄家皮鞋店小媳妇羊水破了,男人撸起袖子出门,瞅到隔壁店门口刚停了辆路虎,上去打起火就载了媳妇往县医院跑。派出所顺藤摸瓜追到医院,宽肩横臂的汉子抱着个嫩娃娃,无比荣光地冲着派出所所长点头,对对对,我偷的,我偷的。

画家打电话给冯玉,笑,冯大书记,我还以为你那里有江洋大盗,搞得我千山鸟飞绝,万径人踪灭,结果是慈父起贼心,万般柔肠结。

冯玉也笑,说,乱喊啥子书记,说过不响的,专捅人家痛处,不厚道。

画家嗨了声,说,响,我会掐算,信不信,暗杠开花,不光是响,还要和。

一个月后,书记调走,芝麻开花一节节,冯玉果然成了冯书记。

冯玉打电话给画家,画家那头音乐阵阵,群魔乱舞,这个在叫欧巴,那个在喊巴嘞巴嘞。

多承吉言,大哥在哪里掐呢?

我在首尔斯密达,阿你哈萨哟。画家隔着万水千山,在那边疯得一塌糊涂,一时间,美女琼浆,灯红酒绿,活色生香地呈现在冯玉眼前。我就说了要响的……哎呀哎呀呀我的宝贝……

最后一句,已经不是说给冯玉听的了。

冯玉放下电话，看一眼窗角被雨水泡起水泡的石灰墙皮。冬雨绵绵，屋里屋外都是泥土被沤烂的味道，他有点兴奋也有点伤感——画家的出现让他平静的水面上莫名浮起了一个绚丽的水泡，那么细微，却着实搅乱了他死水一潭且闭塞枯燥的乡镇生活，仿佛古龙小说里欲罢不能的唐门一毒。

三

副县长这一“响”，也是画家“掐”的。那段时间他心里七上八下，打过去，画家依旧是哑着，静着，最后淡淡一句——是你的，还是你的。

事实上冯玉和画家好些年没见面了。画家满世界折腾，今天在北京的午夜留下许多情，明天又在卢浮宫魅影独欢，还没来得及刺激他，人家又已经在泰国哐当哐当地学人家钢舌头说话了。

人生得意须尽欢，画家道，既然是替人家活的，自然要替人家活好。

那辆路虎一直留在了高岗县城。

“八项规定”出来了，高岗的领导个个不习惯了——公车回老家、送孩子、上医院，通通不要想。最不习惯的是冯玉。高高的神轿坡，住着孤零零的老娘，丢不下，可是神轿坡山高路陡，一年里有五个月夹雪带凌，以前冯玉上山都用公家的越野。公车一停，冯玉上趟坡就麻烦了——自家那辆起亚根本不是菜，得借。

借个鸟，画家说，都副县长了，东借西借，面子都借没了，哥车闲着也是闲着，你用。

从此冯玉用车时，就有人把那辆路虎开到楼下，按一下喇叭，车钥匙塞进楼下冯家的订奶箱里，走了。

也是画家的意思——跟个送车的小兄弟扯淡，犯不着，冯大人一天那么多家国大事要处理。

他问过画家，有了干爹，“在那遥远的小山村”，亲爹怎么样？车给自己了，画家开啥回去？

画家瘪着嘴苦笑，说，刚当伪公子那几年，烧包得很，一回老家户户送礼，送得一个寨子的狗看到我都摇尾巴。我老子走在村道上想抽根烟，一弯梢的人挤着给他点火。后来村里修路，一口气给我派了五十万，我傻呀，甩了十万，结果路修好，独独断我家门口那一截。我老子呢，不骂村里人，骂我狗日的。我气不过，有一年回去故意空着手，搭鸡公车，我去，那天那个热闹——天上地下的狗都在咬，硬没人出来管。我老子恓恓惶惶挡在门口，苦怏怏的，居然不让我进屋，说人要脸，树要皮，你整成这样，还回来做啥子？让人口水淹死我？我听了那话，转身就走了，算算，小十年没回去了。

不怕他想？

寒心了，大年三十的，出租车都打不到一辆，他逼我走。画家在电话那头淡然说道，跟着老爷子，别的没学会，心学硬了，旧时王谢堂前燕，最终人散车马稀——那年我丢车，你请吃饭，才是真情谊，所以了，你用个车算啥子！

冯玉心底温暖，嘴里谨慎不安，说，车太好，怕人家说招摇。

招摇？你开辆昌河试试？你还没到资格大到摆低调的时候，你真那样，叫寒酸，拿你当笑料下酒的人一路排到四川。画家斩钉截铁地说，别傻了。

四

有一种人，大事发蒙，小事发慌。曾梅就是这种人，鸡飞狗跳要汇报，风吹草动也要汇报。一大早又追到办公室，又胖又矮的身子惊慌慌跟着冯玉转。

秘书刚一出去，曾梅热腾腾一团身子扑到桌子前，脸通红，声音打战——他们要查。

哪个他们？查什么？冯玉下意识向后坐了坐，曾梅个子不大，但胸脯不小。

纪委袁大春书记，昨天快下班了他突然通知我们开会，要求抽查国庆节前恢复定点医疗资格的圣百、博爱两家民营医院，要抽八十份病历。

查呗。冯玉低头批文件，有头晚那个电话打底，他不慌。顿顿，说，查了纪委觉得不该恢复，再停就是。

曾梅眼睛都要瞪出来了，冯县长，你不是不知道，袁书记亲自督办的事情，怎么可能这么简单？他要求调隔壁县的专家来协查，这是怀疑我们。

冯玉心里盘算，有人请神，有人唤鬼，让神和鬼打架去吧。

他不想和曾梅多说，问，你接过圣百和博爱一分钱没？

没有啊，县长，我发誓，我当合医办主任四年，绝对没有收过任何一家医院的钱。曾梅的声音陡然往钢里走，像李铁梅了。

我接过圣百、博爱一分钱没？

那……也怕是没有。曾梅迟疑地答，肯定没有。

那怕他怀疑啥？

曾梅带着哭腔说，查谁谁出窟窿啊。我说过，两亿多，六个人的合医办管不过来的。

高岗县管不过来，其他县同样管不过来，这世上有人的地方就有案子，没见着出了贼就杀捕快的。再说，我们恢复两家医院定点资格是为了民生，为了国庆期间的稳定。冯玉把一沓文件重重地扔到桌子上。

民生。稳定。

这些词,金光闪闪,多有分量,不是尚方宝剑,也是金钟罩。

五

天气骤冷,天空泛出硬邦邦的钢蓝色,这是高岗特有的景致,是寒流来袭的预兆。高岗的冬天向来比贵州其他地方要冷,算一算,该来了。

袁大春不怕冷,天气越冷他战斗的欲望越强烈,他甚至能听见周身的骨节在冷空气中喳喳作响。冷风是好东西,催人奋进,催人警醒,全身的汗毛被风刮得耸起来,这样的状态才适合作战,特别是与那种不好、不便却又必须下手的对手交战。

因为寒流来了。

精神抖擞走进办公室,拨通手机集团短号,80023。按照县四大班子的排序,他是纪委书记,短号排序 80007。

有些话,他不方便和年轻的副县长冯玉说,不是不方便说,是不想说。直觉告诉他,他们根本就不是一路人。冯玉心太高、太深,又太急,章法不对,初衷也不对。

但有些事,总要解决的。

袁大春拨通电话前的一个小时,冯玉正往医院走,风大,吹得人站不住,夹着雪凌,打到脸上生疼。县城整个就一风袋子,走到哪里都是呜呜的风声,可这风刮不熄冯玉的牙火,它冒着烟,往脑袋里钻,痛得冯玉想把头割下来。

县医院院长恨不能把他秃顶的脑袋都塞到冯玉嘴里去,最后,他忧心忡忡地说,再拖,一颗带坏两颗,两颗带坏一窝。

冯玉咧着嘴抱怨,换个牙,光是消炎就要整几个星期,我哪来那么多时间?副县长就是只猴子,锣一敲戏一开就得翻跟斗。

说着锣响了,007 有请,急事,开个小会。

冯玉长松了口气,袁大春的靴子终于掉下来了。四天了,爷等这电话把牙都等上火了。

冒着大风穿过钢蓝色空气的县城,树上的叶子刮没了,街道上的人也刮没了,冯玉抽着冷气咝咝咝赶到县纪委会议室,袁大春懒洋洋坐在那里,嚓嚓嚓剪着他的指甲。

有些人注定是你命里的死结,比如这个小疙瘩的袁大春。

从冯玉当上副县长那一刻起,袁大春就没拿正眼看过他。这个在全世界产量排名第三位的万山汞矿区长大的男人,生来带着毒,别的毒浅了人不了他的眼，深了他不怕，顶多一嘴还一嘴，看谁咬死谁。凭这邪劲头，袁大春当了十一年纪委书记，也因为这邪劲头，转了三个县的岗，五十二岁了，袁大人依然是纪委书记。

袁大春不拿正眼看冯玉——何止袁大春，高岗县里厌弃他的人多了。

就因为老汪和他PK，他胜了，老汪败了。

市委组织部宣读冯玉任职文件那天，四家班子领导没兴趣向他表示祝贺，他们急着去火葬场，去给一个人送葬。送葬是大事，在这种时候对生者表现出过多的欢喜与祝福是很不恰当的——如果非要为他们的傲慢与不屑找一个理由的话。

平塘镇党委书记老汪三天前死于突发脑溢血。

时间再往前推两个月，慎重填下"身体健康"的老汪参加了全市副县级领导干部公选，高岗三十多名科级干部一窝蜂参加考试，最后只剩下老汪和冯玉。

老汪的厄运是从考察前公示贴出去那天开始的。

某人举报老汪偷偷超生了个儿子，在乡下四弟家养着。

墙倒不用人推，有风就成。省计生委以迅雷不及掩耳之势空降高岗，等老汪知道时，人家已经把材料都录完了。从接生的医生，到他四弟的老婆——天天替别人养着个儿子，锅不碰碗碰，哪能没点嫌隙。

老汪给开除了，转眼天堂地狱，过不去，天天抱着酒瓶子。四十多岁的人，血压常年就不低，一喝，人没了。

老汪活着时人人幸灾乐祸，一死，又觉得愧疚了，这感觉不好，得转移到别处。别处是哪里呢，想一想，应该是那个告状的"某人"。"某人"到底是谁呢？还能是谁，当然是坐收渔利的人——其实姓冯的何必呢，一口锅里吃饭，抢个副处把人往死里逼。

风吹鸡蛋壳，一刮刮过几条河。一夜之间，全县人民都知道了有个黑心烂肺的冯大官人。

县长不嫌乱，安排冯玉分管文教卫计，还笑，既然省计生委督查大队长是你老表，你把这条线维系好，关键时候能救人命。

冯玉只差骂县长的祖宗，忍气吞声缠着县长赌咒发誓，那个大队长是公的母的我都不知道。您能不能让我避个嫌？

爱开玩笑的县长站在"高岗欢迎你"的广告牌下，上下打量这个已经进入了"他们"的队列却被大家归为"黑软件"的年轻的副县长，神色复杂。

冯玉说，不是我。

县长点点头，目光写满惋惜。

惋惜他被冤枉，用力过猛，还是其他？不清楚。和煦的五月，槐花遍野，但阳光冰凉，洒满冯玉的肩，不是滋味。

两年多来，高岗县大大小小的工作，你方唱罢我登台，掌声不断，却没有一声为他而响，无论他如何卖力，总是难讨到好。

孤单了，突然就孤单了，或者说更孤单了。从小到大其实他都很孤单，现在，他终于成了“他们”中的一员，却被一堵无形的墙堵在外面。

都不喜欢他，包括老娘。凭什么？

他目光阴郁，不喜欢就不喜欢，谁离了谁不活？

什么东西在缓慢而坚硬地改变着一切。神轿坡满山的湿蕨在春天里抽芽，又在冬天的冰雪中腐烂成泥，混合着摇落的松针、野茶树、五倍子、杉木叶、茅枝子，变成一种气息。这气息在幽暗的山林里发酵，充满挣扎的欲望。这欲望藏匿在仇恨而隐忍的笑意里，就像开满鲜花的山林间，有一双灰黑色的眼睛。它的主人行走在高岗，把尾巴都夹到腚骨头缝里，它却藏匿在深处，等待一场成功的反扑。

一股风看见了，隐约传来冷笑。

冯玉听着，还以礼貌的微笑。

又一股风窥透一切，说，假的。

这股风是卫计局局长何长顺，来自老鸹山。老鸹山的风野道，时不时给冯玉来一撩子，让你烦。五十六岁的何长顺从兽医当到卫计局局长，是锅老杂烩，论资排辈冯玉够他不着，当了副县长也蹬打不开——冯玉一安排工作他就是一副“我晓得”的嘴脸，笑得贼眉兮兮，坐着的时候不断点头，站起身一出门就还按他自己的意思干。冯玉一问他，他便拖长了腔调答，冯县长，你放心，我——晓——得。

你晓得个卵。冯玉表情无风无浪，心头野火燃烧。

比何长顺更难对付的是袁大春。姓袁的这股风带着认证标志，官方授权，何长顺的风只是乱心，他的风要砍人。从冯玉进入“他们”开始，风就一直刮着，今天查学校矿泉水，刮倒八个教工站站长；明天查民政股，关进去四个股长。反正姓袁的刮来刮去、薅来薅去，就只刮只薅冯玉这一亩三分地。

现在，纪委会议室，这两个辣手老角子都凑齐了，冯玉深深吸了口气。

围攻还是单挑？

六

“纪委书记”这四个字贴在袁大春身上是完全不搭的，个头不足一米六的袁大春有点孙猴子投胎的味道，疾恶如仇又魔性十足。他不管养殖业，却带动了高岗的养殖业发展，因为他，高岗请客喜欢吃鸡，升学鸡、毕业鸡、相亲鸡、年会鸡。

换届之年，县委书记和袁大春一起调到高岗，书记看高岗县干部一堆软糊瓤，八百米的排水沟半年修不利索，一桌酒席倒是能抵上环卫工人半年工资。书记大手一挥，老袁，整顿。

袁大春牵起架势没几天，就请书记吃火锅，书记兴致勃勃赶过去，见一口空锅，问，菜呢？

锅里头。

书记有点蒙，坐下来说，你这锅里有啥？

思想，袁大春伸出双手作奉献状，满满一锅都是思想。

书记明白了。前两天袁大春给抽调上来的专项整治组申请食堂补助，让他给否了。动不动就是经费，就是吃，有点思想觉悟行不行？

堆了七八年的旧疾，从乡镇抽了十几个人，食堂不管饭，你让人家吃什么？思想，思想又不能当饭吃。袁大春当时就嚷嚷开了。

书记还是没同意，不是钱的问题，活没开干就敲碗，坏了规矩。

这下好了，人家请他吃思想。书记气得扭头就走，在车上想了半天，第二天通知监察局局长，叫“那个鬼”把请示交到县长那儿去。

于是第二天“那个鬼”又打电话请书记吃饭。

这回吃啥？书记没好气。

鸡，辣子鸡，一大锅。袁大春在那头简直就是热气腾腾。

书记警惕地问，这锅鸡……有没有思想？

高岗老百姓请人吃饭时，喜欢指着一锅鸡给朋友讲述关于“思想鸡”的故事，那感觉仿佛他们和纪委书记很熟，和县委书记更熟。如此，这样一场谈笑风生的饭局，才能吃出主人的面子和里子。

被笑侃为“原地踏步踏”的袁大春不在乎面子，也不在乎里子，副县十一年，他压根没想过再往上走一步，原地踏步踏就原地踏步踏，纪委书记这职务合他的胃口，什么“他强任他强，明月照大江”。鸟！他袁某人一把大刀守江头，过人不过妖。

冯玉也不在乎，他知道今天袁大春是请他来吃“策略鸡”的。袁大春这些日子可没闲着，你看他时他在剪指甲，你没看到他时他在磨刀。

磨吧。冯玉面无表情地坐下。

窗外，大风正把几株香樟刮得要死要活，漫天都是飞卷的细雪米。

袁大春收起剪子，轻叩桌子上的举报信，坐在他对面的曾梅面如死灰，一看就是个背黑锅的——两家被政府取消两年定点医疗资格的民营医院，一年不到莫名其妙又恢复资格，绝不是合医办主任曾梅这种人敢干的。

这是个老实又胆小的中年女干部，传统的短鬈发，一件毛领的暗红色羽绒服，千韧冈、雪中飞、冰雪季之类的城郊接合部畅销产品。

这种女人，买个菜做个饭带个孩子可以，坐在门槛上跟人吵个嘴都缺钢火，怎么能当合医办主任呢？袁大春叹口气，每年两亿多农村合作医疗资金，交给这么个没主意的，早晚要出事。

曾梅开始打嗝，说得断断续续，大概意思是，国庆节前两家医院的员工闹上访，要吃饭，要生存，考虑到节庆期间的稳定，就恢复了。

就恢复了？袁大春冷笑，政府红头大印给停的，你一个合医办就恢复了？

又横了卫计局局长何长顺一眼，问，你的主意？

何长顺反瞪袁大春，精巴皮瘦一张老脸垮下来，糙惯了的嘴张口就是粗话——我老鸹山上下来的人，从不干这种没屁眼儿的事。

袁大春骂何长顺，粪瓢嘴。又问曾梅，那就是你的主意？

曾梅一张脸红涨得要爆掉，低着头，又胖又短的手指紧抠着会议桌，满头鬈发随着她越来越密集的打嗝声不停地颤动。

曾主任也有道理，稳定是大事，既然国庆节也过了，冯玉插话，纠过来就是。

纠？袁大春接过冯玉的话，似笑非笑，这么简单？要处理人的。

曾梅猛地抬起头，一瞬间，她的整个精气神全垮下去，嗝也不打了，脸上的皮肤陡然松弛得像老了十岁。她盯着袁大春，十秒，二十秒，三十秒。

接着她用细得不能再细的声音哀求，袁书记，我是老实人，我当不了这个主任，我不当了行吗？

不当也得把问题说清楚。

我说什么？曾梅崩溃了，号啕大哭，有问题也是你们的问题，医院又不是我同意开的。狼是你们放进来的，和狼吃饭喝酒、进进出出的人也是你们。捐几个钱到乡下学校，你们不是给政协委员就是荣誉市民。现在拿我开刀，我就一个小主任，你凶什么凶？你吓我做什么？你有本事吓他们去。

袁大春站起身走到窗边，冷不丁猛然推开窗户，冷风卷着硬邦邦的雪米哗地扑进来，所有的人都打了个寒战。

好，你说——袁大春站在风口，风吹乱了他的头发，却没有吹乱他的声音——他们是谁？

天光哐当一声坠下来，暗了。

冯玉倒抽一口冷气。

磨了半天的刀，终于霍霍冲着他来了。

你妈的蛋。冯玉拳头紧握，手心出汗，想，老子一没有吃他们的饭，二没有接他们的钱，顶多是程序不当。再说，哪个粮仓没老鼠？

曾梅没这定力，吓坏了，她突然站起来，一头冲出会议室。然后整个走廊里响起曾梅凄凉的哭声、杂乱的脚步声和喧闹的开门声、好奇的询问声。最后，曾梅神经质的声音尖厉而歇斯底里地从走廊尽头传来——有本事去抓他们，拿我开刀算什么，我不干了，不干了！

几个男人坐在会议室里，神色各异，默不作声。

好半天，冯玉叹口气，那颗火牙实在是太痛，痛得半边身子都木了。他挪了挪身子，说，老领导，以后这种事您先跟我通个气，我门前的雪我先扫，扫不干净，再请您老人家出马，您这样我下不了台。

袁大春喷一口烟，毫不掩饰他的鄙弃，你门前雪都堆成山了。

冯玉苦笑，全县领工资吃饭的人一万七，我这一块管了九千，从人还在娘胎里，管到他进烟囱，十个手指按不住一百个跳蚤。

袁大春扬起眉毛，说，你嫌跳蚤不好按，有人想按还把命丢了呢。

冯玉憋得太阳穴突突一阵乱跳，说，老领导，话都说到嘴边了，不是我。

袁大春不看他，扭头看外面漫天狂风，沉着脸，说，也不是说老汪，是有些功夫，不在弦上。

这话意思深了，冯玉心头紧了一下。

袁大春拿起信，摔在桌上，冷哼，这玩意儿，明里是从省里来的，其实哪封不是从自己县里出去，到省里转一圈再回来的？你说是不是？

冯玉不说话。

曾梅不是管两亿资金的料，得换人。

我觉得那不是你我考虑的问题。冯玉冷冷回答。

袁大春吃他一记，闷头走了出去。然后走廊里响起他凶神恶煞的声音——还看，还看，看个屁，都给我滚进去。

外面嘻嘻哈哈一阵笑，然后是此起彼伏的关门声，一个个不像是挨了骂，倒像是给舒舒服服挠了次痒痒。沉闷的机关大楼，间或有一点热闹看，谁不喜欢。

袁大春在高岗就是这么个怪物，抽烟喝酒骂娘，领导干部形象全让他给臭了，可高岗人说，这臭是臭豆腐的臭，他们受用。

七

曾梅开始写辞职报告，眼泡哭得像金鱼。从卫生局一个打字员开始，辛辛苦苦几十年,好不容易才当上个合医办主任,说丢就丢,不甘心。

从小她的成绩就好,可是不讨人爱。她长得不好看,个子也不高,还婴儿肥——到老了还婴儿肥,还豁牙。中专毕业分配工作都一年了,单位领导一说到她还记不住名字,费神地说,那个牙箍。

后来她的牙好多了,但仍然扔进人堆里就捞不出来,她躲在人群里,老老实实、任劳任怨、胆小顺从地活。是局长何长顺把她从人海里捞出来,推荐给县委。

踏实,忠诚。何长顺很认真地对县委书记说,就是长得不好看。

这话将了县委书记的军。不用, 就是嫌人家不好看, 传出去拐个弯,就是——县委书记只用长得好看的女干部。

只好用。

但她提任合医办主任后,何长顺又后悔了,说,完了,用错地方了! 刀恁利,曾梅恁老实,握不住。

何长顺长的是双毒眼——

这两年,眼看着市场乱了,县城里,屁大个地方,三两间破房子,也叫医院。新农合资金成了民营医院的取款机,骗的套的虚报的,最后都是一句话——反正又不是你的钱。理直气壮得你都替他不好意思。

她也想过好好管。可是两亿多资金后面是成千上万张病历和发票,她只有六个人,穿林海跨雪原气冲霄汉那就不提了,顶多搞点突击抽查,抽到哪几张病历不对就罚款——面对她的"一身正气",医院毫不掩饰他们的不在乎,罚就罚,反正羊毛出在羊身上,只要剪子还在手里。至于剪子,尊敬的曾梅主任最好不要收掉,请问,你的管理就没有漏洞吗? 既然有,那就谁都别咬谁。

难受,她明明该是一条看家狗,却生生被他们整成一条在马戏团配合他们演戏的狗。

电话响,一看显示的名字,烫手般缩回。

那边一直打。

嗨,怕什么呢? 都要辞职了。

曾主任,给您添麻烦了。太太从美国回来,带了点营养品,给老人家的……

没用。曾梅干涩地说,你们嘴巴张得太大。

不说那个事。对方嘻嘻笑,真就是给老人家带东西来。

本来,大鱼吃小鱼,小鱼吃虾米,大家都能混点生活,怎么说的? 我给你们怎么说的? 不听,大鱼小鱼虾米全通吃,不给人留活路,人家能不告?

说了不说这个。对方还是笑,老人家上次说想去趟香港,要不我来安排?

她老糊涂了。曾梅斩钉截铁地答,我不糊涂。

主任,对方摆出一副耗子要猫的得意劲头,这世道,不糊涂不如装糊涂。

你慢慢装吧。曾梅讥笑,有一种抽刀见骨的痛快,检查组就来,祝你好运。

主任,这话说得好伤感情,我们是好朋友。

好个屁,老娘不干了。老娘只要不干了,怕你们? 曾梅恶狠狠地、粗鄙地说完这句话,胸口一团浊气往上涌,和着多年的委屈,变成泪水淌下来。

那头是一阵意外的沉默,最后无趣地挂断。

没清静几分钟,门又被捶得咚咚响,是何长顺的风格。他说,寡妇门前是非多,敲门要响,说话要敞。

曾梅不想搭理,蹑手蹑脚穿过过道,趴在猫眼儿上看他几时走,刚凑上去,何长顺一张马脸正朝猫眼儿凑过来,气得她干脆一把打开门,撒泼,干什么?

何长顺尴尬地挠挠头,自顾自走进屋,拍打着手上的资料呱啦,你还会瞒呢,全县重症患者四百八十七人,去年全部没有得到二次报销,你居然不给局里汇报。

曾梅火劲没散,硬邦邦顶过去——合医资金十月份就崩盘了,调了上年结余才勉强把最后两个月撑过去,拿什么来二次报销?

你还凶,栽花不行,捂屁最行。

我不捂,放出来你接? 你拿钱二次报销?

我拿? 你不管控好资金,让些贼医院套走了,你叫我拿?

贼医院怎么了? 是我放进来的?

我不和你吵。我问你,你不觉得二次报销对重症病人和家属来说意味着救命吗?

曾梅顿时哑了,这个她比他懂,她和这些病人打交道不是一年两年,当然,很多也就只能熬三五年……

但她有什么办法,她管不住那些伸到钱箱里的手。它们不是一双两双,也不是三天两头,它们是天天捞人人捞时时捞,这个一勺那个一瓢,曾梅就是忙到吐血也不抵事。它们还威胁她,要管住一二三,就得管住四五六七八,哪里漏一个洞,都是她渎职。

何长顺站在狭小的过道,问,坐哪儿?

曾梅无奈地领着他穿过过道,来到改装成书房的阳台。

何长顺一屁股坐在书桌上,开门见山地问,是姓冯的他的主意吧?

曾梅吃了一惊,顿了顿,点头,又摇头,说,他不会承认的。

什么时候的事?

国庆节前。曾梅委屈地答,下了十多天的雨,那天终于晴了,我推着我妈下楼晒太阳,我妈坐在轮椅里,捂了床花开富贵的毛毯,我笑她像只芦花母鸡,她还冲我叫,咯咯嗒。

那天本来心情挺好的,太阳好,我妈精神气也足,还指着飞机在天上划过的白浪,说是飞机走尿了,把我笑得肚子疼。结果冯县长叫我去他办公室一趟。

冯县长。何长顺啐一口,说,屁县长,脑后见腮,必是阴胎;喜怒无常,必是阎王。他使阴招整死了老汪,你还冯县长。

曾梅不和何长顺争辩,何长顺在乡镇待了二十九年,田坎文化一大堆,酸的辣的,香的臭的,拐弯的挖坑的。她根本就不是他的下饭菜。

其实当时冯县长要她恢复时她心里就已经咔嚓了一下,又不敢说不行,只好说那得上县长办公会,至少也得他签字。

他不干,和她谈方法论——上会太敏感,搞不定。你以合医办名义先同意他们恢复,试试风向,好就算了,不好,等过完国庆节我立马出面纠。

她无可奈何地走出办公室,再也没有心思看飞机走尿了。

你不跟我说?何长顺气鼓鼓的,你是我的人。

曾梅反问,我都下水了,还拖一个你?合医有事我都是直接找他,什么意思,你又不是不明白。

何长顺不领情,骂,当英雄?结果现在死而后已,只有辞职谢罪。

辞就辞。曾梅梗上了,这水太浑,谁搅进去谁完蛋。我辞了职,申请提前退休,带我妈回老家。

两人沉默。

曾梅家这个用阳台隔出来的简陋书房实在太冷了,风刮过来,有一种“我站在猎猎风中”,恨不能啥的感觉。

甘心吗?何长顺长叹一口气,望一眼曾梅,声音温和。

不甘心。曾梅收起笑容,垂下头,眼眶又红了,不甘心又如何。

八

合医办新任主任人选,何长顺直接向县委书记推荐了泥泫镇计生办主任陈小好。何长顺是杆老枪,他的推荐,书记认。

陈小好的考察效果跟何长顺吹嘘的一样好,看着何长顺得意扬扬的德行,袁大春提醒,收一下,你这表情,县委这些年简直就是埋没了人才!

哪里,好花开在深山里。何长顺挤眉弄眼,不怪领导。

但是当何长顺把陈小好带到袁大春办公室时,袁大春整个人都不好了。陈小好长得也太袖珍了,身高不到一米五五,细眉长眼,身形像个没长醒的孩子。

好半天,袁大春啼笑皆非地说,你和我比矮呢。

陈小好不好意思地笑了，神态秀气，但全身写满了紧张。

他越看心里越没底。

何长顺看出来了，拍着胸膛说书记你放心，我老鸹山上下来的人，从不乱打诳语，小好看上去秀气，其实有钢火。你忘了，男生女相，必是咬卵犟。

袁大春看着这个“老鸹山上下来的人”，忍不住要笑。这家伙黑瘦的脸，十天有九天都挽着裤管，满嘴荤言秽语。

其貌不扬的何长顺身上有基层干部最珍贵的品德，苦得、干得、累得，关键是忠诚和勇敢。老鸹山是高岗县最边远、最穷的村民组，几十年也就出了三四个吃公粮的。何长顺动不动就用“老鸹山上下来的人”表白自己这一辈子能混到现在已经赚足了。谁都像何长顺这样想，天下太平，纪检干部全部下岗多好。

何长顺从基层一线干起，摸爬滚打几十年，手上偏方多。

陈小好就是他出的一道偏方。来自农村，对群众有感情。长期搞计生，敢碰硬。医专毕业，懂专业。长期工作在乡镇，在县里没有关系和瓜绊。媳妇家是县城酱油大王李九鲜，穿的是钱裤子，不怕被“策反”。五大优势，足以对付八方妖魔。

袁大春总之是不放心，要求陈小好表态，陈小好沉思半晌，细声细气挤出一句话，书记硬，我就硬。

袁大春哭笑不得，说，我硬得很。

陈小好不笑，眉头紧锁，忧心忡忡地说，但是，真不好管，水太深。

九

一碗豆花面，陈小好足足吃了半个小时。

回城了，任职了，草鱼跳龙门了。短短半个月，陈小好不再是泥泫镇的计生办主任陈小好，而是县合医办主任陈小好。

镇里的同事都说他是猪圈楼上落红苕，运气好。

他心里清楚，他不是幸运的猪，而是倒霉的红苕，马上要被拿到火上去烤。何长顺这老法师一直就怕合医办出事，可又没办法去一张张查病历和发票，整天干着急，火烧屁股。

那个胖墩墩的、一说一个笑的曾梅主任，家境并不好，又死了男人，她主动辞去这个肥缺，不用想也知道，火山在喷岩浆，人家在撤退。他倒好，往死里撞，要想不被火山吞没，就得把火山口盖住。可这口子，盖得住吗?

手机来电，是媳妇李铁，声音居然糯滋滋的，亲爱的，妈做好饭了，叫咱们赶紧回去吃饭。

妈做了饭？陈小好惴惴不安地放下碗，他这个穷山村出来的女婿，从来都是厨房做菜、饭厅打杂的命。

回到“家”，酱油大王难得满脸笑意，来，整一杯。

陈小好盯着一两五的杯子，为难。

李铁横了他一眼，他赶紧端起来。

干，上了香火板板的人，豪气点。酱油大王哈哈大笑，我们李家如今也有个当官的了。

一个副科，陈小好不好意思地说，不算个啥子，满大街都是。

合医办主任可不是一般的副科。酱油大王的眼珠子精光直冒。

是了，凡是搞钱的名堂和门道，没有他不知道的，人家混了一辈子江湖，锣一敲就知道来了个什么草台班子。

给你提个醒。酱油大王夹花生米，没夹起来，反复几次，干脆拿手抓起一把塞进嘴里，含糊不清地说，一、浑水少摸鱼，我们家不缺；二、水至清则无鱼，眼不见心不烦，眼见了也当没见，懂吗？水深着呢。

懂，陈小好心想，懂才心焦呢。

吃完饭带着孩子，恩恩爱爱，三个人回到家，李铁开灯，不亮，脸立即就拉长了，今天几号？

陈小好没吭声。

又没交电费？

点点头。

什么意思，钱呢？

打麻将输了。陈小好淡定地说。

上个月也是输了。李铁尖叫起来，你他妈除了打麻将你还会做什么？

小不点背着书包站在门口不耐烦地叫，老李，我要尿尿。

陈小好赶紧抱起孩子摸黑进了屋。

卫生间里，小不点尿完尿，从兜里偷偷掏出两张钱，外公给我的，给你。

陈小好鼻子发酸，看卫生间窗外的万家灯火，摸着小不点的头，坚毅地、轻声地说道，我不会要你外公钱的，宝贝，你知道。

奶奶要用钱。小不点老练地回答，就算借的。爸爸，奶奶会死吗？

不会。陈小好蹲下身，在黑暗中紧紧抱住儿子。所有的暴风雨正朝他奔袭而来，唯儿子温暖的小身体是佛的所在。

十

陈小好歉疚而拘谨地站在冯玉面前，眼神闪烁不定。他花了整整十二天才把所有病人调查完，这时间的确长了些。

我刚到，不太熟悉情况。

冯玉冷冷地瞥了陈小好一眼，他对这个新合医办主任不感兴趣。接过调查材料，冯玉直接翻到最后一页。

两家医院在恢复资格的两个月间，套取合医资金两万余元。

冯玉暗中吐了一口气，肚子里跑过一万匹“草泥马”，这凶险。两万多，不算啥。

陈小好走后，冯玉反锁上门打电话。

不是说全搞定吗？怎么还有两万多？

多少给点东西让他们咬嘛，不然他们牙痒。对方懒洋洋的，声音里带着点戏弄和闷骚，十九个镇，哗啦啦的黄河水——连夜全部到位，每户一桶油一袋米一百块钱。风一般的汉子。

什么时候了还哗啦啦，确定每家都到位了？

那必须。

不知道为什么，猛然间，一个不祥的念头飘过冯玉的脑子，陈小好那闪烁不定的眼神浮现在他眼前。冯玉猛然抓起材料，沉声问，你确定每家都到位了？我问你，你手上有八十户的名单没？

开什么玩笑，哥管策略，把大方向，不管鸡毛。

还是不太对劲，冯玉感到全身的血液在变冷，袁大春没有这么容易对付。冯玉迅捷翻动资料，手指冰凉，听我说，黄大全、李路、孙万材、白贵喜，有没有？

等等等等。对方仿佛明白过来什么，急促打断他，别挂，我叫他们传过来。

两分钟后，对方重复，黄大全、李路、孙万材……有。

冯玉松一口气，正要挂，那边声音突然收紧，高了两度，你刚才说孙万材后面是谁？

白贵喜。

再后头……

朱玉、朱小学、林草、李桂花……

我×。那边沉默了片刻，冷笑起来，缓慢阴柔地说，有意思，很有意思——中套了，除了前面几个名字是一样的，后面的人全部不对。

冯玉如同被当头一记闷棍，喃喃道，我就说，我就说！八十户，一夜之间你们都能见着，那么巧……人家……是等着你们去呢。怕是……录了音。

对方失了手，尴尬窝火，默不吭声。

不只这个，他们手上肯定还有另外一套调查材料。冯玉头痛起来，你估计会有多少？

两个月，四五十万吧。那边咕哝，每个月的任务是二十五万。又道，这事奇怪，抽出来的明明就是这些人的病历，除非……他们暗中另外抽了一批，谁？

冯玉寒着脸，答，还会是谁，合医办新来的主任。

陈小好？对方问。

冯玉暗惊，你知道陈小好？你隔高岗那么远。

决战于千里之外嘛。好吧，你该干啥干啥，这事有我。对方哼哼，跟我玩？

你怎么处理？又唤鬼？我知道你们做大病历套钱，替病人垫付他们自付的那部分，让他们不敢说真话。但是陈小好未必是心里有鬼的人。快感，快感，你这一个快感，整出恁多麻烦。

不是得意惯了吗，一有人挡路心里就不舒服。对方嘻嘻笑，接着开始慢条斯理、抽丝剥茧，声音里渐渐透出森冷的寒意——没鬼，缝总有吧？那就找缝。

冯玉要给气疯了，说，就算陈小好有缝，姓袁的没缝。

那就让他走人。那边轻描淡写，嘴里嚼着什么，说，记住，人没有缝，机制有缝，机制没缝，螺丝螺帽有缝，这世界唯一不变的就是变，唯一的公平就是人人皆遇不公平。

好，那你找！抓紧找！冯玉心头暗火中烧，恼怒对方，又恼怒陈小好和袁大春——找到了我陪他们慢慢玩。

是的，从现在起，老子陪你们玩。放下电话，冯玉细致、认真、缓慢地拔下桌上仙人掌的一根刺。

不怪我，他想，是你们逼我的。

十一

办案中心位于天语山南侧，青瓦、白墙、黑铁镂花大门，僻静庄肃，院门上书写着两个大字——清莲。乍一看，以为是山中雅人幽居。

十来个人默默坐着，桌上堆着一沓厚厚的资料。

谁先说？袁大春抬了抬下巴。

跟推测的一样。监察局局长郑平安波澜不惊地说，第一份抽查病历涉及的人家全部有陌生人进出，送粮送油送钱。其中，在黄泥坡村民组病人王明喜家中，我们还没来得及走，狗就开始叫，我们躲进里屋。村民组长带着几个人进来，说如果有人来查住院的事，就说记不住。走的时候，留下了一百块医疗回访费和米油。

热闹，袁大春叉起腰，演起谍战片了，接着说。

王明喜不是尴尬吗，拐了个弯表扬村民组长，说恁热心，村里一有病人他就联系医院，医院也热心，开车接送。

我们点了一句，说，羊毛出在羊身上。王明喜很聪明，不吭声了。事实上，我们走的每一户，在住院问题上都不说真话。

那这一沓调查材料怎么拿到手的?

陈小好在旁边不停地抿嘴，脸红了，像藏着小聪明被发现的孩子。袁大春指指他，你说。

我们另外抽了一套，在去年没有得到二次报销的重症病人或者他们的亲属里抽的。袁大春明白了，心头星星一样亮了一下，陈小好的确是个好偏方。医院套资金，对于一般病人来说无关生死，顺便还能贪点小便宜，可对重症病人来说意义就不一样了，二次报销被取消，就是因为救命钱让医院和自己一起合谋签字套走了。仔细想一想，自己分的是一杯，人家可能是一桶，明白这一点，能不说真话?

久经沙场的郑平安不说话，往上扶了扶眼镜，嘴角浮出一丝笑意。

好吧，结果? 袁大春抬了抬下巴。

四十多万，郑平安收起笑容，淡淡地答，虚套率高达百分之三十。

沉甸甸的数据。

大家都缄默了。

陈小好第一次参加这样的会议，沉重严肃的气氛让他很不习惯，甚至有点莫名的愧疚和忐忑，早上交第一套调查材料给冯县长的时候，他还满脑子都是对不起。现在，从大家的慎重和沉默中，他体会到了这条战线的残酷，这气氛里仿佛有浓烈的血腥味。想着这些，他不好意思地低下头，不敢看袁大春的眼睛，那眼睛阴森森要吃人。

何长顺站在窗子边，他太瘦，习惯性勒了勒皮带，自嘲，猫搭台子耗子唱戏，羞死先人。

你会说！你会说你管不住? 袁大春白了何长顺一眼，骂，养你只瞎眼猫。你自己看看，都烂到什么地步。

何长顺不依了，说，书记你怎么这么说呢? 我的眼睛不是曾梅吗? 她装瞎，我也没办法。

行了，都散了。袁大春寒着脸吩咐，记住，出了这栋楼，大家把嘴巴闭紧点，屁大个高岗，妖怪能人不少，白天抽的病历，晚上全敞了气，还好这天语山的树叶没变成窃听器。我就不信，区区两个医院，堂堂一个高岗县收拾不住?

众人惴惴然不语，想着抽查的名单被泄露，病人被收买，入户调查都要费如此大的周折，都不免后怕和感叹。且医院背后的东家，本地人多多少少也是知道一些的，不好说，也不便说。出门后，借着暮色，也不敢扎堆，前前后后东一个西一个分左右两路开车下了山。

出了门，郑平安拍拍陈小好的肩膀，说，这才开头，怕不怕？

陈小好挤出一丝笑容，想，也怕，可是，真怕就不来了。没敢说，转身搭了何长顺的车。

两人下山，想着那些盘根错节的关系，太深沉，对手又强劲，都心闷，一路无话。陈小好在县城十字路口下车后，手机响了。

陈主任，那边的声音很温和，说，刚从山上下来，还没吃饭吧？

陈小好脑袋轰的一声响，连呼吸都忘记了，整个人像被一桶冰水从头淋到脚，动弹不得。好半天，他缓慢地转动身体，四下张望，冷风吹过街头，已经有红灯笼挂起，喜庆的街道，璀璨的灯光，一切和谐美好，却有一双鬼火一样的眼睛藏在里面，盯着他，还知道他刚从山上下来。

陈主任，新官上任三把火，佩服，给个机会，学习学习？温和的声音温和地说，如夜色下安静的车流，舒缓安然。

毫无防备的陈小好开始听到自己的心跳，打鼓一样越来越急，在耳膜边巨响，咚咚咚，咚咚咚。

十二

陈小好跳楼了。

何长顺声音沙哑，带着哭腔。

袁大春正骑了自行车从清莲下山，一听，赶紧停下来。

他茫然四顾——天语山的夜色如此美丽，山下是县城的万家灯火，风吹过耳畔，如大提琴低语，暗蓝色的天空铺满星光，一切那么宁静安详有序，宁静得让人感觉春天已经不远了，陈小好怎么会突然跳楼？

四周一片死寂，如无边的海，袁大春感到自己身体内的某些东西在摇晃，意志、斗志、勇敢，以及其他。这样力不从心的感觉很可怕，他当了十一年纪委书记，从来没有这样过。正乱，一松龙头歪到路坎下，打了个滚，狼狈不堪，也顾不上，抓起摔在地上的手机，焦急地问，你现在在哪里？

重症监护室。何长顺吸溜着鼻子，低声说，哭成一团了都，考虑到家属情绪，假装抢救了一会儿。六楼跳下来，哪里还有救！老吴刚刚拉了心电图。

陈小好为什么会跳楼？他怎么跳的楼？左脚先，还是右脚？虚空的那一脚，如何踩在空气上？空气是不是像棉花？是不是很柔软？袁大春无法想象。

茫茫无边的苍穹如一张黑色的幕布，他仿佛看见陈小好站在上面，风吹乱他的头发，掀起他那件常穿的灰色棉夹克下摆，风里有一双无形的手，牵着他往前跨出一步，优雅或绝望的一步，然后，他像断线的风筝一样陡然坠下，咔嚓，画面凝固在这一秒，世界静止，苍穹凝结，从此时空封存……

警察呢？他站起身，一拐一拐往山下跑，脚步狂乱，喘息不止。

在现场。

发现什么……可疑的有没有？

没有，他事前给泥泫镇的书记打了个电话，说，他累了，想走了。好像是告别的意思。

老……董？

不是，是刚调去的新书记，王志。

王志？袁大春急刹住脚步。

如果他没有记错的话，陈小好从泥泫镇到县合医办任职后，王志才从县里调到泥泫镇任书记。陈小好跳楼前，要打也该打给老董，而不是王志。

多年职业的敏感把他从震惊中拉回来。

翻查手机，陈小好和他的最后一次联系是七天前。陈小好急切地表示想要见他，必须要见。语气很坚决。

他当时正输液，感冒没好，急性中耳炎，灌脓，转转头脑袋里都像熟西瓜一样荡着瓤，痛得要命。又和书记吵了一架，更难受——这把年纪的人和书记吵架，是人都觉得是你的问题，倚老卖老呗。人一难受就情绪不对，还把多年当官当出来的坏脾气臭架子给搅了出来。他想我还输着液呢，痛得要死，你说要见就见？我再器重你，这个纪委书记也不是给你一个人当的。

最近没空，过两天吧。袁大春冷冰冰地答。

书记！陈小好在那边急急地叫。

他把手机甩一边。

现在想起来，陈小好最后那一声书记，是有哀求的意思。

他哀求什么呢？

一路冲下山，冲上大路，立在路中间，差点撞在出租车上。

司机穿着一件印着花开朵朵的厚羽绒服，标准八〇后，啪一口吐掉口香糖，破口大骂，要死啊。

袁大春钻进车，吭哧吭哧喘。

车里不紧不慢放着歌——

> 如果天黑之前来得及，
> 我要忘了你的眼睛，
> 穷极一生，做不完一场梦……

南山南，北海北，
北海有墓碑……

袁大春鼻子发酸，脑子一团乱麻，理不清楚，却有一个模糊的指向。

喂，喘完没？到底去哪儿？司机开了半天不见他说话，烦了，又盯着他满身的泥看个没完，坡上偷白菜？偷到哪儿去？

县委。他从牙缝里迸出两个字。

现场和医院有何长顺他们，而他是纪委书记，去现场不合适，容易让人生误会。

而且，他需要第一时间解答心里的疑问。

翻出常委会会议纪要，陈小好十一月十日提任县合医办主任，离开泥泫。王志十一月二十三日调任泥泫镇党委书记。

再查两人的工作经历，陈小好一直在乡镇，王志是从县公安局到镇里任派出所所长，然后任镇政法委书记、公安局副局长、泥泫镇党委书记。

工作经历不交叉。

工作地点不交叉。

亲友也没有重叠。

那么，陈小好临死前，为什么会打电话给王志？

袁大春想了想，再打何长顺电话，还在医院？

嗯。何长顺的声音很混浊，也很混乱，寿衣没有，老被也没有，倒头纸和香烛都没有……脑袋又摔成那样，捧都捧不拢，副院长亲自在缝……书记，是我们害了他。

袁大春打断他，长顺，理智点，听我说，把后事交给其他人，你立即回小好的办公室，查一下抽屉或其他地方有没有遗书之类的东西。还有，去一趟跳楼现场，找找他的手机。

何长顺愣了，改用小得不能再小的声音问，书记，什么意思？

说不清楚，总觉得不对，你在现场时看到他手机没？

我哪里顾得上啊。王志打电话给我，急得什么似的，说小好给他打了通电话，他感觉不对，小好像是要寻短见。今天是小好值班，我就立马开车到单位找人，刚进院子，车灯一晃，地上黑乎乎摊着个人，我腿都软了。下车一摸，嘴嘴没气，脖子脖子不跳，抱起头来黏稠稠一大片。我老鸹山上下来的人，见过死死伤伤的场面够多了，可也顶不住这架势……何长顺说着说着声音又哽了。

别说了，去找。袁大春再次打断他，马上，不要惊动其他人。

好，马上。何长顺立即进入状态。

十三

何长顺赶回卫计大楼时，院里还密密麻麻围满了看热闹的人群，手电筒光、警车的顶灯光、隔壁家属楼阳台上的灯光争先恐后地亮着，把一个不足三百平方米的四合院照得白天一样。相反的，卫计大楼则暗麻麻一片，前两天楼道路灯线碰线，还没修。

唉，也许修好了陈小好就不会跳楼了。何长顺悲伤地想，命这个东西，说不清楚。

警戒线内，大槐树下，警察和法医还在忙碌，地上已经用石灰粉画了轮廓，轮廓正中是一摊还未凝固的血迹。年末岁尾之际，本该充满新年的气息，但空气中却是浓重的血腥味和人群因紧张而生出的众多复杂的体味，酸臭味、烟味、烤肉串味，还有汗渍味、脂粉味、香水味、抱孩子的年轻女人奶孩子的味道和婴儿湿尿布的味道。这些气浪和着热烈兴奋的猜测声、议论声一阵阵扑来，仿佛他们不是来向一个生命送别，而是来欣赏一场难得一见的演出。死者的痛与死亡变成了他们观看演出后的点心，他们正意犹未尽地品尝和享用。

何长顺愤然环视着一张张兴奋的面孔，再想起医院里陈小好那张灰白色的脸，突然喉咙干涩。

眼前那白生生的石灰轮廓线，分明是生与死的分界。

他仿佛看到秀气腼腆的陈小好，被诅咒困在里面，正用侧身向左的姿势痛苦地睡在地上。左手像交警一样打成直线，右手用奇怪的角度上翻，而左脚蜷缩，膝盖内收，就像弓身怀揣着一个宝贝一样，右脚则是反向弯曲着，甩到了右手肋的位置。陈小好的眼睛半睁着，湿漉漉地盯着他，无声地说，救我。

怎么救，你的腿断了，你的手也断了，你的头盖骨也破了，你的肝和肺都摔破了。你这个蠢猪，龟儿子，砍脑壳的崽，你连跳楼都敢，为什么就不能好脚好手地活着？

在心头把陈小好骂了个遍，何长顺的眼泪又淌下来。

不敢再看，何长顺埋下头，闷不吭声地越过人群，沿着树的阴影往楼道走。

谁？一束手电筒光打过来。

我。何长顺惶然地背靠墙壁，撑手挡光，眯着眼答。

冯玉的声音扬过来，你不是在医院吗？怎么回来了？

人没了。何长顺有气无力地说，我还在那里做什么？你不过去看看？

就去……你要上楼？楼顶在出现场，拉着警戒线呢。冯玉把手里的电筒朝上晃了晃。

那个,我不上顶楼,何长顺犹豫着找了个借口,我钥匙掉办公室了。

等一会儿吧。冯玉看看手表说,快了,顿顿,问,那你用什么钥匙开办公室?

何长顺正发愣,楼上一阵脚步声乱响,四个警察晃着手电筒急匆匆跑下来。

怎么样?何长顺和冯玉异口同声问。

走前面的高个子老警察破着嗓子骂,能怎么样,就那么跳的呗。老不管小不顾,图自己利索。

确定是他自己跳的?

楼顶全是灰,除了他的脚印,没发现任何第二人的脚印。

何长顺急了,说,屁,上星期工人还上去修过水箱呢。

屁你吃。老警察劈头一句还过来,新鲜脚印懂吗?修水箱?路灯线断了不见修,黑咕隆咚像个鬼楼,不跳才怪。

那个……何长顺吃了骂,尴尬地问,有没有看到手机,陈小好的手机?

手机?老警察回头看看其他几个,确定后,摇摇头。

院子里有没有?地上?

又回头,确定,再摇头。

冯玉皱眉说,迅速找,第一时间交上来。

何长顺心里一咯噔,觉得有什么不妥,怎么个不妥法,说不上来,只觉得手机也好遗书也好,第一时间掌握在自己手里才妥当。

老警察点点头,边走边招呼冯玉,冯县长,要不我们回去,找个地方把情况给你总体汇报一下?

何长顺趁机一口气跑上三楼,回头看四下无人跟来,迅速钻进陈小好办公室——办公室门没关,今天是他值班,他不值班就好了,就不会跳楼,要跳,也不在单位跳……呸,怎么想的呢……

楼下响起了警车呜啦呜啦发动、驶离的声音。

接着,人声也如同潮水渐渐退去。

何长顺躲在门背后,大气也不敢出,直到一两声轻微的猫叫声传上来,他才摸到电脑桌旁——陈小好在离开时还关了灯。一个要自杀的人,如此冷静,到底是遇到了什么过不去的坎?

屋里漆黑一片,只有电脑主机闪着萤火虫一样的星点蓝光,把屋里的气氛衬托得阴森凝重。何长顺坐在电脑前,正考虑是开还是不开,怎么开,会不会录指纹啥的,突然,侧面办公室的门里蹿出个人影,嗖一下闪过去,刮带起一股阴风,接着是唰唰唰一阵密集细小的踢踏声往楼下而去,不像人的脚步,倒像是什么东西的尾巴。

何长顺吓得七魂都散了，腿脚动不了，喉咙也发紧，喊不出一个字。不是他胆小，想想楼下还有一摊血呢，陈小好就死在他臂弯里，这又是合医办办公室，夜半三更冒出个黑影，不是鬼是什么。

可是鬼怎么跑成那个样子呢？那黑影他分明很熟悉，却怎么也想不起来是谁，那唰唰唰的声音分明在哪里听到过，也想不起来。

好半天，他紧张得发硬的声带终于嗬一声松弛开来，发硬的腿也挪得动了。他战战兢兢起身，掩上门、拉上窗帘，又把沙发上值班盖的大毛毯罩到电脑上，头探进去，扯了张抽纸垫在手指上，这才小心翼翼地打开电脑。

电脑很干净，像年节前老鸹山上清扫过的土地庙，没有陈小好的任何照片、任何文件，更没有遗书。

抽屉里没有，文件夹里没有，椅子的坐垫下面也没有。

仿佛陈小好从未到合医办来上过班，从未进过这屋，从未用过这桌子、这电脑。

难道，这一个多月的陈小好，不是人？

何长顺赶紧甩甩头，想，走火入魔了。

刚把头从毛毯里伸出来，突然，啪一声，黑暗中响起清脆的开关响，办公室陡然亮如白昼。

明亮的灯光下，他披着一条古怪的大毛毯，头发乱得像草窝，眼因惊惧而可怕地瞪着，又瘦又皱的一张老脸神色惨白。

一群警察密密麻麻站在他面前。

何局长，派出所走一趟吧。老警察叉起腰，铁青着脸站在他面前，表情充满骄傲和讥讽，我就说了，回马枪总是能杀到几个人的。

十四

十一月二十三日晚，常委会讨论王志等人的任免那天，陈小好一直在发短信过来。

那正是袁大春最愤怒的一天。

离开会只有十来分钟，他正在洗手间，陈小好发信息说，他们和我打赌，赌这案子立不了。他们还要我试探一下你们，只要你和何局长愿意收手，一年分别按十叠五叠记账，单独给你办张卡，密码给你。

袁大春震惊，这样狂妄的事情，他入行十一年真没遇见过。都铁板钉钉，他们还敢这样刀上滚肉走，明枪明刀地晃。

他们什么时候说的？

把我约出去，茶楼里说的。

录音了吗？

没有。

下次记住。

没用，他们来，左边一个、右边一个，收我手机。

他们收你手机？谁？袁大春满脑子全是脏话，堵在喉咙里，憋得一脚踹翻洗手间的废纸篓。

他们是所有人……所有不是你、我和何局长的人。袁书记，他们人太多了。陈小好的短信里流露出浓烈的悲伤和无奈。

别悲观，有组织在，多给何局长和郑局长汇报，关键时候，可以直接找我。袁大春发完信息，寒着脸走出洗手间，正好政法委秦冬书记进来，看他一眼，似笑非笑地点点头。袁大春脑子咯噔一下，脸上不敢轻易流露任何情绪，只说，尿啊。

尿。秦冬答。

都有点心不在焉。

开会，说是讨论人事，其实只是过最后一道程序，三下两下就散了，袁大春有意拖到最后，他要和书记谈谈。

是的，难怪“他们”敢和陈小好打赌——两家民营医院套取农合医疗资金的事实已经坐实。但是，监察局局长郑平安找了检察院，检察院不接，说是对照刑法，该是诈骗罪，归公安局。找过公安局，也表示难接，说正经案子一大堆都忙不过来，这事交给卫计局自己处理，该罚就罚，该关医院就关医院，非扯到公安局来做什么？

好像这案子“不正经”？

总之这案子没人接。

让郑平安深入了解情况以后，袁大春总算明白陈小好说的水深是什么意思了——

说是招商引资来的医院，其实刨根揭底都有高岗本地人参股，人家这是套路，分一杯羹给本地人，相当于买下了保护伞。这座他陌生却又熟悉的小县城，有着一片他从未涉足也无法涉足的丛林，那里藤蔓丛生，互相依赖攀爬，欣欣向荣。

袁大春手里只有一把刀，斩不断那么多的根。

县里入股的人还真不少，公安局检察院、四家班子领导的亲戚、市里省里说不清道不明的关系……人家都等着分月红年利，你从天而降，说断人家的财路就要断,可能吗?

斩不断也要斩。袁大春想,老子就不信了。

但是,从归属上说,这案子不归纪委和监察局,前面做那么多也只是督办,所以让陈小好来当头刀菜。陈小好看上去斯斯文文一个人,三下五除二把材料取得清清楚楚明明白白,可现在有什么用?那么厚的两沓材料,全在合医办保险柜里存着。

屁用没有。

生气的原因吧,他有点发烧,全身每一个细胞都不舒服,像是吃伤了、跑伤了、累伤了。耳朵嗡嗡响,痛。

一条路,陡不怕,怕走不到头。

他得和书记深入地谈一谈。

明亮的白炽灯下,书记微笑着掏出一支烟,一脸等他去撞钟的表情。

只要他最后走,书记都明白有事要谈,他是书记的刀、剑、长矛,左手和右臂,这几年,他们亲密且互相信任,吵个架都能吵出高岗县养殖业的新高度。

但这一次袁大春觉得书记默契的表情里有着什么不一样的东西,有点让他担忧。

果然,对话只用了短短的几分钟,不过彼此都像走了很长的一段路,路崎岖不平,陡峭坎坷,不知名的各种草类凌乱蓬勃地挡在面前,有刺,锋利尖细,走一步扯一步,扎进裤腿里,浑身不舒服,磕磕绊绊,他走得肝火烧,书记则走得有点力不从心,也不看袁大春。

最后,书记猛吸口烟,从烟雾中挤出一句话,停医院。案子,再说。

再说?袁大春瞪大眼,整了半天,你给我这一句?

不然呢?书记沉闷烦躁,秦书记和冯县长前两天都汇报过,一是公安局案子实在是太多,的确忙不过来,而且他们不接也有他们的难处和理由,明明是卫计局管理失控,凭什么要公安局来擦屁股?现在这事要扯上二次报销,两年加起来,县里少说得拿出四千多万,冯县长昨天已经问过了财政局,年根上,不说四千多万,四万都难。

袁大春一听头大了,他才迈一步,书记已经走了一大圈。

那就不管了?

管,我说了,退资金,再处违约金,平了山头撵虎走,亡羊补牢总要做的。书记摁灭烟,又点燃一支。

之所以摁灭,是表示决定已不容更改,再点燃,是表示这个话题终结。

袁大春不干——你觉得他们只是在套取农合医疗资金吗?这是民生问题啊,是大事!而且他们是公然向组织、向法律、向正义挑衅。你知道他们胆子大到什么程度？他们居然敢要挟我们的人，收手机，谈话！他们找我们的人谈话！

一群鸟人，混生意的，能挑个屁战。书记不耐烦地说，他们没那么大本事。谈到民生，违约金可以重一些，三倍，五倍，十倍，你们定。

那之前的呢？这才只清了一部分，你撵他们走，我们不清了？袁大春质问，以前还可以吃思想，吃觉悟。以后呢？吃聋子鸡？

书记给噎住了，抬起手，一沓文件朝他摔过来。

这是他俩惯常的亲昵，狠摔东西笑骂娘，越摔越骂越亲。摔着骂着笑着，有些事就结了。

可这次袁大春不买账，凶巴巴地瞪着书记。

书记尴尬地叹口气，由他看，面无表情地说，如果你现在拿得出来四千万，我叫公安局马上启动程序，否则，年节上，维稳为大，你谈的民生是小民生，是局部，县委要考虑的是更大的民生，全县的民生。

关全县民生什么事？这是案子。

钱呢？没有钱，只有挖东墙补西墙，但是现在在年根上，县里好不容易筹到的钱，哪一笔不是用在民生上的？你以为是用来吃饭喝酒的？书记反问。

沉默了。

好长时间，两个人的身体都坐僵硬了，笔直的上身，紧绷的后背，无语的对峙。

L 形办公区的侧楼里，黑暗中，冯玉站在副楼的办公室里，透过蓝色玻璃，静静俯视正楼的三楼常委会议室里静坐对峙的两个人影。

灯光照在书记脸上，沉重、疲倦。

他再次见识了画家的厉害。

之前，画家在电话里很肯定地说，一切会在新年到来之前终结。

冯玉听着，眼前出现一个手持魔杖的人，这人的脸已经模糊，三年没见面，冯玉快想不起他什么样子了，但奇怪的是，他一直在他的生活里，无处不在。或者说，画家一直就住在他的心里，他想的，他要的，他痛苦与纠结的，他都与他同在。

至于你，你只管保持沉默。你又没贪。画家说，就什么都不用怕。

是的，冯玉想，他的确没贪，之所以不贪，是因为高岗不是他的终点，他有远方。

他的贪，不在这里。

三楼的灯最终熄灭了。

夜陡然坠入很深很厚的世界，厚得没有一丝光亮，厚得冯玉找不着自己，他倚着墙，长长地叹了口气，无边的黑暗中，那声音巨大得把他自己吓了一跳。

他本该松一口气的，可不知什么原因，他轻松不起来。

十五

一根已经长在肉里的刺，就算它不再让你痛，但你永远不要奢望它会长成你的肉。

对冯玉提出的收兵建议，画家并不采纳。

案子那头停下来了，但他必须继续找陈小好的缝，这人是把好钢，好钢在别人手里是件危险的事情，只有他成了自己人，或者是彻底住嘴才安全。

他还要搞定袁大春，要送神，袁大春这根刺绝对不能留在高岗。

画家第一次用恶狠狠的语气说话——好好的一块肉，生生让姓袁的给拱了。

冯玉没好气地答，要不是你们吃得太厉害，让其他医院没活路，也不至于被咬到今天。

画家叹口气，说，是你们县里那几个股东太贪，我隔得远，管不住。

你管不住你给我捅这么大一窟窿。冯玉来气。

哥马上给补上。画家迅捷地答道，不能把你搅进来。

数天后，被再次关停的两家医院打出了财产转让公告。

冯玉暗看在眼里，静默不语，他知道，来“买”下医院的人，依然会是画家和他的朋友们，圣百也好博爱也好，无非再换个名字，借尸还魂。

只是冯玉想不通，画家怎么在他毫不知情的情况下，在高岗笼络了这么多的“朋友”？

那些都是棋子。画家毫不在乎地答，跟你说什么。

那我呢？冯玉一怔，问。

你？画家也一怔，笑声低沉，答，亲，我是你什么，你就是我什么。

十六

医院关停了，冯玉心上一颗石头落了地。二次报销依然没有，绝望的人继续绝望，开心的人尽情游荡。有人在等新年新的愿望，有人却在等死，还有的人，站在远处，安然等着看他们死。

还有的人，正去往死亡……

那天寒流刚过去，气温上升了七八度，夜市热闹起来，白天不敢摆出来的年货摊摆满人行道，腊肉、糖果、炒货、衣服、帽子、围巾、糕点、卤料、饼干、鲜橙多、雪碧、冒牌的八个核桃和黄月亮洗手液……高岗街头一片小商品批发市场的景象。

白天冯玉上了趟神轿坡，为什么要上去，说不清楚，总之心里头有点荒。不是紧张的那种慌，而是躲避、不安又找不到边沿和结尾的那种荒。

一到家他便开始拼命干活，先是割完了父亲坟上乱长的荒草，取了几筐大堰泥，兑水夯了一遍院坝里的坑凼。再就是老娘堆在堂屋里的苕藤，他通通宰碎，装进半人高的薄膜袋里，密封好，竖放在老屋后的屋檐下，那是猪儿们一个冬的伙食。最后，他打完了五间老房的阳尘，又拿出带上山的报纸，烧水调了一锅糨糊，把烤火的地楼屋全部糊了一遍。山上风雪不断，他却忙得满头大汗。

老娘不理他，顶着风独自倚着门框，望着对面山上白茫茫的雪凇沉默不语。

冯玉闷头做完事，饭也不吃，说是怕晚了路上结凌开车危险，急急回了家，煮了碗面，边吃边看《焦点访谈》。看完《焦点访谈》，他点了根烟，起身走上阳台，戴上手机耳机听音乐，夜风凉，带着神轿坡上熏腊肉的杉叶香。真好。

从十楼望下去，是热闹喧哗的烟火人间。

耳机里唱《北方女王》，歌词忧伤断肠——

> 这里的秋天，开始变得寒冷，孤独了忙碌的人。
> 总会有一些善良的狗，心中藏着秘密……
> 你和我一样，都是说谎的人，拥抱城市的灰尘……
> 后来在一个慌张的夜晚，我找见了憔悴的人……

就在这时，音乐断掉，手机响，何长顺在里面声嘶力竭地吼叫，小好跳楼了。陈小好，跳楼了！

客厅的钟指到八点十一分，世间所有的夜晚都会有的这个时刻，注定为谁定格。

到底哪个环节出了意外，冯玉不清楚。赶到现场，泥浤镇新任党委书记王志站在警车旁，一脸无助且无辜的惊慌。

冯玉犯疑，但没敢问，那表情是个坑，他怕摔进去。

陈小好、王志，答案应该全都在画家那里。

电话打过去，画家半天不说话，也不诗意了，也不深奥了，沮丧直白地骂，整大了，不想这样的，个咬卵犟。

再就问不出什么了。

卫计局院子里，手机、电筒、车灯，所有的光束都在乱闪，闪得种满槐树的院里影子丛丛，阴风惨惨，冯玉感觉到处是陈小好的眼睛，天上，地上，墙壁上，树枝上，叶子上。

全是陈小好。

地上的血，也在细声说，我是陈小好。

风吹动树梢，沙沙沙，墙上地上树上的眼睛们全部动起来，蚂蚁一样，沙沙沙，朝他聚来，他惊吓地缩缩脚。

十七

夜深沉，黑漆漆的县委大楼里，纪委的窗户亮着灯。

袁大春坐在桌前，看着眼前一排排文字发呆。

十一月十日，陈小好调离泥泫。

十一月二十三日，王志调任泥泫镇党委书记。

今天是十二月十二日，陈小好自杀。

陈小好为什么打电话给王志？

倒回去七天前，陈小好一再强调要见他，有什么事？这期间又到底发生了什么事？

一连串的问号，弄得袁大春焦头烂额，他一把搓烂信笺，颓然长叹。

这些日子，一场中耳炎折磨得他实在是难受，与书记的交谈又对不上路。他总不能背着书记往上捅。钱是个大问题，办法没想出来前，只能躲着陈小好——是他雄赳赳给人家打气，我硬得很。结果人家去冲锋陷阵，落得被人要挟、收手机、“谈话”的地步时，他却窝在医院输液装孙子。

真没想到陈小好会跳楼自杀——是自杀吗？

如果说是某一种力量将陈小好置于死地的话，那里面无疑有他袁大春一份“功劳”。从第一次出现在他面前开始，陈小好就不断在变化着眼神，忧心忡忡的、胆怯的、跃跃欲试的，然后是勇敢的、渴望战斗的，接着是炽烈的、几乎燃烧着的——这个年轻人，似乎因为自己能够在一个纪委书记身边共同战斗而荣耀自豪。

屁。

见不到自己的这最后七天，陈小好肯定是遇到了什么，可到底是什么呢？

或许，聪明细致的陈小好会留下什么线索，比如手机。

可是手机到底在哪里？

去找手机的何长顺突然没了联系，电话也一直不接，这个老咬卵犟跑到哪里去了?

办公室的门被悄无声息地推开,沉思中的袁大春并没有发觉,直到一个微微发颤的声音响起——

袁书记。

袁大春抬头,吓了一跳。

曾梅像幽灵一样无声地站在门口,脸色苍白,像块生石灰,泛着青,微凸的豁牙因为恐惧和紧张更显得突兀,白森森地露在嘴唇外面。她是走到县委大楼来的还是坐车来的,不知道,只知道她的头顶呼呼冒着热气;身体呢,晃着,好端端站在那里,却跟在无边的海上一样,不可抑制地摇晃着。

袁大春在曾梅瘫软在地上之前扶住了她。

陈小好死了。曾梅带着哭腔,不停地哆嗦。不知什么时候外面下起了冻雨,曾梅的肩头全润湿了。

我知道。袁大春痛苦地回答。

他跳楼了。曾梅恐惧地瞪大眼,说,当时我就在隔壁大办公室里,辞职后我难受,又怕我妈看出来,就说加班,天天晚上跑办公室里发呆,我很少开灯,怕大家看到了笑话……他进来时在打电话,我没吭声,听了半截后,更不敢吭声。

袁大春脑子电光石火一亮,你接着说。

他要那边给他点时间,他只差六万了。然后那边不知道说了什么,他就开始求,真要把人逼死吗?又说,那我成全你们。说完他就摔了手机,那手机哐当一声摔到墙角,弹到这边办公室来,我想去拿,但是不敢动,因为我听到他开始哭。

哭什么?

不知道,一小会儿吧,他开始在电脑上嗒嗒嗒嗒打东西,打得飞快,我摸到门边看,他那双眼睛盯着电脑,红红的、恶狠狠的,好吓人。弄了好半天,他关了电脑,提起桌子上的一瓶酒,咚咚跑出去,再然后……

曾梅停下来,嘴巴张得老大,却发不出声音,只眼泪一滴滴往下淌,好半天,嗷一声缓过气哭出声来——我真不知道啊,楼下闷声闷气一声响,我还以为谁在关车门。前前后后不到十分钟……警车呜呜响着开进院子里来,我透过窗户朝下看,黑乎乎一摊血。书记,我在办公室里吓得发抖,差点晕过去了。书记你想一想,好端端一个人,十分钟前我还听到他和人说话,十分钟后就死了。那声音还在我耳朵边热乎乎的,哭声现在还在……

曾梅说到这里,已经哽得说不出话来了,只用发抖的手反着在羽绒服帽子里一阵乱薅,她手短,人又胖,薅起来费力。

袁大春疑惑不解地捞起她的帽子，一捞，捞出只手机。

我怕有人搜身，帽子……安全，走廊黑麻麻的，下面都乱成一团了，居然还有人钻进小好的办公室来，也不开灯。曾梅用手背抹一把泪，长嘘了口气，惊慌不安地说，会不会是来找这个？那个人是干什么的？我怕他找到我屋来，趁他发呆，我捡起手机就冲出来了，然后……到处找你，打你手机，老是占线，后来又关机了。

袁大春这才注意到，手机没电了。

曾梅说的那个人应该就是何长顺吧。袁大春给曾梅倒了杯水，把陈小好的手机拿在手里折腾一番，又沮丧地甩在桌子上。

摔坏了。

是我关机了。曾梅小声说，我怕它响。

袁大春意外地看了曾梅一眼，打开手机，整半天，又叹气，没密码。

我试试，曾梅想了想，说。

嗯？

交接工作时，他问我合医办公共邮箱密码，我说是 147258，他笑，说是大宽张，又说他的手机也是大宽张。

袁大春心头想，都以为曾梅笨，这女人绵里藏着针，粗里藏着细呢。

147258，不对。

147369，不对。

最后一次，曾梅小声欢呼，258369，对了。

袁大春翻通讯记录，最近一段时间，一个尾号 3479 的号码与他联系最密切，其次是短号 41104。

查一下这两个号。袁大春说。

解开手机密码的曾梅显得镇定踏实多了，掏出手机麻利地核对，3479 是王志书记，41104 不用查，是我们系统的，泥泫镇计生办财务何小苗。

袁大春哦一声，又翻短信。

一则短信引起他的注意。

杨东第，9000，2016。李仁利，12000，2015。陈草狗，8500，2012。潘四娃，11000，2013。

收件人是 41104 何小苗。

你叫这个何小苗来一趟办公室，悄悄地。袁大春说完，感到不祥，难道陈小好有经济问题？

何小苗出现时把袁大春吓了一跳，这哪里是小苗，是棵大树，魁梧胜过男人，站在袁大春和曾梅面前，呼哧呼哧喘着气，两眼眶又红又肿，惹得刚擦干泪的曾梅又哭起来。

好端端的，何小苗往沙发上一坐，瘪着嘴哽着嗓子，下午还联系，他说心里不舒服，晚上问我们几个在不在县城，他值班，想找人喝酒，他说他从家里偷了瓶酒出来……我说他老婆怎么不去死，家大业大的，甩个手打个牌一晚上就是几万，就是一个子儿都不给小好。小好的妈尿毒症都晚期了，她还死管着钱不放……我们哪晓得小好要寻死，大家都在镇里，都没来。结果……还是来了，多好的一个人，摔得……都碎了。

曾梅擤一把鼻涕，瓮声瓮气地说，苗，不扯这个，我问你，小好下午发给你的短信是什么意思？

还能是什么意思？何小苗说，下午他打过来，我立马就给他上了账，只差六万块了，还跳楼。

上什么账？六万块是怎么回事？袁大春终于抓住了那个无形的答案，他是不是挪用了计划生育抚养费？

何小苗愣了愣说，是啊。陈小好的妈两年前患上尿毒症，陈小好没地方借钱，就挪用了计生罚款，一头给老百姓打白条，一头拿去救急，每个月节省了钱就凑起来还一点，年底发奖金再还一点，这几年花了十九万，前面还了四万多，最近又还了九万多，还有六万。

最近还了九万多？为什么？

新来的王书记发疯呗，一来就要求搞地毯式大核查，核对五年来所有的超生户罚款收缴情况，这不是逼小好吗？东拼西凑借了九万多，他一笔笔打给我，我一笔笔给他入账，然后按他发的信息和金额开票据给农户。何小苗愤愤地说，镇上一时半会儿也不缺这点银子，小好人家是拿去救命……

袁大春听得脸都绿了。忍不住骂，挪用这么多公款等于是贪污，你还帮他瞒着，胆子够大。

何小苗一听，腾地站起来杵在袁大春面前，足足高袁大春一个脑袋，居高临下一通雷鸣电闪——他房子是媳妇的，贷款贷不了，镇里借，也说财政有规定，借不了，难道看着他妈去死？我们帮不上忙，当哑巴不行吗？小好又不是不还！你是县领导，你不缺钱，你不知道缺钱是什么滋味，你不知道你妈你爸你家里人躺在病房里生不得死不得是什么滋味！

袁大春火了，说，何小苗，说什么呢?!

说你。何小苗火冒三丈，我说呢，上周劝他跟你坦白，自首，请求宽大处理，他说没用。果然没用，这回好了，逼死了。你们逼死的不光是他，还有他妈他爸，他妈尿毒症，他爸半边瘫。你不是组织吗？去关心呀。他妈两年没拿到二次报销，你管？还有，谁给小好收尸，你？犯错误？不犯错误问你借你给吗？啊，你给吗？

牛高马大的何小苗一阵狂轰滥炸，劈头盖脸砸过来，袁大春整个人都被炸蒙了，好半天缓过劲来，扯了扯毛衣，悻悻地骂，女子家家，学得像哪吒。喊你来是想了解一下情况，陈小好为什么要自杀。

还用说，姓王的逼的呗。何小苗恨得咬牙。

又一道阴影从袁大春眼前掠过。

他转头看曾梅，圣百、博爱，是不是里面谁和王志有关系？

曾梅思忖片刻，脸色发青，说，圣百有个暗股东，陈天福，老城关派出所所长，之前同王书记在乡镇派出所搭过班子。

原来如此，袁大春捏紧拳头。

十号陈小好这颗棋子摆到县里来，人家二十三号把王志这颗棋子摆到泥泫去。料着陈小好有纰漏，过去找呢。结果，正义终究比罪恶更在乎清白，更恐惧被钉到道德和法律的墙上去接受审判。于是卑鄙者一马平川，陈小好则被点中昔日的死穴。

小好是被逼上死路了——要么和他们一起当鬼，要么因为贪污挪用公款罪判刑入狱，条条路上都有蛇，都咬人。

难怪陈小好会被搜身，连个音都没法录。他们面临的是一场塌方式的腐败，黑手已经侵入重要部门，甚至是权力机关内部，一旦揭开黑幕，高岗官场不说集体沦陷，一窝一串是有的。不然他们也不会如此艰难，处处受制。

事态在加剧，一切正在变得难以控制，袁大春隐约感觉到，对手太自负，从他下手时开始，对方就在谋篇布局，在跟他“玩”。这不是一两个人，这是一群人，一群吃惯了、吃顺了的人。他们已经吃得自己是谁都不知道了。

书记要求平了山头送老虎，却不料恼羞成怒的老虎要吃人。

但是，这群人也没想到，事情在陈小好这里搞砸了，一颗小小的棋子，竟然宁可玉碎不为瓦全。

他们玩大了。

袁大春站起身，叮嘱曾梅，明天一早去一趟陈小好办公室，把放资料的保险柜抬出来，我让郑平安来帮你，拉到纪委。

资料不在保险柜里。曾梅细声说。

袁大春和何小苗愕然看着她。

我……曾梅沉重、忐忑、扭捏又骄傲地说，我太了解他们了，郑局长也知道这一仗不好打，好打也不会等到今天。公安局检察院都不接案子后，郑局长就提醒陈小好转移资料，保险柜太明显……陈小好和我商量后，资料全在我妈的床垫子下面。

你妈走尿的。何小苗失声惊喊。

你才走尿。曾梅羞红了脸,郑重地对袁大春解释,我妈她不走尿。

袁大春难以置信地看着曾梅,瞠目结舌,这还是两个月前那个惊惊怕怕的女人吗?人家一路游击战打着走呢,什么是忠诚,这就是忠诚。

你们都回去吧,袁大春叮嘱,今晚的事一定要保密,如果你们不想陈小好白死的话。

曾梅忧心忡忡地看着袁大春,说,书记,我怕下一个是你呢。

我?袁大春自信地笑,我赌他们没那胆!我跟你说曾梅,还有马妹子,有我袁大春在,他们逃不了。

我姓何。何小苗不满地更正。

你生机勃勃,像马。袁大春认真地说,这样很好,永远不要失去信心。

十八

从公安局听完汇报出来,冯玉不敢去殡仪馆,他怕看到冰棺里的陈小好,更怕陈小好突然坐起来,揪住他说,是不是你?

真不是他,但是他为什么不敢面对陈小好,不敢面对袁大春他们呢?

想到这里,冯玉身子一僵,火牙又开始钻心地痛。

什么时候,一直想要融入的"他们",变成了今天他所对立的"他们"。一旦失去了"他们",他是谁?

哲学的命题来了,他是谁?为了谁?依靠谁?

空气里飘浮着一种奇怪的气息,像硫黄,像中药,像芥末,像暴雨雪来临前的辛寒。画家的意思,要他保持沉默,只要不说话,世上没有任何人能找到你的软肋、挖出你的秘密。

我的软肋和秘密是什么呢?冯玉有点疑惑。路过凤湖时,他示意停车,让司机和秘书先去殡仪馆,自己要了条船,在凤湖里瞎荡。

这一夜太混乱,他需要静静,从头理一遍,正好有点微雨,清醒清醒也好。

他在心里问画家,我没有贪污,我和你的友谊来得纯粹无欺,两家医院进来之前你也不曾给我透露过任何信息,招商引资来的时候,我甚至不知道有你在里面。那么——我,到底为什么要沉默?我为什么要害怕呢?

画家在他心里飘浮不定地笑,说,你怕事实。你的软肋我早就说过,五行不定,输得干干净净。

事实是什么?

事实是你心里的秘密。

我没有秘密。

你有，虽然你一直不承认，但你记得，那天你喝了酒，和我说，姓汪的偷生超生，孩子养在四弟家，凭什么提副县？

是的，我是说了，你是我大哥，我们无所不谈。

这就是你的秘密了，你贪大——从你看到那六辆车开始就埋下的种子。当然你也不知道这种子会长成什么样子，常春藤？罂粟？蒲公英？稗子？总之让它长，没关系。我们隔得那么远，远得三年没见过面，你可以让这种子随时生长在你生活里，也可以随时拔掉它。人的天性是趋利避害，当你发现这颗种子有那么一点意思的时候，你开始有意无意地浇灌它，利用它。比如，适时地表达你的渴望——你从那六辆车开始已经知道，我是一个有能量且喜欢招摇的人，更喜欢被人需要，那样显得我很牛×。穷山沟里出来的孩子，谁不是这样？你也一样，只是你还不够强大，所以你种下种子，让我成你的树，你的刀，你的矛。你告诉我老汪的软肋，然后让我去刺死老汪。你喝酒、吃饭、惋惜、自辩，因为你真的什么也没有做。可是，你真的什么也没有做吗？

我……没有那么龌龊。我就跟你说说心里话。

你有。不然你说人家有私生子做什么？你表面清明、克制、敬业，但你一直在谋。你不贪是因为你的克制后面有更大的贪婪。

你非得这样咄咄逼人吗？展示你的聪明。你已经害死了陈小好——当然我不知道你是怎么弄的。我很自责，难道你不自责？

你的意思是你很高尚？这些年你用的车，表面上是借，其实我还得给你加满油，配一个管理它修理它的人，负责随时开到你面前。

那是我们兄弟之间的情谊。

就是兄弟情谊害了人。你用我的车用得心安理得，我用你的权力也用得有恃无恐。你不分管卫生，我也想不到要来高岗开医院。我有的是赚钱的门道，不差这点。就是我们两个人的友谊——这块鸦片——害的，上瘾了才知道是鸦片，知道时又有点晚，我×。

雨下大了，绵密如丝，冯玉吸了吸鼻子，拿出手机，打给画家，他不要在心里和他对话，那样他会输得很惨，他要扳回一局。

喂，电话接通了，那边很安静。冯玉深长地吸了口气，问，你相信神吗？

不知道，神还没在我生命中出现过。画家嘴硬，嘻嘻笑，电影台词就是这样的。

神有正反两面，或许他用另外一张脸出现在你我面前过。

是吗？我倒是愿意看到他是死神的样子，那我就随他去地狱。画家狠狠地答。

冯玉无语。

扑通一声，桨掉进水里。

他赶紧去捞，湖水冰凉刺骨，没捞着，反而被船舷上的木刺伤了手。他盯着渗血的伤口，突然回忆起刚才看到的那一摊夹杂着粉红与粉白色脑浆的血。

他开始晕船，想吐，想上岸。没有桨，回头一看，船已经离岸很远了。

十九

老城关派出所里，灯火通明。

老警察问，你藏在死者的办公室里干什么？

何长顺骂了句谁家的先人。横着脖子说，老子不和你讲，我要找袁书记。

说清楚了再给你找。

他不来我不说。何长顺警惕地答。圣百、博爱，都有所长陈天福的股子，现在他被拉到这里，不是件好事。

陈所长，老警察朝外面喊，何局长他不说。

找找他身上。外面轻描淡写地回答，有没有可疑的东西。

何长顺一听火了，大骂，姓陈的，你找一下试试，老子是人大代表，你绑我！老子混江湖时你还在穿开裆裤！既然你不要脸，老子就帮你抖开，你们的医院被我们查了停了，要吃牢饭了，你打通上上下下，不接案子，还他妈每天揪着陈小好不放，你以为你搜得了陈小好的身，就搜得了我的？老子告诉你，老子老鸹山上下来的人，不吃你那一套，你有枪，老子有刀，老子包里随时有刀，从你们威胁陈小好开始，老子就一直带着刀。老子就不信了……

突然蹿进来一个人影，冲着他就是两耳光，打得他眼冒金星，接着，一块又脏又臭的抹桌布塞进他的嘴。

何长顺双手大拇指被一根鞋带牢牢反绞着，气得呜呜狂叫，眼睛瞪得牛眼大。站起来就要踢飞脚，却反被一脚踢在肚子上。

你看到我打他了没？陈天福问。

老警察犹豫不决地摇摇头，说，怕是……不好吧。

何局长的嘴巴臭，爱骂娘，他一进来啥也不说，净骂娘。你们呢，也不知道他是人大代表，他也没告诉你们不是？所以，等明天早上，你们给我讲了，我再请示县里。陈天福微笑着挥挥手，让局长去里头休息。

何长顺嘴巴给堵着，说不出话来，但他脑子没坏，照理说陈天福就算有天大的胆子，也不敢这样对待他啊。明天，一出派出所，他往袁书记和人大常委会主任办公室一坐，陈天福到底还想不想当这个所长？

这杂碎，看来是急红眼了，要不，就是他还有别的什么招数没使出来，更恶的，更可怕的。

拉拉扯扯越过三间办公室，何长顺被甩进派出所最里面的小房间，黑洞洞，没有光，只有一扇陈旧的木窗，玻璃破了，风飕飕往里钻。

夜渐渐深了，气温降到零度上下，何长顺开始觉得身子发僵。这样下去不是办法，没准真给冻死了，他得早点见着袁书记。

左想右想，何长顺边哆嗦边寻思那扇窗户。

半夜，嘈杂声消失，何长顺在黑暗中瞪大眼睛，竖起耳朵听——外面响起一阵阵呼噜声，电视机的声音一直在响，却始终没有被换台，值班的干警应该是睡着了。

何长顺蹑手蹑脚挪到墙根，拿脚轻轻钩挪杂物堆里的一张条凳，移到窗下。

踩上板凳，何长顺探出窗，一股冷冽的乱风卷着碎雪打过来，扑在脸上，痛得他眯上了眼。模糊的夜色里，眼前模糊一片，窗下有隐约的潺潺水声，但实在是太黑，又没有光，什么也看不见。

为什么没有光？来不及想，何长顺反绞着手笨拙艰难地翻了出去。

二十

喀斯特地貌的高岗县有一条半明半暗的岩腔河，老县城和城墙的一段就建在岩壁之上，远远看去，如同悬崖上的城堡，充满惊悚的建筑美。

老城关派出所的位置，正是当年老城墙哨台的位置。呈长条形的建筑，一头往城里伸，面朝大街——走出去就是热闹的老城烟火巷，巷里专卖泡菜坛、炭火、竹筛、刷把、木盆、竹背篼一类的农特产品；大大小小的茶摊茶馆，一杯茶两块钱，来往都是小老百姓，很少有机关的人进出。另一头临崖——崖有十几米高，下面是乱石嶙峋、水流深寒的岩腔河。

除了派出所的人和少部分生在县城长在县城的老人以外，绝大多数人不知道，长条形的老城关派出所临时搭建在最里面的那间堆放杂物的小屋子，墙外不是想象中的平地、街道、店铺或巷子，而是“一脚踏过生死界，举步便是阎王殿”的所在。

第二天下午，警察在岩腔河里找到了“失踪”的何长顺。

他已经死了。脸朝下，下半身在河面上，挂着一层薄薄的河霜，上半身埋在河水里，一头灰白的头发在水中幽然浮动，安静凄凉，眼睛瞪着，嘴巴张着，脸上伤痕累累，神情惊惧挣扎，仿佛有话要说。

但是何长顺没法开口说话了，他无法说明他偷偷摸摸藏匿在陈小好办公室里的诡异行为，也无法解释他为何要逃离派出所。

银行首先发现了问题——何长顺和陈小好的账户在陈小好死亡的第二天上午，分别有十二万和九万的进账。打账的是昔日圣百和博爱的院长。

两家院长在遥远的省城委屈地坦白，他们是套了点钱，所以何长顺和陈小好一直在要挟他们，索要封口费。至于两人死亡一事，他们表示震惊和遗憾——若知道就不会打款了，而且他们已经准备好了信访件，要控告二人利用权力索贿。

王志坐在办公室里，眼睛红肿，他实在是睡不好觉。陈小好挪用计划生育抚养费是该被追责，也该开除公职、判刑。但早知道陈小好会吓得跳楼，他宁愿不查。

一切不言自明，一个是临退休前捞一把，一个是病急乱投医。狼狈为奸又互相提防，何长顺担心陈小好死前在电脑里留下什么证据，因此，所以，于是——

陈小好的电脑被他收拾得干干净净，连只蚂蚁都找不着。

县委办电话通知各科局，何、陈二人均属非正常死亡，不允许开追悼会，不允许各相关科局以工会名义悼念送葬。

这个冬天仿佛比任何一个冬天都要冷，冻雨绵绵，无声滴落在稀稀拉拉的花圈上，殡仪馆旁的山坡上，成片的芦苇林立，静默如洁白的引魂幡。

只有袁大春穿戴整齐去送葬，他不在乎谁告他，谁告他告去吧。

灵堂前，何长顺的爱人表情呆滞地坐在那里，看着雨滴一滴滴掉到地上，发出轻微的声响，激起细小的涟漪。她也是老鸹山上下来的，在城管局当工人，她不相信自己的男人是贪污犯。看到袁大春，她艰难地挤出一丝苦笑，环视空荡荡的灵堂，说，这里冷清得，还能装下一个冤魂。

袁大春说不出话，只能摇头。他的嗓子已经哑了，吵了两天的架，从政法委到书记办公室。

——何长顺去陈小好办公室是他安排去的，陈小好死得蹊跷，他想看看有什么东西留下没有。

——那又能说明什么问题？只能说明你袁大春一直被何长顺蒙蔽，何长顺没有鬼，为什么连个灯都不敢开？

——那是因为案情一直很复杂。

——能复杂到开个电脑都要用毛毯把头罩起来?

说不清楚。

既然说不清楚,他没再提陈小好手机的事。

从现在起,他有他的套路。

冯玉没敢去殡仪馆,他怕灵堂起风,怕灯下有影子,怕风里有人叫他的名字。

面对无端出现在死者存折上的巨款,何长顺和陈小好的家属最终选择了沉默。

县委对老城关派出所进行了全县通报批评。

一切有条不紊,诸事盖棺定论。

只有曾梅和袁大春清楚,这棺盖的是冤。

烧完何长顺的头七,曾梅推着老娘消失在高岗街头。

她一辈子爱过两个男人,现在都死了。现在,她要走,她把手机给了袁大春,她也只能做到这里。

袁大春也彻底沉默了,胡子拉碴,不修边幅,脸色发青,眼神阴冷,开着年终总结会,他竟然在上面睡着了。

书记找他谈话,说,要不离开高岗,换个岗位吧。

好。他抠抠眼屎,答。

长顺呢,书记又说,性子躁了点。

是。

派出所,不好说,总之有过失。

对。

书记叹口气,说,你还是狂点的好,这样我心里好受一些。

袁大春迟钝地转了转眼珠,说,不仅仅是人死了,关键是民生。有些事,不断根,以后还会有。

书记皱眉,毅然道,四千万也好,五千万也好,县委、政府一起来想办法。可是现在医院解体走人,档案都没了,合医办的调查材料和原始病历也不见了,关键的两个当事人也死了,我们怎么办?

袁大春定定地看着书记,一动不动。

书记被看得有点发毛。问,什么?

你刚才……袁大春肿着两个大眼泡,疲倦、缓慢地说,你刚才说,我们。很久了,你一直说的是,你。

书记苦笑,说,我们是一起吃过“思想鸡”的。

袁大春脸上缓缓露出一丝隐约的笑容——材料都在。袁大春缓慢地、一字一顿地说，人证，他们不死，我不敢保证。他们死了，我敢保证，有人会说实话的。

你确定?

我确定，因为良心不会死。比如王志，比如，那个一说到何长顺就把头歪到一边的老警察。你以为我们纪检监察这段时间真在睡大觉?

说着，袁大春的手机嘟地响了一下，是邮件提醒，袁大春点开，瞥了一眼，突然顿住，看着看着，他开始抿嘴笑，越笑越开心，眼却红了。

陈小好发的。他昂起头，不让眼泪流下来。

书记愕然，说你糊涂了。

我没糊涂，陈小好说，今天应该是他的七七，大家都忙过了……他还说，他错了，但他的心是干净的，他情愿带个干净走。

你莫吓我。书记伸出手要去按呼叫铃。

袁大春拦住他，眼圈发红，声音依旧沙哑——小好还说，就算阴阳相隔，真相永不磨灭，因为有一种邮件，叫定时发送。书记，死人是不会说谎的，对不对?

窗外有炮仗声隐约传来，再过几天，就是新年了。

二十一

路虎停在楼下，喇叭响了一响，冯玉走下楼打开送奶箱，里面却没有钥匙，正发愣，车灯亮了。强烈的逆光中，冯玉看到驾驶位上隐约坐着一个人，一个他不想见到的人。

那人声音疲倦忧伤，要回神轿坡?

冯玉点点头，扫了他一眼。

三年不见，突然看到这张脸，冯玉有点意外，也有点惊慌，四处张望，确定没有被监视，这才迅速上了车。再一细看，那个夸张又潇洒地呼唤上帝、说“要有光，于是有了光”的画家跟眼前这张脸完全合不上，鬈曲浪漫的长发没有了，剩下一颗光溜溜的脑袋，人顿时显得异常衰老，不是说头发没了显老，是老在没有遮挡的眼神上——那眼神灰暗无力，蒙着一层无法聚焦的虚。

上坡去做什么?

种菜、喂猪。冯玉冷笑，袁大春都动作了，我离上坡的时间也不远了。你不是说，五行不定，输得干干净净吗?你不是说，要危险的快感吗?现在都有了。我老娘守得好，不然还真没个退路。

还是先陪我回趟老家吧。画家面无表情地说。

冯玉不回答,催,快开车,出城再说。

两个咬卵犟。画家又说。

冯玉皱起眉,闭上眼。

不该挑头来开医院。画家的声音沙哑不堪,我也没想到,居然控制不住高岗的局势……又重复道,兄弟,先陪我回趟老家。

老家是不是有事?冯玉睁开眼,回过神来。

他死了。画家嘴角叼着烟,若无其事吊儿郎当的样子,却藏不住突然溢出的泪水,他抹一把,再抹一把,猛烈地呼吸,然后咳嗽,心脏都咳出来一样。

谁死了?

在那遥远的小山村,我亲爹。画家咳得厉害,表情扭曲。

冯玉呆住了。

五行不定,输得干干净净。画家喘着气,恨恨地说,以为是你,结果是我。

车子驶上国道。腊月了,整个山野已经冻透,不再折腾,风也冻足了,伏在谷桩地和油菜叶上,夜很静,静得像块凝固的黑色玻璃。两旁,高耸入云的山崖黑乎乎立在眼前,巨大而压抑。顺着它昂头往上看,锅底一样漆黑的夜空出现了两颗远而小的星星,在空旷的寒夜里孱弱地闪着微光。

恍惚中,冯玉感觉和画家相识的这几年像一场梦。他眼前浮现出找到何长顺时的场景,那漂浮在水中的头发,它灰白、细软,微微游荡,藏着秘密。

何长顺现在就在天上看着吧,还有陈小好。

这两颗星星,就是他们两个吧?

远处,不知是县城还是来路上,一阵急促的警笛声或急救车笛声断断续续地传来。

画家猛然刹住车,茫然地朝着声音的方向看,像迷路的孩子。好半天,他的喉咙里发出奇怪的吞咽声,然后,他用更古怪的声音颤抖着说,恁软蛋呢,魂都吓丢了。

冯玉也咽了咽口水,心想,我的也丢了。这时,他突然想起老娘经常提醒的那句话——过湾过桥,记得喊一声,莫让那些东西把魂带走了。

晚了,从故意向画家透露老汪有偷生的事开始,他已经送走了三个人,老汪、陈小好、何长顺。老娘不搬下神轿坡,老娘眼毒呢,自己养大的孩子,是羊还是狼,她清清楚楚。

不怕不响,怕乱响。

这几年,响错了,也想错了。世界不是他所想的样子,世界自有它的干净和透亮,所以他永远融不进它。这个世界有袁大春那样的人当门神,有陈小好和何长顺这样的人当死士，他永远进不去。

兄弟，你问过我，关于神。知道吗，昨天晚上，我梦到了神。画家缓过神来，虚弱地呢喃。

警笛声渐远。冯玉松一口气，再次闭上眼睛，同样虚弱地问，他是不是长得很可怕?

不。画家轻声答，他长了一张善良的脸，他是我爸爸。

天高地阔，夜色如墨，一辆路虎飞驰过田野，像骏马飞驰过草原。但是，车上的两个人都知道，再也没有草原了，只有牢笼，心的，身的，魂的。

天上，两颗寒星兀自闪烁，它们不说话，它们知道所有的秘密——青海湖、纳木错，还有等候在草原的深情的卓玛。

【作者简介】肖勤，女，仡佬族，1976年生，贵州遵义人。鲁迅文学院第十二期高研班学员。作品散见于《人民文学》《十月》等刊，多次入选各种选刊选本。曾获第十届少数民族文学骏马奖等奖项。作品被译为法、韩、蒙古、哈萨克斯坦等国文字。根据其小说改编的电影有《小等》《碧血丹砂》等。

暗红色的云藏在黑暗里

◎ 文珍

一

曾今第一次见到薛伟是在二〇〇九年。这时候距离《世界美术》创刊和“星星”美展举办已有二十九年，离《美术》杂志登出罗中立的《父亲》和陈丹青的《西藏组画》二十七年，离毕加索画展、蒙克画展和赵无极画展同年首次在中国美术馆展出二十五年，离徐冰版画展作为“八五美术新潮”的转向“由批判和颠覆性姿态转为对意义的退出”正好二十年，距尤伦斯夫妇高调拍卖一百零六件中国当代藏品被疑撤出中国市场、报纸上公然宣称“中国根本没有当代艺术”还有两年。距离曾今从央美油画系研究生毕业还差区区一年。

这一年可载入中国美术史大事记的或许只有“《收租院》大型群雕与文献展”在上海美术馆举办，吴冠中和靳尚谊的捐赠作品展先后在中国美术馆开幕，第十一届全国美展顺利召开。但对于曾今本人来说，最重要的事情就是第十二届全国美展将在二〇一三年召开，留给她设法参加各地画展以便取得参加全国美展资格的时间因此有且只有不到五年。

二〇〇九年刚满二十一岁的曾今比一七八五年将自炮兵学院毕业的拿破仑也正好大五岁。

同样的年轻、才华横溢、野心勃勃。比拿破仑更多一点的是她尚有美貌，出身于全中国最好的油画系，有一位圈内声名显赫且极其赏识她的导师。因此对她来说，北京就是巴黎、阿姆斯特丹和佛罗伦萨，世界正徐徐向她展开最美好也最富有魅力的一面，而这夸示过程似乎永无尽头。她的同门和导师则是她星系的最中心，一切预支的荣耀和伟大的可能性都围绕这中心徐徐扩散开去。

二十一岁的曾今并不曾，也不觉得必须掩饰属于年轻艺术家的万丈雄心和充沛自信。她的口头禅是:我不是在画展,就是在去画展的路上。

被老胡叫住时她的确正在798的尤伦斯艺术中心,一边抬头看展一边习惯性地在笔记本上勾勒草图。其实也不是非记不可,只不过好学生习惯使然。

曾今?

她诧异地回过头。画展遇到熟人是常事,但是做笔记被人撞见总有点不好意思——不是主人,还好。是另一个比她年长几岁的圈内朋友,策展人老胡,居然也挑今天来看展。明明不是周末,又不是开幕式,主人都没在。

她研一时老胡来旁听她导师的课,半真半假地约过她几次都没出去。他一见她就大呼小叫:不愧是高才生,导师不在身边还这么认真,边看展边做笔记。

曾今微微涨红了脸,还不及反击,就听他又回头和身边的年轻人介绍:这是曾今,央美油画系这两年最被看好的美女新秀,刚参加中法青年艺术交流展回来,油画系独一份!又笑吟吟地和曾今道:这位是薛伟,毕业的本科院校你可能没听过。不过今年也得过一个台湾的油画奖,奖金新台币四十万。

新台币四十万,差不多人民币九万出头,只不知税前税后。曾今年初刚去过垦丁玩,飞快默算了一下,不禁刮目相看这来路不明的江湖高手。看上去年纪比她大,但也最多二十五岁,个子不高,瘦,有点紧张地冲她咧嘴一乐:曾老师牛×,久仰。

大楂子味儿普通话。曾今看他眼神茫然,确认他此前从没听过自己名字,此外大概是学画者的敏感,她对他的长相印象很深。一张瘦脸被太大的笑撑开,显出某种憨厚,但牙齿不够整齐。即便收了笑抿嘴,仍有两颗虎牙尖露出来。像某种动物,但她一时之间没想起来是什么,只觉得多半食肉。

她笑道:我不牛×,你参加这台湾比赛牛×。哪怕全国美展金奖也就是个荣誉,没钱。不过,这比赛作品还不还?

薛伟这次是真笑了:妥,曾老师懂行!一般参赛作品还,得奖作品不还。也就相当于变相购藏。

曾今说:我才研二,你别叫我老师。

但话虽如此,她也并不客气地回叫他一声薛老师。

薛伟笑道:才来北京蹚道儿,人生地不熟,还请曾老师多多指教。说着真就地打了个千儿。

老胡对曾今笑道:你别看他装孙子装得像,画得还真不错。

薛伟叫屈道:怎么是装?我们小地方出来的野路子,充其量是画匠,一见到曾老师这样真材实料的名校高才生,自动先矮了半截。人才还这么俊,又和善——皇城根儿下就是不一样。我刚才都不敢正眼看,自惭形秽。

曾今皱眉笑道:得,越说越来了。但心想,这人倒挺会说话。知分寸。

老胡见说得入港,胖手一挥:这么着,相请不如偶遇,今天我做东请二位吃个饭?

那天三人是在园区里唯一一家西班牙酒吧吃的海鲜饭,又叫了三扎黑啤。曾今此前从没喝过黑啤,一入口就大叫:这么苦!你们男的怎么会爱喝这个?两人皆宽容地笑。一开始主要是老胡两边吹嘘。渐渐曾今和薛伟熟络起来,便互相调侃。两个人都年轻,气盛,反应又都极快,对西方经典油画和当代艺术熟悉程度也差相仿佛,正是谈话对手。聊到后来竟真的忘了老胡。直到老胡突然插进一句:薛伟,你那东北往事系列到底让不让我们画廊代售,回头给个明确说法儿。

曾今这才明白他俩原是借场子谈生意——眼看一晚上没提正事瞎侃大山,老胡终于急了,也是没把她当外人——立刻安静下来。

薛伟微笑:我是不急变现。就想再放放。

老胡说:再放也未必能比现在价高多少,中国当代油画收藏市场一年不如一年,好些老外手里的存货都开始甩。你现在名气还没起来,能卖几个是几个。你又没工作,正好贴补家用。

薛伟显然有备而来:没名是没名,一张张画下来也不易。要不这么着,您代卖前先给我签个提成合同。回头价格涨上去了,这边提成自然也跟着涨。

老胡皱眉道:这么多年轻艺术家让我们代卖的也都没签。这个回头真成交了补合同都来得及。画廊在那里又跑不掉。

薛伟又笑:先小人,后君子。熟了更磨不开脸。

老胡欲言又止。当着曾今的面不好再深说,就说:好好好,喝酒!

曾今在一旁听得如坠五里云雾。她认识圈内人虽多,也有几幅作品玩儿似的挂在朋友的小画廊代卖,标价不过几千,却始终没卖出去,没签合同,更没人哭着喊着非要代售。看老胡不像是玩笑,倒对薛伟的画生出几分好奇来。刚才话赶话的,却没聊彼此作品。

好奇心和好胜心一样强正是好学生通病。她沉默一会儿,问:薛兄你手机上有没有作品照片?也让我学习一下。

老胡接话说:对对,美女高才生也帮我鉴定一下。好几个人都说能卖。我也是外行,看不出好赖。

薛伟说:万一卖不掉,就把画还我。所以签合同还是有必要。

老胡道:合同的事你放心。让曾今先看画,别打岔。

油画不比动漫,手机上看不出好赖。薛伟又说。蒙娜丽莎一照也不过就是个明信片。还是看现场好。我的画尺寸都大,不上照。

老胡终于半真半假地急了:到底咋弄?让不让看?

曾今忙说:没事。改天我去现场观摩。薛兄的画在哪儿?还在老家?

薛伟说:大部分已运到宋庄了。现在那儿租了个房先搁着,反正没出名,不值仨瓜俩枣,不怕农民偷。话虽如此,却流露出几分敝帚自珍来。

便说好大家改天去宋庄专门看薛伟的画。后来被曾今逼得没法儿,老胡还是神神秘秘拿出了几张照片。照片上的油画颜色果然失真,但也能看得出不是社会主义现实主义传统画风,虽是东北,却不是常见的漠漠雪原或田野,净是老工业城市凋敝败落的街景,用色灰黑为主,压抑、沉重,间或有几道耀眼的暖色划过屋顶,像早已发疯的太阳照在废弃厂房上。背景中的人物都是面容变形的男女,显见是受了莫迪利阿尼的影响,一只眼睛大,一只眼睛小,长脸。看得出来素描底子不弱,却偏玩花活。曾今仔细对着手机屏幕放大缩小看了半天,心里却有点说不出来的异样,好是好,但简单说好,却又有点疑惑,是多种似曾相识元素的杂糅。除了人物面部和建筑细节其他都略写,倒不似一般学院派的精细严谨。她想起他说是从当代艺术装置半路出的家,心里便有了基本判断。往好里说是大胆创新,说白了只是不按常规出牌,明知故犯地逾矩。但眼下走这种混搭路数的人几乎没有,这一点也便足够唬外行人。好处当然也显而易见。首先绘画语言足够特异,造型比例也十分精准。曾今便理解了他如何得的台湾大奖。这样的画风对于海峡对岸,更不啻一个生冷峻峭的内地奇迹。

老胡不待她看完便急切地问:怎样?倒像她真成了鉴赏家。曾今把手机还给他:调性独特。近三十年国内油画不是现实就是抽象,要么就是用油画颜料画国画,超具象主义堪称凤毛麟角,薛兄基本功又好,光看照片,风格已经非常成熟。撇开艺术性不说,外行人也能第一眼就受到冲击。绝不是那种挂在客厅里的装饰画。老胡你眼光不错。

薛伟听到超具象主义的时候猛地看她一眼。那短暂一瞥里似乎有点感激。他贫了一晚上,这时候却沉静下来,只顾低头夹菜。曾今轻轻接住那眼神,又确实觉得不错,更放开了阐释。她想不到自己原来这么会系统地夸人,多年美术史和美学概论并没有白学。等她高谈阔论完,老胡笑道:真真上了一课。我也要改口叫你曾老师了。薛大师怎么不说话?被夸得不好意思了?就凭这一席话,我也非和薛大师签约不可。

薛伟说:不知道说什么好。喝酒。曾今,敬你。

这时曾今已经改口叫他薛兄,他反而直呼其名。就好像俄语里的"您"悄悄改成了"你"。她是从不喝酒的人,莫名被他的自矜自重打动,满饮了一大杯,立刻被呛得咳嗽起来。

二

研二学期结束快放暑假了，曾今突然发现宿舍只剩下自己一个人。舍友出去采风的采风，田野调查的田野调查，当家教的当家教，总之各有各忙。她原本也要去贵州安顺写生，但和几个同门一起被导师留下给他新画展帮忙布展，没走成。

人一少，平时拥挤闹腾的宿舍立刻空旷深邃起来。其他宿舍的人也走得七七八八，楼道不复平日喧闹。曾今心想宿舍倒成了个现成的画室。但终究是暑期犯懒，每天都睡到中午才起。午后阳光从绿树掩映的窗外照进来，光柱里灰尘翻飞，本身也是好画。

她连宅数日，也并没画出什么。这天终于打算去草场地那边看荒木经惟的影展散心。刚出地铁，收到一条短信：我到你们学校了。你在哪儿？薛伟。

是上次老胡带去看画展的那个人。曾今低头看着手机，皱眉笑起来。这么不凑巧。但她对他印象倒还不错。如果不是已快到草场地了，她不介意带他去学校转转，再去美术馆参观每年的毕业展。

她回：真不好意思，我在外面。

一分钟后短信又来了：还在北京吗？只要在，多远我都去找你。

她隐约觉得这话有点不对，明明并没那么熟。但也许他只是感激她上次在老胡面前慷慨美言。对她一见钟情的男生不是没有，但她总觉得薛伟不像。他的心思好像全在画上。

便发了那摄影展的位置过去，不料这人竟是个路盲。她指点他坐地铁坐到将台站再转车，打了四五个电话信号都不好，她出门急没充电，刚说完A口出往回右转走到将台路口北站，才发现手机不知何时没了声音。再看早黑了屏。她还没来得及告诉他要坐946，坐五站。

曾今呆站在无遮挡的公交车站牌下，一时不知道如何是好。七月正午的太阳如将开的滚水大量往下倾泻，不光有温度，还有重量和声音。任何人在下面站一会儿都会被灼伤。她又忘了打伞。也许薛伟根本找不到路就此失散。但此时她也只能在原地等下去。

待薛伟终于神兵天降，距他给她发那条斩钉截铁的消息已过去了一个小时。他第一眼似乎并没有看到车站那边已等到绝望的曾今。曾今放下一直举着用来勉强遮挡阳光的包，对他不无怨怼地挥挥手。他眯起眼看清是她，脸上瞬间挂满羞愧。

毕竟年轻，两个人都很快笑了。薛伟说：我以为今天见不到你了。手机一直打不通。后来问了好几个人才知道坐哪班车，一路都在想，你肯定早走了。也许看完摄影展都回去了。草场地太大，肯定找不到人的。

听他这样说，曾今反倒有点不好解释为什么一直在车站等。一个才见过一面的陌生人。显得有点太傻了。

薛伟又说：能再见到你真是太好了。你说的那些话对我鼓励很大，我回去一直在想。

面对面的感激让人没法接话。她低下头来笑了。他不知道，她其实也不知道，她是被这话的直接坦率击中了。一个最初想要在世界上安身立命的人极度渴望认同的强烈欲望，让她心有戚戚。

两个人很快就一起迷失在无边无际的旧日的工厂残骸里。不知道摄影展藏在哪一棵树下，哪一幢房子的二楼。那年还不流行手机 GPS 定位，草场地格局又和 798 不同，大量看上去一模一样的红砖厂房之间，并没任何商店酒吧地标。但就在这漫无边际的迷路和兜圈中，两个人倒一直在说话。曾今感到一种前所未有的完全属于"交谈"的愉快。他们本质上似乎是一类人：自视甚高，敏感，仿佛不够合群。但她知道自己孩子气的骄傲一直只不过是一句话找不到另一句话的孤单。她慢慢也和他说起自己这些年的困惑来，以及断续遭遇的创作瓶颈。首先是题材，她学了这么多年，越来越不知道该画什么好，虽然明知道重大题材才容易得奖。她喜欢他的画，大概也有一点原因是他的画并非那么"政治正确"。很自由。

薛伟说：不管什么平台、题材、比赛，必须对自己诚实，充分准确地表达内心感知，才能够画出真正的辽阔和自由。无论如何，一直画下去是最重要的。画好这么难，能让一个人持续画下去的，只有发自内心的热爱。

她怔怔地听着。这些话竟好比从自己心里倒出来的一样恳切。但身边从来没有人和她说这些，所有人都在反复地说造型技巧、透视法则、风格流派、展览比赛，谁又参加了双年展，谁又踏入千万俱乐部——也许是聪明人都觉得把职业当梦想太肉麻了。既然已经走到了这条大路上，画下去难道不是不言而喻的吗？

但她是真喜欢画。也真的越来越觉得某种后继无力的困惑。她还记得中学那些一直持续到深夜的素描练习，若干年坚持不懈的速写训练。用空的那些油画管，沾满一身一手的颜色。生之喜悦的肆意泼溅。在白布上无中生有的无穷快乐。如果不是因为这最初的快乐，她大概无法走到今天。但是别人只会说她"美女画家"——这名头细究起来，却全是贬损。

她和薛伟情不自禁说起这些。对这些他却又突然听而不闻，沉浸在不可自拔的冥想中，全没留意她同样是个饱受偏见折磨又充满热情的女生。她更确定他并不喜欢她了。但这不喜欢本身却让她喜欢。

薛伟沉默了一会儿又说：我小学家里境况还好。初中父母都下岗了，就不太行了。但是没办法，我已经在少年宫学了四年素描，三年水彩，正要开始学油画。市里面大大小小的比赛也拿了不少奖，爹妈也不好意思让我就此放下。其他的啥也不会，早早近视了，连打架都老输。没法子，只能一条道走到黑。那时候没想到让人看到自己的画那么难，靠这个糊口更难。但是我是这么想的——只要一直画下去，总有办法让所有人看到我。我们。

曾今注意到他说的是我们。他甚至还没有看到她的画就说了我们。感激之余她鬼使神差地问：一会儿看完展你要不要去我们学校看看我的画？

这次薛伟立刻反应过来。他看她一眼，完全没表情地说：好。但是我不像你那么会表扬人，你得做好心理准备。

曾今对这个新朋友略微熟悉一点后，开始适应他经常性的走神和不笑。一严肃起来，连那两颗虎牙也变得不那么明显。这让他说的话显得异常诚实。她意识到自己一直以来被宠坏了，很少人对她说不好听的话，并立刻为这幸运暗自惭愧起来。是时候需要一个诤友了。她对自己说。这样才能够真正进步。

他们终于千辛万苦地跋涉到那个摄影展之后，由头到尾只看了十五分钟，她就急不可耐地带他往学校走。回去路上只用了半个小时。

三

很久之后曾今都记得薛伟第一次在她宿舍看到她那些画的神情。她一路上都在做接受批评的心理建设：既然他们画风完全不同，因此不欣赏她的画也是完全顺理成章、可以想象的。但是她还是忍不住要展示自己最重要的一面给这个新朋友看。

美院宿舍和大多数高校宿舍一样，三十多平方米的单间里四张架子床，每个人床下是自己的书架书桌。因为暑假就她一个人，因此难免邋遢一点，一张小书桌上左边是曾今要往脸上涂抹的瓶瓶罐罐，右边是要往油画布上涂抹的管子刷子。到她宿舍时间是下午五点左右，薛伟进屋之后首先注意到了窗外的植物。

爬墙虎？这么茂密？

得到曾今点头确认之后，薛伟说：光你们宿舍这扇绿窗就够画几幅好画。现在光线正是影像拍摄的所谓魔术时刻，但好多人不知道，这时候画成油画其实也好，夕阳会给所有物件打一层光，那种任何灯光都无法取代的赤金色，像奥林匹斯山的黄金时代……你画过这时候的宿舍没有？你们舍友居然也没画过？可惜了。

曾今假装没听出来他话里的艳羡嘲笑兼而有之，从柜子里一张一张拖出自己的画作。因为住集体宿舍，大部分都没法装框。突然想起来一直没倒水，又跑去在舍友和她集资买的小冰箱里拿出一瓶雪碧。

我不喝饮料。薛伟摇摇头。有没有啤酒？

她有点吃惊地又打开冰箱门，换了瓶冰镇麒麟：雪碧是我买的，啤酒是我舍友买的。不过我回头可以还她。

他自顾自地喝起来，不再说话。眼睛却一直紧紧盯在她拿出来的那些画作上。看得非常认真，甚至太认真了一点，像是要把自己的灵魂顺着目光整个投掷进去。曾今等了一会儿，忐忑道：是不是不够成熟？

曾今从小和邻家男生摸鱼上树翻墙，一直自诩有一点男孩气。因此男性朋友多，对女生却是一种贾宝玉式的怜惜——也是一种怕人嚼舌根的自保。她装束时常都是衬衣仔裤。盛夏换成热裤，秋冬就是一双短裤配马靴，力争英气胜过妩媚。因此她的画也便刻意教人看不出来性别，大多数题材都是去边地采风的铁路、草原、冰川，偶尔也画人，却是南疆沙漠的维吾尔族老人和孩子。她画的人都和自然融为一体，本身就是审美客体——有艺评人这样说过。她也有意加强这看似无情实则有情的旁观者视角。只有一幅画画的是自己的外婆。题目就叫作《她》。一张瘦削的脸上布满皱纹，却不是《父亲》的千沟万壑，而是无限多深而细的女性纹路，但眼神却又像孩童一样天真，和苍老面容形成触目对比——外婆前几年就老年痴呆了。这幅画她改了又改，画了差不多小半年。本来打算带这张去参加中法青年交流的，后来也是怕带出去就拿不回来，舍不得，临时换了张别的得意之作——她在研一就得过奖的《雍和宫》。红墙边初绽的白玉兰在早春晨曦里和檐角一起翩然欲飞，树下的老清洁工在幽蓝光线里低头扫落花。一张不大的画里，浩荡春日和古老皇城并存，对比出一种年轻的沧桑。那幅画当时就被法国一个收藏家看中，但只预付了一小笔定金，百分之八十欧元尾款迟迟未打过来。因是艺术交流展，卖得本来就不贵，折合成人民币不到两万块。曾今也没催促成此事的主办方。她是典型的艺术家脾气，对柴米油盐的事向来不好意思太上心。

她本来以为薛伟会夸赞那张《她》。不料他看了许久又换下一张，先开口评论的却是一张小一点的静物。画的正是曾今这个春天在宿舍插过的芍药。因为静物不比其他题材易得高分，大多数人读研后都很少再画，但她却时常还是画小幅静物，用色温柔沁凉，仿佛热情天性需要冷色调和。那一次也是无意间买了白芍药配蓝矢车菊，在宿舍午睡醒来，眼看着夕阳一点点将这束花照亮，一时间满目流光，心中一动，在一张小油画框里迅速勾勒了草图，又过两日仍不能忘，便拿颜料上了色。

这张静物小品非常好。薛伟终于说。我很少看到当代人用色这么流丽。你看过荷兰海瑟姆的《蜀葵》吧，或者拉图尔？很精致的巴洛克风，但是你这画用色和他们有点像，热烈里却有一种罕见的朴实宁静。像你本人。

曾今承认自己的确喜欢海瑟姆。没那么喜欢拉图尔，因为用色太闹。

你的构图也好。不那么死板，有大家风范。

还说不会夸人。曾今笑道。那幅老人呢？她终于还是忍不住问。

那幅也好，不过太煽情了。他说。能感觉到你想让观者在这幅画前掉眼泪。

她张了张口，终究没说出口这是她自己的外婆。也并没有什么想让人落泪的企图，只是画时想起过年陪着外婆在阳台晒太阳，却无法交流，心里真的难过。但越是这样探讨技术的时刻，越不能牵扯私人感情。

薛伟打开话闸，点评越来越密。有些准确，有些则不。还有些他不予置评，只直接问想不想卖，他可以帮她联系画廊代售。她基本都迟疑地说了不。

毕业后想先办个小型个展，现在作品还根本不够个展的量。

薛伟说：妥了，明白你打算了。这也是条正道。

感觉他特别喜欢说“妥了”“正路”。无时无刻不在计算利弊得失，比她想得显然深和远，她自己其实不习惯这样。他比她想象中还要更渴望成功。她想。但是有野心也许也不是坏事？她就是欲望一直不够强烈，因此才总是到处晃荡，一切凭兴趣来，画得比任何同学都慢。导师刘家明就教训过她：你别仗着年轻，一晃工夫就老了。现在北京画廊都有九〇后的作品了，你八七年的还不知着急。二十八岁以前没办个展，也就别吃这碗饭了。说白了，长江后浪推前浪，你这前浪可别岸都没上就被拍死在路上。

苦口佛心。当头棒喝。刘老师也是看透了她自恃才高的名士派。其实她这一年也渐渐有了一点紧迫感。本科时还大言不惭：时间？就是用来浪费的。现在想想，实在虚妄得叫人心惊。那时候大部分时间都用在了旅行上，美其名曰行万里路读万卷画。但她也很少画路上见闻。总是贪婪地想多见一点世面再下笔不迟，骨子里却一再纵容自己，时间还有，不必着急。

薛伟比她大几岁，两岁，三岁？大概也快到了老师说不办个展就来不及了的死限。但是他比她机会更少，在北京更没有根基。想到这里，她对他再次生出战友的惺惺相惜之情。就好像是一起即将被滔滔后浪随时拍死的前浪。

对她心情变化一无所知的薛伟又慢慢地踱回他刚刚批评过的《她》面前。

虽然失之直白，但是这老人的皱纹画得真好。这点央美学生还是牛×。你导师指点的?

她轻声说:这是我自己的外婆。

他好像又没听见。注意力全在画里面。

窗外的天色慢慢变成橘红、橘粉、鱼肚青,终至于浅紫、深蓝。这一天有很好的火烧云。她一直和他一起看自己的画,夕阳完全投入西山下才打开日光灯,宿舍里的光一下子惨白。魔术时刻结束了。

他因这光线的瞬间变化终于回过神来:你总共就这么多?

只卖过两三张,还有几张在朋友的画廊里,一直没卖掉。她老实道。我画得本来就不多。

那数量是太少了,怪不得说毕业后办个展成问题。你这个暑假不回家的话,我们可以一起出去写生。或者找个画室一起画。也是互相监督促进。我看你就是条件太好,太不知勤奋了。

她脸渐渐烫热,心上却涌出无名感激。一个朋友。一个同路人。一个不仅仅把她当作女性,更当作创作者的男性。

她感激他,还因为本来这两个月她又处于间歇性创作瓶颈里。看上去微乎其微,其实永远不停爆发的小型精神危机。关于题材,关于性别,关于必须面对的压力。问题还是出在骄傲上。她仿佛越来越难以适应看似优越的外在条件带来的一切,无论压力还是别的。也许真正让她不能适应的,是整个艺术圈弥漫的过量荷尔蒙和直男中心主义。偶尔被师兄师姐带去参加的饭局上,被恭维说是“美女画家”,总能感觉自己立刻被微妙地打入另册,仿佛一个对绘画感兴趣的业余爱好者。待主人介绍她的师承,又总有人发表高见:刘老师的女弟子个个精彩。

立刻就会有人紧跟着问:除了她,刘老师还有什么女弟子是美女?

在座总有对刘门知之甚详者开始如数家珍。美院油画系近十年稍微出挑的女生都被数了个遍,一位师姐还成了另一位老师的现任太太,话题便顺着暧昧的方向一路滑行。更让人难堪的是除了桃色新闻,最后几乎没有一直坚持画下去的女生,去艺术杂志当编辑或者当策展人的都少。从事广告设计或者当出版社美编的还算是和专业沾点边,更多人毕业后就彻底改了行。曾今一开始如坐针毡,到后来渐渐也就听而不闻了。

让她心烦的是这些饭局总能遇到一个高两届的同系师兄莫沙,也是近几年渐渐上升的青年画家,他导师赵泊和刘老师不大投契,而他交游却广阔,她参加的饭局几乎十之六七他都在场。一开始她尊称他莫师兄,他也把师妹师妹挂在嘴边。到后来越熟就越觉得不对路。别人嘲笑刘门女生多时他还添油加醋:美女再多,像曾师妹这样的也是稳坐头牌花魁交椅。师妹,你说是不是?

什么头牌花魁?曾今听得只有诧笑。这个师兄和太太据说非常恩爱,平日在学校遇见也从不这样。但越是人多的场合他越爱开过火玩笑,放胆杀熟。吃准了她脸皮薄,不会反驳。她每次对这类玩笑总沉默不语,又有一两个老男人在旁起哄:小莫你真是俏皮,哈哈哈哈。小曾修养也好,哈哈哈哈。所有人看上去都十分欣赏这类玩笑。这样癫狂欢乐的氛围里,她实在无法板起脸来起身走开。

京城话剧圈有个说法:不疯魔,不成活。出处是电影《霸王别姬》。画家圈据说也乱,但仅限于男画家和模特儿或女策展人,而且其实也没想象中普遍。曾今自己是一直小心翼翼如履薄冰。她从小和男生一起长大,并不代表长大后能很容易地和异性打情骂俏。也有几个女画家是这类饭局的常客,因为年长,她们看上去都比她更能适应环境。大多知道在该笑的时候笑,实在不堪处便掩嘴葫芦,总归是知情识趣。有穿旗袍参加饭局的,像陈逸飞的新仕女画。当然也有个性爽朗、会照顾人的前辈,遇到这种场合难免娇叱一声:莫沙,你够了!曾今便有受到保护的感激。总归还是年轻经验少,脸皮薄,再历练两年会好些。但是这种类似女陪客和附属品的屈辱感时常挥之不去。

她想要的好像远不止是这些。是认识了薛伟以后她才渐渐意识到自己的野心也比自己以为的大。除了强烈的性别自尊心作祟之外,她还妄图追求比这皮相风流更长久的个人成就,留存后世。

因为这梦想和实际的暂时不能调和,她便时常零碎受自己的罪。她同样渴望画得更好受人尊重。被当成一个真正的画者,而不仅仅只是一个学画的女人。

而薛伟似乎也是。

人生寔难。得一知己更难。

四

薛伟此后当真隔三岔五从宋庄来美院找她,和她一起借用学校免费的画室画画。两个人默不作声各画各的一整天,休息时互提意见,实在画不动了便去食堂吃饭——通常都是曾今刷饭卡,本来也不贵。吃完饭薛伟就自己坐车回宋庄。反正都在东边,公交车只要不是高峰期也很快,倒比地铁舒服。那种充实和规律感让曾今想起在画室没日没夜集训的高三。

他有次和她吃饭说起老胡已经帮他卖掉一张画了,不多,不到一万块。但够这段时间的生活费了。又闲闲聊到他在北京认识的其他人。

曾今说:你在北京还有很多朋友?还以为你就认识老胡。

我年初才认识的老胡,也是人介绍的。最早推荐我去参加各种画展的是《美术前沿》的艺评人赵梦,长春老乡,人挺实在。赵梦自己也画画,还发我看,要我给她提意见。嗐,说起来她那么帮我,我从没夸过她。我还帮她改过画。

他这话的意思是说也有别的朋友看重他,粉丝并不只限于老胡。但一提赵梦曾今便不免哑然。刘老师的饭局也叫过她几次,三十出头的中等个子,长脸大眼睛,夏天室内也喜欢戴帽子。注意力似乎全在刘老师和几个师兄身上,不大和在座的女生搭话。几个师姐都不太喜欢她,对曾今倒还算友善,当面和刘老师夸过她年轻漂亮,前途无量。赵梦自己的画风是典型的政治波普,把亚洲几大巨头漫画化处理后搬到数米高的布面油画上,压迫感迎面而来,刘老师私下评点说她有点太刻意迎合西方画廊的趣味和意识形态偏好,看上去饶有深意,其实也就九十年代末世纪初那阵子流行,而今外国人也没那么傻了。因此画了很多年也都只混得半红不黑。但她又因为出道早,特别傲。薛伟不肯敷衍赵梦是对的。

美院在花家地附近。周围有无数私人画室和咖啡馆。林木葱茏,环境优美。美院修了几年的新美术馆最近正好竣工,据说设计师是设计过巴塞罗那奥运会体育馆的日本的矶崎新。薛伟被曾今带着参观过一次之后就入了迷,不停嘴地说牛×牛×,未来风,大师之作。

有时曾今难免觉得他有点粗鄙。但是她成年后异性朋友很少,心想男生大概就是这样。他连续往美院跑了一个月之后,终于动了在附近租房的心思,在网上地毯式搜索了几天才宣告放弃。一房一厅房租比宋庄高一倍有余,毕竟是望京繁华地带。

曾今有几次坐朋友的顺风车,也去宋庄找薛伟玩。两边的确是天壤之别。

薛伟租的画室是假充四合院式样的青砖平房中的一间,格局却并不像四合院,还是农民房。和四户人家共用一个二十平方米的小院,院子里有一棵歪脖子枣树,除去枣树四周,其他都是水泥铺地。院子四周还稀稀拉拉种了些蓖麻和葡萄,也不知道是主人忘了浇水,还是住户皆不上心,一多半倒都枯萎了,在最应该草木葳蕤的盛夏显出凋敝之态。

曾今认识的穷画家多了,看到这种景象并不稀奇。薛伟却说,这儿冬天听说没暖气,只能靠生火。因此最迟入秋就得搬。

狭窄的街道两侧,开着的饭馆和小卖部除本地村民,游走的都是一个个刚从欧·亨利小说里梦游出来的巴姆勃格,不论是否真的怀才不遇,至少看上去都足够潦倒。不用薛伟告诉她她也知道宋庄画家之间贫富悬殊厉害。有为艺术献身纯粹得几乎吃不起饭的，也有卖画发了财在这边租几百平方米建私人美术馆的。有开书画班教学的。有画着画着画不下去卖驴肉火烧，反倒发家致富了的。无数冠以画家之名者，各有隐秘或正大的营生，藏身在宋庄形形色色的农民房里。连宋庄美术用品店里的油画框，每副都比花家地的要便宜好几块钱。曾今只要油画框一用完，就托薛伟给她从宋庄带。

这段时间她画得的确比以前快了。画风似乎也有进步，才一个暑假工夫。她更庆幸和薛伟适时相识——不管意见准确与否，至少是来自一个不断实践着的同路人。

有一次她又和一个朋友去宋庄，办完事给薛伟打了电话。平时都是她请薛伟吃食堂，这一天薛伟说刚卖了画也请她好好撮一顿。他俩一前一后走在八月午后尘土飞扬的京郊街道上，有一句没一句地闲聊最近画过的画该怎么改，一个欧洲牌子又新出了好几种稀奇颜色。

那边有个卖茶鸡蛋的。薛伟走着走着说。

曾今莫名其妙看过去。你想吃？他们在街上觅食，通常都是她埋单。也是一种下意识的撇清，女生抢着埋单，表示对这男的彻底没意思。

我爹妈下岗后也卖过这个。长春那么大，偏在我学校门口摆，从初中卖到高中，我中间也问过几次，一直不理会我。他声音没什么温度，态度平和地骂了句脏话，表示早已不真正感到困扰。每次上学放学都怕被耻笑，只好装没看见他俩。其实和我关系近点的同学都知道。后来总算逃去沈阳上大学了，他俩就不在学校门口卖了。这才知道他们怕我学坏，在学校门口卖，还能顺便监管我。我后来落下毛病，只要街上有卖茶叶蛋的，一眼就能看见。根本不用刻意找，直接跳进眼里来。

曾今震动地看着他。平时薛伟很少说自己的事，基本都是就画论画。

在北京也买过几次，都比他们卖的好吃，怪不得卖了五六年也没挣着钱。我高考志愿骗他们说报的金融，偷偷报的艺术。我爸气得发狂，基本断了我的生活费，好几年只能靠素描家教挣钱。也当过男模特儿，裸体那种。眼下我妈身体不好，我爸去年死了。只要看见茶叶蛋，就猛地想起这些。挺没劲的是不是？不说这个了。

他说得轻描淡写。曾今却听得差点掉眼泪。她来自南方小城，家境其实也一般，父亲酗酒，她读高中时就失了业。母亲是基层公务员，一人养四口，他们仨还加上外婆。但是她母亲把她保护得足够好。不管自己多困难，一定会保证她的课业和日常开销。她很大后才知道，有那么两年母亲实在周转不开，一直和老家借钱寅吃卯粮。上大学后她父亲渐渐改掉酗酒的毛病，重新找了工作，家境才开始好转。曾今由个人经历总结出一条古怪定律：越是家境好的同学更看重物质回报，因为已经明确知道物质给人带来的种种便利。出身寒微的人，反倒更容易理想主义，因为从来没钱，和钱不亲。这想法也来自她母亲一直纵容她当不为稻粱谋的艺术家。这一点她比薛伟似乎运气又好点。

在眼窝里打了半天转的眼泪终于掉下来。他一直低着头走路，突然看到地上的土被一滴水珠砸出一个小坑，接着又是一滴，两滴，三滴。立刻被更炎热的灰尘淹没了。你怎么了？他有点粗暴地问。我就是随便说说，你哭什么？

她哭得一时说不出话。为他，也为自己青春期林林总总的匮乏和委屈。又陡然想起从中学起那些拼命练素描的夜晚。往事变成褪色画片一张张飞过来，大太阳地儿瞬间就成了那些从画室哆哆嗦嗦走出的寒夜，听见十几岁的自己冻得在车站反复跺脚的声音。路远又舍不得打车，只能在寒风里把自己尽量裹严实了骑车回去。足足五公里，不戴口罩能吃进整整一斤风、半斤土。手长了冻疮，抹好药继续画。有次伤口迸裂了一滴血落在画布的天空上，她没留意，第二天就凝成了一滴饱满的褐色，当时美术补习班的老师还问：这是什么？麻雀吗？

她其实长久都自觉是一只麻雀。极尽艰难才能飞得略高、略远。压力太大和期望值太高反倒压垮了她，她只好与其他人比赛名士气和漫不经心。事实上她的目标是罗中立、靳尚谊，至少也是何多苓、刘小东。当代艺术里没有多少留给女人的位置。当代油画家头十把交椅，没有一把属于女画家。她只有加倍努力。这早已不是凡·高、维米尔或者莫奈的年代，甚至连陈逸飞的成功都不可复制。死后成名在这个快销世代是不现实的，如果生前尚且无人知道，死去只会更迅速地被遗忘。

她觉得此刻再也没有比他们更相似的朋友了，在这个陌生的、巨大的、贫富日益壁垒分明的世界上。她很自然地把薛伟划作同类：霁月难逢，彩云易散。心比天高，身为下贱。他是穷。她也穷，加上还是女的。都难。都不易。

别哭了。大街上，别人还以为我怎么你了。薛伟说。我就不信咱混不出来，咱画得比好多成名成家的都强不是。只要一个人铁了心想混出门道儿来，最后总能打着仨瓜俩枣。也让那二位卖茶叶蛋的知道，不光银行证券交易所能挣大钱。

最后一句话他说得咬牙切齿。和他最早和她说的，不管平台、机会只为了喜欢而画下去，完全是两套话语、两种思路。曾今没想起来这前后悖谬之处，泪却终于被他的气势吓住了。不知道为什么，她模模糊糊地想起了另一句话。“现在咱们俩来拼一拼吧！”拉斯蒂涅的对手是十九世纪污水横流的巴黎。而此刻决心以北京城为对手的薛伟，竟然也有如斯气概。

她打了个寒噤，旋即强迫自己忘掉这不安的印象。

五

再过一个月便到了教师节。导师刘家明例行要召集在京同门吃饭。

刘老师虽然桃李满天下,真正得意的门生也没有几个。加之前年离了婚,更爱和几个谈得来的学生整日厮混。五十出头,正是不甘对岁月缴械又渐步入中年危机的时节,和年轻人交往多了,就自觉并没有那么老,更着意维持亦师亦友的交情。他是系里骨干,临时有讲座或在外面接了策展的活儿,也常把新旧学生叫来帮忙,学生也多半乐意挣点外快。

曾今聪慧大方,正是刘老师的得力干将之一。一日为师,终身为父。虽然学的不是国画,但毕竟是中国人教的油画。她在导师饭局上总遇到很多三教九流,也不乏如雷贯耳的名字,策展人和艺评人最多,时不时也能遇到个把作家,多数是诗人,也有写小说的。每次刘老师家有新人来,都势必隆重把她推出:你们等着,不出五年,曾今必在今日美术馆或尤伦斯办个展。再过五年,不是没有可能去威尼斯双年展。不过她还得勤奋点。现在的学生不比我们当年,太舒服了毫无斗志,鞭子追着都不动!

有些客人就凑趣地笑:索性参加全国美展?听说美展金奖,是行业内最高奖。

宁去威尼斯,再不济上海双年展,全国美展的水深,咱蹚不了。美展五年一换,乌泱乌泱几百号人有几个能被人记住?我也不怕说句托大的话,只要是我认可的学生,是金子淹没不了,将来有的是藏家求购。

曾今在一旁只能心虚地笑。这才知道自己的梦想其实幼稚得不堪一击。通常说到这个地步,刘老师已经喝高了。他在私下里倒是教训居多,她也知道他是在外人面前刻意抬举。但他社会事务太多,也很久没管过她的画艺了。虽然师门的人一年总要碰若干次——除了教师节、帮导师干活儿,还有同门的婚嫁喜事,但混得有好坏先后,反倒最后形成不聊彼此作品的默契。只随意说些国内外新闻,圈内八卦,或者听刘老师说说最近又参加什么国外双年展的见闻。

刘家明年少成名,也是早早就跨入千万俱乐部的国内顶级油画家之一。又一直保持旺盛的创作状态,每隔三五年总能办一次大中型个展,见报率一直很高。其他同行对他纵有腹诽,多半也是妒忌——他这些年是太青云得意了些。两三个师兄师姐在导师鞭策下也都屡有佳绩,曾今的确算进步慢的。

但纵然如此,也有师兄师姐艳羡道:对亲闺女也不过就是这样的管法。刘老师别太偏心!

曾今并没傻到看不出来别人的眉眉角角。只觉得自己还不够好,既愧且惶。这个暑假大有进益,她向老师汇报成绩时忍不住顺便说认识了一个业内朋友，很聊得来，一起画画收获也大。说完之后才想起老派人嘴里说的“朋友”，通常就是男女朋友。但和薛伟的关系却完全不是这样，也毫无往这个方向发展的可能。

刘老师却不管她暗自嘀咕，只是单纯地为她高兴：知道用功了就好！早该如此！

除了自己用功外，她其实也认真地给薛伟提过意见。

或许是被她提醒，他这段时间在超具象主义的道路上越走越远。建筑和植物细部的精致还原程度，几乎达到了照片复印的效果。但是，就在同一张画上，其他局部却非常粗糙。这粗细明暗之间差别之大，总给人以没画完的草图感。但是每一张都像草图，就造成了一种特殊风格。更准确一点说，创作者仿佛迷恋的只是一种压抑冷硬如梦魇的整体氛围，衰败的老工业城市是当仁不让的主角，而具体行进在画中的个体，却被相当刻意地处理成了一个个面目模糊的游魂，有的没有脸只有背影，多数正脸也同样缺乏表情。

只有少数画作的人脸没有变形。有张画是画一个男生和一个小女孩。里面那个男生的脸被描摹得极其细致。女孩则只有侧面，红色棉袄，漆黑眼眸，惨白脸庞，也有点日本歌舞伎的森森鬼气。而这已经算是工笔了。

她最末一次去宋庄看薛伟，在这幅新画前端详许久。终于发现他也紧贴在一旁目不转睛地看，倒吓了一跳。

薛伟让开一点，笑道：怎么样？

她犹豫地说：蛮好……就是有点像日本浮世绘。百鬼夜行图。

他嗯一声：我喜欢浮世绘。

你油画笔触肌理纹路和色浆效果都很成熟。也不乏时下流行的元素：魔幻、都市感、荒芜。就是太冷了，有点教人寒飕飕的。

他哈一声，很短促：你不知道，这样怪异的风格容易给人造成印象。

这真的是你最想画的？你不是一直说最想把心底里那个逝去的北方一点一点画出来？那些小偷、杀人犯、卖茶叶蛋的……怎么都没了脸孔，建筑倒成了主角？

你说的好是好，太多人画了。他沉思地说。我早反复掂量过了，走那条路，很难出来。

你不是说题材什么的都不重要，最重要的是画自己内心最想画的？

你怎知现在这些不是我内心最想画的？他不耐烦地笑道。

曾今那天话比平时都多：你骗得了我，骗不了画笔。你画的这张构图细节和毕费那张《圣城》几乎一模一样，就是用色不同。你太想一夜成名了，明知道这样走不远，干吗好好地画废了这支笔？

他声音高起来：就像你那样画些花花草草老人小孩的倒是原创，毫无新意，就算对得起祖师爷了？

不出俩月，曾今渐渐发现自己认识的薛伟似乎是两个人。前一个薛伟和后一个薛伟说的话在各种层面自相攻讦，有时甚至让人疑心他精神分裂。她沉默下来，不再说话。

突然间薛伟又笑起来：你说得对。我是有点操之过急了。

那笑声比刚才那一声更短促，同样说不出的怪异。仿佛是一个人经过紧张思考后决定必须发笑。但一旦有一个人笑了，那空间里因为沉默而不断凝结而成的结界便被打破，尴尬也便凝结成小团从空中纷纷跌落。她也笑了。

当天晚上薛伟说自己还要赶一幅新画给老胡，并未留她吃饭。曾今便自己坐公交车转地铁辗转回城。她这次其实等于是专为看他的新画来的，他不会不知道。归途的大巴上，她一个人坐在最后面一排，沉沉地看往窗外，初秋的晚风已经从温热变成微凉，把她的衣袖吹得饱满鼓胀，像钻进去什么有形状的活物。在这空虚中她悄悄觉得饿了。又想起薛伟晚上自己经常不吃饭，借口“能省则省，画画就动动胳膊，消化不了那么多粮食”。但仍然越来越瘦，越来越苍白。他不辞辛苦去美院找她，也可能是为了早晚都有食堂。只是还要花路费。一阵细微的、不知所措的自责从内心深处痛苦地袭来。她知道他穷，却不知道他这么穷。但她也只是勉强够自保的穷学生，那笔法国尾款迟迟尚未到账。菲茨杰拉德在《了不起的盖茨比》的开头说：“我年纪还轻，阅历不深的时候，我父亲教导过我一句话，我至今还念念不忘。‘每逢你想要批评任何人的时候，’他对我说，‘你就记住，这个世界上所有的人，并不是个个都有过你拥有的那些优越条件。’”

她在饥肠辘辘和夜风的双重照拂下，决定原谅这个朋友。

六

自宋庄那次不欢而散，有几天薛伟都没有找她。差不多俩礼拜后，QQ 上那个熟悉的头像才开始跳动：在不在？

她立刻答应：在。

点接收文件。那边指示道。

她接收完才发现是张新画的照片。竟不再是都市石屎森林的无脸男，而是明媚初夏白杨树下的两个背着书包的稚童，还有一只不知何处跑来的流浪狗，灰白色。色调明显温暖得多了,造型也不再扭曲变形,她不禁微笑起来:薛伟毕竟还是在意自己意见的。

为什么画一男一女两个小孩?她问。

男小孩是我。女小孩是你。吵了架又和好,所以还在一起玩儿。

她眼眶一热。随即又发张奋斗表情:好,你等着。这星期我也给你看张新的。

薛伟问:你教师节和刘老师提起我了?

嗯。

他怎么说的?

就说我早该用功了,没说别的。

噢。他那边沉默片刻,头像复又跳动起来:我这几天仔细想过了。可能还是得有个正经出身。不知你导师还招不招研究生?不过我英语不好。我最近想找机会见见他,你方便引荐吗?

她第一反应就是爽快地说好,字打完却又犹豫地删掉。她想起刘老师明确地表示对毕费的画没有感觉,对乔治·巴塞利兹的画风也多有批评。他是典型的侧重日常的现实主义风格,和卢西恩·弗洛伊德相似,和薛伟的画风全然不是一路。也许可以等薛伟其他类型积累得多一些再试试。她对他的基本功是毫不怀疑的。此外,她九月初刚和刘老师提过他,当时没说要介绍,随后直接带人上门,仿佛显得太处心积虑了一点。而带去同门聚会也不好,那几乎封闭的小圈子,导师请外人可以,学生却不能随便带人进去——刘家明毕竟是名人。加之她好几年没有男朋友,也担心同门误会他们之间的关系。

看她沉吟不语,薛伟立刻说:我也就是那么一说。你也就随便一听。其实无所谓。

她如释重负,但仍然感到某种古怪的压力。之后几天,经常找话题和薛伟留言,但过了几天薛伟才回声"哦"。很冷淡。

她事后才想,大概越这样越显得她心虚。但凭什么心虚的是她?她却说不清楚,只觉委屈。

正是这一点心虚作祟,不久另一个师兄王可的个展她便把他带去了。果不其然,又撞见那个她一直很怵的莫沙。她这才想起莫沙和王可也是同门。

王可现场发表感言。谢谢各位朋友捧场。开幕式现场准备了茶点,众人一起举杯。看展、交谈、合影,不一而足。待仪式进行得差不多了,王可便私下招呼几个人留下去附近餐厅吃饭。也叫了曾今。她便把薛伟带上。

进去后她发现除了莫沙,也有几个成名画家过来捧场。这也是薛伟第一次见这么多圈内名人,他略显局促地坐在曾今旁边,陡然间腼腆起来,一声不吭。

莫沙在开幕式上就一直很注意薛伟，落座立刻起哄：恭喜刘门花魁名花有主！这话既不向着曾今，也不向着薛伟，更不是和主人说，而是冲着在座所有人。

曾今说：去去，别瞎说。

都带来看展了还撇清？快交代姓甚名谁，在哪儿高就，到底有几千万家产，才追得上我们花魁？

薛伟，你别理他。

薛伟？薛蟠的薛，伟哥的伟？自古挨光计，潘驴邓小闲……这位的名号也算占了两样，不知道其他三样全不全？

曾今恨道：莫沙你好无聊。都是学画的，你一天到晚净转文。还是黄文。

莫沙咂舌：平时都闷嘴葫芦，今天有人撑腰了，得，师兄我不说了。

薛伟只赔笑，不说话。除他之外，其他人差不多都互相认识，一时间目光都落在他身上。也有人唯恐天下不乱火上浇油的：莫沙这不是嘴欠，实是妒火攻心。曾今你快好好介绍，让莫沙也死得其所。

曾今便认真地向大家说：刚才名字也讲过了，薛宝钗的薛，伟大的伟。画得特别好，也得过台湾一个奖——是朋友，但不是男朋友，请诸位开玩笑适可而止。

众人哈哈一笑，这事本来过去了。不料薛伟端起杯子噌地站起来：初来乍到，见到京城诸位大师三生有幸，请多多指教。

这一出太尴尬了。没几个人应邀举杯。圆桌本来就大，隔得远的该吃菜吃菜，该喝酒喝酒，竟全当没听见。只有近处几个磨不开面子端起杯子敷衍。薛伟遂把一大杯啤酒一饮而尽，喝完继续杵在那儿发愣，曾今轻拉了拉他衣角，他这才硬邦邦地坐下。

莫沙一直冷眼看着，一笑：哥们儿能喝？

薛伟慌忙接口：能喝！

曾今一一敬酒。照规矩女生不必打圈，她往常从不喝酒，今天却只能替薛伟打这圆场。再回原位时才发现莫沙面前一瓶酒还没喝完，薛伟面前已赫然摆了三个空瓶：什么情况？莫沙，你别欺负人。

莫沙笑道：老爷们儿的事，女人家少插嘴。

薛伟居然说：就是。

才四瓶啤酒两人已成生死之交。莫沙喝得高兴，又把王可拉过来。曾今皱眉不再理会，只和邻座女士交谈。又过一会儿，只见薛伟站起身急步出去，并没看她。她等了一会儿，忍不住问莫沙：他出去做什么？

莫沙也喝得红头涨脸，反应了一会儿才说：噢，刚才王可说喝凉啤酒胃有点痛。我说我也有点不舒服。你男朋友人挺好，说出去给我们买点药。

曾今气道:说了不是男朋友。又觉得自己带薛伟过来,总得负责到底。他喝多了别又成了路盲。等了好久还不见人回来,便下楼去找。四处皆不见药店,在楼下等了一会儿,突见一个瘦小身影飞奔而至。待近了才发现竟是薛伟。

你跑什么?

你在这里做什么?他奔到跟前,猛见是她也吓一跳。局散了?

没有。我就是怕你迷路。曾今说。

没散就好。×,我跑了五六条街才找到药店。薛伟扬扬手里的塑料袋。买了胃舒平、三九胃泰、盐酸小檗碱片。也不知道哪种是他们常吃的。只好丰俭由人。

曾今皱眉:你不知道王可家就在这餐厅背后?如果真疼狠了,他走两分钟就能到家,或者让他太太送药过来。何必你人生地不熟地穷找好几条街!

薛伟说:我知道。但这是我的心意。莫沙也没拦着我。

曾今一时间又说不出话来。看上去是在说药,其实不是。两边都是朋友,按理说互相照应是好事。但就是什么地方有点不对头。也许是薛伟对迅速融入圈子的渴望把她惊着了。而她则是和导师吃饭都十有九次必然迟到的人。散漫不羁是她最大的缺点。七宗罪里最大的罪,则是骄傲。但是这骄傲却永远在寻求另一个同等量级的骄傲。

她终于说:我们一起上楼吧。

薛伟却说:你先上去。我一会儿再上。

曾今反应了一会儿才明白薛伟的意思。薛伟是不想和她再一起出现在众人面前了。刚才被起哄他竟比她更窘。但是,这种事情难道不是清者自清吗?难道她不是已经说清楚两人只是普通朋友了吗?而且,他明明是她带来的,这么快就要划清界限?

一瞬间她心里像塞了一把乌糟糟的狗毛。她看着他,他还在剧烈运动后的喘息中。她不再回头地上去了。

过了差不多五分钟他才若无其事地拿着药上来。整顿饭她不再看往他的方向。那把狗毛沾湿了酒水菜饭,膨胀得越来越大。不知道为何她几乎失望得不能呼吸。又勉强坐了二十分钟,过去和王可告辞。薛伟还在和莫沙及其他人拼酒,也有个不认识的年轻姑娘过去和他碰杯。他对她笑着说了句什么,姑娘笑得前俯后仰。看上去他竟然远比自己合群。

曾今离开时他甚至没有注意到。明明不是恋爱,曾今下楼时却几乎掉泪。巨大而无法诉诸于口的失望推着她几乎踉跄。她模模糊糊地觉得自己也许被利用了,又懵懂地告诫自己说不要把人想得太坏。但无论如何,她一生永远不会忘记那句话:你先上去。也不会忘记那奔跑姿态的急迫。无论如何,胃疼不是死人的病。而薛伟在她面前曾经显得那么孤绝清高。

他或许一开始是没注意到她走了。但之后整整一个晚上没有短信，也没有电话。

是第二天中午薛伟才反复给曾今打电话。她不接，电话就持续响。过一会儿终于停下来，紧接着又响。十几通之后她终于接起，那边的声音很惶恐：真不好意思，前天喝到凌晨五点，都没发现你走了。

她说：噢。那你继续休息。

你是不是生气了？咳，男人一喝酒就这样——

没生气。她说。我不知道你们“男人”喝酒是怎样。我只是一直不太喜欢莫沙这个人。真想不到你倒和他一见如故。

莫沙挺好的，还说下次酒局要叫我——

她平静地说：他也说你好。我还有点事，先挂了。

挂断后立刻关机。半天之后再开机，发现收到了十几条信息，都是解释昨晚行为的。最后一条是：你是我在北京最珍惜的朋友。给我一个当面解释的机会。

她没有回。

这是他们第一次非常明显的决裂。也是她第一次意识到他和她其实不是同类人。而非我族类，其心必异。

她想不到的是后来还会反复多次。

七

接下来薛伟每天持续给她电话。她不接，他就给她发信息。她也不回。

紧接着，她发现自己宿舍的门外放着一本村上春树的新书，《没有色彩的多崎作和他的巡礼之年》。

薛伟从宋庄专门来过她学校了，那么。

她终于好奇地打开那本书看。发现这部小说是说一个三十六岁痴迷于铁路的工程师重新找回当年和他断交的四个亲密朋友的故事。里面有一段被薛伟折页，用红笔画了重点线：

> 不是一切都消失在了时间的长河里。那时，我们坚定地相信某种东西，拥有能坚定地相信某种东西的自我。这样的信念绝不会毫无意义地烟

消云散。

书后还附上了一封短笺：

多崎作的名字在日语里注定没有色彩。而其他四个朋友的姓氏里却分别带有“赤”“青”“白”“黑”。也许人与人的性情和温度天生注定不同。但是，正如木元沙罗是多崎作最重要的女性友人，你不光是我的木元沙罗，也很有可能是我几乎失去的赤、青、白、黑。我比你想象中更重视你这个朋友。倘若我们的征程是星辰大海，而在追随梦想的道路上，少数表面分歧其实无足挂齿。

希望你不接我电话的这几天保持愉快心情。

X.W

信写得的确很动人。落款是他画画时喜欢的缩写签名，她还取笑过他学大师。曾今眼泪啪嗒啪嗒掉在信纸上，迅速把字迹洇得模糊一片。她确定自己对薛伟的情感中毫无暧昧之情。但是，她也同样比自己想象中更珍惜这个朋友。

人至察则无徒。他也许只是待人友善，并不是过分功利。

一旦担心自己错怪了好人，她的态度便有所不同。这一天她心情低落，换了 QQ 的签名档，薛伟的头像飞快地跳动起来：你心情好些了吗？

这时离她换签名档的时间不到一分钟。她立刻回答说：我没事。

薛伟打一个如释重负的符号：大姐，你可算理我了。我真是丈二金刚摸不着头脑，搞不明白你怎么突然就冷若冰霜。

曾今说：没什么，就是周期性人类厌倦症。如果给你造成了困扰，对不起。

那边发过来撇嘴表情：这么冷冰冰的干吗？恐怕不是厌倦人类，是厌倦我吧？

因为彻底消怒了她反倒坦诚起来。一旦立意坦诚，话就不够好听：不是。我只是觉得……你不够坦荡。

不坦荡？薛伟那边像是受了天大的委屈。从来没人这么说过我，也就是你。我怎么就不坦荡了？

你买完药遇见我，为什么不和我一起上去？她问。

这话问得很孩子气。曾今这才意识到耿耿于怀的正是他那句话，那个撇清姿态。那一刻他并未把她视为朋友，而把她简单视为一个女人，而且是可能给他的新社交关系带来麻烦的女人——他或许真以为莫沙喜欢她。她此前从未被任何人这样粗暴对待过。他实在想得太多，也太深了。

薛伟的头像快速跳跃，一句紧接一句。他说：曾今，你真想多了。我只是觉得让人看到你下来找我，对你不好。

这话仿佛言之成理，虽然还远未足够教人信服。

她说：嗯。

那今天一起吃个饭？薛伟立刻说。我来学校找你，也看看你的新作进展得怎么样了。

她过一会儿才说：好的。

最近她的新作进行得并不顺利。也的确是希望有人来提提意见。

吃饭还是学校附近那个他们去过的小饭馆。薛伟请客。这次见面，也就相当于重归于好了。他人一过来，曾今心底芥蒂更荡然无存。她本来就是心软而容易原谅的类型。或许就因为吃过轻信的苦头，才被迫学会事先对他人严苛。必要经过重重考验才能彻底放下心防，因为她热情起来永远比他人更热情。但不知道为什么，薛伟和她的交情总比和别人更历经磨折。

他认识她没多久有一次就在 QQ 上总结说：你的温度似乎比周围人都高。永远都在从高往低流失热量，最后难免冻伤。

曾今：那你呢？

薛伟：我可能比正常人还冷淡一点。拥有的本来就不多，总得先设法保全自己。

曾今：我可能的确总以为自己比别人强大。因此老怀着歉疚之心，觉得自己太幸运了。

你这么好的自我感觉从哪儿来的？薛伟打了个笑脸。不过这样也好。怪不得你人缘好。人人都宠着你。

但她其实说话很直。对朋友尤甚。

他们聊天，话题经常是最近开个展的同行，只要一开始指点江山，总是更容易言语投机——是过了很久很久之后曾今才明白，私下共同批评同行达成共识是最容易的。常言文人相轻，艺术圈也一样。人人都觉得自己怀才不遇，谁也不服气谁。世界上永远不缺愤世嫉俗眼高手低的年轻人，在这个层面上，所有运气不好的艺术家天生就是盟友。关键是，未来道路的选择，对不同游戏规则的接受，甚至是对截然相反利益集团的投诚。

吃完饭她带他回工作室看最近进展。他一进门就说：你最近心情不好？

曾今说：嗯。一面心惊他对自己的了解。但心情不好其实也和他有关。待朋友太好，永远有一种受伤之感——这点薛伟分析得实在非常准确。

你这块地方颜色稍微黯淡了一点，可以补一笔亮色。试试玫瑰红？另外，那个阴影的面积不太对。轮廓再往里收一点。

她心悦诚服地听着。果然是旁观者清。此时此刻,她的确需要一个这样懂行并且同样在创造中的朋友。

还有这儿。这儿的比例是不是有一点问题?

基本已经成形,不好改了。

你没改过画?薛伟说。我们苦出身的北漂都得会改画。再糟的画都能改,否则不是白瞎了一张画布,还撑了框的,大几十块呢。你这个尺寸这么大,得上百——因此必须改。

她说:你说得有理。没顾上计较他说"再糟的画"几个字。

要不要我帮你改?薛伟一时自得,话越说越满。

曾今这才觉得不对劲。你帮我改?那成什么了?连刘老师都没替我改过画。

薛伟说:哈哈,开个玩笑,怕你医者不自医。你看,这小孩的脖子太细了。

其实脖子细一直是曾今的特色。这样头的比例就显得大,有一种稚气之美。但是她想,总也不能这么一直天真下去。像她自己。

她答应等他走了以后试着自己改改看。

看完画时间已经八点多了,薛伟还没有离开的意思。曾今渐渐着急起来,几个舍友回来有早有晚,但不代表不回。一会儿该撞上了。其实也没什么,就是徒增困扰。就是不撞上,他回宋庄路上也得俩小时。

她忍不住催了一次:快没车回宋庄了。

薛伟这才如梦初醒:几点了?和你一说话就容易忘记时间。

他答应着,却还没立刻就走。

你不是还要在这儿改画吗?我看着你改几笔。他还是跃跃欲试。

得了吧。我这就送你去车站。曾今渐渐也学了一嘴大碴子味普通话。

在去车站的路上薛伟意犹未尽,又说了一点她新画的不足。起初意见提得小心翼翼,曾今还觉得准确。后来发现意见抽丝不绝,整张画被他说得一无是处。

你们学院派就是这样,只会照着现成规矩画——反不如半路出家的可能性大。最后他总结陈词。

曾今说:就和你不是学院派似的。

薛伟说:至少我没读过油画专业研究生。本科也是临时转过去的,才读了两年。

他最早说自己学历低、专攻油画时间短,言语里都是自轻之意。前几天说想考她导师的研究生言犹在耳。没想到隔了几天,就成了野狐禅的特殊优势。曾今因为着急送他去坐车,快步疾走,顾不上抬杠。他更加滔滔不绝起来。

已是深秋了。夜风冰凉。他的话被大风撕碎了飘散一空。听入耳的却句句刺心。

到了车站了。最后一班车不知道是过去了还是没来，这里离始发站只有一站,而距离末班车发车已过去了十分钟。他们和往常一样肩并肩站在站牌下面。曾今怔怔看往车来方向,其他时候闭嘴不语。薛伟还在举例,你看那谁谁……

她猛地说:你快上车。

什么？薛伟倒吓了一跳。

他临上车还大声问:我们啥时候再见？有什么饭局再叫上哥们儿？

曾今说:故宫最近有个石渠特展。咱们回头去看看吧。

但是风制造出更大的动静。她连自己的话都听不清，更不确定他听没听到。车开走了,她举步维艰地顶风走回宿舍,缓慢移动着的自己好像成了全世界的风眼。刚才出来得急,没戴帽子。

她在风地里竭力让自己气得发抖的身体平静下来。虽然不够尊重。可他也是为了她好。

八

以往在学校和曾今稍微走得近一点的男生,要么轻易喜欢上她,要么她自己先留了情,情感杠杆一失衡,关系就很难回到以前。学艺术的学生总归浪漫居多,二十啷当岁的年纪也更容易区分不清楚各种感情。这也是她如此珍惜薛伟的原因。她上一段恋爱还是在学校里,和一个高一级的师兄。只谈了一年半就分了手。说长不长,说短不短。之后就再也没有遇到任何让她有恋爱冲动的人。

两人虽然都是空窗期——是到很后来，她才知道薛伟在老家有个女朋友——但彼此之间毫无荷尔蒙,尤其在她,薛伟绝非她会喜欢的类型。因此一生之中,她从没有这么光风霁月地和异性交往过。起承转合完全只因为画。也只聊画。

哪里有个展信息,哪里又有适合年轻画家参加的绘画比赛,有个走得稍近的圈内朋友,仿佛也颇利于互通有无,彼此打气。只是薛伟似乎永远比她消息灵通。她若不提,他并不主动说起。只要她说起,他却事事知道。甚至包括那些主动联系她,让她推荐人展出的独立画廊。她告诉他自己推荐了他,他便说:是吗,那个画廊刚巧也联系了我。她并不以为意,只觉是巧合。

好运如同被勤奋驯服的烈马，正悄然靠近。他们的机会同时渐渐地多起来。有好几次他们的画作共同陈列在同一些规格不大但业内口碑甚佳的画廊里,报纸上提起崭露头角的年轻艺术家,也总不会漏掉他俩的名字。也许是有感于她一直在各处推荐他，薛伟有一次也建议她去参加他得过首奖的台湾画展。她打开网页研究了一会儿,为难道:我没去过台湾。你看参展要求是画宝岛的风土人情。

没关系。薛伟说。我其实也没去过。网上经典风景照很多,可以找没那么出名的景点。准备四十天,到手四十万新台币,虽不怎的,也够开销一阵。

她说:我恐怕终究画不出来。天天见到的事物画出来都难,何况没见过的。

你骂人又不带脏字。薛伟笑道。恐怕、终究、何况。曾老师骂我饥不择食呢。

其实她并没有这个意思。但这件事此后他也不再提。

那个冬天因为准备毕业个展的压力空前之大，曾今也暂时分不开心神处理其他事务。除了偶尔和朋友吃饭,她大多数时候都在画室。

薛伟不知道从哪儿打听到有家大画廊有意做一个八〇后画家的联合大展,那家大画廊老板是刘老师的好友,但其实这事和刘老师无关。而且曾今为了避嫌,早就决定除非人家主动选她,绝不让刘老师开口为她欠这个人情。眼下薛伟提起,她反倒为难起来。据说总共才选十二个人。一轮轮淘汰名单,势必优中选优。

说实话她觉得不光自己,薛伟也很悬。据说主要看国内参展履历,他那个台湾奖虽然钱多,业内不算出名,胜算不大。她参加过的中法青年交流展的含金量也许还更高些,因为是代表国内一流学子去的。

她把这层担忧婉转告诉薛伟。薛伟没说什么,又不再提。

曾今打算年前集中画完最后一批个展的画——十二张四十寸的马。《群马谱》有载:骒马为母。驹为小。骠体黄。骝黑鬃黑尾而红身。骃浅黑带白。骅枣红。骊黑。騧黑嘴而黄身。骐青黑。骓黑身白蹄。骢青白相间。龙为纯白马。而驽马性劣,速慢。

但进展并不顺利。只能一天到晚在画室里坐困愁城,以及在网上反复浏览各种马的照片和国外美术馆馆藏原作的高清局部。薛伟问她会不会改画,其实她就是太知道改画的重要性,也反复改得太厉害。一张半米见方的油画,在她,从一点点在白布框上成形,到层层上色,反复修改,最后署上自己的名字,怎么也得半个月左右。好些人一两夜一挥而就,在她全然是不可想象的事。

一个此前一直习惯了慢的人陡然快起来。非常艰难。

那段时间差不多是曾今一生中最焦虑和自我怀疑的时候。自觉是一匹不入流的驽马。体重掉了近八斤,一起掉落的还有头发。每天早上醒来,枕头上都有十几茎断发。

但她早就报名的澳门油画双年展年前终于给她寄了邀请函。居然还获了二等奖。

这是在认识薛伟前的年初就报的名。她收到邀请函时没多想,等官网上登出展览名单,却立刻接到了薛伟的电话:恭喜曾老师提前进入佳士得千万俱乐部!

她前一晚画到两点,九点多被铃声从梦中惊醒:你说什么?

澳门双年展是佳士得办的,你别装不知道。那边冷笑一声。能进他们拍卖行的当代画家,最后哪个不是千万俱乐部的成员?

曾今这才想起来报名时官网好像是介绍了这个双年展的策展背景。但这完全是两码事。

据说没奖金,就是能免费去一次澳门。她说。仿佛是安慰电话那边的人。

总之,苟富贵,毋相忘。薛伟说。

我报名时还没认识你。曾今说。报名是二月,认识你是三月的事。

那边果然释然许多:就说曾老师不是吃独食的人!总之,有福同享,有难同当。

两个总之,跟着的升降调截然不同。曾今再迟钝也能听出这差别。那把狗毛又悄悄塞满了心底。她为什么必须要对这样一个并不替她高兴的"朋友"解释始末呢?

薛伟还没有挂断电话:不管怎么着,是个大事,总得庆祝一下。择日不如撞日,就今天?

曾今说:今天不巧,导师叫吃饭。

那边又"噢"了一声。相当长时间的沉默,足够让她领会到这无言的重量。她想起她上一次同门聚会就没带他,事后还相当内疚——加上还有"苟富贵",话赶话地,她问:你要不要和我一起去?

几乎一开口就后悔了。但薛伟已经接了话:你的同门聚会,我去不太好吧——那曾老师说,我穿什么衣服好?

九

不出曾今所料,同门当面都小心地隐藏了自己的惊诧,只是意味深长地微笑着。越没人问他是不是现任男友,这事越变成板上钉钉的铁证。刘老师起初吃了一惊,紧接着就热情洋溢地握住了他的手:欢迎欢迎!是曾今的朋友吧?早就听她提起过!

此朋友非彼“朋友”。但事已至此,她只能勉强笑道:老师记性真好。

其他人还不认识。你快好好重新介绍。

曾今便说:薛蟠的薛,伟大的伟。不自觉地,借用了一半莫沙的介绍语法。

那一顿饭薛伟吃得如鱼得水。同门纷纷过来敬酒,他也频频起身举杯。气氛竟然相当热烈。整顿饭吃完,曾今发现他几乎和在座所有人交换了微信,包括导师刘家明。她则一直在元神出窍。周围的动静都变成默片背景。眼睁睁地看见自己的灵魂跃出肉体:你们都误会了。真的。这时她再次确认她完全不喜欢薛伟这个人。她对他的好感被一次又一次意想不到地反复磨损,所余无几。又如水煮鱼上方的稀薄热气,正慢慢消散变得冰凉。但她怎么能当众给一个朋友没脸?况且,他自尊心又那么强。

极尽缓慢地,元神跌落躯壳,听力渐渐恢复。突然清楚地听到薛伟告诉刘老师常来美院画室陪曾今用功。年纪大一点的人想必更容易欣赏这革命夫妻互相促进的画面。过一会儿他又笑着说起她看展爱迟到的事。

一起画过画是真的。看过展也是真的,但并没迟那么久。说起来也因为薛伟是路盲,事先确认半天,最后两人还是没能从同一个地铁口出来。她怕他再迷路,让他站着别动。那两个口还偏偏相距非常之远,在太阳地儿里待她汗流浃背地过去,已是约定的二十分钟后了。但现在薛伟这样一爆料,就好比男朋友嘲笑女朋友无伤大雅的缺点。事情完全不是这样的。但是。

曾今终于憋出一句:我没迟到那么久。

薛伟委屈道:那是多久?

同门都哈哈地笑起来。这更像公然调情了。

她又气又急,血直往脑门上涌,却终于说不出什么。而刘老师无尽慈爱地看看她,又看看他。

为了凑趣,另一个师姐笑着提起了曾今被澳门展邀请的事。他们所有人居然都知道了那则消息,并意识到那个展和佳士得拍卖展的关系。薛伟笑着说:所以我今天一大早就恭喜曾今加入千万俱乐部。当时她还没睡醒,迷迷糊糊的。

这话说得更没来由了。一大早,刚睡醒。又有同门在哧哧地笑。曾今认识他大半年,这天才终于发现薛伟是修辞学的顶级高手,比莫沙厉害得多。一句真话换个语境说出来,让人无从辩驳却又万箭穿心。更刺心的,是他明知她会多心，竟然完全不顾及她的感受。她昏乱地看着眼前所有对她微笑的面孔，心底最后一只蝴蝶静静地，在真空里自顾自地撕裂了。

刘老师倒是今晚才知道曾今被邀请的消息，却比所有人都更欢喜：为曾今终于开窍了干杯！同时也要谢谢薛伟，一直替我们师门督促她。他的话比我管用。以后你们继续共同进步！

前一句话举杯的人还不多。后半句所有人都反应过来，齐刷刷地举起杯子：恭喜曾今！谢谢薛伟！

薛伟笑着，也举起杯子。他比任何人反应都要慢半拍，是一种非常得体的不好意思。他看上去也是真心实意地为曾今高兴。

曾今像在看一张超现实主义的油画，真正的超现实，因为每个人都同时张口，而所有声音却一字不漏听得清清楚楚。她听见圆桌对面坐得最远的张师姐说：曾今是我们刘门的宠儿，单纯，有才，就是一直好像不知道着急用功。你不知道刘老师为了催她多画多苦口婆心！薛伟说：她自己说自己是草履虫，简单生物，哈哈哈哈。刘老师问：薛伟你自己的画怎么样？听曾今说也画得很好，给我看看？薛伟立刻掏出手机，再没提“蒙娜丽莎也只是明信片”。众人交相传阅，中间也递给曾今。曾今看也不看就递给旁边。四周响起如多米诺骨牌推倒般此起彼伏的赞叹声。

都说曾今有才，没想到找到一个更有才的。一个师兄笑道。油画毕竟还是男人的活计。

曾今像看陌生人一样直愣愣地看着他，好像不理解他这话的意思。

哎呀！老曲你这话就不对了。女生不爱听了不是！另一个师兄忙说。

男女平等，一样有才。刘老师慈祥地结论道。本来我都以为得自己出钱给曾今办个展了——你们谁不知道用功，我都一样着急。现在她交了薛伟这个朋友，我就放心了。以后争取你们开双人画展，我给你们写序！

曾今像哑了一样打定主意不开口。实在不知道说什么好。早知今日……无法可想。一步步走到今天，她唯有痛恨自己的软弱与愚蠢。

薛伟无比诚挚地笑着站起身，又去敬刘老师酒。他好像完全无意中偶然提起那画廊办展的事。只听见刘老师一迭声说：策展人是我最好的朋友，小事情！

那天晚上似乎所有的话题都是关于她和他的。又或者她只是对他们的名字过敏。怪不得薛伟有一次说她像《战争与和平》里的娜塔莎，草履虫也没错。天真是愚蠢的同义词。

大家吃的是热气腾腾的羊肉火锅，包厢窗户早被水蒸气雾得一塌糊涂，一个师弟上厕所时往窗外瞥了一眼，惊呼：下雪了！

她站起身，慢慢地走到窗户那边去。果然下雪了。她把手慢慢伸出窗外去接那些轻盈冰凉的六出之花。很傻的一个动作。都这时候了，还是犯傻。她陡然间像被雪花烫着了一样，倏地缩回手。

一大桌子人没一个人注意到她悄然离席。所有人都在敬薛伟酒。薛伟也回敬所有人。其乐融融。

那天晚上她喝得前所未有的多。大家公派薛伟送她回去，他当然义不容辞。仓促间打不到车，她在路上醉得无法走成直线，却竭尽全力控制自己不倒向他。薛伟试图扶住她胳膊，她触电一样弹开。

你怎么回事？他有点不耐烦。打足精神应付了一晚上，大概也真累了。

你起开。她在漫天飞雪里静静说。烫热的面庞融化了雪花，极短暂的凉意带来极片刻的清醒。

我今天又做错什么了？

没什么。是我错了。一直都是我错。

噢，你是说他们都把我当成你男朋友？这有什么。回头你解释不就得了。不都是你自己同门？

你当时怎么不解释？

他们没说错什么啊——就说我是你朋友。难道不是朋友？

朋、友。曾今轻轻地重复一遍。醉眼模糊中，很轻地说：薛伟，你理解的朋友到底是什么？

你对我好，我又不是不知道。都处这么久了。

你在说什么？

我其实也挺喜欢你的。他们都和我说了，说你从没对别人这样过。

全错了。她说。我不喜欢你。以前不，现在不，将来也不。我真的就只是把你当成普通朋友。

什么乱七八糟的？薛伟问。但他其实听明白了，也生气了。

你是不是一直觉得自己漂亮又有才，仗着导师对你好，谁让你三分都应该？我又没说要和你怎么样。朋友就朋友呗，真没劲。告诉你，我的忍耐也是有限度的。你太敏感、太无理取闹了。

她不记得那天自己是什么反应，也不记得又说了什么话，最后又是怎么回的宿舍。仿佛是她无论如何不让他送她，最后逃也似的跳上了一辆的士。后来怎么指挥司机开到楼门口，进了宿舍又是怎样洗漱完毕，精疲力竭地爬上铺位，则完全断片儿，遗失在记忆的河流中。只有一个片段她还依稀记得。她在的士上费劲摇开了窗，朔风卷着冷雪大团大团吹进来，司机扭头说：姑娘，你得关窗啊，喝了酒热身子禁不起冷风吹。咦，姑娘，你怎么哭了？

十

那之后她和薛伟有很长一段时间不再联系。没有短信，也没有电话。那个雪夜他们之间终于是发生了一些不可挽回也无法解释的事。

好在她很快就开始忙碌起来。从澳门回来后的那个春天，她终于要开始正式筹备她的个展。物色并确定场地，定制大大小小的画框，确定邀请嘉宾和媒体名单，发邀请函，以及开展前几天，提前去布置现场。

场地最终还是定在今日美术馆。尤伦斯太贵了。她这几年卖画的积蓄未见得够展一礼拜。但展一天和展一年，事先的准备工作都是一样的烦琐。忙碌动荡的空隙，她偶尔也会想起薛伟，但更多的只是一片刺心的空茫。世上人本来就是不同的。也许。但她还是感激他和她说过的那么多话。他们曾是朋友。至少，曾经当彼此是朋友。

开展那天曾今在人群中看见了老胡。手捧一大束香槟色玫瑰，笑嘻嘻地从门口进来，走向她。她笑着接过去，往老胡身后看一眼。并没有其他人跟他一起过来。

老胡还是以惯常的粗犷风格道了恭喜，却突然欲言又止。曾今笑起来，以为他要取笑她今天的衣着。当天她总算放弃了衬衣仔裤，穿了一袭羊毛呢紧身黑裙，格外正式。进门有好几个人都点评过了，还闹着说千年一遇，必须合影。

她笑着一一配合。其实今天她就算是素面朝天粗衣布履，恐怕该合影还得合影。毕竟是第一次个展，她心里对肯来捧场的人充满感激。这才理解为什么以前那些人开完个展，事后总要请朋友吃饭。也有少量在报纸上看到展讯过来的陌生人，但毕竟是新人个展，比例不大。

老胡的脸上写满秘密在心底发酵胀大不得不说的样子。看她不问，再神秘兮兮靠近她一点：听说你个展的钱是刘老师自己出的？

你说什么？

这句话很轻，却像个重磅炸弹，把她的开幕式炸了个粉身碎骨。曾今头脑嗡嗡作响：谁说的？

反正是可靠消息来源。刘老师对你真是没说的，啧啧啧啧，绝对另眼相看。名师自然倚重高徒。你别担心，我没和任何其他人说。知道你爱惜羽毛，怕解释不清。其实也没什么，你一直是刘老师最得意的门生嘛！可以理解。可以理解。

她太阳穴突突直跳：个展的钱都是我自己出的。刘老师没出一分钱。

老胡说:瞧你,和我还保密！我俩谁和谁?

他笑着走远了。曾今老半天还站在空旷的展地中央一动不动。

很快又有几个艺术刊物的记者发现了她,如狩猎者般迅速围拢过来,做了一个小小的群访。她不记得自己都说了些什么,只觉心乱如麻。为什么?到底发生了什么?怎么会这样?

连累刘老师也卷进了这话题的旋涡,都因为她。然而,更让人恐惧的是谣言的来源和指向。

个展持续了七天,头几天的参观人数还算多。到后来她自己兴味索然,也没和媒体保持互动,单天参观人次逐日渐减。从头到尾总共也只有六七篇文章见报,那次的群访她大概也答得不太好,几家报纸的人虽然采了,都不约而同地只发了简讯。

刘老师开幕式那天没来。倒数第二天终于还是来了。人群里她看到他,从未从远处观察过这样一位熟悉的长辈,陡然觉得他老了。清瘦的中等个子,微微佝偻着。他并没有找她,只安静地和其他人一起看展。因是倒数第二天,倒没有遇上什么熟人。在每一张画作面前,他都停留了足够长的时间。在一些大概让他特别满意的画作前面,她瞥见他的嘴角悄悄抽动,显然是微笑了。因为父亲酗酒,整个成长期她一直缺少真正意义上的父辈。那一刻刘老师就像她父亲。她却像被什么钉死在原地,动弹不得。

侧身躲在一根柱子后面,她掉了泪。

刘老师离开前终于还是看到了她。他站在门口,向她毫无保留地微笑着,笑里并无怪责之意。她再躲不过去,慢慢走向他:对不起,老师。但我以为一个人的才华是世间的盐,值得好好对待。我不知道有才华的人同样也可以是杀人犯。

当然这只是一个比喻。她不知道老师能不能听懂。

刘老师静了一会儿,说:现在这个社会,有些年轻人,和我们那时真的完全不一样了。又或者每个时代都差不多,总是有一些人,永远比另一些更急切。但是这些都没有关系。重要的,是继续画下去。一切交给时间。时间比上帝更公正。

她明白“那些年轻人”说的不是她自己。

最后一天,和场馆的工作人员一起撤展时,有个工作人员搭讪道:曾小姐,听说你是刘家明老师最得意的门生?能不能请他签个名?

曾今站在梯子上继续动作，像没听见。那女生又笑着问了一次：这个画展的钱不是他出的吗？

她一定是抓错了什么地方，突然就直直从两米高的梯子上跌了下去。

电光火石的一刻，眼前天旋地转的都是自己心血凝成的五光十色。最后一眼，是那十二匹各色骏马，生生跑成了走马灯。

摔得不算特别严重，只是轻微胫骨骨折。来医院看曾今的朋友好些刚来看过展。都说她为个展的事操劳过度，正好卧床休息。她靠在床头，在一束又一束搭配平庸的鲜花中，恪守一个病人的本分，苍白地微笑着。

张师姐也过来看她，带了一大把白芍药。真快，又是一年春天了。但她看见芍药，陡然间涌上一阵生理性的厌恶。她自己起初还没想到为什么。

师姐平素和她最投契，毕业后就在一家设计公司工作，也早就不画画了。不光他们师门，美院女生大多都转了行，坚持画下去的始终是少数。她那天却陪曾今坐了很久。从下午直到黄昏，差不多两三个小时，说了几次要回家做饭了，却总恋恋地没有起身。平时这样姐妹闲聊的时光很少。她结婚后早从艺术家沦为厨娘，工作本来就忙，加之前年生了小孩，更没时间。

曾今说：师姐你快走吧。回头咱们再聚。

师姐刚待起身，又回头忍不住道：小师妹，你是和薛伟分手了吗？

她已经很久没听过这个名字。一笑：师姐，不管你信不信，我从来没有和这人在一起过。

这我就放心了。师姐长出一口气。我虽然早离开圈子，也还是认识几个圈内朋友。有人说他和一个女画家好上了，也算一桩花边新闻。他不是还参加了那个画廊的八〇后特展？那特展动静不小，据说地铁沿线都做了广告。结果开幕式那天，他女朋友跑来北京想给他一个惊喜，才知道他在北京有了新欢。当时闹得太厉害，画廊保安还报了警。我一听，这都闹的哪一出啊？

那女画家姓什么？她轻声问。是不是姓赵？

不是，好像姓方。据说是个画二代，父亲就是那个方某人。

那么他并不止认识赵梦和自己。她微笑了。她发现自己从来没有真正认识过这个人。她所看到的一切，都是她愿意看到的。

不过我怎么还听到一种说法，说你好些画都是薛伟改过的，否则拿不了那么多奖，所以这次特展就没邀请你……我一听真气坏了。小师妹你也勤勤苦苦画了这么多年了，认识这人才多久，怎么可能？刘老师都没替你改过，他也配？不过薛伟现在是真红。你知道吗，他很快就要在尤伦斯开个展了，上海双年展据说年底也要请他。说到底，还是刘老师推荐他去这个特展管用，其他名字都眼熟，唯独冒出他一张生面孔，媒体最喜欢新名字，几家杂志都赶着上了专访。对了，那个莫沙还专为他写了整版评论。说起来刘老师也真是，怎么不推荐你，推荐了这么个人！

刘老师其实问过她，她当时不知道怎么一心就想要避嫌，生怕给导师惹麻烦。她有点恍惚。也就是说，她之于薛伟一生的作用已经完成。从此再不需她从中穿针引线，介绍任何人，推荐任何事。其实她早该想到的。真到了用得着的刀刃上，每次薛伟都比她门儿清，游刃有余。也只有她相信他真的怕生，路盲，像她一样骄傲敏感，容易受伤。但她难道不是一直就希望他好，想帮他改变命运？求仁得仁何所怨。

我净说这些，你听了也心烦。好好养病，身体是本钱，别多想。我真走了，啊？

师姐轻轻掩上门。把她和一束气味馥郁的白芍药关在一起。薛伟曾经盛赞过的，她笔下的花。

又到早春三月，窗外的玉兰复又如鸟在暮色里惊飞。曾今望向西山，山边只余最后一小块火烧云的影子。今天竟然也有火烧云，就像薛伟第一次去她宿舍。她却每次都后知后觉。人视而不见的事物到底有多少——但她内心深处，涌起的竟然是平静。一切都结束了。

曾今突然想起薛伟也说帮赵梦改过画。那些帮过他的人，全都有求于他，臣服于他耀目的才华。也许他一心但愿这是真的，渐渐就说成了真的。再口耳相传几回合，就彻底变成了他替所有人改画……尤其是帮她。否则她干吗一直这么不遗余力地帮他？这说法当然比说曾今拿导师的钱开个展更歹毒，因为前者只让人疑心她是刘家明的情妇，后者却从根本上否认了她成为艺术家的资格。

火烧云的轮廓渐渐黯淡下去，她的心却在她的胸膛里发烫。

"我默想的时候，火就烧起，我便用舌头说话。"是《圣经·诗篇》里的话。

她无声地倒在床上。眼泪像打开的水龙头一样汩汩流出。

"我比你想象中更重视你这个朋友。"

"我们的征程是星辰大海。"

则是那张明信片上的话。

她此刻觉得人生十分漫长，十分渴望立刻翻过去看到所有人的尾声。但这件事最好也最坏的部分，是她还年轻。无论如何，她会画下去。当然他也会继续画。他们将会在各种意想不到的场合再度相遇。更残酷的竞争也许尚未到来……而将来有一天她结婚了，生子了，也会和自己的小孩讲彼得·潘在人鱼礁上的故事。彼得·潘和胡克船长打斗时，因为船长处于下风手下留情。但是胡克每次都趁机伤害他。

> 彼得惊呆了，不是因为疼，而是因为不公平……每个孩子第一次遇到不公平时，都会这样。当他待你真诚，他认为他有权受到公平对待……谁也不会忘记第一次受到的不公平，除了彼得以外。他经常受到不公平，可他总是忘记。

曾今不知为何，也总是忘记。但这一次她无法知道自己将要用多久，才能吞下这所有难以消化的这一切。汹汹暮色将至，刚才还在天边的那朵暗红色的云早已不见，但它也许哪儿都没去，只是隐没在黑暗里。薛伟从未假装过自己是一个高尚的人。而她自以为是的善良和优越感才是罪魁祸首。谜底揭开她唯有感激。彼得·潘被咬伤后只能震惊，无法怪责胡克船长。他为人鱼的歌声魅惑，奋力游过一整面危机四伏的黑暗大海，才能在天边最微弱的星辰照耀下长成为一个真正的男孩。

而她是女子。这一夜她同样必须独自泅渡。

【作者简介】文珍，女，上世纪八十年代生于湖南，长于深圳，中山大学金融系学士，北京大学中文系硕士。已在报纸杂志发表小说多部(篇)。出版中短篇小说集《十一味爱》《我们夜里在美术馆谈恋爱》《柒》。曾获西湖·新锐文学奖、紫金·人民文学之星中篇小说提名奖、华语文学传媒大奖2014年度最具潜力新人奖等奖项。现居北京，为某出版社编辑。

幻想症

◎ 秦岭

一

打我记事起，就害怕和我婆睡一个炕，洞穿西房暗夜的喊声让我毛骨悚然，分明是鬼叫嘛，可谁信我哩。我大数落我："你长得还没炕柜高，就嫌你婆了。你能听到，你婆咋听不到？家里就两个炕，东房炕上挤着我、你妈和你妹妹，你不睡西房，想睡哪达？你再要心眼儿，我让你睡大队的牲口圈去。"

一开始，我招惹了个幻想症病人的臭名。也就是说，我最早晓得世上有幻想症这个破玩意儿，就是从我自己开始的。我大领我到生产队的女赤脚医生那里，赤脚医生说："这娃得了幻想症，听到的，看到的，都是虚幻的事情，是心里出事儿了，弄不好，会很麻达……"赤脚医生是下乡知青，皮肤白皙，戴副眼镜，一瞅就是有知识的人。她掀开一本烂瓤烂边儿的《农村医疗卫生手册》，用钢笔敲打着上边的词条念："幻想症，指对一件事情产生没有理由和根据的或过多的想法……导致精神恍惚，严重者应该接受治疗。"从此，我完全被药罐子腌上了，一日三次，睡前饭后，一次半碗……喝腻了，喝怕了，一见药罐子就吐。同学们讨厌和我一起上茅坑："你裆里长的啥嘛！尿出来，也和别人不一样，又臊，还又苦，满茅坑，成药铺子了。"

可我还是摆脱不了那鬼一般的喊声。那时我已经能够翻山越岭走山路了，我大领我到了公社卫生院。医生把我的耳朵、眼睛来来回回翻弄了好久，最后一声叹息道："真没见过你家娃这样的，药，加大剂量吧。"

我当场就吐了。医生说："还没吃药哩，咋就吐哩？"

我大替我解释："我懂我娃，我娃真格叫药吃怕了。"

“哦,这是条件反射。以后吃了药,千万别吐啊! 很贵的。”

我大呆呆地瞅着我,泪花在眼窝里打旋儿。一张黑脸,只有泪花白着。

公社的医生比村里的医生开的药还要苦。狗急了还跳墙哩,我计上心来。反正我大我妈白天要上工,熬药的事情由婆揽了。趁婆不留神,我把熬好的药偷偷倒进树坑里,然后一咂巴嘴儿,哄婆:“我喝啦。”可有个大雨天,生产队暂时停工,全家人闷在屋子里谝喜旺与李双双。我无计可施,只好在一家人目光的天罗地网里,闭眼,端碗。刚抿了一口,我惊住了。药味清淡了许多,比赤脚医生的药还要清淡。天哪! 咋会哩? 真格的! 绝对不是幻想症作怪。晚上上炕,我试探着问婆:“婆,这药,您是不是兑了水?”

婆居然点头了。我激动得扎在婆的怀里:“婆,您真格是我的好婆。您放心,这个秘密,你知我知,我不会说给任何人的。”婆,真格是天底下最好的婆。她老人家平日里对我的好,对全家人的好,对生产队的好,使她在大队男女社员中赢得无与伦比的信任和威望。连公社下派的驻队干部都夸:“老人家如果能说话,绝对是大队书记的人才,咱最缺的,就是妇女干部。”

咱尖山村有两道大梁,分别叫瞭东梁和瞭北梁。论视野,瞭东梁比瞭北梁要开阔一些,论土质,瞭东梁更要优于瞭北梁。可是在我的记忆中,婆常常要领我到瞭北梁去。那达地多盐碱,寸草不生。“盐碱怕雨不怕晒”。咱这里十年九旱,盐碱地坚硬如钢。站在梁上往北一瞭,能瞭到绵延起伏的大山,能瞭到山脚下的小河,能瞭到南来北往的大雁。但婆的眼眉挑得老高,半天不回头,仿佛白云遮蔽的北方有个拴桩,把目光像缰绳一样牵扯了。婆用手指着北方,意思分明是:那头,真远哪!

我说:“是哩,山连着山,云接着云。”

那一刻的阳光,真是好极了。婆抬起的手腕上有一道炫目的光芒,光芒来自玉镯。婆有时戴,有时会小心翼翼地搁进柜子里。谁也休想动这只玉镯,它像是她的命。

有赶路的开玩笑:“哑巴婆,你脖子抻得像瘦驴样儿,这是瞭啥哩?”

婆就比画一阵,大意是,让我的孙子瞭山外都是些啥。

“哈哈,这大白天的,我以为你瞭见北斗星了哩。”

要说有瞭头,当然算瞭东梁而不是瞭北梁。日头每天要从瞭东梁蹦出来,然后与瞭北梁擦肩而过,顺着西坡溜下去。站在瞭东梁东眺,能瞭到几十里开外的天水城,像一朵朦胧的碎花儿。可婆偏偏只认准瞭北梁。我理解婆的心理。天水城,在她眼里一定不是花儿,是疤。

从我记事起,就晓得婆是以前跑土匪那阵从天水城里逃出来的。都传哩,那时的天水兵荒马乱匪患不断,既有男匪也有女匪,有骑马射箭百步穿杨的也有拎刀挎枪捎带土炮的。大股的土匪有从北边河州来的也有从东边关山来的，有从南边武都来的也有从西边漳县来的，本地小股土匪更是数不胜数，都是日头下人模人样下地干活儿，月光下黑巾蒙面打家劫舍的二尿货。说是土匪每次攻打天水城，全城的男女老幼就翻过南北二山，往各村各寨的堡子里挤。最惨的要数民国十九年那次，河州人马廷贤、韩进禄的队伍大破天水城，两小时就杀掉三千人，奸了上千女人。东关、中城一带的大户人家不光金银财宝、柴米油盐被抢掠一空，还被斩草除根，城垛子上排满了大大小小的脑袋。很多侥幸拣了一条小命的女子娃，无论富家小姐，还是贫贱丫鬟，谁敢返城？逃哪儿，嫁哪儿；嫁哪儿，算哪儿，真正的嫁鸡随鸡嫁狗随狗了。婆，就是其中的一个。

说是婆年轻时长得美过火，地道的天水白娃娃哩，只可惜“一哑遮百美”。嫁给我爷爷——我爷爷曾被围攻堡子的土匪打瘸双腿，被认为“哑巴嫁瘸子，扯平两不亏”，不然难逃鲜花和牛粪的意思。我从没见过我爷爷。我大告诉我：“你爷命苦，腿伤感染了肚肠。你婆刚给我和你姑姑的开裆裤缝了裆，你爷就下场了。”中华人民共和国成立后，我大曾多次动员我婆进城寻亲，我婆不但断然拒绝，还哭得死去活来。我婆在天水城的所有亲人，一定被杀尽了，只剩她一个哑巴了。

事态的升级大概是我刚上小学三年级那阵。麦黄的夜晚，大山里安静死了。可是，我又一次听到了那种喊声。喊声把我从梦中拽到了黎明前的暗夜里。这喊声既熟悉又陌生，既怪异又尖锐，只有苍老的女人才有。我使劲眨巴几下眼睛，一是证明自己确实醒了，二是证明的确不是幻想症作怪。我两耳竖立，既怕那声音扑面而来，又怕漏掉一个细节，恐惧像寒流一样冰封了我。

真格的！我相信那喊声的源头绝对不是在梦里，肯定是在梦外。梦里的我是在给生产队放羊，羊儿在坡上吃草，我圪蹴在坡顶吹笛。我吹的是《我是公社小社员》。对面山梁上，男女社员们正在集体锄草，村学的后墙上，老师领着红小兵们正在张贴标语。其实作为一名光荣的小学生，我还没到给生产队放羊的年龄，可那是我真诚的梦想，我渴望早日成为人民公社的小社员，成为生产队的向阳花。就这样一个梦，生生地，被那个苍老的声音搅黄了。山坡、羊群、社员……瞬间蒸发，无影无踪。窗外，时不时传来一两声猫头鹰莫名其妙的吼叫，鸡窝里的母鸡们顿时发出“咕咕咕”的哀号。紧挨着炕围子的老牛，没事似的，一如既往地回草，“咕噜”一阵，“咔嚓”一阵。

我早已不是过去的那个我了。凭判断，喊声就来自炕上，具体说就在婆那一侧。我和婆共用一张破被，她此刻睡意正酣，呼噜声此起彼伏。

可那喊声一遍遍在我脑海里回响：“姐妹们——快冲出去啊——”

完全是电影里的意思。发出这样喊声的，如果不是英姿飒爽的女红军首长啥的，至少该是恶贯满盈的女匪首了吧，而且必定是清一色的普通话，可这喊声分明是外地口音。外地是啥？晓不得。我生在尖山长在尖山，连天水城都没挨过边儿。我只晓得世上有两种语言：普通话，天水话。啥叫普通话？就插队知青、驻队干部吊在嘴边的那种；啥叫天水话？还用问吗，就是把奶奶叫婆，把父亲叫大，把吹牛皮叫烧料子，把没出息叫完㞞的那种……

“婆……”我怯怯地喘了一声，用肘子轻轻蹭了一下婆的胳膊，“喊声，在您……您那达。”

奇迹发生了。不！不是奇迹，是惨剧。婆突然一转身，像老鹰一样挟裹着黑暗压过来，两手死死卡住我的脖子，玉镯传递着异样的冰凉。那一瞬间，我又听到了喊声：“快，把刀给我！”

我呼吸困难，死命折腾。从喊声传递的信息不难判断，炕上不止一个人，一定还有拎着刀子的人，一个？两个？或者四五个？

婆突然慌了，慌忙点燃煤油灯，慌忙把我搂在怀里，慌忙抚摸我的脖子。幽暗的煤油灯下，婆的表情怜惜得一塌糊涂，目光里蓄满炊烟一样的温馨。她嘴里“哦哦哦”“啊啊啊”着，两手不停地比比画画——那意思大概是：千万不要害怕，啥事儿没有，我的宝贝孙子只不过……只不过幻想症犯了嘛。婆的比画让玉镯的光泽千变万化，像一个耀眼的魔圈。我似乎发现了一个规律，每次听到喊声，玉镯多半是戴在婆手腕上的。喊声和玉镯会有联系吗？兴许瞎猜了吧。

“不！犯幻想症的，八成是您。您要是没犯幻想症，咋卡我脖子哩，您把我当啥了？往死里弄。”

婆使劲摇头，两手在耳朵和眼睛方位比画一番，意思是耳朵、眼睛都好着哩，绝对没有幻想症。

“难道……卡我脖子的，是鬼不成？”

婆还是摇头，摇着，摇着，不摇了，慢慢变成了点头。她这一点头，之前所有的猜测等于全部得到了证实，我吓得“妈呀”一声。我魂儿飞了，魄儿散了，魂魄一定飞出了院子，只剩下不到扁担长的躯壳。婆又一次紧紧搂了我。

“婆，我明明觉得，卡我脖子的，是您啊。”

婆比画一阵，她承认是她在攻击我，但她的意思是帮我捉鬼。鬼，已被她赶跑了。婆停止了比画。她大概是很累了，手臂耷拉下来，玉镯仿佛进入了休眠，不再闪耀。

我已语无伦次：“婆，您不要再戴……戴……镯子了。”

二

连我婆自己都承认西房有鬼，事情的性质完全变了。

对我而言，最辉煌的成果是：暂停吃药。我暗自庆幸，幸亏这世上真格有鬼。我宁可让鬼捉走，也不愿再吃那个比鬼还要折腾人的药。

婆其实是个骨子里就不信神鬼的人。“破四旧”那阵，生产队配合工作组拆家庙、砸佛龛、毁宗祠，捉拿游走在四邻八乡的巫神马角、阴阳法师，有些人家暗自啜泣，有些人家大义灭亲。婆连眼睛都不眨一下，敦促我大把家里所有的香蜡、铜炉、冥纸、神像如数上缴，连祖上传给我的长命锁、阳寿符也当着工作组的面，能砸的，砸；能烧的，就地一把火。祖上唯一留给我们的念想，也就那只玉镯了。

我大终于重视起来。他在我跟前圪蹴下来，两手捧着我的脸，眼含热泪：“我的娃，大，错怪你了，医生错怪你了。大亲自给娃煮一个鸡蛋压惊。”

“哇——”我号啕大哭。那种终于被平反昭雪的感觉，让我的泪水山洪暴发。

我大做出了一个与他这个共产党员、民兵队长身份完全相反的举动，他翻山越岭几十里，从山高皇帝远的牛集寨偷偷请来了一位地下阴阳法师。那天晚上，我家院门多加了一根顶门杠。西房内外，紫香闪烁，蜡烛吐焰，瓦盆里的纸钱燃烧得血红血红。跪倒在西房内的婆，表情木然，轻轻啜泣，脸上、身上被涂了羊血，膻味冲天。阴阳法师白袍加身，头戴法帽，高扬拂尘，手中挥舞的桃木宝剑朝婆的全身又是捣又是打，口中念念有词：“打恶魔，赶阴鬼，打你赶你并不亏。你从哪达来，滚到哪达去。你若不听话，我告阎王知。罚你下地狱，永世不转生……”

婆遍体鳞伤，一声不吭，只是不断地磕头。两排牙齿紧紧锁着从额头垂下来的一绺白发，从嘴角溢出的鲜血顺着发梢滴落，“滴答”一声，“滴答”又一声……

其他人都跪倒在西房门外，谁也不敢抬头。风乍起，纸灰飘飞，仿佛群鬼在争抢冥币。我大时不时瞅一眼院子中央，那里，一大堆儿用浮土苫盖的蒿草，暗火通红，浓烟滚滚，烟雾弥漫了整个院子——这是家家户户驱蚊的招法。只是，这次蒿草多添了几捆，一来为了掩盖久违了的香蜡味儿，二来为了掩护捉鬼现场。即便有人从崖畔走过，休想瞅得清我家院子里发生的大逆不道。法师作法已毕，婆轰然一声昏倒在地，像一捆被暴风雨肆虐过的朽麦草。

那是我第一次给牛鬼蛇神磕头。我敢断言，我是村小唯一参与封建迷信的学生。我家闹鬼的事实从根本上颠覆了老师平时对我们的说教。这世上，有鬼，真格的！我牢记我大的教诲：“家丑不可外扬，传出去，咱家就完尿了，后果比闹鬼还要麻达。”每次跟着老师挨家挨户搜查香蜡、冥纸，我的心都提到了嗓子眼儿，我小心翼翼地环顾左右，心里默祷：“过路的鬼爷、鬼婶、鬼哥、鬼姐、鬼……

你们……饶了我吧。”

真够灵的！驱鬼取得了辉煌胜利。好长一段时间，西房内天下太平，我和婆相安无事。

“叭——叭——叭——”瞭北梁那边传来一阵阵枪声。民兵们一年一度的冬季训练开始了。按照公社武装部的要求，为了进一步加强对苏修入侵的防御力度，各村首次增加了夜间打靶训练。那天晚上，我在灯下写作业，婆在一旁纳鞋底儿，可我发现婆有些跑神儿。平时她纳鞋底儿，鞋底子牢牢卡在两膝之间，左手攥锥子，右手抻绳子，两臂大张大合，像一个人在拉大锯。可今儿不是，她分明被瞭北梁的枪声迷着了。每一声枪响，她的眉头都要跳一下，满脸梯田一样的皱纹像是变成了水浇地，活泛地直冒墒气，插根筷子就发芽的意思。

我想起来了，婆对枪支似乎情有独钟。记得有天晚上，我大我妈出山去镇上看革命现代秦腔《红灯记》，我刚刚进入梦乡，被一阵“哗啦啦”的声响扰醒。睁眼一瞅，婆不在。循声隔窗一瞭。乖乖！月光下，婆在院子里耍我大的步枪哩。她时而把枪栓拉得“哗啦啦”响，时而举枪做射击状，时而躲在柴垛子后隐蔽起来，时而前弓后箭来个刺杀动作……这样的场面我丝毫不感到稀奇，民兵训练可不都是这几下子嘛！可我发现，婆的动作比女民兵还要麻利，麻利到啥程度，我说不出来。

平时，婆还爱帮我大擦枪。枪托、枪管被她擦得锃明瓦亮。我大劝过我婆：“妈，您不是民兵，这不是您干的活儿，再说，步枪上有刺刀，弄不好，要人命哩。”婆就笑着比画一番，大意是我这老婆子命硬，你们训练辛苦，替你们擦擦枪算个啥。有一次，全体民兵在我家院子里开会，几十支步枪沿墙根摆了一排，会开完了，所有的枪被婆擦了一遍。有位民兵跷起大拇指，学着电影里新四军首长的话说：“你真是革命的老妈妈。”婆就笑了。大家列队唱着《打靶归来》步出我家院子的时候，我婆的目光追随着他们的背影，整个一张脸，像九月里盛开的菊花。

“哦——”婆突然发出轻轻的呻吟。这呻吟穿越幽暗的光线，夹带着难以克制的疼痛。是锥子扎了手，血从婆的指缝里往外冒。

“婆——”我顿时失声。我心疼地捧起婆枯瘦的手，气不打一处来：“都是枪声害的。”婆却不买这个账，意思是根本与枪声无关，自己老了，实在是太老了，眼神儿跟不上了。婆包扎伤口的动作比束麦捆子还要麻利，一块破布条，一缠两绕，就包扎好了。我这才注意到，玉镯早就不见了，婆放弃玉镯是否与我上次的哀求有关，我已无暇顾及。此起彼伏的枪声渐次稀落。婆示意我，该睡觉了。

熄灯了，黑暗合围了西房，可我睡意全无，我在惦记着第二天如何才能第一个奔瞭北梁捡弹壳，那是我们小学生最开心的时刻，谁的弹壳最多，简直比小英雄雨来还神气。为了不让婆操心，我只好佯睡。不久，婆的鼾声像金黄的落叶一样在秋风中轻轻泛起。可我的眼睛，睁得比核桃还大。

“枪声，快，那边又上来了！”

天哪！又来了，是喊声。那一刻，我可不是在梦里，我的思维比镜子还要亮清。千真万确，板上钉钉，喊声来自婆，是婆在说梦话。我完全被吓软了。而婆在继续：“你们这帮狗强盗，臭流氓，放开我……快！你们快跑，我来掩护……”

怪了！日怪了！哑巴说梦话了。婆即便患上十万个幻想症，也没有胡言乱语的资本啊！我没有勇气叫醒婆。事实已经摆那里了，之前所有的鬼，保准在婆的身体里。婆就是鬼，鬼就是婆，婆是被鬼附体了。我屏息静气，像邱少云叔叔那样顽强地、坚定地潜伏着。面临险境，我设身处地地体验到了革命意志的滋味。我心里亮清，我，正在长大。

我婆，准不是一般的婆。假如……婆连鬼也不是呢？

这是我对婆的身世产生强烈质疑的开始。我至少有三个判断：其一，假如真的是鬼魂附体，那么，那些鬼一定是新中国成立前会使刀枪的女匪，死了，还想折腾阳间的人，找到我婆这达来了；其二，假如世上没有鬼，那么，我婆本人兴许当过土匪，至少也给国民党当过兵，而且久经沙场，杀过人，也被追杀过，还有可能被逮住过。据说，镇压反革命那阵，一些命案在身的国民党潜伏分子和惯匪都被政府处决了，婆会不会是漏网之鱼呢？其三，她是不是……我不敢多想了。我想到了臭名昭著的西路军——就是传遍陇原的那支红军队伍，那都是给战无不胜的红军脸上抹了黑的完尿、二㞞、混头。那些年，咱天水一带村村寨寨揪出来的西路军流落人员——具体讲叫革命逃跑分子的，简直比驴还多，有男的，有女的，有当了倒插门女婿的，有嫁给老贫农的，有装聋作哑的，有一辈子当光棍、当寡妇的……

我这是幻想症的思维吗？对婆的质疑反而让我自己心惊肉跳。土匪、西路军都是坏人，可是我婆一点儿不像坏人，她在这样的夜晚更像一位幻想症患者，像不等于是，哪有夜晚像鬼白天像人的。

在咱天水一带，贫下中农及其子女与革命逃跑分子做斗争的故事，像一段段妙趣横生的传奇，一拨落幕，一拨登台，好戏连台了。比如双十铺村红小兵周三娃的亲爷爷张根生，给生产队驮粪时不慎被驴把脑袋踢了。这一踢，十成的智商就跑了五成，说话没个把嘴的了。他给孙子周三娃忆苦思甜时，不知咋搞的，味道就变了。他告诉周三娃，他根本就不是甘肃天水人，他真名叫杨继雄，老家在江西兴国县，一九三四年，十五岁的他撂下锄头当了红军，后来跟着红军一路长征，突破了甘肃的腊子口。红军三大主力在会宁会师后，他被编入西路军，在河西走廊和马步芳的队伍厮打了几十个昼夜，后来受伤被俘押到了青海，再后来趁看守不备，又逃回了甘肃。俗话说："金张掖，银武威，金银不换是天水。"天水这地方养人。于是他改名换姓，自称流浪孤儿，一路寻吃讨要到了天水，使劲学会了天水话，摸到双十铺的周家当了上门女婿。他是在周家祠堂明了心的："生了娃，随母姓……"

张根生——不！杨继雄的下场非常惨。揭发举报他的，就是亲孙子周三娃。每次批斗，红小兵周三娃亲自上阵，声泪俱下："咱全家，得感谢生产队那头驴，那真是一头有政治头脑、有思想觉悟的好驴。如果不是驴，真晓不得咱全家会被我爷爷——不！被杨继雄骗到何时。这老家伙一辈子真是猪鼻子插葱根——装大象啊！居然年年都被公社评为生产模范……我悲哀，我身体里流淌的竟然是他的血，我悔恨，我的眼睛还不如驴眼雪亮……"

大会由公社革委会主任主持。每次大会发言都有一位雷打不动的人物，他是咱天水一带响当当的知识青年代表宋传红。据说宋传红是一位女红军的后代，当年的女红军已经是省城兰州的厅级领导干部。宋传红响应号召，从省城上山下乡到了天水，干着干着，就由普通知青变成了宋代表。按理说，就宋传红根红苗正的背景优势，完全可以就近到省城周边下乡，但他母亲坚持舍近求远。据说天水曾经是老人家长征时期浴血奋战、脱险北上的地方，这样安排儿子，显然有激励下一代沿着前辈的足迹继续革命的意思。宋传红主任不愧是老革命的后代，讲话气吞山河："……今天，又一批躲藏在贫下中农中间的西路军逃跑分子现了原形。西路军的失败，是张国焘机会主义、退却主义路线彻底破产的见证……"

最让咱农家子弟心窝里感到妥帖、受活的，是宋传红的表态："'广阔天地，大有作为'。我宋传红志愿在这片革命先烈用鲜血和生命换来的土地上，和广大贫下中农一起，扎根农村，当一辈子农民，干一辈子革命。"

那一刻，我真正感受到脚下这片土地是多么的广阔和神圣，生为农民，是一件多么伟大和光荣的事情。

夜合围了我，却合围不了我的双眼。身边的婆，像捂在被窝里的炸药包。

三

我的决策在第二天一早立即实施，我不是直奔瞭北梁而是钻进了东房，才晓得我大麻明就披着星星出山赶集去了，我撒开脚丫子就下了山。我非得找到我大不可，事不宜迟，刻不容缓。

那天的集镇上人山人海，骡马喧叫。高音喇叭里播放着革命歌曲，来自天水县城、公社的工宣队、农宣队正在街头巷尾跳忠字舞。镇子唯一的开放式大礼堂台子上，"地富反坏右"们头戴高帽站成一溜排，正在接受革命小将和贫下中农的批斗。与以往不同的是，这次接受批斗的革命逃跑分子似乎多了些。

大会照样有宋代表的发言，他像广阔天地中升起的太阳。

西路军——河西走廊——红军历史上最惨重的失败。我有时候就想，咱甘肃真够倒霉的，坏就坏在那个最大的逃跑分子张国焘身上。听老人们讲，甘肃是红军三大主力唯一全部经过的省份，腊子口战役、俄界会议、哈达铺会议、榜罗镇会议、会宁会师、血战河西走廊都在甘肃，毛主席笔下的“更喜岷山千里雪，三军过后尽开颜”“六盘山上高峰，红旗漫卷西风”也说的是甘肃，就连宁都起义的队伍里，也有很多甘肃人。可是，那些灰头土脸的西路军，老鼠屎害了一锅汤，把咱甘肃的名声生生地祸害了。同样是红军，人家宋代表的母亲咋就那么旗帜鲜明哩，人家从天水脱险北上后，就没走河西走廊那一路，而是去了陕北。陕北是啥？陕北就是山丹丹开花红艳艳嘛。

在人群里找到我大时，他正在和贫下中农一起振臂高呼。

我把我大拽出来，我首先问了一个问题：“大，您听说过哑巴说梦话吗？”

“这不是屁话吗，你是不是真格有幻想症了？”

“说梦话的，是我婆。”

“到底是你婆在说梦话，还是你大白天在说梦话？你两个都嫌幻想症不够麻缠是不是？”

“信不信由你，而且——”我发现我的思想觉悟和革命敏感性已经提高了一大截子，“而且，我婆的梦话里全是打仗的事儿，她平时也爱擦枪，爱听民兵打靶的枪声……这事，必须得报告工作组。”

我大的一张黑脸唰地泛起了一层灰白，他紧张地环顾左右，抢了我的话头：“你先不要给任何人言传，你婆，哑巴，是鬼在替你婆说话，鬼又来了。鬼附体的事情，你又不是没领教过，如今越来越多了，耕耕妈的事情，你不是不晓得。”我大这么快就做出判断，完全出乎我的意料，也就是说，我该问的还没问完，该说的还没说完，我大就把答案给我交底儿了。我大提起耕耕妈，让我脊梁骨一阵阵发冷。多年前，耕耕大和耕耕妈上工时，家里被狼盯上了，一盯两盯，耕耕就没了，连骨头都没剩一根。从此，耕耕妈每天披头散发，见着我们这些男娃娃，就喊耕耕，同时又学着耕耕的声音喊妈妈，像极了！分明是耕耕附体了。喊了几年，把自己喊死在了炕上。

天大的事情，终于被我婆和我大从根子上解决了。西房里再也没闹过鬼。

我不晓得具体是咋解决的。只记得，当天从镇上回来，我大就连夜领着我婆下山，说是要去几十里外的姑姑家看小外甥。两天后，我大背着一个装满蒿草的背篼回来。我清楚记得我大下山前是没有背背篼的，也就是说，多了一个背篼，少了一个我婆。我忍不住追问：“大，您真的把我婆送姑姑那达了？”

“你碎娃娃心眼儿真多,小心缠上幻想症。”

我赌气不再过问,我的注意力全部集中到了背篼上。我趁着月光溜进柴房,迅速翻开背篼里的蒿草,发现底部掖着一个上锁的木头匣子。我当即想好了,等天色大亮,非打开瞅瞅不可。第二天,我趁我大我妈上工的当口重返柴房,却发现背篼、蒿草依然,匣子却不翼而飞。我马上意识到,我前半夜的行踪,我大了如指掌,他后半夜已经行动了。

“大,匣子里装的是啥?”

“是……是阴阳法师画的符。”

我半信半疑的革命表情引起了我大的不安。三四天工夫,我大就瘦了一圈儿,瞅我的眼神儿怪怪的,带着警觉和慌乱。下工回来,像丢了魂似的,这达瞅瞅,那达瞅瞅,有点神神道道。我想,他一定是把转移匣子的地方忘记了。大约半个月后,一种浓烈的药味把院子弥漫。天哪!我大是不是得幻想症了?这种特殊的味道,我是最敏感的。可我大说:“娃,我瘦成这样,是肠胃乱套了,吃药,是拾掇肠胃哩。”我没敢戳穿我大,无论咋样,幻想症不是闹着玩的。不久,我大挨了处分。打靶时,他却瞄准了一头猪,枪一响,靶没倒,猪倒了。

“实话给你说,你大得了幻想症,你千万别惹他,他连猪都敢枪毙……”我妈说到这达,泪水成了屋檐水,一溜儿一溜儿的。

我心悬一线,只好把匣子的事暂时咽到肚子里。两个月后,我大再次出山把婆领了回来,像完璧归赵似的,看不到一丁点儿的变化。稍有变化的是我大,婆回来了,他神志似乎亮清了一些,但药量丝毫未减。日子,就这样推着往前走,每晚上炕,婆纳鞋底儿,我做作业,然后,吹灯,钻被窝。我感觉婆的呼噜更均匀了,更平稳了。我出山到镇里上中学后,麻明,婆送我到村口;夜晚,她早早到村口等我。我慢慢长得更大,婆慢慢变得更老。和婆一起的日子,如此这般吧。这期间,也就是一九八二年,我婆下场了,享年六十六岁。

婆并没有进我家的祖坟,她早就给自己选好了一片地方:瞭北梁。这鬼地方说啥也不该当坟地的,可我大愣是答应了。全村人看扁了我大:“唉!都是幻想症害的。”村里人看扁我大的理由有两个:一是坟墓选址应遵族规,不该听婆的,我大这样做不但不是孝顺之举,而且是大逆不道;二是不该留下玉镯,理应按风俗让玉镯陪葬。我大遭人骂的事情还在后头,那年夏天,老天爷鬼使神差地浇了一场透雨,瞭北梁的盐碱地顷刻变成了稠泥汤。天晴了,盐碱地坚硬如初。全家人爬上瞭北梁一瞅,我婆的坟堆儿早被倾泻而下的泥石流卷进了渭河,尸骨无存。四周的盐碱地像是重新组合了一遍。我大“哇”的一声哭了:“妈,我的妈,你在哪达哩吗?我给你应承了的,我会等到迁坟的一天,可是,这个瞭北梁,这个老天爷,这个泥石流……”除了山鸣谷应,剩下的只有盐碱地上浮泛的白气。

情况发生变化，是在我婆下场的第三年，大概是一九八四年上半年，上边来了通知，说是按照新政策，要彻底解决在乡西路军红军老战士称号和生活待遇问题，凡经政府确认为西路军流落人员的，在没有发现重大政治历史问题的情况下，一般应当给予承认，并统一称为西路军红军老战士，同时摘掉机会主义、退却主义、逃跑主义的帽子。我大终于告诉我："瓜娃，你婆，是红军，中共党员，四川达县人，是个与资本家家庭脱离了关系的大家闺秀，一九三五年长征时路过天水，与胡宗南的兵干过仗。北上后，被编入西路军出征河西走廊，全军覆灭后，她从死人堆里爬出来，一路乞讨又来到了天水，她要在这达等玉镯的主人……"

幻想症患者，竟然能幻想到这份儿上。我差点就乐出了声。"大，您是不是把我婆当成周三娃的爷爷了？"

"不！你婆给我说的，就那年我领你婆下山那次，她第一次开口说话。"

"我婆……说话……"

迁坟！迁坟！说好了要迁坟的，给我婆迁坟的场面和规模在尖山村史无前例，光各级领导就来了一长串儿。帮我婆迁坟的人很多，地区的、县里的、乡上的，还有从四川达县远道而来的。现场还召开了隆重的追悼会，那阵势比当年声讨西路军流落人员的批斗大会壮观多了，我当时就想，如果宋代表在场就好了，换他致悼词，他的红色基因和万丈激情，一定会让悼词像当年苏区的映山红一样燃烧起来。可惜的是，咱乡下一如既往广阔的天地里早已没有了知识青年的影子。他们说是要扎根，其实早已连根拔起不翼而飞，照旧成了城市的主人。好在，婆和爷终于埋在了一起，只是，婆的棺材里，除了一坛来自瞭北梁的盐碱土，只有一个用红布包裹的木头匣子。

有人怀疑匣子里是半截舌头，我顶上去："你是不是有幻想症啊？"

至此，我婆留在人间的遗物，只剩那个玉镯了。

可我大最终自作主张让玉镯成了婆的陪葬品，那是前些年的事情，这事讲起来有些绕。从上世纪九十年代初开始，咱种田人惊异地发现，祖祖辈辈赖以生存的广阔天地早已连种田人自己也养活不了。大多数乡亲开始离乡背井南下打工，我、我大和我刚刚长大成人的儿子也不例外，我和儿子在广东的一家日本独资企业当搬运工，我大在深圳的一家中美合资企业当清洁工，命运让咱与土地、与故乡、与祖坟的距离越来越远，古老的春节成为我们走几千里春运路回故乡的最大心结。二〇〇〇年除夕之夜，我们祖孙三代刚刚拖着疲惫的身子挤进破旧的绿皮火车从不同的方向赶回故乡，就听到一个传言，说是有位名气很大的华侨实业家应邀来甘肃投资时，亲口叮嘱有关部门，在日本颐养天年的老母亲，如今快到人生的尽头了，近来念念不忘长征时期在天水掩护她脱险的女战友。华侨说："希望你们帮家慈找到救命恩人，哪怕找到她的后代也行，恩人手里，有家慈亲手赠送的一只玉镯。找不到恩人，家慈大人在异国他乡死不瞑目啊！”有关部门领导的表态很明确：招商引资和寻找玉镯都是头等大事，一定会当作政治任务来落实。

玉镯？我放飞的幻想当然不敢把华侨的母亲与我家的玉镯联系起来。大千世界，咋会那么巧呢？可大年初三给婆上坟时，我大却毫不犹豫地把玉镯葬了。

“您不是说，玉镯留着，等一个人吗？”我曾提醒我大。

“你们这代人，咋就信我一个幻想症病人的话呢？我至今随身带着药罐子，你不是不晓得。”

这样对话的时候，故乡广阔的天地像是睡着了，像坟茔里安静的婆。冰雪笼盖了四野，山下的小村像一只歇了翅膀的乌鸦，悄无声息。而华侨放出的话越传越清晰，慢慢地，答案像热锅里蒸汽散尽后凸显的馒头。于是很多人理所当然地认为，华侨的母亲十有八九就是我家玉镯的原主人。好不容易相聚故乡的父老乡亲像集体得了幻想症，顺理成章为我们全家构想、规划、描绘着辉煌而美好的未来。很多媒体记者不惧山高路远，雪大风疾，发疯似的堵上门来向我大刨根问底。他们带来了一个让全村人亢奋到沸点的消息：华侨，不是别人，正是宋传红。

这个名字并没有引爆我大的顽固不化，他的解释一如既往：“我说过多少回了，玉镯属家传，根本不是什么战友所赠。”

正月十五那天，我们祖孙三代又得匆匆南下了。我意外发现，一个不咸不淡的大年，反而让我大那张苍老而又刻板的脸活泛了许多，临出门那天，也丝毫没有往沉重的行囊里塞药罐子的意思。妻子悄悄告诉我：“自从葬了玉镯，咱大的幻想症好像好了许多，早晓得是这样，还不如趁早把玉镯……”

“儿子孙子哎，走咧！”西北风送来我大在院门口的催促。

弥漫的风雪让天地变得又窄又小。村口，一定有我妈和妻子木桩一样久久伫立的身影，可我啥也瞭不见。我至今难以忘记我们又一次离开故乡的情景，在几声稀稀拉拉、隐隐约约的爆竹声中，四片枯叶一样的身影与苍天大地、与羊肠小道一起缓缓蠕动。后来，只剩下三片，另一片在山脚下踌躇了老半天才原路返回，那是我家老得不成样子的黄狗。

【作者简介】秦岭，男，甘肃天水人，曾就读于鲁迅文学院第八届高研班。出版有长篇小说、小说集《皇粮钟》《断裂》《在水一方》《绣花鞋垫》《借命时代的家乡》等。作品多次被各种选刊转载或入选年度小说排行榜、年度最佳小说选本。曾获《小说月报》百花奖原创小说奖、第十六届百花文学奖短篇小说奖等。现为天津市和平区文联主席，天津文学院签约作家，中国作家协会会员。

向影子射击

◎ 曹军庆

在东湖边上，浓密的树林里掩映着一个小院子。院子里有两座不高的楼房彼此相邻。楼房由地面上带顶棚的回廊相连接。回廊外侧，长满了爬藤植物，郁郁葱葱。回廊内侧，木质的雕栏上漆着旧画，画中都是神仙妖怪和瘦骨嶙峋的古人。间隔一二十步远，随意地摆放着一些座椅、板凳和小桌子。小桌子上面有书刊、温热的茶水和装着黑白围棋子的陶罐。院内设计幽静古雅，像是一处私密花园。花卉、石柱随处可见，游泳池里汪着水，像一弯明晃晃的月亮。但是小院子的入口处却极为隐蔽，树木更葱茏。一条土路通往这里，细窄弯曲，丝毫也不起眼。门口竖着两扇坚固的铁门，门卫室里长年有两名保安值守。院子四周是一圈高墙围着，高墙上遍插碎玻璃和尖锐铁钉。身穿灰色夹克衫的男人牵着狼狗四处巡游，他们碰上面了也默不作声，仅仅只是互相点头或以眼神示意。

这时，女人从树林深处走来。她已经肥胖得不行了，走几步就要停下来喘口气，尤其是她的上半身肥胖得不成比例。女人一手捂胸，另一只手拿着随手折下的植物枝条，边走边抽打空气。她走了很远的路，一定是经历过长途跋涉才找到这里。现在她站在小院门口，喜形于色。

她说："我是云嫂，云嫂啊。"

保安戴着墨镜，也穿灰色夹克。一个保安对另一个保安说："云嫂是谁啊？"

另一个说："没听说过。"

"我也没听说过。"

"怎么会没听说过呢？"女人辩解说，"我五年前就来了，在这儿我住了整整一年。"

"真是有病啊，一个接一个的。"

"脑子坏了可就没办法。"

聊过这几句保安都不作声。一个看天,一个看树,没一个打算去开门。

女人兜着圈子,仰起头来看看这个的脸,又看看那个。她沮丧极了,特别无辜地问道:"你们都是新来的吗?"

他望着另一个他:"你是新来的吗?"

另一个说:"你是吗?"

女人说:"你们不可以这样踢皮球,我是云嫂。"

"你不能进去。"他说,"这不是你进去的地方,闲人免进。"

"是啊。"另一个和颜悦色一些,不过态度同样坚决,"快回去吧,别在这儿逗留。再和我们纠缠,没准儿他会叫狼狗出来。你看看他脾气不太好,不像我!他这个人动不动就要叫狼狗。不过呢,叫狼狗也是我们的职责,对纠缠不休的人只能用这一招。"

被指为脾气不好的那个人抱着膀子,不置可否。

"我真是云嫂啊,要不你们问问先生。"

"住嘴!"他突然变得愤怒,语气一下子严厉了很多,"你还把自己当个人了,居然敢问先生。"

"那么,"女人明白说错了话,嗫嚅着说,"问问夫人也行。"

"夫人也是你能问的吗?"

叭一声脆响,女人脸上挨了一耳光。动手的是其中一个保安,不是脾气不好的那个人,是另一个。脾气不好的那个人假装没看见,他小声地吹着口哨。

刚好,一辆黑色的加长轿车正悄无声息地驶过来。车窗紧闭着,里面什么也看不见。但是女人知道,她清楚得很,车里应该是正坐着新来的奶娘。新奶娘大约二十几岁,也可能更年轻,十八九岁。她们身体好,皮肤娇嫩,奶水也丰沛。五年前女人也是坐着这辆车过来的,那年头她也是新来的奶娘。铁门自动敞开,轿车滑进去。之后铁门又自动闭合。铁门开合期间保安肃立两旁,手贴着裤缝,对着车辆行注目礼,他们的动作一丝不苟。女人想借机混进去,她在车屁股后面猫着腰往里钻。保安眼疾手快,一把揪住了她的衣领子。铁门在她眼面前合上,她毫无办法。车在门里面停下。同样戴着墨镜的司机摇下一侧车窗,保安心领神会地俯下头去,两人耳语片刻,司机才又将车开走。

女人高叫着:"我认识那司机,他也认识我。快放我进去。"叫喊的时候她两脚跳起来,使劲踢门。这边的保安本来拎着她的衣领子,女人跳起来的时候体量太重,保安拎不住她,手一松,女人宽大的屁股盘子就坐到地上了。

刚跟司机耳语过的保安显然得着了指令。他摘下腰间别着的对讲机,跟院内人喊话。他将背对着门外。女人看到他的背挺得笔直,但是听不清他喊话的内容。女人仍然嚷嚷着要进去，她以为司机和保安耳语是在证明与她的确相互认识。因此她嚷嚷的声音比刚才更大。她身边的保安心肠比较软。这时他低下身子，轻声跟女人说："你快跑吧，说不定这会儿还来得及。"

"我跑什么？"女人说，"我又不偷不抢，我是给先生送奶水来的。告诉你们吧，先生喜欢我的奶水，夫人也喜欢。凭什么拦着我？我现在又有奶水了。"女人说着，坐在地上撕扯自己上衣，她的乳房滚落出来。"要不要我挤出来给你们看？要不要？"

没有人允许女人在这儿胡闹。对讲机讲过不到两分钟，里面穿灰夹克的男人就牵着狼狗出来了。女人好像怕狗，她在地上发抖。

"快把这个疯婆子赶走。"门里的保安说，他重又把对讲机别到腰间，然后他点燃一根烟。他吸着烟说："脏死了，一股臭味，他妈的臭不可闻。"

狼狗是从铁门边上的侧门出来的，它显出老态龙钟的样子，不声不响，也不吠叫，一上来就咬着女人的裤腰带把她往远处拖。狼狗可能经常干这类活，熟门熟路。它也并不是真要咬女人，只是拖一段路抛下她。故意对着她的脸和喉咙狂吠，吐出舌头露着尖利的牙齿。女人一开始还在喊："我真是云嫂啊。"但她很快就昏死过去了。她是真怕狼狗，害怕狼狗咬断她的喉咙，把她撕成碎块。狼狗拖着她就像拖着一大团垃圾，拖到很远的地方把她往路边一扔了事。

两个保安和牵狗人在铁门那里谈笑。一个人在转述他昨天听来的黄段子，另两个人笑得前仰后合。女人躺在他们看不见的地方，像具死尸。牵狗人打了声呼哨，狼狗奔跑回来。他抖着手上一块新鲜猪肉奖赏它，狼狗跳起来，喜滋滋地叼住肉块，狠命地往肚子里吞咽。

云嫂醒来的时候，已经躺在医院里了。她记得医院没病房，刚进来只能睡在走廊上。这会儿醒来却在一个洁净的单人间里，房内有电视和独立的洗手间。云嫂第一眼就看到了李医生，李医生是个干练的女人，正笑眯眯地看着她。

李医生说："醒了，恭喜你生了个七斤三两的大胖小子，母子平安呢。"

云嫂突然就想流泪。她摸了摸肚子，那里还木着。皮肉就像木头。木头的纹理在皮肤上也有，能摸出来。她是难产送进来的，一路上痛得哇哇直叫，身上淌着血。是这个李医生救了她，那时李医生刚从手术室往外走，她刚做完一个手术，在走廊上看到云嫂，看到血一点点滴落在地板上。已经快走过去了，她又停下脚步，李医生疲惫不堪地审视着云嫂的眉眼和身材。然后她吩咐身边的护士："赶紧把这人收进去。"

李医生吩咐护士的时候云嫂正昏迷着，她以为自己行将死去，小仁横在她身体的缝隙里，出又出不来，回又回不去。她疼痛，滴血，那是个异常艰难的时刻。如果不是李医生,她和小仁可能早就没命了。老实得像一团榆木疙瘩的吴辰光因此对李医生感恩戴德,他明白,医生是他们家的救命恩人。

吴辰光结结巴巴地说:“多亏李医生,她救了你。”

可是李医生极不耐烦地挥了挥手,不让吴辰光说完。她对类似的感激早已见怪不怪,这类在耳边聒噪的表白,她总是会像赶苍蝇一样挥手扇去。看样子她只对云嫂有兴趣,她说:“你出去吧,我有话和产妇说。”

病房里现在只有李医生和云嫂。

云嫂说:“我想见小仁。”

李医生说:“小仁是谁呀?”

“我儿子啊,他叫小仁。”

李医生就笑了,事实上她一直在笑。她温和得有些过分。其实她没必要这样对待乡下人。云嫂不知道发生了什么,也不知道她为什么要对她笑。她因此一直在很小心地猜测,李医生美好的笑容弄得她一头雾水。

“名字都取好了啊,小仁,这名儿好。你放心吧,小仁在育婴室里,好着呢。”

“反正是小名嘛,我就想,要是女儿就叫小花,儿子就叫小仁。”云嫂说,“我能喂小仁吃奶吗?”

“不用了,我已经喂过他奶粉。”

“你们墙上的宣传语不是说母乳喂养好吗?”

“没关系,奶粉也一样。”

“可是,”云嫂不无忧虑地问道,“我们只带了很少的钱,单间病房是不是很贵啊?”

“这个你也放心好了。当然很贵,不过已经有人替你缴过费,你就安心住吧。”

“谁缴的?为什么?”

李医生笑得越发灿烂,她坐到云嫂床上,伸手抚弄着她的头发。“有件事情我想和你商量一下。”她说。

说是商量,但却更像是游说,更像是诱惑。云嫂后来想她没得选择,哪个女人躺在她那个位置都没得选择。李医生是个很好的说客,她的每一句话都说得贴心贴肺,每一笔账也都算得入情入理。说到最后云嫂完全不觉得是在商量,仿佛这个始终微笑着的女人像菩萨一样慈悲,她正在对她施以恩惠。她在施舍她。她们正在密谋。她给她好处,给她福利,给她一个无比美好而又实惠的肥缺。这是一桩发生在产房里的贿赂,医生正在向产妇行贿。她行贿的内容,是游说云嫂去做奶娘。

李医生的账是这样算的。她先问云嫂和老公一年的收入有多少,云嫂默想了一会儿。吴辰光给人打短工,计划生下孩子后两人一块儿出去打工,小仁留在家里给老人带。这些还只是计划,谈到收入很不确定。云嫂只能很羞涩地说出一个大概数字。李医生又问以这样的收入要过多少年才能在村里建新房。云嫂不敢想,也想不清楚。这问题戳到了云嫂心尖上的痛处。她想建房,吴辰光也想,但是按这样的收入肯定遥遥无期。问完这些,李医生唏嘘了好一阵子,接着才胸有成竹地亮出底牌。她建议云嫂做一年奶娘,只一年,时间不长,一年后你就可以回去了。这东西你身上有,不缺。用自己身上的东西挣钱天经地义,没人说三道四。钱不光挣得光明正大,还挣得多。李医生告诉她,一个月给她两万块,一年十二个月就是二十四万了。你想想,你们夫妻俩十年也挣不了这么多。按你刚才说的,二十年也未必挣得到。这下好了,只用一年你就可以在村里建新房。还不是一般的新房,你可以建楼房。云嫂睁大眼睛,心里的某处裂开了一个洞,别样的光亮透进来。不过吃你奶的人不是小孩,是成年人。是谁你不用问,问也没人回答。我只是中介,来问你愿不愿意。都叫他先生,到底是谁我也不知道。你要愿意,马上有人把你送到小院去。

"小院在哪儿?"云嫂问。

"你去了就知道了。"

既然这样,你的奶水属于先生。你不能喂小仁,一口也不能喂。他们不会让小仁饿着,你放心好了,这事夫人管,夫人考虑事情特别周到,没有她考虑不到的事情。小仁吃奶粉,没什么要紧,许多小孩一生下来就吃奶粉。他们的母亲要么没奶水,要么为保持身段不给小孩吃。我见得多了,他们都长得挺好的。小仁的奶粉由夫人供应,你不用管。每个星期,你可以回一次家。去看小仁,顺便把奶粉带回去。但是你不能住在家里,这是规定。有专车接送,你必须住在小院里。当然你也不能偷偷给小仁喂奶。有了合约,就得遵守。否则,你拿不到那么多钱。

夫人考虑得真是周到,什么都想到了。云嫂当下就同意了。李医生问她要不要听老公意见,她可以现在就把他喊进来。云嫂说:"不用,我们家凡事我做主,吴辰光没脑子。"

李医生表示认可。"男人大多没脑子。"她附和着说,"所以有脑子的男人便不得了。"

后来遇见先生,云嫂屡屡想起李医生这句话。似乎这句话就是说给先生的。

事情说定了,李医生安排人给云嫂做了一次全面体检。云嫂才二十一岁,正是女人最好的年华,不可能有病。李医生单凭目测就能确认,这也是她当初只看了一眼就决定要救云嫂的原因。但夫人比较严谨,每一项检查都要细致。李医生不敢大意,她不能把一个有病的奶娘送进小院。

进了小院，云嫂有自己的房间。她像是住进了宾馆，满眼都是富贵。

同时或先后进来的不止云嫂一个人，还有刁嫂、朵嫂、王嫂和庆嫂，共五个人。她们中最终只能留下两个，五选二，淘汰率还很高。有点像电视里选秀的意思。关于这一点，李医生并没有跟云嫂明说。云嫂以为进来了就会高枕无忧，没想到还有如此残酷的竞争在等着她。大家都很忐忑，不过她们也被告知，每一个遭到淘汰的人都能拿到补偿金。“夫人不会亏待你们的。”工作人员说。

夫人在一间大房子里接见云嫂。云嫂身披大浴袍，如果能留下来，大浴袍同时也是她以后工作的服装。浴袍掩着袍襟，腰间松松垮垮地系着布腰带。夫人面容严厉，眼神冷酷。她的手突然伸向云嫂胸间，在浴袍里抓挠了两把她的乳房。云嫂猛地心惊，夫人的手像鸡爪子，干枯、细长，云嫂乳房上立时像纠结着蚯蚓一样冰凉。好在夫人的手又快速缩了回去。夫人的眼神因此不再那么冷酷，似乎隐隐有了些欢喜。

“奶子长得还不错。”夫人说，“把袍子脱了。”

云嫂就脱了。她解开腰带，两只肩头只缩着扭动一下浴袍就自动掉到地上了。浴袍成了一团布料在地上围着云嫂的脚踝，云嫂不习惯在女人面前裸露身体，她现在只穿着裤头。她打算抬起双手环抱胸前，试着遮住乳头。夫人明白她的意图，大声说：“不要抱手。”

夫人声调里明显含着恼怒。云嫂不明白她怎么得罪了夫人。她乳房这会儿应该是最完美的时候，瓷白，结实，高挺；乳头鲜红，并且湿润着，若隐若现似有乳汁随时能够沁出。云嫂就是完美。她身体兀自散发出朦胧的光线，这光线弥漫在房间里。夫人还是恼怒着，莫名地恼怒。她想要发火，又不知道冲什么发。她眼睛疼。夫人于是拂袖而去，边往外走，边对工作人员说：“快把我的眼药水拿来。”

奶娘单独住着，有人按时把她们集中起来。夫人给她们训话，工作人员或者专业老师给她们上课。夫人在第一天宣布了若干条戒律。之后夫人谈到了先生，提到先生时夫人眼眶里含着热泪。她没说先生别的什么事情，只说先生能到人生的这一步有多么不容易。作为夫人她不管先生做什么，她唯一的愿望便是先生能够健康。夫人所说的健康实际上就是长寿，先生长寿不是先生一个人的事情，而是很多人的事情。为什么先生长寿是很多人的事情，很多人又是哪些人，云嫂并不清楚，但是她知道让先生长寿很重要。接着夫人话头一转，说到食品安全。她说她防不胜防，根本不知道什么东西能拿给先生吃。这方面的报道太多了，她就不一一列举。所以夫人想出了这一招。你们的奶水才是安全的，又安全又有营养。

“要让先生吃上放心的奶水，也就是人的奶水。”夫人斩钉截铁地说。

五选二淘汰制从她们几个人一进来就开始了，就像侦探小说破案一样一层一层地往下剥。五个人朝夕相处，一起吃一起住，却各怀心思，人与人之间弥漫着猜忌与尔虞我诈的气氛。有人告密，夫人收到过各种奇怪的短信。有的短信说这个奶娘曾经卖淫，有的说那个奶娘曾经抽过大麻。夫人却不动声色，她对这些短信一般都是冷处理，不听不信。夫人冷笑着想，这些也未免太小儿科了吧。但是云嫂没有发短信，她还不会使冷枪。头一个遭到淘汰的是庆嫂，庆嫂的奶水在第三次送检时查出了一些微小的瑕疵。她们的奶水一开始并没有给先生吃，却仍然要每天挤出来，拿到权威的检测机构去送检。

庆嫂淘汰后，她和四个同伴一一告别。她表现得很坚强，也很体面。跟另外三个人分别握手时，她骄傲地微笑着。她手上还拿着一只信封，信封里装着夫人给的补偿金。唯独到了云嫂这里，庆嫂没有绷住。她披头散发，泪流满面。庆嫂抱着云嫂，在她耳边说："我被暗算了，什么微小的瑕疵，鬼话！我分明是被人给害了。"

云嫂大惊失色，问道："怎么会这样？"

"可别太单纯了。"庆嫂理了理头发说，"你是最有实力的，可别跟我一样莫名其妙地栽了跟头。"

说完这话，庆嫂悲伤地走掉了。她的背影，像极了一个孤独的失败者。

送检结束，奶娘们开始接受其他训练。若能留下，奶娘就得待上一年。一年的时间不能无所事事，也不能游手好闲，要为她们培养一些简单高雅的爱好，听音乐，跳舞，浅阅读，看画册。制定专门的作息时间，严格地按时睡觉吃饭。要保持充足的睡眠。食谱也有严格规定，由夫人亲自把关。不能让奶娘吃上被污染的食物，或馊了的饭菜。所有这些措施，都是在源头上保证奶水品质。

这么一弄，云嫂无意间过上了贵族女人的生活。天哪，她从来不敢想象的生活现在过上了。她甚至从来没有见识过，几乎就是锦衣玉食啊。云嫂很快适应了这样的生活节奏，定时吃饭，定时听歌，定时去游泳池游泳；在小院里散个步，也有人专门安排时间。她真是过得悠闲自在、流连忘返啊。有时还要和心理医生见面，约谈。那是当然，就连奶娘的情绪，也要有人负责调节，你必须永远有愉快的情绪和安宁的心境。不能抑郁，不能闷闷不乐郁郁寡欢。无法想象一个抑郁悲伤的奶娘会有怎样的奶水，抑郁者的奶水不可能健康。除了这些，还让她们穿上新衣服，新衣服一套又一套，轮换着穿。培养自信要靠鲜艳的衣服，衣服对女人相当重要。云嫂哪穿过这么昂贵的衣服呀，好衣服能给人好气质。云嫂融入进去了，她睡着了做着梦都在想，这日子多好啊。

淘汰还在继续。第二个淘汰的是王嫂，第三个是朵嫂。王嫂因为对音乐过于鲁钝，好几次听着美妙的音乐居然打了瞌睡。夫人看着恨不得抽她，稀泥终归糊不上墙。朵嫂则是因为气质怎么也扭不过来，实在不行。跳舞的时候她总像是在跟某一个隐形人摔跤，动作夸张野蛮，看上去既吃力又丑陋。她们两人还特别贪吃，顿顿吃到最后，眼神恋恋不舍地死盯着空荡荡的餐盘。夫人倒不是怕她们吃，小院里吃的东西多着呢。可是她担心她们发胖，她不能容忍先生叼着肥胖女人的奶头。那像什么样子啊，太龌龊了，想都不敢想。

王嫂朵嫂过来和她们告别，都很真诚地哭着。就像电视选秀节目里即将离开舞台的那些人，她们手上拿着的信封比之前离开的庆嫂的稍厚一些，因为多待了两轮。在一起待过些日子，毕竟有了感情。但她们还是嫉妒云嫂，也嫉妒习嫂，因为留下来的正是她们两个。

小院里有两栋相互连接的楼房。楼房里面的房间各有各的功能。吸奶室共有两间，一间在左楼二层的东侧，另一间在右楼，也在右楼的东侧。左楼的吸奶室是个大间，云嫂和习嫂可以同时待在里面。先生在这里吃早点，早餐的食谱是一只苹果、两颗大红枣、三粒核桃和一勺黑芝麻。除了这些，再就是吸奶。夫人规定先生的食物都要涂上一层蜂蜜，后来奶娘的乳头和乳房也都涂上了。据说蜂蜜能够增强先生的食欲，让他胃口大开。先前一看到要吃掉那些苹果红枣和核桃，先生就会痛苦不堪。他喉咙发紧，口腔里的唾沫瞬间转换成木屑粒儿，咬碎的食物难以下咽。天长日久先生有了浓重的心理阴影，涂蜂蜜是夫人想出来的办法，看来有些效果，先生吃的时候没有眉头紧锁。请奶娘是更后来的事情，顶开始先生的食谱还包括奶粉和鲜奶，都从国外进口。有一天夫人忽发奇想，既然奶粉也好鲜奶也好并不完全可靠，直接吸食人奶岂不更好。夫人是个有行动力的人，她把事情办得差不多了才若无其事地禀告先生。先生不置可否，夫人理解那即是默许。大吸奶室实际上是正儿八经的早餐室，夫人安排云嫂和习嫂两人同时在场，原因在于先生的食量似乎变大了，夫人害怕一个人的奶水不够先生吃饱。对先生来讲吸多了人奶不会有坏处，另一个人在场只是作为后备。右楼的吸奶室要小一些，通常只需要一个奶娘在场，先生有时候晚上入睡前会过来吸一下。偶尔失眠了半夜里也会来吸，不过这种时候并不多，一年里也就碰上了两三次，先生一般不失眠。吸奶室内部的装修特别考究，左楼主色调为奶白，右楼空间稍私密，为粉红色。墙体材料隔音好，静谧，一粒灰尘落下都能听到声音，背景音乐轻柔到几近于无。

先生坐在皮面的圆形高脚凳上，无靠背，能转动，可升降。云嫂站立，先生头部正好在云嫂胸前，张开嘴就能吃上。云嫂穿着浴袍，浴袍丝滑，动不动就滑到地上。云嫂于是经常半裸着，她的身体光洁挺拔，弧线弯曲。半裸着是夫人允许的，云嫂只在腰间穿着裤头，裤头颜色鲜亮。先生吸奶的时候闭着眼睛，这好像不是夫人规定的，可能是先生自己的习惯。闭着眼睛吸奶更专注，也更有效率。但是云嫂睁着眼睛，她低头看向先生的脑袋。先生的头发还算浓密，夹杂着一簇簇白发。先生的嘴唇温软。他咂着，有时咂得重，有时咂得轻。没过几天云嫂就没了羞涩。她想得很明白，是啊，她不过是在卖自个儿的奶水。卖出的价格也合算，比妓女卖身子强到天上去了。卖完一年她就可以回家，跟吴辰光和小仁团聚。云嫂看着先生脑袋，心想咂吧，你想怎么咂就怎么咂吧。先生咂奶慢慢由生疏变得熟练，这过程云嫂和先生都体味到了。体味是说不出来的，都心里知道。生疏的时候先生的牙齿经常碰得云嫂疼，熟练之后云嫂几乎感受不到先生嘴里还有牙齿，只有舌头在卷她。

轮番吸过几次，先生不再吸刁嫂，只吸云嫂。夫人笑着对刁嫂说："不好意思哦，先生有些挑食。"

刁嫂奶水也充足，先生不吸，便胀得难受。刁嫂没办法，只能拿手挤。把奶水挤在碗里、茶杯里，等到奶液表面起了一层皱乎乎的皮子，再把它泼掉。每一次泼奶刁嫂都难免黯然神伤，她嫉妒云嫂。云嫂知道这嫉妒，内心反而有一份得意。

每到周末，云嫂都要回家探望小仁。夫人让她带回小仁要吃的奶粉，有时还给吴辰光带两包好一点的烟回去。云嫂坐着加长的黑色轿车，司机穿灰色夹克，戴墨镜。回到村里，云嫂有衣锦还乡的感觉。人们从低处往上瞅着她，就像看着一个达官显贵。云嫂喜欢回去，她高声大嗓地说着话，和每一个见到的人打招呼。小仁吃的奶粉也和别人不一样，贵着呢，都用铁罐子装着，云嫂一罐一罐往回拿。吴辰光瞅着机会偷偷问她："你在那儿过得好吗？还习惯不？"

云嫂说："习惯习惯，习惯得很。你就不用管我了，安心在家起楼房吧。"

吴辰光说："好，就起。"

"起三层，"云嫂说，"别小里小气起两层完事。"

到底是阔过了，云嫂说话的口气就不一样。那是，就算不是真正阔过，至少那也是见到过阔的人了。

云嫂没喂过小仁，她乳房里的第一口奶事实上给了先生。她不知道先生是干什么的，也不知道先生叫什么。有一次回去看小仁，云嫂无意间在电视里看到了先生的镜头。那分明就是先生，先生正微笑着在一个大场面里剪彩。许多人围着，对着他拍照。那一刻云嫂眼眶发热，先生果真是大人物。她没有大喊大叫，也没有很肤浅地显摆一下，马上指给吴辰光看。她什么也没说，而是当作一个秘密珍藏在心里。云嫂记得李医生说过的话，大多数男人都没脑子，真正有脑子的男人便会不得了。先生肯定属于不得了的男人。尽管云嫂还没跟先生说过话，但先生的气场就不得了。只要先生来到小院，小院马上就进入紧急状态。大家说话做事一下子变得小心翼翼，并且无比兴奋。就连夫人也不例外。根据小院气氛，云嫂即使没看到先生，也能断定他在或是即将出现。类似的感应，云嫂已证实了若干次。她感觉到先生在，果然就在了。

先生吸着云嫂的奶，长时间的磨合，让先生的嘴唇和云嫂乳房之间有了默契。身体是有记忆的，器官也有记忆。这种默契还在弥漫，在身体内部弥漫。默契有时变成了像是理解一类的东西。先生后来吸完了奶并不立即松开乳头，仅仅只是叼着。这种只是叼着即使在吸奶的过程中也发生过，先生在中途放弃吸食，用舌头卷着乳头玩。并不真是在吸，单纯就是玩耍的意思。哪怕先生闭着眼睛，两人也都知道。心照不宣，你知我知。但是先生的确非常疲惫，他吸着吸着有时就会在云嫂的胸前入睡。先生睡得极为深沉，打上一个盹儿，再惊醒过来接着吃。云嫂心里便有了温暖，也有些酸楚。在她眼里，先生此时此刻十分软弱。男人的软弱最让人心疼，云嫂抚摸了先生的头发，先生没动。偎贴在云嫂怀里的这个男人已经不年轻了，这是一具衰老的躯体，他在外面风光无限似乎只是在强撑着。

此时的先生才是真实的那个男人。

云嫂想要流泪，她说："先生，我可以和你说话吗？"

先生仍然闭着眼睛。云嫂有意打破禁忌，这也是她第一次跟先生开口。他们在右楼，在那个比较私密的小吸奶间里。先生失眠了，半夜里被司机送过来吸奶。夜深人静，不会有谁知道，云嫂特别想和先生说几句话。

但是突然有另一个声音飘浮在吸奶室里，是夫人在答复云嫂。云嫂清晰地听到了夫人的声音，夫人说："不行！"

云嫂不知道夫人的声音是从哪里发出来的，她惊讶地转着头，却看不见夫人。先生并没有出声，云嫂的乳房上有东西滚过。她一时半会儿还不清楚那是她的奶水，还是先生的眼泪。或者也有可能，根本就没有东西在那儿流淌。

想和先生说话，又不能说。等到一年合约结束的时候，最后一次吸奶，先生却主动和云嫂说起话来。

先生说："我小时候很孤独，没人跟我玩。我孤独的时间持续得比较久，我唯一的爱好便是向影子射击。你明白我的意思吗？对着影子瞄准、射击，随便什么影子都可以。树的影子，房屋的影子，天上的鸟飞过时投下的影子，都是我射击的目标。还有人，人的影子。我站在阳光里，等着有人从我身边走过。我从后面瞄准，向他们的影子射击。随着影子移动，我耗掉许多时光。真难为情，我的童年就是这样度过的。"

云嫂有一件事没听明白。她问先生："你拿什么射击？枪吗？"

先生笑了笑："哪有枪！我连木头手枪都没有。有一天我让父亲用木头给我锯一把，被他骂了一顿。我没枪，只能用手指比画成枪的形状。"

"哦，真可怜。"

"索性还告诉你一个秘密，最早我是摆地摊起家的。"说完，先生依依不舍地看了一眼云嫂的乳房，走出吸奶室。

先生和云嫂说了这么一通话，但是他没告诉她，为了她的事他还和夫人交涉过好几次。云嫂合约到期了，先生本想把她留下来。“再续签一年不行吗？”先生试探性地问过夫人。夫人坚决不同意。一来她担心并害怕先生和奶娘间萌生感情，这是绝对不允许的，二来呢，她还要保证奶水的质量一定要纯良。夫人从李医生那里挑选哺乳期的女人，她们刚产下孩子就被夫人弄来了，先生必须吃上她们的第一口奶。并且轮换期只有一年，一年之后肯定要走人。夫人安抚先生说：“你放心吧，我这儿是铁打的院子流水的奶娘。世上只要有人生孩子，就不会缺少哺乳期的女人，好奶娘多着呢，比云嫂好的奶娘也会有。”

夫人很轻易地说服了先生，先生什么话也没说，这一类的家务事都由夫人做主。

但是云嫂记住了先生的童年，或者说她记住了先生童年时候的一件事。事实上云嫂在去医院之前，还去了一趟超市。她在超市里面买了三把玩具枪，一把冲锋枪、一把手枪和一挺机关枪。三把枪都是塑料制品，便宜。小仁现在五岁了，只爱玩枪，别的小仁都不会，像他这么大了只会玩枪或许不是坏事。

云嫂是从昏迷中苏醒过来的。狼狗假装对着她的喉咙胸脯拼命撕咬，实际上只是把她拖到野外扔掉了。这已经不是第一次，小院后来一直在拒绝云嫂，不让她入内。云嫂到超市买了枪又去医院，她要找李医生。解铃还得系铃人，介绍云嫂做奶娘的是李医生，云嫂又不认识别的人，她只能去找她。

吴辰光在村里起了楼房，用的是云嫂做奶娘挣来的钱。虽然只起了两层半，没有像云嫂说的那样起三层，不过也已经相当气派了。乡下房子时兴两层半，下面两层是正房，上面半层盖瓦，兼作隔热层和杂物间。回来之后云嫂始终回不过神来，她蒙掉了，像是掉了魂，老也适应不了乡间生活。她发现她不光和这个村子格格不人，和自己的家里人也格格不人。她厌弃这座刚起好的楼房，一点也没有成就感。她嫌它脏，嫌它土气，嫌它无与伦比的暗淡和卑贱。云嫂知道自己出了问题，她还在拿先生的小院跟这里做比较。这如何做得了比较！但她明显落下了病根。云嫂一生也没能从那座小院里走出来，她出不来。她嫌弃老公，仅仅只是看着吴辰光她的头皮都会发麻。不可理喻，她怎么会跟这样一个男人结婚。她拒绝和吴辰光同房，吴辰光企图用强，云嫂和他扭打。她抓破他的脸，抠他的眼珠子。吴辰光不知道发生了什么，他给云嫂下跪，求她答应他。他都有一年没近过女人了，这样不行！云嫂也给他下跪，求他放过她，不要再要她。如果实在不行，你就去嫖娼吧。云嫂说我给你钱。两人都哭着。吴辰光还想要，云嫂就威胁他打 110 报警，或者干脆从楼上的杂物间跳下去，一了百了。

吴辰光害怕真出事，不再逼她。云嫂个性强，真要跳下去，死了可惜，残废更麻烦。从此夫妻俩各住各的房间，相安无事。吴辰光怀疑云嫂和先生有过什么事，所以才会这样。云嫂痛苦地说："不要冤枉先生，我倒是巴不得有点什么呢。可是先生要么太沉稳，要么瞧不起我，我们恰恰没什么。"

云嫂在家憋得难受，想重回小院。要么不要让我知道还有那样一种活法，既然让我知道了，还让我那样活过，为何又要把我赶出来？云嫂想不通，她厚着脸皮跑去了好几次，保安却不让她进门。保安告诉她，小院又有了新奶娘。第一次去，夫人虽没见她，却很和蔼地跟她通了电话。夫人对她之前的工作表示感谢，她用部队里"铁打的营盘流水的兵"这句话做比喻。这话夫人之前跟先生也说过，现在她又用它来叮嘱她好好过自己的小日子，不要再往这儿跑。夫人的话说得再明白不过，云嫂听得懂，可她还是向往小院。

回到家里云嫂也没让小仁吃她的奶，这方面她要为先生保持节操。她幻想着先生有一天想起来了，因为迷恋她的奶水还会再召她回去。这一天没有到来，由于长时间没人吸奶，云嫂的奶水就隔回去了，她的乳房不再有奶水。

小仁吃了一年奶粉也不吃了，他跟着成年人喝粥吃咸菜。但是小仁却长成了个大头娃娃，很多人都说他长成这样是奶粉的原因，他们说这种样子的大头娃娃在电视上也看到过。云嫂不相信，她说他们是鬼扯。小仁吃的奶粉是夫人安排的，哪能有假！小仁长成这样一定是另有原因，说不定是某种家族遗传。一看到吴辰光那种窝囊相，云嫂就想死，他给孩子遗传上什么病都有可能。小仁长到五岁了还不会说话，偏头，明显有智障。他经常偏着脑袋流口水，嘴里发出呜呜的响声。后来云嫂才知道，小仁嘴里呜呜的响声是在向着什么东西开枪。有一天她发现小仁正在对着墙壁上移动的影子射击，那是小仁自发的隐秘的游戏和娱乐。云嫂为她的这一发现欣喜若狂，小仁居然和先生小时候的嗜好如出一辙。这也太巧了吧，太好了，云嫂立即去超市买枪。

云嫂提着三把枪来到医院，李医生一看到她，脸面就挂下来了。

"你怎么又来了？"李医生说，"跟你说过多少次，叫你别来了别来了，你偏来。"

李医生简直烦透了，这女人太不要脸，差不多成了专业的上访户。可她上访又不去信访局，老往这儿跑，我又能给你解决什么呢？以前云嫂异想天开，想再把她送回小院，李医生明确告诉她不可能。云嫂死乞白赖，说先生喜欢她的奶水，她自己心里知道，她和先生之间有默契。李医生反驳说，新去的奶娘也不错，先生和她们不久之后也能有默契。云嫂沉默一会儿，坚持认为如果她又有了奶水，先生还是会喜欢。她询问有什么办法能把她的奶水重新催出来，李医生说没别的办法，真要再有奶水，她就得再一次妊娠。云嫂却说妊娠这办法行不通，因为她不可能再和吴辰光同房，她不能忍受这个窝囊透顶的男人。

“有药物吗，吃了药物就能长出奶水？”

“没有。”李医生说。

但是云嫂不信，她到处寻找民间偏方给自己催奶。她逼着自己吃那些奇怪的草药、陶土或虫蛹。江湖术士对什么都有办法，他们向她承诺，即使不妊娠，也能帮她弄出奶水。云嫂吃了药，奶水没催出来，体形却有了变化。她的乳房不可遏止地膨胀，上半身变得肥胖。成了这种样子，云嫂又来找李医生，她在清醒的时候明白自己患上了某种可怕的疾病。硕大的乳房肯定不正常，里面偶尔流出的汁水也非常可疑。它是黑色，不大像奶水。云嫂为此很恐惧，她扒开衣衫给李医生看。

“我这样子是怎么回事啊？”她抽泣着问道。

“瞎折腾。”李医生敲打桌子，让她把衣衫掩上，“那哪是奶水，那是污水。”

“我身子里哪来的污水？以前我多好啊。”

“你走吧，我还有事呢。”李医生皱紧眉头。

“可是小仁也不行，他成了大头娃娃。”云嫂哭着说，她的泪水汹涌而至，“小仁都五岁了，还是智障。他不会说话，只懂得孤独地向影子射击。”

“有病就去治疗，哭有什么用！”

“我不认识别人，只认识你呀李医生。”云嫂说，“求求你治好小仁吧。”

“治疗小仁的病要去儿科，我这儿是妇产科。”

“我不管什么科不科的，”云嫂茫然四顾，她什么也抓不住，连一根稻草都没有，“我只要你救小仁。”云嫂哭得更厉害了，她有些歇斯底里，一个劲儿扯自己的头发。

李医生不动声色地打了内线电话。

少顷，医院几个保安出现了。他们拖着云嫂就走，进了电梯，出医院大门。然后，像扔一袋垃圾一样把云嫂扔在街边。

“闹什么闹！不要再到医院闹了。”一个保安指着地上的云嫂说。

另一个保安说：“见一次我扔你一次。”

云嫂经常被扔，被小院的狼狗扔，被医院里的保安扔。这次，她手上的塑料袋子摔了出去。她看到刚买的玩具枪卷进车轮，往来车辆呼啸而过，把三支枪碾轧得稀巴烂。云嫂于是闭着眼睛想，我回去了拿什么给小仁射击呢？

【作者简介】曹军庆，男，鲁迅文学院第十三届高研班学员。著有长篇小说《魔气》《影子大厦》，中短篇小说集《雨水》《越狱》《24小说》等。现为中国作家协会会员。

玛多娜生意

◎ 苏童

一

那些年，我也做过生意。

我和庞德合伙的鸢尾花广告公司开张了五个多月，人气很旺，庞德每天都在公司接待好几拨客人，咖啡机烧坏了两台，一次性纸杯用掉了好几箱，但我后来得知，并没有一份像样的合同，那些人都是来找庞德谈艺术的。有一个摇滚乐手喝啤酒喝醉了，捏着那玩意儿在公司里跑来跑去，对着每一盆植物撒尿，嘴里高喊：Come on！Come on！那些杜鹃、龟背竹、发财树不知所措，没几天，就一盆一盆地枯死了。

必须介绍一下庞德。他是我的朋友，一个业余诗人，一名音乐发烧友，本业则是美术设计，朋友圈公认他为最有艺术才华的人，但现在，他是我们公司的经理，才华不能挣钱，要它何用？大家可以想见我的恐慌，五个月颗粒无收，我对庞德的敬佩已经变成了愤怒。我多次奚落了庞德的无能，也顺带抨击了他所热爱的一切事物，诗歌的酸腐、音乐的无用，甚至诋毁了庞德最崇拜的大师毕加索，说他不过是个色情狂。也许是类似的电话接多了，庞德的抵御非常理智，逻辑性很强，他说，我请问你，失去一点金钱，就有资格诋毁艺术吗？然后我听着他对经营的失败做出流利的辩解：一切都归咎于一个香港天皇巨星的爽约，朋友介绍来的合作伙伴极不可靠，其中一个是诈骗犯，还有一位洽谈户外广告的家具商人，竟然是目不识丁的文盲。后来不知怎么提到了公司的名称，他埋怨我们盲目听从一个女画家的建议，注册了“鸢尾花”这个倒霉的名字。鸢尾的花季很短很短，知道吗？梵高画了鸢尾花就疯了，知道吗？现在可好，鸢尾的诅咒应验了，我也快被你们逼疯了。说到这里，他旧事重提，我本来是要叫南方草原的，记得吗？庞德大声嚷嚷，南方，草原，多么开阔多么好听的名字，是你们反对的。

那一阵子庞德还坚持续租太平洋酒店裙楼的写字间，悉数保留所有雇佣的员工，每天西装革履，开着他的桑塔纳轿车出没在太平洋酒店。他对人心惶惶的员工说，放心吧，苹果树上的最后一只苹果，一定是最红最甜的。有人告诉我，他女朋友桃子生日的那一天，他给桃子送去了九十九朵玫瑰，这让我怀疑他对浪漫与享乐的追求，会把公司账户上最后一点余额挥霍一空。我再一次打电话谴责了庞德，也就是那一次，庞德与我翻脸了。我听见庞德电话里的声音变得傲慢而尖锐，你那点钱，可以撤走，我根本不在乎。然后在一阵蓄意的沉默之后，他向我亮出一张底牌，令人难以置信。玛多娜，玛多娜你知道的吧？庞德清了清喉咙说，我透露一个消息给你，玛多娜要来了，我们的大生意，马上来了。

我在太平洋酒店的咖啡厅里看见了庞德。

他和一个陌生姑娘面对面坐着，喝咖啡，说话，耸肩膀。与以往一样，庞德与姑娘在一起的时候显得格外帅气，意气风发，耸肩的动作会极其频繁。我走过去的时候，他似乎忘了之前的不悦，很大度地向我介绍了身边的姑娘。深圳来的简玛丽小姐，玛多娜生意的合作伙伴。他这么说着，看我猜疑的表情，用胳膊肘捅了我一下，轻声补充道，简老大的侄女啊。

庞德嘴里的简老大，我当然知道是谁。所谓广告界的大鳄和教父，一个传奇的成功人士，白道黑道还有红道，路路皆通。我只是本能地怀疑这笔大生意的真实性，庞德社交生活的浮夸与芜杂，多少让我对这个陌生姑娘心存戒备。我记得很清楚，简玛丽当时没有站起来，似乎是回敬我多疑的眼神，她皱皱眉，将一只手懒懒地伸出来，让我握一下，明显是作为恩赐的。她将嘴里的咖啡渣吐在纸巾里，团了团扔在烟灰缸里，愤愤地说，这叫什么咖啡？瞟一眼远处的侍者，又宽宏大量了，说，什么样的地方做什么样的咖啡，不计较了。什么时候我带你去喜来登，那儿的蓝山咖啡，还算不错。

是一个时髦、高贵而且神秘的姑娘，穿皮裙、短靴、白衬衫。肤色微黑，脸形稍显方正，谈不上多么漂亮，但是，有某种说不出的动人之处。当她的面孔朝向庞德，眼神单纯清澈，微笑的时候，那一丝妩媚与羞怯，似乎还属于一个少女，偶尔目光朝我瞥过来，一切都不同，我从她的脸上发现某种明显的骄矜与冷酷之色，我相信那是刻意流露的，对我的多疑，她给予了必要的报复。

我其实插不上什么话。他们在热切地谈论玛多娜，她的音乐、她的舞台、她的造型和头发的颜色。甚至谈及她新婚的丈夫,一个英国导演,他最近拍了一部什么黑帮电影,杀人,杀得很浪漫。我急于打探玛多娜巡演的代理细节,庞德明确阻止了我,称现在我们还没有资格商谈细节,鸢尾花能否承接这笔生意,还要等简玛丽回到深圳再说,一切都要简老大决定。听起来这是可信的。我问简玛丽,简老大是你叔叔还是伯父?她抿了抿嘴唇,用征询的眼神看看庞德,庞德照例耸耸肩。她突然凌厉地看着我,你猜呢?我并没有从她眼睛里发现任何的虚弱,倒是看到一丝孩子气的调皮,我像庞德一样耸了耸肩,这怎么猜?她发出了突兀的一声冷笑,其实你猜得出的。然后她从包包里掏出一支口红,开始修补唇妆,问我,吕先生你听过玛多娜吗?我说我听过,就是一时不记得她唱了什么了。她斜睨我一眼,忽然灿烂地一笑,我知道你们这款男人最喜欢什么,《像一个处女》,你肯定喜欢吧?

玛多娜生意后来不了了之,这在我们很多人的预料之中。好在事情并未向前推进,除了庞德陪同简玛丽去黄山和杭州的那点旅游费用,鸢尾花公司并没有什么损失。那个简玛丽究竟是不是骗子,暂时成为我们心底的一个悬念,难以追究。

朋友圈内有人在上海遇到过简老大,有幸与他攀谈了几句,自然问起了那笔玛多娜生意,回答是确有其事,只不过中间人太多,演出承包商那边的预付没有谈拢,生意最后黄了。后来问起简玛丽这个人,简老大矢口否认,说他从来没有什么侄女。大家对简老大浪漫的私生活都有所耳闻,身边美女如云,否认是侄女,并不排除是其他什么人,简玛丽与简老大的关系尚待多方查考,那朋友只好自己找台阶下,说,一定是碰巧了,姓简的人不多,那姑娘恰好也姓简。

鸢尾花真的很快凋谢了,广告公司关了门。庞德愤怒了几天,又沮丧了一阵,最后一次去公司的办公室,他枯坐在办公桌前,对着一本画册发呆,手里把玩着一把美工刀。有人注意到那是梵高割耳后的自画像,立刻引起了警惕,告诫他道,庞德你别想不开,公司开开关关很正常的,割了耳朵你怎么泡妞?割了耳朵你怎么听音乐?庞德说,别吵,我离发疯还早呢,我不过是在体会,什么是背叛,什么是悲伤。还好,庞德最后化悲痛为力量,他只是用美工刀在办公桌上刻了四个大字:壮志未酬。刻得缓慢艰难,因为是篆体的。之后他把美工刀扔在字纸篓里,扬长而去了。

有一段时间庞德销声匿迹。谁也找不到庞德,包括他的女友桃子。庞德向我们描述过他的好多人生计划,最惊人的莫过于去青海塔尔寺做喇嘛,其中并不包括失踪这一项。有人猜他是设法去美国了,那是他多年的梦想。但桃子说庞德被美国大使馆拒签了,无论是去拉斯维加斯听玛多娜的演唱会,还是去哈佛大学留学的计划，暂时都还是庞德的空想而已。

桃子是少年宫的琵琶老师，也是圈内公认的淑女，容貌酷肖邓丽君。之前庞德狂热地追求她，追了三年，还是个朦胧的恋人。桃子的父母嫌庞德浮夸不可靠，一直反对女儿的爱情。等到桃子终于说服了父母，准备谈婚论嫁，庞德却不告而别了。我们都同情桃子的境遇。她的生活已经习惯了两个内容：被庞德宠爱，孩子和琵琶。庞德不在，孩子和琵琶的陪伴便可有可无，桃子的生活彻底失去了平衡。她憔悴了许多，跑到庞德的所有朋友那里哭诉，言辞之间多少流露出对我们这班朋友的抱怨，是我们把庞德拉上一条贼船，现在船沉了，大家都不管他了。哭到伤心处，桃子要大家设法转告庞德一个限期，如果在六一儿童节之前不回来，她会抱着琵琶从少年宫的塔楼上跳下去。有点危言耸听，但桃子以满眼泪水告诉我们，这不是威胁。看着一个知书达理楚楚动人的淑女形象，转眼成为一堆绝望恐怖的碎片，大家都心痛，也感慨爱情的变幻无常。都说他们的爱情是一坛浓烈的蜂蜜，可是这坛蜂蜜居然就打翻了，打翻之后凝结成一把锋利的刀，连我们都被刺伤了。

寻找庞德，就这样成了一件人命关天的事，当然也成了我们这个朋友圈的义务。证券公司的小辛先找到了一丝线索。是一张用傻瓜相机随意拍下的照片，背景灯光紊乱刺眼，导致影像有点模糊，但还可以分辨出庞德那张意气风发的面孔。倚靠在他身边的那个外国女郎，银发红唇，艳光四射，引起了我们的一片惊叫，玛多娜玛多娜！那分明就是大家错失了的玛多娜。庞德真的去了美国吗，这么快，他就见到玛多娜了吗？

很快就冷静下来，不可能的。定下神来分析那个玛多娜，应该是一次模仿秀，一个替身而已。细看照片的一角，隐约可见庆祝什么股份公司上市的横幅标语。至于庞德身边的那个冒牌玛多娜，她眼神里放出的空茫而妖媚的气息，几可乱真，但仔细甄别容貌，应该是我们的同胞。是谁呢？有人说出了几个当红歌星的名字，而我当时就联想起了简玛丽，只是印象里的简玛丽脸形稍显方正，做玛多娜的替身，她的脸该怎么拉长呢？还有鼻梁和眼窝，是怎么化妆的呢？

后来的消息证实了我的直觉。那个玛多娜，是“蛇口玛多娜”，所谓“蛇口玛多娜”，其实就是简玛丽。我们寻找庞德的义务，就这样演变成对一个外地女孩的暗中调查。

很快就水落石出了。简玛丽的履历背景，不像庞德说的那么神秘，也不像我们猜想的那么简单。她最初是川东一个小城的歌舞团演员，跟着几个朋友南下深圳，成立了一个舞蹈团，专门为晚会伴舞。舞蹈团不久散了，朋友各奔东西，只有她留了下来，拜师学声乐。有很多深圳一带爱泡夜场的朋友，见过她狂放的歌舞,说她唱功一般,经常对口型,但舞台形象令人难忘,劲爆火辣,性感无敌,“蛇口玛多娜”这个艺名,对于简玛丽来说是恰如其分的,她确实住在蛇口。有人了解到的信息属于隐私,说简玛丽曾经被一个香港的中年地产商包养,有一次不知为何拿了一只高跟鞋追打那个香港人,从电梯追到公寓大堂,再追到停车场,邻居们看见她用高跟鞋将香港人的轿车玻璃砸出一个坑,光着脚提着鞋子往回走,对邻居说,这下有点爽了。所以,她在那幢公寓里又有个特殊的绰号,叫作“有点爽”。还有一些人在电视上见过简玛丽。她参加过很多选秀活动,也在几部电视剧里跑过龙套,甚至还经商,是一种韩国美容乳液的代理商。关于简玛丽的种种消息,我们最关心的是她的现状。她的现状简洁明晰,却没有人敢告诉桃子。

听说在深圳,简玛丽与庞德已经同居了。

二

五月将尽的时候,桃子的父母和庞德的兄嫂联袂去了趟深圳,把庞德押回来了。

不知道为什么,庞德如此归来,竟仍然给人衣锦还乡的感觉。他约了我们一帮老友见面,不在以前我们的聚点太平洋,而是在喜来登酒店的西餐厅,喝香槟,吃牛排,花销明显要贵很多。桃子也在,她很少说话,只是以一种悲伤的手势握着庞德的手,告知我们爱情失而复得的艰辛。庞德穿了一套奇怪的镶白边的黑色西装,当我们对他的西装表示出好奇,他不以为然,说,你们是穿惯冒牌货了,少见多怪,知道吗?阿玛尼的新款,从来都这么出位。我们又问他“出位”是什么意思,他懒得解释了,耸耸肩,给我们递上了新的名片。公司名字叫“热带风暴演出经纪公司”,他身兼三职,法人、董事长、总经理。有个朋友讽刺地说,庞德你在深圳就这三个职务?不止吧?庞德倒是不介意,自嘲道,别的职务,名片上就不写了。他身边的桃子听出了话音,脸上乍然变色,大家就不忍心再拿庞德开涮了。无论如何,六一的隐患已经消除,他们的复合是一件好事,至少省却了朋友们的烦扰。

最初谁也不知道,简玛丽尾随庞德,一起回来了。庞德后来声称他对此毫不知情,那是否是谎言,我们一时无法证实。只是在事情发生之后,我们很多人联想起桃子那天在喜来登西餐厅的奇遇,她不过是去了趟洗手间,白色长裙的裙摆上,居然被人用口红打了一个红色的大叉叉。

那天是六月五号了,照理说桃子的通牒已经失效,但她还是上了少年宫的塔楼。学习琵琶的孩子们说,有个金色头发的玛多娜阿姨一直在等桃子老师,后来庞德叔叔也来了，他们在课堂里听见庞德叔叔与玛多娜阿姨在外面争吵，等到孩子们跟随桃子出去，庞德叔叔已经不见了。当天的琵琶课程因此草草结束。孩子们看见桃子和玛多娜阿姨说着话，先是在草坪上，后来桃子老师就拿着琵琶往塔楼上走，那个玛多娜阿姨跟在她身后。

她们站在塔楼上，塔楼上有一面鲜艳的少先队队旗迎风飘展，她们就站在那面旗帜下面，为爱情交涉。两个人影，一个是黑色的，一个是蓝色的。孩子们听不清她们在塔楼上的交谈，只是目睹了黑色与蓝色长时间的对峙，突然，他们听见了玛多娜阿姨尖厉的声音，你跳啊，你跳我陪你跳！

孩子们看见他们的桃子老师扶着栏杆哭泣，看起来真的有跃身而下的危险。有聪明的孩子叫来了别的老师。书法老师先来了，据说他一直暗恋着桃子，他径直冲向了塔楼，随后少年宫的负责人严老师也来了，严老师不敢上去，她脸色煞白，嘴唇哆嗦着，向着塔楼质问，那位小姐，你从哪儿来？玛多娜阿姨回答，从地球上来。严老师跺了跺脚，又向桃子发出了严正的谴责，这是少年宫！看看你头顶的旗帜吧！桃子你别让爱情冲昏头脑，孩子们都看着你呢，当着孩子们的面，就在少先队队旗下面，你怎么敢？立刻下来！

桃子被书法老师扶下来的时候，一直用琵琶盒子遮着自己的面孔，很明显她不想让孩子们见到她崩溃的样子，但琵琶盒子遮掩不了她颤抖的身体。桃子的身体在颤抖，她不停地对孩子们说，对不起对不起，我太软弱了，不配做你们的老师。有个女孩上去扶住了桃子，出于一颗爱憎分明的心，女孩朝玛多娜阿姨啐了一口，你不是玛多娜，你是女魔鬼！

少年宫的人们都看着玛多娜阿姨。那天她黑衣黑裙，戴着两个硕大的贝壳耳环，脚踝上套了一圈彩色布条，布条上系了一只红色的铃铛。他们看见她皱起眉头，用纸巾擦去了女孩的唾沫。再抬起脸来，她猩红的嘴角出现了一丝宽容的微笑。你那么小，还不懂玛多娜。她用手指在女孩脸上刮了一下，有时候玛多娜是仙女，有时候她就是魔鬼。

三

简玛丽就这样成为一个黑暗的传说。

六月发生的事情，让我们对庞德失望透顶，甚至无法确定他的归来，究竟是为了与桃子复合，还是为了与她做个了断，或者干脆相信，庞德到最后都没有拿定主意，他是需要桃子，还是需要简玛丽。与庞德残存的友谊，迫使很多朋友向他晓以利害，告诉他简玛丽今天对桃子有多么冷酷，未来对你就有多么冷酷。庞德为简玛丽做出了辩护，你们不了解她。他说，她其实很善良。有人尖刻地问，跟一块石头比，还是跟一头狼比？他说，跟我们大家比。又说，跟我在一起的时候，你们不知道她是多么善良。这是可能的，因为爱情。大家没有反驳，他便来了精神，你们猜猜看，她收留了多少流浪猫？没人理睬，他自己回答，举起一个巴掌说，五只啊，她收留了五只流浪猫，一只叫白玛，还有一只叫花玛，跟我们睡在一起的。又期盼地看着大家，等待谁来提问白玛和花玛是什么意思，偏偏没人配合他，他只好自己解释，白玛是白猫，就是白色玛多娜的意思，花玛是一只花猫，花花玛多娜，懂了吧？看朋友们的表情充满讥讽，他无奈了，整了整领带总结道，我知道你们对她有偏见，你们不懂得爱，爱，是独占性的。告诉你们吧，是爱的独占性，才让她变得那么疯狂。

庞德留在了我们的身边。可以说，是在多种逼迫之下做出的选择，也许算是悬崖勒马，也许是出于对桃子剩余的爱，也许，仅仅是某种畏惧，他害怕桃子的以死相胁。不久之后，庞德与桃子举行了婚礼。桃子那天的打扮，以及她的一颦一笑，都酷似我们众人热爱的邓丽君。有个朋友注视着容光焕发的新娘，忽发感慨，说，毕竟是在我们的地盘上，看，邓丽君打败了玛多娜！

我们挽留了庞德，多少也为自己挽留了一些累赘。庞德的热带风暴公司还在，只是离开了简玛丽，也就离开了玛多娜，离开了玛多娜，他对自己能做什么陷入了空前的迷惘。他与桃子的婚房坐落在聋哑学校附近，有一天路过那里，他看见两个美丽的聋哑女孩在学校门口以手语激烈争论，突发奇想，决定要组织一场聋哑人辩论大赛，让电视转播。必须承认，我们的朋友圈里不再有人愿意再与庞德合作，却有人还愿意赞美他的创意和智慧。庞德受到了鼓励，开始为此奔忙。聋哑学校方面倒是有兴趣借此推广他们的品牌，电视台也勉强承诺，可以先录一期节目，看看节目效果再说。关键是赞助商，要找一个愿意赞助聋哑人辩论的商家，很不容易。那一段时间里我们频频接到庞德的电话，记得最清楚的就是庞德沙哑而充满激情的声音，类似宣言，也好像是恫吓。会轰动的，这一次，商业效益跑不掉，社会效益无法估量，一定会轰动的，他说，你们现在敷衍我，到时后悔也来不及！

只剩下桃子陪着庞德，到处游说。那个做大理石生意的郝老板，我们原来都不认识，听说是桃子琵琶班上一个学员的父亲。庞德能够与郝老板签署赞助协议，是琵琶，或者说是弹琵琶的桃子立下了汗马功劳。庞德那一阵子去赴郝老板的饭局，总是带着桃子，或者说，是桃子带着庞德和琵琶，吃完饭，她照例要为满桌客人弹一曲《春江花月夜》。我们知道，那是桃子最擅长的琵琶曲。

电视台录制节目的前夕，我们很多人收到了庞德的邀请。为了见证庞德这次辉煌的起步，我也去了电视台的录播大厅。庞德忙得团团转，无暇顾及我们，只是匆匆地向我们介绍了郝老板。那是个胖胖的黑乎乎的福建男人，笑起来很憨厚,眼神里又透出几许精明。桃子陪着他,不知为什么,看起来并没有多少成功的喜悦,倒是心事重重的样子。

聚光灯下的聋哑孩子们在辩论一个关于爱与怜悯的主题,相信那是庞德的构想,对于孩子们来说有点难了,所以我不断地看到一个美丽的聋哑女孩忘记台词,急得要哭的样子,另一个男孩则情绪激烈,以旋风般的手语向对手发起攻击。我问旁边的人他说了些什么,原来那男孩在控诉对手不配谈爱与怜悯,昨天夜里他还被对手逼迫,喝了一杯尿液。突然,那男孩涨红了脸,以手做枪,扳动扳机,向对手做了个开枪的动作。下面一片哗然,有人不停地哄笑,我隐约听见庞德在摄影机那边大叫,红方红方!二辩住嘴!Cut!Cut!

桃子和郝老板静静地坐在一起,有点混乱的录像场面并没有影响他们的坐姿。他们的腿应该在一起,挨得近一些,无伤大雅。但是我无意中瞥见,他们的手在暗处交流。郝老板抓着桃子的手,尽管很快被桃子推开,但我相信,那不是我的幻觉。在郝老板与桃子之间,似乎已经发生了什么。我所不能确定的是,在桃子与庞德之间,到底发生了什么。这么快,桃子就决定背叛庞德了吗?为了庞德,桃子背叛了庞德吗?他们之间那份以命相许的爱情,再一次让我陷入了疑惑之中。

庞德的聋哑学生辩论大赛在电视台播出了一期,紧急叫停了。有关部门认为节目导向不明,又涉及特殊人群,没有任何积极意义。庞德写了洋洋万言的申诉材料,奔波于各个部门,最终徒劳,不得不放弃了他的心血之作。之后他疝气发作,住进了医院。我们到医院去看他的时候,他有点委顿地总结了自己的得失,我跟官僚机构天生打不了交道,我还是适合做音乐。他说,你们知道吗,玛利亚·凯莉要到香港了!大家一下就都不说话了。庞德的眼睛放出光来,我过几天准备飞香港,去见见她的经纪人,我有个同学在纽约,认识那个经纪人。我们看他的眼神,等着他的下文,果然他的声音开始变得神秘,那个经纪人对中国市场很有兴趣啊,这是个好机会,你们有兴趣吗?

我们因此提前离开了庞德的病房。在走廊上,我们遇见了桃子。桃子一脸倦容地提着她的琵琶,说是刚刚去乐器行给琵琶换了弦。我们问她是否要跟庞德一起去香港。她露出一丝哀婉的微笑,还去香港呢,机票都买不起了。现在都是我在挣钱养家。她突然拨响了琵琶,拨出一声刺耳的杂音,我现在,上门给学生做家教啊!

四

那年冬天多雪。

庞德在一个雪夜不约而至,敲响了我家的门。一定是临时起意,我注意到他只穿着毛衣和睡裤，满身雪花，看见我他的手举起来，亮出一只料酒瓶子，你看，我家里的料酒都喝光了。他说，现在没地方买酒，你借我一瓶酒。

他的眼神是破碎的，走路的脚步已经踉跄。我把他扶进屋子的时候，他很感恩，忽然在我脸上亲了一下，喷出一嘴酒气。他说，还是朋友好，只有友谊，可以天长地久。

其实我猜到发生了什么，桃子去为郝老板的女儿做家教，做出了些意外的插曲，庞德与桃子分居多日，朋友圈里已经有所耳闻。大家没有想到的是，庞德悬崖勒马，桃子变了心。听说郝老板的妻子曾经找到少年宫去，不知为何，最终也跑到了少年宫的塔楼上。桃子跟着那女人，与她并排站在一起，桃子说，你想好要不要跳，要跳就数一二三，我陪你跳。这件事听起来很像谣言，桃子这么快就变成了简玛丽，谁也不敢轻信，但有人认识少年宫那个美术老师，按照他吞吞吐吐的口气来推敲，似乎那是真的。

我不知道该怎么开导庞德。我们坐下喝酒。他不说话，指指喉咙，捂捂胸口，意思是嗓子哑了，心碎了。我害怕他跟我谈论他的婚姻危机，试探道，你喝成这样，我们还是谈谈诗歌、谈谈音乐吧，要不谈谈毕加索也行。

他目光炯炯地审视着我，看透了我的畏惧，忽然发出一声尖锐的冷笑，诗歌，是狗屁。音乐，也是狗屁。顿了一下，打了个嗝，他哑着嗓子说，毕加索算老几？他不过是艺术的男妓。

我几乎要笑，不忍心，打岔道，玛多娜呢？玛利亚·凯莉呢？她们是什么？

他想了想，没有再贸然羞辱他曾经的偶像，只是坚定地摇着头，我现在不听她们了，一个太商业，一个太肤浅了。他说着从毛衣里挖出一张CD来，你可以放一下听听，震撼，震撼，我现在天天听这个，听一下，心情就好多了。

是一张黑色封面的进口CD，银色的骷髅头长了两片鲜艳的红唇。我不认识那一排花哨的洋文。庞德介绍道，骷髅玫瑰乐队，曼哈顿的地下摇滚。我好奇地把CD放进音响，先听见一阵阵呻吟，伴随着玻璃碎裂、汽车奔驰和推土机打桩机的噪声，然后各种电声乐器涌入，夹杂着一个女声疯狂的尖叫。正值夜深人静时分，我赶紧把CD退出来，问庞德，谁给你的CD？吵死人了。他的脸上又出现了我所熟悉的神秘表情，你猜？我照例不猜。他说，是简玛丽给我的，她现在在纽约。又问，你知道那女主唱是谁？我摇头。他说，听不出来？就是简玛丽啊！她的乐队，键盘、吉他、贝斯、鼓手，不是白人就是黑人！他们去过黑暗厨房演出，黑暗厨房你听说过的吧？简玛丽现在不跳舞，做地下摇滚，成功了！

我知道简玛丽去了纽约。我以为她是去寻找玛多娜的，预计她暂时会在一家中餐馆或者服装厂洗衣店打工。庞德嘴里简玛丽的成功，我凭本能觉得可疑。然而，庞德不容我对简玛丽的成功提出任何质疑，他捏着拳头捶了下大腿，我错过了她，我说过只要给我五年时间，我就会把她打造成国际巨星，你们都不相信我。庞德说着说着伤感起来，抱住头说，我错过了她，也错过了我自己的幸福。我不怪你们，怪我自己被绑架了。我一惊，谁绑架你了？他愤愤地看着我，突然吼道，道德！还有你们这帮虚伪的朋友！你们利用了我的善良！然后是他所擅长的自问自答环节，善良是什么东西，你知道吗？他说，告诉你们吧，善良，是个最大最臭的道德狗屁！

窗外大雪飘飞。我想象此刻纽约的街道上说不定也在下雪，此刻的简玛丽会在做什么，我头脑里却一片空白。我与简玛丽匆匆一面的印象已经模糊，说起简玛丽，我眼前浮现的竟然都是玛多娜且歌且舞的样子，有点吵，有点窒息，但某种妖娆的挑逗隔空而来。真的有点奇怪，一个川东姑娘，就这样以玛多娜的形象驻扎在我记忆里了。

那个雪夜庞德留宿在我家里。他酒醉严重，去卫生间吐了两次。第一次呕吐的间隙，他还清醒，向我透露了下一个人生计划，说他在等简玛丽的绿卡，她有了绿卡，他就可以去美国了。第二次呕吐很厉害，庞德抱住马桶，流出了眼泪。他抱着马桶哭泣，有点胡言乱语了，他说他恨不能从马桶里钻到美国去，要是可以钻过去，简玛丽一定会在下水道的出口等他。

五

现在看来，庞德的去国之路，其遥远程度堪比丝绸之路。简玛丽的绿卡遥遥无期，而庞德等不及了。是一个旅行社的朋友替他安排了一条漫长而诡谲的路线。他先去了云南，从云南去了越南，从越南去了澳大利亚。按照他们事先的计划，最终还是要越过太平洋，目的地确定不变，是美国。

大多数朋友都收到过庞德在悉尼歌剧院门口的照片，是与卡拉扬的演出广告合影，他说他听了卡拉扬的音乐会，无比震撼，还将去听瓦格纳的歌剧《尼伯龙根的指环》，必将更加震撼。这如果是真的，当然令人羡慕，只可惜无从证明。悉尼有我们的朋友。最初我们听到他的消息，大抵是找工作找住房之类的琐事，庞德没少去麻烦别人，后来便失去他的音信了。大家以为他是设法去了美国，后来知道，庞德没能去美国，不清楚是他无能，还是简玛丽那边的变故，他瞒着悉尼的朋友，去了新西兰，到一家葡萄园摘葡萄去了。

没有人料到他在新西兰摘葡萄，摘了那么多年。也是葡萄，后来与庞德结下了不解之缘。大约是五年之后的一个夏天，朋友圈里纷纷得知一个消息，庞德回来了，兜里揣着一本新西兰护照。他以一个葡萄酒酒庄经理的名义回来，回来开拓营销市场，顺便邀约了过去的朋友，参加一个品酒会。

五年后的庞德依然相貌堂堂，衣着考究，我们想象的艰辛与沧桑在他的脸上并没有留下多少痕迹，只是白色的紧身西裤夸大了他的肚腩，看起来是发福了。他向我们展示了几款葡萄酒，不停地说着单宁、甜度、果香、黑品诺之类的词汇，我们都听不懂，只是注意到席间有个戴耳环的白人男子，看起来四十岁左右的样子，忙着招呼几个洋人，不时与庞德传递眼神，热烈，多义，还有点诡秘。我们都察觉到他与庞德之间关系亲密，悄悄打听他的身份，庞德说，他是杰克，伟大的酿酒师啊。庞德忽然笑了，笑得有点腼腆，大家都看着他，不明白他笑什么，然后我们就听见庞德压低声音说，他妈的，我明明是一串西拉，被他酿成了一杯夏多内！

我们都对葡萄酒一无所知，也就没有人听得懂庞德隐晦而真诚的告白。庞德的美国梦，他自己已经放下，我却记得清楚。我想起那个雪夜庞德的誓言，忍不住追问他，这些年来，你究竟去没去纽约，见没见过简玛丽？他叹口气说，去了，见了，人家已经是两个孩子的妈妈。我问他简玛丽嫁给了什么人，他说，谁也没嫁，一个女孩，是跟白人的混血，一个男孩，是跟黑人的混血。我一时默然，问，现在呢，她会不会还在等你？他又耸肩，做了个天知道的动作。我试探庞德，你为什么还是单身，你还在等她吗？他发出一种短促而夸张的笑声，不知道是对我的愚蠢表示轻蔑，还是表示感伤。你知道我在等谁吗？他的笑容很快变得狡黠起来，瞥一眼远处杰克的身影，打了个响指，告诉你，我和杰克在等李嘉诚，李嘉诚已经收购了我们隔壁的酒庄，我们在等他收购我的酒庄。又晃了一下手里的酒杯，你看我们的酒，这酒体，这果香！庞德说，都是黑品诺，都在马尔堡，我们不比他们差啊！

庞德与简玛丽依然隔着太平洋，天各一方。他们之间，似乎还刻意保留着朋友关系。两年前的一个春天，我忽然接到庞德打来的电话，说简玛丽要带着孩子回国探亲旅游，会在我们这个城市停留，他要我们几个朋友替他招待一下简玛丽。坦率地说，大家都想看看这个传奇的简玛丽，现在是怎样的一位母亲，朋友们都一口应允，为了纪念大家的相识，也为了向一个破碎的爱情故事致意，我们特意将他们安排在太平洋酒店。

我们请简玛丽一家吃饭。简玛丽带着两个混血孩子，姗姗而来。她那天穿了件白色镶嵌蓝边的旗袍，头发恢复了黑色，盘成一个复古的圆髻，她的脸被很厚的粉底罩住，口红很重，岁月的痕迹被谨慎地涂抹之后，看起来很像是三十年代的烟草广告女郎。有人这么直白地说出自己的感受，她淡然一笑，说，我的打扮很正常啊，现在纽约流行复古风。

我带去的葡萄酒来自庞德的酒庄。她瞥一眼酒瓶就猜到了，说，基佬酿的酒，味道都很复杂，我要多喝一点。果然就喝了不少，人也显得松弛了。席间不知是谁提起了桃子，被人在桌子底下踢了脚。没想到她倒坦然，主动问，听说桃子后来嫁给一个大富翁了？听说有几个亿？大家猜到是庞德夸大其词了，在任何时候，我们都需要掩护庞德的虚荣心，没有人轻率地接茬，简玛丽也没有再追问下去。庞德酿造的葡萄酒在她身上起了奇妙的效用，她勤于回忆往事，又毫无保留地披露她在纽约的生活。是她自己主动提起了少年宫塔楼上的那件往事。说到跳楼，真的没什么大不了的。我在曼哈顿，差点也要跳，三十七层的大厦啊，比少年宫那塔楼高多了。她这么说着，诚恳地看着我们，我不光是为了爱情，也是为了房租，为了，为了——心碎。她艰难地选择了“心碎”这个词汇，眼睛里忽然闪烁出一丝泪光，我都已经写好遗书了，我已经走到楼顶了，知道是谁救了我吗？空气骤然紧绷，大家都紧张地看着她，猜测她要宣布的人选，我记得我当时思维偏向电影化，脑子里跳出的是玛多娜，而我注意到对面小辛的嘴型，他明显轻轻吐出了庞德的名字。简玛丽抿了一口酒，以莞尔一笑，原谅了我们的轻浮或愚昧。别猜了，你们猜不到的。她突然用手指着她的混血女儿，是露西亚，露西亚那年才五岁，她穿着睡衣追到楼顶上来了，她对我说，妈咪你别丢下我，我陪你跳，你抱着我，我们一起跳。

一时满桌静默，谁也不敢说话，大家的目光都聚焦在露西亚脸上。露西亚是一个美丽的混血女孩，腿很长，头发是亚麻色的，眼睛有一点点发蓝。我们很少见到蓝眼睛，难以定义露西亚的眼神，它流露的究竟是纯真还是早熟，是羞怯还是无畏。她正与弟弟一起玩游戏机，这时候抬起头，以一种谴责的目光看了看她母亲，她用英语说，妈咪，你喝多了。我不准你再说话了。

简玛丽吐了下舌头，果然不说话了。为了调节气氛，有人小心地与露西亚搭讪，露西亚，小美人，你喜欢玛多娜吗？

露西亚摇了摇头，说，不喜欢，玛多娜早就过时了。

【作者简介】苏童，男，1963年生，江苏苏州人。1984年毕业于北京师范大学中文系。1983年开始发表文学作品。著有长篇小说《米》《我的帝王生涯》《城北地带》《碧奴》《河岸》《黄雀记》，小说集《妻妾成群》《红粉》《罂粟之家》《刺青时代》《香椿树街故事》及“苏童短篇小说编年”系列，随笔集《纸上的美女》等，主要作品结集为《苏童文集》。长篇小说《黄雀记》获第九届茅盾文学奖。小说《妻妾成群》《人民的鱼》《私宴》《拾婴记》《香草营》分获《小说月报》第四、十、十一、十二、十四届百花奖，《她的名字》《万用表》分获第十六、十七届百花文学奖短篇小说奖。现为江苏省作家协会副主席，中国作家协会主席团委员。

梦中的夏天

◎ 张惠雯

一

我在某个星期天的下午开车来到休斯敦的克利夫兰，在这一带的农场区里迷了路。我已经第三次经过那个门口的邮箱上铸着一只金属小鸽子的农场，确认手机上的谷歌地图无法找到我要去的地方。最后，我干脆关了语音导航，把车停在路边，想等有车经过的时候询问一下。如果问不到，再给她打电话。

一些灰白的、边缘泛着紫色的云朵流散在天空中，雨后的小路微微发亮。从十号高速下来，途经一个废弃的铁路岔道口拐进农场区以后，就置身于这密实的绿色和宁静之中，路边风景或者是围栏后平阔的草地、房屋和牛马，或者是安静地摇曳在微风里的荒草和大树。路上经过的民房大都很美，虽然只是简单的一层，但清洁素朴，房前房后种满了任性生长的美丽植物，但也有几处房子残破失修、肮脏歪斜，看了让人丧气。我想到如今置身此地似乎并非出于我自己的意愿，而是受她那位远隔万里的母亲的驱使，或者说是她母亲的意志加上我母亲的意志。有时候，在我给家里打电话的固定时段，她母亲也守候在电话旁。“你一定要去她的大庄园去看看她，你们离得那么近！”她母亲不止一次对我叮嘱。我确认她的家大概就在距离我一两英里的地方，因为我从刚刚经过的农场信箱上看到的号码和她的住址号码十分接近，我只是找不到入口。站在路边等待时，出现在我脑海里的是好几年前的她的样子，是我们一起走在北京的街道上、胡同里，要去某个地方或者只是饭后随便走走的情景。她总是会走在稍微靠前一点儿的地方，像是带领着我。于是，她的样子也总是我从侧面或后面一点儿的角度看过去的样子，通常是在黄昏里或是夜色里，她在那一小段我们都刻意保持的距离之外，高高的，温柔里隐藏着美人特有的甚至是无意的傲慢……过去，偶尔，在我的记忆里，这些影子会奇怪地重叠起来。所以，她如今住在这样的地方——一个被围栏围起来、布满荒草、散发着泥土和牲口味道的地方。

三年前，我对国内的朋友说，我再也不想和这充满猫腻味儿的生活打交道了，我要走了，走了就不会回来。我到了德州大学奥斯汀分校，开始了新生活。新生活茫然又紧张，我在实验室里经常工作到凌晨，累得像狗，但我没有后悔，因为就像我所说的，生活拼一点儿总胜过憋闷，胜过经历了可怕的失败之后等待着另一个失望以及那种无可救药又不可控制的对自己渐生的轻蔑。我知道她住在休斯敦，离我只有三个小时的车程，但我一直没来找过她，也没有和她联系。记着她母亲给我的她的电话号码的纸条一直放在我存放支票本和护照的那个小铁盒里。尽管我知道也许我终究得和她联系，却一直推迟着行动，我不知道是什么东西阻碍我拿起电话，拨那一串简短的号码，似乎疏远太久，重续友情的心也淡了，而某种隐约的、晦暗不明的忧虑又总是困扰着我，使我宁可举步不前。有时候，我和母亲打电话，她会提到又碰到了她母亲（这很正常，因为她家就住在我家楼下），她母亲则又向她追问我是否去找过她女儿了。我想，她母亲也许对她的生活一无所知，急切地希望从我这边听到点儿什么。

她比我大两岁，高两届，我们曾在同一所高中读书。我去北京读研究生时，她已经在那里的一家银行工作了。我们时常碰个面，一块儿吃饭，饭后去哪儿随便走走。她长得非常美，在我们家乡的小城，她是众人皆知的美人。即使到了北京这么一个浩瀚的城市，她也还是美得出挑。可我竟从未动过追求她的念头，尽管后来我想到也许我有机会这么做。她似乎坦然地把我当成弟弟看待，面对这样的坦然，我觉得求爱就像一种亵渎。而且，我认定她不会属于我这种人，一个瘦弱而又一无所有的人。我甚至觉得她不会属于任何我见过的男人，因为他们之中没有一个走在她身边会显得顺眼。或许可以这么说，我也看见过比她长得更漂亮的女人，但我从未见过比她更动人的女人。当我从别人那里听说她有了男友，而且男友就是她那家银行的行长时，我却又觉得这并不那么出乎意料，像她这样的女人，似乎最后难免会落到一个那样的男人手里——阅历丰富、有权势或财富但也有家室的男人。我们见面的次数越来越少，关系淡漠了。我从未见过她的男友。再后来，我听说她出国了。好像有一段时间，她的经济状况不怎么好，她母亲还曾经跟人抱怨她出国是走错了一步。但她和一个美国人结婚以后，她母亲就变得骄傲而且高调了，喜欢把“美国”挂在嘴边。于是，我们知道她在美国德州住在一个大庄园里，那位美国丈夫是一掷千金的大农场主，他们有自己的奶制品加工厂，他们还生了混血宝宝……流言总是十分精彩。我的女性亲属和邻居们提起她出国这件事，都会露出了如指掌的神情。“一开始就是被那个行长送出去的，”她们说，“怕她坏了他的事。”“刚开始还给她寄钱，后来什么都不给了，等于把她骗出去，甩了。”“也算她幸运，找到一个美国人愿意娶她。知根知底的中国人谁愿意娶她啊……”她们的同情里总是夹杂着鄙夷，鄙夷里又夹杂着嫉妒……这些年里，她曾回来过一趟，但我当时在北京，正忙着办到美国来的手续，没见到她。后来，我母亲和姐姐描述说，她嫌弃家里冷，带着那个混血小男孩儿住在酒店；她大冬天穿着裙子，还戴帽子，走在街上特别打眼，一看就是外国回来的；可惜那个混血小孩儿并不如大家想的那么好看，不像洋娃娃，像中国人更多些；他们不喝家里的自来水，只喝商店买来的纯净水……现在，当我在离她生活的现实很近的地方，这些流言、饭后的无聊谈资都显得遥远、荒唐。在小地方，人们总是这么谈论他们不了解而又感兴趣的东西，夸张、杜撰，夹杂着无知的无畏和各种复杂的情绪。无论如何，这里不像是住着她母亲夸耀的一掷千金的大庄园主。这里住着一些农场主，从院子里停着的泥泞的拖拉机和皮卡看，他们是踏踏实实地工作的人，有的富裕，有的贫穷。

终于有一辆车经过，我朝车里的人招手。车子在路对面缓缓停下来，一个瘦削的中年男人下车走过来。他戴着宽边牛仔帽，穿着橡胶雨靴，皱巴巴的衬衫扎在牛仔裤里，走路时歪着肩膀，就像从电影《断背山》里走出来的人物。我向他打听她的农场，告诉他农场的主人叫汉森。

“汉森的农场？”他叹气般地问，皱着眉头看我递给他的那张写着详细地址的纸条，“对不起，我真的没有印象。我也是前不久搬过来的，我以前住在亚拉巴马……这里的邻居还不熟悉。不过，从这个号码看，应该就在附近。”

“我也这么想。前一个号码和后一个号码我都看到了，唯独没有这个。”我说。

“真是古怪！但有可能你经过了农场的后门，所以看不到信箱牌。”他说，把帽子抓在手里。

“有可能。无论如何，谢谢你。”

“没问题。你再绕到前面看一看吧。祝你好运！”他瓮声瓮气地说着，戴上帽子，回到他那辆蓝色的丰田车里。

我犹豫了一会儿，只好给她打电话。

二

我看见她站在路边，身后是一道铁门。那其实也不是一道门，只是一根横搭在低矮的、半人高的铁丝栅栏上的生锈的铁棍。但在美国,这道象征性的门和这歪斜得几乎要倾塌的低矮的铁丝栅栏就意味着不容侵犯的地界。铁棍后面蔓生的杂草里有一条若隐若现的小路，她刚刚就是从这条几乎被荒草覆盖住的小路上走过来接我的。我朝她走过去时,她站在那儿没动,似乎要刻意地从一段距离之外打量我。她笑着,还带着一点儿诙谐的表情。被她那股诙谐味儿感染,我也毫不掩饰地打量她,她老了一些,身体胖了一点儿,但整个人却仿佛变得锐利了。她穿着一条宽大的、深色的印花连衣裙,头发扎成一个低低的马尾。在我过去的印象里,她的头发总是披散着的,不那么顺滑地披散着,有风的时候就肆意地飘,打到你的脸她也毫不在乎。我们没有拥抱,因为她怀里抱着一个孩子,大概只有几个月大。她身后还站了一个四五岁的男孩儿,男孩儿紧贴她的腿站着,有点儿警惕又有点儿羞怯地看着我。我想,这大概就是她曾经带回国去的那个混血男孩儿。他其实很漂亮,是一种纯种人没有的模棱两可的、具有一丝迷惘气质的漂亮。

正如刚才那个过路人猜测的,我一直在农场的后门这边兜圈子。她说:“我就猜到你会迷路,你从来都没有方向感。”她说话的样子好像我们几天前刚刚见过面。接着,她和她的孩子们坐到车子的后座上。她一边指方向,一边开始介绍她的两个孩子。五个月的小婴儿叫露西,男孩儿叫德瑞克。她还提到再过两个多月,德瑞克就可以去读那种不怎么收费的公立 Pre-school 了。她先打开了话匣子,这样我们就不必说久别重逢时经常要说的那些叫人尴尬的话。“我真累”,她连续说了两次。她第二次这么说的时候,我忍不住转过头看看她,发现她虽在抱怨,脸上却依然笑着。她注意到我在看她,才说:“你总算来了。又见到你真高兴。”

我们连续右转了两次,拐上一条有点儿泥泞的、灌木夹道的土路。没有人照顾的灌木疯长,一边的枝叶向另一边拼命倾倒过去,两边的枝叶连起来,密沉地横在空中,像一道光影斑驳的绿色拱廊。这条路真美,就像你会梦见的某种地方。而和她坐在车里,我有种奇特的感觉,就是你觉得和一个人分开很久了,你想象着见了面的那种生疏、不自在,但当你见到那个人,你发现只是一瞬间的、仅仅是源于羞怯感的疏远之后,你们就能够回到当初那种坦然相处的状态,那种熟稔的亲昵,似乎你们从未分开,似乎过去那些音信全无的隔离、刻意的冷漠都并不存在。车很快穿过那条绿色隧道,到了她家农场的正门。同样是一道象征性的门,只是那根铁棍锈得没那么厉害。门口有一个铁皮邮箱,上面模模糊糊地铸着她家的门牌号。除此之外,再也没有什么标志。望进去依然是和后门差不多的情景,到处是膝盖般高的野草。我要下车去开门,但她坚持她来开门。她抱着露西下去开门，一只手动作麻利地打开铁棍尽头那把大锁。她指挥我把车开进去，又锁好大门，回到车上坐下。

“不要抱什么期望。”她对我说，“我们家的农场几乎没人打理，和荒地一样。”

“你们都种些什么？”

“什么也不种。”她回答，“以前的主人种了一些林木。我们养了几头牛，你等会儿就看见了，由它们自己在农场里跑。”

“那样好，放养。”我说。

“是没有办法，我带着两个孩子根本没有时间照料牛。汉森，他能干一点儿小活儿，但不能指望他。你看到他就明白了。”她语带嘲讽地说。她说话的节奏明显比以前快了，句子也短促、果断。

我们在荒草蔓生的小路上缓缓行驶。路上果然遇到了两三头牛，牛站在路当中，当车驶近时，它们就挪到路旁。而车经过的时候，它们又凑近过来，大大的头颅几乎贴着车窗，眼睛直盯着我们。我有点儿担心它们会像电视上看的斗牛比赛里面的牛，突然低下头冲过来。但它们只是呆呆地观看我们经过，然后又回到路中央它们刚才站的地方，默然眺望远去的车。空气闷热凝滞，风停了，天空中堆满大块的、墨蓝色的云，预示着另一场雨要来了。在高大而浓绿的林木下面，在荒草中间，凝然立在那儿的牛就像一种梦幻中的动物。然后，我看到那所简易房。它就是有时你经过郊野会看到的那种模样像只集装箱的铁皮屋，在德州灼热的阳光下，你会担心它被烧灼成铁板，台风的季节，你会担心它轻易被风卷走……它原本大概是灰白色的，但也许太久没有清洗、粉刷了，颜色完全被磨损或被污秽遮蔽了。它比我途经的这一带所有的农场房舍都更破旧、凋敝。屋子门口种着两棵枝叶茂密的橡树，它们倒比房子显得高大挺拔得多，浓密的阴影像是给这光秃秃的屋子搭了一道暗色的门廊。我从余光里察觉到她在观察我的反应，而我只能仰望其中一棵橡树的茂密树冠，因为此时打量那栋污秽、象征着贫瘠的铁皮房就如同欣赏某个人的伤口一样，是种罪孽。

三

我在房子里坐下来有一会儿了，她一直一手抱着露西忙来忙去，泡茶，端上来一碟姜汁饼干，还洗了一些葡萄，放在一个塑料筐里。在她来回走动的时候，德瑞克始终紧跟在她旁边。有几次，她低声训斥他，让他走开点儿，“妈妈会把你碰倒的！”她显得有点儿烦乱。我提出帮她做点儿什么，但被她断然拒绝了。我注意到她的嗓音也有些变了，语气里透出不耐和嘲讽。

自从进了屋里，露西就一直在哭。她告诉我露西只是饿了。但当我告诉她不要忙了，先去喂孩子时，她又固执地拒绝了。我试图把德瑞克喊过来陪他玩儿一会儿，但这小男孩儿对我不予理睬。我只能坐在那儿等着，为自己的到来造成的混乱而不安。有一会儿，我望着她的背影，她的头发已经乱了，抱着孩子的样子像是挟着一个重重的包袱，腰身奇怪地扭着，裙子的领口被露西的小手抓得歪歪扭扭，内衣的肩带露在外面，而她似乎也懒得整理。我想到也许刚刚她走到门口接我的时候，我们都因为重逢而给自己涂上了一层兴奋的光彩，现在，这光彩暗淡了。我大概显得很木然，她尽管努力打起精神，却难以掩饰日常的倦态。

终于，她把一块厚厚的奶酪端到我面前。它外皮金黄，里面却晶莹透明。露西仍然在哭，她在这哭声中大声对我说："你一定要尝尝，我自己做的。"

"你都会做奶酪了！"我也大声说，说完觉得也许没必要这么大喊大叫。

"我是个农妇，"她笑着对我强调，"你别忘了，我现在是个农妇！得省钱，很多东西都得自己来。"

她脸上有层薄薄的汗水，额发湿了。

"我要去喂露西了。"她说。然后，她抱着露西走进左边那个隔间里去了。我猜想那是间卧室，尽管没有门，只有一道布帘。我想到她没有带我参观一下她的家，但似乎也不需要，坐在这儿，屋里的一切就一览无余了——右前方的厨房和紧挨厨房的餐桌，还有我现在坐在这儿的这张印花布三人沙发，以及她走进去的那个房间旁边另一个关着门的房间……过去，经过这样的铁皮屋，我常常猜测它没有后窗，像个密封的、令人透不过气的金属箱子。但我发现它其实有后窗，是四四方方的一块玻璃，从墙壁上凿出来的一个小格子。格子窗的顶端是一圈荷叶边形状的装饰性的窗帘，用来挡住直射的强烈光线。空调此时发出挣扎般的噪音，吊扇大概也开到了最强挡，但屋里依然潮热难耐，似乎自从我走进来，我的衣服就一直湿着。已经是九月底了，最猛烈的夏天已经过去了，但热度还在延续。我想，如果搬一张椅子坐在门口大橡树的浓荫里，也许会好得多。

我突然想起她做的奶酪，就拿餐刀切了一小块儿。它干干的、咸咸的，细细嚼下去，才慢慢嚼出坚实、充沛的奶香。我猜想她是在给那孩子哺乳，否则她不需要走到房间里去，这多少让我有点儿不自在。我注意到其实一直有歌声从某处传来。我寻着声音去找，发现歌声是从放在冰箱顶上的一台小收音机里传来，是那种手提的老式收音机，但音质竟然很好。她选的是乡村音乐台。我把声音稍微调高一点儿，回到原来的地方坐下来。前面那扇窗大一些，分两扇，挂着白色的塑料百叶窗帘。窗户是绿的，望出去是左边那棵橡树，向远处延伸的天空、草地和我们来时的那条模糊不清的小道，这一切看起来很辽阔，也有些荒凉、单调。我仍然觉得这一切有点儿不可思议。和她在一起时，这种不可思议的感觉给我一种虚幻感，现在她离开了，我一个人坐在这儿，可以慢慢整理一下情绪。我试图驱散那股虚幻的感觉，仔细观察四周，想让屋里的小物件赋予我一种此时此地的现实感，直到我看到一个男人突然出现在窗外那条荒芜的小路上。我吓了一跳，想去叫她，但立即觉得不合适。我只能看着这个幽灵般的男人沿着那条路走过来，一直走进屋子里。当他推开门的时候，我也站起身。有差不多半分钟的时间，他愣在那儿，我们相互看着。我觉得他的眼神里有种说不清楚的异样东西。他看起来并不像在打量我，他那直直的眼神仿佛是空茫的，又像是因为惊愕而失了神。突然，他缓缓地张开嘴笑起来。

“你好。”我和他打招呼，猜想他也许是农场的帮工。

他还是咧嘴笑着，没有回答。他的衣着还算整齐干净，但整个人感觉却是邋里邋遢、歪歪扭扭的。

我又说了一遍“你好”。他总算停住不再笑了，但他只是继续看着我，没有回答我的问候。

“你在这儿？”他终于开口说话了。

“是的。我在等着……其实，我是来看望……”

“所以，你在这儿！这很好……”他含糊不清地说着，径直走到冰箱那儿去。他打开冰箱门，把手伸进去摸了半天，摸出一罐可口可乐。

他打开可乐，喝了一大口，仍然直直地盯着我看，好像很奇怪为什么我还站在这儿。突然，他高声喊：“莉亚，莉亚……”

从他此刻脸上的表情，我终于明白过来，他应该是个有智障的，至少精神不太正常的人。我身上猛地出了一层汗，我想，这个人大概就是汉森先生、她的丈夫了！

她从房间里出来了，大概是他的喊叫声把她吸引出来的。她神情显得过分严肃，打着制止他说话的手势，快速冲到他面前，声音低沉而坚定地说：“No, no, no……”我注意到她没有抱露西，德瑞克依然尾巴一样紧跟在她后面。那个男人仿佛好奇地看着她，他的表情怪异但温驯。突然，他像刚看到德瑞克一样高兴地一把把他抱起来举过头顶。德瑞克一点儿也不抗拒，微笑着俯视举起他的男人。我确定这个男人就是孩子的父亲。

他们总算安静下来，她立即把孩子从他手里接过来。我注意到她换过衣服了，那条连衣裙变成了条纹T恤衫和宽大的牛仔短裤。

“总算把露西哄睡了。”她看着我，露出疲惫而带歉意的笑。

我说:"太好了。你可以歇会儿了。"

"是啊,是啊,总算能坐在这儿陪你说说话了。"

"你真不必操心我。"我此刻已经后悔来打扰她。她看起来那么累、力不从心。

那个男人坐在我们旁边的一把椅子上,继续喝可乐,但不时停下来赤裸裸地打量我们。

她看看他,对我说:"汉森先生,我丈夫。"

"已经认识了。"我说。

"你真有意思。"她说,"'已经认识了',你们相互介绍了吗?"

我又听出她口吻里那种冷峭的嘲讽。

"我们刚刚打过招呼。"我只好说。

"汉森小时候得过严重脑炎,智力有一点儿问题。你看出来了吧?"她用开玩笑的语气说,仿佛这是件无关紧要的事。

"是吗? 这……并不明显啊。"我不得不装作有点儿惊讶地说。

"还好,不影响干活儿。我们说话他也都能听明白。"

"那就好。"

"汉森,"她转向他说,"这是我的好朋友,我的邻居,我在中国的邻居。"

"中国朋友。你来这儿很好! 请坐!"汉森看着我,很有礼貌地说。

她看看我,笑了。我也笑了。因为我本来就坐在那儿。

"谢谢,我很高兴来看望你们。"我对汉森说。

她去厨房给他端来两片面包,还有几片薄薄的、上面的猪油凝结成块儿的冷培根。他把培根全都夹进面包里,开始吃起来。德瑞克已经从盘子里抓了饼干吃。过一会儿,她又切下厚厚的一大块干酪,放到汉森先生的盘子里。他把它抓起来,整个塞进嘴里。如果不是音乐声和外面隐隐的雷声,就只有汉森先生吃东西的声音了。

"你为什么不吃?"她突然问我。

"我刚才已经吃了一片干酪,你不在的时候。真好吃,尤其后味儿特别香浓。"

"真的? 你喜欢吃的话走的时候带走两块。你吃块饼干啊。"她说着,从盘子里拿了一片花生酱饼干递给我。

杯子里的茶已经冷了,她又去添了热水。

"妈妈,我想要牛奶。"德瑞克说。

她转回厨房去给德瑞克倒牛奶。

“咖啡好了吗？”汉森先生嚷着问。

我发现他说话时也直直地看着我，这大概是他打量陌生人的方式，但这让我感觉不舒服。

她又跑到厨房里，从咖啡壶里倒了一大杯黑咖啡给他。

等她终于坐下来，她笑着对我说：“无论如何，先把他喂饱。”

我想，“他”指的是汉森先生。

“你太忙了，你一直在忙。”我说，想帮她，但知道什么也帮不了。

“是啊，每天就是这么忙来忙去，孩子的事也忙不完，家务事也好像怎么都做不完，农场的事做不了也操心。”她说，淡然一笑，“你呢？你也很忙？来德州这么久都没有联系我？”

“是很忙，但和你不一样的忙，就是做实验、发论文，没完没了。”

“有为青年！”她开玩笑地说。

“算了，只是想站住脚而已。”

“我以前就知道你将来会有出息，你和别人不一样。”她看着我说。

“没什么不一样，我是个很平庸的人。每个人有每个人谋生的方法，像我这种人没有别的本领，就是不断读书，这没什么了不起。”

“你才不是什么平庸的人。”她坚决地说。

她的语气让我觉得我最好不要反驳她。

她接着问：“我不懂你的专业。但是，很多来美国的人都是飘来飘去的，你将来会去别的州吗？”

我正要说什么，突然听见汉森先生大声说：“好！干得好！”

“他吃饱了，不用管他。”她说。

但我因此忘记了我要说什么。

德瑞克这时爬到妈妈膝盖上坐着。她看着德瑞克，眼神变得很温柔，仿佛她整个人，一个绷得紧紧的人，终于放松了。当他俩脸和脸贴得很近，我才发现那男孩儿的眉眼甚至表情都酷似母亲。

“他现在是我的希望，他和小露西。我现在只爱他，只爱他一个人，尽管他把我累得要死。”她说。

“他很快就要上学了，那样会好得多。”

“你不知道，有时候我真觉得生活已经完了，每天重复着同样的事，忙碌、疲倦、烦躁，你这样挨了一天，却知道第二天还是这样。真的，对我来说，生活已经没有意义了。当然，是我把它弄得一团糟。”她说。

“那个……”汉森先生说。

“什么？”她朝他转过头问。

结果，他只是重重地叹了口气。

"安静点儿。"她凑近他的脸低声说，"露西睡了！你女儿睡了！安静点儿。"

汉森先生看着她，表情慢慢严肃起来，"露西睡了。"他几乎是一字一顿地重复说。

"你很累了，汉森，"她说，"你最好去屋里睡一会儿。"

"是的。那些牛……要下大雨了？"汉森先生说。

"可能。"她说着，把德瑞克放下，收走汉森先生的碟子和咖啡杯，拿一张湿了的厨房纸巾，把他面前的面包屑和咖啡渍擦拭干净。

"过来，德瑞克。"汉森先生说，朝小男孩儿伸出手，那是一双非常粗大的手。

德瑞克看了他一眼，摇摇头。

"去吧，德瑞克，和爸爸玩儿一会儿。"她劝他说。

"不。"

"为什么？"她问儿子。

"我想待在这儿。"德瑞克说。

她轻轻叹了口气，问汉森："那棵树你锯完了？"

"是的。但那些牛……你说还会下雨吗？"

"不要管牛。是锯成五段吗？他们要求五段，不然他们的皮卡拉不了。"

"五段。"汉森先生说。

"好吧，你现在去睡一会儿。"她叹口气说，有点儿不耐烦。

但汉森仍然坐在那儿没动，他看看我，又看看德瑞克。然后，他认真地观看自己的手——那双手正以各种奇怪的方式拧绞揉缠。他似乎沉溺在这种游戏里，笑了起来。

最后，她站起来，拉着他的手臂，让他跟她走到那个有一扇门的房间去了。

她不在的时候，德瑞克开始和我交谈了："汉森先生喜欢睡午觉。但我讨厌睡午觉。"

"你为什么不喜欢睡午觉呢？"我问。

"就是不喜欢。露西总是在睡觉，妈妈说因为她是个婴儿。我希望露西睡觉，这样妈妈就可以陪我玩儿。"

"你真是个聪明的家伙。"我说，"你爱妈妈吗？"我问德瑞克。

"当然。"他毫不犹豫地说。

"为什么？"我笑着追问。

小家伙儿仰着脸费解地看我一会儿，最后说："我就是爱她。"

我喝着茶，希望自己之前一直表现得很平静，至少没有露出惊讶的表情。

我从未相信过她母亲或任何别的人对她生活的描述，但我也没有想到她是现在这样的状况。

她走出来，关上了房间的门。德瑞克看见妈妈，立即迎上去。

她坐下来，把德瑞克抱到她旁边那张椅子上，告诉他吃过饼干以后应该喝水。

德瑞克用吸管从杯子里喝水，我们有一会儿没说话，只是看着小男孩儿。收音机里正播放一首老歌。

“这首歌很好听。你知道这是什么歌吗？”我问。

“《我梦中的夏天》。”她淡然地说。

她似乎不想说话。我就继续听歌。她看起来若有所思，面容平静，又蕴含着某种悲伤和失落。我在想汉森先生是否已经躺下了。小婴儿睡了，那个男人离开了，她不再显得那么慌乱。当我们这么近地、安静地坐着，只是观看着一个孩子喝水、听着一首歌时，我发觉一开始让她失色的憔悴，现在竟然又让她显得动人了，似乎当她得以暂时抛开那些烦乱的事情，她神情里某种昔日的东西就苏醒过来，她内心深处的一些柔软的东西也浮现出来，柔软而不幸……

那首歌唱完后，开始插播广告。

她这时说：“我每天都听这个电台，都是些老歌，很老很老的歌，但起码不那么吵。这些歌我都听熟了。这里太安静了，总得有点儿声音。”

“过去我们在北京的时候，你就喜欢听歌。我记得你当时买了一个 iPod，把我羡慕坏了。”

“你现在还羡慕我吗？”她直视我，很认真地问。

我没回答。

“对不起，给你出难题了。”她像个恶作剧得逞的孩子一样，抿着嘴笑起来。

“好吧，如果我答不出来你的难题能让你高兴的话……”

“德瑞克，好宝贝儿，你去看着妹妹好吗？如果她醒了，你来告诉妈妈好吗？”她对男孩儿说。

“可是，我想待在这儿玩儿。”德瑞克摇着头说。

“妈妈把你的玩具和书都拿到那里行吗？求求你，德瑞克，好宝贝。”

“不。”他这时坐在她脚边的地板上，继续摆弄着一辆破旧的消防车模型。

她有点儿愠怒又有点儿失神地看着那男孩儿。

“让他留在这儿吧，我可以和他玩儿呀。”我说。

但她突然变得很沮丧，说：“我们好几年没见面了，我只是想清静地说说话。你看，我们连说几分钟话的时间都没有！”

“可他并没有打扰我们。”我说。好在我俩说中文，德瑞克并不知道我们正因为他而争执，实际上想把他赶走。

过一会儿，她问我："你有手机吗？"

"有啊。"我说。

"你的手机可以上网吗？"

"当然可以，我有流量。"

"你能让德瑞克看你手机上的动画片吗？"她有些不好意思地问，"他最爱看这个。他姑姑来的时候他整天缠着她看这个。但我的手机不能上网。"

"好办法。"我说。

我立即蹲下身问德瑞克喜欢看什么卡通片。德瑞克知道可以看手机视频，立即来了兴致，问我是否可以让他看《托马斯和他的朋友们》。我从 YouTube 找到这个系列的视频，帮他戴上我的耳机，免得吵醒妹妹。他立即乖乖地拿着手机去儿童房里看卡通去了。

然后，她说去洗手间。等她出来，我觉得她重新梳过了头发。

"对不起，小孩儿真是没有办法。"她说。

"为什么对不起呢，看到他们我特别高兴。"

"你不会对小孩儿感兴趣的，很少有人真对别人的孩子感兴趣。"

"可他们不是别人的孩子，是你的孩子。"我说。

汉森先生在卧室里睡着了。我们在客厅里，听到他浊重、起伏很大的鼾声。她对我无可奈何地耸耸肩。"又下雨了。"我们差不多同时说。屋里光线渐渐暗下来。她走到厨房的一个角落里，打开一盏灯，然后回来取走小桌上的茶壶，把里面的剩茶倒进水池，换了一个茶包。我无事可做，听着外面的雨声。雨声出奇地柔和，也很空洞。

她重新给我换了一杯茶，然后，在我旁边坐下来，仿佛怀着某种趣味审视着我。我觉得轻松多了，终于只剩下我们两个人。

她又给我拿了一片饼干。

"会不会太甜？"她小心翼翼地问。

"是很甜，"我说，"但甜得很纯真。"

她愣一下，随即笑了。

"你来我真开心！"她说。过一会儿，又说："你看起来成熟多了。"

"总不能一直是个毛孩子。"我说。

"你女朋友呢？在国内还是这边？"她问。

"没有女朋友。"

"真的吗？"

"真的没有！"我说。

"为什么不找女朋友？"

"女朋友也没有来找我啊。"

她说："好了，这会儿你原形毕露了。"

"是这样。"我说。

我们俩又都笑了

她低头沉思了一会儿，说："你刚才提起在北京的时候，那都多少年了？过去的生活就像做梦一样……如果过去不是梦，那么现在就是做梦。"

她微笑着，平静地说下去："你看，我现在就是这副样子，我的生活就是这个样子……有时候，我回想是怎么走到这一步的……我简直不敢想下去。我太笨了，相信了那个人。你一定知道那个人……"

我知道她说的"那个人"是谁，我说："我没见过那个人。"

"你最好没有见过他……我得有多蠢，会相信那么一个人真的爱我，而且我还会爱上他。你不明白我是个多软弱的人！我后来想，我爱他大概就是因为他爱我。真的，我很浅薄，我不会爱那些不爱我的人，无论他多么好。"

"所以，他感动了你……"

"那时候？可以这么说吧。他很狂热地追我，一直说他宁可抛弃一切和我在一起。我就是被这个打动了吧。其实，打动我的不是你们想象的那种东西……"

"我们想象的东西？"我不悦地打断她说，"我并没有想象什么不堪的东西，诸如交易之类的。"

她愣了一下，有点儿结巴地说："这样吗？毕竟，你对我，还是有些了解的。"

我只是笑了笑。其实我并不想听太多她和那个人的故事。

她继续说："你想想我得有多蠢，才会相信他的话，因为他其实从来没有证明过他说的话。他把我送出国的时候我还深信不疑，以为真的过了他所说的'危机'，他就会来接我，或者他来美国，和我生活在一起。我当时都想到了，我们也聊到了，要在这儿买个农场，当然不是这样的农场，都是些人在年轻时爱做的白日梦……但不到一年，他就让我不要再'死缠着他不放'了，这是他的原话。我，'死缠着他不放'！他在电话里就是这么说的。"

"那种人不值得你放在心上，好在一切都过去了。"

"怎么会过去呢？"她说，"是他把我置于现在这种境地，你没有想到吗？我现在的生活，不过是过去结下的恶果。你知道吗？我失去了工作，过去上班时存的钱出国后都花光了，我没脸回去。我当时想，就算当妓女也不会要他的一分钱。后来，我不得不求我妈给我寄钱。我妈这个人，你也知道的……"

她仍然极力维持着平静的语气，但我看到她的脸色和表情变了，她看起来想哭。

停了一会儿，她继续说："但最大的问题不是钱，而是怎么留下来，我没有身份。我本来没想过要孩子，我和汉森结婚，就是为了一个身份。我当时太急，找不到别的办法。可很多事不是你计划的那样，我有了德瑞克。一开始，我绝望得想死，但后来，德瑞克让我好过些，孩子需要我，无论如何，我得活着、保护他！"

她的眼圈红了，但她仰仰头，又猛垂下头，那一阵激动的情绪似乎就过去了，眼泪终于没有掉下来。

"啊，我都在说我自己的事！快对我说说你的事吧。"她坐直身子，殷切地望着我说。

"我的事真没有什么好说的，你走了以后，我把博士学位也读完了。我在学校的研究所工作了两三年，完全是浪费时间。教授们都在忙着弄钱，实验室也做不出什么东西，即使偶尔你做出一些东西，也不是你的，是老板的，大家都在想办法发文章，七拼八凑，甚至编造数据……所有的东西看起来都天花乱坠，但所有的东西深究起来都让人觉得没有希望，几乎没有一件事情能正正当当去做。所有的东西都散发着虚伪的气味……我不喜欢这样的生活。所以，我最后也想办法出来了。"

"真好！你碰巧也来了德州。"她说。

"对，碰巧来了德州。"我说。

她意味深长地看了我一会儿。她那双很大很深的眼睛松弛了一些，眼睛下面有明显的横斜的细纹。过去，在她很年轻的时候，那双眼很澄澈，甚至有些冷冽，现在，它经常流露出忧愁和疲倦，却温暖起来。

突然，她表情诡秘地笑起来。

"什么？"我问。

她沉吟了一下，问："我在想……你当时没想过追我吗？我是说在北京的时候。"

"没有，但这是因为你……"

"不用解释了。"她轻轻拍了一下我的肩膀，落落大方地说，"我和你开玩笑呢。"

"那你为什么不让我说完呢？"我说，"因为你太好看了，你看起来就像不会属于任何人。对我来说就是这种感觉。而我又是个有自知之明的人，我当时什么也没有，一个穷学生。当然，我现在也还是什么都没有。"

"你为什么不直接说你是个太过自尊的人呢？我早就知道你是这样的人。"

我没反驳她。我想也许她说得对，但她大概忘了她过去比我骄傲得多。

她的目光和声音突然变冷了:“你来德州多久了?你住得那么近!你甚至都没想过和我联系吧?你真是个……我都不想说你是怎么样的一个人了。”

我觉得我最好什么都不说。我知道此时我说不出什么好话,一种郁闷甚至有点儿气恼的情绪控制着我。但停了很久,她不再说话,一种压迫感促使我不得不说点儿什么。

我说:“你呢?你当初甚至不告而别!所有关于你的消息,我都是后来从别人那里听到的。而且这些消息都来得太突然……因为太突然,所以我听到的时候甚至都不觉得愕然了。我觉得这是我作为一个……朋友的失败。”

她定定地看着我,然后摇摇头,似乎我已经令她失望得不想说话了。

过了好一会儿,她才说:“你想知道为什么吗?因为我当时觉得没有脸面见你这样的朋友。”

“对不起。”我说。我想她说的是真的。

“‘不会属于任何人’,你刚才说我‘不会属于任何人’,”她重复着我的话,目光有点儿挑衅地斜视着我,“现在的我呢?属于什么样一个人?”

“我相信现在的状况是暂时的,以后生活会慢慢好起来……”我说。

她似乎不在意我说的话。突然,她动作优美地向上伸展双臂,身子俯向前,紧贴在桌子上,说:“美有什么用?况且,我也知道我早已经不美了……人要衰老、变丑,一个错就足够了。现在想想我那些不美的同学,她们都比我过得好。”

她说这些话时凝视着桌面,脸上有一抹恍然的笑意。就像以往我们一起吃饭时那样,有时候她会突然坠入这种仿佛轻柔自语的状态里。我看到她的笑里仍然有那股迷人的孩子气,似乎她的意识正痴迷于什么别的东西,游移到了什么别的地方,忘记了眼前这个人的存在。过去,有时她会显得傲慢、目中无人,但有时她又出奇地温柔、软弱,仿佛她需要完全地信任、依赖你,不管你是个什么样的人。在我眼里,她曾经是个看不透的女人,但我慢慢了解到并没有什么看不透的人,只要你真的去看。我想,无论多老,或是变成什么样子,她身上那股孩子气至少没有完全消失。对我来说,这就像是一种永远不会变质的纯真,是某种岁月无法夺走的东西。

四

我们首先听到了露西的哭声,然后看到德瑞克跑了出来。“露西醒了!”他对妈妈喊着。她站起来,抱歉地朝我笑笑,离开了。德瑞克站在那儿,依然挂着耳机,有点儿怯怯地看着我。我想到他是担心我要把手机收走了。我示意他继续看,他才心花怒放地握着手机走过来。

“你可以帮我找找《好奇的乔治》吗？我在电视上看到过。”他礼貌地问。

“当然可以。”

于是，德瑞克在我身边的沙发上坐下来。

她在房间里待了好一阵子，我一直陪德瑞克看动画片，心想该找个合适的时机告别了。

她终于抱着露西走出来。她抱着露西在屋子里慢慢地来回走着，边走边晃动手臂，说：“她有个怪脾气，刚睡醒的时候要抱着不停走，一停下来就爱哭。”

“刚睡醒的小孩儿可能缺乏安全感。”我说。

“小孩儿也各有各的脾气。德瑞克小的时候是睡醒了要在床上躺一会儿，露西得马上抱起来，不然就会越哭越厉害。”

我注意到外面的雨声又稀落了一些，窗外的天空放亮了，连屋里的光线也亮了一些，厨房的那盏灯就显得更昏弱了，几乎消融在日光里。德瑞克看得那么出神，令我有点儿不忍心突然停播他心爱的节目。又过了一会儿，我终于说：“快六点了，我得走了。”

她惊愕地看着我，猛地想起什么似的说：“哦，我早该准备晚饭了！你不要急好吗？吃了晚饭再走。”

“真不麻烦了，我回休斯敦还有事。”

“你为什么不愿意留下来吃顿饭呢？”她有点儿委屈地说。

“你带着孩子太忙了，真不麻烦你。”

“我不会给你做什么复杂的东西，我们也要吃饭啊。”她说。

“我知道，但我真的回休斯敦还有事，一个大学的师兄，我们晚上要见面吃个饭。明天一早我就回奥斯汀了。”我说。我觉得她其实是力不从心的，她大概很难想象张罗出来像样的晚饭，而我也很难想象和她的两个孩子还有汉森先生一起吃饭。我决心在汉森先生走出来之前赶紧离开。

“好吧，如果你不想留下来吃饭的话，再喝杯茶吧。”

“真的不用了。现在雨小多了，我趁这个时候走比较好。”

“好吧，要是这样的话……”她说。

她把我送出来，就像接我的时候一样，抱着露西，身旁跟着德瑞克。德瑞克眼里有真正的留恋，我猜他没有什么朋友，是个孤独的、无法不依恋母亲的小男孩儿。我请求他们赶快回屋里去，因为虽然雨儿乎停了，但老橡树的枝丫仍往下滴着重重的雨珠。她坚持要把我送到车上。走到停车的那块空地上，我一把把德瑞克抱起来，举得高高的，连举了三下。当德瑞克在空中的时候，他的腿欢快有力地踢腾，他兴奋得格格笑出了声。

“你还会再来的，对吧？”她说。

"当然。我会再来看你们。"

"可我担心你不会再来了。"她很直接地说，盯着我，仿佛要从我的神情确定我是否在撒谎。

"为什么？我当然要来，因为我下次要送给德瑞克一个玩具。我很喜欢这小家伙儿。"

"他也很喜欢你。"她说，终于笑了。

我发动车子，摁下车窗玻璃，她又嘱咐说："你一定要早点儿来看德瑞克，他那么喜欢你。"

"一定会的。"我说。

我就要走的时候，看到她往车窗前急切地走近两步。她的脸俯过来，一只手抓着车窗的边缘，我看见她的脸红了。她显得有点儿犹豫，最后低声说："我刚才突然想到……万一我妈在电话里面问起你……"

"我知道该怎么说。你放心吧。"我说。

我已经驶出去一段距离了，从后视镜里看到他们还站在那儿。他们三个，在橡树下面。她站在那儿的姿势比她的容貌显得衰老多了，而我想到她只有三十四岁。只是在这个时候，难受才一下子狠狠地攥住我，我的眼睛湿了。我突然想把车倒回去，把她从这可怕的、被遗忘的地方救出来，她，连同那个孤独的、长相酷似母亲的男孩儿德瑞克，带他们去休斯敦逛街、吃饭，带他们去过正常的、热气腾腾的生活……而另一方面，我甚至无法确定自己是否还会回来看她，在克利夫兰的这个下午给我一种不真实的感觉，坐在她的家里面对汉森先生，或是看着她被这样的生活死死缠住，都令我感到一股阴沉的窒闷。我想如果我不回来，我也会给德瑞克寄一些书和玩具，我真心喜欢那个孩子。

我凭着记忆往前慢慢开车。等我意识到的时候，我发现我早已经过了那条灌木夹道的、仿佛梦境中的小路。我无法不去想她是怎么度过这些年的，和汉森那样的一个人，在这么一个地方，在一个对酷暑和寒冷都无能为力的铁皮匣子里坐着、来回走着、流着汗，日复一日，听着《我梦中的夏天》这样的歌，看着小窗户外面橡树的阴影和快要被荒草吃掉的农场小路……她，连同她的美貌、青春的热力，被囚禁在这贫瘠、劳作和无望之中，像被无情地侵蚀、过早地凋谢了的一朵荒原上的小花……她说得对，如果她过去的生活不是梦，那么现在的生活就是个梦，一个墨绿的、冰冷芜杂的梦。

当我看到那条旧铁轨时，我知道穿过铁轨我就要转上十号高速公路了。我打算不在休斯敦停留，直接开回奥斯汀。我向后看，没有一辆车，周遭一片浓绿，一片雨后的阴郁和静寂。于是，我把车停在路边，在手机上打开 YouTube，搜出那首歌。而后，我一边开车，一边听那首名叫《我梦中的夏天》的老歌。它那奇特的不和谐感莫名地打动我，因为曲调是那么安静、忧伤，歌词却是愉快的：

在这古老大树的绿荫下
在我梦中的夏天
在高高的青草和野玫瑰旁
绿树在风中舞蹈
光阴那么缓慢地流过
圣洁的阳光普照
…………

我看到我的心上人
站在门廊后等着我
夕阳正徐徐落下
在我梦中的夏天

【作者简介】张惠雯，女，1978年生，祖籍河南。毕业于新加坡国立大学商学院。已出版小说集《在屋顶上散步》《水晶孩童》《两次相遇》《一瞬的光线、色彩和阴影》，散文集《惘然少年时》等。作品多次入选各种选刊、选本和排行榜。曾获新加坡国家金笔奖中文小说首奖、中国作家鄂尔多斯文学新人奖等奖项。现居美国休斯敦。

熊猫

◎ 崔曼莉

一

每只动物来，都有前因。前因不由谁说了算。

熊猫的妈妈是只虎斑美短。她从苏州到南京，是为一对姐妹。她们俩相差三岁。姐姐出生后，由外婆养大，上小学前，父母才接她回家。至家门前，妹妹提着剪刀，挡在门口，哭闹几个小时，不让姐姐进门。

二人冲突不断，四邻不安，父母不得已分居，一人带一个孩子住。妹妹小学二年级暑假，去外婆家玩，姐姐也在。有朋友送了只猫给外婆，有猫后，姐妹俩虽然吵打，却肯合作，一起倒猫砂、喂猫粮、给猫洗澡。外婆说，如果她们肯一起住，就把猫送给她们。

这样，熊猫的妈妈到了南京，半年后发情，一窝下了一只猫。

我与妹妹是同窗。两家离得近，常走动。姐妹俩商议，小猫送我最合适。我回家问妈妈，妈妈一口回绝。无法，我便去问奶奶。奶奶家与我家同在一幢楼，不同单元。奶奶住一层，还有一个院子。

我向奶奶吹，这猫一窝一只。民间有说法，猫下小猫，一龙二虎三避鼠，三只以上的，都是寻常。

那时养猫为了有用，人们不论品种与血统。熊猫是银虎斑美短后代。这种猫随欧洲移民进入美洲本土，成为美国名猫。黑白相间，夹有银色亮毛。有点像中国狸花猫，却不如狸花猫花纹清晰。

熊猫来后，奶奶端详半天，大失所望："这熊猫，长得什么花样，不像老虎，也不像狮子。你个熊孩子，弄个破猫进家来！"

“熊”是奶奶家乡话。她生在徐州，父母是流亡去的，家道赤贫。祖上哪里人氏也无从考证。她高鼻深目，眼白湛蓝，肩膀宽，个子高，年轻时比爷爷高一个半头。

爷爷家是大户，不知怎么，遇见了奶奶，他便要娶。太爷爷是画家，打听得那是当地有名的美人，且个子高，就差人去聘。亲戚们见了奶奶，背后都笑。怕是为改良品种，要不然，怎娶了一个破落户家的文盲？

奶奶到南京，一直说徐州话，坚决不改。

爷爷家很快败落。奶奶进了工厂，挣钱、做家务。不痛快时，站在秦淮河边，一边哭一边骂。有时听她哭：“俺爷啊，俺想你啊！俺娘啊！俺想你啊！俺大哥啊，你又没有死，你就不能来看看俺！”

有时又听她哭：“俺爷啊，熊孩子他不听话啊，俺爷啊，俺跟着你时多听你话，俺爷啊，你为啥要把俺嫁给这家人？”

“俺”是“我”，“爷”是“爸爸”。“熊”是骂人的，大概是说不怎么样吧。

太爷爷不论她如何发作，皆沉默不语，自己把自己的小屋收拾得窗明几净。小桌上书报皆整齐。衣服自己洗，干了折平，铺在枕下，压得平整后取出，放在柜中。床头挂了只鸟笼，里面养了只雀。

出了太爷爷小屋，家中一切不忍目睹。东西乱放，灰尘满天。餐桌油腻腻的，每到周末，母亲便用整盆热水从上到下擦拭一遍。

母亲回娘家时，向外婆吐槽。外婆笑：“若不是你婆婆长得美，他家这几个孩子，也不能这么高大好看。”

“娶坏一代妻，教坏三代子，除了老太爷和公公，个个都少家教。”

“你有自己的小家，管好小家就可以了。你婆婆没有文化，又远嫁来，能上班挣钱，还能撑一个家，就很好了。”

妈妈听后不语。奶奶在家只做饭，其他皆不收拾。闲了坐在椅子上逗熊猫：“你个怪花样。”她晃着毛线球，啐着唾沫，“你个短腿。”

据我观察，熊猫站着时，腿不显短，可它跑起来，后腿几乎看不见。只见一个圆溜溜的屁股朝地上一坐一坐，坐一下蹿出去老远，几下就看不见了。

就这样，全家人跟着奶奶，叫它“熊猫”。

二

那时南京的秦淮河还没有治理。河面上整块结浮着各种垃圾。水草、水蛇、水老鼠，在河中痛快地生活。父亲常说，他小时候，河水如何清澈。人们在上游淘米、洗菜，在下游摸鱼、洗衣裳。

父亲的河与我的河，完全是两条河。

父亲还有一个弟弟,我喊他叔叔。说实话,他一点也不像叔叔。他是奶奶四十岁后生的。生他时,爸爸和妈妈已经认识。二人结婚前,抱着他去看电影。电影院看门的,还以为是他们俩的孩子。

从我生下来,他就和我争吃的、争玩的。虽然他比我大九岁,感觉,好像还小一岁。

奶奶养了熊猫,在他看来,等于奶奶给我养了一只宠物。突然有一天,他抱回一条狗。一条漆黑漆黑的狗,真正的短腿。叔叔说,它是腊肠狗,上一代杂交过,所以脸是中国的,腿是外国的。

"这下好了,"妈妈在家怨我,"猫狗双全!"

她看不得奶奶家脏乱差,天天下班去收拾。本来三个老人,加一个比自己小二十岁的小叔子,已经收拾不过来。现在,熊猫还好点,短腿狗在家里又拉屎又撒尿,又咬拖鞋又扯沙发布。妈妈气得骂它:"豆点大的东西,闯祸的本事不小!"

"大嫂子,"叔叔高兴了,"豆点这个名字好,就叫豆点。"

"什么豆点?"妈妈气笑了,"就叫豆豆,好听好记。"

豆豆腿短,却喜欢打架,天天去找邻居家的狗撩事。它好不容易骑到别家狗的背上,狗一晃,它就摔下来。别家狗若骑在它背上,它又叫又跳,被压得死死的,最后哀号起来,非得奶奶用棍子吓开狗,才能逃回家。

熊猫不撩事,懒得搭理那些猫。若有猫打它,都要吃它的亏。若几只猫围攻它一个,它也不恋战,就地一坐,腾空一跃,出了战局。

"崔家奶奶,"邻居都笑,"这两个短腿有意思啊。"

"有个熊意思,"奶奶啐地,"都是熊东西。"

三

傍晚,奶奶开始做晚饭。做人的晚饭前,先做一猫一狗的晚饭。狗是肉拌饭,猫是鱼拌饭。狗饭装在一个大搪瓷脸盆里,猫饭装在一个小奶锅里。

楼上的邻居们到了此时,就把脸伸出阳台外,嘻嘻哈哈地等着。

等不多久,奶奶端着大盆与奶锅出来了。大盆放院子一边,奶锅放院子另一边。

霎时间,狗脸就埋进了比它脸还小一号的奶锅,呜呜地吃起来,一边吃一边被鱼刺卡得呕吐。猫脸则伸进了比它身体大好多圈的脸盆,大口地吞着肉汤饭。

奶奶站在当间,用家乡话骂:"你个熊猫!你个熊狗!想坏俺的家运啊!狗不吃狗饭,猫不吃猫饭!太阳不出在白天,月亮不出在晚上,这是要乱啊!就是要乱啊!"

阳台上的大人孩子放声大笑,他们一边既笑猫狗争宠,也笑奶奶的发音。

"你把狗给俺送走。"奶奶命令叔叔。

"就不送！"叔叔说，"凭什么你给她养猫，不给我养狗！"

"你个熊孩子，"奶奶要打他，"你是个长辈哩，你是个当叔的！"

"谁要给她当叔叔，谁要当长辈！"叔叔绕着大饭桌奔跑，"我就不送，就不送。"

太爷爷从自己屋里出来，豆豆跟在他的后面。太爷爷用拐杖敲了敲地，叔叔与奶奶都不动了。太爷爷从来不批评奶奶与叔叔。有一次，他悄悄对我说，刑不上大夫，礼不下庶人。规矩要讲给懂规矩的人听。

熊猫不进太爷爷的房间，到了饭点会守候太爷爷出屋门。它不声不响地坐着，偶尔叫一声。豆豆不管，全家到处乱窜，经常咣的一声，撞开太爷爷的房门。太爷爷也随它去。

熊猫四个月时，不再与豆豆争饭，甚至懒得理它。它长得油光水滑，皮毛发亮。有一天，奶奶早起，赫然看见卧室门外，横着一只死老鼠。老鼠有一尺长，头断了，与身体只连着一点皮。

"俺的亲娘哎！"奶奶叫了一声。

我去上学时，死老鼠在河边小路上展览，围满了邻居。他们说，知道河里的水老鼠大，不知道这么大。又说，这老鼠比熊猫还大，熊猫怎么打下来的。

奶奶得意地骂着熊猫，说它把死老鼠拖进门，弄了一地血。

晚上，妈妈也正式去看了熊猫。熊猫来后，她一直不看它。熊猫也不往上凑。豆豆因为犯错多，她还骂过几声。她常说，一个畜生，有什么好看的。

她坐在奶奶家客厅，端详熊猫。熊猫坐得离她一步多远，抬着头，团团脸、团团眼睛，虎虎地回视。

"好猫！"妈妈欣喜，"有虎威！"

每天清晨，邻居们来来往往，参观熊猫的猎物。水老鼠已经没有人看了，连小孩子也不再害怕。鸟雀大家还是觉得有些作孽，毕竟是可爱的。有一天，地上没有猎物，有人去问奶奶："崔家奶奶，昨天晚上你没放熊猫出门啊？"

"没有放没有放，"奶奶没好气地说，"昨晚睡了。"

奶奶转过头，进了院中小厨房，一边望着案板发愁，一边小声地痛骂熊猫。

四

南京人爱吃卤味，到处是卤菜店。盐水鸭是当地名菜，五香牛肉也是极好的。那时家里来客，奶奶才会上街，斩半只鸭子，或切半斤牛肉。斩和切既是动作，又是声音。鸭子与牛肉称好斤两，付了钱。卤菜店的人便将鸭子放在案板上，抡起斩刀，啪的一下，连骨带皮肉斩断。若是快手，只听得啪啪啪连声响，均均匀匀一盘鸭子便斩好了。

牛肉却需慢切。同样是大刀，缓缓入刀，缓缓落刀，无声无息，那肉薄得一片一片，像纸一般。

熊猫自从偷过牛肉后，夜里就再没有闲过，不是去河里打猎，就是去卤菜店偷肉。

结结实实一块牛肉。

它不把肉放在奶奶卧室前，更不放在大门外，总是潜入小厨房，放在案板上。

一块牛肉不少钱，何况是物质贫乏的上世纪八十年代。奶奶指着地上翘起尾巴，讨好地望着她的熊猫："你个熊！俺一家就是穷死饿死！俺们也不吃偷来的东西！你说你这个熊！俺们不吃，你也不吃，你去偷啥？俺少你吃还是少你穿了？天天小鱼饭伺候你，你咋还要偷？你个熊猫，你这是为了啥呀?!"

开始，奶奶守着这个秘密。一家人不知道，她和熊猫关在小厨房做什么。

露破绽是因为，奶奶心疼牛肉，她坚决不吃，却又舍不得扔，毕竟好好的一块肉，只有放着，放臭了再扔。有一天，妈妈发现了臭牛肉，问奶奶，奶奶哭了，一边哭一边说："俺这是丢死人了，养一只猫出去偷，俺一辈子做人清清白白，老了快死了，还当上贼了！"

妈妈捉了熊猫来，把头按在臭牛肉上，狠打了几巴掌："你作死了，去偷牛肉！一块肉多少钱你晓得吗？再偷，再偷给你抓着了，看不打死你！不打死你也毒死你！"

奶奶泪眼蒙眬，想到了这一层，又哭起来："熊猫啊，你别偷了，偷了打死你啊，不然要给你下了毒，你就毒死了，你可知道啊，是个人他就不好惹啊！"

家里人渐渐知道了此事，叔叔便吵着要把肉给豆豆吃。开天辟地，奶奶打了叔叔几下："你个熊孩子！我怎么生出你这么个熊孩子！"

"你打我干什么！"叔叔在家里大喊大叫，"是它偷！又不是我偷！"

"你就是打少了！"妈妈站在旁边冷冷地说，"畜生不懂，你也不懂？"

"他不是那个意思，"奶奶脸色越发难看，"他就是胡乱说的，你是大嫂，你还和他当真？"

妈妈一转身出去了。

五

叔叔没有再提过给豆豆吃牛肉的事。八十年代，流行武侠电影、武侠小说。

邻居家的小伙伴约他去公园学武术。他一学就上瘾了,起早贪黑地不沾家。豆豆整天跟在太爷爷后面,除了吃饭,几乎不出屋。

妈妈带我回娘家时,把熊猫偷肉的事讲给外婆听。外婆听后叹了口气,对妈妈说:“你还记得三年自然灾害时,我养的那只猫?”

妈妈沉默了,点了点头。

“外婆,”我问,“猫怎么了?”

“那会儿,家里没有东西吃,人都快饿死了,哪有东西喂猫。它就不吃家里的饭,出去找食。家里做点饭,它还守着厨房,不给外面来的猫偷。有时你外公一起床,床前就啪啪有一条小鱼在跳。”

“是它抓的?猫真会抓鱼?”

“会,”外婆说,“那猫,可仁义了。”

“后来呢?”

“死了。”

“怎么死的?”

“不知道,”外婆说,“人都不知道怎么死的,何况一只猫。”

“那熊猫偷牛肉也是仁义了?”

“仁义,”外婆说,“它知道护主呢。”

从外婆家回来后,每发现熊猫偷牛肉,妈妈就狠狠打它。打得它听见妈妈回家时自行车铃声,就噌地跳起来,几步窜到院内,上了房,远遁而去。

事情还是败露了。有一天,卤菜店店主找了来。那是个中年男人,面皮蜡黄。

奶奶自不肯认,态度凶狠,说那人诬陷熊猫。那人也没有证据,但他说,他夜里守贼,却发现是只花猫,满街打听,街上人说,那花色、那本事,必定是我家熊猫。

奶奶便骂起了街:“是个人都没有良心啊,俺家熊猫吃你了喝你了,得罪你了?你咋瞎说啊,它还天天逮老鼠呢,它还为人民服务呢!”

那人脸渐渐红了,临走时说:“管好你家的猫,要是被我毒死了,不要怪我!”

六

奶奶爱看戏,家里一台黑白电视机,只要放戏,她就守在跟前。她爱跟我说戏里的事,大体都对。谁跟谁好,谁反对谁跟谁好。若是复杂的戏,她就不明白了。因为,她听不懂唱词,也不识字,看不懂屏幕下的戏文。她根据人物的动作、唱腔，猜测人物的命运与当下的心情。她反反复复地看，有时夜里，她关了灯，坐在闪光的小屏幕前，看着看着，她就睡着了，嘴巴张开，打着呼噜。

我有时间，就给她说戏。谁不是谁的娘，是他的丈母娘。谁也不是大老爷，是个宰相。两个人打架不是闹矛盾，是两国交兵。她听听就恼了，"熊孩子净胡说，你都看的啥，啥也没有看明白！"

爷爷特别爱吃醋。奶奶都老了，他还是见不得门口的爷爷们和奶奶说话。但他绝不敢因为这种事骂奶奶、打奶奶。他唯一的绝招是虐待自己——绝食。

"你爷又不吃饭了！"奶奶只好来敲我们家的门，抹着泪对爸妈说，"俺这是受的什么罪！"

有时，奶奶也气，跟着不吃饭，把饭菜都倒了，只给太爷爷留一碗。太爷爷独自吃罢饭，悄悄进了屋，逗他的雀。奶奶饿着肚子看戏。爷爷睡在床上，咬着牙。

有一天我回家，电视机关着。满屋子人，太爷爷坐在客厅里，豆豆缩在他脚边，熊猫不知踪迹。奶奶连哭带喊，躺在地上。妈妈把我叫到一边："你赶紧去你姑妈家，叫她来。"

"爷爷奶奶吵架了？"我转头去找，没看见爷爷。

"你叔叔被抓了。"

"什么？"

"被抓了。"

"为什么？"

"不为什么，现在严打呢，"妈妈心烦意乱，"小孩又不懂，问什么，赶紧去叫人，记住，叫她来劝奶奶，千万稳住神。"

我一路朝姑妈家小跑，到了一说，姑妈先哭了，一边哭一边跟着往回走，嘴里碎碎念："这可怎么办呀，这可怎么办呀？"

"姑妈，叫你去劝奶奶呢，"我着急地说，"你怎么先哭开了？"

"你这个小孩，"姑妈满脸是泪，伸手狠狠戳了一下我的头，"你怎么没有心呀，你叔叔被抓了，现在是什么时候，到处严打呢。"

我那时真的不明白，严打是什么？只觉得妈妈叫姑妈来，太失策。果然，姑妈进门不仅没有劝奶奶，而是倒在奶奶旁边，娘儿俩一块儿放声痛哭。

一家人劝不住。和叔叔一起被抓的，还有邻居家几个大小伙子。满楼都乱了。

"别哭了！"妈妈拧了两条毛巾，走过去，"他还没死呢！你们一个当妈的，一个当姐姐的，先在这儿哭开丧了?！啊?！"

她喝得好大声，连太爷爷都吓了一跳。姑妈听出了不祥之音，止住哭。奶奶也不敢大放悲声，接过毛巾，捂住脸，不停地颤抖。

七

叔叔和楼里的小伙子们，在公园学武术。其中一个和另一群学武术的人发生了口角，双方约打群架。那天下午，在公园里刚摆开阵势，还没有打，公安就来了。十几个青年，全判了流氓罪。叔叔不是主犯，判五年。主犯家和我们家是十来年的老邻居，判了七年。他的父亲气急攻心，一个多月就走了。

叔叔在江北服刑。爷爷想着为他多挣点钱，备他出狱后生活。一个有罪的人，恐怕永远找不到单位了。爷爷是药厂制药师，掌握着不少西药配方。湖北有个半私营半国营企业来请他，包吃包住，还有高薪。

爷爷走后，奶奶家只剩她和太爷爷，我和爸妈仍在那儿吃饭。没有人和奶奶吵架，也没有熊孩子惹奶奶生气。爸妈也不需要调解父母矛盾，替父母管教弟弟。一家人，少了很多话。老太爷安安静静的，依旧吃罢饭，回他的屋。幸好还有豆豆和熊猫。但猫狗再好，始终是动物。爸妈商议，让我晚上去陪奶奶住。

我很高兴可以放开来和熊猫玩了。爸妈在时，不让我抱它，说熊猫什么地方都去，太脏了。

晚上，我在家洗漱完，来到奶奶家。奶奶通常在看电视。我先和豆豆闹一会儿，就去抓熊猫。熊猫和我好，一起钻进被子里。我抱着它，它呼噜噜地发着响声，表示喜欢。

在电视机与熊猫的呼噜声里，我睡着了。熊猫什么时候走的，我并不知道。它又开始往奶奶卧室前放老鼠、鸟雀。奶奶却不再把动物尸体放在门前小路陈列，都是趁清早无人时，用火钳夹了扔进垃圾站。

有一天夜里，我被吵醒了，迷糊中听见了奶奶的哭声。

“俺爷啊，俺娘啊，俺怎么办啊？俺的孩儿啊，被关在江北啊！俺的孩儿啊，过的不是人过的日子啊！俺的孩儿啊，你爷为了你，去了湖北啊！俺一家人，就这样散了啊！”

我一动不动，熊猫还在我怀里。豆豆在客厅里小声呜咽。熊猫圆睁眼睛，望着正前方。

第二天，爸妈来吃早饭，我说：“奶奶昨天夜里哭了。”

爸妈互相看了看。爸爸问：“哭什么了？”

“叔叔，”我说，“还有爷爷。”

爸爸叹了口气，对我说：“你叔叔来信了，说想你，这次去看他，你也一起去吧。”

“好啊！”我又惊又喜，“我也想他呢。”

他们整理了好大一个包裹，有奶奶做的红烧肉、斩的盐水鸭，还有罐头、水果。有太爷爷用毛笔写的家书。蝇头小楷，痛陈君子如不能自强不息，等同自我放弃。还有外公托舅舅送来的毛笔、字帖，与外公钟爱的《书法六要》。另有妈妈与姑妈备的衣服鞋袜。行李包装了又装，差点把拉链撑炸了。

星期天一大早，母亲帮父亲把行李包背在背上，一边背一边悄声说：“他这一下成了功臣了，全家总动员。”

“哎，”父亲小声说，“你在我面前说说就罢了，出去别说。”

“我还能和谁说，就和你说说。”妈妈转头看看我，“过来。”

她取下我独辫上的蝴蝶结：“探监，又不是走亲戚，素一点好。”

爸爸背着包，双手拽紧胸前的包绳。我跟在他后面。他不时说：“我没法拉着你，你自己要跟紧。”

“爸爸，”我有点紧张，“那里面坏人多吗？”

“还好。”他含含糊糊的。

“我们去了会打我们吗？”

“不会，到处是公安。”

“我们要走多远。”

“要转车，转好几趟呢，还要过大桥。我没法拉着你，你要跟紧了。”

八

南京长江大桥，是中华人民共和国成立后最重要的建筑之一，当时少有的南北连接点。老师说，如果再有人侵略我们，第一件事，就是往长江大桥扔原子弹。三防课经常有实战演习。老师吹响口哨，一个班的同学纷纷钻进桌子底下，衣服深色的，要脱下来反穿。然后戴好防毒面具，等口哨声停止时，有序地朝室外狂奔。男生让女生先走，年纪大的让年纪小的先走。大家奔出教室，奔向操场，那里有一个假设存在的防空洞。

我为了桥上有可能落下的原子弹，在教室里钻过多次桌子肚，在操场狂奔过很多回。但是第一次经过大桥，却是为了叔叔。

已近深冬，车里挤满了人。我站在人堆下方，竟有些热。车过江北，有人上了车，将一个半透明的硬硬的大塑料袋抵在我面前，我不得不尽量转开头。

不知开了多久，到了一站，不少人下了车。我这才看清，背塑料袋的是个女人，又老又憔悴，年纪和奶奶差不多大。她和我们一路走，走着走着，和爸爸聊了起来。

“我儿子判的十年，”她羡慕地说，“还是你弟弟好，才五年。”

“都一样，”爸爸劝她，“大娘，都是一样的。”

“还是你们城里条件好，”她又羡慕地看看爸爸的背包，眼圈红了，“我没有本事，什么也不能给他带，只有这个。”

她晃了晃她的塑料袋。

“奶奶，袋子里头是什么东西，黄黄的？”我问。

“没什么，就是炒米。”

原来是炒米，却不像年节时我在街上爆的炒米花。炒米花虽然不软，却也不硬，轻飘飘地喷着香。“奶奶，”我又问，“炒米为什么这么硬？”

她不好意思了：“是我在锅里头炒的。”

“锅里能炒炒米？”

“能……香得很。”

我还要问，爸爸用眼神制止了我，“大娘，家里还有什么人？”

“没有人了，”她说，“只有我一个。”

“哦。”爸爸不知再问什么。我们走不多远，来到一处高墙边，大铁门前站着武警。一队人排队，从一个小门进。

排到我们时，我们向炒米奶奶告别。她连忙说：“再见再见，赶紧送进去吧。”

我跟着爸爸往里走，心里很难过。我从没有想过，叔叔即使在监狱中，也比一些人富有；奶奶即使独居家中，也比一些人幸福。

“爸爸，”我拽了拽他的衣摆，“炒米奶奶真可怜。”

“生活嘛，”爸爸叹了口气，“不好过。”

一种复杂的痛苦，让我忘却了恐惧。我们来到一间巨大的屋子，里面摆着一排排长桌。长桌一面，坐着站立不安的家属，长桌另一面，空着凳子。

我听见了哨声，一些光亮的脑袋从窗前闪过。门开了，犯人们穿着一模一样的衣服，排队走进来。我也从没想过，他们都是剃光了头发的。

这次会面后，很长一段时间，我在街上看见光头的男人，都会害怕。我担心他是个逃犯，又不明白，逃犯为什么敢在大街上活动。

叔叔见到我，很高兴，说我长高了，又问豆豆怎么样了，熊猫有没有再去做贼。听到此话，我很想像以前一样，边开玩笑，边挖苦他几句，但又意兴阑珊。有些事，他大概永远也不会懂了。爸爸打开包，把东西一样一样拿出来，交代给他。他对书法用具不太感兴趣，太爷爷的家书也只是看了一眼，倒是吃的用的很喜欢。我满屋子打量，寻找炒米奶奶，却没有发现。也许，她在另外一间屋。

我不仅对叔叔感到失望，对人生也有一种失望。

回到家，晚上，我照例去跟奶奶睡。可能怕我听见，奶奶都是在夜里痛哭。我在哭声中抱紧熊猫，没有告诉奶奶，路上遇见了另一个母亲。也没有告诉她，叔叔对于物品的态度。我知道，她听不明白。事实上，我也不够明白。我思绪混乱，黑夜中，已经没有节目的小黑白电视，闪烁着白花花的乱光，在这光中，熊猫的眼睛分外明亮。

九

熊猫何时走了，我不知道。它动作轻捷。它何时回来，我又不知道，只记得奶奶坐在床边惨叫起来。

我翻身坐起，见奶奶一只脚踩在一只死老鼠身上。熊猫紧张地蹲在旁边，不明所以地望着她。

"你个熊猫！"吓疯了的奶奶弯下脚，满地摸鞋。熊猫又往前凑了凑，刚要发个喵声，奶奶一鞋底抽在它脊背上："我打死你个熊猫！"

熊猫叫一声，蹿起来就逃，一下子没了踪影。

奶奶去找火钳，我低下头，那老鼠头都咬烂了。想着奶奶一脚踩着软软这一团，我的汗毛都竖了起来。

"这个熊猫，它是作死了，把死老鼠放在俺床头地上。"第二天，奶奶对爸妈说。

爸妈看我，我点点头："它可能是想哄奶奶高兴吧。"

"高兴个屁！"奶奶说，"有本事别回来，俺见一次打一次！"

熊猫真的没有回来。第二天、第三天、第四天。奶奶夜里哭时，又加了内容："俺爷啊俺娘啊，俺这是什么命啊，俺孩子啥也没干，就被抓了，判了刑，蹲了大狱。俺老头为了俺孩儿，去了湖北。俺养的猫也跑了，俺的熊猫啊，俺爷啊，俺娘啊，那猫可好了，俺想你们啊！"

我悄悄地吸着鼻子，擦干眼泪。

下午放学后，我去河边找，去街上找，都没有熊猫。我又去卤菜店找，也没有熊猫。我遇见了邻家奶奶。她的儿子是流氓罪主犯，判了七年。她的丈夫，在儿子判决后一个多月就走了。她越来越干瘪，像被抽干了水分，脱了人形。

"奶奶，"我问，"你见到熊猫没有？"

"没的，"她的声音小极了，一口气从喉咙下面吊上去，"我的乖乖，你的猫丢不了。"

"几天都不见了。"

"它强得很。"

“会不会被人毒死了？”

“不会。”

“会不会生气，再也不回来了？”

她想了想，似乎不能肯定：“猫气性大，我原来养过一只，他爸还活着的时候，踢了它一脚，它就走了，再也没有回来。”

她想想又说：“熊猫跟你们好。”

熊猫不见了，奶奶无心做饭，晚上只煮了一锅白水面。妈妈看不下去，炒了点鸡蛋，端给太爷爷。往自己和爸爸碗里倒了点酱油，凑合吃了。又看我没有胃口，给我开了包榨菜，倒在面条上。

第二天一早，有人敲奶奶的门：“崔家奶奶，你快出来看吧。”

奶奶披着棉袄，起身开了门，叫了一声又回来，忙着穿棉裤、棉鞋。

“什么事啊？”我缩在被子里问。

“熊猫回来了！”

我腾地坐起来说：“在哪儿？”

“也不是它回来了，”奶奶一边系扣子一边朝外赶，“这个熊猫，打死条大蛇放在门口。”

我赶紧起床，穿好衣服，跑到门外。外面围满了人。那蛇足有一米多长，蛇头处快咬断了，长长地睡在门口的地上。奶奶双手握住火钳，夹起蛇头，提起蛇身。叫好声、尖叫声一片。太爷爷也惊动了，慢慢踱出门。豆豆在人的腿间兴奋地穿梭，嗷嗷瞎吼。奶奶举着火钳往垃圾站走，大人小孩狗，乱哄哄跟在后面。死蛇尾巴拖在地上，画出一条长痕。

“崔家奶奶，你家这个不是猫，是虎！”

“我的妈呀，龙虎斗！”

“我早听说过猫能打蛇，哎呀呀，还是第一回见！”

“乖乖，这个猫厉害，太厉害了！”

到了垃圾站，奶奶举起火钳，用力一甩，那蛇飞起来，轰地落在垃圾堆里。众人齐声叫好。豆豆冲进垃圾堆，看了死蛇一眼，吓得又往回跑。众人大笑起来。我看见邻家奶奶，她干巴巴的脸笑了：“你家熊猫回来了。”

晚上，熊猫像没有离开过一样，把头埋在奶锅里，大口大口地吃着小鱼饭。

我们一家人坐着，看着它。

太爷爷捻着胡须，微微点头。豆豆趴在地上，头搭在爪子上，看着大家。爸爸对奶奶说：“妈，这回你不能打它了，人家送了大礼回来的。”

“谁打它了，谁要打它了？”奶奶急了，“俺养的熊猫，俺为什么要打它？”

“不打就好，”妈妈笑着说，“这猫太争气了，仁义仁义。”

熊猫打过蛇后，再也不把任何战利品放在奶奶床前，也不放在卧室门外，全部在路上展览。邻居天天路过时，表示惊叹。奶奶照例一边骂一边用火钳清理尸体。

十

春节前，爷爷从湖北回来，和奶奶坐在一起吃饭。爷爷一直看着奶奶笑，奶奶急了，重重地把碗摔在桌子上："你吃你的饭，老是看俺做什么？"

老太爷低头吃饭，装作没有听见。爸爸、妈妈、姑妈、姑父都乐了。吃罢饭，爸爸让我回家睡，我跟着他和妈妈走出来，好像看见熊猫蹿了过去。

"熊猫！"我喊它。

它没有理我，钻进一辆自行车底下。

我借过爸爸的手电筒，去照它，却意外地发现，不止它一只猫。它卧在地上，还有一只黄狸花猫，卧在它的身上。

"你们看，"我喊爸妈，"熊猫在干什么啊？"妈妈抢过手电筒，关了光："小孩子乱照什么，没的事干了？回家！"

我不死心，一会儿问爸爸："熊猫在干什么，为什么那个猫欺负它，它都不管？"

"没的事，"爸爸说，"猫有猫的事，人不要什么都管。"

"你看着好了，"妈妈对爸爸说，"过了春节，肯定要怀孕下小猫。"

"好事情。"

"好什么好，三两下一掏，这个猫就要犯死相了。"

"不会，这个猫神气。"

"再神气的猫也禁不起，可惜了，"妈妈直叹气，"是个母猫。"

我隐约猜到，那两只猫的重叠，和下小猫有关系。可下小猫为什么熊猫就不好呢？家里要多几只小生命，是多么开心的事啊。

春节后，爷爷又去了湖北。爸爸每到周末，就赶往江北探监。晚上我陪奶奶睡，白天去学校读书。日子一天天滑过去。突然，街道有人来，给了份通知。城里不允许养狗了，限三日内处理掉自己家中的狗，不然，打狗队上门清理。

"大妹子，"街道办事处的奶奶也是苏北人，拉着奶奶的手说，"你快把豆豆弄走吧。打狗队可凶哩，也不说话，朝着狗头就打，一棍子下去，就死了。"

"真朝死里打？"

"打！打死了就扔到车上，我们附近几个街道，打死了几车狗。"

奶奶要爸爸给叔叔写信，说明此事。妈妈说，一共三天，邮局往返时间都不够。打狗的事是真的，她单位附近也开始打狗，打得很厉害。

“问他也没有用，”爸爸说，“他不在家，豆豆都是跟着爷爷，还是问问他老人家的意思。”

这件事，我事先并不知情。每天放学回来，陪我玩的人，是豆豆，我寻找着去玩的人，是熊猫。我对豆豆，感情也深。

这一天回家，我照例喊豆豆，没有狗回答。平时早就蹿出来，扑在我怀里。

我房前屋后转了几圈，只有熊猫睡在厨房屋顶上。喊它，它懒懒地不理。我找奶奶，奶奶不在。太爷爷坐在客厅，喊住我：“你来，先坐好。”

我在沙发上坐下来。

“豆豆没了。”

“您说什么？”

“街道办说要打狗，你爸爸托了个朋友，今天上午来，把它接到乡下去了。”

“这不可能。”我激动地站了起来。太爷爷平静地看着我。我强行克制着情绪，重新落座，“奶奶知道？”

太爷爷点点头。

“您也知道？”

太爷爷又点点头。

“你们为什么不告诉我，如果我知道了，今天还可以陪它最后一天。”

“怕你舍不得狗，”太爷爷说，“也怕狗舍不得你，到时走不掉，它枉送了性命。”

我的眼泪流了下来。“它是怎么走的？”

“它不肯走，”太爷爷慢慢地说，“它平时蔫蔫的，今天早上又抓又打又咬，怎么也弄不动。”

我擦掉一把泪：“那它是怎么走的？”

“你奶奶告诉它，不走就活不成了。它是流着眼泪跟人走的。”

我放下书包，走到河边。奶奶果然在这儿，一边小声哭一边向她的爷娘诉苦。我有几次，夜里做梦，梦见豆豆回来了，漆黑的小长身子朝我狂奔。

说来也怪，豆豆与熊猫抢饭吃时，常被奶奶骂是败家之兆，等家真正遇到困难，奶奶却不肯再提，对它们也更加好。

一家人为豆豆的事烦恼。爸爸去探监，免不了告诉叔叔。他发脾气，说没人和他商量就送走了豆豆，不接受爸爸送的物品。爸爸怒了，在探监室拍了桌子骂他，被管教员推了出去。这次之后，姑妈姑父去探了两回监，又换成了爸爸。

太爷爷和我谈完豆豆的事后，再也没有提过豆豆的名字，也不参与有关它的讨论，仿佛它没有存在过。还是邻居们议论，奶奶才发现，熊猫的肚子大到如鼓，已经自己在家里找地方准备生产了。

十一

有一天，熊猫总往衣柜钻，奶奶忙把衣服全拿出来，用床单打了个包，堆在床角，给熊猫腾了个地方。

我把好消息告诉姐妹俩。她们又有了一只新猫，叫我去看。那猫是黄色的，长毛，说是中国山东狮子猫与波斯猫杂交生的。

“熊猫要下小猫啦，太好了，拜托你奶奶好好照顾它。”她们的妈妈这样对我说。她们什么也没有说，只是让我逗新的小猫。新小猫确实可爱，我看着它，想象着熊猫的孩子。

熊猫的肚子越来越大，打的猎物越来越小，临产前抓的老鼠，没有气绝，一直在门前空地抽搐。

奶奶不许我再过去睡，怕惊了熊猫。隔几日，说小猫出生了，有三只。

我着急去看，奶奶也不让进卧室门，说小猫睁眼前，谁也不许进。等小猫睁开眼后，我进了门，见三只灰黑色毛茸茸的小东西，在奶奶床上爬来爬去，嘴里不停地喵喵叫唤。

熊猫守在床头。我往前一步，它就盯住我，背上的毛渐渐奓开。

“你个熊猫！”奶奶骂它，“你吓唬谁呢，她是谁呀，她是俺家人！”

我绕到床的另一头，坐下来，立即被三只小猫吸引了。这三只小东西活泼泼的，其中有两只条纹清楚，像狸花猫，时不时东扑一下、西跳一下。另外一只长得像熊猫，花纹不虎不豹，脸最圆，眼睛最大，毛又比熊猫长。它总是倒着身体，肚皮朝上，四只小白爪在空中飞舞。

“这一只最好看呢！”

“比熊猫还好看！”奶奶欢喜地说。

熊猫慢慢接受了我的存在，毛顺下来，一动不动地卧着。

姑父拿了相机来，给小猫拍照。熊猫还是紧张，没办法，奶奶只好坐在一旁。等照片洗出来，大家一看，几乎每一张都有奶奶或奶奶的某个部分，有时是手，有时是半拉衣襟。

妈妈拿了照片，带给外婆看。外婆看着：“这就是熊猫啊！”又看看，“你婆婆老了这么多？”

“是的，”妈妈说，“女人不能经事，为了小叔子，她这一年，老得太快了。”

“这猫也老了。”外婆说，“看着不那么神气了。”

“掏的，”妈妈说，“又发情、又怀孕、又下小猫，你看看，毛也没的光泽了，眼睛都不亮了，一下子成老猫了。”

我拿过照片，见奶奶坐在房间床头，头发花白，脸凹陷下去，一只手指着小猫，手色焦黄、青筋暴露，指节微微弯曲。

熊猫蜷坐在床边上，双目低垂，脖子无力地缩起。

一人一猫，像霜打后的秋叶。虽然奶奶脸上挂着笑，熊猫的脸色却有些悲凉。

“女人嘛，”外婆叹口气，“就是这样的。”

妈妈掠了我一眼。

三只小猫奶水吃得足，长得飞快。两只喜欢跳的，已经满客厅乱蹿，还跑进老太爷的房间里玩耍。那只爱现肚皮的，我们发现，它不是喜欢向人表示亲爱，而是一个瘸子。

它的右后腿不能受力，从来不落地。剩下三条腿一走一摔。奶奶每次看它摔倒就笑，笑着笑着就哭了：“你个磕头鬼，生下来就给人磕头！”

我对姐妹俩说，磕头鬼特别好看，性格也开朗，希望能把它送到原主人家，好好收养。

姐妹俩商量了一个周末，对我说，她们家已经有熊猫的妈妈和一只新黄猫，不能再养第三只猫了。

小猫快两个月时，熊猫恢复了夜里出行的习惯。两只健康的小猫，很快被人领走了。磕头鬼没有人要，奶奶成天把它装在围裙口袋里。它就像只小袋鼠，两只白爪伸在口袋外面。

十二

叔叔当年的高中同学，从部队转业回南京，听说了叔叔的事，就来看奶奶。

他带了一兜苹果，自己摇着轮椅。到门前，把轮椅换成双拐，苹果挂在手上，一晃一晃地撞着拐杖，走了进来。

太爷爷出来会客，奶奶给倒上茶。客人说着说着，盯住了奶奶的口袋：“阿姨，你口袋里头是什么？”

奶奶掏出磕头鬼。他伸手要，接过来放在自己腿上，磕头鬼四爪朝上，肚皮对着它，越发显得脸团眼圆，四周还爹着一圈绒绒的灰毛。

两个玩了半天。他把磕头鬼放在茶几上，磕头鬼一走，就摔了一跤。

他慌忙把磕头鬼抱回怀里。老太爷和奶奶都没说话。

“阿姨，这猫送人吗？”

奶奶没有回答。老太爷慢悠悠地问：“冒昧了冒昧了，你的腿是怎么了？”

“哦，”他笑了笑，“部队上搞爆破，是个意外。”

“俺这猫是个瘸子。”奶奶突然说。

“我也是个瘸子，”他呵呵乐，“大瘸子带个小瘸子。”

磕头鬼就这样离开了我家。奶奶说，熊猫第一次当妈，不会生，秋天再生小猫时，就会个个健康。可还没到夏天，熊猫就不见了。它没有回家，也没有尸体，到处没有它的消息。奶奶去卤菜店闹过两次，都被赶了出来。卤菜店的邻居说，没发现店里处理过死猫。奶奶又说，早知道熊猫不回来，她死活也不会把磕头鬼送人。

我们从来不说熊猫死了。我们说，它只是不高兴小猫被送走了；我们说，它发现另外山高路远，除了这条街，外面有的是地方。

【作者简介】崔曼莉，女，70后作家，原籍南京，毕业于南京大学中文系。著有中短篇小说集《卡卡的信仰》，中篇小说《求职游戏》，长篇小说《最爱》《琉璃时代》及《浮沉》（第一、第二部）等。现居北京。

十三姨

◎ 陈永和

一

我也老了。老到已经看见死。于是，有些事，慢慢变得模糊，另一些事，却慢慢变得清晰。模糊下去的，都是些大事。清晰起来的，都是些小事。比如，我答应过十三姨，给她打一件毛衣，但到现在还没打好。十三姨已经死了，她不会穿毛衣了，但这些日子我老是想起那件毛衣。

我翻箱倒柜，想把那件没有打完的毛衣找出来。我记得我把她压在樟木箱底层，但怎么也找不到。她跑到哪里了？对，我把毛衣看成她，而不是它。我知道我又在犯糊涂。我把身边所有东西都看成她。女人的她。这让我感觉还生活在女人当中。十三姨老说我头脑比别人少了一根筋，最重要的一根筋，能把东西区分开的那根筋。但到现在我还是区分不开。她跟它非要区分开，能区分开吗？我想毛衣就是想十三姨，想十三姨就是想毛衣。二者在我脑海里就是这样混在一起的。

十三姨则相反，她好像能在头脑中划出许多格子，把所有跟她有关的东西装进去。每一件东西储存在哪个格子都有规矩，帽子应放在衣柜，饭碗应放在碗橱。错了不行，错了她就烦躁，非调整不可。在她眼里，把帽子放在碗橱就是犯罪。这怎么可以！她声音尖细，小小的身体几乎颤抖起来。

现在我可以想象她那时候的身体了，尖细声音和颤抖身体里面的感觉。几十年帽子都放在衣柜，有一天打开却突然看到蛇。帽子呢？在碗橱里了。那种震惊、慌乱、身体的异样感，世界乱套了……

从不能想象到可以想象经历了几十年。这几十年，我的身体渐渐枯竭，老去，所有器官都已经像古董，虽然老朽却依然外表完整地摆在那里。在时间隧道中，我正在经历跟十三姨一样老去。我感觉我正在穿越她的身体。她的身体像洋葱，被时光一层一层剥落。

我终于可以看到她，没有身体，只有灵魂的她。

但那时候，我只感觉到害怕，我听到她发出尖细声音就害怕。我不知道做错了什么，只知道我做错了。但怎样才能做好我不知道。

所以我在她眼里一直是个罪人。我永远会犯把帽子放在碗橱甚至挂在天井的错误。我知道自己不可救药，整天小心翼翼，想做到让她满意。但完全没用。我看不见衣柜和碗橱在哪里。我头脑里没有衣柜和碗橱。我头脑里只有一个天井，我会把所有的东西往那里丢。

你跟你妈妈一样，没有一件事能做清楚……她摇头，先是气愤，而后悲哀，声音渐渐低沉下去。

我妈妈，她亲妹妹，已经死了。

她大约是想起她来了。所以她骂我总是骂到一半就没了下文。我让她想起我妈，想起我妈总使她伤心。

但我没有想起妈妈。她在骂我的时候我一次也没有想起妈妈。我总是在她的声音中把妈妈忘记。

妈妈只有在夜里才到我身边，让我看到她。我看到妈妈用悲哀的眼睛看我，光看我，跟她在临死前最后看我的眼光一样。一句话也没有。哥哥、弟弟、爸爸、十三姨全在她身边，但妈妈最后一眼就看我。

我觉得妈妈想跟我说什么，但哥哥、弟弟、爸爸和十三姨的目光把她的话封住了。

妈妈走后奶奶从莆田老家住到我们家。奶奶叫我洗菜洗衣服洗被子洗碗。吃饭的时候，奶奶掌管饭勺。哥哥、弟弟、爸爸先上饭桌吃饭。我们在厨房洗涮等着。等他们都吃完奶奶跟我才能吃。我们上饭桌时，碗里的菜差不多全没了。

十三姨差不多每星期都会来我们家。她来了，就跟哥哥、弟弟、爸爸一起上桌吃饭。有一次她对爸爸说，怎么不叫丝一起来吃？爸爸没吭气。话被饭噎住了。

丝是我的小名。妈妈起的。家里人都跟着妈妈叫我“丝丝”。但十三姨不，她从来叫我“丝”。就一个单字。丝。我开头觉得怪怪的，但后来习惯了，想，也好，这样就把妈妈跟她划清了。我在她那里，是丝。我在妈妈那里，是丝丝。她永远成不了我的妈妈。

十三姨来时总会提一包吃的东西。每次里面都有猪油糕。十三姨知道妈妈和我都爱吃猪油糕。

奶奶把十三姨带来的东西锁在抽屉里，钥匙挂在身上。我每天经过桌子前，都要看一眼挂着锁的抽屉，只看一眼。抽屉永远锁着，发出猪油糕的香味。香味上把守着奶奶的眼睛。

我不在的时候他们把十三姨带来的食物，包括猪油糕通通都吃光了，把猪油糕的香味留下让我想。我看着上锁的抽屉就想象是我在吃猪油糕。没有了猪油糕的抽屉锁上没有奶奶的眼睛。我想象我吃得津津有味。我真的吃得津津有味。

爸爸为妈妈做了七个七。一天晚上，我已经躺到床上，还没有睡着，听到爸爸跟十三姨在厅里说话。

同事给我介绍了一个女人……爸爸瓮声瓮气，声音像压在缸底下闷出来的。

你打算什么时候娶她？十三姨打断爸爸的话问。

我想越快越好。家里都乱了……

那把丝给我。十三姨说。

爸爸没回答。没说好，也没说不好。但我立刻明白爸爸的意思了。

我一下对爸爸感到心冷。我不想跟十三姨走。虽然冬天水太冰，我不情愿洗鱼洗被子，但我更不愿意跟十三姨走。十三姨的眼睛比冬天的水更冷。

后来我才知道，奶奶也不愿意我跟十三姨走。她觉得女孩应该留在家里帮忙做家务。女孩不读书也可以，但不可以不做家务。不做家务的女孩长大成不了女人。

但十三姨觉得，女孩就是做不成女人也不能不读书。

就这样，我跟着十三姨到了她家。

十三姨提着一个包袱，我背着一个书包。我十岁，她四十岁。她的岁数刚好是我的四倍。

那天，十三姨给我买了五块猪油糕。我坐在房间里，五块猪油糕摊在一张纸上，纸上渗着油渍。十三姨坐在我对面，眼睛不看猪油糕光看我。我一口气把五块猪油糕都吃光了。我打了几个饱嗝。她长长叹了一口气。

以后好长一段时间，我再也想不起猪油糕。我感觉我已经把世界上的猪油糕都吃光了。

好吃的东西原来也是可以吃光的。我后来想，我是把好吃的感觉吃光了。好吃的感觉吃光后，好吃的东西也就没了。

桌子上撒了几点猪油糕碎粉，我用手指拈起来，想放进嘴里。十三姨一个巴掌打了过来，厉声说，没规矩。这么脏的东西怎么能吃？

我盯着被十三姨打在地上的猪油糕碎粉，有一颗黑色的芝麻夹在白色的碎粉之中。我很心疼，心想，怎么让这颗芝麻掉了呢？

那颗芝麻在我心里存放了几年才逐渐淡化。于是，我也就记住了十三姨打我手的痛感。

二

我是跟隔壁张嫂学打毛衣的。那时候谁家的女人都会打毛衣。张嫂的四个女儿都会打毛衣。但十三姨不会。十三姨不会打毛衣也不会烧菜。张嫂说十三姨是享福之人，所以不会打毛衣。为什么享福的女人就不会打毛衣？我没多想。但我不愿意做不会打毛衣的女人。做一个女人就得会打毛衣。那时候，我就是这样想的。

我从学织袜子开始。张嫂说学织毛衣必须从学织袜子开始。我每天放学回家就坐在饭厅里织袜子。十三姨下班回家，经过我身边，从不看我一眼，好像不知道我在干什么。我放在房间里的织毛衣针线，她也从来不碰。她脸上的表情既不轻视也不赞赏，总之什么也不是。但我总是不安。她经过我时，我一定会偷偷去看她。虽然我知道每次看的结果都会一样，但就是做不到不去看，看了才安心。好像她有几张脸，脸下面藏着脸，随时会翻页似的。

什么是享福呢？有次我问十三姨。

享福就是做饭给喜欢的男人，看他吃。十三姨想了一会儿，很认真地说。

我吓了一跳。她的表情把她话的重量翻了十倍。这不是我期望的回答。

很微妙。十三姨觉得做饭跟看男人吃是享福，张嫂认为十三姨不会织毛衣和做饭是享福。到底什么是享福呢？

所以，十三姨并不像张嫂说的是个享福之人。十三姨一定觉得张嫂才是享福之人。张嫂每天做饭给她老公，并看着他吃。

这样，十三姨的这句话就被我记住了。一记几十年。几十年中，我慢慢咀嚼着这句话的味道。

十三姨为什么不结婚？她有过男人吗？这两句话我是听别人说的，但是慢慢沉淀在了我的心里。恰巧这时，我不知从哪里听来“老处女”这个词，很新鲜，立刻记住，很恶意地记住了，而且一下把十三姨跟所有女人区分开来了。老处女不是女人。十三姨不是女人。这个想法不知为什么，很让我释怀，好像我已经是女人，不，将来一定会是女人，而十三姨不是，永远不可能是，她怎么努力也成不了女人了。

我多了许多玄想，不无恶意。

那些年，我一直丰富自己心目中老处女的形象。怪癖，孤独，变态，我把所有我对十三姨的反抗都归纳到这个形象上，然后拔出箭来射它。这让我得到满足。很奇怪，我没想到我心里藏着那么多箭，拔出一根又长出一根，最糟糕的时候，有很长一段时间，看到十三姨的脸我心里就长出一根箭来，看不见地朝她射去。

好多年以后，十三姨已经去世了，我在南门兜偶然遇见了张嫂。我们聊起十三姨。她告诉我十三姨曾经拜托她教我织毛衣，并不让她把这话告诉我。

这怎么可能？十三姨让我学织毛衣？这怎么可能！有几天我被这句话压扁了。我不断地咀嚼，不断地想去否认它，但越否认它就越强烈地反弹上来纠缠我。我开始怀疑，怀疑自己这么多年到底看到了什么？

难道十三姨希望我变成女人？我变成了她希望我变成的女人吗？我突然长出一双十三姨看我的眼睛。

我猛然一惊。我被十三姨蒙蔽了，被她尖细的声音、颤抖的身体蒙蔽了，蒙蔽了几十年。我把尖细的声音、颤抖的身体当成了她。

三

张嫂烧菜之好在航运局上杭宿舍里是出了名的。

航运局上杭宿舍是一个商家宅院改造的。上下杭这种宅院很多，高墙，门不大，院子很深，进去是个大空间，屋顶很高。过去的仓库改成了食堂。又一道门后是天井，连着大厅。厅两边是十二间厢房。厢房里住着七八户人家。每家炉灶都摆在家门口。只有十三姨家门口没有炉灶。我们家永远吃食堂，自己不烧菜。

我织袜子时，张嫂总是围着炉灶忙碌。我没事找事过去问张嫂几句，找借口去看她烧什么菜。我已经开始发育，逐渐被我的胃控制，对食物有着无从抗拒的强烈欲望。那时，在我眼里，所有绘画音乐、鲜花山水，都抵不上张嫂的红烧肉诱人。葱爆油锅炒肉，加入酱油、红糖，焖久了，散发出的肉香，弥漫在大厅里，经久不散。

十三姨不准我站在炉灶边看人烧菜，也不准我站在饭桌前看别人家吃饭，说是看相不好。

十三姨讲究“相”。吃有吃相，站有站相，坐有坐相，走有走相……父亲有父亲相,母亲有母亲相,妻子有妻子相,丈夫有丈夫相……住家有住家相,店铺有店铺相,总之万物有相,偏离了相,一个人就完了。

所以十三姨家,用木板隔成的房间,只有十来平方米,但家具物什各居其位,错落有致,无一丝灰尘,像她梳的头发一样。

我后来想,一个人,把自己收拾得这样干净,把每件东西收拾得这样整齐,日子一定很难过。她一定也想去整齐人生。可是,看得见的东西可以整齐,看不见的东西呢?

香味是会飘动的。

宿舍里所有人家都在大厅里吃饭。

我们家吃饭比别家早。饭桌上,困难时期那二三年不算,永远只孤零零地摆着食堂买来的两碗菜,一碗青菜,一碗鱼或肉。这时候,谁家烧菜,大厅里就充满了谁家菜的味道。有时几家同时烧菜,这家味跟那家味呛在一起,甜酸辣咸鱼肉蛋菜味就在大厅里飘来荡去。我们家的饭桌上永远飘着别人家的香味。这使那两碗菜在我眼里显得更加丑陋寒酸。我跟十三姨不说话。十三姨目不斜视,脸上永远没有表情。我不知道她在想什么。我那时觉得她吃饭跟吃药一样,不知道自己吞下去的是什么。

我吃饭时也目不斜视。我不能看,想看而不能看,我得保持一种吃相,十三姨的眼睛正盯着我呢。我吸气,深深吸气。她能管我眼睛但管不到我吸别人家香气。边吸我边在头脑里描绘别人家饭桌上的菜。日久天长,不用看,我就能知道谁家今天吃什么,谁家饭桌上摆着一盘什么好吃的菜。我能在许多味道中,分辨出这家空心菜炒咸了,那家鱼炖淡了。

我吃了十几年食堂,从十岁吃到二十多岁。

吃到我发疯。

那种饥饿感,吃饱饭的饥饿感,想象中的饥饿感,我后来花了大半辈子去填满,但怎么填也填不满。我认为我这辈子的贪吃好吃,就是那十几年每天闻别人家菜香吃食堂饭养成的。它刺激了我的胃,引发了我胃的欲望却不让它得到满足。我的胃因此变得贪得无厌。

我管不住我的胃。我的胃肉眼看不见,就算是十三姨也管不住它。任何好吃的东西都能诱惑我。一讲到吃我就眉飞色舞。有几十年,我不能控制自己不停地去找吃的。我的鼻子极敏感,它能闻到空气中飘过的最轻微的一丝香味。我不能不跟着香味走。我胃最强壮的那段时间,甚至一个男人,只要他请我去吃几顿馆子,我立刻会对他产生好感,觉得他是世界上最值得交往的人,就算知道事后一定后悔,我还是无法做到拒绝美食。

我一直佩服十三姨对美食的决绝。她怎么能做到呢?为什么我不能像她,对别人家的美食无动于衷呢?我尝试过,努力向她学习过,但越学越糟。憋了这一餐,下一餐我会变得更加贪婪。

我现在才懂,十三姨面对红烧肉的香味能那么坚定地不受诱惑,是因为她有。她身体里储藏着红烧肉的香味。吃美味佳肴长大的人不受美味佳肴的诱惑,就像有钱人不受钱诱惑一样。

我是在我的胃衰退以后,才逐渐获得自由的。所以我不害怕衰老,只有衰老才能不被胃控制,从胃的统治下摆脱出来。只有摆脱胃我才能有许多新想法,才能逐渐看清自己,看清十三姨。

四

十三姨觉得妈妈临死前最后一眼看的是她。她跟我说过好几次,妈妈看了我一眼,又看了她一眼,最后看了她一眼,把我托付给她。

我没有去反驳十三姨。我觉得妈妈最后一眼看的是我。最后一眼对我很重要。我不愿意妈妈最后一眼看的是十三姨。

但我现在已经明白,妈妈的最后一眼,对十三姨也很重要。也许正因为这一眼,她才把我领到她家去。

妈妈的这一眼,把我跟十三姨都改变了。

我一直想不通,为什么很长一段时间,有几年吧,几乎每个星期天,十三姨都要带我到她三姐夫家去。一去就是一整天。

每次去之前,我们都要先拐到中亭街的德余京粿店去买包点心,多是糯米糕一类的松软点心,然后乘一路公交车到东街口。三姐夫家住在靠近东街口的安民巷。一个福州式宅院,两天井三进厢房,一个花厅。一进二进房一九五八年被政府改造,搬进来几户人家。三姐夫跟大儿子一家住在花厅跟三进房。

三姐夫的儿媳碧也管十三姨叫“十三姨”。十三姨的四姐,是碧的母亲。三姐夫的妻子三姐跟碧的母亲是姐妹,跟我妈妈也是姐妹。我妈妈是她们小妹。

十三姨说的三姐夫我要叫“三姨父”。三姨父的儿媳碧我要叫“表姐”。

三姨很早就去世了。三姨父一九四九年从汉口离职以后,就一直跟大儿子,也就是碧表姐的丈夫一家住。三姨父每天的生活很单调,看点报纸读点书写点毛笔字。我印象最深的就是他好吟诗。不管房间里有没有人,他手里抓着一本线装书,书半卷着,上半身陷在藤椅里,摇头晃脑地发出一种类似念经的声音。

三姨父年轻时候长得很帅。我见过他过去的一张照片，穿一件白色衬衣，眉清目秀，高鼻梁，眉宇间有股书卷气。

十三姨到了三姨父家，就坐在三姨父房间里，跟碧表姐闲聊。三姨父要不看报，要不看书，间或他们也说几句，都是些无关紧要的话。到了做饭时间，我就跟着碧表姐，进厨房洗菜提水帮点忙。十三姨从来不进厨房。一整天从进门到出门她一直待在三姨父房间里，有时候好久两个人各干各的，一句话不说。到傍晚五点，碧表姐就会早早做好饭，让我们吃了去赶车回家。

碧表姐比十三姨小六七岁。她们小时候常常在一个院子里玩。我知道十三姨过去的一些事都是从碧表姐那里听说的。

后来听碧表姐说，亲戚们都觉得十三姨跟三姨父很合适，曾经跟十三姨提议过，让她搬过来跟三姨父同住。但不知为什么，是十三姨不情愿，还是在等三姨父表态，或别的什么，总之，这件事就这么拖着，到最后不了了之。

我大吃一惊，没想到这么老的两个人居然也有机会跟"结婚"这两个字连在一起，就多了一个心眼儿，留意十三姨跟三姨父在一起的样子。

什么也看不出来。

我实在想不通，既然十三姨并没有想跟三姨父结婚，那她为什么要这么经常到三姨父家，一坐就是一天。这么没话的两个人怎么能这样坐在一起。喜欢嘛，就一定有话；不喜欢嘛，就不会坐在一起。

我只好解释为十三姨不懂得怎样追男人，三姨父也不懂得追女人。大约两个当事人都并不怎么想结婚，只是旁边人看着，觉得他们还在可以结婚的年龄。

我那时候不知道人可以像空气，可以既存在又不存在。两个不相互喜欢的人也可以坐在一起，各想各的心事，各干各的，却并不相互妨碍，也不觉得尴尬。

后来碧表姐告诉我，十三姨有很长一段时间不知道该怎样面对我。她不知道我在想什么，不知道该怎样跟我说话。她不习惯身边睡着另一个人，另一个人的呼吸经常让她半夜醒来，醒来后再也无法入睡。

我又是一惊。

我永远没想到一个大人面对孩子，也会像一个孩子面对大人一样不知所措。

我突然明白了。

星期天有那么长，有二十四小时，十三姨一定是没法面对我。她非得带我到另一个地方，一个可以不用一直面对我的地方。这个地方就是三姨父家。

十三姨可以一直面对三姨夫，连话也不用说。十三姨却无法一直面对我，连说话也救不了她。

四十岁的处女第一次面对一个十岁女孩，一个对她心怀恶意的女孩，她要有多大的勇气才能把我领回家？

为什么我要到老了才能体悟这一切？

五

我从来没有把十三姨当作女人。她的身材跟她每天接触的数字一样，又硬又直。

几岁孩子看三十几岁女人都老，老得不成样子。印象中的十三姨一直是老太婆。

后来，我才觉得奇怪，她怎么一张照片都没有。年轻的，中年的，年老的，反正什么照片都没有。所有亲戚家里的照片也都没有她。

难道她从来不照相？不喜欢照相？难道她从小开始对自己的相貌就完全没有信心？这跟她一辈子不结婚有关系吗？

碧表姐说十三姨年轻的时候就不漂亮。她什么都小，个子小，脸小，鼻子小，嘴巴小。她不温柔，没有女人气，长年穿一套蓝色的列宁装，头发剪得短短的，一副不要男人的样子。

小时候她就想一辈子不结婚吗？有次我问碧表姐。

恐怕没有。她订过婚。碧表姐说，后来被退亲了。

退亲了？

退亲。男方退亲了。

男方是谁？

姓潘的。

碧表姐一副不想往下说的样子。我也就没往下问，再也没问，甚至没往下想，一直到碧表姐也走了。

我并不怎么想知道男方是谁，是谁还不都一样，空位上曾经是谁又有什么区别？

我没想到，以后，这会成为遗憾，一辈子都无法弥补的遗憾。

十三姨年轻时曾经得过肺病。她专科毕业后，在师院当会计，得肺病以后辞掉工作。碧表姐说她不知道自己是否能活下去，在鼓山上的尼姑庵住了好长一段时间。尼姑庵是一个朋友介绍她去的。她告诉家里人她到福安去工作，不让朋友告诉任何人她住在庵里。

哪个尼姑庵？鼓山上有尼姑庵吗？我问碧表姐。我有一段时间对尼姑庵很感兴趣。

有。听说在白云洞附近。碧表姐说。

尼姑庵就这样走到我心里，但总没有机会去，总有许多看上去比尼姑庵重要得多的事情要做。有一天，我忽然去了鼓山找尼姑庵，离十三姨过世已经二十多年了。

我在山上转了好久，慢慢走，不急着找尼姑庵。那是春天，阳光明媚，山上的树郁郁葱葱，翠绿的新叶闪着光。

据说十三姨去尼姑庵时也是春天。

从涌泉寺往山顶公路走，约半小时多，穿过射击场继续往前，看到岔路往左，走到兰花圃，看到一座尼姑庵废墟。

就是这里了。我对自己说。我走到几堵石头墙中间，沉默着，跟它们一起沐浴着阳光。

周围是树，传过几声鸟鸣。

没来由地，我想到这几声鸟鸣是十三姨传递过来的。就在这明媚的阳光里，我打了一个寒战，浑身起了一层鸡皮疙瘩。

六

我是在碧表姐家里认识生表哥的。生表哥是碧表姐她丈夫的小弟，北京的大学毕业后分配在东北工作。他每年都会回家探亲半个多月。他个子高，长得很帅，很像当时的电影明星达式常。那个星期天，我跟十三姨到三姨夫家，看到天井里一个年轻男子，拿着照相机正在给几个孩子照相。孩子们簇拥着他，我来我来，争先恐后地叫着。他满脸堆笑，嘴里不停地说慢慢来慢慢来。那时候有照相机是很稀罕的事。

他叫过十三姨，扬了一下手里的照相机，笑着问我，要不要来一张？

我不知道说什么好，就笑了笑。十三姨推了我一把说，去吧去吧，生很会拍照。

要不你们两个一起来一张？生表哥笑嘻嘻地问十三姨。

多少年以后，那张笑脸，无邪，充满孩子气的笑脸，总让我想起夜晚天空上的星星。小时候，福州夜晚的天空中布满了星星，现在很少看到了。

那张照片至今我还保留着。我把它单独夹在一本笔记本里。笔记本是生表哥送给我的，很普通的一本笔记本，上面印有字样。生表哥唯一送给我的礼物。

那是一九六八年，生表哥在家里待了很长时间，学校停课，我几乎天天往碧表姐家跑，有时就干脆在她家住。生表哥几乎每天都有客人，同学呀朋友呀。我们大家在一起听音乐看书高谈阔论。没有客人的时候，生表哥就跟我讲他小时候的事、大学生活，有时候也讲哲学，讲马克思黑格尔爱因斯坦。生表哥爱好哲学。

我深深被生表哥的世界吸引了。我感觉他慢慢覆盖过来，铺满我的整个身体。那是一个崭新的世界。生表哥临走前几天，我几乎天天都跟他黏在一起，一刻也不愿意离开他。

我知道我是爱上生表哥了。我知道他也爱我。我从他的眼睛里看得出来。我们依依不舍。临走的前一天，我们俩第一次单独出门，去爬了乌山。我们挨得很近坐在石头上，我感觉到生表哥身上传过来的热气。生表哥抱了抱我。这是我第一次被男人抱。我想我已经是他的人，这一辈子属于他了。但这话，我当然没有对生表哥说。

十三姨什么也没说，好像什么事情都没发生的样子。我那时以为这纯属迟钝，想她一辈子没有爱过什么人，当然也就不知道什么叫爱了。

生表哥走了。走的第一天起我就在等他的信。我知道他一定会给我写信。但等了十多天没有收到他的信，我心急如焚，想他会不会出什么事了，跑到碧表姐家，碧表姐说有收到生寄来的平安信。

我几乎快要崩溃了。我给他写了很多封信，几乎每天都写，写了就拿到邮局去寄。

但就这样，也还是没有收到生表哥的回信。我只能解释生表哥变心了。他把我忘了。听碧表姐讲，生表哥曾经喜欢单位里的一个女同事，应该是他们好上了。于是，我也就不再给他写信。后来，听碧表姐说，生表哥出事了，被关进学习班了，好几年音信全无。

我死心了。十三姨提早退休，把她的位置让给我。二十世纪七十年代中期找工作极不容易。我心怀感激。以后十三姨就到处托人给我介绍对象。我想我再也不会爱上什么人了，那嫁给谁还不一样。我就跟德结婚了。十三姨相中的女婿，大学生，技术员，家也住在上杭路，距离我们家走路只要三分钟。

三分钟，是十三姨相女婿的心理距离。

以后我有了孩子，过着平平淡淡的日子。十三姨跟我婆婆相处不好。婆婆嫌十三姨不会做饭带孙子。十三姨嫌我婆婆三姑六婆、家庭妇女。两个人处不到一块儿，三分钟的距离就嫌近了。后来航运局分配宿舍，十三姨分到一套单元，在三角井，她就一个人搬过去住了。

十三姨去世后，很快老公就生病住院，不到一年也跟着走了。以后忙忙乱乱的日子，一直到几年后我才定下心来去整理十三姨的皮箱，翻出来一沓信。扎得整整齐齐的一沓信，用红绸带打成十字，结成蝴蝶结扎好。我解开蝴蝶结，看到信封上写着我的名字。我的头开始发晕。

信是生表哥写给我的，有三十来封，都没有拆封。我打开，第一句话就是：我想念的丝。

看完信我大哭了一场。这么多年过去，我的心早成荒草，那一下，像被一把火点燃，烧成灰烬，喷出黑烟。泪水中，我恨不得把十三姨咬死。

我反反复复地想着要是我跟生表哥生活会是怎样地不同，想到我撕心裂肺。四十多岁女人的撕心裂肺是一种绝望，走到路尽头看到深渊的绝望。

后来，又是七八年过去，有一天，我突然想，为什么十三姨要把生表哥给我的信保存下来？为什么还要郑重地把信用红绸带扎上蝴蝶结？她可以烧掉，可以永远不让我知道。她是为了让我看到才把信留下来的。她知道这些信对我很重要，即使在我老去以后。

她不会想不到，我看到这些信会有怎样的反应。

她不可能不知道，她一生为我做的一切都可能在这一沓信中化为灰烬。感激之意会荡然无存，而且我会恨她。

她宁可让我恨她也要让我看到那些信。

为什么？

这是为什么？

那一沓信，不仅是生表哥给我的礼物，也是十三姨给我的礼物。我一生中两个最爱的人给我的礼物。

七

十三姨过世前自己提出要搬到三角井去住。三角井那时候是郊外，四处是田野，沙土路，孤零零的一座厂房，几座民居，中间一栋航管局宿舍。附近不通公交车，从上杭路骑自行车去要四十多分钟，去一趟很不方便。搬过去的时候十三姨七十多岁。

我有点生她的气，觉得她不为我着想。我要上班，小的儿子还在小学念书。如果加上跑三角井照顾她，就太累了。我想她是跟我婆婆赌气。我婆婆说她不会当外婆伤害了她。我对她说，不要去理婆婆的碎嘴，还是住在上杭路算了。但她执意要搬。我只好让步了。我骑自行车一个星期到三角井两次，带吃的给她，帮她做点杂事。她依旧像住在上杭路宿舍一样，把房间收拾得干干净净，两三件旧家具和一些杂物,也摆得整整齐齐。

她开头还能下楼,到附近的小杂货店去买点什么,但越来越少,到最后连楼也不下了。

每次去,我都很悲哀。我觉得她这是在等死,孤零零地在等死。我不知道每天二十四小时她是怎么度过的。我突然发现,原来,二十四小时,对人,会是多么漫长。人,一天怎么度过二十四小时,其实是最重要的一件事。但她,没有对我说过一句抱怨的话。房间里有一台小小的黑白电视机,每次去,电视都开着,里面传出说话声或音乐声。

见到我,她总是高高兴兴从铁罐里拿出猪油糕来给我吃,说我累了,先吃点东西。她把我当作十岁的女孩,跟我刚到她家那天一样。

这使我难过。

我接过猪油糕吃了,做出很好吃、很爱吃的样子让她高兴。但其实,我已经不爱吃猪油糕了。市面上,有许许多多比猪油糕好吃得多的东西了。但她,却不懂,也不去吃。她只吃猪油糕。自从我到她家,她跟着我吃猪油糕,吃习惯了。

有一次去,她生病了,躺在床上,身体包在被子里,缩成小小的一团。她咳嗽,拼命咳,好久停不下来。我担心她的肺是不是又出问题了,劝她到医院去看,但怎么说她就是不去。

碧表姐来看过她,说她不会活太久了。

我想,这样子活,真还不如死了的好。

我搬到三角井陪了她几天。她叫我走,说我家里有孩子老公,她一个人很好。

临走的前一天,我刚好在她身边。

她差不多一直在昏睡。我坐在她旁边的椅子上,久久看她。

她脸色死白,眼睛闭着,两块锁骨突起,脸颊凹陷,嘴巴半张着。她变得这样陌生,与张开眼睛时判若两人,要不是听到轻微的呼吸声,我会当她死了。

我从来没有这样仔细看她。当我仔细看她时,她就要死了。

突然,她睁开眼睛,伸出骷髅似的手抓住我的胳膊,像不认识似的死死盯着我,两眼放光,发出尖细的声音,潘 qiwu 在哪里?他也没有结婚吗?

我颤抖了一下。

潘 qiwu 是谁?我问。

她又昏迷过去了,没有回答我的问题。

到第三天清晨,十三姨走了。

潘 qiwu 在哪里，他也没有结婚吗？这成了她的临终遗言。

不需要答案的临终遗言。

我印象中，十三姨从来没说过一句犯迷糊的话，钉是钉铆是铆，清晰得像数字。这是她唯一一次失相。

但是，我也没有多想，看着她躺在灵柩里，身体像孩子一样瘦小，记起她说过享福是做饭跟看男人吃的话，只觉得，张嫂说得不对，她不是一个享福的人。

她可能一辈子没享过一天的福。

【作者简介】陈永和，女，生于福州。毕业于福建师范大学历史系，后旅居日本。著有长篇小说《一九七九年纪事》等。

盛隽怡的午后时光

◎ 钱佳楠

一

人一旦吃过些盐，走过些桥，就会被周围认作可授人以渔的导师，有的人养了个考上北大的孩子，就被所有家长奉为教育界楷模，孩子当然也被捧为明星，引无数人来讨经验。盛隽怡也常是被讨教的对象，因她的婚姻家庭异常美满，丈夫在外企任技术高管，一根筋的工科男，从不拈花惹草，除了工作挣钱甚至全无其他爱好；儿子懂事乖巧，读书很用功；他们的家也经过学区房、郊区别墅等几番折腾，现安在市中心的高档小区里，俯瞰徐家汇；她打儿子出生后就做了全职主妇，相夫教子，因为从不需操心，年岁在她脸上雁过无痕。在外人看来，这一切的圆满首先都源于隽怡眼光很“汹”，铆准了个好男人，而后才有顺风顺水的人生。

怎么说呢，隽怡也常感慨老天爷待她不薄。她天生丽质，有着江南女子的婉约俏丽，面不露骨，宽额，鼻头和双颊都有肉，有些女子给人如水般的温柔之感，说的就是这种面相。外加她有中国人向来重视的雪白肌肤，使得有些人第一次见她，又听闻她姓“盛”，不由多问一句：

“您该不会是盛宣怀的后人吧？”

确实，她的美让人觉得是好几代人都过好日子才能修来的。

隽怡面对这样的提问，会爽朗一笑，而后似有若无地接一句：“都是陈年往事了，提它做啥？”

隽怡心里为自己这个满分的回答偷笑着，倘若说实话“不是”，人家对你就失去了兴趣，你也跌了几分身价；倘若直接说“是”，那是明晃晃的撒谎，如果碰到懂经的，要拷问你是盛家哪一支的后人，岂不穿帮？只有这样，欲盖弥彰，欲说还休，人家也不会再问，却对你更添几分好奇。

不过隽怡当初也说过老实话。第一次被问这话是在大学里，一九九〇年代的华师大，问话的那个男人是隽怡拒绝过的男子中最聪明的一个，数学系，安徽人，他们是在大学的交谊舞社团里认识的，不是舞伴，那个年头大家的思想还未完全解放，虽然都怀着蠢蠢欲动的激情投报这个社团，但真开始了还要装矜持，女生硬要和女生结对，男生见这情形也傻眼，只好先和同性配对。也没有正规的舞厅，大家就像现在退休阿姨跳广场舞那样，在食堂旁边的一块水门汀空地上跳，由教跳舞的老师喊拍子，昏黄的灯光打在每个人的脸上，会有种照片糊掉的效果，然而就是这样，那个男人还是一散会就走到隽怡面前，问隽怡是不是学过，跳得好极了！

这人真会说话呀。现如今隽怡虽为自己的生活感到满意，但闲来无聊的午后还是会翻想这些有趣的往事，想想那些喜欢过她的人，这些回忆让她快乐，而这个人是所有回忆中让她最快乐的一个。

喔，我没有学过，也是头一趟来。隽怡说，那时的她是怯生生的。

然后这男生就大大方方地介绍了自己的名字、所在院系，问了她的芳名和专业，一听她的名字，这男生就问：你该不会是盛宣怀的后人吧？

说实话，那时的隽怡连盛宣怀是谁都不晓得，她推说不是，回来问了博学的室友才知道盛家的气派，心情又多一番起伏，这人太会说话了。

过去的已经过去了，回想完，隽怡会从落地窗旁的沙发椅上起身，打开冰箱，琢磨晚饭做什么。真碰到沾亲带故的生人熟人领着自己的女儿、侄女、外甥女来盛隽怡这里做客讨教，她也会传授她们一些心得：

阿拉上海人有句言语：吃相勿要太难看。记牢，吃东西咪咪一小口就好了，不用吃饱。过日子也是这个道理，勿要追求刺激，安稳就好，日子过到中上，比一般人好，心里惬意。选人也一样，如果小姑娘拼死拼活巴结一个条件特别好的人，就算被你搭上，人家也不会珍惜，因为你吃相难看；要选一个，自己放低一点身段正好适合的人，这样对方会珍惜你。

话虽这样说，隽怡忍不住瞅瞅那些后辈们，小鼻子小眼的，连头发都不舍得花钱烫，也不照照镜子，就凭你们，也想过上盛隽怡那样的好日子？下辈子吧。

她当然不会说出口，而是顺手给几案上的茶壶添上开水，看壶底的洛神花再度怒放，翻腾，眯眯笑着给诸客的杯盏里添茶。

来，喝茶，当心烫——还有一点，隽怡告诉那些后辈：寻男人还是寻上海男人好，脾气好，体贴。不管男人有钱没钱，看他是不是真的疼惜你，就看他是不是愿意让你管钱。

隽怡的老公当然是让她自己管钱的了。

二

近来,隽怡有了些新的烦恼,本来应该更高兴才是。她动了点脑筋,让儿子通过一些门路考进了上海著名的私立初中长中,引那些沾亲带故的生人熟人又来讨教,这不是她的烦恼,她可以优雅地推脱:"我们家彦林通过正规招生考试进去的,长中每年四月都招生,你们让孩子去考考看好了,说不定能进呢?"

她喜欢自己最后说的那句"说不定能进",似乎留了些余地,但其实杀得他们片甲不留。她知道那些亲戚挂上电话免不了忿懑:"如果我带孩子去考试能进长中的话,那还要问你吗?"但她不介意她们的羡慕和嫉妒,她们的羡慕和嫉妒使她欢喜。

隽怡烦恼的是另一件事,儿子彦林自从进了长中,总有些不开心。回家话少了,一吃完晚饭就回房做作业,关上门。照理说不会是因为成绩,彦林的成绩属中上,她和丈夫都觉得中上就可以了,也不用拔尖,反正她家也不是巨富,打算让他上美国的公立大学,万一成绩太好,非要上常春藤名校就更麻烦了。隽怡疑心是早恋,他儿子昨天放学回家带了个硕大的橙,说是班上一个同学陈小乔送给他的,陈小乔,一听就是小姑娘的名字。不仅如此,那个大学里最会说话的男人曾经跟她说过,他最喜欢读的书是《三国演义》,如果他们将来有了女儿,他要给女儿取名作"小乔",更糟糕的是,那个男人也姓陈。

"人家送你橙,你要不要带点什么回赠给人家啊?"隽怡有意压着自己,不让自己问"人家为什么送你橙",而是提醒自己要站在儿子的角度不露声色地套话,她觉得自己真是聪明极了。

"不用,她给班上所有人都送橙。这个橙是她家里的果园结的。"儿子说完,把橙往隽怡手心里一放,就回房了。

饭后,隽怡把橙切成四瓣,她、她丈夫王渊、彦林先各取一瓣,鲜甜多汁,确实与市面上的不同,她有意说了句:"你同学家种的橙真好吃,你多吃一片。"

不想彦林不领情,嘟囔说不吃了,起身回房。

她有些困惑,把剩下的那瓣放入口中,真是甜。

隔了一周,彦林又带了袋武夷岩茶回家,独立包装,纸袋上有插画,上系绿色丝带,一问,又是那陈小乔送的。这次隽怡没有问要不要回礼,而是顺着儿子气鼓鼓的神色问:"这陈小乔家里还有茶园?"

彦林似乎早等着有人和自己说说这陈小乔了:"她家里不仅有果园、茶园,还有葡萄酒庄、农场，她说她从来不喝外面买的牛奶，都是抗生素，她喝的牛奶都是自家农场里的奶牛挤出来的。”

不仅如此，隽怡还听说，这陈小乔每天都是一辆奔驰 G 级来接，有穿制服戴礼帽和白手套的司机给她开门。每到月中的时候她会在班里嚷嚷：我爸下周又要去香港和李二公子吃饭了，你们有什么想叫我爸从香港带的吗？就在前一天，她还说：我爸上周去美国跟巴菲特谈生意，巴菲特你们知道吗？世界首富！但他的办公室超级小，车子常年不洗，我爸说，一股可乐和芝士汉堡的味儿！

陈小乔就坐在彦林的前排，躲也躲不掉。

隽怡先前给彦林转学的时候没料到这一点。她一直觉得他们家的条件在上海属于一流，甩她和王渊的所有亲戚好几条街呢，就算在之前的公立小学，他们家也算全校上等，他们付学区房首付几乎没花什么大力气，挂个户口，他们自己还在市郊的连栋别墅里住着，她知道很多同学的家长是“大出血”才按揭了这么一栋房子。长中果然不同凡响，隽怡疏忽了。

“彦林，好好读书，做你的事情，不用管人家家里条件有多好。别的都是假的，只有书读进肚里是自己的。”晚饭时分，王渊如是对彦林说。隽怡早猜到她丈夫会这么说，这话的口气老得简直像出自她父亲那代人之口，但除了说这些空洞的大道理他还会说啥？她看到彦林低头“喔”了一声，彦林或许可以像他爸一样心无旁骛地读书，但或许也会因此自卑。无论如何，这事情还是得隽怡来想办法。

隽怡决定要会会这些家长，知己知彼，百战不殆。她穿上了最好的行头，挎上最近香奈儿打折时入手的手袋，先去见见彦林的班主任郭老师。

这不是隽怡第一次来长中，但这一次她特别留心观察学校的环境，校园内外都是暖色，整座教学楼回廊设计，走廊很宽，办公室不大，洋溢着咖啡的香气，这是在彦林的小学所看不到的情形。

她一进办公室，所有的老师都回头看她，她从他们的目光中知道今天的这套装扮是成功的。郭老师看起来三十不到，OL 打扮，一见她就立刻起身，迎她到同楼的会客室，真皮沙发，透明茶几，茶几上的鱼缸里栽着绿萝，问她要喝点什么。

隽怡只要了一杯水。郭老师给她拿了瓶依云矿泉水。

“郭老师，我来找您是因为，我们家彦林不是从长小升上来的，我感到他融入班级似乎有一些问题。”隽怡开门见山地说。

“我感到王彦林特别好，他作风踏实，学东西很快，同学都很喜欢他呢。您不用过多担心。这样吧，如果您还是担心他融入班级会有困难，我已经在考虑了，下个月我会安排他做轮值班长，这样他会有更多表现的机会，他的优点也能够让更多同学看见。”郭老师说，语速很快。

长中的老师确实不一样，我还没来，就已经准备好解决方案了，效率真高。隽怡心里想着，但想着再扳回一城：“感谢您，郭老师，您想得太周到了。我来还有另一件事，我想问问，如何成为家委会的核心成员？作为家长，我很想为学校尽一份力。”

这个请求一定出乎郭老师所料，郭老师愣了一下，打起官腔来：“是这样的，家委会主席团每年十一月改选，同时也吸纳新的成员，我们特别欢迎新生的家长加入。您看这样可以吗？等这一届改选细则出炉，我跟您详细说？”

“好，感谢郭老师。您一定记得我很愿意尽力，您看，我姓盛，是盛宣怀的后人，我们盛家历来重视教育，也重视取诸社会，用诸社会，我也是这样教育我们彦林的。”

隽怡不知道这番鬼话怎么会自个儿从嘴里蹦出来的，好在年轻的郭老师似乎被唬住，一双眼睛滴溜溜地打量她，满是敬意，临别时还重重握住她的手，要她放心，家委会会为有她这样的家长而备感荣耀。

十一月，盛隽怡成为长中家委会主席团的一员。

三

山外有山，人外有人，这道理隽怡打小就明白，但那山、那人从不在她的现实经验中，因而所谓的“有”，也几乎等于“无”，但自从加入长中家委会的主席团后，她才一下子看到了那山、那人，如此密集地横亘在她面前。

家委会的主席叫谭李惠芬——这里有种效仿香港人在妻子姓氏前挂上夫姓的趋势，似乎这样可显示某种身份，谭太未做主妇前是央企的高管，在京任职，她喜欢勾起手指说：“你们都知道，在我们央企，不兴说职位，兴说行政级别，我没辞职前，已经是正局级了，为了我的仔，牺牲很大。”

这种牺牲很快又变作一种炫耀，“不过现在哪家不为孩子牺牲呢？我当初和我先生商量过，谭部当时已是正厅级，风头正劲，现在回头想自己的决定很对。”

听到这里，隽怡才明白谭部不是名字，而是谭部长的简称。很快，她又得知，这些人几乎各个都有来历，有满蒙八旗子弟的后人，也有曾国藩、李鸿章的后裔，还有的和港台的豪门贵胄是旁系亲属，这些人中，甚至只有她和另一位母亲是上海人，其余都是外地人，而那位上海母亲，公公是革命先烈。

隽怡怀疑自己该不会是因为扯了盛宣怀这面大旗才进的家委会主席团吧？如果这些人到时候和自己套些近乎，岂不露馅？

只有一个人没有任何来历，而且是主席团里唯一的男性，隽怡看到印刷出来的名单时就默念道，不会这么巧，不会这么巧。

可偏偏就是这么巧，陈洪志，陈小乔的父亲，追求过隽怡的男人中最让她惦念的那一个。他穿着熨烫整齐的条纹衬衫，领口敞开，衬衫的袖口有非常精致的手工袖扣，在会议室的灯光下闪着撩人的光芒。

陈洪志不需要来历，整个学校都知道他，谭李惠芬主席甚至要给他让上座。但凡有人提议了什么，谭太都会问一句："未知陈先生以为如何？"

陈洪志把搁在二郎腿上的双手一摊，说："我没意见，我什么都不懂，是专程来学习观摩的。"

"陈先生真会说笑。"那些太太笑起来，笑得脸上被粉盖住的细纹露了出来，只有盛隽怡笑不出。

她早该知道陈洪志会有今天的地位，她当初就没怀疑过。陈洪志会用暑假推销电视机赚来的钱，请她在学校附近的鸡粥店吃半只白斩鸡、一碟鸡心，喝鸡粥，他吃着吃着会把老板叫来同坐，很认真地跟老板说：你这儿的东西好吃，实惠，要考虑到别的地方开分店，做成全上海乃至全国鼎鼎有名的品牌，这样你以后就不用管店了，主要经营你的牌子，请人来看铺子。

老板是个上海老爷叔，看了看陈洪志皱巴巴的 polo 衫，土里土气的黑框眼镜，听出他浓重的外地口音，有些不屑，回敬他一句：小阿弟，开分店，要本钱，我哪有这本钱啊，我有这本钱早就退休了，还起早摸黑干活！

说完，老爷叔就回去当他的掌柜了。

陈洪志对隽怡说：你看，这个老板，一辈子就是小饭馆老板的命。不入虎穴，焉得虎子？

当初隽怡也不过对陈洪志笑笑，继续就着调羹小口小口地喝粥，她母亲要是知道她和个安徽人下馆子估计早就要跳起来，想方设法拆散他们，不会等到后头。她有好些叔婶经历过上山下乡，说外地穷得很，她的成绩可以报考分更高的复旦，但她母亲执意要她填报华师大，因复旦是全国分配，离开上海的可能性很高。

隽怡说不清，陈洪志身上的某些气质很吸引人，他早就是校园里的风云人物，各个院系的教授同学都认识，而他在鸡粥店里说这些的时候，还没有振鼎鸡连锁店，肯德基麦当劳也不多见，甚至于，"连锁店"这个名词都是陌生的。

"你会说我有偏见，但上海很不叫我喜欢的一点是，这里的人太保守了，小富即安，没有大志。"陈洪志说，"现在全国各地都是机会，我简直不能在学校里待下去，我想去深圳看看。照我看，上海很快也会改头换面，但如果上海人还只是守着自己的四亩三分田，机会都给外地人占去。"

隽怡听不懂这些话，陈洪志是替他自己鼓劲呢，还是站在她的立场上惋惜，她只是眯眯笑，说：上海人只求安稳，日子过到中上，比一般人好，心里就惬意了。我家里也是这样教我的，枪打出头鸟，吃相勿要太难看。

是在那样的傍晚，陈洪志会跟隽怡谈起他的理想，他们饭后在黑黢黢的校园里沿着丽娃河畔一圈圈地走，陈洪志说他要做最有钱的人，他说你没有穷过，你不知道穷的滋味，我小时候饿，有一次偷了家里母鸡生的鸡蛋出来吃，但那个时候小，不知道鸡蛋是要煮熟吃的，我就直接往石阶上磕破，结果蛋液流了一地，第一次知道心真是能揪着疼。所以我对自己说，将来一定要出人头地，让我的家人、孩子都能昂起头做人。

是在那样的傍晚，陈洪志会说，他要把老婆、子女捧在手心，让他们过最好的日子。一九九〇年代的校园男女之大防还很明显，谈恋爱多数是谈理想，但他们也偶尔在丽娃河畔的小树林里瞥见过情侣相拥接吻，隽怡一瞥见这情景就会侧过头去，涨红了脸，陈洪志自然也看到了，但他至多停下，双手牵起隽怡的手，说：我希望找个和我一起奋斗的人，我希望那个人是你，我会把奋斗的成果全部归给你。我也是个很传统的人，我以结婚为前提谈恋爱，我跟你说过我喜欢《三国》，如果我们将来生女儿，我会叫她“小乔”，把她宠成公主，她要什么，我给什么；如果我们将来生儿子，我会叫他“陈瑜”，儿子要吃苦，我可能还会考虑让他读军校。

隽怡念的是英文系，但因为陈洪志的关系她真的课余从图书馆借了《三国演义》来看，她很高兴能接话了：万一不巧生了龙凤胎，人家不要笑死我们，古时候是夫妻，现在成了兄妹。

“你这么说是答应我了？”陈洪志兴奋地要搂隽怡入怀，隽怡作势轻柔地捶了两下陈洪志的胸：“答应你什么了？别瞎说。”

两人都不说话，听着河边的草丛里噗噜噜噜的秋虫叫得正欢。

四

家委会散了后，陈洪志被其他成员团团围住，换名片，奉承寒暄，久久没有散的意思。这是很少有的一次隽怡觉得她打扮如此得体竟无法引起旁人的瞩目，她没有名片，更怕别人盘问她跟盛宣怀的关系，早早地离开，去取她的福特。

她有意走得很慢，她说不清，心里的某个位置在期盼陈洪志急切地追出来，像很多年前那样，问她要不要一起找个地方聊聊。

可她显然是看了太多烂俗的电视剧，没一个人出来，他们可能还聊在兴头上呢，隽怡踩油门，开车回家。

王渊问她家委会怎么样，她把那些家长的资历都介绍了一遍，心不在焉地，像在念旁白，王渊并没有什么大反应，只是说：没关系的，我会跟彦林再沟通，我们当初什么都没有，不也一样靠读书有了今天的成就？

现在的时代和我们当初不一样了，隽怡说，我们当初大家都差不多，多少都是公平竞争，现在贫富差距悬殊。我们里面有个麦太，她说去年长中毕业考进哈佛医学院的那个孩子家里世代行医，奶奶是林巧稚的第一批学生。

你要相信这是极少数人。你也要相信我们给彦林创造的条件已经比绝大多数人好了。王渊说。他几乎永远这么温和，平静，从没有什么能让他发火。

这是一个连架也吵不起来的男人，想到这，隽怡忽然有些气，没来由的，她不说话。她不说话，王渊以为她被自己说服，叫她给自己剃一下头。

这是王渊另一个让很多亲戚匪夷所思的地方，即便现在收入不菲，他也从不去理发店理发，他小时候的头发是母亲帮他剃的，结了婚这差事就由隽怡承担下来，第一次剃还闹过笑话，后脑勺削掉了一块，像斑秃，王渊也没因此而转去理发店，而是说没关系，没几天就可以长出来。

结婚十多年了，隽怡已练就了一副好手艺。

可今天隽怡觉得王渊这个怪癖让她丢脸，他的节省、内敛、温顺都让她不舒服，以至于她把王渊递过来的一包理发工具往床头柜上嘎地一丢，说："自己剃！"

王渊看隽怡心情不好，就真的把理发工具拿到盥洗室，对镜给自己修去前额过长的头发。他不跟她顶嘴，但也不懂得如何安慰她、讨好她。

他向来不懂得，连当初结婚也都是隽怡提的。

第二天隽怡被谭李惠芬加到家委会主席团的微信群里。陈洪志也在里面，微信名就是名字。

她忍不住私下加了对方为好友，很快陈洪志就通过了验证，但却没有像她预想的那样，主动和她打招呼。

或者他在忙吧。

她先留言给他，说她参加家委会压力很大，大家的来头都不小。

是到晚饭时分，陈洪志回复给她：你的来头也不小。

她写：你知道的，我的"盛"，和那个"盛"没有关系。

他则回复道：你以为，她们的姓氏，都和她们说的那些有关系吗？

还在她惊讶的时分，陈洪志另一条微信让她的手机响起来：被打倒的牛鬼蛇神又通通跑出来喽。

她闹不明白陈洪志对那些人的态度，他在群里异常活跃，问所有人要联系地址，说他在法国波尔多酒庄的酒快好了，回头给每人寄两瓶让大家给点意见。

几乎是隽怡收到葡萄酒的同一天，彦林带回来一盒酒心巧克力，彦林果真是像他爸的，已经习惯了陈小乔这个小公主的存在，不再像先前那样一提起就生气，他把巧克力塞到隽怡手里，说：陈小乔家的，我尝了两颗，挺好吃的。

微信群里大家开始说想投资陈洪志的酒庄，"或者不一定是酒庄，我们就掏点学费，跟陈总学习学习。"谭李惠芬留言。

陈洪志推荐大家投资农场，包一头奶牛，每月几千块，不仅每月家里有安全的牛奶喝，还可以把剩下的牛奶做成奶制品拿出去卖，赚点零花钱，比理财产品强。

群里的家长几乎个个都说好，而后陈洪志把他手下的一个投资顾问的微信名片转到群里。说已经打过招呼，大家直接找他的这个得力助手就好。

隽怡也跃跃欲试，他们虽然还要还房贷，要付彦林高昂的学费，但每月几千应该还匀得出，可她最终还是犹豫着，不知怎么和王渊商量。王渊最看不起投资，说那是一群机会主义者。她也可以不和王渊商量，反正钱由她管，每月不见了几千下个月补上，不是什么大问题。

可她最后还是决定不这么做，她犯不得为这点小钱有事瞒着她丈夫，他们结婚以来向来都是有商有量的。

虽说决定是决定了，隽怡仍须面对后一个月开始的微信群里的兴奋，那些家长在夸奖有机奶的味道就是和超市里买的不一样，说他们正在说服身边的亲戚也认购奶牛，划算。

她们感谢陈洪志，每个人发着风格各异的表情，刷屏，陈洪志的回复姗姗来迟，他写道：不客气，因为我家小乔特别喜欢喝牛奶，所以我想还不如为她专门买个农场，她放假了还可以带她到农场去看别人挤牛奶。

两个月以后，陈洪志的回复消息已经是：不客气，因为我家小乔特别喜欢喝武夷岩茶，所以我想还不如为她包一片茶林，自己种，放心点。

隽怡眼红着，从微信里只言片语的信息中拼凑着，计算着大家大概一个月能赚多少。她虽然入了主席团，但显然是边缘人，有时大家会一同讨论某几只股票，隽怡也同样插不上话，她的丈夫不玩股票，至多在年末买些保本的理财产品。

隽怡开始学习，她从网上买了些书，又找了些在线的视频课，学习看K线图，重新做数学题，这是继《三国演义》后她第二次为陈洪志读书，有时候甚至太投入了，连晚饭也忘记做，常常是儿子回来了她才胡乱下个面，她丈夫和儿子看到了也不起疑，咕噜噜把面送到嘴里去，说："好久不吃面了，面挺好吃的。"

大概是半年以后，隽怡自觉已经学到了足够的投资常识，自己跟自己说，这次陈洪志那边再有什么投资机会，她也要下海试水，分一杯羹。

不用她着急，每个月谭李惠芬都像来例假那样准时，在群里艾特陈洪志，问他最近有什么好的投资介绍。

陈洪志说，如果大家手头有闲钱，他手下正好有只私募基金要上市，大家是自己人，弄几手玩玩，上市之后随时翻一番。

隽怡看着手机上的绿地黑字有些傻眼，她原本盼望着投个果园什么的，忽然变成私募基金，她在网上看到过，私募基金近些年很抢眼，确实如陈洪志所说，上市后随时赚几倍，但她也知道，本钱很大。

群里的太太们表现得一如既往的殷勤，说这是千年难得的机会，说承蒙陈总不见外。隽怡盘算着，家里每月的可支配收入恐怕是够呛，家里的存款早就在换房的时候砸首付里了，哪里还有闲钱呢？她打起父母的主意，她和王渊每月供给父母两千生活费，他们还有养老金，他们生活向来节衣缩食，她去年年底陪母亲去银行买过理财产品，知道他们的存款有四十万，和其他阔太太虽不能比，但四十万大概可以买张入场券了，如果上市之后翻一番，那就是八十万，不仅父母开心，也让其他人知道，她盛隽怡也是个可以跟她们一同玩投资的角儿。

她用了很简单的方式就问父母把钱借来了，她没说借钱，说买一个长期的理财产品，投资收益比银行利息高多了，父母就问了一句牢不牢靠，隽怡骗说是工商银行的一个新产品，长中的一个家长是银行经理，原本是内部认购，因为认识，所以才破例。父母一听是国有银行，放心了，很快就把钱转到了隽怡的户头。

隽怡私下发微信给陈洪志，问他，她手头只有四十万，不晓得够不够入场。

"你这周末什么时候有空，我们找个地方聊聊。"陈洪志回复道。

五

隽怡跟丈夫儿子说是去和大学同学"太太聚会"，两人都不疑心她的隆重赴宴（提前一天做头发、美容，当天中午几乎不吃饭，下午穿一条束腰的真丝碎花连衣裙外搭白色真丝披肩出门），父子俩都是隽怡无论打扮多么精致都不会多看一眼的木头人，但今天王渊有意无意地说了句：哎哟，今天看起来很年轻嘛。

隽怡笑笑，不搭话，当是对今天这套行头的肯定。

和陈洪志约在多伦路上的茶馆，老式的竹帘把落地窗折进的阳光筛成几缕，洒在古拙的清水泥紫砂壶和紫砂杯盏上，陈洪志点的是铁观音，香气扑鼻。

“你没怎么变，”陈洪志说，“可见你日子过得不错。”

隽怡微笑，说自己的先生是个吃技术饭的，不懂得浪漫，但是个过日子的人。

陈洪志没有礼尚往来，介绍自己的妻子，而是问隽怡：“你很缺钱吗？”

隽怡的杯子过重地扣到了茶碟上，发出哐的一声，她忙着摇头，问陈洪志怎么会有这种想法。

“我看你之前都不投资，忽然这次要投资，觉得奇怪。”

“是不是数额太小？主要是我和我爱人的钱都在房子里了。”隽怡说，“如果数额小，你就看在老熟人的面子上让我入个场，玩一玩。”

陈洪志低头不看隽怡，喃喃道：“数额不是问题。”

隽怡不知道为何，只感到面前这个男人忽然变得羞涩腼腆起来，连正眼看她都似乎不敢。为化解这尴尬的沉默，隽怡逼迫自己担负起活跃气氛的角色，反而弄得更僵，像个在做财富访谈的新闻记者。

“你大学毕业后去了深圳，在那里工作顺利吗？”

“什么时候开始投资的，怎么会开始投资的？”

“现在公司的业务覆盖了海内外？一定很忙吧？”

“现在这么成功，你已经达成了当初的理想了吧？”

最后那个问题，引陈洪志抬头，长时间地凝望她，望得她装作喝茶低首回避。“可以说达成了，也可以说没达成。”他没再细说，了结了这个问题。

“你太太是做什么的？”隽怡终于问出了这个她一开始就想问的问题。

“她原来是中学老师，我让她不要做了，专心照顾儿子。她不肯，转到常熟联合书院的小学做老师去了，我把儿子放在那里读书，她说这样也能带小瑜。我的小儿子。”陈洪志说。

“你真的给女儿取名小乔，给儿子取名陈瑜。”

“陈小瑜，我改了一点。”说到儿子，陈洪志嘴角带笑。

“为什么在常熟读书？不一起放在长中？”

“这么说吧，我现在对投资有点走火入魔，我觉得未来的教育市场大有可为，但是长中弹丸之地，我跟校长见过，鼓励他经营长中这个品牌，到郊区乃至上海之外开分校，我可以帮他，但他似乎不太感兴趣，很满足现状。后来我就听说常熟有个新的世界联合书院，或许那边可以下点功夫，但我对投资很谨慎，知己知彼才行，最好的办法莫过于让儿子到里面读书。”

隽怡想起那家鸡粥店的老板，但她没提，没必要让他觉得她把和他一起的点滴记得这么分明。

“你的家人都好吗？”隽怡问。

“爸妈都在，已经在蚌埠城里安了家。姐姐姐夫我介绍点生意给他们，他们做得很好，两个外甥读书很争气，一个去年考了北师大，另一个明天高考，估计考哈工大不是问题。我弟弟六年前就故去了。”

“对不起。”

“没什么，都是陈年往事了。”

一周后，盛隽怡来到陈洪志位于陆家嘴的公司，把四十万钞票换作了一纸投资合同。

六

陈洪志答应私募半年内上市，然而半年来国内一直流传着小道消息，说证监会要关闭私募上市的通道。

微信群里人心惶惶，偶尔有人问陈洪志，陈洪志都打保票，说不会关死，只是会更严。谭李惠芬也说，她听老同事也说，关死政府也没钱赚，不上算，内部的消息是严格把关，可能周期会更长。

半年过去，私募还没上市，却传来了一个爆炸性新闻：北上广深暂停私募公司注册。隽怡看到消息时整个人瘫软，抓救命稻草一般抓住手机，在微信群里打字：北上广深暂停私募公司注册。

这时候才发现，真正加入陈洪志这次投资的人才三个，她、谭李惠芬和麦太，谭李惠芬和麦太的投资金额都比她大得多，但却没她这么紧张，她们似乎很相信，陈洪志一定有本事搞定，大不了上不了市，撤资，钱不会短她们。

只有隽怡整天坐立不安，睡觉也睡不踏实，她睡到半夜会一身冷汗地醒来，拿夜光的电子闹钟看才三点不到，万万睡不着，她想很多东西，为何谭李惠芬和麦太都这么笃定呢？莫非她们是陈洪志的托儿？不可能。还有另一种可能，她之前听一个老同学说，她的一个有钱朋友碰到金融诈骗，最后只有那个朋友去报案，其他人都全当没事发生，因为那些人的钱可能来路不明。

隽怡翻来覆去，越想越害怕，她不一样，她拿的可是父母的棺材本，万一打了水漂，她如何向父母交代，如何跟王渊解释？想到这，她瞅瞅身旁的丈夫，她甚至手执闹钟的夜光面凑近王渊的脸，王渊浑然不觉，均匀的呼吸分毫不差。

“明天发微信问陈洪志，明天就问。”隽怡需要这样再三说服自己，才能在倦了的晨曦中再合眼眯一会儿。

然而第二天起来她又不敢了，怕陈洪志觉得她大惊小怪，觉得她缺钱，看不起她，她说服自己再等一宿，于是又熬过难眠的一宿。

就在她熬过十天后猛然发现自己苍老憔悴了许多，并且她听到一个更惊人的消息，彦林放学回来告诉她，他换到了前面一排，因为陈小乔已经一个礼拜没来上学，似乎到美国去了，说是她爸给她找的交流项目，这学期都不会回来了。

莫非是卷款潜逃？

隽怡这次真的怕了，心里打着鼓，却还是不敢问陈洪志，而是先私下问谭李惠芬和麦太，知不知道陈小乔已经不来上课了？

谭李惠芬和麦太似乎早就知道了。她们却还很镇定，说：陈洪志的投资公司是上市财团，犯不着为两三百万的小钱骗她们，投资这事，放长线钓大鱼，反正不等钱用，当是交他这个朋友。

这下隽怡可再也忍不住了，她深知自己和那些人有着天壤之别，她累了，不想再去装什么淑媛阔太，装盛宣怀的后人。她豁出去了，给陈洪志留了很长的言，说那四十万是她父母的棺材本，说她丈夫收入虽高，也只是打工，说他们的房子现如今每月还要交好几万的按揭。求他不要骗自己，把钱还给自己。

陈洪志没有回。

隽怡白天一个人在房里哭的，老公儿子都不在，可以自己可怜自己。她想起上回跟陈洪志喝茶，陈洪志欲语还休的样子，原来不是心里还惦念她，还觉得没娶到她是人生的最大遗憾，而是挣扎着要不要骗她，要不要背着良心连旧情人的钱也骗。

那晚，她又发了很长的微信给陈洪志，内容差不多，只是用词程度更激烈，说这些钱足以毁掉她的人生。

陈洪志仍然没有回。

她万念俱灰，半夜偷偷在被褥里抽泣，忽然想到陈洪志有老婆儿子在常熟。或者去常熟找他老婆儿子也行，求他们把钱还给她，他们会不会也早逃到美国去了？她不清楚，但好歹是条路。她这么想着，决定第二天早晨八点乘火车去常熟，下午三点回程，神不知鬼不觉。

她说服着自己这样能行，因为陈洪志主要行骗的区域在上海，不会影响到常熟，他的老婆儿子不需要跑路。他老婆是老师，老师知书达理，把实情告诉她，她一定会同情自己，设法还钱。

次日，丈夫一送儿子去上学，她就匆匆收拾好行李，平生第一回顾不上服饰搭配，焦急地赶去火车站。她已经有些日子没乘火车了，近些年总和丈夫儿子每年暑假搭飞机出国旅行，简直忘记了坐火车的感觉。

高铁很空，这一排只有她一个人，这情形很让她想起大四那年的春节，她在大年初一的中午搭火车从安徽蚌埠回上海，火车也是这般空，春运的高潮已经过去。

她是逃回来的。她本来是随陈洪志回家见家长谈结婚的，拥挤的火车以及火车上泡面、汗酸、脚臭交杂的气息她忍过去了；坐着轰隆隆响的拖拉机颠簸到农村她忍过去了；陈家那些满脸蚀刻般皱纹的亲戚她忍过去了；厕所在屋外，小解时旁边的女人撅着屁股用一口土话问她就是陈洪志的上海女朋友吧，她忍过去了。但是这一切到她看见陈洪志脑瘫的弟弟倚床口水淋漓的时候，她受不了了，她很勉强地在他家吃年夜饭，看他家把最好的收成悉数拿出做了丰富的晚宴，苦笑着接受他父母的祝福。第二天早晨，她要陈洪志送她去火车站。

两个礼拜后，她母亲托旧同事帮忙，介绍了当时在交大念研究生的王渊给她认识。

隽怡下了火车打的赶往常熟国际联合书院，好巧不巧，正好是家长开放日，她被迎进学校。这所学校比长中气派，设施也更一流，有网球场和壁球馆。教学楼的一楼大厅正展示学生的科学作业，恰好看到了陈小瑜的名字，他做的是计算机的历史，名字旁边写着：二年级一班。

隽怡是坐到二年级一班教室里才收到陈洪志的微信的："我一整天在飞机上，刚看到你的留言。抱歉我的投资给你造成这么大的困扰，如果你早跟我说，我绝不会接受你的投资。这只私募会转到美国上市，但我可以立即把四十万退给你，麻烦给我账号，我转给手下处理。"

隽怡很窘，脸发着烧，她不知道自己为什么来这里，为什么坐在这间教室里。这节是生物课，生物老师教孩子用筷子和手工纸做一朵百合，然后为自己的百合上色，并认清花的各个部位叫什么，有什么功用。学完后大家有个现场抢答，得分最高的学生可以得到老师手里的真百合，赠给自己的家长。

有个胖嘟嘟戴眼镜的小男孩表现特别抢眼，在掌声中接过一枝鲜嫩欲滴的百合。

"陈小瑜，现在你可以把百合献给你的母亲了。"

隽怡看着这个小男孩朝自己的这个方向走来，眉目活脱是陈洪志的样子，花最后送到了隽怡身旁那个女人的手里，她的相貌特别平凡，浑身上下没一个地方出众的，而且脸显得比隽怡苍老很多。

如果是以前，隽怡一定沾沾自喜——这个女人跟自己哪里能比？而今，她只想在下课铃一响就避到走廊上，回复银行账号给陈洪志，搭高铁回家，快点结束这荒谬、无地自容的一天。

【作者简介】钱佳楠，女，1988年生于上海，毕业于复旦大学中文系。著有短篇集《人只会老，不会死》。现就读于美国爱荷华大学作家工作坊，上海市作家协会会员。

调整呼吸

◎ 裘山山

一

她一上来就说，我好心好意的。

她说的时候，嘴巴向前努起，有些委屈的样子。

我好心好意地让她加入我们，好心好意地想跟她沟通一下。我哪晓得会发生这样的事。霉哟！

我感觉我必须和她沟通了，沟通是很重要的，你晓得吗？有一篇文章专门谈沟通，说得太好了，我还在朋友圈转发了的，人与人之间……

别扯那些没用的！身边一老头吼了她一句，直接说事！

她不满地瞥他一眼，是警察让我从头说的嘛，你又不是警察……不行不行，我要调整下呼吸，心里面太乱了，太乱了。

说罢她闭上眼，就好像身边没人，深吸一口气，然后慢慢吐出，再吸一口，再吐出。如此五六次，终于睁开了眼睛。

好了，现在你问嘛，警察美女。

语气里好像忽然有了底气。

时间？大概就是下午两点的样子。我本来以为个把小时就可以了，但是很不顺，谈了半天都谈不拢，我把啥子道理都给她讲了，她都听不进去，哪有那么犟的嘛！老辈子经常说，听人劝得一半，她一点儿都不听，四季豆油盐不进。

我们？就是我们三个嘛，我和孙姐，还有李美。孙姐叫孙玉芳，比我大一岁。李美叫李艳萍，比我小几岁。在我们菩提馆，比我大的我都叫姐，比我小的我都叫美女，跟过去在单位上喊小张小李是一回事。

好长时间？可能有两三个小时吧。反正一直在谈，就是谈不拢，跟她沟通实在是困难，后面就吵起来了。其实我不想跟她吵，我们晚上还有重要的事情。我只是想说服她。哪晓得我说什么她顶什么，还不耐烦地站起来要走，我只好把她按住。

我承认，大家情绪都有点儿激动。主要是她嘲笑我们，说我们脑子进水了，盲目崇拜。简直是太过分了，明明是她不对！孙姐和李美很生气，我也很生气。她一个人肯定吵不过我们三个嘛，到最后气得话都讲不出来了，脸发白，还冒冷汗。太小气了。我喊她调整呼吸，她也不理我，气成那个样子。

说到这儿，女人竟然笑起来了，好像赢了什么似的。这让坐在她对面的郭晓萱觉得不可思议。毕竟，发生了这样不幸的事。

女人叫牟芙蓉，六十岁，真看不出她有六十了。说话的时候，腰背笔直，头发一丝不乱地盘在脑后。衣着整齐干净，虽然质地一般，却很时尚，立着的领子还镶了一道亮边儿。立领下挂着一串珍珠项链，看那么大颗粒，应该是人工的。唯一能显出她年龄的，就是右脸颊靠耳朵的地方，有一块斑，俗称老年斑。拇指指甲盖那么大一块儿。

当然，她搽了粉。这个一眼就能看出，还抹了口红，搽了胭脂。额下的眉毛漆黑坚挺，一看跟眼睛鼻子就不是原配。

整个谈话过程中，她就那么笔直地坐着，神情淡定。两只手掌上下叠握着，放在腿上，郭晓萱总觉得她那不是随便握的，是经过训练后的样子，好像是坐在舞台上表演。

相比，她身边的老头就老相多了，佝偻着背，一脸倦容。

她翻来覆去说得最多的一句话就是，我完全是好心，我好心好意地想帮她，好心好意地喊她来沟通。哪晓得……

老头又一次训斥道，你啥子好心好意？纯属多管闲事。你又不是她妈，管那么宽！自己家里的事不管！

郭晓萱制止了老头的牢骚，让女人继续说。她想听。不仅仅是为了要弄清情况，还有几分好奇。这个女人，尊重一点儿说，这个阿姨，真是稀罕，是她从没见过的稀罕人物。她和自己的母亲年龄接近，却像是待在两个不同的世界里。

本来郭晓萱有些懊恼，她晚上八点才回家，奔波了一整天，真的是累憨了。她打算早点儿烫个脚上床，看部韩剧放松一下。可是刚擦了脚，就接到所长电话，说他们所辖的万福小区有人报警，某住户在家里发现一具尸体。所长说他已经派简向东和田野过去了，叫她也过去协助一下。她无奈，只好重新穿上袜子裹上羽绒衣赶过来。

到了后得知，这家就老两口，下午老两口都不在家。男主人打麻将去了，女主人参加文娱活动去了。晚上九点多,男主人先回家,进门就赫然看见客厅的沙发上躺着个女人,不认识,喊也不答应。好像不对劲儿。男人就一边打120,一边给老伴儿打电话。老伴儿电话一时没打通,120倒是很快来了,一看,说女人已经去世了,并且有可能去世两三个小时了。你们还是直接联系殡仪馆吧。120丢下这句话就走了。这下男人紧张了,就给派出所打了电话。

等简向东他们到达时,女主人已经回来了,就是这个牟芙蓉。她一回来就说,死者是自己的朋友,而且是自己今天下午叫到家里来的。

霉哟,我走的时候她还好好的,就是说头晕,想躺一会儿。咋个就死了呢?我以为她躺一会儿就会回家,我还叫她走的时候把门碰上呢。咋个就死了呢?

她说头晕,你们怎么不陪她,或者送她回家?简向东问。

哎呀,我们有急事的嘛,时间搞不赢了。任何事情都有轻重缓急的嘛。我哪晓得她会死呢,还死在我家里头。

牟芙蓉一副责怪死者的神情。

简向东感到事情蹊跷,虽然医生初步诊断,死者死于突发性心肌梗死。可是,这个牟芙蓉,怎么会让一个身体不舒服的朋友躺在自己家里,自己外出呢?

简向东就让郭晓萱带女人回派出所去了解情况,录个口供。自己和田野留下来等法医鉴定,并联系死者家属。

简向东嘱咐郭晓萱问详细点儿,看看是怎么回事。

郭晓萱点头,略有些兴奋。分到派出所两年,她还是第一次遇到这样的案子。考虑到牟芙蓉上了年纪,郭晓萱让她老伴儿陪着她一起去所里。老头儿满脸怒容,一直恨着老婆,一看那恨意就是储存了很久的,还带着好儿年的利息。

郭晓萱对牟芙蓉说,你接着说,为什么把她叫到你家来?

哎呀,我都说了好儿遍了,就是为了沟通。沟通在人与人之间就像血永那么重要。

血永?郭晓萱略略顿了一下,反应过来,她大概是说的血脉。

说实话,我忍了她好几天了,实在忍不下了。她刚参加我们两次活动就起幺蛾子,说这门儿那门儿的闲话。今天中午吃了饭,我和孙姐,还有李美,就决定要和她沟通一下,不能再让她这样下去了。

我晓得我一个人说不过她,她文化高,我就叫了她们两个一起谈。

哪晓得……

二

唐佳开门进屋,屋里漆黑。她拉亮客厅的灯,叫了一声“妈”,没人答应。屋里安静得过分，是那种安静了很久，尘埃都一一落定的感觉。她又叫了一声“妈”,这次音量提高了一些。还是没人应。

她依次走到卧室厨房厕所看了个遍,的确没人。卧室里整整齐齐,床上的被子像宾馆那样平铺着;睡衣叠好放在枕头上,没有丝毫入寝的意思。厨房干干净净的,洗碗池里一个脏碗也没有,筷子筒里的筷子,照例朝一个方向斜着。看感觉,晚饭就没在家吃。厕所地面清爽,马桶盖盖着,没有任何不好闻的气味儿。

至少房间显示出的气息是,没有外来闯入者。

唐佳稍稍放了点儿心。来之前她曾担心母亲一个人倒在屋子里。去年体检,发现母亲有冠心病。她也怕母亲洗澡的时候,发生煤气中毒什么的。总之独居老人可能发生的事她都想到了。当然,母亲不能算老人,刚退休一年,五十六岁而已。

看来母亲是出门去了,屋里没一点儿人气。拖鞋也端端正正地摆在门口,鞋尖冲墙。

可她上哪儿去了,这么晚还不回来? 平时她去朋友家做客,再晚都要回来的。她说在别人家睡不着。前些年工作的时候,不得已出差,她会带上枕头,哪怕枕头占了她小半个箱子,她说那样好歹能找到一点儿家的感觉,不然无法入睡。

母亲是个过分有条理、过分爱干净的人。

唐佳掏出手机,再次拨打母亲的电话,她真希望铃声从某个房间响起。但是没有,电话依然是通的,屋子却听不到一点点声音。这个号码,她今天已经打了七八遍了。每次都通,每次都一直响到断。您所拨打的电话暂时无法接通,请稍后再拨。

从来没发生过这种情况,偶尔没有接,很快就会打回来的。一种不好的预感在她心里冒出。她发了条信息过去:妈,求你赶紧给我回个话,急死我了。

本来唐佳大白天是不会联系母亲的，她们母女通常都是晚上睡觉前联络一下,互相问问情况。但是今天下午,单位一个同事说晚上要请大家吃火锅,过生日。这个同事跟她关系不错,她想去。于是她给母亲发了条短信:妈,下午帮我接下叮当可以吗? 我们单位有饭局。母亲没回。她就打过去,电话通了,却没人接。

唐佳估计母亲是在参加什么活动。母亲有个习惯，每次开会或者参加活动,总是把手机设置成静音。她认为当众手机响铃很没教养。也许母亲今天有活动。

她想了一下,又发了一条:算了,我还是让叮当他爸去接吧。你安心参加活动。于是她转而给丈夫打了个电话，把任务交给了不太情愿的丈夫。

饭局结束，她连忙赶回家收拾残局，把儿子弄睡觉。等消停下来，才忽然想起母亲一直没回她电话，这不像母亲的做派。母亲看到未接电话，怎么也会给她打一个的。于是她再次打过去，母亲还是没接。怎么回事？再有活动，也不可能持续到晚上啊。再说这么长时间，母亲就不看看手机吗？

母亲家里早已取消了座机，手机是母亲唯一的通讯工具。手机联系不上，她就不知道该怎么联系了。

挨到晚上九点多还是打不通电话，唐佳有点儿不放心了，就索性打了个车赶到母亲家。她甚至想好了，见到母亲就要说，不要老把手机搞成静音，让人着急。

可没想到，家里没人。

唐佳纠结了一会儿，给父亲打了个电话，支吾半天说，我妈她，有没有和你联系？父亲很不满地说，你哪根神经搭错了？你妈恨不能把我吃了，怎么会和我联系？唐佳说，我不知道她上哪儿去了，从下午开始就联系不上她了。父亲说，这才不到半天，那么紧张干吗？唐佳说，可是很奇怪，她手机通了一直不接，我都打了七八次了。我跑到家里来，也没人，感觉不对劲儿。

父亲略微停顿了一下说，你去看看她柜子里的枕头在不在？就是大立柜靠里面那扇门，你妈有时候发神经，会突然去别处住的。

唐佳一边拿着电话，一边打开柜子，一眼看到了那个小枕头，包在一个透明塑料袋里。她说，枕头在。旅行箱呢？父亲又说，床下的旅行箱在不在？唐佳弯下腰看了一眼说，箱子也在。父亲说，那我就不晓得了。嗨，不会有事儿的。她又不是青春美少女。

爸！唐佳生气地叫了一声。

父亲连忙说，反正她没联系过我，从去年她把我撵出来就再没联系过了，我打电话她都不接。她退休的事儿我都是听你说的。你妈就是犟，好歹让我解释一下嘛，连个解释的机会都不给我。

唐佳心里恨恨地想，谁让你五十多了还在外面瞎搞?!

她不满地挂了父亲的电话，又打给丈夫，丈夫手机占线，打了两次他才接。干吗呢？大晚上还跟谁煲电话？唐佳有些不满。丈夫敷衍说，单位上的事。怎么样，你妈在家吗？唐佳顾不上追究，急急地说，家里也没人，电话还是不接。会不会也是单位有饭局，太吵了听不见电话？丈夫分析。我妈都退休了，参加什么单位饭局啊。再说，有饭局也不可能这么晚吧？

会不会突发奇想，参加什么旅行团了？丈夫又提供一思路，完全不对症，也是，他和唐佳母亲，更是隔着几层。

唐佳说，不可能。就是参加，也该告诉我一声啊，没必要不接电话嘛。

丈夫说，那倒是。噢，肯定是手机掉了！

唐佳说，哎，这倒有可能……可是，也不对啊，她知道我每天晚上会跟她联系的，如果手机丢了，她该找个朋友的电话告诉我一声嘛。我妈不是那种大大咧咧的人。

丈夫说，手机一丢，六神无主，忘了呗。

唐佳还是觉得不可能。她了解母亲，母亲是个非常有条理的人，到退休，都没有发生过丢三落四的事。父亲有外遇被她撞上那天，她都还是做好饭，吃完饭洗了碗，把桌子抹得明晃晃的，才坐下来和父亲谈话。

三

问询已进行了半个小时，还没什么实质性进展。

虽然牟芙蓉很健谈，不需要引导就滔滔不绝，可是经常跑题。郭晓萱不得不打断她，一次次把她叫回来。

你说走的时候，她还是好好的？

是啊，我还给她倒了杯水，是蜂糖水哦。我不晓得她有心脏病，刚才那个医生说是心肌梗死，这种病我听说过，死得飞快。

死因还没最后确定。郭晓萱严肃地说，你们争吵很激烈？只是吵，有没有……

你的意思是说打她吗？没有打。绝对没打。我就是推了一下她的肩，孙姐戳了一下她脑门儿。那个李美嘛，比了一下扇耳光的动作，也没扇。这根本不算什么嘛。我们上课的时候，青师经常这样对我们的，推两下拍两下都是经常的事，有时候青师还踢我们呢。是真踢哦，她火起来，一脚就踢过来了。

说到这儿，牟芙蓉竟然笑起来，是一种甜蜜的笑，仿佛诉说某种幸福：青师真的要打我们，你信不信？

青师是哪个？青师就是我们老师嘛。大名赖青青，年轻的时候是杂技团演员，得过好多奖呢。我们都喊她"青师"，多亲切。

噢，先说明哈，这件事和青师无关，青师完全不晓得。

牟芙蓉再次漾开笑容，仿佛刚才那一笑，波纹太强，一时散不开，必须再推送一次。

青师真的要打我们，我挨过几回。太好笑了，刚开始的时候，她喊我做塌腰，我整死塌不下去，只晓得把屁股撅起来，她冲过来就踢了一脚，踢到我屁股上，还好我站得稳哦。

牟芙蓉呵呵地笑出了声。

我们那儿老一点儿的学员，没有哪个没挨过打。为什么打？肯定是着急嘛，嫌我们动作不到位嘛。

生气？才不生气呢，她是为我们好，真心为我们好。不管以前是做什么的，不管是公务员还是老板，在青师面前都是学生，打了都不会生气，都认。

这件事她上课的时候跟我们沟通过的，她说如果她不严格，就是害我们。我们完全理解，现在哪里有那么负责的老师哦。我好感动哦。我读书的时候，老师张都不张我一眼……

那么，病故的那位应女士，跟你说的青师是什么关系？郭晓萱又一次把她拽回来。

你说应美哇？肯定也是师生关系嘛。

应美？她不是叫应学梅吗？

我刚才跟你说了呀，比我小的学员我都叫美女。应学梅还是比我小几岁的，我就叫她应美。应美也是学生，我们都是学生，青师是我们的老师。我们都是菩提馆的学员。只不过应美是刚加入的，我介绍的。

我和她是咋个认识的？早就认识了，我们是初中同学。国庆节同学聚会，她主动过来和我打招呼，说她也退了。难怪，她原来多骄傲的，根本不参加我们班聚会。

为啥子骄傲？成绩好嘛，加上她妈妈就是我们学校的老师。我们那个时候因为“文革”耽误了课，学校就把好几个年级的学生伙到一起上课。我们班有大有小。她是最小的一个。但是她太会读书了，成绩好得很。后来就考起了大学，毕业又当了干部，清高得很。

现在退了休，大家都一样了。晚年生活还不见得有我好呢。真是像我们青师说的，活下去就是胜利，你只要一直往前走，就有可能超过那些原来比你走得快的人。真是这样呢。当年那么骄傲的学霸，那天多谦虚地听我摆龙门阵。你简直想不到。

一旁的老头似乎已忍无可忍了，掏出一包烟向郭晓萱示意了一下，走了出去。

牟芙蓉毫不受影响，再次挺了挺脊背，她夸我气色好，显年轻。我就告诉她我是练瑜伽练的，原先也是黄皮寡瘦的，从开始练瑜伽就改变了，现在我的水平都达到专业水平了。她开始还不信，我就马上站起来给她比了两个动作。

牟芙蓉站了起来，似乎想当场表演，被郭晓萱止住了。她坐下，掏出手机来，翻开照片给郭晓萱看——

我那天就是给她看了我练瑜伽的照片，我说刚开始的时候，我弯腰都摸不到脚背，现在我随便弯腰都可以摸到脚背了。瑜伽的二十个基本体式我都可以做了，我还可以做两个高难度体式，上轮式和下轮式。这个在我们菩提馆只有五个人可以做。

郭晓萱看到照片上，这个女人真的可以把腿搬起来靠在脸颊上，还可以把身体朝后弯成一张弓，还可以把两只手在背后合十。她吃惊地瞪大了眼睛。莫说六十岁，她二十多岁也做不到的。

牟芙蓉非常骄傲地说，她当时看到照片就目瞪口呆了，就像你这样，眼睛鼓起多大。

郭晓萱连忙收回目光。

她问我练了好久，我说练了九年。她简直不相信。她说九年前你也五十了呀。我说是哦，我们菩提馆一多半学员都是五十多的，还有六十多的。我们青师说，任何时候开始都不晚，就怕你不开始。我们菩提瑜伽馆不但练瑜伽，还排练舞蹈——但是我们跟那些跳广场舞的大妈完全不同哦，我们很专业的，每天忙得要命，简直不得空。

她听了我讲这些，不是一般地崇拜，看她的眼睛我就晓得。

唉，我就是不该问她想不想参加，主要是当时太兴奋了，没忍住。其实我们馆早就满员了，除非有人退出才能进新人。但是我看她那么崇拜地看着我，就主动说，来嘛来嘛，和我们一起练。

她还是有点儿银(矜)持的，她说等我哪天有空去看看吧。

郭晓萱听见“银持”想笑，又忍住了。

有什么好银(矜)持的，不就是一个科长吗？她越银(矜)持，我就越想把她拉进来。唉，就是从这儿开始扯拐的。我不该带她去看。简直不该。那天她一看到青师就大惊小怪的……太过分了。

四

唐佳在手机通讯录里翻了半天，也没找出一个母亲的朋友。丈夫刚才建议她联系一下母亲的闺蜜，她才发现她根本找不到母亲的“闺蜜”，一个也找不到。她知道母亲有几个要好的姐妹，有两次在家里遇见，还叫过阿姨，但她没有她们的联系方式。谁会想到去要父母朋友的联系方式呢？

唐佳很后悔，那个时候为什么不记两个阿姨的电话呢？

说来，她都不知道母亲的生活是什么样的。虽然每天晚上通电话，但从来都只有几句。吃饭没有？早点儿休息。偶尔都懒得打电话，发个微信，今天还好吗？母亲就说，还好。或者母亲说，降温了哦，不要感冒。她就回一个知道了，你也要注意保暖。

刚才她一边跟丈夫通电话，一边在屋里来回走，这才发现客厅有变化，长饭桌被移到了靠窗的地方，上面铺着宣纸摆着笔墨，看来母亲在练习写毛笔字了。然后又看到凉台的晾衣架上，挂着青花布的衣裤。她从没见母亲穿过花衣服，而且连裤子都是花的，让她很是好奇。看来母亲有新的爱好了。

自打自己结婚后，她就没和母亲好好交流过。各忙各的。父亲发生外遇后，唐佳觉得，母亲怎么也会跟她哭诉一次，就做好了准备，到母亲家来住了一晚上。哪知母亲依旧很淡定，说其实她早有感觉了，只是不想去探究真相。顺其自然吧。唐佳说，这种事怎么能顺其自然？你应该敲打一下他。母亲说，敲打一下，他只会藏得更深。唐佳说，那你怎么察觉的？母亲说，嗨，老夫妻了，说话一个尾音不对都能露馅儿，何况……我发现他在偷偷吃壮阳药。母亲说到这儿居然扑哧一下笑了起来。那个晚上，母亲还是跟她聊了好一会儿，谈了自己对婚姻的感受。母亲说，夫妻之间，装糊涂很重要。我本来一直想装的，但是运气不好，撞上了，再装就是耻辱了。

母亲退休后，唯一的支撑没了，眼看着精神气儿散掉，唐佳就动员母亲去参加社区活动，或者上个老年大学，或者约上以前的女友去旅游。母亲都以各种理由拒绝了。唐佳真是不明白，她看到人家那些母亲，要么在家晒孙子晒饭菜展示天伦之乐，要么穿得花红柳绿的在风景区自拍，自己母亲却是两样都不参与。

母亲说，唱歌跳舞我都不会，看书写字我自己可以在家做，至于旅游，一定得找到称心的同伴才行。

母亲过于清高，大学毕业，事业上并不顺利，始终是个小科长。但还是这个瞧不起那个看不上，即使退休了，也放不下身段。就连网上的朋友圈儿母亲都不参与，只是偶尔为女儿发的照片点个赞，自己从来不发。唯一的社交，就是偶尔跟大学里的两个女同学一起喝茶。有两次唐佳有事找母亲，她说她在外面跟同学喝茶。

可是，唐佳也不知道那两个同学的电话。

实在无奈，唐佳只好打给母亲原来单位上的一位女同事，那个女同事的电话唐佳是有的。

对不起呀黄老师，这么晚打扰你。那个，我妈妈她，今天有跟你联系吗？

黄老师叫黄槐，曾和唐佳母亲一个办公室。黄槐说，应老师吗？没有呀。我最近一次遇见她，还是中秋节的时候，她来领月饼，在单位门口碰到的。我们搞活动请她来，她也不来。

黄槐说话依旧是慢条斯理的，和母亲有几分相像。

唐佳迟疑了一下说，黄老师，你知不知道我妈好朋友的电话？黄槐说，不知道呢。唐佳又问，那你知道她最近参加什么社团了吗？问完觉得不好意思，自己都不知道，怎么指望单位的同事知道？黄槐果然说，没听说。可能不会吧？她不喜欢那些，原来一说起老年大学什么的她就撇嘴。唐佳想，没错，母亲是那样的。

黄槐问，怎么了，你跟应老师联系不上了吗？

黄槐一直叫母亲"应老师"，即使母亲当科长的时候。如今还是这么叫，这让唐佳有几分亲切。她和母亲差十二岁，和自己差十三岁，所以都以老师相称。

唐佳说，就是。她今天下午一直不接电话，我觉得奇怪，就到她家里来了，家里也没人。这么晚了，平时这个点儿，她早就回来了。她不喜欢晚上出门的。

黄槐说，哦，那是有点儿奇怪。

是啊，我打了好多次电话了，响断了都没人接。她不会生我的气吧？

黄槐说，不会不会，应老师不是那样的人。我上次给她电话她当时没接，后来就回过来了，还跟我道歉呢。应老师特别有教养。

黄槐一边说，一边拿起手机拨通了唐佳母亲的电话，的确是，响断了都没人接。

您所拨打的电话无法接通，请稍后再拨。

唐佳也听见了这个声音，越发焦急起来，这样的情况从来没发生过。我老公说可能是手机丢了，手机丢了也应该回家呀。都这么晚了她能跑哪儿去嘛。我看了家里，箱子什么的都在，不像出远门。我感觉有点儿不对劲儿。

黄槐也急了，那是不是应该报警？

唐佳忽然就带了一丝哭腔，我都不知道该上哪儿去报警。

黄槐说，要报警的话，应该到应老师户籍所在地的派出所。不过，我听说起码要四十八小时。除非是小孩儿走失。

唐佳说，那怎么办啊，我就这么干等着到四十八小时吗？为什么非要等四十八小时？

黄槐说，我也不知道，大概失踪的人很多吧。我觉得应老师不会有事的，她那么平和的一个人。这样，我现在过来陪你一起想办法。

唐佳软弱地说，好的，谢谢黄老师。

五

牟芙蓉终于有些累了，提出要上厕所。

郭晓萱注意到，她底下穿的居然是毛裤，跟上面的旗袍完全是两个世界，用她的话说,完全不能沟通。大概再想时尚,也架不住老关节出毛病拖后腿。

从厕所回来后,她的精神气儿好像泄掉了一些,没那么振作了。她坐下,又开始闭上眼睛,吸气,吐气,如此三次。然后睁开眼对郭晓萱说,我们青师说,调整呼吸很重要,不然心就乱了,心乱了魂就没了。我现在遇到啥子事,都要先调整呼吸。

郭晓萱拿纸杯给她倒了杯水,她喝了几口,然后很仔细地擦了嘴角,拉了拉衣服的下摆,坐正,仍然把两手叠好,放在腿上。

她注意到了郭晓萱的目光,又说,我们青师说,任何时候,人都要坐有坐相,站有站相。尤其是女人,一辈子就是活个样子,活个形象,你要让别人看到你最好的样子,你才会好上加好……

比如你,警察美女,肩胛骨就没打开,本来那么漂亮,一含胸就掉分了,晓得不?

话锋突然转向自己,郭晓萱有些尴尬,她下意识地挺了挺背,甚至暗地里想,自己要不要也抽空去练练瑜伽?

看来青师是你们的偶像喽? 她讪讪道。

肯定嘛。我们青师任何时候出现在我们面前,都是女神范儿。你根本看不出她六十岁了,真的,比我还显年轻,从后面看像二十多岁。我这件衣服,就是比着我们青师的款式做的,太有范儿了。青师那天穿起走进菩提馆,我们简直惊呆了,就跟林青霞张曼玉一样。青师手巧,她身上的衣服都是她自己做的。我们的瑜伽服也是她设计的,跟其他瑜伽馆的不一样,其他瑜伽馆就是土白布,我们是青花……

应美那天一报到,青师也给了她一套青花瑜伽服。她也是,不但不感恩,还恩将仇报。本来我们菩提馆都满员了,青师看在我的面子上破例收了她。她倒好,才去两次就生是非……

我好心好意跟她说,穿上这身青花,走路的步子一定不能太大,也不要哈哈大笑。她居然说,不就是装淑女吗? 这咋个是装呢? 是修养嘛,唉,简直是没法跟她沟通。

沟通个屁! 你就是多管闲事! 老头抽完烟进门,又是一声吼,啥子家务都不做,一天就在外面惊风火扯地乱整。

我咋个是管闲事呢? 毕竟是我把她介绍进来的,看到她不对就应该管。她反驳老头,神情很坚定。

她那样做很不好! 对青师不好,对我们整个团体都不好。我们这个团体像个大家庭一样,那么和谐、友爱,不珍惜怎么行? 我们每个人都有责任爱护它保护它,我们又不是跳广场舞的大妈。

再说了，她那样做，连带把我的名誉也搞坏了，本来我在群里头还是很有威信的。青师经常叫我做示范。真的，她太不应该了。我必须告诉她，她那样是不对的。我如果不说，她自己简直意识不到。她能加入我们，是她的福分……

老头又吼了起来，到现在还在说这些没用的，你个老太婆！一天到晚神癫癫的，做些莫名其妙的事！我早跟你说过要出事！这下好，人死在你家里，看你咋个交代！

牟芙蓉神色突然黯淡，那两条本来正上扬的眉毛，突然就耷拉下来。文过的眉毛如黑剑一样，毫无缓冲地刺向两颊。

但很快，她又振作起来，我又没做什么违法的事，我就是好心好意介绍她加入我们。我看她退休了，很无聊，天天在家窝着，脸都是刷白刷白的。她比我小几岁，看起来比我还显老，我走出去，没有哪个看得出我要六十岁了，是不是嘛警察同志？

郭晓萱差点儿点头。

昨天我婉转地说了她几句，要她尊重青师，她多尖刻地给我顶回来，说我盲目崇拜，没有原则……啥子原则不原则的，她就是喜欢居高临下。都退休了，还端起干啥子？我们学员里还有个局长呢，都不像她那么端起。

我只好约了孙姐和李美一起来帮助她。她也是，那么小气，吵不赢我们脸就气得发白。还是大学生哦……

郭晓萱不想再听她唠叨了，开始总结性地帮她梳理——

是不是这样，下午你把她叫到你家，和她谈话，谈话过程中你们发生了争吵，大家情绪都比较激动，然后她感觉身体不舒服，你就让她在你们家躺着，你们就走了，是这样吗？

是的就是这样。她点点头，忽然叹了口气。脸上的粉有些撑不住了，没有弹性的黄皮肤显露出来。真相毕露。

我好心好意地喊她来谈，哪晓得根本谈不拢。我不知道她有心脏病，要是知道我都不会叫她练瑜伽。瑜伽不适合心脏不好的人。我真是太倒霉了，本来是好心好意的。我们正在批评教育她，不是，我们正在沟通，她突然说头晕得很，不想说话。我估计她是不想听我们说了，装病。

我想既然说不通，就不能让她参加晚上的活动，免得她在会场乱说。我就喊她在我们家休息，我真的是好心好意的。

你们没给医生或者她家里人打个电话？

搞不赢了，我们五点半要赶到酒店做准备。慌慌张张的。

你的意思是，你们把她一个人丢在你家里了？

她顿了一下说，我哪想到会那么严重？头晕嘛，我也经常头晕，喝点儿蜂糖水就好了。我想她休息一会儿就可以回家了嘛,我跟她说,你走的时候把门关好……

于是你们走之后,她就心脏病发作,去世了。郭晓萱的声音和表情,都变得严肃起来。

牟芙蓉听到这话,把本来已经坐得很端正的身子,再次调整了一下,挺了挺脊背,虽然面容上已经显出疲倦和衰老。但看得出她在努力撑着——

我还不是后悔得要命。要怪就怪我当时太心急了,生怕影响到晚上。孙姐和李美两个也觉得是不应该影响晚上,我们就先去酒店了。路上好堵,还好我们没迟到,晚上的活动很成功,老头打电话的时候我们刚刚结束。我那个独舞还被青师表扬了的。

牟芙蓉说到这里,两只手下意识地比出了兰花指。

六

值夜班的年轻警察,像是刚毕业的大学生,一张脸尚未刻下岁月的痕迹。他一边在电脑前坐下一边问,失踪的是老年人吗?

唐佳连忙说,不是老年人。

警察说,多大年龄?

唐佳说,五十多。

警察瞪了她一眼,五十多还不是老年人?嘁!

唐佳愣了,她从来不觉得自己妈妈是老年人,顶多是中年人。她苦笑着看了眼黄槐,心想,自己这个三十多的人,在这个年轻警察的眼里一定是中年人了。

什么时间失踪的?

唐佳说,嗯,今天下午就联系不上了。打电话一直不接,刚才,就是我们来的路上又打,还是不接。太奇怪了。

警察说,打电话没接很正常嘛,我也经常顾不上接电话。

唐佳说,但是对我妈妈来说是不正常的,她从来不会这样。

警察的眼神完全是不以为然的,似乎是说,凭什么你妈妈不接电话就是不正常?但他说的是,下午到现在,也还不到十个小时嘛。

唐佳连忙说,我知道要四十八小时,我就是觉得太反常了。我怕她出意外,她一个人单身生活……万一……

警察摆摆手,没事没事,你既然来报警了我们肯定会接的,肯定要登记的。

警察依次问了姓名、年龄、地址、身份证号,以及失联的时间、地点,还有她妈妈的电话号码。然后依次录入电脑中的一张表格上。

唐佳看到那张表叫“失踪人员登记表”，还有编号，心里稍稍安心一点儿。

智力健全吧？我的意思是，有没有老年痴呆症状之类，走出去记不到路了？很多来我们这儿报失踪的都是这种情况。

唐佳连连摇头，没有没有。她脑子很清楚。关键是她以前没出现过这种情况。

黄槐也在一旁证明，她刚退休一年多。退休前是我们的科长。就是因为她平时做事很有条理，一点儿不糊涂，我们才会着急。

年轻警察登记完了，按了个保存。好了，先这样，我们这里有情况的话，会马上联系你们。

唐佳说，你们不马上采取措施吗？

警察说，采取什么措施？现在就组织警力满大街去找吗？

唐佳忽然按捺不住地喊了起来，如果是你妈妈找不到了，你会这样吗？眼泪一下就出来了。黄槐连忙搂住她的肩膀。

警察愣了一下，然后态度很好地说，我理解你的心情，大姐。但是，你知不知道，每天都有很多人来报告失踪，其中大部分两三天后就找到了。尤其是老年人，一时找不到家了，这种情况很多。我们不可能每个都立案。除非你有证据证明对方可能存在人身安全危险，或者说对方可能会受到侵害……刑事立案是非常复杂的事情，立了就不能撤，而且需要拿出大量的警力。如果你不能提供足够的涉案理由，公安机关缺乏立案的依据，是不会立案的，报案后只会给予公民必要的协助。

唐佳感觉他在背书。但还是起到了作用，她平息下来。

黄槐替唐佳回答说，好的，我们知道了。

警察索性转向黄槐，放心，我会把刚才登记的信息发布到我们的平台上，让其他派出所一起关注的，一旦有消息，我一定及时联系你。我建议你们自己也通过网络平台发布一下消息，发动亲友找，可能效果更好一些。有线索的话也及时告知我们。

黄槐连连点头。

两人从派出所出来，互相道别。黄槐安慰唐佳，也许明天就会有消息的。唐佳忍着眼泪谢谢黄槐，陪自己那么久。然后各自上车，打算离开。

唐佳刚刚发动汽车，电话就响了，她忙不迭掏出电话，真希望是母亲的。真希望母亲说，不好意思啊，我电话关了静音，一直没听到。

可是是丈夫。

丈夫说，那个，刚才警察来电话，说他们在一个人家里，发现了妈妈……

在哪儿？谁家？

嗯，他们说，妈妈她，心脏病发作，已经不行了……

七

郭晓萱接到田野打来的电话，说法医已经确定应学梅是死于心肌梗死，没有其他外力因素。

我们已经联系到了死者家属。你们走后，在她家沙发下面发现了死者的手机，手机是静音，一闪一闪的，已有十几个未接电话了。估计她是想打电话求救，掉到了地下。

还有，那个牟芙蓉离开的时候，的确是给应学梅倒了一杯蜂糖水。这点可以证明当时她们没有恶意，是没料到会发生不测。虽然她的举动有点儿不可思议。

你问完了，就让他们回家吧。

郭晓萱说，好。

牟芙蓉似乎猜到了电话的内容，她盯着郭晓萱的脸问，搞清楚了哇？我可以回家了哇？

郭晓萱点点头。

她马上站了起来，胜利似的跟老头说，我就说不怪我嘛，是她自己身体出问题了嘛。其实也没什么，一下就走了痛快，不受罪。我还希望我以后像她这样呢。

老头依旧是怒气冲冲的样子，完全不搭理她，转身出了门。

郭晓萱说，那个，我想再问你两个问题可以吗？

牟芙蓉说，问嘛。

郭晓萱说，你一直说死者说了不该说的话，她到底说了什么？

牟芙蓉的怒气又上来了，嗨！她一来就说她认识青师，认识就认识嘛，又说青师年轻的时候……做过那些事，被单位除名了。

什么事？

算了，我不能讲，不能传播。我才不信青师会做那样的事，我们都不信，她肯定是听到谣传了。青师怎么可能像她说的那样嘛。

再说了，不管你从哪儿听到的，都不应该乱说。谣言止于智者。警察美女，你说是不是？

郭晓萱说，还有个问题，晚上你们到底有什么事，那么着急？

牟芙蓉顿时云开雾散，两条漆黑的眉毛挑了上去，哎呀，今天是青师生日啊，六十大寿！我们早就计划好了，半年前就计划好了，今天晚上要为青师庆生。

我们都不说她六十岁，我们在蛋糕上给她插十六根蜡烛，祝她永远像少女一样美丽。

我们排练了好几个节目，我有两个舞蹈，其中一个还是独舞，把瑜伽动作都用上了，还有莲花手倒立哦。

我们为这次生日晚会准备了很长时间，我还专门订了一套纱裙，效果之好……不摆了。我们肯定不能因为她影响了呀。

还好晚会非常成功。青师说，她感到非常幸福。今天是她最幸福的一天。我们也感到非常幸福，今天是个开心的日子。

郭晓萱觉得后背发凉，这个女人，揣着的那颗心，如同她那条能竖起来贴脸颊的腿一样不可思议。

她站起身，示意她可以走了。

牟芙蓉挺着背，深吸一口气，吐出，然后走出门。

推开门的一瞬，她又回过头来说，警察美女，记到哈，把肩胛骨打开，像我这样，不要含胸。

【作者简介】裘山山，女，祖籍浙江，1976年入伍，1983年毕业于四川师范大学中文系。曾任部队教员、文学刊物编辑等。1984年起发表小说，主要作品有长篇小说《我在天堂等你》《到处都是寂寞的心》《春草开花》，长篇纪实散文《遥远的天堂》，小说集《白罂粟》《落花时节》《一路有树》《高原传说》，散文集《女人心情》《五月的树》《一个人的远行》《百分之百纯棉》，长篇传记《隆莲法师传》《从白衣天使到女将军》，电影剧本《遥望查里拉》《我的格桑梅朵》等。曾获鲁迅文学奖、解放军文艺奖、四川省文学奖等奖项。小说《幸福像花开放》《保卫樱桃》《我讲最后一个故事》《一条毛毯的阅历》《腊八粥》《致爱丽丝》分获《小说月报》第八、九、十、十一、十三、十四届百花奖，《琴声何来》获第十七届百花文学奖中篇小说奖。现为中国作家协会全国委员会委员。

街上的耳朵

◎ 钟求是

有人对式其说："你的酒量矮了不少，即使踮一踮脚，也够不着以前的一半了。"式其咧咧嘴不吭声，但心里认下了这个算术说法。这么些年过去，昆城一点点变大了，他的酒量一点点变小了。由于这种退步，以前的他一定瞧不起现在的他。

不过酒量的退步不等于酒兴的下滑。事实上，他对酒桌仍保持着亲近的态度。每周少说两次或三次，式其会出现在某个吃店的包厢里——不是生意饭局而是朋友酒聚。他坐下后并不造势，只是简单地敬酒或迎酒，说话的声音温和并且节约。但他显然又是受重视的，每一只酒杯与他对喝时都不会潦草。

在这种场合嘴巴们总是忙碌的，因为除了吃喝，还要讲镇子上形形色色的闲话。闲话时，式其也会淡淡地搭上几嘴，因说得少，话语就显着几分劲道。当酒桌上的热闹收尾时，式其便起身去一趟洗手间，顺便把账单刷了卡。等别人气壮地出门埋单，女服务员会柔声说："那位长头发的老板已经埋过了。"

式其是昆城为数不多的长发者，一头没有杂色的黑发披挂下来直达脖子，把一张脸比得瘦了一些，看上去有点艺术又有点怪异。谁也不知道他啥时开始蓄此长发，反正在记忆中，他就是这么另类地从时间远处走来，走过镇子的一个个年头。也有人打听过，式其年轻时练过拳脚，又喜欢酒，那么他的披发也许是从《醉拳》里成龙的发型演变而来。这种猜测传到少数知情者耳中，自然被一笑弃之。知情者没有忘记，式其的长发遮着一个私密，一个关于耳朵的私密。这个私密其实并不稀奇，像式其这一类有过拳头史的人，年轻时免不了掐架斗狠，身上也就容易收藏一些刀疤拳痕。夏天若亮一亮身子，多少也显着一种荣光。但式其不一样，他不愿意走漏这种荣光。

因为这个原因,许多年里镇子上几乎无人见过式其的耳朵。随着时间的推移,即使知情者也失去了保留记忆的兴趣。一只伤残的耳朵,伴着一个男人渐渐老去,这有什么好惦记的呢。

当然,式其日子里也不是没意外的。大约三年前,一个愣头愣脑的理发师给式其修发后一时起兴,以神秘状向别人描述自己见到的耳朵。两天后他的发廊被砸,一只垃圾桶像导弹一样扑入店内,腐烂的气味久久不散。自此以后,式其的理发师换成一个懂得默契的人,他的习惯是不问女客的年龄,或者不提某个男客的隐物。

这天傍晚,式其照例到一家吃店凑一个休闲饭局。饭桌上十来个人,他坐定身子,眼睛一扫先看到一圈熟脸,再一扫多出一胖一瘦两个年轻女人。这也平常,为了搞点气氛,总有人喜欢往饭局里引进花花草草。

饭桌先是稳着,一双双筷子挺讲秩序地伸向端上来的海鲜和面食。随后酒杯们活跃起来,此起彼伏地在空中举来举去。由于酒液滋润了思维,不久便进入闲话阶段。一个声音起点很高,从国际大势讲到恐怖组织,认为世界各地的枪声有点多。另一个声音阻止了这种担忧,指出中东的枪声再多,也射不到昆城来。于是话题顺势回到镇子上,从某个楼盘的房价说到某家超市的被盗,从河边的钓鱼说到不爽的天气。有人说:“这几天一会儿晴一会儿雨,像女人例假期里的情绪。”有人便把话语引向一胖一瘦两个年轻女人,说:“包厢里没有下雨,你们的脸上为什么看不到高兴?”胖女做一个笑脸说:“有吃有喝的,我有啥不高兴的?不高兴的是她!”她的嘴巴努向旁边瘦女。瘦女耸一下肩说:“我干掉好几杯酒把脸喝红了,还是没藏住不高兴。”有人说:“有啥不高兴的,说说看。”瘦女说:“那我得再喝一口啤酒。”她端起杯子吞下一大口,然后说:“今天上午有一女友发我微信,问坡南街上讣告说的是你吗?你不回答我会流泪。我回复两个字:傻×!接着又有人小心地给我老公发短信,意思是节哀什么的。”有人稀奇地说:“哈,被死亡呀,什么情况?”瘦女说:“我打听了一下,才知道坡南街的确死了一个女人,跟我的名字撞了脸……这乌龙闹得好晦气呀!”有声音问:“啥叫名字撞了脸?”瘦女说:“她叫王静芸,跟我的名字王静云是不是特别像?但再像也挨不着呀,按年龄她差不多可以做我母亲了。”又有声音问:“那王静芸怎么死的?”瘦女说:“一个字的病呗,听说是胃癌晚期,从发现到闭眼不过一个月。”有人“噢”了一声说:“这么一说,我知道王静芸是谁了,她在坡南街开一文具店,她的老公叫叶公路。”叶公路这名字有点奇葩,让两三个人点了脑袋,表示听说过此人。

式其瞧着瘦女,慢慢地说:“你叫王静云,这名字不错。”瘦女一笑说:“夸我名字不如夸我脸蛋，女人嘛爱听这个。”式其绕过玩笑，说：“我细问一句，那位王静芸是哪天走的？”瘦女说：“不是昨天就是今天一早呗，我想是这样。”式其又问：“这个病……她怎么才活了一个月？”瘦女说：“我又不是她家亲戚，不知道那么多。不过听说她去上海上了手术台，打开肚皮一看立马缝上就回来了……昆城人嘛总愿意回昆城的。”式其不言语了，旁边有人接上说：“归根到底是运气的事，按她的岁数，至少得再活二十年。”又有人说：“二十年能活出一大堆内容呢，酒局、旅游、麻将还有性事，可以玩多少回呀。”马上有声音反对说：“上了岁数的二十年，过的是尾巴日子，哪有这么痛快。”那个胖女说：“所以好年纪的时候，得使劲活出一把味道来。”有人说：“你现在就是好年纪，酒局旅游麻将还有性事，样样都挺使劲的吧？”胖女一撇嘴说：“废话！女人不使劲能尝到那种快活味道吗？”一群笑声响起。

笑声中式其起身去了洗手间，出来后拐到总台埋单刷卡。刷完卡他仍静着身子，似乎在脑子里找什么主意，想了一想，原来自己不打算回包厢了。是的，他觉得那儿人有点多，话语和笑声也有点多。

他出了餐馆，慢着脚步往街上走。此时是喧闹时间，街道两旁的灯光有点亢奋。他走过一溜儿商店，拐入旁边一条小巷。穿过狭长巷子，走过一条马路，便是一处街心公园，他找到一张椅子坐下。

这个街心公园许多年前是人民广场，广场内有灯光篮球场，旁边有昆城唯一的电影院，电影院门口每天上演着热闹。此时静一静心，他的脑子里仿佛挂起一块银幕，远去的时光像是被一只手捉住，重新投放到了幕布上。

现在他明白了，自己找到这里是为了反刍一件往事。

往事的背景有些旧，点一点指头，是三十二年前的夏天。那时的他留着板寸头，身上攒着一块一块力气，整天游手好闲。一个闷热无趣的晚上，他从家里出来，先逛到电影院跟前，见没有可看的片子，就走进人民广场。广场内也没啥好玩的，只能站到篮球场边看热闹。他看到场子上一群人满头大汗地跑来跑去，一只篮球也憋着劲儿从这头跑到那头，又从那头跑到这头。

正是在此时，一个身子蹭了他一下。他没在意，但还是看了对方一眼——一个黑皮肤的小个子。小个子淡着脸说：“你是那个……式其吧？”式其说：“你谁呀？我不识得你！”小个子说：“我找你两天啦，咱们旁边扯话！”小个子用手坚定地指向一边。式其心里奇怪着，随着小个子走开几步，站在暗色里。小个子说：“我找你要个说法……你得对你说过的话……”式其说：“我说过什么话啦？妈的，我又不认识你！”小个子说：“前天晚上，你说做了一个梦。”

式其一下子记起来了。前天晚上有一个酒聚，他先喝白酒后喝啤酒，把自己喝澎湃了。澎湃之中，他嬉笑着拿出前一天夜里的一个梦。在梦里他搂住一个年轻女人谈心，似乎说些连哄带骗的话，然后把该办的事给办了。旁边的人就问，你说些什么连哄带骗的话呀？他说梦里的话哪能记得住，反正那女人听得高兴。旁边的人又问，那你办事都做了哪些动作？他说梦里的动作哪能记得住，反正衣服是一件一件脱下来的。旁边的人起哄地说，那女人的脸总记得吧，是不是镇子里的谁？他不能老说记不住，便顺着问话说了一个名字。

现在，这个酒后才肯说出的梦飘过镇子里的街道，传到小个子耳中并让他有了愤怒。暗色中，小个子的脸似乎发着烫，一双不大的眼睛则露着冷光。式其几乎要笑起来。他说："我的梦跟你有啥关系？"小个子恨恨地说："你梦中的女人是我女朋友。"式其心里一愣，上下打量对方一遍，说："我是说了一个名字，名字谁都可以用，你偏拿去塞给自己。"小个子说："你不光说了名字，还说了长相，还说了一米长的辫子……你说过的话想收也收不回去啦！"式其迷茫了一下——酒后说了多少放肆的话，他实在有些吃不准。不过他马上发现自己并不需要躲让，他说："老子说什么也是在梦中，梦中的事你管得着吗？"小个子说："我管得着，女朋友的事我管得着！"式其说："那你怎么管？说说看！"小个子沉着脸不言语。式其说："你找老子两天，想要一个什么说法？说说看嘛！"小个子仍不吭声，身子一动不动。式其说："要不下次你也做一个梦，梦里老子剥你女朋友衣裳时，你冲上来拦住老子……"

话未说完，暗色中猛地蹿来一道影子，小个子的身子已缠住他的身子。式其没有慌乱，一只手顺势钳住小个子的手腕，另一只手掐向他的脖子，这一招叫"封手抄喉"，能把对方单薄的身体抻开并锁住。但对方还剩着另一只手，那只手在空中冲动地划过，让他的身体一痛——这一痛比预想的有劲道，原来对方手里攥着一块石头。式其只好撤回掐脖子的手，劈向对方的胳膊，一块石头应声掉落在地。式其借势搂住对方拔离地面，一发力举到头顶，这一招叫"经天落鸟"，能把对方托在空中转一圈再甩出去。就在他蹲好马步、按照招式将空中的身子做一个旋转时，耳朵又猛地一痛。这一痛太尖锐了，尖锐得有些麻木。他吼叫一声将手中的身子丢了出去。

式其抬手捂住耳朵，看见小个子从地上爬起，嘴里叼着一块东西。式其有点发蒙，愣愣地盯着小个子。小个子似乎笑了一下，往地上"噗"地吐出东西。那块东西湿软软地躺在地上，即使在暗色中也显得醒目。小个子跨前一步，一提脚将那块东西踢了出去。式其明白过来，纵身扑向小个子。小个子一闪身子便跑。

在那个夏日的夜色中，两个身子一前一后在镇子街道上快速穿行。路人们不知道发生了什么，纷纷停步观看。在他们的目光中，两个身子一会儿挨近，一会儿拉远，像两匹失控的野马闯进了街道。他们有一种预感，如果两个身子追到一起，会演出一场好看的惨烈搏斗。在镇子上，这样的搏斗越来越少见到了。

但搏斗没有发生。小个子在奔跑中临时生智，一拐弯再一冲刺，跑进了解放街口的派出所。这是他认为的紧急自保的不错方法。一分钟后，式其气喘吁吁地站在派出所门口，耳朵上的血把半张脸淌湿了。

现在，式其坐在三十二年前相斗的地方，仍能觉出右边耳朵的疼痛。这种疼痛躲在记忆里，遇到机会便溜出来，证明着他的青春日子有一块补丁。

从记忆里溜出来的，还有两个名字。那个咬掉他半只耳朵的人个子瘦小，却有一个粗犷的名号叫叶公路。叶公路护着的年轻女人，叫王静芸。

第二天式其一个人待在家里。

这么些年，他做一家装修公司，渐渐做得无趣了，便交给儿子。儿子忙着公司，又生了孩子，便招去母亲。他成了日子边上的人。

一天里他花不少时间躺在床上，这样可以攒些体力。下午的时候，有人来电话邀酒，被他挡住了。他说自己晚上有点事儿。

吃过晚饭，又看一会儿电视，他才穿上一身黑色衣裳出门。他要办的事有些特别：他让自己去坡南街，给那个叫王静芸的女人守个夜。火葬普及后，昆城有了新的习俗，人死后先火化肉身，再在灵堂守护三天，今晚应是相对安静的一夜。

走过一条短街一条长街，上了一段坡道，再顺势下去，便是旧色旧味的坡南老街。他问了一问，拐进一条小巷，见到前方一团灯光。走近了看，是一个不小的院子。院子里搁着不少花圈，一些人影和哀乐缠在一起。

式其走进厅堂。这是哀乐最浓的地方，一只红布包裹的骨灰盒躺在方桌之上，后面木壁上挂着遗像，跟前香炉里燃着一炷香。式其端正身子躬了三次，然后细瞧木壁上的遗像。这是一张微胖的脸，五官平静不乱，不乱中又有些辛苦，跟镇子上的平常妇人没啥不一样。式其暗叹一声收回目光，扫一眼左右，没人留意自己。再给出几眼，没见着叶公路的身影。

院子天井里摆着两张临时餐桌，几个年轻男女边吃边聊，好像在讨论网上购物的事情。边廊上也有两张桌子，一桌在玩扑克一桌在打麻将。式其不能一个人待着，便踱到麻将桌边。桌上也有一位脸熟的，冲式其点头。过了片刻打完一局牌，有人接起手机喂呀了几声，说自己得走开一会儿，让式其替一下。这差不多是救场，式其只好坐了下来。

牌局继续。式其不是麻将的熟手，此时心里又有些不定，打起牌来便显得冒失，一会儿吃错牌，一会儿放出不该放的牌，让警惕他的人很快松了心。那位脸熟的说："我知道你是城西的，公司老板。"式其说："现在不是啦，公司的活儿交给儿子了。”脸熟的又问:“你是静芸的亲戚还是公路的朋友?以前很少在坡南街这边见到你。”式其打出一张牌,说:“人走了总得来送送……公路呢?怎么不见他?”脸熟的说:“在呀,他不是在那儿烧纸钱嘛。”式其扭头看一眼,厅堂边旁果然蹲着一个人,只是身影粗胖得有些陌生。

式其正有些走神,原先走开的人回来了。算了输数,式其掏出几张票子起身离开。他慢慢走向那个粗胖身子,在蹿着火苗的脸盆旁站住。粗胖身子扭动一下,抬起一张严肃的圆脸看他。他蹲了下去,跟圆脸挨得很近。圆脸不介意地说:“你也烧几张吧,送送她。”式其从地上捡起一沓纸钱,认真地一张一张往火苗里放。火苗起起伏伏,像是神秘的舞蹈。式其瞧着火苗,突然说:“我叫式其。”圆脸没有听懂,不吭声。式其说:“我是城西的式其。”圆脸愣了一下,身子挺直一些,目光很硬地递过来,又慢慢地收回去,说:“要是在街上走,我认不得你了。”式其说:“现在你蹲我跟前,我都认不得你了。”

看来,从瘦小身子到粗胖身段之间,只需要填进许多的时间。

多年前的那个夏天,叶公路在奔逃之中躲过了他的暴打,却没躲开命运的敲打。叶公路没能想到,跑进派出所是机灵的也是蠢傻的,把蠢傻减去机灵,剩下的恰是现场拘留。半只耳朵加上一脸血迹,让派出所和法庭获得了故意伤害的确凿证据,叶公路被判有期徒刑两年六个月。无法知道那两年半叶公路是怎样的心境,王静芸又是怎样的心思,反正式其心里很懊丧,身上的力气也泄掉不少,他唯一想努力的,就是让发型变成披头士。过了两年半,他听到叶公路出狱的消息。又过一些时间,他听到叶公路和王静芸结婚的消息。到了这时候,他内心才安定下来,觉得这件事终于了结。了结之后,他的日子便敞亮了许多。以后的年月,昆城渐渐欢闹,各种新事在镇子上生长,他不需要记着不快活的事情。不过偶尔经过坡南街时,他也会留意瞧一瞧街道两旁的商店,因为他听说王静芸开了一间不大的文具店。有那么一两回,他似乎在街边看到了王静芸。她手里牵着一个男孩,神情动作已是一位熟练的母亲。但他也不能确定就是王静芸,毕竟做了母亲的她和记忆中的她是不一样的。至于叶公路,在人来人往的街道上,式其再没见过他的瘦小身影。现在式其知道了,自己的眼睛为什么这么多年遇不到他。

眼前的火团渐渐软下去,变成了暗燃。叶公路盯着火堆,说:“你来干什么?”式其说:“人走了,我来道声别。”叶公路说:“你道得着吗?”式其说:“别这么说,死者为大,我的心意不是假的。”叶公路默了脸,过了半晌,他站起身说:“那边坐。”他走向院子的另一侧边廊,那里摆着几张空椅子,显得幽静一些。

式其跟着走过去,坐到一张椅子上,与叶公路斜对。他们之间有一张方凳,上面搁着一包烟和一只烟缸。叶公路取了一支烟,将烟盒推给式其。式其摆摆手——一年前他开始咳嗽,便将烟戒了。叶公路自己点上。

沉默了一会儿,叶公路说:“静芸没跟你有啥来往,她一直这么说。”式其说:“她说的没错。”叶公路说:“她以前不认识你,死的时候还不认识你。”式其说:“嗯,是这样的。”叶公路说:“一个不认识的人,把我们的日子捅了一个窟窿。”式其停一下嘴巴,说:“这个时候,最好……别提不痛快的事。”叶公路不吭声了。式其说:“今天晚上我来,就想说几句存了许多年的话。如果你乐意,我说给你听。如果你不乐意,我说给自己听。”叶公路猛吸一口烟,说:“你说吧……我听着,静芸也在听着。”

式其说:“王静芸说不认识我,可我认识王静芸……我记得那是一个下午,有点小雨的下午,然后是一条巷子加上一个身影。”式其这么说的时候,脑子里现出三十二年前的一条小巷。那天下午,他和几个弟兄因为某一次不爽的口角,跟另一伙小子约了一架,地点就在小巷口。他身上藏着一根笛子长的铁尺,与弟兄们抢先来到约架地,躲在巷口周边墙角,等候对手的出现。此时是春日,天空却不晴朗,撑一会儿没撑住,下起了细雨。他使劲盯着巷子,胳膊上的肉一跳一跳的,心里等得都有点不耐烦了。就在这时,一个身影从小巷深处慢慢走出。

式其吸一口气,说:“以前说这个事儿,我的嘴巴一定会有点难为情,但今天晚上我觉得不会。”叶公路说:“啥个身影你说。”式其说:“那是一位身条不错的姑娘,二十出头吧,穿的是花布上衣黑色长裙,打着一把黄纸雨伞,脚步很轻,样子挺纯的。雨丝从上方落下来,让巷子显得有点静,也让她的身影变得有味道。当时我有些发愣,眼睛都舍不得眨,就觉得那身子好看。那姑娘一步一步靠近,从我跟前走过,露出了后背的辫子。那辫子呢足有一米长,很有趣地一晃一晃。”式其不好意思似的一笑,又说,“怎么说合适呢?那场景真的有点像电影里的一个镜头:在细雨中,一个年轻女人撑着纸伞从巷子里慢慢走出,一步步向巷口走近。”叶公路轻咳一声说:“你说的是课本里的东西吧……那女人能是静芸?”式其说:“我开始不知道是谁,只觉得心里被雨水洗了一把,挺舒坦。当时我还有一感觉,就是不想打那场架了,至少认为那会儿打架挺没意思的。事实上那场架也没打成,对方不知尿了还是耍啥花招,反正一直没露头。撤出来后,我们几个找了一家小店喝酒,喝着喝着我又想起在巷子里走着的纸伞姑娘。第二天,我找人打听那姑娘的名字,巷子的位置跟一米长的辫子一提供,很快让我知道了她叫王静芸。”叶公路取了一支烟替下上一支烟,问:“你是说……你一眼看上了静芸?”式其说:“当时年轻,不会分析自己,只觉得心里使劲晃动了一下,但似乎也不是你说的那种一眼看上。”叶公路又咳了一声,未接话。式其说:“这么些年过去,我才想明白了,我不是喜欢上巷子里的人,而是喜欢上了巷子里的那种情景。那一会儿呀,王静芸只是情景里的一个人物。”

叶公路用劲吸一口烟慢慢吐出，说:“我吃不准你这个人，也吃不准你的话,但有一点得说给你,静芸不是一个招眼的女人。她不漂亮,也不活络。”式其说:“她……不漂亮吗?我不知道该怎么说……可她一定是个好人,那两年她没有丢下你。”叶公路点点头说:“我出了事,两个人反而缠住分不开了。但不管怎么说,我和她都是不怎么出息的人。因为日子过得不透亮,我的脾气又不好,我们也时常吵嘴……”式其说:“日子怎么不透亮了?”叶公路说:“还不是开店挣不到钱啦,孩子读书成绩不好啦,我出去打几场麻将她就唠叨啦……都是些杂碎的事儿。”式其说:“咱们镇子上的人过日子,谁不这样。”叶公路沉默一下又取一支烟接上,说:“跟镇子上的人比,她这辈子过得不算好也不算差,只是最后得了这病,比别人苦了些。”顿一顿又说,“不过这也是命,是命就得接着。”

两个人收了声音。哀乐明显起来,安魂的气息像雾一样散布在空气中。过了片刻,式其试探着说:“你说她不漂亮……年轻时候?可在我脑子里存着的,是一张好看的脸。你……能让我看几张她年轻时的照片吗?”叶公路认真看式其一眼,默默吸几口烟,然后摁灭手中的烟蒂,起身去了不远处的房间。不一会儿,他回来了,双手在胖肚上护着一本相册。

叶公路将相册搁在凳子上,又把凳子往光亮的方向拖了拖。式其坐到凳子前打开相册,这是一家人的合集,但王静芸的照片多一些。他的目光盯住王静芸,一张一张往后翻,先是中年王静芸,体态已胖,神情有些累也有些愣;然后是少妇王静芸,手牵孩子,脸上搁着一点笑;再翻两页,见到了年轻的王静芸,一张是一个人站在某个景点里,一张与两个女伴坐在照相馆的椅子上,还有一张为黑白半身像。那时候的王静芸安静懵懂,养着一条长的辫子,那张半身像还将辫子甩到胸前,算是添了清纯的味道。不过可以认定的是,姑娘时的王静芸并不漂亮,气质也平常,身上和脸上都找不出抢眼东西。

叶公路坐在旁边,默着脸一口一口抽烟。他似乎等待式其说点什么。式其的眼睛没离开相册,目光却看向了许多年前的小巷和小巷内走出的年轻女子。是的,那位有味道的漂亮女子和相册里的平常女人是同一个人,这多少让人有些跌心。不过他也明白,这么多年过去,自己记着的那个女子和生活里的王静芸其实不是一个人了。

再细想一下,谁的身上都可能有妙处呢。用一句雅的话说,一个人在对的时间地点和对的欣赏目光里,能冒出一种叫气韵的东西。这一点,恐怕王静芸自己也从没料到。她无法想象在日常生活里的某一天,她曾经是别人眼中最好看的女人。

式其突然觉得,自己不应该沮丧。

他合上相册，找着话说："看着照片我就想到，时间溜得挺快，时间像钞票一样花了出去。"叶公路说："这不一样，钞票花了可以赚，时间花出去拿不回来啦。"式其说："能拿回孩子呀，孩子一天天大了，成家立业又生了新的小孩，日子嘛就是这样。"这种说法让叶公路嘴角翘了一下。他低了脑袋静了几秒，突然抬头说："有件事静芸问我好几次，现在我问问你。"式其说："你讲吧。"叶公路说："静芸问，当时你咬下的那半只耳朵呢？"式其愣了一下，叶公路说："我说我哪里知道，那会儿我可顾不上。"式其点点头说："我们两个人都跑开了，那半只耳朵丢在地上。"叶公路说："你没回去找？"式其说："想起来找已经是第二天上午了，没找到。"叶公路说："静芸觉得，当时把半只耳朵找到再接上，事情会好很多。"式其嗓子哽了一下，一时不知道怎么接话，只好在心里轻叹一声。

叶公路身子静着，嘴巴动一动，没出来声音。式其说："你要说什么？"叶公路脸上紧一紧，还是摇了头。

式其想一下，似乎也没有新的话要说。夜已经深了，院子里人影少了一些。叶公路说自己再烧几张纸钱，起身去了。不一会儿，那边的地上又亮起一团火苗。

式其有些困了。他不能睡着，但允许自己闭上眼睛养一养神。

眼睛一闭上，哀乐响了一些，有点单调地在耳边游走。过一会儿，他的脑子有些撑不住，似乎变轻变远了。朦胧中，他看见有什么东西飘来。飘近了，是一张很大的黑白照片。照片中有镇子里的街道，街道上出现一个男人。那个男人留着短发，露出右边的半只耳朵。半只耳朵的男人走过闹市拐进一条小街，然后等在一条小巷跟前。小巷深处空空的，一时没有内容，于是男人抬起脑袋，去看雨丝有没有落下……

正在这时，他的身子被碰了一下。小巷和男人一起隐去，像电影镜头遇到了停电。式其弹开眼睛，看见叶公路的圆脸。他醒一醒神儿，听见叶公路说："我还有话要说。"式其点点头说："你说吧。"叶公路认真地说："我刚才琢磨过了，咱们这会儿见面，得让静芸知道。"式其眨眨眼，挺直了身子。叶公路又说："你这么来了，我不能什么都不做。"式其说："你想怎么做？"叶公路一摆头，示意到那边去。

式其随着叶公路走过廊道，来到厅堂跟前。周围已安静下来，哀乐也明显调低了一些。叶公路指着方桌上的骨灰盒，说："静芸在这里……她现在一定睡不着，留意着咱们俩呢。"式其"嗯"了一声说："你说吧，要做点儿什么？"叶公路说："我想了，咱们还得打一架。"式其心里踉跄一下，说："今晚上我来错啦？"叶公路硬着口气说："今晚上不说对错，既然咱们见了面，就还得打一架！"式其说："你的主意挺稀奇，我不明白。"叶公路说："再跟你打一架，才能把事情了掉！不过这回跟上回不同，咱们只用嘴巴打架，跟下盲棋一个样。”又补一句说，“得让静芸听见。”式其默一默脸，心里明白了。

两个人调动脚步摆好身子，相对瞧着对方。叶公路说：“我这辈子打两回架，都是为了一个女人。”式其说：“我老了很多，但也不怕这种事儿，你出招吧。”叶公路说：“我个子矮，先攻你的下盘。我突然抢前一步，双手去搂你的双腿！”式其说：“你这还是老套路，很粗糙的打法。”叶公路说：“虽然粗糙，但一用力能把你翻倒。”式其说：“那好吧，我还是一挪脚步，一只手扣住你的手腕，另一只手掐你的脖子，这一招叫封手抄喉！”叶公路说：“我也有两只手——你捏住的是我一只手，我另一只手正好打你的腰！”式其说：“你这只手我确实大意了，我不知道你手里藏着东西……这一回是石头还是尖刀？”叶公路说：“我过去不用刀，现在也不用，一块石头也挺不错！”式其说：“疼痛让我发力，我一抽手劈掉你握着的石头，再攥住你的身体往上一提，你到了空中再飞出去，这一招叫经天落鸟！”

“等一等！”叶公路说，“你还用这一招？你怎么还敢用这一招？”式其说：“我不会再犯傻，这次我省去头顶旋转的动作，不让你的嘴巴靠近我的耳朵……我直接把你的身子举起来往旁边一丢！”叶公路沉一下脸说：“看来你还觉得能轻松赢我。”式其说：“我的力气的确没以前大，不过你的力气也变小了。”叶公路说：“可有一样东西你没算计对！”式其说：“什么东西？”叶公路说：“虽然我的力气小了，但我的肉盘大了。我现在的身子你能举得动吗？”

式其微微一愣，盯住对方的身形，盯了几秒钟，嘿嘿笑了。他一笑，叶公路的脸也慢慢松掉，像卸下了一层累。

两个人面对面久久站着，似乎忘了此时已是午夜。

【作者简介】钟求是，男，1964年生于浙江平阳。毕业于中央民族大学经济系、鲁迅文学院第三届中青年作家高级研讨班。著有小说集《零年代》《谢雨的大学》《两个人的电影》《给我一个借口》《我的逃亡日子》等。作品多次入选各种选刊、选本和排行榜。有作品被改编为电影和电视剧。中篇小说《两个人的电影》获《小说月报》第十五届百花奖。现供职于《江南》杂志社。

汝今能持否？

◎ 叶舟

尽形寿，不杀生，汝今能持否？

“会死吗？”

“呵呵，不会。还没死过，这算头一次。”

王旗按住了陈丙君，将他摁在枕头上，抚了抚脸，令其闭眼。这还不算，王旗又拍了他的胸口，让他放缓呼吸，别那么七上八下的。另一侧的牛富田抖开了一块白床单，哗的一下，苫住了陈丙君。后者脚上发凉，有人在替他穿袜子，从动作上猜，陈丙君知道是马五七，这跟他出牌的节奏吻合，有些颟顸。现在，陈丙君算是死了，离这个花花浮世虽咫尺之距，却仿若天涯。他安心地关上了全部的窗子，心里昏暝一片。

死就要有死的样子，不敢马虎的。安顿完了陈丙君，大家消停下来，才有心气对付功夫茶。茶具是牛富田带来的，便携式，一共四只茶盅，东西南北，摆在几案上。目前暂时死了一个，牛富田便没收了一只，装回兜里。茶要趁烫，马五七吹着嘴说：“生旦净末丑，干啥就要像啥，要入戏。记得有一年夏天，轮到我值班，天热得跟澡堂子一样，我就在厂区楼下的阴凉地里丢盹儿。动力车间的那个二流子在跑步，他经常在跑步，冬练三九，夏练三伏。但那天开始他有些怪，他张开胳膊，一步一挪，身体像个十字，我以为他在做扩胸运动，也没在意。连着半个月，他天天如此。科长找了我，说产品丢得厉害，肯定出了内贼，让我多加提防。这不，我的瞌睡打消了，猫一样警觉。出事那天下午，他又在做扩胸运动，一步一挪，十字状。恰巧，天上飘过了一朵黑云，把日头遮住了，这才泄露了秘密。狗日的，原来他的怀里抱着一整块玻璃，正要往大门外偷运。先前日光那么强，玻璃干吗不反光，我想了几十年了，也没想明白。他做得真好，他人戏了，他找见了窍门。所以嘛，陈丙君今天要死得像那么一回事，千万别露马脚。”牛富田停下茶，唏嘘说：“刚才上楼时真冷，天色不好，恐怕要下雪的。”他的话无人应和，只好萧索地捂住嘴，整理了一下假牙。王旗说：“在玻璃厂工作了几十年，奇的怪的都见识过，但最有一件事令我困惑，一直折磨了我几十年了。我不敢说，怕我是不是有反动的苗头。不管了，我豁出去了，说出来你们听听。一九七六年，丙辰龙年，那一年真是流年不利，先是周总理走了，又走了朱总司令，中间有一个唐山大地震，死了那么多人，活生生的一座人间地狱。到了九月，毛主席也没了，痛煞人也。那天下午集中听广播，晚上人们都去了反修馆吊唁，只安排我一人在仓库里值班。值班有啥了不起的，我没当一回事，可到了后半夜时，我就被吓呆了。为什么？原先仓库里成箱成捆的玻璃，开始一块接一块地炸裂。不是碎，注意听，是炸裂，炸成了指甲皮大小的渣子，没一块完整的。那是二季度的产品，没有一百吨，少说也有四五十吨吧，就那么炸了。第二天我汇报了上去，但无人在意，国丧期间，谁也懒得操心玻璃的事。后来有了各种传闻，说玻璃也悲伤过度，那么一炸，当然是心碎的结果。我揣摩了许久，难道玻璃也有心，万物也有灵，像人一个样子？我后半辈子做的梦，基本上和玻璃有关。一闭上眼，我就能看见那些尖锐的玻璃碴子，明晃晃的，像一把刺那样。哦，说出来我就轻松了，不需要你们安慰。总之一句话，陈丙君今天要死，但他心里有刺，一根大刺，咱们得帮他拔出来才是。”照例没人应和，王旗也不难为情，吹着汤面上的茶叶。假牙是新植的，磨合不太成功，总得适应一段时间。上一副假牙好，用了差不多九年，牛富田在露水市场买菜时，不小心打了一个喷嚏，假牙飞了出去，掉在了下水道的井篦下，着实生了一礼拜的闷气。牛富田瘪着腮帮子，絮叨着说：“外面的天阴得厉害，风也大，估计不是中雪，就是暴雪。”马五七剜了他一眼，面呈不悦，沏茶时走偏了，水漾在了几案上。马五七想让气氛愉悦一些，便说：“陈丙君这一死，咱们三缺一，凑不成一桌了，咋办？”

问题太尖锐了。自从退下来之后，天天打牌，打了这么多年，谁也没想起这个难题。三缺一，等于此刻的茶桌，缺了一位，总感觉别扭极了。你跟我碰杯，另一个追了过来，究竟该跟谁先碰？打牌却不一样，形成了有效的上下级关系，上家防你如贼，你视下家像草寇，玩的就是一个瘾头。沉吟片刻，牛富田兀自笑了：“三个人也可以呀，最适合掀牛九了。”说着，掏出一副陌生的牌叶子，扔在几案上。

王旗问：“啥是掀牛九？”

“河西走廊一带的土麻将，只能三个人玩。”介绍说。

马五七今天跟牛富田戗上了，怎么看都过不了眼。马五七没接话茬，继续献疑说:“嗬,那万一再死一个,剩下两个人咋办?

“这简单,剩下两个的话,就下棋嘛。”王旗道。

“那再折掉一个呢?”

“哦,谁落在最后面,谁就真的悲苦了,一个人孤零零的,没人跟他玩了。”王旗郁闷地泼掉了杯中的残茶,续了一水烫的,咂巴说,“如此看来,谁死在前头,谁就有福报啊。”

“对,福报都是平时积攒下的,修来的。”牛富田附和道。

一群笨蛋!陈丙君眯了片刻,醒来时,恰好听见了工友们的谈议,心里厌倦地嗔骂了一句,笨蛋加蠢蛋,再加一窝浑蛋。这么便宜的问题,居然让他们想破了脑壳,唉声叹气的。但因为现在死了,陈丙君不好突兀地坐起来,给他们上上课。躺在苫布下,陈丙君尽量让自己僵硬下来,不许动,也不能插话,死就要有死的样子,必须入戏。但人有三急,尿脬慢慢地鼓胀了起来,像一枚定时炸弹,由不得他。陈丙君暗中动了动,找见了一个惬意的姿势,遂安定了许多。这时,附近八中的报时钟响了,北京时间十四点整。声音里有一种金属味,破窗而入。阳台的门不严,凭着脚上的凉意,陈丙君知道下雪了,一定不小。

完了,完了完了,计划又泡汤了。

既然天气糟糕,陈丙君便宁愿陈燕子不来,哪怕自己这么白死一回,也别让她一路上顶风冒雪。陈燕子在科技街的一家小公司当会计,原先的单位改制后效益太差,还是托了关系,到了这个岗位的。专业丢了,一切都得从头学习。女儿没讲关系是谁,但陈丙君不用猜,就知道肯定是左军。公司朝九晚五,中午只有一小时的吃饭时间,现在没来,肯定还在怨恨当中,气性太大。一年前,父女俩失和,陈丙君几乎是被女儿逐出了她家的门,连春节也没回过娘家。其间,陈丙君发过短信,打过电话,但都泥牛入海,没了音讯。到了孙女生日的那天,陈丙君买了巧克力和水果篮,让同城快递送到女儿家的小区,却被收件人退了货。一来二去,双方冷战至今,居然未曾谋过任何一面。用王旗的话讲,这他妈就是一桩人间奇迹。马五七则用了委婉的说法,说这父女俩果然是一对超级奇葩呀。

陈丙君是见过死的,还不止一次。当初他响应国家的号召,从河北易县到了大西北,在黄河岸边的玻璃厂里当技工。接到了父亲病危的电报,他一路号哭地到了老家,父亲却早已停灵五日,只等他这个孝子回去。母亲亦是,只不过停灵七日,原因是天兰线塌方了,火车耽误了几天。陈丙君后来悟出,电报里所谓的“病危”二字,实则是已经咽了气的意思。到了二十七八,本厂的一个兰州姑娘看上了他,托了妇女主任从中说媒。姑娘是天车司机,体态端方,浓眉大眼,脸蛋上镌着两坨红晕,高原紫外线晒过的痕迹。陈丙君糊里糊涂地结了婚,很快就有了一个女儿。陈燕子读五年级时,陈丙君负责押运一个车队,去了青海的格尔木送玻璃。这回他没接到电报，却是长途电话，说他妻子得了急症，目前病危。待陈丙君踉跄地回到了家里时，一切都为时晚矣，没见上最后一面。妻子并非急症，而是从天车上摔下来的。陈丙君一直捂着这个秘密，只怕给女儿的心里留下恐怖的阴影。前天晚上，陈丙君出了病房，还在走廊上认识了隔壁的一个病友。年龄相仿，一说开，话题也多，迅速亲热了起来。次日，两个人又聊了半小时。孰料，今早上病友的病情迅速恶化，呜呼哀哉，一下子被推走了。陈丙君站在阳台上，看见殡仪馆的车子来了，突然受了刺激。

入冬后，陈丙君就思忖，与其守株待兔地等女儿来，不如主动出击。他在电话里哀告了半天，王旗说他最近三高，牛富田自称染了风寒，光佛慈的枇杷露就吃了六瓶。更绝的是马五七，发来了图片，说他在郊区的水库里冰钓，分身无术。三个老家伙不仅回绝了他，且讥诮说，病胎子没事，你平时病病歪歪的，还没见你死过一回。这话等于施咒，让陈丙君失望了一夜，又心悸了一天。终于，他捂住心口窝，躺在了沙发上，叱令保姆呼来了急救车，动静很大，广而告之。检查了一番，也无大碍，都是一些老年性的小病小灾，但陈丙君坚决申请住院。住了三日，同病室的那位刚出院，陈丙君正觉得人情如纸、世间寒凉时，伙计们杀了进来。陈氏父女的失和，也像一块磨盘似的，让他们长期不爽。虽说家务事难断，一定有鲜为人知的因素，但陈燕子毕竟是叔伯们看着长大的，绝不至于如此的铁石心肠。三个人剑走偏锋，拿出了一份紧急预案，决定让陈丙君立刻死掉。

死之前，大家征求了陈丙君的意见，让他掏掏心窝子，把该说的话先交代一下，别留遗憾。陈丙君哀恳说，拜托了，等一下给陈燕子挂电话时，千万别讲病危什么的，就说我处于弥留之际吧，别吓着了我女儿，让她心碎。弥留是什么境界，大家并不追究，反正中心意思就是喊陈燕子来医院，站在父亲的病床前，最好有一个拥抱，泯灭恩怨，重归于好。叔伯们的号码都是陌生的，陈燕子乖巧地接听了。王旗口头通知了她。马五七和牛富田还追发了短信，以强调病情的严重性，不啻下了十二道金牌。这以后，陈燕子那边就哑巴了，但陈丙君这边不得不做出逼真的样子，把戏演下去。

尿脬一旦鼓胀，陈丙君便开始后悔了。死不是那么容易的，尤其保持住一个姿势，任人摆布，每一个骨缝与关节里的酸楚和难过，像酵过的面团发了出来，不堪其累。什么福报，什么谁先谁后地去死，那都是活着的人杜撰的。这一刻，陈丙君宁愿女儿不来。医院坐北，女儿位南，少说也有十几公里，拉倒吧。这么想时，忽然听见马五七暴怒了，质问说：

“老牛，你干吗一直在说这该死的天气？”

“真下暴雪了。”

“天哪，闭嘴吧！下雪就不能死人了，陈丙君就能把魂儿拾回来吗？”

牛富田嘿嘿一笑:“我担心陈燕子,这天气,不来也好。”

“嗯,堡垒最容易从内部攻破。”王旗总结道。

叶鹤是咋进来的,谁也没看见。一帮人乱作一团,嘴上逞能时,叶鹤就站在门口哧哧地发笑。叶鹤是陈丙君家的保姆,小个子,五官精致,肤色质朴,连上帝见了心情也会好转的,遑论这帮老家伙了。等他们住嘴后,叶鹤才将保温饭盒搁在几案上,一掀盖子,一股饭香缭绕不散。陈丙君年轻时娶了本地姑娘,几十年间,口味被逐渐修正了过来,偏向于面食。此前,陈丙君答应女儿雇保姆,唯一的要求就是会做面食。叶鹤的茶饭好,在玻璃厂的家属院里人尽皆知。这不,一闻味道,大家才明白午饭没吃,开始咽唾沫。叶鹤盛了一小碗,用小匙舀起,慢慢吹凉。陈丙君继续躺在苫布下,耳食着外面的动静,有一丝激动,亦有一种忐忑。陈丙君心说,一定是叶鹤来了,但万一是陈燕子呢?

果然,叶鹤笑说:“瞌睡装死呀,起来吧,起来吃饭饭。我可只有几分钟的时间,炉子上坐着一壶水,我忘了。”

“他死了!”王旗说。

“我呀,今早上买了一斤扁豆,撒了碱,炖在火上炖烂了。这雀舌面是我手擀的,撒在扁豆汤里,起锅后用葱花一炝。啊啧啧。”进门时,叶鹤的头上敷了一层雪花,现在开始化了,眉眼上罩着一团雾气,又说,“我可警告你,过了三分钟了。”

陈丙君刚要开口,却听马五七说:“肃静些!刚死不久,正准备联系你和陈燕子呢。”

“死了,真的!”牛富田也确认。

“叔!”小匙晃了晃,汤洒了出来,溅在脚面上。叶鹤熟悉这帮人,平时嘻嘻哈哈的,一小撮老顽童,从没这么正经说过话。窗外天色凝重,暴雪袭来,似乎死当其时,死必须恰如其分。叶鹤真信了,陈丙君一早上都没来电话,现在挺尸了,她不得不信。叶鹤忽然扔下碗,后退了几步,哭噎说:“昨晚上还好好的呀。燕子姐呢,燕子姐来了吗?”

“已经通知了她。”马五七再次坐实了。

“节哀顺变吧。”王旗补刀。

不承想,叶鹤瞥见了真相,陈丙君的脚趾动了一动,怕凉似的。叶鹤扭头便跑了,跑到了门外,哇的一声,号哭了出来。叶鹤走了,跟她刚来时一样迅疾,容不得旁人思考。王旗他们慌了,追了出去,但叶鹤并没坐电梯,顺着应急楼梯没了人影儿。三个人互觑着,明白这下玩笑开大了,但覆水难收,一时语塞。待他们返回病房,打算跟陈丙君讨一个补救良策时,却遇见了一个后生。也算活该,他们不由分说,将一肚子的怨怼和愤懑,发泄在了这个替死鬼的身上。

那一刻,陈丙君听见喊叔的声音,又知道叶鹤见了死的他,绝对受了惊吓。

但陈丙君挣了挣,始终锁不住全身的骨骼和肌肉,没力气起来。唉,陈丙君心说,死真的是一件很窝囊的事,一盘散沙,却又僵硬如石。人活一口气,力气又慢慢回来了,先醒了指尖,醒了腿脚,接着浑身的窗子都打开了。陈丙君揭掉了苫布,白色的被单,上面有医院的名称。这时,他发现几案前坐着一个小伙子,正端着饭盒,认真地吃着那一碗叶鹤做的扁豆葱花面。

奇了怪了,什么世道,这简直是跟死人抢饭吃嘛。陈丙君坐着不动,心里失笑极了,看着这个后生狼吞虎咽的样子,不免悲悯。也难怪,后生穿了件松松垮垮的工装,脚旁是一个巨大的帆布口袋,帽檐很低,浑身上下镌满了快递公司的大红标识。十指皴了,冻得裂开了口子。鞋底的积雪化了,地板上洇满了污迹。陈丙君抱膝看着,后生不像在吃饭,因为他没有咀嚼,而是直接吸进了喉咙,长鲸饮水似的。吃毕了,后生将舌头卷起来,将散落在饭盒上的几粒小扁豆抿在舌尖上,忽地松开了气息。后生也看见了陈丙君,没丝毫的惊讶,亦无夺人饭食后的惭愧。相反,他收拾好了饭盒,用袖子拭了拭嘴巴,腼腆一笑。

"味道好吗?"

后生说:"饭甜了,再搁一撮盐就合适了。"

"清汤寡水的,你一定没吃饱。"

恰在此时,去追叶鹤的三个人折身返回,样子怏怏的。马五七进了门,蓦地盯住了那个后生,盯得后者慢慢站起来,敛住了笑,内心发毛。马五七本来长相凶,此刻金刚怒目,把一碗水也能烧开。他们瞥见了刚才吃喝的那一幕,直觉得酥油被叫花子糟蹋了,焉能不怒。后生怯生生地退后,退到了门背后,被匣在了死角里。马五七突然伸手,一下子擒住了后生的喉咙,将他压在了墙根里。当然,马五七自有他的一番道理,医院的走廊和电梯里贴满了告示,告诫病员和陪护人员,最近年关将至,小偷猖獗,千万要防范自己的贵重物品丢失,否则医院概不担责。即便如此,每天都有大大小小的失窃事件发生,院方的保卫科也徒唤奈何,简单登记一下就走人了。陈丙君清楚,昨天傍晚,同病室的那个老头就丢了一个肥肥的红包。红包是侄儿来孝敬的,刚压在枕头下,转瞬就没了,害得老头打自己耳光,还挂了一瓶水。陈丙君为刚才的善心自责了几下,好歹只损失了一碗面,危害不大。其他人也没吱声,任由马五七独自处置这一桩突发案情。他们知道,马五七身板硬朗,一直在练拳,还会气功,手上的确有两下子的。

"我认得你,你早上就来过一趟。对吗?"

后生点头。

"当时你是便装,就坐在那张床上玩手机。嗬,现在你化装来送快递,三只手呀?"马五七逼问。

被识破了,后生登时泄了气,不再抵抗。

陈丙君的确入了戏，觉得沉疴在身，加之剧情陡变，世上的事情与自己关系不大。他痴痴地笑看着，牛富田堵在了门口，王旗拿着手机，打算报警。马五七松开了姿势，却见后生从墙壁上滑了下来，瘫坐在地。也不知他使了什么擒拿手段，后生搓着喉咙，找刚才的那一口活气，脸像紫茄子，呼哧呼哧的。马五七聪明，知道擒贼抓赃，有了具体的物证，便是铁板钉钉。马五七打开了帆布袋子，一股脑地倾在了地板上，花花绿绿的。果然，这都是快递公司的寄件品，真实无误，与后生的口径一致。这一瞬，一个毫无包装壳的相框吸引了大家。王旗拿在手里，用袖子擦掉了灰尘，突然哑了。牛富田接过一瞧，也哑了，递给了马五七。马五七只瞄了一眼，便审问说：

"哪来的？"

后生嗫嚅："同城快递。交寄的时候就这样，没包装。"

"人都不来，干吗送这个？"

"寄件人走得急，说去机场，怕误了飞机。"后生起身，将帆布袋子整理完，背在身上，冲着病床上的陈丙君鞠了一躬："谢谢你的一饭之恩。喏，雪太大了，我还得去忙了。"

现在，相框递在了陈丙君的手里。他不用仔细端详，便知道那是自己和女儿最好的一张合影。那一年，陈燕子放了暑假，他恰好去德令哈送玻璃，便将女儿塞进了驾驶室。路过青海湖时，还特意去了一趟鸟岛。宽阔的海面，像一块无垠的深蓝色的玻璃，鸥鸟翔集，天开地阔。他将女儿扛在肩上，陈燕子双臂舒张，犹如一只展翅的小鸟。出嫁时，女儿带走了这个课本大小的相框，这么多年过去了，居然还簇然一新。陈丙君环望了一眼老伙计们，忽然说："抱歉，辜负你们了，我决定不死了。"

"乌鸦嘴，你本来就没死。"王旗说。

"哦，接你们刚才的话。如果你们仨先走了，抢完了福报，只留下我一个人的话。那时候我孤零零的，干不了别的，我就一个人去摆摊，去算命。"话已至此，陈丙君蓦地热泪扑面，哽咽说，"可是，我给别人去算命了，谁又能把我的命给算出来呀？"

无人释解。

陈丙君又说："她始终就没原谅我，一直没有。"

尽形寿，不淫欲，汝今能持否？

左军不在状态，陈燕子瞧得很准。

不是别了其他车，就是骑在双黄线上，还连闯了两个红灯。这不，刚进了滨河大道，交警的摩托车贴上来，示意停车。人倒霉，鬼吹灯，放屁都砸脚后跟。左军这么嘟囔时，陈燕子却打开了车门，去跟警察交涉了。左军看见，陈燕子解开了围巾和口罩，还有鼻梁上的墨镜，跟对方嘀咕了几句，警察便开恩放行了。还是女的好使，你给他许了什么诺？左军发动了车子，调侃道。陈燕子不回答，只说，二子哥，咱去对岸的滩涂上说话吧，你今天不在状态，怕你开车。左军依言，将沃尔沃驶停在了黄河边的芦苇旁，摸出烟，慢慢喂火。

风雪盎然，犹如天空飘下的大片芦花，落在了大河两岸。

车里开着暖风，左军脱了外套，但陈燕子仍旧缠裹着围巾，戴了口罩，臃肿不堪。更让左军郁闷的是，这么冷的天，陈燕子居然扮酷，戴着墨镜，一改她往日的清纯路线，像个前来接头的女谍。中午时，左军接到了她的电话，要求立刻见面，一秒钟都不能拖延。丫头片子，口气很冲，左军还是头一回听见。左军刚要揶揄几句，却见大片的泪水涌出了墨镜框，敷在陈燕子的脸颊上，脖子也一梗一梗的，开始抽噎。左军知道事情不妙，忙掐了烟，将窗子关上了，递上纸巾。陈燕子稍事平静后，方说："二子哥，你对我不好了，不像从前那样了。"

左军微笑。

"我急死了，从昨晚上听见这个消息，我就一夜没睡。早上打你电话，中午才打通。"陈燕子拭着泪，握住拳，愤恨地说，"你告诉我老实话，你是不是快破产了？"

"对呀，没告诉过你呀。唉，我这个破脑子。"左军凿了自己一个栗子。

闻听此话，陈燕子的泪又汹涌起来，难以自持。恍惚中，她觉得左军的头发狼藉不堪，又白了许多，眼袋下来了，皱纹深了。这不，就连脱下的西装上也丢了一粒纽扣，半个月没熨烫的样子。以前的左军可不是这样。他注重仪表，衣着得体，江湖人脉广，无论钱财还是言谈，慷慨得一如及时雨宋江。要知己短长，须听背后言。昨天临下班前，陈燕子去找经理签字，冷不丁听见他们在谈论左军，说他投资的几个矿被查封了，血本无归；说他的资金链断了，他哥大子也不愿替他输血了；说他在城里开的几家4S店要低价卖掉，才能补上这个窟窿。陈燕子当时就发急了，推门进去，却见经理等人纷纷住嘴，改口聊起了马云和阿里巴巴。她是左军介绍进公司的，左军当时还红火，说一不二，但现在却成了他们私下里的笑料。陈燕子没质问经理，即便质问也轮不到这几个搓毛票的小老板。整整一夜，陈燕子辗转难眠，半夜里偷偷钻进了卫生间，给左军写了几条信息。不承想，后来就出了事，糟践了自己。

左军也是玻璃厂的子弟，跟陈燕子在一个大院里长大的。左民、左军是双胞胎，刚落地时，左民多重一两，叫大子，后者便屈居二子。这兄弟俩性格迥异，一个安静，一个闹腾；一个捉了博士笔，开了一家高科技企业，另一个三教九流，哪里火旺，就在哪里取金。左军比陈燕子大四岁，到他上高二时，他爸因为工伤，夫妻俩返回原籍休养去了。于是，左军就成了一只散养的狐狼，在学校里打架斗殴，跋扈异常。左军最为玻璃厂的职工们称道的一点，在于他从不欺负一个大院里的同伴，相反还罩着他们，在外绝不吃亏。高考在即，左军清楚自己没戏，也未告知家长和大子，自己报名参了军，应了他的名字。部队真是一个大熔炉，左军在临潼的军营里锻炼了几年，等回来时，整个人都变了，还带回来一枚闪亮的勋章。左军没服从安排，自己当起了老板，小打小闹了一阵子，后来在哥哥的襄助下，盘子忽地做大了，在业界也是响当当的一个人物。成人后，脱离了大院，左军只和陈燕子一人来往。这倒不是因为他阔了，有了头脸，而是一柱夙愿，一个诺言。左军对陈燕子的好是无条件的，彻头彻尾的，不光当她是一个妹妹，甚至还当公主一般对待，言听计从，绝无二话。陈燕子这么一问，左军心里趔趄一下，见她快哭了，忙破笑说：

“傻瓜，哄你哪。哥我会破产呀，这种屁话你也信，白疼你了。”

“你骗过我。以前你说跟嫂子还好，后来不是离了嘛，鬼话连篇的，连眉头都不皱一下。”陈燕子抢白，又说，“你这个邋遢相，跟张国立去演《1942》都不用化装。”

左军说：“瞧这个车，我刚买的，最新款。”

“嗯，你没事就好，我揪心了一夜，肉都在跳，心慌死了。”陈燕子笑得很模糊，捂着口罩，只能从眉宇间看见，又说，“我还欠你几十万，我怀疑自己拖垮了你，我答应五年之内还你的，我保证。”

“哼，那点儿毛票是我当初送你的，让你首付，别瞎想了。”

陈燕子说：“为了那钱，我把我爸轰出了家门。今早上几个叔叔打电话，说他弥留了。”

“别提你爸！”左军呵斥道。

“他可能真的快不行了，我想去陪陪他，又怕惹他生气。”

窗外，暴雪依然猖獗，落在挡风玻璃上，雾腾腾一片，一定是车内燥热的暖风所致。左军心生不祥，逼视着陈燕子，忽然伸手，扯掉了后者的口罩和围巾，也将墨镜打落了。此刻，呈现在左军眼前的，不是那一张清纯的面庞，却是一只吹胀了的气球，鼻青脸肿，瘀血斑斑，带着夜晚暴力的痕迹。左军的指尖抚在陈燕子的脸颊上，拭掉一滴泪，却有更多的泪水扑了下来，如泣如诉。左军的脑子里虚构了如下的情节，陈燕子走上前去，解开了围巾和口罩，用自己受虐的脸，求得了交警的谅解，交警没准儿还以为她去急诊呢。真的，谁见了这一张破绽百出的脸，谁就会相信，这世上所有的庙宇，其实都不是替苍生做主的。左军的心里腾起了一团火，火光肆虐，杀人的心都有了。陈燕子忽然擦了泪，咧嘴一笑，将左军的手攥在了怀里，怕他动怒。但怕啥来啥，左军怒火中烧，对着仪表盘一顿铁拳，犹不解气，抄起一只钢化杯，砸在了挡风玻璃上。玻璃花了，比外面的雪花更显狰狞。陈燕子哀号起来，喊了一声二子哥。左军不管不顾，将额头撞在方向盘上，喇叭也凄叫了几下。左军知道凶手是谁，却又束手无策，眼睛里充了血，大骂自己无能。

半夜时，陈燕子乱极了，偷偷跑进了卫生间，给左军写信息，询问他究竟发生了什么事。一条发出去，又追了几条，却始终没有回复。买这套三居室时，虽说是月供，但首付比例高，陈燕子短好几十万。没别的，因为是学区房，考虑女儿从寄宿小学毕业后，明年升初中，她才咬牙签的字。陈燕子第一次开了口，左军当即转了账，还声称这些毛票是馈赠的，一点儿小意思，不用还了，简直一副土豪的口吻。五年之内，陈燕子设定了还款的期限，但左军破产的传言袭来，令她立刻怀疑自己的任性与颟顸，觉得罪孽不已。丈夫在一家旅行社工作，副总，时常不着家。最近几年，为了接一些大单，常常把自己喝瘫在酒桌上，对妻子也疑神疑鬼的，慢慢开始了家暴。陈燕子心有余悸，提前防了一手，针对这笔首付款的来历，她谎称是借父亲的。百密一疏，也或者是对父亲早有戒备吧，陈燕子居然忘了沟通。入住的那天，陈燕子做了一桌饭，请父亲过来暖房。吃喝到了半途中，陈燕子在厨房里忙，女婿给丈人敬酒，说感谢他的借款。丈人一头雾水，不明就里，信口说，我那点儿退休金还不够塞牙缝的，钱一定是左军的，陈燕子只信赖那家伙。丈夫在外是条虫，在家却是一位山大王，问左军是何方神圣。丈人千刀万剐地说，还能是谁呀，一个二流子，小流氓，原先一个厂的子弟，纠缠我家燕子多年了，要不是我这个法海呀……刚走出厨房，陈燕子闻听此话，一条清蒸鳜鱼从碟子里滑脱了。陈燕子面色平静，打开门，对父亲下了逐客令。

这不是真的，他给我栽赃，在抹黑我，我发誓。在丈夫频次越来越高的拳头下，陈燕子一遍遍地哀告。丈夫却说，他是你爸，他怎么会栽赃你，抹黑你，你以前肯定很浪。浪是本地的一个淫词，佛头泼粪，让陈燕子一下子掉进了泥淖，无力辩解。此后，只要双方稍有不快，这个奇怪的逻辑便会重演，而左军这个名字就是一枚磷火头，一擦即燃。等不来回信，陈燕子就睡在了女儿的卧房里，忘了插门。傍晚醉归的丈夫起夜时，冷不丁闯了进去，拿起妻子的手机输了密码（女儿的生日），发现了给左军的信息。丈夫掀掉了被子，陈燕子赤裸裸地横陈眼前，无遮无拦，任由拳头和皮带山崩似的落下，她几乎昏厥了过去。现在，左军也仿佛从昏厥里抬起了头，将全部的怒火积攒在脸上，咬牙说，我卸了他一条腿，我保证。陈燕子抬手，摸了摸左军胡子拉碴的下巴。不承想，左军蓦地张开嘴，一口叼住了她的手。舌头是湿的，舌头在说话，一直在掌心里吮来吮去。陈燕子听懂了他的意思，却抽回了手。

“二子哥，不行。我要听了你的话，就坐实了我爸当年的话。”

左军说：“他那个咒，跟了你我半辈子。”

“他在弥留之际，我却这个样子。我不能去医院，不忍心他看见我。”

“他的确该死。”

“哥，你没事就好，我也安心了。”陈燕子打开车门，站在弥天的风雪中，墨镜上映现出左军沮丧的脸，又说，“二子哥，你小心点儿，我散散步，自己走回去了。对了，你给电影室打个电话，我顺道去坐坐，现在还早。”

言毕，门被碰上了。

左军枯坐了许久，车窗大开，任罡风和暴雪灌了进来，直到遍体冰凉，成了一根冰棍似的。后来左军打了三个电话，第一个断喝说，找一帮人来，带家伙。接着又说，算了，拉倒吧。第二个说，抱歉，玻璃碎了，来取你的车吧。最后一个打给了电影室，温和地说，哦，我妹妹等下去一趟，记得把空调开开，别省钱。

一小时后，陈燕子坐在了黑暗中，才觉得安全。黑暗真是一种好东西，让人目中昏暝，抹平了身上的伤痕、惊悸与恐惧，不再畏葸。电影室不大，顶多摆放了三十几张凳子，另有麻将桌和棋牌席，临窗有几台健身器械，煞是寥落。这个空间属二楼，毗邻紧急通道，但出口靠着河道，怕出什么危险，后来砌墙堵住了，成了死角。好几年前，社区领导很热心，想给附近一带的老人们寻一个集体活动的场所，便去找了社区所辖的最大的4S店的老板左军，开口央求。左军没二话，掏钱装修了这里，不仅铺设了轮椅车道，还购置了全部的娱乐设备。说是电影室，其实就是墙上挂了一块幕布，播放一下投射影像而已，但老人们怕独处，总爱往这里扎堆。电影室保存了成百上千的碟片，除了老电影外，大多以京剧、秦腔、道情和昆曲为主，满足了各种胃口。虽说现在是互联网的时代，全球同步，拿着一个手机也可以边走边看，但电影室始终没被裁撤，一个礼拜总会播放一两次。报章上多次宣传过这里，墙上的奖状和锦旗可以为证。陈燕子来过几次，本来是找左军的，又怕去了店里惹人注意，左军便带她来此，一边瓜子茶水，一边看部片子，顺便把闲章也就说完了。电影室的钥匙挂在一个中年妇女身上，左军的电话很管用，她对陈燕子也客气。这不，等电影开始了，她便坐在窗下，边打毛衣，边嗑瓜子。

陈燕子挑了一部老电影，李连杰的《少林寺》，老得没牙了。空调很热，她脱了外套，解下围巾，忽地有了一种释然和轻松。在黑暗中，没人会窥视你的累累伤痕，也无人操心你的遭际。但暖风也带来了另一个麻烦，疼痛慢慢苏醒了，犹如无数只蚂蚁，在噬咬，在撕扯。刚才在外面，伤口冬眠了，现在却浑身游走，尖厉无比。陈燕子尽量专注起来，不去感受这悲苦，尤其当少林寺的钟声传来时，感觉有一种清凉，一份熨帖。怎么说呢，之所以挑了这部片子，就因为当年的左军跟电影里的小和尚觉远长相一样，不仅骁勇英武，还顽劣不堪，简直称得上一个混世魔王。

刚上初二，陈燕子就被选拔出来，代表子弟学校去了区少年宫，进行强化培训，参加秋季的一场舞蹈大赛。百里挑一，陈丙君的脸上天天灿烂，特意奖给陈燕子一辆女式单车。有半个月的时间，大院的人们看见在灯光球场上，女儿骑在车上，父亲在后面稳舵，温馨无比。但佛脚不是随便可以抱的，车技太烂，有一次在回家的途中，陈燕子便闯了祸。

祸不大，但足以引发后来的一系列事端。

那一阵，附近几个大厂的子弟们流行弹玻璃球，一个个趴在地上，从这个洞，射向那个洞。练完舞蹈，陈燕子绕近道回家，刚穿过飞控厂的院区时，撞在了几个小子的身上，连人带车摔倒在地。小子们太横，撕扯住陈燕子，不依不饶。一个塌鼻子认出她是玻璃厂的子弟，便提出了交换条件。这时，陈燕子才发现单车不见了，哭了一路的鼻子。

彩色的玻璃球是厂里的坯料，入库和出库均有严格的手续。陈燕子没敢回家，躲在楼角的阴影里抹眼泪，恰好被阳台上的左军看见了。问完了原因，左军乐了，喊陈燕子上了楼，从床下拽出了一个麻袋，居然都是。球体里缤纷无比，有的是拉丝，有的是云絮，还有五角星、动植物以及灵动的水滴什么的。陈燕子的难题破解了，嘴很甜，第一次喊了二子哥。但左军并不领情，让她去通知飞控厂的小子们，带着单车来，在黄河半岛上交换。

半岛一带蒿草遮天，灌木丛生，鲜有人迹。约好的那天，飞控厂的小子们果然带着单车，前来索取战利品。孰料，左军换了装扮，一身短靠，手执梭镖，腰间系着一根链条锁，就像电影里走下来的觉远和尚。事实上，左军跟他们早有旧怨，陈燕子被欺负只是又一个导火索罢了。一个回合下来，飞控厂的大多数青皮少年都跑了，但左军圈禁了为首的几个。左军带了一书包玻璃球，让他们随便拿，但不能用手和脚。在左军的淫威下，几个小子只好张开嘴，往肚子里吞。和吃葡萄一样，挺滑溜的，还不吐葡萄皮，左军当时这么催促。擒贼擒王，左军对那个塌鼻子没客气，让他吃的是黄河岸边的石子。这一切，陈燕子一概不知，她先骑着单车走了，事后左军显摆时，她骇然不已。左军却轻描淡写地说，没事儿，从肛门里拉出来洗一洗，照旧能玩。结果，那个塌鼻子胃穿孔，送进医院后捡了一条命。厂保卫科和辖区派出所开始缉拿左军，去他家扑了个空，只缴获了半麻袋玻璃球。

其实，左军哪儿也没去，就躲在玻璃厂最僻静的一座仓库里，昼伏夜出，饿不了肚子。最先发现异常的是陈丙君，因为家里先丢了一条褥子，又丢了一只枕头。夏夜的一天，当陈燕子带了吃剩的馒头榨菜，说去灯光球场背诵课本时，陈丙君留了心。他跟踪女儿，摸准了目标，而后马不停蹄地去告了密。这还不算，当厂里的军代表和警察围住了仓库，破门而入时，陈丙君居然当着众人的面，声嘶力竭地喊，流氓窝点就在那儿，他拐骗了我女儿，他该死，枪毙他。在成箱的玻璃制品上，的确铺着褥子，搁着枕头，陈燕子和左军正在说笑。见此情状，陈丙君扑了上去，抱住了女儿，左军却跑了，猴子似的站在了天车上。在上下对峙中，左军申辩说，瞧我这个样子，就是一个和尚，我没动她一个指头。陈丙君叫骂说，你最好去刑场，你欺负了我家的燕子。左军赌咒说，听着，我这辈子如果动她一根指头的话，那我去死。言毕，左军居然跳了下来，在众目睽睽之下。

一声脆响，成箱的玻璃碎了，分崩离析。

幸亏木质箱体间的缓冲力，左军没有大碍，狼狈地爬了出来，被砸上了手铐。众人离开后，陈丙君犹不解恨，一把火烧了被褥，一边烧，一边往火中啐唾沫，撇清了自己。这以后，左军的案子不了了之，两个厂之间各自护短，互相扯皮，所以没在他的档案里填上这一笔。回了家，陈丙君再没发作，女儿也不哭闹。陈燕子清晰地记得，就在那天晚上，她发现自己身上流了血。她不知道那是少女的初潮，血的突然袭来，压倒了其他任何的恐惧。

等血走了以后，陈燕子看人的态度变了，仿佛她心中有一块透明的玻璃，已然碎了。

悲催了一夜，又折腾了半天，陈燕子昏昏欲睡的。片子早就烂熟于心了，多一遍，少一遍，对记忆也没什么裨益。但这天下午，陈燕子仿佛专来做梦的，梦很暖和，也短暂，短得像一声哈欠。在梦中，她和二子哥趴在地上，正在玩玻璃球。她眯缝着眼，瞄准了对方的那一颗，看见球心中镌着一颗五角星。她越是焦急，指尖上却越无力，自己的那一颗始终射不出去。恰在她快哭的一刹，片子播到了尾声。幕布上，方丈在佛龛前询问小和尚：

"尽形寿，不杀生，汝今能持否？"

身后传来答案："那干吗呀！"

"尽形寿，不淫欲，汝今能持否？"

"NO！"

陈燕子腾地站了起来。薄暗中，看见电影室的那个中年女人站在身后，一边嗑瓜子，一边在配音。虚笑了一下，说了谢谢，陈燕子抱起外套，簌簌簌地出了门。天已经黑了，但雪花让天空泛滥出一层飞絮般的微光，犹如一块更为巨大的电影幕布。马路对过是公交车站，想了想，她攥住了口袋里的IC卡，踏实地向前走去。七公里外，那里有一家市级医院，住院部三楼四十二床，一个老人正处于弥留之际。

岂料，刚过马路时，脚下一滑，陈燕子整个人被掀翻在地。倒下去的一刹，陈燕子看见一辆车子从狂雪后面冲了出来，刹车声让耳朵彻底聋了。

尽形寿，不偷盗，汝今能持否？

下午的雪如果是白熊，那现在的雪一定是恐龙，来自侏罗纪。

听见门外的脚步声，王跌果肃静下来，倚在沙发上，面色平淡。门开了，一团寒风送进来，女人的脸冻得发紫，一直在搓手。“老媳，回来了！”王跌果喜欢这么称呼媳妇，觉得有历史感，也有共度时艰的沧桑意味。女人伸出脚，王跌果忙替她拔下了靴子，立在门后。鞋底里的积雪开始融化，冒出一些污水来。女人搓热了手，解下臃肿的外套，忽地俏丽了许多。王跌果觉得，这才像自己的女人嘛。女人都是狗鼻子，她亦不例外，问，什么味道呀？王跌果也在空气里嗅了几下，哦，狗皮膏药，我今天摔了一跤。女人问，摔哪儿了，要紧吗？王跌果慨然回答，男人不摔跤，那还能叫男人嘛，放心吧。女人疼惜地在王跌果的脸上掐了一下，打开包，从里头拎出来一袋子吃食。不用问，又是番瓜包子，王跌果立时想吐。连着吃了三天的番瓜包子，胃里肃杀极了，打出的嗝都酸不拉唧的，但他没当场反对。待女人在炉子上坐了锅，将包子熘了进去后，王跌果方说：

“老媳，我就想吃一顿你手擀的雀舌面，葱花一炝，再来一小碟腌韭菜。”

女人说：“早打电话呀。”

“嗯，如果下一点儿扁豆，那就再美不过了。”

“哎哟，你不知道我今天忙疯了，骨头架子快散了。”女人爱干净，淘了抹布，开始上天入地地擦拭，又讲，“幼儿园快放假了，但一些家长走后门，先把娃娃送进来，说适应适应，下学期再正式上课。一下子进来了七个哟，我得多做一锅饭，多弄几个菜。园长对我不错，我不好驳她的面子。”擦完了，女人又蹲在地上，擦那双靴子。靴子是入冬前刚买的，他送给她的生日礼物。她说：“我现在先练习一下，等我怀上了，生下来后，我就知道给娃娃咋搭配营养，咋拉扯了，我等于偷偷学艺吧。对了，园长说放假前要发年终奖，这两个月的房租不用发愁了。”靴子很难伺候，越擦越花。女人又唠叨：“去年过年跟你回的家，今年回我娘家吧，我妈的眼睛麻了，可能是白内障。”见没有响应，女人生疑地抬头，看见王跌果讳莫如深地笑着。包子熘热了，女人盛在碟子里，让王跌果先吃。掰开一个，那种熟悉的番瓜味寡淡极了，但王跌果仍旧塞进嘴里，腮帮子浑圆。夫妻俩每天回家，总要唠一唠各自的工作，像规定的课业一样。现在该轮到王跌果了，便说：“我今天把店长搞定了。他以前一直给我穿小鞋，横竖看我不顺眼，我的电动车老坏，一坏，业务量就上不去，没挣头。他丈母娘死了，大家都凑份子，我多给了一百，他脸色立马好了，答应给我修车。我赚了，一百块看透一个人，我真小看他。”女人做了一个蘸碟，醋和辣椒，摆在桌上。王跌果又说：“没征求你的意见，我给你爸寄了一个护膝，治治他的老寒腿。今天路过一个药店，搞促销的说是高科技产品，两百五一套。”女人噘嘴，对这个数字不感冒。王跌果又掰开一个，继续：“检讨一下，我今天犯了两个错，我不是故意的。先拣小的说吧，中午去市第一医院，我居然……”闻听此话，女人唰的一下变了色。王跌果看在了眼里，却不动声色，忽然转换了话题，哀恳道：“老媳，跟你结婚以来吧，在你的英明领导下，我修理了自己的很多毛病。我以前脚太臭，我现在天天洗。我以前爱耍赌博，耍得不大，但毕竟不是好德行。现在就算他们喊我亲爹，我也手不痒，心不贪。我后来也不吹牛了，吹得天花乱坠，兜里没有一个钢镚，那就不是吹牛，是放屁对吧。”女人偎了过来，王跌果将另一半包子塞进了她嘴里。女人投桃报李地说：“也不能全怪你，有时候我也不对，真的。比如身上的这件大衣，我撒谎说是我表姐穿剩的，其实呢，我买了两块钱的彩票，中了八百，我就奖励了一下自己。薛红从老家来，非要见我，没办法，毕竟同学一场吧，我就请她去食凹火锅吃了一顿，心疼死我了。我弟弟那个不争气的货，在烧烤摊子上跟老板争执，把人家的头打破了，要么赔偿，要么拘留。央求了好几遍，我给他卡上打了一千，限他今年还给我。我也不好，我这么偷偷做主，还不是怕你生气嘛。”王跌果发现以退为进真是一步好棋，先自黑，挖下一个坑，由不得女人不跳，全盘招供。于是，王跌果进一步说：“中午时候，我去了一趟市第一医院，我居然当了一回间谍，当了特务。”

“特务？你干啥了？”女人瞪大了眼睛。

“说来话长。”

王跌果在快递公司当小哥，腿脚勤快，有眼色，天天和客户们打头碰面的，算得上陌生的熟悉人。这天早上，他刚送完了所辖小区的快件，买了两根油条，躲在门洞里咀嚼，忽然被一个打算出门的女人叫住了。女人裹得很严，这么冷的天，她还戴着墨镜，急吼吼的。听声辨音，王跌果知道了她也是自己的客户，一嘴一个小王的。女人请王跌果到了家，在微波炉里烧了一杯牛奶，让他暖和暖和，别干吃了。吃毕了，王跌果意欲出门，另有一家写字楼的大堆快件等着他呢。这时，女人开口问，能不能请他帮一个忙？王跌果一时血勇，拍了胸脯，当即就答应了。女人这才交代说，请他去一趟市第一医院的住院部三楼，查看一下四十二床那个叫谁谁谁的患者如何了。当时，王跌果不解其意，如何是啥意思，我可不懂医学呀，我胜任不了。女人打消了他的顾虑，说你只需要去看看是死是活，回来告诉我一声就可以了。王跌果惦记着时间，说我看完后给你一个电话吧，快下雪了。女人却很坚决，非要他当面来汇报一下病房的情况，嫌电话里讲不清晰。王跌果便装进了病房时，恰巧碰上查房刚结束，大夫们刚离开，进来了三个老头，大呼小叫的，跟目标人物玩笑不断。一个问，还没死呀，早死早托生呗。一个伸手，给目标人物一个抽脖子，比兄弟还亲。另一个长相凶，盯着王跌果，究问他是干吗的。王跌果声称在等病人，旁边的这张空床已经登记使用了，这个借口在理，所以多坐了一会儿。当他回来，把这些话原原本本描述出来时，女人问，你看他是不是插了氧，处于弥留之际，过不了今天？王跌果用了乡下人的比喻，不辱使命地回答，暂时死不了的，他就像一只青蛙，活蹦乱跳的。

事实上，王跌果的话有所保留。

那一阵儿，他在病房里翻看手机时，耳食了他们的计划，也大致了解了这一段父女之间的宿怨。王跌果掂量，一个人决定去死的话，阎王也拦不住。王跌果想起她叫陈燕子，坦承道，可万一是回光返照呢？我爹死前就是这么活蹦乱跳的，我错失了机会，结果没见上他老人家最后一面。陈燕子犹豫着，徘徊着，突然就哭了，说我不能去探视他，他看见我这一副模样的话，死得会更快的。陈燕子解开了围巾，王跌果当场吓了一跳，那简直不是一张人的脸，而是一副乡下傩戏的面具，疙里疙瘩，鼻青脸肿的。后来，王跌果知道该咋办了，他擅自做了主。

趁着陈燕子去擦泪的一刻，王跌果将茶几上的一只相框带走了，也顺便将陈燕子赠予他的辛苦费，起码有五百块吧，压在了茶壶下。王跌果不想让一位老人失望，一个女儿的相框，可能会带给他一丝慰藉吧，所以他送完了写字楼的快件后，径自去了医院。这些事，王跌果自然不会和盘托出，他有他的目的。

“我做了贼，偷了人家的相框，心里一直不安。”

女人说：“那么多钱，你都不要呀？”

“后来我还撞了她。她现在就在咱楼下的小诊所里输液，我扶她回来的。”王跌果撸起衣襟，龇牙说，“我的腰闪了，刚回家贴了狗皮膏药。等吃完了这一口，我去请她。”

“那个爷爷呢，他最后死没死？”女人问。

王跌果狡黠一笑：“你不知道呀？”

“笑话，我咋会知道。”

“嗯，他没死，他在演戏呢。”王跌果慢慢亮出了底牌，又说，“我带去了那张相片，他高兴坏了，他赏了我一碗饭，扁豆雀舌面，葱花炝的，我吃舒坦了。”

女人借故离开了，背对着他。王跌果心猜，她的脸一定红了，比红辣子还红。

“老媳，那碗饭真的太香了，绝对不输给你的茶饭手艺。”

“就是我做的。”

“什么？”故意一叫。

女人蹒跚过来：“我在医院里看见你了，我躲着你，上楼送完饭就慌忙走了。你肯定也发现我了，对吧？”女人伸手，揉搓着王跌果的腰，哀怨起来，“我一直在给你撒谎，我主要不想让你担心。其实，我早就被幼儿园辞退了，连做饭婆都当不了了。我不想在家吃白饭，让你养着，后来我就去陈爷爷家里当了保姆。他对我很好，当女儿一样看待，给的工资也不错。"女人累了，停了手，莞尔一笑，"这算虚荣吧？反正也瞒不住了，你要怪就怪我。"

"呵呵，我吃了第一口，就断定是老媳你做的。"

"你怪我几句吧！"

王跌果将双手抚在了女人的肩上，坦然说："你没偷没抢，靠自己的本事吃饭，我怪你做什么？再说了，干保姆有啥丢人的，老人小孩，小孩老人，跟干幼儿园没什么区别。"

女人的眼泪下来了，敷在脸颊上。王跌果凑上前去，用舌头舔干净了。

恰在此时，楼下传来了一声接一声的喊叫，叶鹤，叶鹤你在家吗？女人赶忙起来，打开了窗户，看见陈丙君站在风雪中，朝自己招手。叶鹤慌了，问陈丙君怎么了，赶紧上来吧，别冻着了。陈丙君瑟瑟地回答，他出院了，他完全康复了，他没病。不远处，停着一辆出租车，频打喇叭，似乎在催促客人抓紧时间。陈丙君扯着嗓子喊，你把家里的钥匙扔下来，我的钥匙不见了，所以才来找你的。叶鹤翻了翻包，找出来一串钥匙，让王跌果先送下去，她自己开始穿靴子。王跌果也认出了楼下的人，遂衔命而去，好在是二楼，距离不远。

但王跌果并没有去交钥匙，拐下楼梯后，先去了小诊所。

到了夜里，雪并不是碎花的形状，而是一粒粒子弹，抽着冷子，让脸颊分外刺痛。陈丙君的一只胳膊护着脸，另一只胳膊抱在怀里，怀里是那一个课本大小的相框。叶鹤比较肉，一直在磨蹭，好半天也没下来。出租车不叫了，叫也没用，陈丙君押了一百元，让司机消停了下来。——这时，陈丙君讶异地看见女儿从对面走了过来，立时僵住了。陈燕子一瘸一拐的，王跌果扶着她，另一只手耸然高举，握着一瓶液体。陈丙君刚要张口喊一声燕子时，怀里的相框啪地落地，磕在了路肩上，玻璃碎了。陈丙君慌了，俯下身，伸手在雪地里去拾相片。陈燕子喊说："爸爸，别碰！"陈丙君直起腰，在空气中摊开了手指，灿烂地说："瞧瞧，已经破了。"陈丙君忍着痛，盯看着陈燕子那一张狼狈的脸，惜疼地说："看把你摔的，咋摔成这样了。"陈燕子回说："嗯，怪我，我下次注意。"

【作者简介】叶舟，男，1966年生。1988年毕业于西北师大中文系，曾就读于鲁迅文学院第七届青年作家高研班。著有诗文集《大敦煌》《边疆诗》《练习曲》《叶舟诗选》《世纪背影——20世纪的隐秘结构》《花儿——青铜枝下的歌谣》，小说集《叶舟小说》《第八个是铜像》，长篇小说《案底刺绣》《昔日重来》等，并有大型原创音乐剧《梅花消息》面世。曾获第六届鲁迅文学奖短篇小说奖等奖项。现居兰州。

编后语

这本年度精品集编定之时，恰逢第十七届百花文学奖在天津颁发，颁奖典礼上群贤毕至、星光璀璨。由《小说月报》百花奖升级而来的百花文学奖，以遴选当代文学佳作为使命，历经三十余年，已成为读者、作者心目中兼具公信力与影响力的全国性文学大奖。她所体现的，正是一本品牌文学期刊、一家文学出版社，对于自身价值观的坚守，对于读者与作者的承诺。

做有价值观、有传播力的文学媒体，这是《小说月报》在新时代的自我定位。如人们所关注的，近年来围绕文学生产、发表、传播、接受与评价方式发生的种种新变，正潜移默化地影响着小说与读者发生关系的"场景"。面临时代风气、传播方式、读者格局等方方面面的变化，如何更为有效地将精心挑选出的当代小说佳作加以推广，如何以既有价值尺度为内核，保持开放心态，及时回应种种拓展文学审美边界的写作实践，这是本刊同仁持续思考的问题。此刻奉献给读者诸君的这本年度精品集，浓缩了过去一年我们探索与实践的成果，同时，从某种意义上，也代表着《小说月报》对于当下国内小说创作的观察、判断和预测。这个年度选本将不同世代作家、多种题材风格的作品汇集在一起，恰好构成了一种对当代小说生长态势的叙述和想象。

本书收入的十部中篇小说、十篇短篇小说，系从2017年《小说月报》刊载的作品中遴选而出(本刊"开放叙事"栏目推荐的作品将在合适时机结集出版，未纳入本次备选范围)。入选中短篇分别按选载时间排序。编辑过程中，承蒙各位入选作者大力协助，值此机会表示最诚挚的谢意。感谢各界朋友对本刊始终如一的厚爱与支持，真诚期望您对我们工作中的不足之处，给予批评指正。

《小说月报》编辑部

2017年12月

《小说月报》2017年总目录

中篇小说

篇名	作者	刊期	篇名	作者	刊期
上岭村丙申年记	凡一平	10	南情北爱	万宁	11
解铃	禹风	10	时于此间	方方	12
海上摇滚	杨志军	11	微居客	邱振刚	12
化城	计文君	11	拱猪	郭爽	12
暗红色的云藏在黑暗里	文珍	11			

增刊

篇名	作者	刊期	篇名	作者	刊期
傩面	肖江虹	1	修旧如旧	李治邦	3
容器	胡学文	1	朝着斯德哥尔摩飞奔	于怀岸	3
因父之名	孙频	1	听见天使唱哈里路亚	朱文颖	3
给张杨福贵深鞠一躬	张学东	1	姑姑艳传	文清丽	3
瑞贝卡	弋铧	1	孤独旅行家	李西闽	3
纸上人生	王哲珠	1	三个月亮	马金莲	3
后情书	杨帆	1	布达佩斯奇遇	叶周	3
死者	留待	1	花与镜	张天翼	3
猴子文身	孟小书	1	柏庄谋杀	洪放	3
瞬间	查一路	1	假言	刘鹏艳	3
立夏	张子雨	1	我不是植物人	孙瑜	3
向西,向西,向南	王安忆	2	是谁埋了我	夏天敏	4
漂洋过海来看你	余一鸣	2	手语	尹学芸	4
病房	杨晓升	2	去大理的夜车	蔡骏	4
摔跤手	常小琥	2	人之岛	郝景芳	4
白马银枪	苏兰朵	2	金尘	曾晓文	4
水下八关	侯磊	2	高腔	马平	4
流杯池	黄茜	2	朋友圈·同学群	万宁	4
每一个女孩都嫁给爱情	翘楚	2	蝴蝶的谎言	李月峰	4
衣人	叶清河	2	山盟	李明春	4
随便某个女人	半岛璞	2	社火	苏二花	4